刘国钧日记

（外二种）

葛吉霞 整理

江苏人民出版社

图书在版编目(CIP)数据

刘国钧日记：外二种 / 葛吉霞整理. -- 南京：江苏人民出版社，2023.12

ISBN 978-7-214-28767-0

Ⅰ. ①刘… Ⅱ. ①葛… Ⅲ. ①日记—作品集—中国—当代 Ⅳ. ①I267.5

中国国家版本馆 CIP 数据核字(2023)第 217872 号

书　　　名	刘国钧日记(外二种)
整 理 者	葛吉霞
责任编辑	李　旭
装帧设计	许文菲
责任监制	王　娟
出版发行	江苏人民出版社
地　　　址	南京市湖南路 1 号 A 楼，邮编：210009
照　　　排	江苏凤凰制版有限公司
印　　　刷	南京新洲印刷有限公司
开　　　本	718 毫米×1000 毫米　1/16
印　　　张	40.5　插页 10
字　　　数	463 千字
版　　　次	2023 年 12 月第 1 版
印　　　次	2023 年 12 月第 1 次印刷
标准书号	ISBN 978-7-214-28767-0
定　　　价	298.00 元

国家社会科学基金、常州刘国钧文化中心
项目经费资助成果

刘国钧(20 世纪 30 年代照)

刘国钧(1977 年摄于南京读画轩)

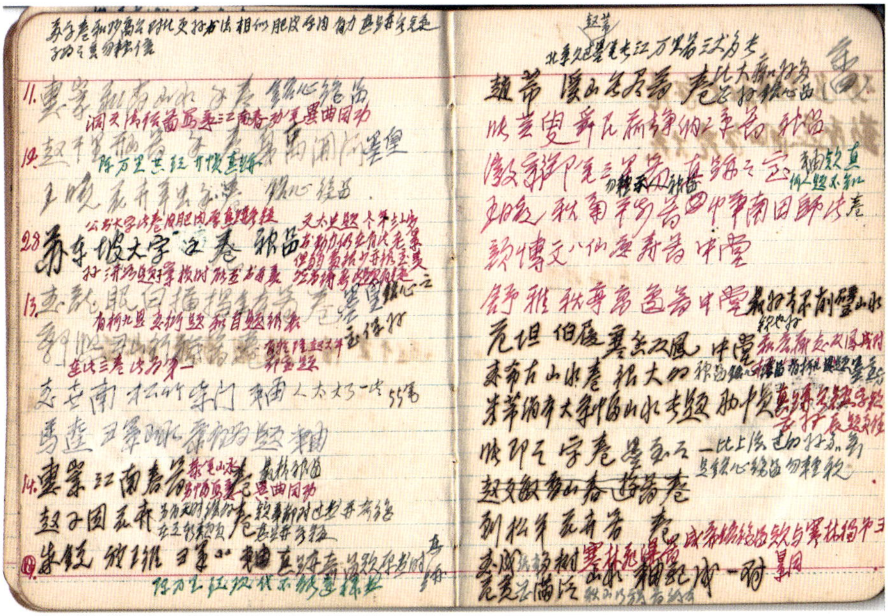

刘国钧收藏书画笔记

钱维城 松梅芝仙图轴(现藏于常州博物馆)

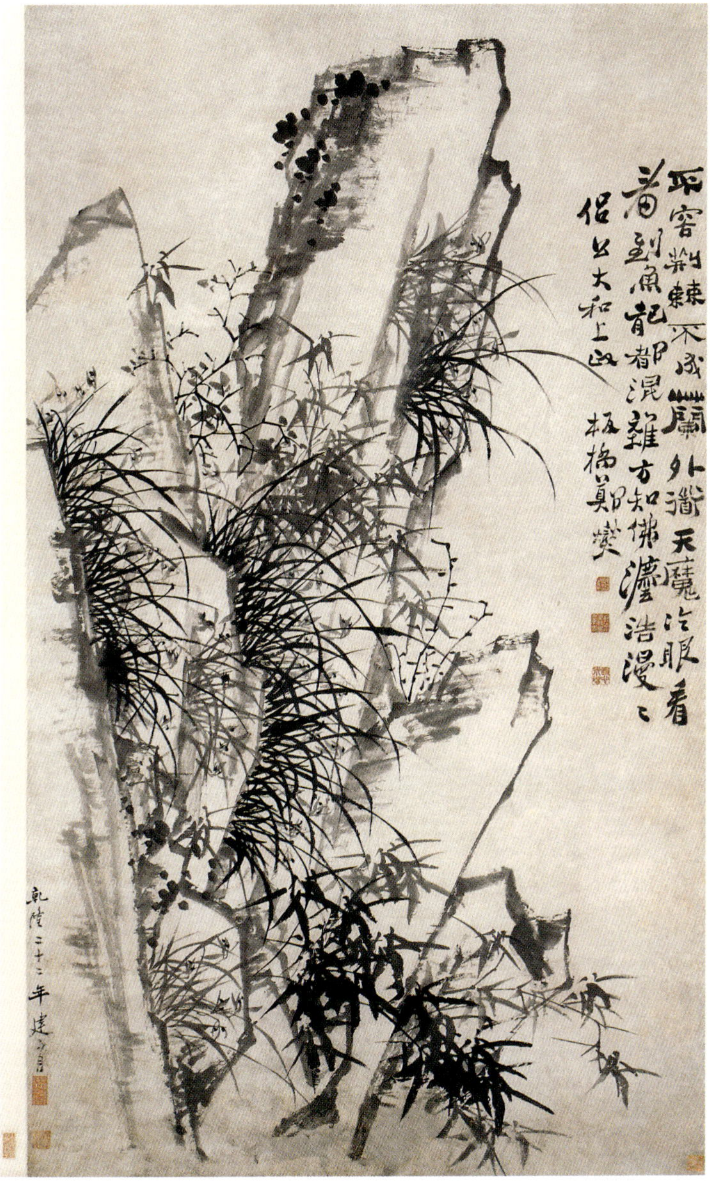

郑板桥 荆棘兰竹石图轴(现藏于常州博物馆)

吴伟 醉樵图轴(现藏于常州博物馆)

徐悲鸿 猫图轴(现藏于南京博物院)

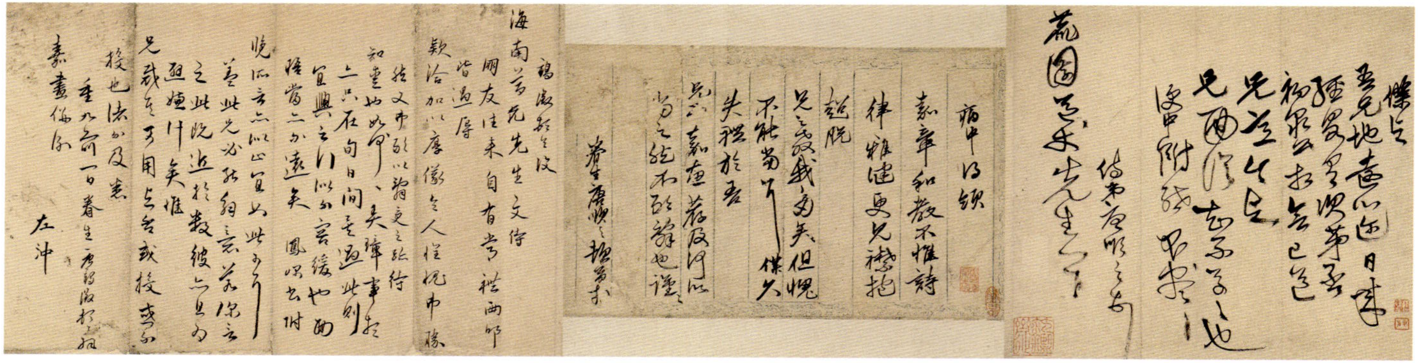

唐顺之 唐鹤徵 手札合卷（现藏于常州博物馆）

序言一

从《刘国钧日记》看企业家精神

刘学进

幼年时，本人曾跟随刘国钧在南京生活10余年，耳闻目染深深受到祖父的爱国精神的影响，刘国钧的核心精神概括来说就是4个字："实业报国"。遗憾的是，自懂事起，本人较少听到过祖父讲述当年的创业故事。家父刘汉良早年就学于上海大夏大学，后赴美留学于纽约大学斯特恩商学院，1954年冲破层层阻扰，从巴西绕道欧洲，返回中国大陆，参加社会主义工业化建设。为了更好地了解先辈们的创业故事，本人决定拿出珍藏多年的刘国钧日记，并委托常州大学葛吉霞博士整理，以期还原一个真实的刘国钧。

刘国钧(1887～1978)，原名金生，号丽川，江苏靖江人，幼年家境贫寒，只读8个月私塾，曾做学徒，后从商创业。基于1914年日本提出的"二十一条"而掀起风起云涌的抵制日货运动，刘国钧坚定了提倡国货和发展实业的决心。同年，刘国钧将原名"金生"改为"国钧"，意为要"为国家分担责任"。

在30余年的创业历程中，刘国钧先后创办或改组的企业遍及常州、上海、武汉、重庆、香港等地，达10余家。至公私合营时，大成集团已拥有3000万元的企业资产。毛泽东曾在《读苏联〈政治经济学教科书〉下册谈话》中，盛赞刘国钧所办企业对于技术的创新。马寅初直言，"像大成公司这样八年增长八倍的速度，在民族工商业中，实是一个罕见的奇迹"。吴景超在《中国工业化问题的检讨》一文中，曾力证在洋货激烈的竞争下，若技术创新和管理得法则民族工业仍大有可为,所举例证便是刘国钧创办的大成企业,大成企业已然成为民族实业创新的代表。陈光甫曾言:“张謇、卢作孚、范旭东和刘国钧”是其一生最钦佩的四位实业家。

谈及创办实业的心路历程,刘国钧曾言“自己只在私塾读书一年,未曾进过学堂,办此机械织布新工业,学识不足。但想外人非生而知之者,制造机器,无中生有者很多”,“自信只要功夫深,铁亦磨成针”。正是这种“无中生有”的创新精神,使得刘国钧从学徒逐步成长为创造“罕见的奇迹”的爱国实业家,这一点从《刘国钧日记》中可以更好地解读。现存《刘国钧日记》主要为1945年刘国钧考察美国、加拿大时期的日记,抗战胜利后刘国钧对本土工业化道路的实践探索和20世纪五六十年代刘国钧书画收藏日记。

其一,日记体现了刘国钧务实求真的创新精神。刘国钧曾言,“我别的嗜好没有,惟一的嗜好是办工厂”。在美、加考察期间,刘国钧“白天对每个厂生产过程和产品特色都很仔细用心观察,每晚回到旅馆都要记录笔记,看不懂的,记不清的都要打破砂锅问到底”。日记生动体现了刘国钧从细微处着手,计算成本、原料、生产、销售等各环节,务实求真,洞察企业的兴衰之源。正是凭着“忘食午膳者有之,烫伤轧坏我皮肉有之”这样务实求真的创新精神,使得刘国钧所创办的企业攻克诸多技术和管理难关。

其二,日记体现了刘国钧的世界眼光。20世纪初科学管理理论深深影响着民族企业的创新,刘国钧把这种探求技术和管理之道的艰辛,喻作“真像唐僧取经一样的艰巨”“远涉重洋,去访求制造、产销、技能等情况”。1924至1935年刘国钧先后四次东渡日本,后又出访欧美,探求技术和管理的创新。所创企业在国内率先推行“盘头纱”“筒子纱”,研发出我国最早的灯芯绒和丝绒等产品。

其三,日记体现了刘国钧知人善用,充分发挥企业的教育作用和社会服务功能。在日记中,刘国钧强调“创办工业是人生天职,且应作社会事业”“提倡工厂学校化”,创办了工人补习学校,“设研究所、试验室”。此外,刘国钧还组织创办厂刊《励进月刊》,推行企业职业教育的三层次:练习生、艺徒和养成工制度,培养出一批管理精英、技术精英和一线纺织工人。至于人才观，刘国钧指出，“懂经营管理，又懂技术，是一等人才；懂经营管理，不懂技术，是二等人才；懂技术，不懂经营管理，是三等人才”。

其四，日记体现了刘国钧对市场的洞悉。早年从商的刘国钧，对于市场行情有着先天的敏锐。1930年，刘国钧在上海设办事处，主要产棉区设收花处，重要地区设销售网点，先后在南京、蚌埠、宝鸡、广州、昆明、汉口等地设网点，以便科学决策，使得产品更符合市场需求。日记随处可见上海办事处发展情况，对于销售网点的记录则详略不等。日记对企业所生产的“大成蓝”织布、“蝶球牌”细布、“双兔牌”绒布、“英雄牌”斜羽绸、“征东牌”贡呢、哔叽、各种印花布、条子漂布等产品畅销情况均有记录，对于扩大南洋市场创汇亦有谋划。

其五，日记体现了刘国钧的家国情怀。在忆及1941年日本侵占香港的遭遇时，刘国钧感叹唯有国家强大，个人方可过上幸福生活，“离开了自己的祖国，寄人篱下，受人摆布，任人宰割，哪怕他是百万富翁，心情也是很苦闷的”。正是强烈的家国情怀，使得刘国钧所创办的企业走得更高更远。对于义利之辨，刘国钧指出，相对于个人的“利”，国家工业化的“义”更为重要，人人都应为早日实现国家工业化而努力。这一点就不难理解其后刘国钧为了国家工业化所表现出的“舍利取义”的家国情怀。

让中国成为“世界棉王国”是刘国钧一生追求的目标，通过企业的发展，刘国钧坚信“世界棉王国”的宏图一定可以实现。1944年，刘国钧提出《扩充纱锭计划刍议》，直言：“纺织工业投资小，周转快，收益大，是积累资金，发展工业的重要途径。”黄炎培曾言：“刘国钧倡纺织最早，人呼为甘地。”在日记中，刘国钧对于战后复工生产充满憧憬，深情地谈到报效国家工业化事业的宏大志愿。刘国钧坚信，只要政治走上正轨，依托廉价的劳动力和广阔的市场，以纺织业为桥梁，为重工业建设提供亟需的资金支持和发挥产业的联动作用，可以更好地实现我国工业化。

习近平总书记在2020年企业家座谈会上发表重要讲话，强调“优秀企业家必须对国家、对民族怀有崇高使命感和强烈责任感，把企业发展同国家繁荣、民族兴盛、人民幸福紧密结合在一起，主动为国担当、为国分忧”。“为国分忧”正是刘国钧创办实业的初心。务实求真、世界眼光、知人善用、洞悉市场和家国情怀是刘国钧企业家精神的主要内涵，五方面相互促进，形成合力,从而使得刘国钧所创办的企业具有无与伦比的竞争优势,缔造了民族工业“罕见的奇迹”。在创业过程中,“家国同构”的责任担当,促使刘国钧有着明确的实业救国抱负和追求,务实求真,创新探索本土工业的发展之路,并为之积极努力。《刘国钧日记》集中体现了一位爱国实业家的创新精神与家国情怀,或可为企业家精神培育和创新创业教育提供新滋养。谨以此纪念祖父刘国钧和先父刘汉良先生。

序言二

《刘国钧日记》值得重视

南京大学　李　玉

迄今为止，关于近代企业家的研究虽已不是新的领域，但格局似不无偏狭。目前的中国近代企业家研究，以张謇研究最为活跃，已连续举办六届国际学术研讨会以及一系列专题讨论会，而像刘国钧、范旭东、卢作孚以及荣德生、荣宗敬兄弟等同样在中国近代实业史上产生了重要影响的人物，其研究无论在广度还是深度方面，都难与前者相匹。

之所以会产生这种不均衡现象，原因是多方面的，除了张謇的身份特殊外（他不是一个单纯的企业家，涉及许多方面），也与资料收藏及整理出版状况有关。张謇本人虽然科举夺魁之后，毅然改辙，弃文经商，但他毕竟具有相当浓厚的书生本色，国学功底深厚，善于运用文字，留下了大量文本。他去世之后，其子孝若编辑出版的《张季子九录》为研究张謇奠定了最初的资料基础，1994 年江苏古籍出版社推出的《张謇全集》总字数达 400 多万；2012 年新版《张謇全集》出版，字数扩大为 600 多万。此外，还有南通市档案馆与张謇研究中心等陆续推出的《大生集团档案资料选编》等专题文献。这些均为张謇研究提供了相当大的便利。相较而言，刘国钧、范旭东、卢作孚、穆藕初、荣氏兄弟、吴蕴初等企业家虽然也有相关的资料专书出版，但都无法与张謇研究相比。

实业家之中坚持写日记的不多，张謇是其中之一，他撰写的《柳西草堂日记》被点校之后收入两个版本的《张謇全集》之中。但张謇日记较为简略，多为一些线索性的记述，所以使用价值远不及他的书札、讲演与政论等。

近代中国另外一个纺织大王刘国钧先生也留有大量日记，刘氏后人一直加以珍藏。致力于社会慈善工作的刘国钧嫡孙刘学进先生有意将先祖这份宝贵的遗产加以公开，交由常州大学葛吉霞副教授进行整理。葛教授在刘国钧研究方面倾力较多，曾获得国家社科基金项目资助，足证她是点校、整理刘国钧日记的最佳人选。承蒙刘学进先生和葛吉霞博士信任，笔者有幸目睹刘国钧日记的图像与点校文本，略谈几点感受。

第一，内容相当丰富。以 1945 年抗战胜利前夕刘国钧赴美考察商务为例，他在日记中详细记录了每天的行程、见闻与感想，包括采购机器、商谈合作、会友见客等，多则过千字，少亦数百字。尽管由于行程安排等原因，他的日记并不是每日都有，有时间隔数日，但总体而言，记录频度相当高，所记较为详细。

第二，专业性较强。作为常州大成等数家纺织公司的创办人，刘国钧一生追求技术创新，他的日记中有大量对于美国纺织企业设备型号、技术路线、工艺流程、管理规章、产品质量，乃至工人生活的记录，随处可见各种技术参数、机器名称等。

第三，富有生活化色彩。虽然关于生产工艺与技术装备的内容占据了相当大的篇幅，但刘国钧日记尚有许多日常生活的记录，诸如会客、赴宴、访友、阅报，以及自己的许多所思所想等，从中不难勾勒他在美期间的人际关系网络，以及日常生活样态。

第四，原生态性明显。笔者从刘国钧日记图像版看到，日记行文格式并不固定，部分内容带有速记性质，有相当多的手工绘图，也有一些涂改痕迹，说明这是他手写原稿，并不像现已出版的其他名人日记一样，经过二次修订。

刘国钧先生创办的大成企业集团在 20 世纪 30 年代世界经济普遍萧条和中国棉纺织业动荡不定的时局下，创造了实业史上的巨大奇迹，成为时人与后人学习与研究的重要对象。刘国钧之所以能成为著名的实业家不是偶然的，是多方面因素促成的，而他自身具有的企业家素养无疑是极为重要的因素，从日记之中不难印证他的许多卓越品质与成功之道。

兹举情商一例。但凡一个成功的企业家必定要有好的人际关系，然后才能形成广博的人脉网络，才能养成良好的个人威望。刘学进先生常讲乃祖喜欢广交朋友,从1945年日记中也可看出他与同期在美的范旭东、陈光甫数十位人士亲切交往,关系密切。例如1945年3月29日他与范旭东会晤之后,在日记中写到,“于{与}范旭东谈四小时,范63岁,精神较好,体重增加,诚工业界之福也”,他还大量记载了与范旭东推心置腹所谈各事。日记中还可见到刘国钧时常提醒自己友善待人的记述,字里行间不难看出一些他的待人处事之道。例如生意场上的竞争博弈自属常事,难免与人吵架争执,但刘国钧事后则“恨自己气容太小,未能忍受”,在日记中提醒自己“谅解”对方(1945年4月12日日记)。

刘国钧的高情商,源于他的善心和爱心。他将一颗爱心用于办实业,他将办企业“视为社会事业”“深怕不能得人谅解”(1945年5月11日日记)。他的一个原则是“为我做事的人福利优待”,以期“既用其人”,更“要得其心”(1945年4月27日日记)。

刘国钧的“爱心”与“善心”,还体现在他对于企业员工的“关心”方面,他的企业非常注重工人的生产与生活条件,在各处工厂、各个车间,“为工人防受伤,勿惜保险装置费用”。同时,尽量提高工人生活福利待遇,大成公司在员工的住宿安置、幼稚托育、子女教育、文化娱乐、合作信贷等方面,处于当时国内前列。同时,刘国钧积极承担地方公益事业,他在日记中写道:“地方公益量力补助,勿怕勿退缩,别家不能而我能之。”(1949年12月24日日记)《大学》有言,“道善则得之”“唯善以为宝”。刘国钧善待他人、善待员工,为他个人赢得了威望,为企业积累了人气,形成了创业过程中的一种宝贵的无形资本。

再举智商为例。此处所谓智商,与心理学上的概念稍有不同,并不是完全指人的聪明程度,而是借用这个概念以说明企业家通过不断学习以提升自己的理论与业务水平的能力及其实际效果。大成公司在印染工艺以及灯芯绒生产方面,在相当长时间之内保持国内领先地位,刘国钧的一条重要经营之道就是不断进行技术革新,他的钻研精神从1945年的日记中也可得到一些反映。他在日记对于外国纺织企业的工艺流程、产品质量、原料供给、用人制度、设备型号与功能等做了不厌其烦的记录,还配有自己的思考。例如1945年4月20日,他参观了美国“北明汉来文戴而纱厂”之后,特地记下10条“特别事项”,其中关于“大盘头染色”过程,他在记录了美国工厂的做法之后，提醒自己要“特别研究试验”，并在日记中提醒自己：“至要！至要！”他发现此厂的染盘头结构简单，功能较好，于是决定仿照，“先做两部染锅”。他参观了“恩舍英纱厂”之后，专门就棉毛合纺法的难度及其改进办法进行了思考，并将毛棉合纺办法比喻为“碎豆和面之后，即可做饼吃了”(1945年4月30日日记)。这些都可说明，刘国钧是一位学习型企业家。他出身学徒，只有初级文化程度，但坚持学习、刻苦学习的意志与能力令人钦佩。他曾在给好友吴景超的信中这样讲述自己的创业历程：“民国三年，即来武进城内，与友人合组大纶机器织布厂，创全国未有之单纯单纱织布厂之新纪录。国钧虽自己只在私塾读书一年，未曾进过学堂，办此机械织布新工业，学识不足。但想外人非生而知之者，制造机器，无中生有者很多，吾人买得此等进口现成布机，只须认真苛求，无有不能织布者，自信只要功夫深，铁亦磨成针。以此自励，并未聘请工程技师，全凭苦干。于民国四年二月开工排机，至六月尚无成效。常有夜半思得一事，披衣而起，或乘半夜车往申求教。又费时四五月，毫无眉目(因彼时有织布机械知识者甚少，且购此旧机，无人负责装置)，请来机匠，连换三次，终未见效。在万分困苦中，国钧易服工衣，私进上海怡和织部，练习二天，并得一机匠，返常研究，始克略具头绪。日在车间研究，忘食午膳者有之，烫伤轧坏我皮肉有之，此为国钧在发展工业过程中最初之困难。”吴景超在其名著《中国工业化问题的检讨》中将这段话用作中国缺乏工业技术人才的佐证，但读者也不难从中领悟刘国钧自强不息的奋斗精神。依靠刻苦自励和坚持学习，刘国钧不仅度过了一个又一个创业难关，而且成为一名优秀的纺织专家，说明他借助“智商资本”的优势，弥补了技术资本与货币资本的不足。充分发挥“智商资本”的作用，不正是刘国钧先生留给后人的又一个有益启示吗?

除了情商与智商，一名成功的企业家还须具有相当的“政商”。这同样是一个借用的概念，是指企业家关心政治的眼光，以及因应于某一政局，处理好与政界关系的能力。刘国钧和其他实业家一样，意识到在晚清时期，不仅“清政府不管工商”，而且“生意人亦不必问政治”。但是，“今后则不同矣”，企业家必须关心政治，甚至过问政治，参与政治(1945年3月24日日记)。从日记来看，刘国钧对于抗战胜利前后的国民党执政理念与能力显有不满，他在美国通过《美洲日报》阅读了蒋介石在国民党六全大会所作报告之后，特地将其中关于“（政府）必须实行平均地权及管制资本之政策，以消灭垄断及操纵”的部分摘录在日记之中，并加了一段很重要的评语：“何以将此全国工业化的存亡问题，使一党包办到底？目无党外热心政治、工业建设、爱国的人”（1945 年 5 月 10 日日记）。后来，刘国钧亲身感受到国民党不可能领导中国实现独立自主、自力更生的强国目标，他的“实业救国”理想也全部幻灭了（《刘国钧自述》手稿本，刘学进提供）。

看清国民党“没有实行使国家现代化的改革，是一个没有创造力的政党”（1949 年 12 月 24 日日记）的刘国钧，毅然决然地接受中国共产党的领导，选择了“新民主主义国家经济”（1949 年 12 月 26 日日记），大成公司于 1954 年实行公私合营，完成社会主义改造，焕发出新的活力，成为常州乃至江苏社会主义实体经济建设的重要阵地。刘国钧本人也以新的姿态参加党和政府委任的各项工作，成为“新苏商”的杰出代表，先后担任江苏省和全国工商联的一系列重要职务，为推动地方经济和文化发展作出了重要贡献，受到党和国家领导人的多次表扬，被中央统战部称为“爱国老人”（1967 年 2 月 7 日日记）。

总体而言，《刘国钧日记》是一部非常珍贵的中国近代企业家文献，不仅会极大地促进刘国钧及大成纺织公司研究，而且对推进常州地方史、中国近现代经济史研究也会产生相当大的助力，甚至在工业文明史、纺织科技史等学术领域亦能产生较大影响。

（本文原载《团结报》2017 年 6 月 1 日，第 7 版，略有修改补充）

目　录

图表目录

凡　例

1. 日记原稿没有按时间前后记录，整理稿以时间顺序进行排列；同一天日记可能在两本日记本都有记载，整理稿均保留原稿中时间，编排在一起；原稿中的日记日期有民国纪年、有公元纪年，形式不统一，整理稿统一改为公元纪年；行文中的民国纪年则保持不变。

2. 日记原稿有些文字是事后补记，涉及一项事务或账略，虽有不同的时间点，但为保留所记事项或账略的完整性，现一并放在一起并作标识注明；如前后文中后文没有具体时间，整理稿前后文仍放在一起。

4. 日记原稿有缺字、漏字之处，根据上下文文意，进行增补，其文字用“[ ]”标示。

5. 日记原稿有通假字、简化字及别字等，皆以“{ }”标示正确文字。

6. 日记原稿中模糊不清的文字或漏字，均以“□”标识。

7. 日记原稿有诸多手绘图，整理稿对手绘图进行编号，并以图名标示；行文中的小图，在行文中有一定的文意，则直接截图放在行文中。

8. 日记原稿中有部分数字用逗号“，”进行数位分级，整理稿均统一将“，”删掉；日记原稿中的数字存在多种汉字书写形式，为方便阅读，大多改写成简体汉字形式；原稿中存在较多阿拉伯数字、汉字数字混用情况，除较大数字予以调整外，大多保留原貌。

9. 为便于阅读，整理稿对人名、地名、纺织专业名词、机械名词及时代背景等进行了注释。难见于史料的个别人物，则未作标注。

10. 日记原稿存在后补文字、前后段落内容不一致等现象，整理稿依其原貌进行整理，并作相应标注。

11. 书画收藏笔记系刘国钧对照《中国书画大辞典》《唐宋画家人名辞典》《中国画家人名大辞典》等工具书，结合收藏心得，所作笔记，具有一定的主观性。读报笔记反映了刘国钧对于建设工业化的思想，予以保留。

12. 对于日记原稿内的苏州码子，整理稿根据前后文均改为阿拉伯数字或汉字数字的形式，附录 1 对相关内容进行了简要介绍；附录 2 还对日记中所涉棉纺织流程进行介绍；附录 3 收录日记原稿影印件。

导 读

历史学家认为，"国史有日历，私家有日记"。事实上，日记也可以被看作一种按年、月、日顺序编写的个人编年体史书，由此，日记亦被誉为"我之历史"。因应于日记内容的保密性、形式的灵活性、选材的广泛性、情感的自由性等特点，日记是人物研究的第一手文献，日记文献在历史研究的史料利用上有着其他文献所无法替代的价值。

一、刘国钧及《刘国钧日记》整理概况

刘国钧(1887～1978)，原名金生，号丽川，出生于靖江县生祠堂镇，是我国现代杰出的实业家、爱国民族工商业者。自称，幼年家境贫寒，在13岁那年"白天在老师那里读，晚上在家由父亲教读"，一年之后，就外出谋生。[①] 早年在常州奔牛镇做学徒，创办京货店，后以实业救国为志投身工业，并将原名"金生"改为"国钧"。

从1918年独资创办常州广益染织厂始，1922年兴办广益二厂、1930年改组大纶久记纱厂为大成纱厂、1932年创办善余染织厂、1932年将广益染织厂改名为大成二厂、1935年筹建大成三厂、1936年改组武汉震寰纱厂、1938年与协理刘靖基创办上海安达纺织公司以及与卢作孚在重庆合办大明

---

① 《自述》，李文瑞主编：《刘国钧文集·传记》，南京师范大学出版社2001年版，第2—3页。

染织厂、1947年收购通成棉毛纺织厂，至1949年收购意诚布厂，在30余年的创业历程中，刘国钧先后创办或改组或合办的企业遍及常州、上海、武汉、重庆、香港等地，达10余家。规模发展为共计近10万枚纱锭的大型纺织集团，其中大成公司纱锭5万余枚、布机1322台、日产5000匹印染设备全套①，安达公司纱锭3万余枚②，重庆大明公司纱锭近1万枚等。毛泽东曾在《读苏联〈政治经济学教科书〉下册谈话》中，盛赞大成企业对技术的创新。③经济学家吴景超通过对全国民族企业的实地考察，在《中国工业化问题的检讨》一文中，力证在洋货激烈的竞争下，民族企业技术创新和管理得法仍大有可为，所举例证便是刘国钧创办的常州大成企业④，大成企业已成为民族企业创新的代表。金融家陈光甫曾说，"张謇、卢作孚、范旭东和刘国钧"是其一生最钦佩的四位实业家。⑤

中国近代政治人物、学者、教育家等留下了颇多的日记，构建了近代中国社会的多维镜像。所见日记中，企业家的日记并不多见。《刘国钧日记》是近代中国企业家创新创业的一份珍贵文化遗产，是研究中国近代企业史和近代企业家的重要史料。另外，《刘国钧日记》让世人更好地认识刘国钧的创新精神与家国情怀，更好地传承和弘扬企业家精神，为当代我国政府提供企业和企业家工作的新镜鉴。

《刘国钧日记》稿本现由刘国钧之孙、刘汉良之子、江苏省政协常委刘学进先生珍藏。刘学进先生将其所珍藏的6本日记稿本复制件或原件全部委托课题组整理。同时，刘学进先生还认真审读了《刘国钧日记》的整理稿，并提出非常宝贵的建议，课题组采纳其建议，对极少量的个人隐私内容暂不收录。课题组现已整理6本《刘国钧日记》稿本，具体而言，为1945年日记2

---

① 本卷编写组编：《变革的历程——常州私营大成纺织染公司的社会主义改造》，中共党史出版社1992年版，第364页。

② 上海社会科学院《上海经济》编辑部编：《上海经济(1949—1982)》，上海人民出版社1983年版，第853页。

③ 中华人民共和国国史学会编：《毛泽东读社会主义政治经济学批注和谈话》(简本)，中华人民共和国国史学会1998年印，第65页。

④ 吴景超：《中国工业化问题的讨论》，谢泳主编：《独立评论文选》，福建教育出版社2012年版，第493—496页。

⑤ 施宪章：《爱国老人刘国钧》，全国政协文史资料研究委员会编：《文史资料选辑》第149辑，中国文史出版社2002年版，第157页。

本、1946—1949年日记1本、20世纪五六十年代的书画收藏笔记2本、20世纪六七十年代的读报笔记1本。从记载时间上看，主要为1945年2月26日至1949年12月26日的日记、1957年5月22日至1965年的书画收藏笔记、1967年1月至1972年7月7日的读报笔记。

与一般名人日记不同的是，只读了不到1年私塾的刘国钧，其日记记录大多并无固定章法，更像是工作日记。通过日记稿本可以发现，刘国钧记录日记时间并不固定，往往随手翻到一页，就开始记录，记录内容既有一天的经历，一时的感触，也有工作笔记、账略等。在记录时间上，当天记录的也有，事后记录情况也较多。

相对而言，既有的《刘国钧日记》稿本中，1945年刘国钧赴美国、加拿大考察时期的内容最为丰富。刘国钧赴美、加考察路线大致为首站世界棉花交易之都曼费司（孟菲斯）→旧金山→纽约→芝加哥→华盛顿→纽约→北明汉（伯明翰）→美丽亭（密西西比州）→纽奥林（新奥尔良）→再往曼费司（看印花厂）→爱克朗脱（亚特兰大）→又回纽约→加拿大孟屈楼（即蒙特利尔盼登毛纺厂）→回纽约→再到爱克朗他（亚特兰大）哭文登纱厂→奥古斯塔（美国佐治亚州）→波士顿（参观麻省理工学院和洛惠尔纺织学校）→（第二次到）加拿大（再去蒙特利尔盼登厂）→托郎托（多伦多）→京城渥太华→安大略湖→再回美国波士顿仔细参观萨克洛威尔织机厂等地→纽约办理各项订货事宜→乘货轮回国。

纵观1946—1949年的刘国钧日记内容，这一时期他的活动主要涉及大成的复工生产、与合伙人刘靖基之间的纠纷、大成与安达的分家与合并、对国家前途命运所作的思考。这段时期日记记录内容较为零散，有的月份出现没有任何记录的情况。根据刘国钧记录日记的习惯，在1967年日记中曾言“以前十年日记散失了”，另基于1957年5月刘国钧开始着手记录书画收藏笔记的情况，其散失日记当为20世纪50年代初的内容。

在语言表达方面，《刘国钧日记》口语化现象较多，参以吴语方言和个人对英语的音译，也存在错字、别字的现象。日记行文中出现多处同一人名、地名、厂名或机器名，有多种不同的称呼，从另一个侧面反映了刘国钧对日记记录的随意性，说明其日记并非为了美化自己而做的有意识的“创作”，生动地反映了刘国钧对日记的记录更在意表达自己的所思所行。

由此可见,刘国钧对日常所思所想、平时重要工作和事项的记录,既鲜活地体现了刘国钧创新创业的特征,也真实地反映了一代实业家对于国家前途命运的思考。对1949年之前一些时代因素的文字,《刘国钧日记》整理稿多予以保留。刘国钧书画收藏笔记、读报笔记,多遵从原稿以作品时代为序。整理稿主要分为三大部分:1945—1949年日记、20世纪五六十年代书画收藏笔记以及20世纪六七十年代读报笔记。本文主要围绕企业家精神和书画收藏两方面对《刘国钧日记》作初步解读,以期抛砖引玉。

二、从日记看刘国钧的企业家精神

有学者将中国近代企业家划分为五种类型,即绅商型、商人型、买办型、侨商型和知识型,那么刘国钧属于什么类型的企业家呢?从日记所记载的内容和创业经历看,刘国钧虽早期从商,但以实业救国为己任,精研技术和管理,逐渐成长为知识型的企业家代表。刘国钧不仅是大成公司最大的股东,而且长期担任大成公司的总经理,其企业管理活动更能体现企业家精神。

就企业家精神而言,日记首先体现了刘国钧的创新精神和国际视野。1945年刘国钧赴美国、加拿大进行了为期一年的考察、订购纺织设备和棉花的活动,先后考察了50余厂,日记对其进行了详尽的记录。发源于20世纪初美国的科学管理思想深深影响着民族企业的改革和创新。早年,刘国钧曾向在华英商、日商等外资企业探求管理和技术的创新。1924至1935年刘国钧先后四次东渡日本,如表1所示,积极进行企业管理和技术的革新。刘国钧把这种探求技术和管理之道的艰辛,喻作"真像唐僧取经一样的艰巨","远涉重洋,去访求制造、产销、技能等情况"。①

① 《社会主义工业化的特征与工商业者的努力方向》,李文瑞主编:《刘国钧文集·论著》,南京师范大学出版社2001年版,第103页。

表 1 1924～1935 年间刘国钧出访日本后进行的管理创新

时间	企业发展阶段	刘国钧结合日本经验对企业进行的改革
1924 年	独资经营广益布厂和广益二厂	看到日本精于管理,生产成本较低,首创筒子纱、盘头纱,并改以生产色布为主
1931 年	1930 年接手大成纺织染有限公司	考察日本纱厂的管理经验,制定管理的“五化”思想,具体为“工管工自治化、工教工互助化、工资等级化、华厂日厂化、出品日货化”
1934 年	大成一厂、大成二厂	参观平绒、灯芯绒生产过程,并购回机械设备,进行试制;另购回八色印花机,专攻印染技术,首创常州机器印花技术
1935 年	大成一厂、二厂日趋发展的时期,筹建大成三厂,纺纱不能满足生产需要	在常州发表《赴日考察印象及感想》讲演,秋赴川考察,筹备内地设厂,与武汉震寰纱厂商谈合作事宜,将震寰纱厂改组为大成四厂

资料来源:根据《刘国钧先生年表》,李文瑞主编:《刘国钧文集·传记》,南京师范大学出版社 2001 年版,第 150—154 页等资料整理。

其次,刘国钧以传统中国文化精髓指导着企业的经营管理。粗略统计,《刘国钧日记》有近百处关于儒家经典和历史故事的引用和分析,涉及办厂哲学、为人之道和处事之道诸方面,由此可见儒家思想是刘国钧的企业家精神的重要思想来源。

对于义利之辨,刘国钧在日记中指出,相对于个人的“利”,国家工业化的“义”更为重要,人人都应为早日实现国家的工业化和国家的强大而努力。这一点就不难理解其后刘国钧为了国家工业化所表现出的“舍利取义”的家国情怀。他写道:

义也者,天下之公也。利也者,个人之私也。以义为利,以私为耻,何事不可让人?孔子所谓,“朝闻道,夕死可矣”。

如国不治工业,农业都不能机械化。而个人权位能保几何时?恐人不我待也,即能保持,但这种贫病交加的权位有何乐耶?既不安乐,即如受罪矣。

其三,刘国钧的创业体现了务实求真的实业精神。刘国钧曾言:“我别的嗜好没有,惟一的嗜好是办工厂。”①当时很多企业家热衷于在“交易所”做“空”做“多”,但刘国钧从未参加“交易所”投机交易②,以实业救国为己任,只热衷于技术和管理的创新。在考察美国和加拿大的50余厂期间,刘国钧“白天对每个厂生产过程和产品特色都很仔细用心观察,每晚回到旅馆都要记录笔记,看不懂的,记不清的都要打破砂锅问到底”。③ 日记生动体现了刘国钧从细微处着手,务实求真,计算成本、原料、生产、销售等各环节,洞察企业的兴衰之源。

刘国钧曾言:“日本商人在中国开办纺织工厂,千方百计地压制、阻挠、破坏中国纱厂的发展。他们操纵上海纱布交易所,有一个时期故意压低纱价,抬高布价”。进而指出,“这完全是利用中国实业家办纱厂、少办布厂,办纺织厂,不办印染厂的弱点,日商从中渔利,企业挤垮中国纺织业,达到垄断的目的”。④ 正是基于这样的认识,刘国钧决定让广益染织厂改为大成二厂,实现了纺织染印一体化经营模式,推动大成企业的产业发展。

在日记中,刘国钧多次提到计划、研究、组织、技术、信用、道德、时机等,多处记载技术改良和科学管理的要点:

> 凡办一种工业成功与否,要有步筹{骤}、有计划、有研究、有组织、有合理的技术、有商工的经验、有诚心、有信用、有用人的才能、有使人佩的道德,近能感动,远有帮助。身体好,能把得住时机……

其四,刘国钧重视人才,发挥企业的教育作用和社会服务功能。从某种意义上说,刘国钧不仅是一位企业家,也是一位教育家。在日记中,刘国钧特别强调“创办工业是人生天职,且应作社会事业”,“提倡工厂学校化”,创办了工人补习学校。此外,刘国钧还组织创办厂刊《励进月刊》,推行练习生制度、工徒制度和养成工制度,使得企业培养了一批批管理精英、技术精英

---

① 李文瑞主编:《刘国钧文集·附录》,南京师范大学出版社2001年版,第76页。

② 朱希武:《大成纺织染公司与刘国钧》,全国政协文史资料研究委员会编:《文史资料选辑》第31辑,中华书局1962年版,第217页。

③ 缪甲三:《回忆刘国钧先生》,李文瑞主编:《刘国钧文集·附录》,南京师范大学出版社2001年版,第121页。

④ 李文瑞主编:《刘国钧文集·讲演》,南京师范大学出版社2001年版,第223页。

和一线纺织工人。刘国钧曾言："懂经营管理，又懂技术，是一等人才；懂经营管理，不懂技术，是二等人才；懂技术，不懂经营管理，是三等人才。"①

在谈到工业要点时，1945 年 3 月 24 日的日记特别强调需要训练各种人才，如工人训练、试验室和研究所。他写道：

> 要加意在事前设计考虑，而后动。既做，要设研究所、试验室，训练各种人才，且须继续不断。切勿以为人才已敷应用，而疏忽。

其五，把个人的命运与国家的命运紧密联系在一起，日记体现了刘国钧强烈的家国情怀。在忆及 1941 年香港遭遇时，刘国钧感叹唯有国家强大，个人方可过上幸福生活，"离开了自己的祖国，寄人篱下，受人摆布，任人宰割，哪怕他是百万富翁，心情也是很苦闷的"。② 正是强烈的社会责任意识和家国情怀，刘国钧创办的企业和事业才能走得更高更远。

让中国成为"世界棉王国"是刘国钧一生追求的目标，而他的立足点是在大成企业的根基上，通过大成公司的发展，刘国钧坚信中国可以实现"世界棉王国"的宏图。黄炎培曾言："刘国钧倡纺织最早，人呼为甘地。"③在日记中，刘国钧深情地谈到报效国家工业化事业的宏大志愿：

> 本人以纺织为终身事业，环观各国，中国纺织应该发展，如扩充得法，能横行全世界。钧已认识清楚，且以身许国家、社会、朋友，有生之日为纺织业尽责之时，不忍坐视，非尽力推进，不得心安。

刘国钧在自述中言："纺织工业投资小，周转快，收益大，是积累资金，发展工业的重要途径。"他坚信，政治走上正轨，依托廉价而勤劳的劳动力和广阔的市场，精研技术和科学管理，以纺织业为桥梁，为重工业建设提供亟需的资金支持和发挥纺织产业的联动作用，可以更好地实现我国的工业化。

在抗战胜利前的几年内，盘旋于刘国钧脑海里的是一幅振兴中国棉纺织工业的蓝图，如图 1 所示，刘国钧于 1944 年完成一篇战后振兴中国棉纺织业的万言书——《扩充纱锭计划刍议》，指出可用 15 年时间将全国纱锭扩展到 1500 万枚，与世界纺织业争王座。1950 年刘国钧毅然从香港回内地，投身国家的建

---

① 李文瑞主编：《刘国钧文集·卷首》，南京师范大学出版社 2001 年版，第 106 页。
② 李文瑞主编：《刘国钧文集·论著》，南京师范大学出版社 2001 年版，第 170 页。
③ 中国社会科学院近代史研究所编：《黄炎培日记》第 14 卷，华文出版社 2008 年版，第 132 页。

设事业，在江苏省私营棉纺系统中率先实行公私合营，曾任江苏省副省长、江苏省政协副主席、民建中央常委、中华全国工商联副主任委员等职。

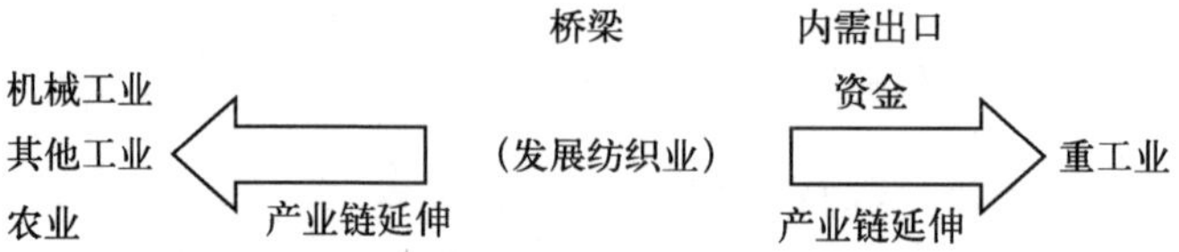

图 1　刘国钧关于工业发展道路的设想

资料来源：根据刘国钧《扩充纱锭计划刍议》《重视棉纺织工业，来配合重工业建设的建议》《国外纺织业概况》《建设纺织公司计划书》《我国纺织工业的回顾与展望》等资料绘制。

据《中国纺织通史》记载，改革开放初期，为满足百姓衣着类消费需求，国家大力推动纺织业作为先导产业的发展。在内销方面，1983 年 12 月取消布票，国内市场消费增加，纺织类零售额从 1983 年的 491.5 亿元，上升到 1985 年的 717.4 亿元，增长近 50%。在出口方面，纺织品出口年年大幅增加，到 1994 年中国纺织品出口额达到 355.5 亿美元，占全球纺织品服装比重的 13.2%，成为世界纺织品服装第一大出口国，成为真正的"棉王国"。① 纺织品出口是改革开放初期我国第一大类出口商品，到 20 世纪 90 年代初期更是一度高达出口总比重的 30%左右，成为出口创汇的重要来源产业。②

三、从日记看刘国钧的书画收藏

大成公司还有个神奇现象，总经理刘国钧收藏上千幅的书画作品，他后来向南京、常州、扬州、苏州、无锡、广州、靖江、常熟等地八大博物馆捐赠书画。③ 协理刘靖基也收藏有数千幅的书画作品。曾任大成一厂厂长的华笃安是金石收藏专家，向上海博物馆捐赠 1546 方明清篆刻流派印和近百册明

---

① 周启澄、赵丰、包铭新：《中国纺织通史》，东华大学出版社 2017 年版，第 807—809 页。
②《中国纺织工业年鉴》编辑委员会编：《中国纺织工业年鉴 1994》，中国纺织工业出版社 1995 年版，第 45 页。
③ 王亮伟主编：《山高水长：刘国钧先生捐赠中国书画精品选集》，古吴轩出版社 2017 年版，第 106 页。

清名家诗札及尺牍。[1] 大成总工程师陆绍云有一定书画造诣，曾参加豫园书画善会、海上书画会，还曾在日本举办画展，担任上海美协的首届会员理事，参与筹建上海中国画院。[2]

谈及书画收藏，刘国钧曾言："1941年开始在沪买书画，跑展览会，认识钱镜塘，1944年至重庆买画，1948年在香港再买画，1950年由港回沪大买，到后来要购古画，明清不多买了。"刘国钧收藏古书画精品，既有重金搜求的心仪之作，也有交往密切的艺术家、政治家和社会名流的酬答之作。

刘国钧将其书房命名为读画轩，书画收藏的掌眼人主要有钱镜塘、吴湖帆、陈万里等；交流和欣赏书画好友，或是收藏家、或是画家、或是文人，有谢稚柳、王南屏、朱光、张炯伯、黄炎培、刘靖基、许厚钰等。而刘国钧自己也形成了独特的鉴赏能力。他欣赏书画多从设色、构图、人物布景、题跋、款识等角度，对书画技艺如没骨、细笔、工笔、一笔画、墨笔画、泼墨画、白描、缂丝、矾头皴、飞白书等都有研究。刘国钧还非常重视作者的生平，在欣赏左光斗的书法作品时，特别标注了"忠臣遗迹，永为枕宝"。

刘国钧从对书画知之甚少，到有所欣赏，再到鉴赏，并形成一定的书画鉴赏水平，这从某种角度也反映了刘国钧的工匠精神。书画收藏多来自上海、南京、北京、重庆、香港、常州等地，有愚斋藏品、庄氏藏品、端方藏品、李鸿章藏物、刘蓉峰藏物、项墨林藏品、庞莱臣藏品、徐渭仁藏品、梁章钜藏品等。收藏笔记从魏晋南北朝始，至当代名人书画，刘国钧最喜欢黄公望的画作，还收藏有苏轼、范仲淹等名人珍贵手札。

《刘国钧日记》不仅为当代我国创新创业教育提供经典案例，而且为传承和弘扬企业家精神提供鲜活的珍贵文献，为经济史学者研究中国近代企业和企业家提供新的观察视角，为企业家精神的培育、创新创业教育和企业家文化遗产开发提供研究新成果。与张謇、荣氏兄弟一样，刘国钧是苏商精神的典型代表，其创新创业的历程具有典型特点，特别是刘国钧的创新精神、工匠精神、实业精神、国际视野和家国情怀诸方面，对当代我国社会经济发展都具有非常重要的启示意义，值得大力传承和发扬。

---

① 陈爕君、邓毅、陈克伦主编：《六十风华：上海博物馆建馆60周年纪念文集》，上海书画出版社2012年版，第63页。

② 景亚南：《浦东早期留学人员选录(1872～1949)》，上海大学出版社2016年版，第162页。

1945年日记

2月26日

至慢费司[1],看染厂。哥德曼[2]同至美国整理厂参观。

(一) 每月工作24天,出布1200万码,合每天50万码,即40码12500疋。[3] 联{连}续工作廿四小时,共用1200名工人。

据美国共有染厂二百多家,只{至}少每月出三至四百万码,即每天约15万码,即每月廿四天,计360万码,每天约作40码者,计4000疋。

生财器机等,约需80万美元。以此推算,此厂即需240万美元的资本也。

(二) 此厂每日作出40码布12500疋,计50万码。工作采大量生产阴丹布及卡其黄等灰色,种类不多。皆用联{连}接单程序,由白布进去一道头,即染好出来。每部机,可出二三千疋一天。烘燥48个滚筒,开得很快,以期少用人。有七八只之多,合多烧毛用天然自来火。煮布有八只,另有平面煮布机五六台。如我们染色机也有十部,足染少数的颜色布。

(三) 新添一种自动烘布机,不使伸拉,用热风烘燥,在方箱内走动。据值二万五千元。

(四) 有缩布三部,足借毛毡炀热,松开冷之,即缩好。每部要三万元。

---

① 慢费司,英文Memphis,通常译为孟菲斯,文中又作曼费司、曼费斯。孟菲斯是美国田纳西州的最大城市,位于美国东南部,濒临密西西比河,一方面其在19世纪前半期经营棉花种植园,另一方面交通便利,是美国重要的交通枢纽和运输业中心,因此逐渐成为美国最大的棉花交易市场。

② 哥德曼,美国人,经纪商,具体所任何职不详,陪同刘国钧参观南方染整厂。

③ 疋,布料的长度单位,1疋=40码=36.58米。

（五）1200 名工人，每人 1 元[1]小时，[一天 8 小时]计 9600 元。每人七角，[10 小时]计 7000 元，[8 小时]6720[元]。12500 疋，工资合每疋，以 7000 元，天数计，合每疋五角外毛算，算工资作五角一疋。

大成在战前，二厂染布部，开支 40 码每疋，连水电、机油、每疋工资、厂用合四角，职员薪水亦在内，厂用也在内。

美国专指工资一项，已要五角，且美金。

（六）1945 年 4 月，告我染布价 12 磅斜纹，每码 190 号阴丹① 9 分，每疋计三元六角，灰色七分，计二元八角。42 寸活{阔}卡其、秋香色，约半磅一码，40 码长约廿磅。俄国租借军装用每码做丝光，染价一角二分半。更重者加丝光，每码二角五分。如直贡呢，每码约一磅。浆过约 40 码，7 磅～8 磅者，每码一分二厘，计 48 分。

（七）做丝光有烧毛后，进浆不煮，即上丝光车，省工。卡其斜等，如此做法。说明：我们阿呢林元色②、安安蓝③即纳付脱[蓝]，皆大量生产。以后，海昌蓝亦可改大量生产，成本可合轻。如此看来，中国染色能力用人，不比美国多。但美国出品比中国好，有缩布机及试验间考究。

此厂全年约产作 240[万]疋布，以三分之二有利者，计 160 万疋，每疋八角，计 128 万元，或许有 160 万元。如出数少，亦要照出数多开支。

斜纹细布头扣：

大成 12 磅斜④，每英寸 27 扣眼即 54 扣，纡 56 牙，即 56 根。

细布 12 磅⑤，25、21 经，22 支纡。卅眼即 60 根为一寸。

在美国做，每磅花价 22 分和 18 分，损耗加一成，作 23 分。纺织开支作 18 分，合每磅计 41 分。每磅作三马{码}半，每马{码}加染九分，3 角 15 一磅，共计 7 角 25。卖每马{码}二角五分，[每磅]计八角七五分。每磅余 1 角 5 分，十一磅计 1.65，卖十元美金一疋。

---

① 190 号阴丹，由阴丹士林染印的一种蓝布，经久耐用，当时较为畅销。

② 阿呢林元色，采用精元染料染色，即安尼林染料，英文名 aniline。主要用煤焦油制成，含有苯胺。文中又称黑布阿油、阿呢油、阿油。

③ 安安蓝，variamine blue，即凡拉明蓝，一种蓝色的冰染染料，染品色泽鲜艳，但易泛红。

④ 大成 12 磅斜，据《中国近代纺织史》载，蝶球细斜纹是销量大宗。细斜纹布经纬均需 20 支纱，宽 31 英寸，每匹布长至 40 码，重 12 磅。

⑤ 细布 12 磅，即一匹细布的重量 12 磅，一般为 12 磅龙头细布。

白[坯],印度罗比 22.50,作[美元]七元,加染美元三元六角,计十元六角。

染花衣、染筒子、染盘头纱花线法:

(一) 染花衣做纡子细纱车纺,直接上布机,各种颜色均可。

(二) 纺经纱可以一只白粗纱,一只颜色粗纱,纺出即为花线。

(三) 做条子、漂布,染筒子纱,非双股线勿烘干,上经车到浆缸上烘干,可矣。

(四) 染盘头纱,根本不要烘,直上浆缸。

(五) 以后雪令①浆缸可做三只雪令,以便烘头扣多者。如马米布染色,潮盘头先烘干,再进浆槽,其多一只雪令要装在浆槽前面。

(六) 浆缸装筒子、架子,添线边及少数嵌线,要买调济水汀表一组。

北明汉②有盘头纱,合线染盘头颜色,亦可合线做花线用。

慢费司花市场,全国陈棉好花 1250 万包,各纱厂存 250 万包,总共 1500 万包。

1939~[19]40 运日本:95 万包;[运]中国:41.4 万包。1934~[19]37 三年运日本,共 462.1 万包。

1943~[19]44 全国出花 982.9 万包,慢费司经售 6198070 包,据占美国棉花交易三分之二。

3月

抵纽约市,寓爱山克水旅馆 1222 号。

3月 13日

由旧金山抵纽约。章午云③请午餐,世界公司④请客。

---

① 雪令,为 Cylinder 的音译,文中又作彐令、锡林、锡令,是纺织机械中直接较大且中空的圆柱形回转机件,俗称滚筒。

② 北明汉,英文名 Birmingham,现多翻译为伯明翰,为美国南部阿拉巴马州最大的城市,早期以纺织业、钢铁业为主要工业。文中多作北明汉。

③ 章午云(? ~2006),江苏无锡人,曾就学于江苏省立第五中学,毕业于复旦大学,曾在交通银行任职,担任行员补习班商品学教员,曾任上海商业储蓄银行总行调查部经理,后任世界贸易公司的主要负责人,在美国长期从事进出口贸易,对国际贸易较有研究。

④ 世界公司于 1938 年在美国纽约注册成立,陈光甫任董事长,主要经营中美贸易,代表中国政府与美国签订商业借款合同的机构,在美国对华经济援助中起到开创性的作用。

3月18日

任嗣达[①]请，午后七时在顶好菜馆。座列席于总领事[②]、张文潜[③]、杨锡仁[④]、李述初[⑤]、章午云、劳海[⑥]。夏鹏[⑦]往华圣顿，未到。缪甲三[⑧]、周卓之[⑨]、刘汉栋[⑩]及本人。

3月19日

买西装两身，48[元]、32[元]，浅色大衣一件38[元]，并购此本日记1.88。[日记本]在茂秀[⑪]公司购置。文书皮夹1只10元。

3月20日

海锦[⑫]谈话。[余]同杨锡仁、张文潜、缪甲三、汉栋往，于{与}海锦本人

---

① 任嗣达，字稷生，云南昆明人，早年留学美国，芝加哥大学毕业，曾任美国华昌公司远东总经理、元昌煤公司经理、云南富滇银行经理、美国世界贸易公司副总经理、上海邮政储金汇业局局长等职。

② 于总领事，即时任中国驻纽约总领事于峻吉。

③ 张文潜(1897～1972)，江苏南通人，曾就学于南通纺织专门学校，1918年考取清华大学庚子赔款留学名额赴美留学，入美国马萨诸塞州罗威尔纺织学院就读。1921年学成回国，受聘于大生纱厂。1936年受聘于国民政府资源委员会秘书。1943年，参加资源委员会组织的技术团，往美国接洽技术合作，为制定战后复兴和发展工业的计划作准备，负责纺织工业部分。

④ 杨锡仁(1892～?)，江苏吴江人，上海南洋中学毕业，1910年考获游美学务处第二批选派赴美留学。先入麻省沃斯脱工科学院，攻读电机工程，嗣入哥伦比亚大学，再入麻省之罗威尔纺织学院，习纺织，是我国最早的纺织专家之一，曾任上海美商海京洋行经理、纺织事业管理委员会委员。

⑤ 李述初，通运生丝贸易公司经理，经营蚕丝对外贸易，常驻美、法、意等国，向各厂接洽，数年努力，颇著时誉。

⑥ 劳海，美国人，英文名Archie Lockhead，曾任职于美国纽约化学银行，后任职美国财政部，时任上海商业储蓄银行美国办事处负责人。

⑦ 夏鹏(1897～1976)，字筱芳，商务印书馆创办者夏瑞芳长子，上海圣约翰大学毕业，赴美深造，入宾州Wharton商学院就学，曾任职商务印书馆，后为上海商业储蓄银行美国办事处的负责人。

⑧ 缪甲三(1914～?)，江苏南通人，南通学院纺织科毕业，以练习生的身份入职，工作出色，受到重用，先后被选派美国专攻纺织技术、赴美考察等，后被任命为大成三厂厂长。解放后，缪甲三从事纺织技术与管理工作，承担并完成了纺织机械设备的研发和制造。在配棉工艺上采取新措施，创造出常州灯芯绒、卡其等出口创汇的名牌产品。

⑨ 周卓之，时任刘国钧私人秘书。

⑩ 刘汉栋(1920～2022)，出生于江苏常州，早年拜进士钱振鍠、诗人苏涤尘等为师，后赴美留学。1948年7月奉父命，与吴达机等同赴南洋各国考察工商业，以求大成公司的海外拓展，是年担任香港东南纱厂厂长。为支援大陆的建设，刘汉栋先后从东南纱厂拨回港币数百万元。

⑪ 茂秀，即梅西百货公司，英文为Macy's Inc，文中又称茂生公司。1858年罗兰·梅西在纽约开设，开始主要经营高级纺织品零售业，后接管毗邻的一些商店，并增加产品系列，成为纽约最大的百货公司之一。

⑫ 海锦，美国纱厂经理，英文名不详，在纽约设事务所。

晤叙。此公六十余岁，精神甚健。张伯苓①可穿海公衣服。事务所甚大，有各种样品。毡子布，专做西装布为最出名。据花衣用得好，捐送过棉籽与中国，[民国]24年到过中国。[海锦]并拿出许多古懂{董}磁器及古画，我送福建丝漆屏及成都银龙镯各一只，并承杨锡仁都锦生②织画一条。

请客在唐人街吃中菜，问：美国21支、19支纺织、厂用、工资，以每磅论。海锦云：彼纺锭共二十余万，织布卖纱，兼有事务所在百老汇路彼英街，该处织品、花衣市场甚旺。芝加哥有专设采办所在此处。

21支、19支纱纺织开支：

第一厂纺纱至织布止，每磅计1角646；第二厂纺纱至织布止，每磅计1角282；扯横1角464。分计纺织工资占1角15，原动电力1分，厂用2分14，合计1角464，假定每磅作0.15[元]。

如以织布分开，每磅价：纺纱占8分85，织布占6分15。因自动布机，开支工钱较省。

海锦云：美国近来每年产棉约一千二三百万包，现有存棉1300万包。据法国有纱锭800万，需要棉花，但运输甚难。

印度纺织开支：

纺纱20支纡，30[支]经纱，每磅开支，扯五角六安乃③。织布每磅30支经20支纡，每磅开支，扯12角。纺织共计17角6安乃。

照扯廿支计算，打8折，计1408安乃，合罗比④8角8分，约合美金2角6分4厘。比美国合大，每磅1角14。

因印度此刻物资缺乏，受战事影响，开支比战前已加大一培{倍}。

开支17.6安乃，原料13安[乃]，共30.6安乃。卖31安乃，厂方顶真些，开支可省1安乃。

---

① 张伯苓(1876～1951)，天津人，早年毕业于天津北洋水师学堂，后获得上海圣约翰大学、美国哥伦比亚大学等校名誉博士，以教育救国为信念，先后创办南开中学、南开大学、南开女中、南开小学和重庆南开中学，形成著名的南开教育体系，被尊为“中国现代教育的一位创造者”。

② 都锦生(1897～1943)，号鲁滨，浙江杭州人。1919年毕业于浙江省甲种工业学校机织专业，毕业后留校任职，经反复钻研，绘制成一幅意匠图，改良生丝织品。1922年在杭州茅家埠创办都锦生丝织厂，所织造的丝织风景画新颖别致，广受欢迎，曾在美国费城国际博览会展出，荣获金质奖章，一时蜚声中外。

③ 安乃，货币名，印度货币，1卢比＝160安乃。

④ 罗比，货币名，民国时多译作罗比，即今卢比(Rupee)，为印度、尼泊尔、毛里求斯、斯里兰卡等国货币单位。

战前中国20支纺开支，每磅6分25；战前中国20支织布开支，每磅6分6。

开支比较：

美国20、19支纱，每磅纺织，计1角5分美金。

印度20支纺织，每磅纺织，计2角64分美金。

中国战前纺织，每磅纺织，计1角285国币。

工作时间：

每班八小时，有做两班，亦有做三班者，连续工作廿四小时，女子仍做深夜工。据说，只有日本说废止深夜女子工作，美国并无此定例。印度工作每班九小时，亦有分三班，每日夜工作廿四时。每班美国亦有做十小时者，超过八小时以上的工作，一小时[工资]须照一小时半计算。

美国工资占60%，中[国]22%，他项比美贵。

毛纺华丝斗特①：

灰丁厂②造条子、头号粗、细纱三种机器。用毛条纺30支、52支，做哔叽。皮卷长至4寸4，活{阔}可纺人造棉麻。每只锭约40元，要略如合用，可买5000枚。

最低生活：

工人每日三餐，早晚八角，午饭六角。房租每日六角，车钱二角。衣服自洗，鞋袜、剃头、洗浴二角，穿衣三角，其他三角，共三元，每月计九十元。如每日赚4.80元，每月计115.20[元]。除用90元，净多25一月，养不起任何人，还要看看影戏。如有家属、有一小孩，祇{至}少要三百元一月，方能生活。每点钟祇{至}少要赚1元五角，每月只有二百八十多元。新由学堂出去，工作在工厂，硕士每月赚二百二十五元，学士一百七十五元至二百元。未结婚者，职员如生一子女，每月加卅至五十元，并可要求加薪。

大学教授待遇每月七百元，特请者一万至二万元一年，另有养老金。中

---

① 华丝斗特，为Worsted音译，即精梳毛纺系统或精梳精纺锭。文中又作华司斗特、华司斗脱。毛纺加工有两大系统即精梳毛纺系统(Worsted)和粗梳毛纺系统(Woolen)。精梳毛纺系统在工艺上经过精梳去除过短纤维，精梳毛纱内纤维基本伸直平行，表面光洁，单纱强力较大，织纹清晰，一般较轻薄。

② 灰丁厂，美国著名的机器制造厂(Whitin Machine Works)，主要生产丝棉毛纺织机械。文中又译为恢丁、维定。

国来的助教,研究院地理郑象铣[①]每月二百多元,正式教员要四五百元一月。

(如每日赚 48 角,每月计 115.20,除九十元,净得 25 元一月,养不起任何人。如成家有小孩,每月需要三百元,方能生活。)

3 月 20 日在纽约定明日上午九时,江元仁[②]、李桐村[③]来寓叙话,[与]任嗣达同往芝加哥。

3月21日

下午六点四十分上车,22 日上午 11 点半到芝加哥。

桐村云:现在南方宏进旧厂,计纱锭两万八千枚,布机六百台,价 375000 元,房屋基地 80000,共计 455000 元。出租与犹太人,每月 4000,德国战事结束为期满。尚有其他厂家出卖。

任嗣达先生云:中美借款贸易数字,中国来货每年以前桐油 2000 万、钨 1500 万、锡 2000 万、茶 500 万、猪鬃 500 万,皆美金数字。

世界公司开办以来,办进货约 9000 万,华货来美约 6500 万元,净欠 1000 多万元。第一次借进 2500 万,第二次 2000 万,第三次 5000 万,拉财部职员劳海来任总理。且以会计公开,成绩好极,使华人地位增高,诚大功也。

美国西装定做普通 45 元至 80 元,工钱衣料在外。如买好的现成者,每套 28 元、48 元至 75 元、80 元不等。如现成西装,卖八十元。如定做,要一百五十元至一百六十元。

14 磅斜纹饭单一条,用布约码[④]点七,售价 1 元 3 角 1 分。茂生公司衬衫,中国成本 32 支经纡约 1 元,纽约卖 3 元 5 角。

---

① 郑象铣,地理学家,留学美国,曾任职华西协和大学"华西边疆研究所"、执教金陵女子大学,考察西南和西北地理风貌,1949 年后,任职铁道部,进行工程地质考察。

② 江元仁(1902～1968),福建福州人,清华大学建筑系毕业,赴美留学,后任职南洋公学土木专业,后任职中国旅行社。

③ 李桐村(1895～?),1916 年入职上海商业储蓄银行,曾任上海商业储蓄银行会计处代理主任、汇兑处襄理、检查部襄理、天津分行副经理、南京分行经理、大业贸易公司总经理。1945 年大业公司准备在抗战胜利后创办纺织工业,派李桐村赴美考察并购买机器,但并未成功。

④ 码,美制 1 码布,相当于 91.44 厘米。

3月22日

陈光甫[①]先生谈话。来芝加哥医院,会陈光甫。云:

(一) 重庆伍克家[②]电报:经济部向英、美各定纱锭五十万枚,价每万[锭]美金卅万元,三年以后交货。

(二) 纳尔逊合作事[③]。在华圣顿见过。[纳尔逊]云:战事要紧,谈不到合作,其他方面亦须容后再谈,前议合作,暂作罢论。

(三) 大业[④]买旧锭 28000,自动布机六百台,价 175000。房地八万元,出租每月收租金 4000 元。中日战事结束后为满期。

(四) 我告以欲为大明买二万、大成三万,多些亦可。如款不敷,欲暂借用。彼允可办。

芝加哥看厂。1945 年参观美国农俱制造公司(International Harvester Company),同往参观者,有定格莱(Dingley)。

此公司战前工厂共有卅处,专造农业机器拖车,造麻绳有纺麻厂。每一厂均有自助餐室,职员工人同室共餐,黑白人同等看待,排班吃饭。我、汉栋、任嗣达亦随班排进,每人吃六角左右。据定格莱云,战前全公司卅个厂,生产量三万万美金。战事发生后,增加生产一培{倍},现有六万万元。造农用气{汽}车,战前每日产二百辆,现产一百辆。而加造大长车,如坦刻克约 75 辆一天。另有炼钢厂。所看的厂——此厂内有化铁炉、生熟均可,砂模心

① 陈光甫(1881～1976),江苏镇江人,早年私塾启蒙,入报关行当学徒,勤学英文,考入汉口邮政局,后随中国代表团参加美国国际博览会,会后留学美国,入美国宾夕法尼亚大学商学院,1909 年毕业后回国。民国成立后,任江苏省银行监督。1914 年转任中国银行顾问。1915 年 6 月创办上海商业储蓄银行,资本从 10 万元发展到 500 万元,分支机构遍布全国。与此同时,陈光甫出任上海银行公会会长一职,成为上海金融界的领袖。1923 年 8 月,陈光甫的上海商业储蓄银行设立“旅行部”,1927 年旅行部挂牌注册,易名为“中国旅行社”。抗日战争时期,历任国民参政会参政员,国立复兴贸易公司董事长,中、美、英平准基金委员会主席等职。受委派赴美国谈判借款事宜,最终促成中美“桐油借款”和“滇锡借款”,为抗战作出重要贡献。1947 年出任国民政府委员,主管中央银行外汇平衡基金委员会,当选立法委员。后定居台湾。

② 伍克家,东吴大学毕业,曾任上海商业储蓄银行总经理,1944 年重庆成立总行,伍克家任重庆总行总经理。

③ 纳尔逊合作事,指的是纳尔逊曾于 1944 年受罗斯福总统委派美国战时生产局长纳尔逊访华,调查战时中国经济困难情形,商讨战后解决良策,曾与蒋介石讨论战后中美经济合作问题时表示,中国战后建设需要中美密切合作,美国拟向中国提供商业借贷,并将派遣能源动力等方面专家来华,帮助中国推进工业化。其后陈光甫赴美,意图进一步确认战后中美合作之事宜。

④ 大业,抗战时期陈光甫决定大力拓展商业经营,成立了大业贸易公司。

机器,做翻砂。我看已好,他说不新式。将熟铁钢郎头重的很多打铁。如气{汽}车湾地轴、各种牙齿、各种小件,不是生铁翻砂比是钢打好,再车抱{刨}、磨光。引擎水箱一件,走一道走完车,即可开跑。式{试}验后,出厂,各种母机都就机器要打眼,就一次将几十个眼打好,要刨也一次将上下及四面刨好。一块钢打成如此"凸",两边夹后面推,即成功。铁碎片在地下及箱内由高空吊下吸铁盘,将一切碎铁皮边一并吸去,连箱子亦吸迁地。携力益可大可小,用电多即多吸。纺麻厂机器,比印度只见机不见人,一人管四十部梳棉[机]。如纱厂做的麻绳,捆麦柴,农人用。每磅要卖一角五分,东亚吊综绳只卖三、四角一磅。此绳只值五分一磅,多至七八分,且是国币。

车床机匠工人每月四五百元,约合每天廿元,约每小时两元五角。纺麻女工每小时七角五分至1元,铁厂女工不知多少,想须大一点。

工资比战前扯,合约大20/100,或照下书20%。并同往游湖边。至旅馆,吃一点酒,回去。

看印度达达炼钢厂①皆大件及炼焦,此厂造气{汽}车较为精细也。

3月24日

谈中美合作时机未到。在术类克霍脱②早饭,席于{与}任嗣达谈话。余以前听[王]志莘、[陈]光甫总说热心是好事,但要就时间。昔诸葛瞻③对刘备云,"养精蓄锐,待时以争"。今闻嗣老一席话,证明时机阜成,废最骨干。

今日之美人对中国顾虑:(一)政治轨道;(二)法律;(三)外人在华赚了钱能汇出否;(四)国共问题如何;(五)从前外人在华赖不平等条约保护,今后有何保障;(六)虽有人来解释,种种乐观,不成问题。在没有确实表现以前,总难深信。

现在不必再向美人谈合作,但亦不必将门关闭。如有美人自动来,可将计就计。

---

① 达达炼钢厂,1907年成立,Tata Iron and Steel Co. 通常译为塔塔炼钢厂,为其时印度最大的私营钢铁公司。

② 霍脱,或霍脱尔,在文中均为hotel音译。

③ 诸葛瞻(227～263),字思远,即诸葛亮之子,刘备(161～223)去世时,诸葛瞻尚未出生。《三国演义》原话是荀彧对曹操言,"且待半年,养精蓄锐,刘表、孙权可一鼓而下也"。

华莱士回国报告[1]很失望！是因中国对外谈话未有政{整}个肯定方案，各部对自身为重，未曾得到整个治国确实计划。

美国的林康侯[2]，名泼拖生[3]，发起的中美工商协会[4]，每一会员五千元会费。他的口号是战前有不平等条约保护，现在向华投资有何保障？试问英美互相投资、美俄投资等，亦有不平等条约保护乎？

嗣老说，预料中美合作发动的可能。在华圣顿、重庆双方政府对整个工业来一个合作，或借款购置机器。中[国]政府得此机会，亦要找工商业人才。我料如果有此事，世界公司极有可能做一个中间人。因该公司成绩好，有光甫信用名誉好，任嗣老有远见、有才干、有计划、有步筹。如归世界公司办理，定有良好结果。且美国须要中国工业发展，经济才有办法，国家才能增强。

论政治，前清政府不管工商，外人在华做生意设工厂，亦放任不管，所以生意人亦不必问政治，今后则不同矣。如政治不上轨道，直接影响到工商。论理因世界国际的关系，为政治的，亦必有戒心，不能不将政治办好。但要想将政治办好，要振兴工业，使国家工业化，人人有饭吃，有衣穿。所谓衣食足而知荣辱，有事业做，聪敏才智亦有出路，不必在政治方面竞争，地位可向工业发展，其荣华富贵比做官好多了。但为工商业的人在此时，生此国，都应埋头苦干，各尽各的本位发展。

美国人要做南洋生意，须与中国合[作]。美国棉铁生产过剩，应向国外投资。惟纺织业要做南洋生意，因开支大，难与英、印竞争，宜与中国合作，或在中设厂。

---

① 华莱士回国报告，1944年6月美国副总统华莱士 Henry Wallac 抵达重庆访问。在访问中国期间，华莱士同蒋介石就中苏关系、国共关系、中美互助对日作战等问题进行广泛的交谈，蒋介石同意华莱士提出的派遣美军观察组赴延安考察的要求。华莱士回国后向罗斯福汇报指出，蒋介石没有治理战后中国的才能和政治力量，战后中国领导人可能是从革命中产生。

② 林康侯（1875～1965），生于上海，早年曾任教员，赴日考察教育，后任北京新华储蓄银行发行所主任、上海分行总经理、上海银行公会秘书长、上海总商会主席委员、国民政府财政部常务次长等职。曾以中国代表团资方代表身份参加第24届国际劳工大会。

③ 泼拖生，即美国的中美工商协会的发起人柏德生，英文名 Richard Patterson，曾任美国商务部次长。

④ 中美工商协会，于1946年2月在美国成立，英文名 China-America Council Of Commerce and lndustry，美国商界对战后开发中国及加强中美两国间国际贸易，协会主席为美国国际机器事业公司总经理华特逊，会长为柏德生。

3月24日

参观芝加哥陈列馆,模型煤矿于{与}真矿布置无异,引人注意。

(一) 当场试验,矿中有毒,而有灯泡火试。如有毒,炮即爆发破,无毒安全。在试验过用消毒后,如灯泡不炸,即安全,进去开采。各种机器,另有照片。

(二) 几万年前是草木,而后冻冰,而后有走兽,再后有人,有岩石为证,有窗式陈列。煤是森林所成,有标本参考,有树刑{形}。

油矿:各种采矿有义{仪}器。在几百千尺之上,物学理化义{仪}器在上,下面油或煤、金银同{铜}铁。各种有各种的吸引感应的动静,何种于{与}何种接触,即见动,所以能知地下有何物,且无讹错,如磁石引针。

油井下管一层层石砂石头,种种情刑{形}甚奇观。油是黑色,有厚薄,有大小,取出再炼。而炼油有模型,方法有数种,用数百度火力烧之,轻者向上流出为气{汽}油,重者在下为火油、柴油。陈列有照相、有标本、有说明,且可捺铃,有留声报告,有活动照如影戏,手按一次换一次,表现你看。诚不胜周到,不惜工本,政府为人民无微不致{至},使人民所出的钱,得真的知识也。可说人民出钱名为捐款,实为买学识,不是白化{花}白费,贫人出得少,收获多,富人出得多,已因受到收获而致富,所以贫富乐于负担。大富且自动增加,陈{诚}不惜重价购置,送入陈列所。

农俱气{汽}油机械:

中国几千年至今,未加改良。此刻闻工业化,如农业不改机械化,工业、工人要发生问题。必须使农民以气{汽}车为原动,割麦、下种、耕田、施肥、去草,均可,在气{汽}车前后左右,装制{置}刀片及一切设备。总言之,可使麦在田中,由割下进机,即可用气{汽}车,送进仓库,或先用马割麦、下种、施肥、耕田。美国逐步改进,费去不少研究。我可取法乎上,仅得乎中,且甚简单,并不复杂。大地主、大平原可先来创办。另有照片为证。

这种简单事,如不做,何以为国?何以为工?如使人学习三个月即全能,可为传教师矣。总之,非不能也,是不为也。

政治应上轨道,国际刑{形}势已经逼近,使我们不得不学好,不得[不]改进。人欲用我,而我亦乐为交。厚爱我,我者用也。知道要想供人,要想人帮助，必先自助，而后始得人助。国人谅已知觉到。中国如再不将政治改好，不特此次白牺牲，就算了事，且后患有不堪设想之虞。有如此大的关系，应该觉悟。两句话："天德只是个无我"，"皇道这是因爱人"。① 以无我爱人之心治国，何事不可为？

义也者，天下之公也。利也者，个人之私也。以义为利，以私为耻，何事不可让人？孔子所谓，"朝闻道，夕死可矣"。

如国不治工业，农业都不能机械化，而个人权位能保几何？时恐人不我待也！即能保持，但这种贫病交加的权位，有何乐取？既不安乐，即如受罪矣。

3月25日

光甫云：英国有人在此谋借债。

中国亦有同样是{事}实，交换过意见。据说已有谈话，财长表示尽力相助，约期再话，欲其家细谈。希望有下列数种：

（一）世界国际银行。

（二）救济款可以[买]机器，如以工代振{赈}方法。

（三）投资银行。

（四）有信用、有基础可来一个公司组织，向中国办工业，利用美国证券市场。

（五）发优先股、公司债。

（六）国会提议借款，助中国兴工业。

公权、复稔②都可谈谈。我说自助，然后方得人助。

世界公司既有政治嫌疑，可变为商业组织，一劳永逸，以免牵制公司，不一定要原名，只要心藏{脏}，用原有者，剩[乘]此机会来个组织。

来芝加哥结论：（一）要照陈列所、木匠、机械设备办一个。（二）农业工

---

① "天德只是个无我，皇道这是因爱人"，这句话出自明朝吕坤《呻吟语·谈道》，原文为"天德只是个无我，王道只是个爱人"，强调公德心、仁爱。

② 复稔，即李铭（1887～1966），字馥荪，浙江绍兴人，留学日本，曾创办浙江兴业银行，曾任上海银行公会理事长。时在美国，与陈光甫、张公权等在纽约筹建中国投资公司，任总经理。抗战胜利后，李铭回国担任输出入管理委员会副主任委员等职。1949年李铭赴香港，筹建浙江第一商业银行，任董事长，后病逝于香港。

业化机简单,所费不多,即应速办,余甚感兴趣。

3月29日

在纽约爱山克四好屋士①,于{与}范旭东②谈四小时。范 63 岁,精神较好,体重增加,诚工业界之福也。

(一) 劳神环境不好,政治如此,手续麻烦,都是短命的怨梗。但吾人要设法使寿命增长,不做事,比他相等年龄死的甚多。对事业虽然下了决死的愤{奋}斗心,至今还健在,足证劳动做事,一方求与社会有益,一方自己亦有好处。

(二) 无决心,事业难成,劝我进。并云:为事业向人低头,不是耻辱,是为事业而牺牲,我们一方面为祖宗补过,一方面为后辈造福。

(三) 永利③有人在此有年,各方信任名誉大张{涨}。刻接受印度代为设计五吨一天的烧碱漂粉厂,又为巴西设计一个化药厂。英人并不反对,在此所费一切开支,有化工代人设计,收入抵冲。

(四) 前于{与}卜内门④交涉,英人见永利有成绩,想并吞。不成,要加盐税,又不成,最好当面谈话。范云:永利路是狭的,可以向人下拜,再不然只有手枪相见。结果谅解。立约:永利消{销}货占百份 55/100,卜内门占 45/100,交涉很久,始结束。

(五) 此次向美投资银行借得 1600 万元,四厘钱 15 年还清,无甚苛条件,由政府担保。

---

① 爱山克四好屋士,即 Essex House 音译,又译为艾塞克斯豪斯酒店,为美国纽约地标性酒店——万豪酒店,1931 年对外营业,毗邻中央公园。

② 范旭东(1883~1945),湖南湘阴县人,早年留学日本,习化学,毕业于京都帝国大学理化学系。1915 年在天津创办久大精盐公司,后创办亚洲第一座纯碱工厂永利化学公司碱厂,突破外国公司垄断,中国化工实业家、中国重化学工业的奠基人。

③ 永利,即 1917 年范旭东在天津创办的永利碱厂。突破了外国公司的垄断,与侯德榜等成功地解决了制碱过程一系列化学工艺与工程技术问题。20 世纪 30 年代,他创办了我国第一座生产合成氨的联合企业——永利化学公司铔厂。抗战期间,他在大后方先后创办了久大川厂和永利川厂,推进了大西南建设,支援了抗战。

④ 卜内门,即卜内门公司,Brunner Mond Co. Ltd,1873 年英国人卜内门氏创建。总部设在伦敦,在上海设立驻中国公司,经营种类繁多的化学品和药物,业务主要有肥皂、块碱、晶碱、玻璃等,试图垄断中国市场,而永利碱厂的产品质量较好,卜内门最终无法形成垄断。

（六）王克敏[①]做过银行、工厂及其他事业。据彼自云："都失败，只有做官无流弊，我常做官，不要本钱，比工业容易。"

（七）永利战后已预计设十个工厂。

（八）彼云：国内人民不蒙{懵}懂。他在川先费五千元做一种器俱{具}，送与土井制盐人。据井内出来的水经过此器可以减少水份，使盐水加浓厚20/100，可以省煤。结果现在四川凡是土井都已照改。彼并为附近人家设计，尽义务。以前有人反对，现在适得其反。他做纪念时[②]，附近人送他基地，并送房屋，以备永留四川，足见公道是在人心。所以他待陵仓要好得很。永利是由四十万做起，试验化了三百多万，时间卅年，始有今日的成绩，不是偶然的。

（九）我问他："国内有人说你亦办纱厂，有此事乎？"他说："我做化工，即以化工为终身不变的事业，再不愿意做其他工业。"

（十）并告我，李国钦[③]留英习矿，今五十余岁，精明过人，于{与}光甫不大对。前代国内销钨及锡等国内货，后由福兴公司[④]做了，他即无事，而向别国去办锡钨。[李国钦]来美，最后并为美国设计，在南美见美人废弃可以炼钨的矿物，拿来设计，炼好成功。现在美国的钨归他一家制炼，连中国来的亦归他。烟囱上中文"华昌"，始有美人反对，后来经他解释无事。彼美人在华设厂用英文，中国并无人反对，况中国人口占全世界四分之一，有如此之多的人民的字不应该不用。

华昌工人二百多，李君每年收入有十三万以上美金，一年比在美国完个人税，排在第九名。半点钟，接电话有卅次。彼仍安之若素，起居到办工处，均有定时，向不误钟点。

---

① 王克敏（1876～1945），字叔鲁，祖籍杭州，生于广东，举人，1900年以清国留学生监督名义到日本，担任驻日大使馆参赞。民国成立后，历任中国银行总裁、财政部长等职，后任伪职。

② 抗战时期，范旭东在四川犍为县老龙坝重建永利碱厂，为纪念创业艰辛，将永利所在地老龙坝改称为新塘沽。

③ 李国钦（1887～1961），字炳麟，湖南长沙人，1903年考入湖南实业学堂矿科甲班，1910年毕业留校。后赴英人伦敦皇家矿业学校深造，1915年李国钦以华昌练锑公司名义赴美国，在纽约筹设办事机构，长年从事锑矿的中美贸易，加入美国籍。多方协助中国化学工业的发展，与范旭东、侯德榜结为至交。

④ 福兴公司，利用船运主办中美矿务交易。

4月1日

来华圣顿，先至大使馆，“大使馆”英文名“恩白岁”①，“中国”的名“强你司”②。见魏道明③，字伯聪，送翁方纲④ 4 尺对一付。又承何淬廉⑤、贾果伯⑥介绍李商务参赞⑦，无锡人，已来五年，名干，字苞均。

4月3日

午刻，约于明午在休立邓霍脱尔吃饭，陈康齐⑧来陪。王志莘⑨今来，仍回纽约，在此吃饭，同游勿利安陈列所⑩。见中国许多古画、磁器、古铜器、石刻。买得名{明}信照片，甚满意。陈列所甚多，计有大约五六处，各种很详细。研究所、科学馆，历史古今，表现无遗。变迁的物质、纺织过程、模型陈列甚多，供人民研究，使人有参考；有门迳，便于进展，引人入胜，诱人向事业方面进取。“道敬古人”，即做于{与}今人看。如华圣顿纪念塔、林肯纪念

① 恩白岁，为大使馆英文 embassy 的音译。

② 强你司，为 Chinese 的音译。

③ 魏道明(1901～?)，字伯聪，江西德化(今江西九江)人，早年留学法国，获巴黎大学法学博士学位，1927 年任司法部主席秘书，1928 年任司法行政部部长，1930 年任南京特别市市长，1941 年任驻法大使，1942 年任驻美大使。抗战结束后，任立法院副院长、台湾省政府首任主席。

④ 翁方纲(1733～1818)，直隶大兴(今北京大兴)人，书法家、金石学家、经学家，乾隆年间进士，改庶吉士，授编修。

⑤ 何淬廉(1895～1975)，名廉，湖南邵阳人，1918 年自雅礼大学毕业后，赴美留学，获耶鲁大学经济学博士学位，1926 年回国，任南开大学教授兼财政学系主任。1936 年任行政院政务处处长，组织华北农村建设协进委员会，从事农村经济调查。1938 年后，历任国民政府经济部次长，中央设计局副秘书长，中国驻联合国社会经济委员会和人口委员会代表，南开大学代理校长。1949 年 2 月赴美国，任哥伦比亚大学经济系于东亚经济研究所教授。1956 年与哥伦比亚大学教授韦慕庭主编《中国口述历史计划》，搜集、保存了一批中国现代史料。

⑥ 贾果伯，名士毅，江苏宜兴人。历任国民政府财政部库藏司、赋税司司长、常务次长、江苏省财政厅长、交通银行监察人、第二届立法委员，1949 年后赴台湾，撰有《民国财政史》《国债与金融》。

⑦ 李商务参赞，即李干(1901～?)，字苞均，江苏无锡人，早年留学美国，获哈佛大学博士学位，曾任职国民政府财务部，时任驻美大使馆商务参赞，协助中美合作事务。1946 年任最高经济委员会副秘书长，行政院输出入管理委员会副主任。1947 年任驻美技术代表团团员、代理团长，办理有关美经援物资联络事宜。

⑧ 陈康齐，为宋子文的机要秘书，其父陈雪佳为太古洋行买办。

⑨ 王志莘(1896～1957)，上海人，早年曾在钱庄学徒，旋入南洋公学求学，后入美国哥伦比亚大学银行系留学，获硕士学位，1944 年出任国际通商会议代表团顾问。

⑩ 勿利安陈列所，即 Freer Gallery 的音译，现较常译为弗利尔艺术馆。艺术馆位于美国华盛顿国家广场，大部分藏品由底特律实业家查尔斯·弗利尔(Charles Lang Freer)所捐赠，主要藏品有中国青铜器、青花瓷器、明清绘画、日本与朝鲜绘画、印度雕塑、美国 19 世纪下半叶和 20 世纪初的绘画作品。

堂、杰弗逊总统纪念堂等造得非常伟大而庄严，有照片为证。不特美国人见之，要学好，做好人，外国人见之，亦甚有影响。可谓“劝人为善，无做不至”，佩甚！佩甚！美国发达非偶然也。

投资银行①，如有经验、有计划、有成绩者，发起任何事业，欲集股若干，此项银行即包下来，代募股份，一经登报即可满额。因有资本者，托其代为投资也，办工业，只管办理机器、计划布置，其公司事务都有人代你进行，帮你计划，不胜便利之至。似情形难怪其事发展得非常快利，日新月异，精益求精，人民且以为目的无限止，进步无限量，熙熙攘攘。所谓“衣食足而知荣辱”，政治贤良，人人有事做，人人有很畅快的生活，公德心已有，亦复增长，皆非偶然也。各方配合都有计划，贫富之间调理的方法亦善，贫富虽高低有远甚之嫌，但政府政策处处求公道而努均衡，古人所谓“不患贫而患不均”。

美国处富之道，深得均平之法，所以国治而民安也，以致不患富而又不患贫也。吾国之患贫是患在富不为贫谋生活安全之计，任其贫而不顾，以致贫而转累其富，富亦不能安，结果成为众贫，甚至贫者至死未得其故，富者被贫致死亦不设法。“匹夫本无罪，怀璧其罪也”，此言在美国则不适用矣。

4月7日

加拿大批耳司②谈话，于{与}加拿大人批耳司谈明佣金。如50万成交15000元，如40万成可加1万元，共25000元。约12日，卖主方面来人。张文潜欲代中纺分一点，并欲先订原则，付定洋1万元，余为出装时付清。

下午七时，张乃冀③，字叔训，请本人为特，言于{与}汉栋同去陪吾。到

① 投资银行，1944年美国国际通商大会，讨论战后国际工商合作事宜，中美两国工商界讨论战后设立投资银行，鼓励外国资本通过世界银行、国际复兴开发银行等机构对中国工业大量投资，讨论组建对华投资银行团的可行性。

② 批耳司，R. G. Peers，加拿大政府驻华盛顿商务代表，通常译为皮尔士，任宋子文领导下的“善后救济总署”顾问。文中又称批尔史、批耳士。

③ 张乃冀，字叔训，浙江吴兴人，古钱币收藏家，曾创立古币学社。

薛寿煊{萱}①、荣研仁②(尔仁之胞弟第五位。六弟③学海军,已到印度)即来,德馨④亦到,谈甚欢。彼在美国人造丝公司,在纽约附近两小时到实验所内实习,有各种纺织机器甚多。德馨云:研仁亦曾在过此厂,前用四百人,现改良到只用数十人。最新式纺机棉条车下来到头号粗纱纺出,即为14支或16支,不上细纱车,即可矣。似此,细纱车可废,细纱如一百支、一百廿支,粗纱纺五道廿支,多数用头号,到细纱车,足矣。

今晚到吴启鼎⑤公子、丁、蒋、陆、郭等共18人,每名4元,小账12元,约用100元。荣研仁视其言语似有为的青年,身体甚[好],夫人是刘吉生之女⑥。

4月8日

杜维屏⑦谈话。杜维屏自十一点半来寓,谈到下午六时,同至伊寓晚餐。有伊三弟维新⑧、常熟曹君,又谈至八点半回来,连谈九小时之久。要点列下:

(一)愿在工业方面努力,为求国家增生产,学的是纺织。张文潜、杨锡

---

① 薛寿萱(1900~1972),江苏无锡人,薛南溟之子,肄业于东吴大学,旋赴美国伊利诺斯大学学习铁路管理和经济管理。1925年回国,与荣卓仁结婚。1926年永泰丝厂由上海迁回无锡,薛寿萱负责企业的管理,逐渐成为中国丝业的重要企业家。为摆脱洋行对中国缫丝业的控制,1930年薛寿萱联合无锡乾生、振艺丝厂和上海瑞纶丝厂组织成通运公司,自任董事长,在美国设立分公司,直接销售各丝厂产品。与此同时,在英国、法国、澳大利亚聘请代理人,拓展生丝的销路。1938年1月,薛寿萱携家眷定居美国。后成为纽约证券交易所经纪人,担任美国惠立斯汽车公司董事。

② 荣研仁,江苏无锡人,荣德生第五子,留学美国。

③ 六弟,即荣德生第六子荣纪仁,曾在重庆商船学校学习,抗战时,在海军从事技术工作,属海军文职人员,后赴美留学,抗战胜利后回国,1948年自杀。

④ 德鑫,即荣德馨(1907~1985),无锡荣巷人,原姓高,自幼过继给荣氏,曾入申新职员养成所学习,毕业后派赴申新五厂清花间任职,1930年调至申新一厂,1937年调任申新二厂副总工程师。抗战时期,开始兴业公司、新友铁工厂,兼管兴业铁工厂和合办纺织机电厂。1945年,被派赴美国考察订购纺织机械设备。

⑤ 吴启鼎(1891~1948),浙江慈溪人,美国亚赫亚大学经济学系毕业,孔祥熙嫡系,历任财政部缉私处秘书兼运输局局长、江苏沙田局局长、浙江印花烟酒税局局长,税务署署长,江浙商业储蓄银行董事长、中国企业银行董事等职。1934年5月吴启鼎任中国建设银公司股东,1936年任四明银行董事长兼总经理,1940年从香港赴重庆,抗战结束后,任四明保险公司总经理,上海市银行商业同业公会理事。

⑥ 刘吉生之女,即刘莲芳。刘吉生(1889~1962),浙江定海人,刘鸿生之胞弟,上海圣约翰大学毕业,曾任开滦售品处经理、中国企业银行常务董事、上海水泥公司、大中华火柴公司、元泰公司、章华毛绒纺织公司、江浙商业储蓄银行、上海煤业银行、大华保险公司、中华码头公司、中华煤球公司等董事。

⑦ 杜维屏,杜月笙之子,与杜维新均为杜月笙三夫人孙佩豪所出,毕业于麻省理工大学的纺织工程系,曾任上海证券交易所经纪人和大东书局副总经理。

⑧ 维新,即杜维新,杜月笙之子,曾留学美国。

仁关照他纱厂好，连纺织太费神，纺纱简单。

（二）预定宗旨，先在美成立贸易基础，做一点成绩后，再向中国发展工业，将来两边跑跑。我以为此诚实有余，所见亦善，且有计划，可做可做。惟身体稍弱，廿四岁，尚未订婚，看来不喜女朋友。

（三）现在带做股票，贴贴开支，战事以来一直上涨，谅有利。

[纺织原料发展概况]

俄国种植棉花，能用科学方法。要何种颜色，就能收何种颜色棉花。

美国仿种一种绿色，太阳一晒就为变色，未能成功。要看将来矣。

人造丝美国现售二角一磅，于{与}花衣价相等。砌断，可纺细纱。钢丝车不用盖板，用罗拉①普通砌为一寸半，纺出甚好，因丝无捻度，纺后加然{捻}度，可坚牢。经过一种罗拉刻后，丝毛有伸缩性，织出似毛货。人造丝原料可做成有伸缩性者，恢顶制造之纺机，纺人造丝及羊毛两可。

4月9日

[与]李国钦餐叙。午，西餐叙，到范旭东、侯德榜②、杜维屏、李芬③。[李芬]，广东人④，习机械，国钦胞弟。纽奥理司厂⑤，五万九千锭，1□⑥台布机，水泥钢骨房屋，约一百十八万元。彼云，买下，照原价不赚钱，卖与我们。现在由他开办，约定我去看后，再议。

国钦云：最好买母机造纺织机。我说，可以分厂，至中国造重笨者，细巧者在美国造。彼觉得很有意思。

---

① 罗拉，为一种牵伸装置，便于将毛条拉伸。

② 侯德榜(1890～1974)，名启荣，字致本，福建闽侯人，赴美留学，先后入美国麻省理工学院化工科、普拉特专科学院、哥伦比亚大学，1921年获博士学位。回国后，担任永利制碱公司工程师，协助范旭东推动中国民族化学工业的兴起。

③ 李芬，即李国钦胞弟李照南，湖南长沙人，留学美国，习机械，在纽约开设照南公司，经营钨、锑，拥有巴西钨矿、锑矿，后定居美国。

④ 广东人，李芬实为湖南人。

⑤ 纽奥理司厂，即兰纱厂，英文 Lane cotton mills，纱锭6万枚左右，位于美国新奥尔良。文中又作蓝蜜尔、纽奥理司厂、蓝卡登密尔。

⑥ 原文“1”之后没有数字，疑为漏字。

张公权①机厂引擎。4 月 9 日下午五时,在派克路 277 号公寓内 7 号房子 8 楼。伊云:杀克洛惠尔②定出不少,新近又有 25 万来谈。劝我即定。据已于{与}婆区说定,往中国设厂,华人入股多少不拘。翁宜安云:先在上海开第一厂。生意好,将来可分设于两湖。

飞机引擎一千匹马力,改为四百启罗,约五百五十马力,用煤烧或柴炭均可,正在设计改制。每只连炉子发电机设备,每只约成本一千多元至两千元,多算一点作三千元一只,欲由协合公司或合中公司订合同承销。每启罗,合五元外至六元。透平③[马达]战前每启罗要七十元,现在要一百元。3000 启罗要卅万元,此项能成,恐不能久用。

因此种货物非常精细,管理不易,寿命不长。即能用,折旧甚大,只可作临时应急,不能作常治久安计也。

4月 10日

慎昌④定纱机八万。往慎昌洋行,于{与}婆区谈两小时。在坐有翁宜安、周卓之、缪甲三。言明,在此三日送信去。向他定纱锭八万枚,价期均不能预定,亦不付定金。待战后,有价期,通知我,或先付若干。

公权已对李复稔说过,并由宜安再接洽。将来出货时,可以借款半数,三年为期。李、陈、张已约议办投资银行,二千至四千[万]为资本,中美各半或美多中少,在美注册。并拟在中国设制造纺织厂,由杀克洛惠尔去开办,笨重者在中国造。并云,由华人参加三成,或对成股本。并约定,待我由南

---

① 张公权(1889～1979),名嘉璈,江苏宝山人,早年留学日本。历任邮传部《交通官报》总编辑、中国银行上海分行副经理、中国银行副总裁、中央信托局局长、铁道部长、交通部长等职。1942 年赴美国研究经济建设,日本投降后,回国,任军委会东北行营经济委员会主任委员、中央银行总裁。1949 年后任澳大利亚大学经济系教授。1953 年后历任美国各高校教职、胡佛研究所高级研究员、旧金山美亚银行董事长。

② 杀克洛惠尔,为英文 Saco-Lowell 音译。文中又作煞克洛惠尔,舍克洛惠尔、六惠尔、杀克六回尔、煞克六回尔等,通常翻译为萨克洛威尔公司。据《民国时期社会调查丛编》载,在民族纺织企业中,使用美国纺织机械最多的当属萨克洛威尔公司生产产品。产品有环锭纺纱机、精纺机、并条机、高速梳棉机等,1932 年发明单程序并条被世界各国采用。

③ 透平,为 Turbine 音译。一种将流体介质中蕴有的能量转换成机械功的机器,又称涡轮。

④ 慎昌洋行,以经营机器进口为主的美商企业,1906 年开业,总行设上海,在北京、天津、青岛、济南、哈尔滨、沈阳、汉口、广东、九江、长沙、香港、纽约、伦敦等地都有办事处。1921 年资本扩至 500 万美元,至 1940 年又增为 2000 万美元。主要经营电机、纺织机、建筑器材、汽车部件、化妆品、药品等进口业务。

方回来后，同去参观杀克洛惠尔工场。汉栋去实习，先由我出信，由他来回信。交货由伊支配。时婆区云：可提前归我。彼此心照不在话下。

4月11日

世界公司存款。由任先生抄一账与我，其款项已有下列四笔：

(一) 714580.62、(二)291498.53。

(三) 大成户 290000、(四)大明户 50000。

以上四笔(一)、(二)两笔新记公司，已有信来，可用；(三)、(四)两笔可凭权柄单动用，但买机器要由世界代申请。买公债，勿必申请，只要我委托他书面办手续，我已面请代买半厘公债 100 万元。

潘恩霖①五万元尚未到。5 月 2 号，加 25000、加 80000，共计 160000。

江元仁二万元，要济民②信。以上总计 1526079.15。

4月11日

日止，世界公司。

(一) 存 714580.62(内明 390867.29)。

(二) 存 291498.53。

(三) 大成户 290000 元。

(四) 大明户 50000 元。

(以上四户，一二两项是新记户，三四两户可凭权炳动用之款。)

有信云，前已代潘恩霖 5[月]2 日止，共欠 160000 元。江元仁、济民存 2 万，买二厘半公债，总共 1526079.15，内大明有 600867.29。

在六月间请代买公债一百万元，另请付夸木二万元。

---

① 潘恩霖，沪江大学毕业，曾任上海商业储蓄银行业务经理，后担任上海商业银行所设中国旅行社社长。

② 济民，即查济民，刘国钧女儿璧如之夫。查济民(1914～2007)，浙江海宁人，1927 年考入第三中山大学(浙江大学前身)附设工业学校染织科学系。1931 年毕业，后历任达丰纺织厂技术管理职员、大成二厂染织部工程师、大明纺织染厂经理。1949 年任香港中国染厂有限公司董事长。查济民积极引入海外先进技术，进军西非洲纺织市场的先锋，更将业务范围扩展至房地产业、科技投资及金融服务。20 世纪 90 年代，设立“桑麻基金会”和“求是科技基金会”积极奖励对中国纺织业及科学技术发展作出杰出贡献的个人和团队。曾任基本法起草委员会委员，香港特别行政区预备委员会委员、筹备委员会委员和港事顾问；1997 年查济民成为首批获颁大紫荆最高荣誉勋章的社会人士之一。

9[月]18 付灰丁定洋,壹万元正。

九月廿四大成来 5731 元 1 角 2 分,付中国银行收账。

九月廿八日,大成来 5300 余元,付中国银行收账。

桂季[1]一千元、大成五千元,九月花旗银行 6000 元,收到付中国银行 1000 元,[桂季恒]收国记户,扣费 2 元五角。

渝大成由花旗 1 万元,付花旗银行五千元开户。

十一月十二日大成来 4460.73,中国银行来,付花旗银行 1 万元第二笔。

十一月十三收中国银行三千元,付中国银行十一月十二日 4460.73。

十一月十三日收中国银行大成户三千元,国记户一千元,付劳司登十一月十三日三千元。

十月三日花旗来 2 万元,十二月七日花旗来 1 万,至此存该行 45000 元,或付中行,收账记不清。

十二月十一日收世界公司代交公息,$2187.5,6730.70。

共收一百五十九万六千四百八十八元二角。

至此,总共连大明、桂[2]、丰、吉[3]、希[4]、贾[5]收到 1596488.2[元]。

除大明 60 万,济 2 万,希 1500,丰 22 万,吉 7500,贾 5000,计 854000,净存 742488,除桂 1 千元。

外加英镑 1 万,作 4 万元(交通 12 万,法币三百万元)。大成共约有九十万金元。

照来账,美金列下:

成记 760261.81,伦敦 10000 镑。

广益 46000 元,黄金[民国]33 年 11 月 29 止,计 1586 两。

汇记 220000,[民国]34 年 6/16 止,计 400 两。

吉记 7500,申成黄记,计 1500 两。

吉希记 1500,申苏本记,计 200 两。

---

① 桂季,即桂季桓,安徽东至人,曾留学美国,毕业于美国北加罗莱那大学,纺织专家。早年受聘于天津华新纱厂,后任中国纺织建设公司东北分公司经理,曾任中国纺织建设公司业务处长。

② 桂季桓账户。

③ 顾吉生账户。

④ 朱希武账户。

⑤ 贾果伯账户。

共计1035261.81，共计3686两，值美金（连金镑在内）170000元，大明约600000元。

总共计1805261.81，在美连钧带来，计928468.48。

照账存渝，尚有＄106793.33。

[民国]34年9月20日查录，渝加六月十六买20000元，果伯5000元。

连吉生已归公7500元，共计868988，加英磅作4万。

十二月廿六渝汇中行32718.48，一月廿三汇华侨五千元，加我带美去2[万]3千多元。

（公债息8918.20不在内，渝账不在内）共计929706，英镑1万，照与堃对我账，多八千多元。

房地产：

康恼脱路，28年[1939年]卅万，现值八万。

德年新村，60万，现值八万。

山海关路，64万，（现）值八万。

意定盘路，红星街，二百四十万，（现）值十万。

法界十亩，四百万，（现）值八万。

河南路美丰，五百万，（现）值十万。

飞丰邨，2000万九亩，值廿五万。

爱文义路，6亩4，（2千万），值廿五万。

苏田，3000亩，值九万。

富仁坊房子，值五万。

港，值五万。

公园路，值3万。

达兴白房子，值1万。

达兴货等，值4万。

各股票，值十万。

总共1390000元。

慎昌约220000，先付一百一十万，付定银22万。

灰丁定网丝二套，细纱四台，＄100000，付定银1万。

夸木20280纱锭，＄60000，付定银2万。

盼登①,$480000,付定银18万。

小经车并条机等,约13000,付定银13000,慎昌价额。

4月12日

买加拿大厂。上午十时,在资源会张文潜处,约加拿大道明宁公司哈气拉加纱厂厂长飞吸、副厂经理弹吟耳、经纪人批耳司、缪甲三、汉栋等会议。

(一)交货时间在明年十月以前,不谈。至明年十月以后,听买方通知拆装,但须在三个月以前书面关照。

(二)拆装请出卖人负责,已允派清、钢、粗、细四人,听主持拆装。飞吸亦允负责管理,不肯负完全责任。我们要买{卖}方负责请人负全责拆装后,再至中国排好。薪津,由我担任。卖方云:无相当人。我云:"时间尚早,你们比我好想法。"

查装费40尺见方为一吨,重者2000磅一吨,每吨至上海,美金25元。

蒙德娄城,温莎旅社,余又新②君。

(三)机器物料配件修机间:修马达间不在内,马达、房屋、救火器具不在内,其他均在内。凡在房子范围以内者,均在内。浆缸账上五只,另有一只热风烘燥亦在内,共计六只。钢丝车共251部。针空抄钢丝布机③、接头机三部,一部死的、两部活的。宝塔平头筒子车,均有布机,皆自动,只有十台非自动。以前十小时工作,且单班修机间,三部车床,刨床二部,线床二部,新物料亦在内。

(四)讨价加币50万,还30万。本月廿三,开董事会,议决最少价,通知批耳司。批耳允,候我回音。并约定五月五日前,同往加拿大。去看过后,如能加,再加价若干,再议。

(五)张文潜连议三次,均云,合买。我且说:"你要独买,即归你。"他云:中纺嫌多,决定合办。不料至今日,最后他对经手人批耳司云,在五月前买,要全买,肯分我不分我,听他便。又说,由他还价,不得我同意。我说,"彼此

---

① 盼登,加拿大第一家毛纺厂,设于舍布鲁克镇(Sherbrooke)。
② 余又新,文中又作俞又新,生平不详。
③ 针空抄钢丝布机,即真空抄钢丝布机。据1923年9月26日《申报》介绍,真空抄钢丝机能于同时间清洁锡林及道夫功能,增加产量,洁净品质,手续简单,易操作。

各半,股东如你格外多加与人,何如?”他说:“你可不买”,意在愚弄。彼时,我即发皮{脾}气,“我不是你弄白相①的人”。他说,王八蛋弄我白相。结果归我出面买,听他要不要。签合同后,以一个月为限,一个月后他不要,全归大明买,优待他之至。纠正后,我反招呼他,但他不知自咎,我约他吃饭,不肯来。再招呼他,并云,“你不去,我即取消,不谈此事”,以表真诚。而后同至顶好吃饭,特客是弹吟尔、飞吸、批耳司等。弟恐张君之计未兑,心中不快,且被我声斥,心有不甘,将来未知能合作到底否?

余所恨者自己气容太小,未能忍受,且声色具{俱}励{厉}。其实,我说明就完事,只怕小量人不能原谅我,要看张君之量矣。我实能体谅他是为人而忠于友谊者。如能谅解,此君还可共也。

(六)批耳司复来寓,重说一编{遍},归我出面,分一半与张君。他于今晚七时往华圣顿。汉栋明日谓往加拿大,借出境,亦往华圣顿。罗斯福今日下午四点去世。

钢铁价新旧拆工运费:

钢房料新货每顿{吨}48 元。

旧钢房屋拆工每吨 24 元。

旧钢房屋作废钢,重炼,每吨价 10 元。

有地主存旧钢房,卖与营造厂。一大宅作价一元,等于送人。而营造厂出 24 元一吨,拆往别处去,抵新货用,故肯出 24 元一吨。而地主拆去后,地皮可作用,否则难矣,谅地主将造新房。此旧钢房卖与营造厂,恐单卖别人一元,还无人要。

钢旧的,每吨十元。

旧生铁,每吨十五元。

运至中国,每吨廿五元。

美至上海,轻的以 40 尺见方为一吨。重的以 2000 磅为一吨。

---

① 白相,吴语词汇,即玩耍的意思。

4月13日

请卢①带信件，交孙秘书②。表二只，钢笔一支与洪海③，璧如④、静愉⑤各一样。表每只一百四十多元，笔五元。鱼干{肝}油二百五十粒，数元，送桂季桓者。当时因作孚先生往华圣顿，我特别说过承兄带去表，如不可带，请交童少生⑥退我，可也。因我往南方看厂，十五号动身，恐他回去，不及面谈，故请孙先生转咨。15号又交杨⑦信及领带两条，信交堃，告增资买新旧锭子三万、八万。

4月15日

[由]纽约飞北明汉。同甲三在中午12:30分乘飞机，飞北明汉。二点在华圣顿停15分。六点多到阿脱伦太⑧，要停三小时。再飞北明汉，约飞一小时可到。李桐村、江元仁两君在北明汉等我们。机上有印好[调查表]问客人在机上满意否，有意见可填明，以利改良。在飞机上书。

纽约来机场，承中国旅行社李、江两先生嘱女书记送机场。

---

① 卢，即卢作孚。抗战时期，刘国钧与卢作孚共同创办重庆大明纺织染公司。卢作孚(1893～1952)，重庆合川人，著名实业家、教育家和社会活动家。自幼家境贫寒，上完小学即辍学，后艰苦自学成才。以创办经营民生实业公司和主持重庆北碚乡村建设著称于世。

② 孙秘书，即卢作孚秘书孙恩山。1944年11月卢作孚、陈光甫、张公权、范旭东、王志莘、张禹九等组成“中国代表团”参加“国际通商会议”。卢作孚带了随员童少生、孙恩山，孙恩山主要充任翻译秘书。

③ 据刘学进所言，洪海即鸿海，为刘国钧幼子刘汉良之乳名。刘汉良(1927～1998)，出生于江苏常州，幼年与兄姐一道，拜钱振鍠等人为师，就读于上海大夏大学，后转至香港大学学习，随后赴美留学，就学于纽约大学斯特恩商学院。毕业后，先后担任纽约和昌公司及香港东南纱厂驻巴西代表。1954年，刘汉良从巴西转道欧洲到香港，后返回内地，参加社会主义建设事业，先后担任公私合营常州大成三厂副厂长、公私合营大成一厂副厂长，被选为常州市政协一、二、三届常务委员，常州市工商联三、四、五、六届执委等。1973年，刘汉良携妻儿赴香港。刘汉良曾担任民建中央常委，全国青联副主席，江苏省工商联副主任委员，江苏省政协六、七、八、九届常务委员，常州市政协副主席等职。1998年突发疾病，在上海医院病逝。

④ 璧如，即刘璧如。刘璧如(1919～)，出生于常州，刘国钧长女、查济民之妻。幼承庭训，诗礼传家，从钱振鍠、苏涤尘等人学习儒学经典，并随家庭教师学习英语，嫁与大成二厂染部主任查济民，积极协助其父筹建纺织工业。抗战时期，刘璧如偕夫婿查济民跟从刘国钧将部分设备抢运重庆重新设厂，协助查济民进行大明染织厂的日常管理。后在香港筹建中国染厂，协助查济民在香港发展。1990年，刘璧如及刘家后人等捐资设立刘国钧教育纪念基金会。

⑤ 静愉，即钱静愉，刘国钧长媳，刘汉堃之妻，为钱振鍠本家小叔钱潘生之三女。

⑥ 童少生(1903～1984)，重庆人，曾任民生公司业务处经理。

⑦ 杨，即杨锡仁。

⑧ 阿脱伦太，即Atlanta，今译作亚特兰大，是美国东部佐治亚州的首府和最大的工商业城市。日记中又作爱脱兰他、爱克蓝他、阿克郎脱、阿刻郎脱、爱克郎脱。

纱厂掮客，胎老，六十多岁。

4月15日到此。寓铁脱怀罗旅馆1202号，（土怀夫①）即12楼。

第一次参观南方各厂：

Birmingham 伯明翰 Ala②

1③. Birmingham cotton mill 伯明翰纱厂

2. Buck creck mill 不克热克纱厂

3. Avondale mill 爱文台尔纱厂，Kosciusko④ Miss 密西西比省。

纺人造丝，纺织条子布最有利。

4. Aponallg mkg. Co，Kosciusko mill.

可普冗斯可纱厂（Sanders）山道司⑤。织格子布三万。

5. Aponallg. mkg Co Starkville mill，West Point⑥，miss，Starkville Miss⑦.

司他克威尔纱厂（Sanders），山道司。

6. Aponallg. mkg co. West Point mill

威斯脱坡音脱纱厂（Sanders）山道司。

纱锭7000，专纺线卖。

7. Meridian mill（Sanders），Meridian⑧美丽亭，Miss。

美丽亭纱厂（山道司）。

8. Alden mill，爱尔登袜厂⑨。

---

① 土怀夫，即数字12的英文twelve的音译。

② Ala，即阿拉巴马州Alabama缩写。

③ 日记原文顺序排列未有定章，在此按照数字的顺序重新进行排列。这些企业是刘国钧在美国参观的纺织企业。

④ Kosciusko，今译科修斯柯，是美国密西西比州的小镇。

⑤ Sanders，文中译作山道司、申特司，美国纺织公司附设有7个纱厂，分别是Kosciusko mill、Starkville mill、Aponallg. mkg co、Meridian mill，等，其中美丽亭纱厂规模最大。

⑥ West Point，今译西点，是美国密西西比州克莱的县治。

⑦ Starkville，今译斯塔克维尔，位于美国密西西比州的东北部。

⑧ Meridian，今译作默里迪恩，位于密西西比州，盛产棉花，纺织业发达。

⑨ 爱尔登袜厂，文中又称爱尔登针织厂。

9. Lane cotton mills ,New Orleans[①] 纽奥林 LA[②],兰纱厂。

Memphis 曼费斯 TENN[③]。

10. American Finishing Co,阿妈热看染整厂。

Atlanta 阿脱蓝他。

11. Handley mill,Roanoke Ala[④],汉得来纱厂[⑤]。

12. Callaway mill,La Grange[⑥],开来喂纱厂[⑦]。

13. Exposition mill,Atlanta

爱克司坡昔新纱厂[⑧],一百万股,值二百万。

14. Ensign mill,Forsyth[⑨]

恩赦音纱厂[⑩]

4月16日

北明汉会见纽奥理司纱厂掮客(胎老),六十多岁。

蓝蜜尔 [在]纽奥理司,蓝(牌号)蜜尔(纱厂)。

纺机价:钢丝[车]每台 1725,战前价 140 镑。

条子车五眼三节为一台。我们五眼、四眼,合并为一台,此项抵半部多用场。一万锭,要八部。

5 眼三节此厂价:2940[元]。

头号粗纱 64 锭,每台计 2875[元],每眼 160。

二号粗纱 128 锭,每台计 3305[元]。

细纱车 2 寸,二百四十定{锭},2260[元],每锭合 8 元至 9 元。

[细纱车]1 寸 45 ,208[锭],1780[元]。

---

① New Orleans,今译新奥尔良,美国路易斯安那州南部一座海港城市,濒临墨西哥湾,美国南部的主要工业城市。全文又称纽奥伦司、纽奥理司、纽奥林、纽奥伦、纽奥纶、纽奥良。

② LA,即路易斯安州 Louisiana 的缩写。

③ TENN,即田纳西州 Tennessee 的缩写。

④ Roanoke,今译罗阿诺克,位于阿拉巴马州。

⑤ Handley mill,位于 Atlanta,文中称为汉得来纱厂、很得来纱厂。

⑥ La Grange,今译拉格兰奇,位于美国佐治亚州西部,文中又称腊格论气。

⑦ 开来喂纱厂,文中又称开勒会纺织公司。

⑧ 爱克司坡昔新纱厂,位于亚特兰大,纱锭七万枚,布机 1580 台。

⑨ Forsyth,今译福赛斯,是美国佐治亚州北部的一个县,离佐治亚州首府亚特兰大较近。

⑩ 恩赦音纱厂,文中又称恩舍英纱厂,即 Ensign mill,为棉毛混纺纺织厂。

清花三号车:2260[元],二号车:2260[元],头号车:3165[元]。

豪猪式开棉:1997[元],双和花缸:3204[元],拆包车:1773[元]。

自调给棉机,约于拆包,价同,每万锭用一台,1773[元]。

舍克洛惠尔往中国开厂,要问怎样办,才可入股。美机如此贵,难与人竞争,往华能便宜。

自动布机每台:486[元],日货[自动布机],500日金。

普通经纱车每台:720[元],国货500国币。

高速度纱车每台:3800[元],高速度纱车每台:4660[元]。

筒子车140定{锭}:1350[元]。

浆纱雪令机器:4442[元]。热风烘燥雪令二只,日货6000多日金,比此好多。

每万锭纺廿支为标准,应配前纺。

清花机:

(一)拆包开棉车:一台。

(二)自调给棉机:一台。

(三)豪猪开棉机:一台。

(四)和花缸:二只。如双和缸一只敷用了,或单和花缸用一只,亦有。

(五)再自调给棉机:一台。不用亦可省。

(六)[清花车]头号:一台。

[清花车]2号或可勿用:二台。

[清花车]3号:二台。

或用双锡令①清花单程序,即为代头、二、三号清花机,比较省人工,价值比用头、二、三号可少,有限其机[如图2所示]。

(七)钢丝车约每锭出1磅多,约40台至44台。

(八)条子车:约36眼至40眼。

每节用六眼者,每部三节,计18眼,要用六部,共108眼。即六眼,并进一眼,名为三道条子[如图3所示]。

① 双锡令,即双锡林,可提高分梳除杂效能,实现优质高产。

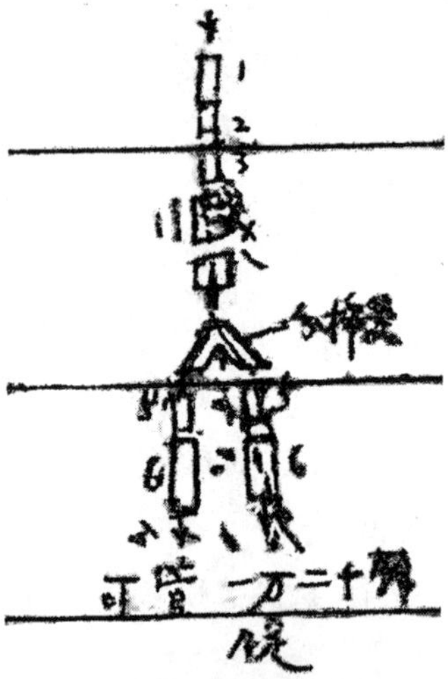

图 2　清花机运作图

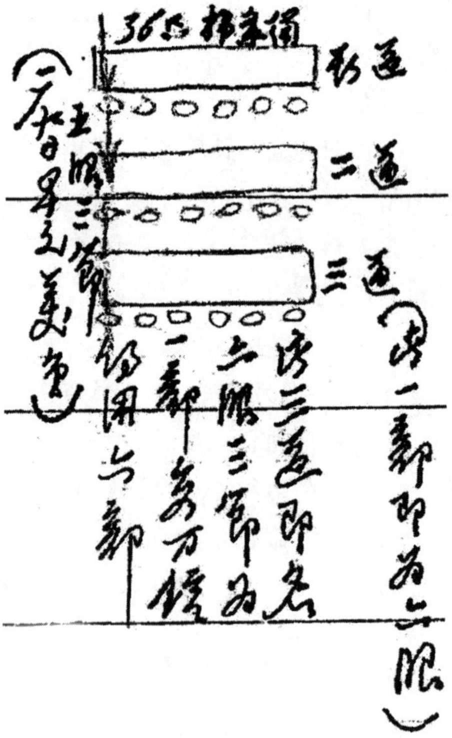

图 3　条子车图

(九) 粗纱头号:360～400锭。每部以70～80锭为宜。

(十) 二号粗纱:900～1000锭。

每部以一百廿至一百四十锭为宜。

(十一) 粗纱如一道,约需七百至八百锭。

纽奥理司蓝·蜜尔。纱锭60000[枚]。

布机自动的,2200[台],加81台,2281台。

钢丝车:222台。

有染盘头纱机器:

以绳状进去,穿稿分开,做马米布①或柳条布②。

清花粗纱条子,钢丝勉强,不甚丰富。

印度染盘头纱,即如我们大盘头,非绳状。

说明:地皮价,约每方尺,约九角。房屋价每方尺约二元,每方丈一百方尺,计二百元。

每华亩约七千元 。[约]卅叁华亩。

据说房屋地皮值一百五十万,机器值一百五十万,讨价二百七十万元。又传说讨价二百四十万。每英亩合七华亩,约五万方尺。地基廿八万五千八百十方尺,房子四十三万五千方尺,价约九十九万元,地廿三万四千五百元。

4月17日

北明汉纱厂租办人,牌号南方纱厂,克类昔司买进。

参观南方纱厂。

清花拆包机,设栈房,傍管子,通头号清花机,距离约八丈。

头号二部,三号四部。

钢丝,58部针空抄钢丝,而钢丝布已坏。祇{至}少调一半,龌龊之至,白心多极。棉网勿匀。

条子车横母牙,罩之已矣。

头二号粗纱摇动上下龙,经牙齿铁板罩之,多数勿有。

---

① 马米布,mummy cloth,马米布为本色平纹厚亚麻布或棉布,刺绣用底布。

② 柳条布,由白纱和色纱交织而成,凸纹条格细平布。

细纱车子看来还好，细纱罗拉一百一十外转，我们一百八十转，车头慢似乎还好。皮棍用软木死的前一道，锭子用绳子不是锭带。全部用单独马［达］，主纺 23 支作经，27 支为纡，而纡纱是将梭纡在纺纱车纺出。钢令圈①$1^{1/2}$经纱在 1 寸 6 分至 2 寸筒管。较大落纱用男工一人落，谅因此细纱车每部约二百多锭，落一次要十分钟，如四百锭，要廿分钟。28000 锭用四十人，全部清钢粗细一百人，每人每小时，黑人约四角，白人五角，机匹约六角，机匹头目 1.25。现因工人少，每天出 8000 磅，每星期每人工作四十小时，即两班工作，一星期计八十小时，全厂产额四万磅。

布机 36"②、44"、48"皆自动，48"者一人管 24 台，44"管 32 台，32"管 48 台。

每日夜班出 40 余码至 50 码，门面成布 44”至 48”，做打邮包布及花衣布包。每磅约四码，连纺每磅工资，新式厂一角为最少，普通每磅一角五分，南方厂要两角一磅，外加原动物料约三分，事务费职员等薪金每磅二分，共计二角五分至二角六分。卖价一磅四码，每码一角三分，计五元二角。除花衣原料二元二角，开支二元五角，净余五角一疋，每天七百疋，计 350 元(约价未可确实)。全年作 50 个星期，每星期 1750 元，计余 87500 元，除租金 48000 元，净余 39500 元。每疋如多卖二角，每星期 3500 疋，每疋二角，计七百元。全年加 35000 元，共计 74500 元。棉花如只两角一磅，又可再加 35000 元，共计 109500 元。

如一磅有四码以上，其以上者，又是赚头。

海锦云：开支每磅一角五分，连原动、物料及其他在内，全工资只要 1 角 1 分 5 厘。

布机单独马达还好，纺机亦单独马达。经车高速度，半新式二部，断头一次，转好多转。浆缸雪令两部。

该厂有下列可注意者：

（一）盘头经纱车落下放在合线车上，拉下合双股线做布边，可省用人，不去管他。

---

① 钢令圈，为了支承钢丝圈，边缘是钢丝圈回转跑道，钢令圈必须具有较高的硬度和良好的表面光洁度。

② 36"，表示 36 英寸，数字＋"形式均表示单位为英寸，英制 1 英尺＝12 英寸，1 英寸＝2.54 厘米。

（二）了盘头不用人穿综，用打结机。接了机布纱头，一分钟接三百五十个头，有吊车式盘头，放上去很快。

（三）带在手上，打结机甚好，做筒子纱甚快，可买一只。

加拿大[厂]有一百玖十五只，可要一台。

（四）添前纺，空地有要加房屋。

（五）六十部布机停在空房内，很可惜，机件少得多矣。

（六）工人质甚差，皆老弱残多。

改良：

（一）要添配机件，修理一切，需时半年。

（二）换钢丝布一半，整理准确，调整一切。

（三）要训练管理布置，减少糟蹋。

（四）锭线接由{轴}线有大结，我们用针穿，无结绳紧。此厂由{轴}线太松。

（五）此厂勿砰车[①]。纺织两机看来都不砰，太龌龊矣。

（六）每磅开支二角，要减到一角五分，出八千磅，要加到一万六千至二万磅。

全部机器42万，外加房屋七万，佣金二万二千外元，或总共44万外元。要查报纸，即明白了。

正在记录，忽闻有新闻记者来访，随即下楼接见。一女记者约三十多岁。见其满面兴锐，举动活泼，精神宝{饱}满，混身丈夫气慨。佩甚！佩甚！彼云："闻中国人在此被欺骗，所买之厂太贵，甚勿值得，云云。"李桐村回答云："买下租与人做，每月收租四千金，不以为吃亏。"我说："此厂机器年代已久，且失修。在富有的美国，视之，等于废铁。卖出之后，更换新式。中国人来振此垃圾，贵国人以为何如？"他答曰："不懂机器，不能回答。"我又闻{问}："在你们还是欢迎我们买下，在此开办，抑或拆走？"他又曰："外行不能回答。"此厂纱锭28000，布机660台，开600台，纺织两部各用工人约每班二百人，即纺部一百人，织部一百人。如开三班，共要男女工人六百名。

现在因战事，工人少，又无工人住宅村。其工人有从卅英里以外来者。如有工人村，住附近，可开三班。现在纺纱织布止，每磅专以工资论，要两

---

① 砰车，检修机车。

角。如开三班可减至一角五分以下,现在工资黑人四角,白人五角,机匠每小时六七角,机匠头目 1.25,日班二百人,夜班 150 人,共计 1600 元。出8000 磅适合,每磅二角,计 350 人。每人作扯每小时五角五分,计 192.50。每人八小时,以 192.50 一小时,计 1540 元,于每日夜班 1600 元相符也。

4月17日

下午七时,请南方纱厂厂长餐叙。

夸很[①]云:44"~40"活{阔}之布,23 支经 26 支纡,每英寸经 48 根,纡 44 根。

每磅计长约五码,售价 13 分,合每磅六角五分。而又云:每磅五角三分,大约每磅卖六角。

花衣原料每磅两角至两角二分,他说消耗要百份{分}之十二。其实消耗百份{分}之十,可矣。

开支每磅:

工资二角,因出数少,可减低到一角,物料二分。原动二分,据每月电费三千元,出十六万磅。租金二分。事务费一分,南方出数太少,要二分一磅。每月约三千二百元。共计二角、七角。

加花衣二角四分,连消耗二分在内。

每磅以纺至织,计五角一分。

如卖六角,可赚九分一磅。

十六万磅一月,可赚一万四千多元。

将机器修理配件添全,整理完正,细纱改大牵伸,钢丝布换一半,约 6000 元。大牵伸约二万元,及其他各车,并将房屋修好,约十万元。工资减低至一角一磅,出数每星期四万磅,增至八万至九万磅,每月可余两万~三万元。

砰车:

粗细纱车每月小砰一次,每半年大砰一次。

钢丝布,年换一次。布机亦须轮流砰车。

夸很云:假定要一位主持全厂管理工务者,资格即技术、管理,兼而有之

---

① 夸很为美国南方纱厂厂长,夸木之子。

者一人，每月约五百元。

厂长每月要六百元至七八百元。

如果工资减至一角，出数增多一倍，即每星期八万磅，则每月出 32 万磅。每磅赚一角，计 32000 元，全年卅二万元。

基地中英亩比较：

南方厂基地二英亩，合上海华亩六亩。内地改市尺新亩后，243 市尺即等于老华亩。上海七十三英方丈为一亩，内地六十市方丈为一亩。美国四万三千八百方尺为一亩，纽奥理司每方尺九角，即合三万九千多元，合华亩 6600 元美金一亩。此厂前后左右余地，约有三四华亩。

4月 18日

在北明汉，去参观不克克利克纱厂。

小东家名非利浦，在本省纺织出身，离北明汉四十英里。由南方厂厂长夸很开车前往。该厂设在乡间山林内，近火车站，通公路，地皮便宜，谅有数百华亩。

机器设备旧的，不见何厂造者，新的是好华特罢罗①所造。共计纱锭 20000，布机 550 台。

每天分两班，每班八小时工作，纺织两部每班用 150 人，共计 300 人。工资平匀{均}五角至五角半一小时。又据管工务的人说，连炉子、修机、括绒车 15 台，及栈司等一并在内，总共 425 人。似此，每天开支，于{与}南方厂相仿，约作 2600 元。但所纺是 23 支～14 支纱，15 部括绒车，括的 23 支经、14 支纡的平布，两面绒居多数。每日出一万八千磅，一期计九万磅，每磅约一角可矣。

此厂全年可出布四百五十万磅，约成布每磅合四角，卖五角三分，而每磅可得余利一角三分至一角六七分，40 马{码}约得一元二角。大约每年可余五十万元以上。

清花机拆包下面一人，转花衣一人。

① 好华特罢罗，即 Howard Bullough Ltd，民国时期多译作好华特机械制造厂，为英国纺织机械厂，主要生产纺机、细纱机、粗纱机、梳棉机、滚筒、清花机、浆纱机、钢丝车等。文中又作好华特恩特。

楼上三分机出花卷一人,送花卷一人,抄钢丝一人。

管钢丝车 79 台,女工二人,花栈一人。

条子车 60 眼,棉条筒 12 寸,四人,加二人。

头号粗纱,18 台,八人,勿用二号。

荣德鑫云:五万锭纺纱十支至 14 支,用二百五十人,合每万{锭}五十名。纺 40 支、60 支,用一百人。

细纱 2 万锭:25 人,每部 274 锭,皮棍用橡皮及铁的,少用人。

落纱省人,二人。

接油线:一人,加油由男工加之,机匠三人。

每一班,共计 50 人,加修机匠四人,日夜两班计一百人。

安达除摇车,每班二万锭,用一百五十人,日夜两班应三百人。

布机皆自动摇车坡,[布机]550 台:10 人,据织 23 支经 14 支纡。

筒子车,五人,可管 100 台括绒车。

经纱车,二人。

浆纱机,二人,运送梭纡了机车二人。

收送盘头小工、扫地,共计二人。

探综机器打结,二人。运送纱布,一人。

北明汉纱布两班,共三百五十人。

日本十万锭,职员连医生用廿一人。

整理间卷布、刷布、打包,二人。

轧布拉幅布,一人。

括绒车 15 台,五人,加小工一人。

缝头布兼做别车,一人。

炉子间,二人。

物料司,一人。

机匠修布机,五人。

修机间,二人。

共计 46 人。

布机皮带是橡皮的。

照以上纺织两部相等,每班一百人,两班只要 200 人。

纺部少人原因：

（一）落纱 2 万锭在中国要日夜用六十人，美国只用四人，少 56 人。

（二）粗纱只有头号 2 万锭，在中国连落纱三人，共 27 人，美国只要九人，少 18 人。

（三）清花二万锭，中国 6 人，美国用 2 人。

（四）皮棍用橡皮，少用皮棍间人。

［改良用人方法］

（一）车头慢，少出货，人可少用。

（二）细纱车短二百多锭，用一人落纱，美国合算的(勿有皮棍间)。

中国取消落纱，细纱车改短，钢令圈改大亦合算。少用卅人至 40 人，省工钱廿多元，少出半件纱。

（三）粗纱取消二号，少用人不成问题。只用头号粗纱甚简单，易于管理，且好看，一目了然，甚清楚。以上两种改良后，每万锭可少用 37 人。

（四）钢令圈改大，筒管用粗，合来不嫌大。如卖纱，亦取消用水摇车间，用喷雾机，可也。

（五）此厂细纱机、筒管车机上，均有铁路，装吹风机，将灰尘吹落。

（六）清花甚好。甲三知要改良，照样。

（七）皮棍细纱用橡皮制，甚好。不怕天时变性，用半年一整理，寿命可五年，亦省人。

有染色花衣卖，每磅加五分美金。

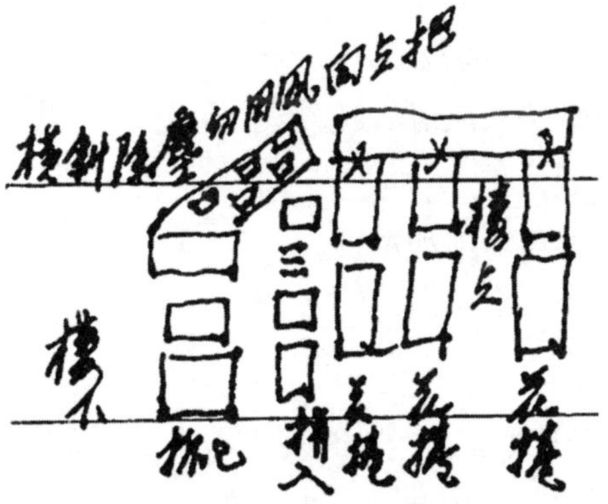

图 4　纱厂纺部运作图

中国设新厂用人数：

两万锭单位 20 支纱为标准：

（一）清花单程照(仓物类)一组中，分出三部花卷机。

拆包一人。拼花一人。喂花、管顺、花卷一人。加油、清洁一人。

（二）钢丝。抄钢丝、推花卷、加油，二人。80 部用女工四人。

（三）条子车八部，八眼计 64 眼，两道 128 眼，八人。

（四）粗纱 16 部管车，八人。每部 120 锭，共 1920 枚。落纱合助手，二人。一人管二部。美国共用五人。

（五）四百锭 1 台，计 50 台细纱车，每人管 1 台，即 50 木杆，五十人。皮棍用橡皮。

（六）落纱、摇车、清洁、帮助，连同落纱管理，每组三四人。分两组，利用原管弄堂工两人，总共八人。收送筒管共同做。共六人。美国落纱用二人。

（七）粗细纱加缝锭带各一人、二人。

（八）粗细纱间、杂务工扫、大弄堂等事，二人。

共计一班 86 人，二万锭等于日夜班一万锭。

常日工、机匹、揩车、砰车、保全：

清花、钢丝，四人，清花助钢丝；粗纱二人；细纱四人；共十人。

修机间二人；电气匠一人；白铁匠一人；共十四人。

结论：两万锭日班一百人，夜班 86 人。

最满意：

（一）今看清花除尘匣子横在车后，不是吸风上去，是把上去的，可以将尘多去一点，向前分三组，亦甚好。

（二）车顶上有铁路吹风清洁器。

（三）有冷气装制。

（四）单道头号粗后上细纱车。

（五）橡皮做皮棍。

（六）工人住宅。

白克克利克纱厂造职员住宅、工人住宅出租，每宅四个房间，每月收租金四元。有自来水、电灯。因此工人少流动，易于管理，工作法亦易于推行，所以出品、精神均好。用电每度价一分至七厘半。

细纱筒管每只重，净纱三恩思[①]七五，细纱老筒管每只重，净纱二恩司二五，重量不确，要调查。

美国棉织厂：

（一）简单化，无人事科、工账、账房内人甚少，谅用计算机。

（二）工人在车间，似乎无人管，听他们自由取笑。

（三）出的布都与中国不同，下身用场多。中国要做正当衣服，花式多，此地花式甚少。

（四）做起来，谅比中国便利。

4月20日

参观北明汉来文戴而纱厂。该厂共有七个工场，计纱锭 27 万，布机四千五百多台，用人 6651 人。我们看的工场是 1895 年开的，机器逐步改良、增添，现有纱锭四万，布机 1400 多台。工作八小时，两班。纺 36 支经纡纱，人造丝，砌断 1 寸四分，亦纺 36 支，做纡纱，专织格子布。自动机细纱锭 9000 转，布机一百六七十梭。

棉纺粗纱有头号、二号。人造丝只用头号，一样出数，生活好做。

女工一人，细纱锭管 1800 枚。

二百多锭子，一部，一排四部。一条弄堂八部，约八百～九百枚。一人管两条弄堂，落纱用一人至二人，落一台细纱机。

清花除尘箱亦是横式，用铁条把上去，如农人用的钉耙。

筒子经车采综用机器探扣。机要一万五千美金一台，接头机[②]更贵矣！

特别处录下：

（一）大盘头染色，横染锅轴心空的，有洞。对经约 12 寸染锅盖起，如染筒管纱着过染，染过肥水洗，不烘干，上浆缸。

三只湾{弯}筒先烘，后入浆内，再经过两雪令［机］烘干。干湿有表，较水汀多少不使他有变动，是布厂命运有关，要特别研究、试验。至要至要。

（二）织布皆别加边线，临时装在浆机上，有线边，筒子色纱盘、白盘头做

---

① 恩思，即盎司，英文 Ounce，英制重量单位，分为常衡盎司和金衡盎司。常衡盎司作为一般重量单位，1 常衡盎司为 28.35 克；金衡盎司作为黄金的重量单位，一金衡盎司为 31.1035 克。

② 接头机，是一种类似于机械手的装置，以取代纺纱工人接断纱头的工作。

条子布或马米布，白条三分活{阔}，绉{皱}的盘头松，装布机上面，加一只松细纱盘头做绉{皱}条子。

（四）楼上皮带在下面拖，楼下在上面拖一根地轴，拖上下布机，作两根用。

（五）有整理间，条子布皆人造丝纡落下来，先洗过，再烘干拉幅，再轧一轧，此三种机一人管理。洗布时，盘头大，拉动，防多转。用皮带结一个铁，克住。

（六）看布间，修布女工坐修，机脚达有电，在布上设两个盘，铁盘使盘转将布送下，徐徐修看，甚好。卷成大盘头，以便去整理整理，处处皆大盘头。

（七）布机皆自动，勿见倒断头、加头，车后无蛛网。

（八）36 支丝棉交织平布条子，约七十扣以上，每磅重计五码，卖八角五分。原料每磅 2 角 2 分，开支约一切在内，二角六分，原料损失加二分，总共约合五角一磅。约赚 0.35 一磅，作三角。每天出 1 万四千磅，全年可赚一百万美元。

（九）此厂染盘头，比纽奥理司简单，总共则有"四"部染锅，染过即可去浆，手续少且杂色[少]。条子绒布、人造丝纡两项均有利益。我可先做两部染锅。染盘头纱有利，条子漂布嵌线，染筒子勿必烘干。

（十）做条子漂布若嵌线染，筒子潮的，就可上经车，浆缸烘干就完了。

4月20日

由北明汉上午七时飞米利亭①，[乘]私人飞机，到时寻不见飞机场，在天空转廿分，始找到。后据军用机场，初尚不许私人机下停，后始允许。该机系"觅勒"所有，下机，有甲三、胎老顾{雇}车来接，乘车往腊妈霍脱尔②。中途见公共气{汽}车可往，约定看厂处，随嘱司机赶上公共车，行李行即交该气{汽}车带往旅馆。我四人即乘公共车，走行两小时，始到目的地。吃饭后，往申特司公司，说明看厂。据此公司有七个纱布厂，均因父故，出卖了。

---

① 米利亭，文中又作美丽亭、美丽停，美利亭、美利停等，为美国默里迪恩市（Meridian）的音译，位于密西西比州，为了避免与州名同名，故多译作默里迪恩，为密西西比州中东部城市，靠近亚拉巴马州界，距孟菲斯 75 英里。

② 腊妈霍脱尔，Lamar hotel 音译，文中又称腊妈旅馆。

即而再乘车,行两小时到厂。该厂专织32支经,36支纡格子布,三万锭,1050台布机。染花衣锅有四只,一次可染二千磅。做纡纱居九成,染盘头锅有六只,九成以上织格子布。钢丝60多,烘拉轧光机均有。机器皆40年以前的,甚不清洁,亦无特别处。只有新式喷雾机及筒子车,穿扣接头机均有。

而后又看一厂,15000多锭,布机七百多台,钢丝40台,专织条子布。有染盘头锅立式的四只。自动转筒子机二台,一人管一台,转一次,换一次。

筒子预备出售,将机漆过。马达一只,拖四只细纱车。

3万[纱锭]的厂前有公路,后有铁路,确否难定。如买,情愿买一万五千多的[纱锭]厂。染棉花颜色好多种,在白的一处纺,实在不便。

今晚约定明天看[第]三个厂为"劳累尔"纱厂。

立式染筒、盘头机、盘头眼筒,是铁的。

只有七千锭,卖160000元。九千锭厂,纺13支,合四股线,做好筒子,卖出做翻{帆}布用。每天16小时做工,一人做48小时。每天出线6000磅,每磅售四角五分,成本约三角二三分,可赚一角多一磅。(报纸上载,工资每人每小时,最低不得低过五角五分。以前五角为最低,现在似一律加5分。)可赚三千六百元,一年可余180000元。钢丝车35部,单道粗纱,两道条子纱,头车排在外面。棉花吊上楼,且平屋用150人或180人,外面空地亦多。工人有住宅,小巧灵珑。

房子长250尺,进身75尺。另外,清花间长61尺,进身28尺。15000锭厂。

4月21日

美丽亭,参观纱厂。

25000锭,布机五百台,少数涨。

染盘头横式锅四只,用新的两只。

烘浆拉,一台。

缝头刷布卷盘机,一台。缝头刷布后浆。

轧光机,一台。

清花比北明汉好。

钢丝76台,账上67台。

条子车二道。头号粗纱,勿用二号、三号。只用头道粗纱,将三号改的大牵伸,计有二千八九百锭。是四根罗拉皮棍,非是铁的。且大牵伸细纱车,纺经纬前,罗拉一百一十外转,甚慢,生活好做。

1星期110包,5天半。约每天,约出一万磅。[纺纱有]廿二支、廿六支、廿八支三种。

申特司事务所,在觉克生城。

楼上排钢丝车,木板、木榆柱有斜卷。

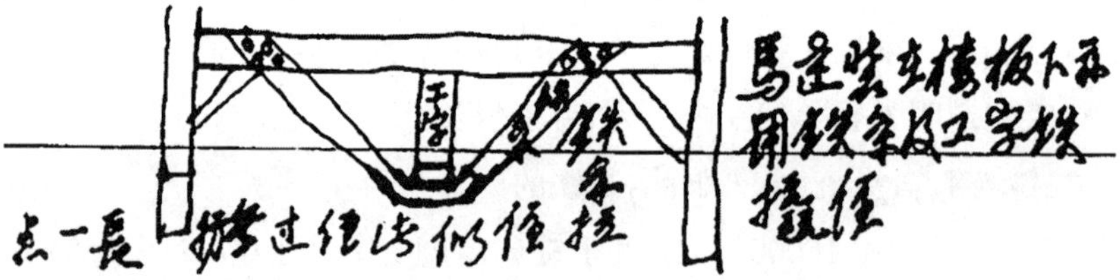

图5　纺织机械设置与厂房设计图

马达装在楼板下,亦用铁条及工字铁,撬住。

染盘头纱,织条子,迪蒙丝麻染布。卷大盘头,再上浆,拉幅好了,经八十根,纡纱40根。

用人:

清花二人;钢丝连抄钢丝,五人;条子,三人;细纱管约一千锭,共计廿五人;落纱18台细纱车,用一个落纱工,约四千锭子一人,计六人;25000锭用41人。

穿综机[1]一台(粗纱机一部份换过)。

十小时工作,三号粗纱改大牵伸。

特点:

(一) 八十经、四十纡,经条子布,洗浆出售。

(二) 经过加铁,条长,不怕。

(三) 全用头号粗纱,以三号粗纱机改的,是租北明汉的人租做。比北明汉厂有利益,全年约余180000元。

---

① 穿综机,是用穿针把经轴上的毛纱一根一根穿到综框上的综丝眼中,是上织机前的最后一道工序。

（四）每日做，每班十小时，一星期五天，计五十小时。八点以上多一点，算一点半工资。

（五）厂基 15 亩，工人住宅 38 栋。厂铁丝网内有八英亩，又铁丝网外，有 15 亩，共 23 亩。确否，要查。

（六）工资比纽约廉约五角一小时。

（七）假定每天出布一千疋，每疋赚一元，每星期五千元，一年五十个星期，应赚廿五万元。

4月21日

[住]美丽亭腊妈旅馆。参观米利亭附近爱尔登针织厂。清花间用一人，细纱锭 5600 枚。粗纱用头、二号，废料厂甚大，勿使有一点一滴废弃。自己有引擎发电机，用电厂电，每星期开一次。

细纱车 5600 锭，车上全装铁路走圆形的吹风机。四年前定货，新近装好，只五千元，现在不止此价。此厂甚清洁，于{与}日厂同。自来参观纱厂，此处为最清洁。

袜子出数多，一部份买纱用。机器是旧的，修好用者，每一班用 21 人。

劳洛尔镇距离美丽亭，火车一小时。

美丽亭市长甲科别墅，来腊妈霍脱尔，访我们。云：申特司厂主不易对付，如要买，或买进后拆去，或开办，均可帮助。并云：如无人来做，彼可介[绍]原慢纳旧经理与我们，名嵌脱。据说是嵌脱打电话关照他。市长名美亚，愿借车子与我。并云：请吃酒。彼有三年九个月在此任内，处处一定可帮忙。

全市计五万人，附近出花衣十万包。

我们如来，房子不敷，彼可造。我算此厂上年赚 18 万元。市长云：赚廿万美元。

（于{与}旅馆主同签名，送来水果一盘）。

费五十万元办一个职业学校，有需要职工技术人才，可以代为训练。

此厂有二百五十千至二百五十六千美元，可以买到，即 256 千元。

一小时二万 1680 锭，布机六百八十台，加 108 台，讨卅万元。

Frank L. (Jake) Jacolis, Mayor , City of meridian, Meridian, Miss①, 电话 999。

如织 36 支布,8 磅一疋,每天一千疋,计 8000 磅。

照市长语气,意在荐老经理及希望我们来开办,或得打听消息。

此厂每星期出纱五万磅,每磅赚 1 角,计五千元。一年五十星期,计二十五万元,8 折计廿万元。

次布每日出一千疋,一星期五千疋,每疋赚 1 元,计五千元。五十星期廿五万,8 折计廿万元,政府里定货。

Southern Cotton Co. (Sanders' merdian mill), Mr Kent(嵌脱),电话 3787。

LAMAR HOTEL 21st Av. MERIDIAN Miss, Manager Herbert Murry 墨来,电话 3400。②

染花衣,要主清花做花卷。清花多五组至八部,共有 23 台。

4月22日

晚,来纽奥伦司,住望却而司霍脱尔。此是南美土货出口处,沿河栈房造满,很长,有炭桥,有游船。

全部住宅区在花园内,学堂区甚大,连接公园。造船厂、制糖厂、钢铁厂均多,船厂有七家至八家。惟纱厂全洲只蓝卡登密尔,纱锭六万,布机 2281 台,钢丝 250 台。

(一) 清花拆包车三组,其中二组供纺白 14 组,清花连三号出花卷,其中又一组纺颜色花衣。四卷白,夹一卷黑花、红绿及各色。另纺搭颜色花卷,四卷中,夹一卷黑花卷,纺出即为织灰色,很匀,毫无深浅,做纡纱用。

经纱架子直上布机,织布做花式。

清花机甚多,共计 17 组。全纺白纱有十部,可矣,即十组也。嫌多嫌多。

(二) 钢丝共 251 台,开得很快,此厂全做粗货。最粗纺一支纱,在三号粗纱车纺出三寸钢令卷,亦可纺。筒管 9 寸,纱长 8 寸。有颜色者,夹在内,

---

① 根据笔迹,此句英文应为刘汉栋所写。

② 根据笔迹,此段英文和文字应为刘汉栋所写。

配嵌条用。经纱架子装四百多根头，直接上布机织，如打包麻布，约每寸十一至十三根经纬。为省工，织品做花式，可织门帘布、换毯布或括绒，做夹袒用。布机门面约 66 寸。

（三）粗纱只有头号筒有，二号未见，三号有新机。供壹万五千用，计 18 部，其余旧货。

（四）细纱有灰丁大牵伸双皮卷，计一万五千。有此大牵伸，钢令卷有三寸纺纡纱者，细一点。

（五）浆缸 14 部，供 2281 台布机，嫌多。有吹风装制。马达装上面，用皮带，不用三角皮带。浆缸多四台～五台，粗纱亦必多。

（六）炉子烧自来火或烧菜油。

（七）清花机共 23 部，因花衣染色，要上清花机，做过花卷。

（八）双粗纱纺花纱，做平布或哔叽、拉绒、名味特绒，做短衫裤。深色者，花衣用好的全色花纺织，可作袍料，如旗袍。

染色整理，注意做花卷。染的，勿上油：

（一）染花衣，在清花车做过花卷，来染。已拉开、拉直丝毛，故而纺之，较便利。注意纺出做纡纱，做嵌线，随意配颜色，纺纱清、网、粗、细均不难做。

（二）染经纱（甲）经车经出，即如大花绞筒管，有绞线。以此十二只花绞盘头，上染机，很高很长，高约在 15 尺，长约一百卅尺。先煮而后入染色锅，内出风，走上高架。出风后，再入染，再出风。如此三道至四道，如做丝光布。用水冲洗，而后上约十余尺长的滚筒，烘干。据用靛青，即快子靛，引向楼上去，用管子送在楼板上。

（三）理出绞线，如乡下人手织机穿扣，再卷盘头，上浆缸。一人管一部，很快。以五六只蓝纱大盘头浆出，上布机，织斜纹。用浅灰纡纱织出，约十四磅。斜纹重颜[色]绝对不有深浅，而勿花，甚匀。其布做工衣，其色浅，灰纡四厘头，即奔牛乡人染四厘头蓝。最深色做经纱，很经用。斜纹反面，如马米布。中国以后用做马米平布，颜色好一点，可多消{销}。

（四）织布机顶活{阔}，少数有 66 寸，且有提花，做换毯布者，亦有条子布、翻布。活{阔}的门帘布，一支纱做经纡。

（五）有打绳子机四台，有括绒机一台。

(六) 有拉纡纱管,纡脚机器,连篷式布机间,由楼上送下来,由女工放入,将纡管拉出,纱即落在机下。

(七) 有一人管一部的,做子机,约八十锭者,计四部,有老式筒子车。

(八) 整理、浆、烘、缩布机二台。

整理机器缝头子卷盘头后,刷布、括布之后,上缩布机用。(一)进去喷水汀;(二)如安其房,一上一下中走过数十根后,如电炀下垫毛毯,使布受潮后,缩过。经过毛毯上,缩过,可勿拉长矣。(三)没了,出去,再炀一次。衬衫布勿缩,领口等身架即不符,如中国40码,拉成45码,即合身矣。另有两部烘布机,24只烘缸,两部上浆的。该厂马米斜纹布,皆浆过,再上缩布机。这种做法,衣服尺寸可整足矣,应当如此做。

此种粗货布疋,用不到如上的方法。烘浆缩,只要落机后,修过上括刷后,经雪令二只对经烘缸烘过,足矣。勿浆勿烘,即未伸长,亦不用缩。照原来织成的原来面目,做衣服无虞矣。

上海荣丰[①]染花衣,用一只白三号粗纱,一只元色双筒子纺出,即成花线。

(九) 纺织染打绳子四台,去纡脚机用四人,有括绒布机一台,日班用一千五百人,夜班用加900人,共2400人。

自动布机颜色盘头,一人管22台。

布机一人管22台,因颜色经条。

用人类:

染纱盘头机,前后车,2人。

管颜料,1人。

理色纱绞扣经车 ,14人。卷盘头十四台,一人管一台,为最多人。

打包装箱,2人。

刷布括卷盘头,五人,连缝头子。

染花衣两锅,二人。

洗花衣,二人。

---

① 荣丰,即为荣丰纺织股份有限公司,1938年夏由章荣初,徐采丞等发起,资本国币50万元,杜月笙任董事长,主营“日出”“金桥”“熊蜂”牌棉纱,染色棉布、棉毛呢等。

烘花衣，二人。

甩水机，二人。

烘浆布机一台，一人。

缩布机二台，三人。

共用36人，出布约计，每日1500疋。

如染头纱，六部机，有此出数，用六人可矣。染颜色纡纱，可染筒子纱，可由此六人兼管，多添一人，另加做纡纱工人。

合花线在合线机上做梭纡。

做纡虽另添工人，如染盘头，做纡纱，纺纱部要多手续，减少出数或相等。

合线机做梭纡：

（一）染盘头纱两种颜色，装合线机上，双盘头合花线，做纡纱。筒子色纱亦可合纡纱。如染盘头纱，比较省工料。

（二）染盘头亦可并花线筒子，上经车，做经条。

4月25日

往勿蓝克密特桐油厂，植桐树四千英亩。主人名，“柳戴”。当晚八点五十分再往“慢费司”，看印花厂。

看桐油厂三家。桐子去壳、去肉皮，烘干，从水汀一百廿节管子外经过下，如绞斩肉，罗丝机轧油，出渣，再累过成精油，一日出五吨。机器、生财，五万美元。共计十一家。全年出五千吨，成本每磅一角五分、一角七分、一角九分，市售三角六分，战前一角五分。全美要十万吨，五年后可出一万二千吨。不敷，有代替油。中国四川出四万至五万吨。[中国]出口有六万吨，来美约四万吨。

机器如罗丝木油闸钻推进，上下左右。植桐一英亩，五拾株，每华亩约七株。每株出八磅，中国作出六磅，计42磅。每磅战后，约二角，计值八元四角美金。除出运费、工资，计净得□[1]元。每一株离35尺。

松树根：每一二分钟起出一个，约重三百至六百磅。二台坦克车，二部

---

① 原文是空白，应有数字。

装运车,出二百吨一天。每吨四元五角,计九百元,用去六七百元。

做松节油及松香。起根车25吨,一百廿匹马力,车头如牛头,可上下一再冲动或冲开,劈破冲起。

棉花稻米出数:

每英亩顶多10000磅,少至三四百磅。每磅成本,扯约一角五分。

稻每亩四千磅,约等于华亩六百磅。一人可种二百五十亩,合华亩1750亩。

农用气{汽}车,八百元至一千二百元一部。

植桐树四千亩,等于华亩二万八千亩,用六个人。

种稻秧不照中国法,是将种子散田中,再车水入田,比较省工。

英人说美纺织:

(一) 清花间配12包至24包,平均入拆包机。

(二) 清花速度太快,打伤白心多。

(三) 以人数论,一人比英多生产四分之一。

4月27日

[住]别耳木旅馆。腊格论气①,开勒会纺织公司,Callaway Company,Lagrange。

今午到阿刻郎脱,夸目②来接。午餐后,夸目亲自开车,至罗双镇,到限得来纱厂③。纱机225000,经理名应罗,约四十多岁。

张文潜同学[说],此厂三万锭,布机五百五十台,全织翻布,纺廿支为经,七支作纡。钢丝[车]④有175台,清花三组,试验间、经理室都有。如收音机式之冷气设备,每只价四百五十元,降一百多元,可买矣。问其纺纱织翻布止,工资每码一角一厘四毫。下午六点,到开勒会公司招待所,晚饭由该公司职员勤先生招待、报告。

(一) 四十年前开办,现由已故的老总经理次子开勒会总理其事。今年

① 腊格论气,Lagrange音译,位于美国佐治亚州西部,特鲁普县的县治所在。

② 夸目,又作夸木,为夸很之父。

③ 应为前文所指汉得来纱厂,Handley mill,位于Atlanta。

④ 应作钢丝车。钢丝车是纺纱工艺中用于粗梳纤维的机器。因主要机件如“锡林”“道夫”“盖板”或“罗拉”等的表面都复有密植钢丝梳针的针布,故名。

卅九岁，管九个纱厂。每星期，六天工作。三班用花五千包，约作每天用花八百卅余包。如专做毛巾、翻布、救火管子者，应有卅多万纱锭至 40 万。在此腊格论气地方，附近有七个厂。招待甚好，房间有十外间，靠湖边。此湖有八十英亩大。招待所连乡村具{俱}乐部、高级职员住宅，共计十亩。树木茂盛，绿荫满地，布置舒适，风景绝佳，湖边布置甚好，且备游船、大菜，管理均佳。闻此地战前每年出花衣三万包，现因缺人工，只有三千包。

（二）由勤先生当夜同到事务所，送我们印刷品二本，印得甚好。养牛供肉食，购雄牛一，定价一万五千元。有送一条雌牛，来交一次，要收五百元。但小牛生出至四个月，即可卖二千多元。当晚问我，明日吃何茶？云：已备茶叶茶，因知不愿多吃架非①。书至此，已钟鸣十下，明天看厂，再论矣。

（三）据说开勤会父亲创办时，亦是公司范围从小致大。在战前，每星期用花只三千包，开二班，现在开三班，故用花五千包。似此，开勤会系继承父业者。

（四）由开勤会亲同参观，36000 锭工场，布机未说。[了解]出数、工人数、每日开支、工钱、卖价。多数织翻布，并织活{阔}幅斜纹，纺纱平均在 12 支。据每天廿四小时工作，出十万磅。大约勿有此数，只{至}多只有八九万磅。

据每班用六百人，又说总共用 1500 人至 1800 人。

（五）用工人约 1500 人，每名六角，计九百元。计八小时，合 7200 元，约每磅 9 分。如 1800 人，计 1080 元。八万磅即每磅要一角三分。如出九万磅，每磅一角二分，约作每日八万磅，每磅合九分。

（六）卖价：此项翻布每磅卖五角。成本花衣二角，工资作一角，开支加二分，共三角二。每磅赚一角八分。每天可赚一万二千八百元。

（七）工人精神较好。工人有股份的，工人送汽车与总理。无人打瞌睡。开勤会，视其对工人态度，甚好，笼络人心，有功夫。纺部还清洁，织部较差。

（八）重量布如翻布等，必须染纱成布。出其布，拆开看，即无白色。浆缸用浆头扣多的并布，两只大一只小，或三只皆大的，均可。

（九）染花衣浆缸、三只雪令，须装调济水汀。我们须办调济水汀表。

（十）拆包机离开清花车约八九丈，由露天送往清花间，防管子受潮。

（十一）白花衣并间很常以四十多包一拼，每包轧一卷，一面送，一面走

---

① 应作咖啡。

进机去。中国自拼和后进机,较省工。清花机器做花卷有十一组。拼花省工夫。

避税法:

(一) 美国勿有独自名的经营工业,防遗产税。如五百万元,要捐遗产二百五十万元。

(二) 如因收入多,办农业、开垦、开河。先下大资本,作开支,亏耗了,扯算,减少所得税。

(三) 公司只有所得税,勿有遗产税。因此,即宜独做者;亦假借名义,照公司组织,先将股份分配,避纳遗产税。

(四) 此公司上年纳所得等税三百万元。

收音机当面说出,即可扩播:

(一) 在试验室,李桐村一面说一面播出。在电话傍,可收别人对方来言,留待本人听。

(二) 锯条可随意方圆、腰圆,都可割开。即可电杆车光,二千元一部。

(三) 试验棉织品种类甚多。

(四) 有大礼堂、橙子①,做影戏,可容二千多人,拆去即平,广场。

(五) 有当兵职工的战场来物陈列所,专人管理,并有组织,备家属通信寄物。死亡有记录,铜牌大者有像。

(六) 有开会研究室,一星期会餐一次。

工业要点:

(一) 凡办一种工业成功于{与}否,要有步筹、有计划、有研究、有组织、有合理的技术、有商工的经验、有诚心、有信用、有用人的才能,有使人佩的道德,近能感动,远有帮助。身体好,能把得住时机,能勿错过机会。全部能做到,必能大发。

(二) 要加意在事前设计考虑,而后动。既做,要设研究所、试验室,训练各种人才,且须继续不断。切勿以为人才已敷应用,而疏忽。

试验、研究、收集于我有关的标本书籍及同业、今古之物品陈列,备考。

---

① 橙子,即凳子。

（三）为我做事的人福利优待，及其家属亲友都须留意顾到，尽力照拂。才是既用其人，要得其心。

开勒会厂主精明强干，39 岁。其父以五百元贩五分一角的货，设店经营起家。其父行 14 位，做过百货店而后做批发，成为纱布批发店，而办纱厂。待工人甚好，至车间，遇有不知姓名者，闻其他工人后，至其前称“△△密司脱”①。有人说负担太重，何可生存？彼云：“我本白手起家，我不能只顾厂不顾工人。帮我做事的工人，家中有事，即我的事。”所以，他要常到工人家中去研究，替工人解除困难。厂内工人均有股份，一个用{佣}人、黑人也有十五股股票，卅多元一股，上年发五千多钱。

彼本人待工人亦好，福利事办得也好，有大礼堂如戏院。有研究社为人设计机器，棉纺织业试验。

参观后，他忌我们对李桐村说，美人卖纺纱旧机与我们，等于明抢，与我杀他。

北明汉如是公司出钱无妨，个人则不可买矣。只同我看一个厂，彼有七个厂，纱锭约三四十万，专织毛巾、救火管带、橡皮带。

Exposition Mill，Atlanta，“爱克司坡昔新”纱厂，[位于]爱脱兰他。人口 50 万，天气甚好。

自动布机能卷经条 60 疋。

纱锭七万枚，布[机]1580 台。

特点有下列种类：

（一）浆缸三大雪令均有牙齿，勿使纱受伤。

（二）自动布机新式价 600 元，特别加重，放大 48”盘头可卷 580 磅经纱，大约连盘头在内，约有五十余疋经条。

从布盘头约二百码以上，布机大盘头有放出铁架子，比其他布机盘头处加活{阔}约八九寸，一百九五梭织袋布，每寸约四十根纬纱，十六小时出一百七十码，为美国最多出数。

（三）有细纱机灰丁 WHI 一万九千卖出 1912 之货，1941 年改 WHI 大牵伸。钢令圈 1 寸半专纺纡、纡锭子绳，看来可买。

---

① 密司脱，即 Mister 音译，先生之谓；原文“△△”即相当于某某意思。

夸木束手：

彼欲配齐19000纱锭、38台钢丝车、清花一部。全组条子廿眼二道，粗纱头号十部，三号粗纱二十三部。筒子车，一人坐管三台，计每台九十锭。经纱车两台，须高速度。雪令浆缸二只，滚筒者二部，打结机一台，马达物料，约七万元在内，总共要卅万元。①

4月30日

爱克司坡昔新厂2万锭。由夸木经手，计纱锭19768枚，言明四万元买定。住巴铁马儿旅馆。

（一）签订合同付定洋一万元。

拆下装箱后，可车出若干，付若干金。

（二）至年底拆清，拆临了一部，款子付清。

（三）拆完日起三四个月，不收栈租。以每月收50元，以一年为期。

（四）地板上开车交货，缸件负责配全新。机上不能用者，归我。

（五）纱锭已全改大牵伸。

（六）约五千方尺，最低栈租五百元一年。

（七）至迟何时交清，拆完交货。

很得来[纱厂]钢丝车条子头号，钢丝38部，计30000约价。条子廿眼二道，计四十眼，2200元。头号粗纱80锭，二部，160锭，1600元。双斩刀清花调给机，计一部，三道清花，计一部，2200元。共36000元。拆装箱费，钢丝、条子、粗纱拆装，约7200元。佣金要加一成。装拆费用无佣金。

细纱车82部，每部约125。夸木云：约8000可矣。

拆包机一部，约2500元。单程清花机二部，约10000。（夸木有一部开4500元约价，连改费在内）。钢丝四十部，约32000。条子60眼，计120眼，约6600。头号粗1600锭，约32000。约共83100元。

运[费]每吨25元。40方尺为一吨轻者，重者二千磅为一吨，总共七百吨。连运费总共约廿二万。

清花机新式每组约18000元。

---

① 原文中有各部件的分项金额，文字上有覆盖，不清楚，应为后补，为避免混淆，未加整理。

恩舍英纱厂，任士达[1]介绍。

看账、看厂、工房。澳洲毛条砌断一寸半分和一半花，花衣、纺纱、人造丝在青{清}花间，第一道喷绿色，纺出为浅湖。可以分别得清楚。

有棉毛各半纺的筒管。带来丝纺样、毛条、呢隆[2]、人造丝存样。

（一）清花拆包机，三部；细纱头机，一部；和花缸，二只；打平机二部，未见；拉坡[机]二部，未见；打包机一部，未见；开棉一部；未见；勿做花卷三部，未见；头号清花，四部；粗纱头机，一部；三号清花，五部。

（二）钢丝车，70部。

（三）条子车54眼，二道108。

（四）头号，464枚，八部；二号，960枚，八部；三号，388枚，七部。

（五）细纱锭绳25台，计5256锭；锭带，计6912锭。只可作七千锭子，用贰百人，以后一定亏本。缺货太多。

（六）并线筒子车，十部，计1000锭。合线车卅部，计4242锭。

（七）做筒子出卖，机长短不一，6个、12个。38部，计386锭。

（八）做球机器，一二部。

（九）做绳子，一部。

（十）做花纹经纱车，电气断停，一部，价约四千三百元。

（十一）打小包机车，未见，一部。

（十二）摇纱车，未见，六部。

（十三）炉子一只，账上未有。

（十四）马达，在内。

据说每锭讨价25元。

此厂专合线卖，并代人合线呢。12支合一角八分，收进二角一磅，代政府做。

[恩舍英纱厂]离爱克蓝他七十英里，无[锡]于{与}上海[距离]相等。

如买进，要添布机，染色做条子或格子布，三百台加拿大来。

---

① 任士达，即任嗣达。

② 呢隆，即尼龙，英文nylon，人造纤维，强度和弹性远超蚕丝，不易溶于水，色泽鲜亮，手感顺滑。

[恩舍英纱厂开支概况]

(一) 用澳洲毛条每磅1.55,和花衣每磅三角。各半纺十支毛纱,卖每磅1.25。有筒管,可看。

(二) 纺人造丝喷绿颜色,纺出成浅湖,有符号矣。

(三) 毛条及人造丝有砌断器,砌成一寸一分。人造丝每磅二角六分。

(四) 工厂附近连厂房有一百英亩地,另外尚有六百亩。

(五) 工房有七十多宅,收费不敷修理,一宅每月一元五角。

(六) 上年九个月赚十一万多元。

(七) 开支每磅修配五厘九。

物料一分一厘半,工资一角○五厘至九分,打包四厘半,修房子七毛,

电费六厘二,煤九毛,折旧三厘半,税四厘。

(八) 全部厂产,计房地:六万七千元;机器:349000;生财、其他:2300;共计409000;折去,40万元。

(九) 开支每磅合1角394毛,大极了。

一切机器在内,连物料、马达,等于两万锭的材料,就是合线机无用。奈何锭子一半不佳,是锭子绳一半之数。如连地皮、房屋在内,要六万二千元,尚有物料在外。如是十五万元,可买做基础。

棉毛合纺法:

用一寸一分以上花衣,纺到网丝,不做条子出来后,和砌断的毛条纺之。其故因全纺毛不砌断,不能纺。砌断全纺毛,因太光不好纺,和棉花对拼,纺之。尤如碎豆和面粉之后,即可做饼吃了。

大牵伸效用:

(一) 细纱大牵伸,头号粗纱卅码,计195格令[①],以此上细纱拉14至15培{倍},以20支算。普通三号双粗纱约十一倍,单粗纱约七培{倍}。

(二) 粗纱大牵伸,美国拉十五至廿培{倍},标准十培{倍}(老法五培{倍}至六培{倍})。

(三) 美丽亭纺廿多培{倍}。头号粗纱上细纱小牵伸车纺,约十一培{倍},共有21部。皆三号粗纱改大牵伸,培{倍}数多,车头慢。每部约一百四十多锭,按卅码约在一百四十多格令。三号粗纱老底三根皮棍,现改大牵

① 格令,又称谷或喱,是英制质量的最小单位,1格令=64.8毫克。

伸，加一根为四根皮棍。花衣好些，还可做。

5月2日

由爱克郎脱到纽约，住103街马赛霍脱尔505号。

房价三小间，每天合六元四角，计45[美元]一星期。

闻重庆市物价：

黄金黑市：80000。

米每担：20000，上年12月23日，8千元。

储券每元：500，上年12月23日，330元。

现钞每元：700，上年12月23日，550元。

上海：米每石：200000[元]，上年12月，四万[元]。

用款缓急：

加拿大哈气拉加纱厂，弹吟耳副理。

染盘头机器、浆缸表干湿度，现付2万元。

表2 拟订购美加各厂设备费用情况

纱厂	定额数	先付定金	现付款	纱锭数
加拿大	22万元	80000	80000	3万
夸木	20万	年内付十万	40000	2万
美丽亭	20万	200000		2万
SA	240万	年付定廿四万	120000，加120000	8万、重庆4万

装费36万：加大廿万，SA16万，共340万。

毛纺机有恩舍英厂，可先试制造。

设厂地点、人选、锭数：

大明公司设汉口，于{与}大成合处办公。

北碚一厂，留守人：郑湘范①、王寿南②、华惠霖③、荣续旗④。

① 郑湘范，即郑湘帆。郑湘帆（1904～1985），字家骏，四川隆昌人，毕业于四川省立农业专门学校，曾任隆昌县实业局局长，民生实业公司船上经理分公司襄理、办事处主任等，后任大明纱厂副厂长。

② 王寿南，大成公司内迁员工，曾协助查济民办理大明纱厂厂务。

③ 华惠霖，任大明纱厂工务主任。

④ 荣续旗，曾任职于民生实业公司。

常德贰厂,旧锭三万,布机750台。谈文彬①、杨焕文、陈孝仁、姚树藩。

湖南三厂,新锭五万。

事务所设汉口:查济民、桂季恒、杨东甫、钱仲易②、沈容宽③、蔡炳文、李湘丞④、刘叙西、王世均⑤、杨成质⑥。

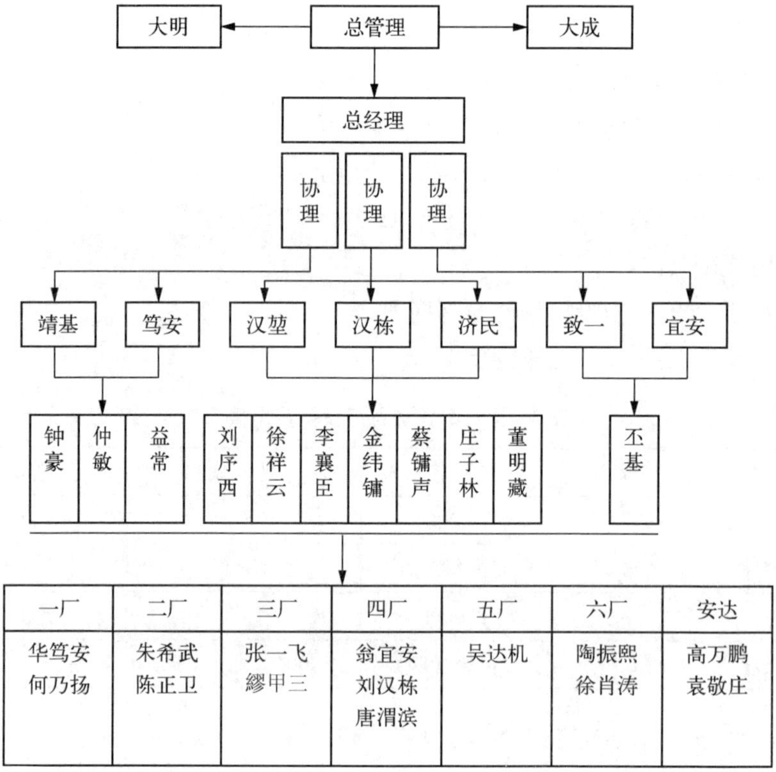

图6 大成集团组织框架图

---

① 谈文彬,原大成厂纺织工程技术员,随厂内迁,后任大明厂总工程师。

② 钱仲易,即钱名山次子。钱仲易(1909～?),江苏常州人。曾任大明厂职工,长期从事新闻编辑工作,民国时任《中央日报》副刊《时事周报》编辑及《明月》主编,抗战胜利后任《新闻报》副总编。

③ 沈容宽,江苏常州人,大成公司职员,曾被派往汉口任大成四厂管理,后赴港办理大成纺织业务,其后被刘国钧调往重庆,协助查济民处理厂务。

④ 李湘丞,湖南湘乡人,日本留学生,习机械科,曾任省立第五职业学校机械科主任。金纬镛,曾任大成公司业务主任。

⑤ 王世均,曾任民生实业公司财务襄理。

⑥ 杨成质,曾任民生实业公司船务处经理、民生公司香港分公司经理等。

谢丞祜[①]、孙启仁、陈复夏、朱新吾[②]、金加仁。

设厂地点、人选：

大成公司：

第一厂厂长华笃安、副何乃扬。

第二厂，添新锭四万枚，朱希武、陈钧、胡裕伦。

第三厂，添新锭四万枚，张一飞、缪甲三。

汉口第四厂，汉口，新锭四万枚。

刘丕基[③]、唐渭滨[④]、金加仁[⑤]、王尹瞻[⑥]。

此处为中心，管大明，八万。本公司四万，新乡二万，北碚作一万，共150000锭，占本范围半数弱点矣。事务所住宅，宜留意也。

第五厂，新乡，三万锭旧货。

第六厂，靖江一万锭，布机三百台，陶振熙、徐肖涛。

上海安达纺厂，三万锭，厂长袁敬庄。

总管理处设常州，大成22万，大明86000，美国20000，新货连安达廿万。

纽约有李国钦、杜维屏、翁宜安、张文潜、李照南。

筹款方法：

（一）大明买旧锭两叁万，有80万美金，已可抵过。如不敷，谅重庆北碚仍有收入。

（二）大明新锭又到五万，只须约付卅万。房地、设备作八十万，共要一百一十万，大成要负担六十万。

（三）大成买新锭需二百六十万元，付一半，计一百卅万。派到四万，付二成，作卅万，共计一百六十万元。

（四）大成在纽约合作入纱厂股份15万元。买夸木旧锭二万，连运拆

---

① 谢丞祜，即谢承祜(1914～1997)，江苏常州人，昆明同济大学电工机械系毕业，入大成一厂任工程师。曾任大成纺织染公司工务处副主任、公私合营大成一厂总保全室副主任、常州机械冶金公司总工程师、常州市政协副主席。

② 朱新吾，江苏靖江人，曾参与大成纺织染管理工作，1949年赴美留学，获乔治亚理工学院纺织和管理硕士学位，国内知名纺织专家。

③ 刘丕基，江苏靖江人，刘靖基之弟，曾任大成纺织染公司人事，大成四厂厂长、大丰纺织厂总经理，1948年当选“行宪”第一届立法院立法委员。后赴港。

④ 唐渭滨：中国旅行社经理，1930年代任上海商业储蓄银行青岛分行经理。

⑤ 金加仁，生平不详。

⑥ 王尹瞻，曾任职申新纱厂、裕滇纺织公司，后受荣尔仁委派任申新第一、八厂接收员。

费,约廿二万元,再买两万旧货,作卅万元,添物料等廿万,共计五十七万元。

(五) 大成新锭 12 万,旧锭 4 万,原动设[备]房地等项,共需约 300 万元。

(六) 以上,大成方面要 5770000 元。美、渝、申、苏共存现金及变卖不动产房田基地,总共约可收入计 2000000 元,净少 377 万元。

筹资方法:

(一) 招股、优先股、普通股、工人储蓄。

(二) 发公司债、借款、抵押、先开栈单、收定银、盈余、缓付、拖欠、预交股款作存生息。

条格色布:

染盘头或花衣做比土法,每疋便宜 4 分。十磅重者计七角,合每件纱廿八元。织工手拉机或脚蹈机,每疋工资便宜二角。开支不作比较,大约廿码计五角,四十码合一元。我们以后做此项花色布,以卅码为标准,货物比木机好,可多卖二角一疋。总而言之,应多赚一元一疋。

每万锭连纺织染、条、格三项,共计余利二元五角,作七百疋一天,计 1750 元,卅天 52500,三百天计 525000。

用电量:

二三两厂纱锭 80000[枚]3200 匹,布机 3000[台] 1800 匹,染色打水马力 400 匹,共计 5400 匹;一厂纱锭 30000 [枚] 1200 匹,布机 1200 台 700 匹,总共 7300 匹。电灯再加上计算。可以办 6000 至 8000 启罗。嗣后,可与外人商量分期还款。自办透平发电一二三厂,通用二三两厂,隔河造桥,下走外人,上走自己,或分两边行走,或用吊车,可以顺便上下货物,常州 380 伏而须三相①,三:雪理,相:贩司。

5月2日

买爱克司坡昔新纱厂旧锭,阿克郎脱夸木经手买。

爱克司坡昔新纱厂旧锭,计二万二百八拾枚,改过大牵伸。所订合同条

① 三相,即三相电,英语 three phase。三相电源就是一般人们所说的动力电,是 380 伏的交流电,由三根火线组成,不用零线,一般用于工厂企业用电。

件摘要，译文如下：

（一）卖方系买进爱克司坡昔新旧锭，转卖与刘国钧，以下简称买方。卖方机器名称数额另附清单，计20280枚。

以前只谈19768，现＋512锭，未加价。

（二）爱克司坡雪新待所买灰丁锭子到厂，即通知买方拆装，在可能范围内赶快。爱克司坡昔新系老早所定，至三月十九日签订正式合同者（以前口头约，在本年内可以交来）。我以为年内即可拆装，但合同上未能注定期限。

（三）买方在该厂拆装机器，在拆最后一部时，起堆。该厂三个月免收栈租。如过期，仍未装出，只{至}多以六个月为限。栈租，照每年750元计算。堆若干时，按若干时收租。

（四）买方在该厂装拆上该厂栈房，如栈房不空，另以别种房屋堆存。

（五）关于此次该机器，包括备件及机上物料在内，由买方一并取去。

（六）卖方同意在交买方拆装时，除机器正常磨灭外，应于{与}现时同样完整。

（七）厂内接到灰丁新机装出时，即通知买方准备拆装，用书面通知世界公司，转交买方。

（八）付款方法总价44000。在签订合同时之后，15天内，先付二万元。其余二万四千元，通知买方拆到最后一部时，付清。

（九）如在机器款项未付清之前，有装出时，要照装出之机比例付款，后才可装出。其余货款仍照第八项办理。

（十）此合同是有条件之买卖。而卖方为避免损失计，买方在未曾付清机款及栈租以前，该机器由卖方保留。如买方到期未能如数付清款项，有权停止合同，或进行适当法律手续，向买方追交款项。

（十一）在合同签订后，买方应立即在卖方同意之保险公司保风火险，保额不得少于四万四千元。如遇损失，赔款时，付与卖方，同时由卖方再付与买方应得损失之款项。

此条不同意，保费应改为机器在由卖方动用者，其保费由动用该机人负担。（1945年5月8日）

5月7日

李国钦及弟照南，据华昌公司人言：

国钦财力有五百万，弟有两百万，兄很节俭。所开办的钨厂，房屋基地因政府在战时缺钨应用，奖励国钦起见，故以很大的地皮，约数百华亩。一切建筑房屋，均由美政府出钱。到本年底，全归国钦所有。在今日以前存货，皆归政府出钱，以历年所赚得的钱抵还政府所出建筑费，而国钦每月得薪金15000元，一年有十八万收入。而家中子女出门或读书，有四女一子，湖南尚有子女。但国钦早晨六时起身，要自己烧早饭，因家中无用{佣}人。七时到厂，九时出厂，来事务所。一直到下午六时，再到厂料理，至九时回府，至十二点安息。勤俭劳苦是其特长，钱亦看重。用人如其爱婿在厂内，任要职，而与木工争执，而木工不认错，竟与工人作去就争。结果，于{与}管木工部份主任职员商，开除其木工。而该管理人不允，彼即辞职。告知国钦，而国钦云：就允其辞职，可也。后来，有人要其婿取消辞意。而国钦云：不辞职可，但须向管木工部主任认错。因此，其婿只可出局。如无其他原因，觉得李之用人有问题矣。据职员方面多不服，并恨其待美人特别，比华人好。

胞弟照南以前吸鸦片烟，现在已不吸，身体较差。前在香港有年，将来仍想回国，而无子女。在此做股票，颇得手，因股以前向走上风。伊比其兄舍得，家中有用{佣}人，房子比国钦住得好。国钦房子很简单，视之，只配廿多万财产人住者。国钦用人，据职员中有人为其厂内计划省去数十万，不特不加好言奖进，反言只{这}过{个}办法，德国有老早看见过矣。而某职员云：既见过，何不早做。诸如此类者，颇多。因此，同人不甚热心，以前与人合伙，后来亏本，最后又赚钱。他就说华昌的股老早亏完了，不承认早前股东有股，后来打官司，不知如何了结。

5月8日

盼登毛织厂。

5月10日

纽约《美洲日报》载，蒋总裁在六全大会[①]演说。

[演说辞]第三段曰："吾人要改善人民之生计，为国民革命之终极目的。系提高全民之福利，是必须实行而不可忽视之民生主义。吾人须防止资本家垄断；吾人须消灭阶级之斗争；吾人必建立社会之安全；吾人必须实行平均地权及管制资本之政策，以消灭垄断及操纵。在战事结束前，必开发物资及经济复兴。"

何以将此全国工业化的存亡问题，使一党包办到底？目无党外热心政治、工业建设、爱国的人。

5月11日

《华侨日报》载：重庆纱厂女工如何被压迫，工钱少而工作时间长，不自由，每月赚 1500～1800 不敷用。说存工[②]为扣饷，似乎勿有收回之意。女工津贴、饭食便宜，一概不提。每个女工连津贴总在五六千元，报上只说一千多元。因各个职工均有米贴[③]。工人每名几斗已忘却，厂内供膳宿，每人每天只收饭钱。

合之只有分之。总之，一个工人在厂工作，其标准总在除自身生活所用之外，必须使其能养活一人至二人。如低能及初来的女工或男工在练习期内，亦复使其能饱暖，略有零用。决没如该报所载之刻薄。所谓断章取义，听一面之宣传作用，是报纸被人利用，徒受人欺骗。新闻事业太忠厚了，如读众信以为真，以讹传讹，使人民恶工厂业，则国家需要工业化，反受有阻碍矣。

以后办工厂，情愿取公开所支实数，不必暗贴，使工人以为津贴是例得的外快。存工可改为储蓄何如？可注明能抵冲赔罚之用。

战事结束后，环境对工厂，如政府明白还好。否则，不如营商较为轻松。我办工厂视为社会事业，向重工人福利，深怕不能得人谅解。

---

① 六全大会，1945 年 5 月 5 日至 21 日在重庆召开国民党第六次全国代表大会。

② 存工，是指工人先工作一段时间，将这段时间的工资以"存工"名义存于账房，后再发工资。

③ 米贴，是因抗战时期，物价上涨，为满足工人的生活，企业给予的补贴。

5月14日来，5/24去毛织厂。

5月15日

来加拿大，同来邹世颐①，及其蜜昔司②。在早晨六点半，出美国境。有美国方面检查出口允许证。我因美外交部未交证件与我，允关照路三四扑英脱③检查机关。我未到前，很虑误事。讵至该处检查人云：已得关照。安然而过，足见美国行证[政]有效力。到孟屈娄④，住坤司旅馆466号。将行李整理后，即往余又新先生处。因余往旧金山开会，由女书记招待。至美国移民机关，要求回美国办手续。彼要我在三月一号进登乐山矶⑤时的证件，我告伊在该处，彼即拟电报稿交我，自己去打向乐山矶寄递来，加嘱迟四天，去听回音。

5月16日

美商店于工厂合作方法：

(一) 制造厂将出品认某一个商店销其货物，言明勿销别家。同样，货厂亦保持不卖与同一区内之别个商店。定价若干，卖出价若干，使其店净得纯益若干，成为其店名为别人所开，实为制造厂统制，代制造者推销货物，免得自设商店受许多顾虑。实权既操在制造厂，比自设商店便宜矣。其故，开商店的人比制造厂自设商店的聘请经理者负责巴结要好，因省俭下来自己的，对开源节流，必以全力赴之。

(二) 美国利息低、税重，现钱于{与}放账价值相去有限。有九十天内交款，还可打一个98扣。茶叶商买中国茶，成本二角五分，制粉装袋，加开支一角五分，广告费一角，每磅计五角。批出价是七角五分。据除纳税外，赚约

---

① 邹世颐，即邹斯颐(1922～1990)，江苏吴县人，父亲邹秉文，哈佛大学经济学博士，历任纽约中国贸易中心董事长兼总经理、中国工商经济开发公司副董事长兼总经理、中国工商信托投资公司董事长等职。

② 蜜昔司，即太太，英语 mistress。

③ 路三四扑英脱，为 Lacolle Champlain 音译，拉科勒-尚普兰边境通道，是加拿大蒙特利尔与美国之间最频繁的口岸，该处是美国与加拿大蒙特利尔交界处。

④ 孟屈娄，即蒙德利尔，英文 Montreal，文中称孟德娄、孟曲楼、孟曲娄、蒙德娄，加拿大主要港口城市。

⑤ 乐山矶，即为洛杉矶。

一角一磅，门市店卖出要每磅一元。

百货店专研究人的心理，以为卖出。太太们买付现款，觉得有{又}舍不得。就做签字放账，一年一结，生意格外大。

（三）美国人重信用，人格为第一。调查征信录异常周到。如阿刻郎脱，夸木父子营业爱克司坡昔新纱厂，载得很详细。据有美国人前在菲立滨[①]，回美国做商业十年，信用甚好。后来查到其人，为菲列滨赌犯逃回者，已十年。在中国以为败子回头，在美则不然，以为做个坏事，就此倒台了，所以美人不背信用，爱惜羽毛。

（四）山西人之吃股做商店，责任负得太重，一切的一切都在财东身上。

（五）美国的工商连合工商，办法比较的各得其所，各尽所长，各司其事，比山西人吃得开。所以，大的企业一个公司全国有其踪迹，商店组织有成绩，往一家有 2000 多个分店。纽约一处有数十个联带商店，内中之有由一处主持的。

（六）昨参观(5/15)日，尤{犹}太人开办的。副经同去参观，其人精明过人，技术管理布置都好。自纱厂约十万多锭，纺织染均有，人造丝制造、织染均备，但不是一个招牌。是各个厂销于此一个联合组公司内，受此公司统制管理。

1944 年的营业自己制造卖出的货，计一万万六百万元，代人经销的不在内。参观其三处事务所及试验室。据他说，该公司总共职员约在一千人。厂内职工、各厂一并计算，有一万人。因此，试验间设备甚完全，纱布、染化、药浆、防雾都有，诚精益求精组织法。是以商业来统制工厂，管制制造，成绩甚佳，很有心得。对别家纺织业，只说买坯布，不代人整理。丝棉织品都处处陈列样品、样本{于}窗式设备。在房间内，备买客研究，不是马路上的窗式。

（七）计算成本，随时可知。研究原料精明过制造者，进货、出货都俱专长。

（八）交易成本、顾客成本，每一个买卖、每一个户头，都将其全年估计，统计出来。何人何户在一年内，对本公司损益若干。每个工厂对公司损益

---

① 菲立滨，即菲律宾。

若干,每个重要职工对公司损益若干。似乎对个人亦算成本,一切的一切都能详细分析出来,诚了如指掌,明察秋毫矣!真所谓,有组织了。回思吾国之商业,诚不晓得落后几百年月矣!

谈谈美国商业,都能详细分析出来,诚了如指掌,明察秋毫矣!真所谓有组织了。回思吾国之商业,诚不晓得落后几百年月矣!

5月18日

由孟德娄往笑不罗克镇[①]盼登毛织厂,厂长高得脱[②]。经理弹吟尔,又是大股东,人在孟德娄,主重在哈气拉格厂任副经理。盼登毛织厂1866年开办,至[今]79年矣。

华丝斗特5168锭,华纶[③]4320锭,付廿五万元。

高得脱云:

(一)澳洲毛条每磅加币0.95,同为英属地,无税。如在美,要1.25一磅,且是美金,比加币加一成计算。

(二)工资厂用,华纶每磅0.175,华丝斗特每磅0.32、0.42。染色不在内,纺织白货之开支,也有呢样。

(三)共用男女工700人,染色工每小时0.45,织布织呢工每小时0.60。改设新机后,工人只用四百弱。

(四)产量华纶纺织纱线15000磅至20000磅,华司斗脱14000磅,共约30000。时间为两星期96小时。在中国做廿四小时,作为每天出3000磅,即算3000码。每码作余二元,要6000元,一年可赚一百八十万。以八折计144万,而资本要美金五十万,一年半到本。如做纱布厂1万锭,要纺织染全套,须65万元一年。每疋赚一元五角,计每天出布9000疋,计一年405000元国币。做毛织成本少15万,赚头多一百万。

(五)看染色整理,允我派人去实习,彼愿一一帮助设计。似此,连工作

---

① 笑不罗克,即为加拿大舍布鲁克,Sherbrooke,文中又称孝不洛克、孝不罗克,离蒙特利尔市以东150公里,距离美国边境仅48公里。工业以纺织、机械、服装、食品加工为主。

② 高得脱,盼登毛纺厂厂长,文中又称高德脱。

③ 华纶,为Woolen音译,文中一般意为粗梳精纺锭或粗梳精纺锭。文中又作华伦。粗梳毛纺系统不经过精梳,毛网用分割法变细,原料上用较短的纤维,毛纱排列杂乱,条干均匀度低,毛纱密度较大,织纹不明显,织物表面有茸毛,比较厚重。

法、技术都肯出卖矣。且交我呢及纱线样筒管等。

（六）钢丝车年代过久，1860年为最老，帽锭1914至1922年。新钢车48头，叁万元一台。

（七）钢丝车老者，出纱每排12根，上下两排计24根，新货48根。老货每小时出25磅，新货出60磅，但每部价要三万元。

（八）烘拉机最贵，每部美金一万四千元，烫呢机每部五六千元。

（九）电气马达550伏，而须三相，即锡里（三）贩司（相）。

（十）此厂加拿大为最大者，因人工少笑，以后亦不预备扩。照原样改新式而已。全国1100万人，此厂日出2000码，全年60万码，可供廿至卅万人，在中国工作时间加长，可供50万人用。

美国限止别国人进口做工，有理由的，因生活程途高。如张文潜一个单身人在此赚400元，无多余。杜维屏二百元一月，要每月贴一百多元。文潜住房子，每月60元，膳食连香烟一百元，车钱40元，洗衣服、剃头及零用一百元，共计三百元。但彼云：要四百元。因每月总归勿有多余。以此看来，女书记每月各方面，听说约在一百多元一月至二百元者。工人每小时女工约赚七角，即开电梯者，约等于二百元一月，如果再加多人，防无事可做，即要有闲人而失业。如一经失业，生活程途如此之高，要穿衣吃饭。若无进益，好人亦要变坏，就要觉得常常缺乏人，才好。

美国不要多人，一多人即有危险。现在中下级的已经养不起妻子，赚二三百元一月的男子结不起婚，如果人再一多，诚难维持也。要每月赚到五百元，才能养妻子，否则要妻做事。因即有钱，放在银行，无利息可收。在美国非做事或生产者，不能生存。而到处用钱的机会太多，消费的环境甚浓，非苦干赚不到用度。非比中国人有了钱存放，即有利息收入，可以坐吃无虞。中下级的如上所述，但美国富翁又太舒服了，以人数论，中下级人较多，幸而交通、菜饭馆、衣食、住，平等的地方多，富人用钱的地方亦多，否要闹事矣。

粗细纱罗拉：

中国棉丝毛短。细纱罗拉车7分，粗纱罗拉车：头号，一寸一分，如单道用1寸半[厘]纺程一点；二号：1寸半[厘]；三号：1寸。

加拿大见样，大一分，美国亦如此。罗拉细夹得靠近，粗离得开。棉花要用好者。

美国头号粗纱,单道在一寸一分,比普用三道粗纱细一分。

前总统罗斯福待中国好。开罗会议,俄不愿参加,因中国在内,故将德黑蓝[①]拖在开罗会议以后。议前,[罗斯福]先将远东对日问题宣布,即议决东四省、台湾归中国,朝鲜独立,至黑德蓝会议议一个大体。故意使美、英、苏外长改移至俄京[②]。正式签订议条时,要于{与}中国共同签字。先问艾登,登云:恐俄不允。赫尔云:"由我向莫落托夫去说。"果不允。赫云:"临行罗总统关照,必须于{与}中国共同签发表宣言,否则我即等于空谈。"俄因彼时德势尚甚,不得已,允之。因此中国得名四强之一。

5月20日

毛织产量全年有1600万生意。

华丝斗特5168锭。

照盼登出数,96小时六天,计14000磅,每天作2334磅,约合卅支毛纱出0.44。做照中国时间,一星期6天半,计156小时,多60小时。照比例,要每日出照2334磅,加百分之60,计每日出3728磅。合中国时间,每锭能力计0.71几,照每锭0.7计,每日出3500磅。

华伦4032锭,钢丝10套。照理,钢[丝车]每部每小时出25磅(新式出60磅),96小时要两万四千磅,而高得脱只有二万至一万五千磅。照一万五千磅计算,中国时间另加百分之六十,多九千磅,共计二万四千磅。七天分,合每天出3400磅,或不止此数,只{至}少3500以上。

以上两项,总共每日生产6900磅。每天两种共出6900磅,即约七千码,如每码赚一元五角,要10500一天,全年约315万元。

盼登全年出一百五十万码,利益约四十五万加币,每码原料一元,开支六角,售一元九角,每码余三角。

中国全年出二百一十万码,利益3150000法币,每码法币余一元五角。

毛织机华丝斗特,每码2.05;华纶,扯价一元九角(1.9)。

盼登厂总共164台毛织机,浆缸一部。经纱车4～6,非六部不可。

---

① 德黑蓝,即德黑兰,伊朗首都。

② 1943年10月19～30日,苏联外交人民委员莫洛托夫、美国务卿赫尔和英国外交大臣艾登在莫斯科举行会议,讨论加速粉碎法西斯同盟和战后欧洲安排问题。

生产照中国时间：

每台廿四小时出 20 码。日夜 40 码，即每天出呢绒 6560 码，或许出到 7000 码。因华纶粗货，可以多出，大约全年生产价值一千六七百万元。（棉纺每万锭约生产值二百四十万，7 万锭一年可有此生产的毛织品价值，计 1680 万元，战前法币。）

染色机器要置备，每天生产染八千码范围。我们以前染机备 2000 码，约费十万元法币。现在恐要美金廿万元。似此办全，将需 60 万美金。连活动资金需要 100 万美金，还要做往 50 万美金，方能周转。原料五千磅一天，三个月计美金四十五万元。

盼登毛织厂开支：华纶纺织工资厂用每磅 0.175。华丝斗特工资厂用每磅 0.342。

染色整理：华纶染后纺，整理，工资开支，花毛织成后：潮整理每磅 0.045，干整理每磅 0.045，共 9 分。

华丝斗特：

潮整理白坯每磅 0.035，干整理每磅 0.045，染色颜料每磅 0.11，共 19 分。

洛惠尔染毛条，每磅合七分。

5月21日

康华加拿定纱厂参观记。该厂经理包特纶到火车站来迎，自己驾车。到厂看，人陪往车间参观，甚客气！吃饭后，又送往另一厂。由负责人名杰克生，并另外一人，同进车间，看二小时。处处都到，且问如懂法语，可派翻译。该厂特点列下：

（一）染花衣，大圆锅一千磅一次。染好将水去之后，进钉子如拆包车，车后有滚筒轧干，进白铁管风吸去，进烘花机。

（二）烘干机烘干后出来，在出口处装，如八角车（即如运布样如浆纱机，风扇形）将热衣吹冷，带出进下面，洞通管子，吸去打包了。

（三）烘燥机滚筒 32 只。其机一边靠墙，其他三面都有墙窗。但下面有 1 尺宽空的，谅使下面有地风进去，使热气、水气走脱。即法甚佳，一面关住热度省煤，一面透空气，使水气走完。

(四) 染色机大盘头亦排在造墙边，在机之顶上面，加斜形白铁。染机热气可走墙边，洞中出去，室不致热气冲满。

(五) 染花衣有圆筒。内装花元有轴心转动，一半在颜料水中，转转不停，染之。据不如立式圆染锅，但此种退色颜料，无妨。[如图 7 所示]

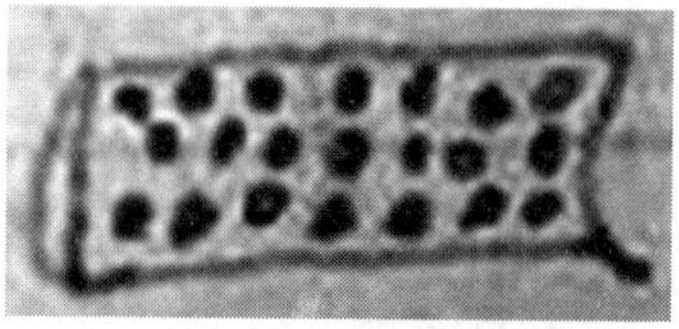

图 7　染花衣圆筒示意表

(六) 织的花式甚多，有龙头装在高房子机的上面，很高，约有五六百针者。织毯子，大花头很多，很好看。有三寸至四寸，对经大。有多种毛织品，花式织棉货，另觅布样，以便参考！

(七) 有如纽奥伦染纱机，但较简单，有三部分，染深浅，故也！

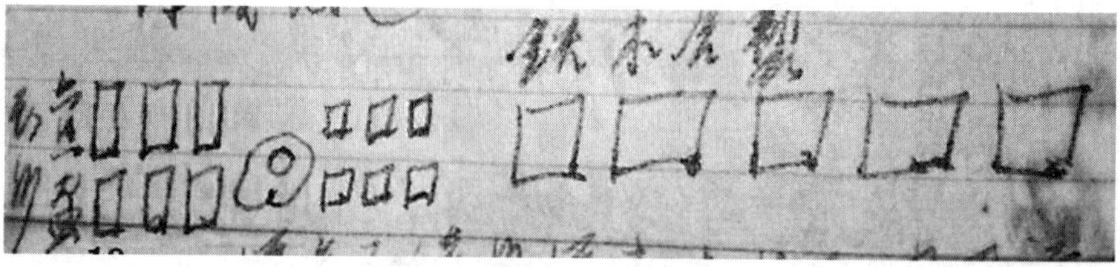

图 8　纽奥伦染纱机示意图

[如图 8 所示]从下而上有六只，六个纱头，缠在纱上，染可不乱。从上而下，走颜料中过去，再进来。上下数次，仍由前而后，再转回前方桶内去烘干，如酸花机，在一头进出。

(七) 纺花纱，有样纱、布样，可以仿造，一根二号粗黑纱和一根三号浅灰纱纺花衣。

(八) 新电灯如白日。电灯新式白而长，如白天，无分日夜矣！

(九) 钢丝车，第一家 20 台 40"、36 台 37"，第二厂 28 台 37"，对经 24～27"，棉条筒 12"。来看厂，[钢丝车]50 台，40"，筒亦 12"。共计 40"活{阔}74 台内四台，棉条筒十寸。37"活{阔}64 台。41"活{阔}48 台。

(10) 条子车六眼一节的，廿节计一百廿眼。头一厂另有 252 眼。

（十一）粗纱计头、二号、三号，共计2058枚。另有十台三号不算，不要他。第二厂大牵伸，另外厂有多数。

（十二）第一厂二号、三号粗纱2154枚。

第一[厂]看布机200台，第二[厂]看布机376台。

（十三）细纱1500枚，老了锭子绳，每分7000转。铁皮棍，皮的一根，问纺纡纱6000转，经纱8300转。

结论：染花衣、纺花纱、合花线织之中，毛货染织比别家好，且花式甚多。活{阔}布、花绒布、龙头机都好，且有大花，甚可仿造。其毯子布、格子，机将来棉毛并织。

两厂房屋皆平顶，满天花板人字，进身有四丈外，柱圆的包好。

买毛织厂，弹吟耳约略：

（一）照来的老账单，加进机列下：

潘横林纡纱锭300枚。经纱部分小机二台，来看过。

82"重式30综4×4，十台，原账20台，后改卅台。

马达全部在内，附物料附件在内，挂脚开关行线，一切管子在内。

（一）当时要求留帽锭机四台。82"重式织机四台，打样织机一台。

后来与高德脱厂长接洽，或许完全与我，开会后回复。

（三）1945年5月21日，在哈气拉加事务所议价，讨价35万还廿万。结果说定230000加币。弹吟耳云：卅号开董事会，六月一号决定。回音：纱厂因选举关系，暂时勿谈，过六月十四再议。

（四）先付二成半，纽约交美金，照并算新机到折旧机，至迟1946年内交清。先有，可先拆。拆下机，堆栈内，不出租金。未提世界公司代表。

（五）批耳司佣金8000元，先付4000元。交清后，再付4000元。

（六）可派人来盼登实习，只{至}多三人，惟防工人反对。如有此事，应即离厂。

（七）以后开车交货，机已老，对保全，不能以为卖出不修理。愈老愈重保全，好拆装要于{与}此刻一样正常。磨拆，不在此例。

（八）拆装时，帮同负责装箱。

（九）订合同后二星期，请解冻付款。

（十）高德脱，请其做顾问。由汉栋来时，再说，暂勿提，且勿必与人知。

（十一）据弹吟尔云：办照此一批新货要一百卅万元，可少用人，原有五百人，将来至多四百人。

5月26日

由纽约来美丽停，由联合商业制造公司营业乔邓、成本会计史提文、机械建筑怀克脱、纺织丝厂经理候𢖍雷共四人，同至美利停纺织厂调查。计由我点见，机器列下：

（一）清花头、叁道连接三台；和花缸一台；拆包一台；打粗纱头一台。

（二）钢丝车76台。钢丝布要全换活{阔}40寸。

（三）条子车两道，每节六眼，总计12节，合72眼。

（四）粗纱大牵伸全3号改的，每部144锭至150多锭，共计2928枚，或许有小出入。五根罗拉，皮的。

（五）细纱全部锭子绳，约二万多一点。

（六）经车二台，筒子车四台，浆缸三台，内一台停用多时，穿扣机三台。

（七）布机497台。

（八）烘浆拉幅一台。卷盘头缝布一台，连刷布。轧光车之滚筒一台。

页布机二台。打包车一台。印牌子一台。染盘头锅，四台，用二台。

（九）修机间打绳一台，车床二台，钻床一台。

用煤冬天75吨一星期，美丽利拉木屑8元一天。

22支经纬纱，26至28支。

皮棍间不好，坏合线车二台。空细间可添2千锭。

厂经理8000[元]一年，厂长3600[元]一年。副厂长夜班。

花米罗丝有此木头的。

厂基长800尺，活{阔}400尺，被经理割去249尺半。

（十）纺织工资二角，连其他厂内[开支]，要合每磅四角九分。

每磅四码，每码售0.145，计五角八分。

每星期出四万五千至四万，如作四万，每码赚一角，计四千元，五十星期计廿万一年。黑市每码可卖一角六分。

（十一）房子坏、管理不好之至。

第一国家银行总理可克，存款1000万，存息六个月一厘，欠息三厘。纽约化药[学]银行代理人、上海银行亦托他。副理还退资本50万。

律师华莱士，铁路公司、第一银行董事白老牙，七十多岁，代买车业。

5月30日

参观哭文墩[纱厂]，学者办的厂。该厂厂长是学者，纺织教授出身。同事有五六人，且有师生关系。副厂[长]系其学生，习机械电器。此公在纺织业前后已服务二十多年，有一子在厂，家属亦住在厂之附近。以1900年之机器整理修改，竟如新货。细纱锭用的是锭子绳，每分钟走一万二百转。后因绳子断得快，改粗一点，走9800转。纡纱捻度①少，走9400转，出数相等，生活好做，每锭廿四小时可出足一磅。钢丝是其拿手好戏，白心无棉，罔匀粗细。纱机均改为卡生白郎克布机，将纱整理，经纬间处处合理，且皆高速度。750台布机，准备间只用六个人，29500锭如此范围，日夜班总共工人适有350人。有如此成绩，如此关系，如此有学识经验的人，尚欲听厂主卖厂，痛心不痛心？闻其故，据因股东嫌捐税太重，大约要捐百分之八十五至百分之九十以上。似此有政治轨道的国家，人民尚被捐税弄得如此灰心，且很普遍的卖厂。果如此，国家工业岂不受影响乎？虽不能代表整个工业，照我调查所知，恐兴趣好者，都是有很好的避税方法，转转经营，使收捐人无法处理。想我国重庆管制纱布更凶，战后出口有大量数额时，政府必有严密计划来统制。如办得不合理，影响纺织业，即影响全国工业化矣。

5月30日

再到阿克郎他，往见费尔，同到租车行，租福特气{汽}车一部。买草帽一顶，价七元五角。昨日午后到，住别尔脱马尔旅馆。夸木处职员，名赫伦司惠尔。据夸木夫人云：明确约星期四回来。此次同杜维屏、汉栋来。派克墨水两元五分。闻哭文顿厂因前年余四十五万，去年余40万。除去捐税，每

① 捻度，是指为使纱线具有一定的强力、弹性、伸长、光泽、手感等物理机械性能，必须通过加捻改变棉纱，由纤维结构来实现纱线加捻。

年只有数万元到手,因此欲卖出。

多看看,此厂成绩好,布机 750 台。

阿克郎他,哭文顿镇离开 35 英里。经理安诺尔(A. O. Anold),Covington mill,Covington。哭文顿经理阿拿而特,厂长奥尔福特(John Alford),副厂长脱糯。

(一)拆包机后,即装一丈长、二尺高、三尺活{阔}除尘器。花衣被吸去,灰尘破子落下后,吸入管子,进给棉和花机,上楼进两组清花机。供 29000 锭,傍有立式尘箱六只。据以潮空气进清花机,下层打入尘箱。煞克洛惠尔有此设备,用者不多。内有精细钢丝经过灰尘,留下新鲜空气,出来利用。即两用,一用作为中国尘塔①;一用如冷气或新空气之利用,以廿二包花衣入拆包机。

(二)钢丝 1900 年,整理得甚好,于{与}加拿大厂家同,无白心。活{阔} 40",斩刀花卷起。

(三)条子车两道,每道 42 眼,计七节共 84 眼。棉条筒 12"四根罗拉。据煞克六回尔,用五根皮棍大牵伸,普通六根棉条。如用大牵伸,可用十六根棉条。

(四)粗纱头号、二号纺出,皆大牵伸皮卷式,用八培{倍}半,还可大。但不用过大,防不匀。双筒子纺细纱 30 支、40 支,又以废花纺 8 支做袋布。

(五)细纱车锭子绳,细绳 10200 转,用粗绳 9800 转,纡纱 9400 转。锭子不见动摇(捻度少,出数同)。

打锭绳,另有一部打绳机,打得甚紧。经纱捻度 21.5,纡纱 15.6。美国纡纱捻度因花衣好,格外少。

1900 年之老车,改大牵伸,卡生白郎克,灰丁货。

(六)经纱车一部管 750 台,每分钟卷 900 码,或打八折。一个盘头三万二千码,断头八次至十三次(效率百分之八十)。

(七)筒子车 160 头,转动自动接头于{与}以上经纱车为一套。连小的一台,接头及去纡脚及拉筒子乱纱在内,计 30000 元。

---

① 中国尘塔,据《清梳联工艺设备与管理》载,我国纺织厂历史上一直沿用地下尘室——尘塔,这种方式设备简单,阻力较小,纤尘靠重力沉淀在尘室内,只能捕集到部分纤尘,而一些较轻的纤尘,随气流排出尘塔,既污染环境,车间温湿度也难控制。

（八）浆缸雪令二只，半个铜帽二只，浆上一个，打浆铜帽一个。车开得很快，还有水汀16度左右。

（九）穿综机一台，打结机一台，盘头架子一台。

以上750台布机，准备间工人经车一人，筒子四人，每班只用五人。旧锭改造如新，足可借镜。

（十）自动布机开得很齐，盘头上并无倒头。生活很好做，一人管40至50台。

（十一）卷布架缝头经刷布车，有括布刀二把，将灰浆吸出去很快。

（十二）看布机下面有电灯，页布车两台。布上白心、坏布很少。

（十三）炉子间，炉子三只，开一只。煤在外打入炉子内去，有火门数只，可看，很省煤。

此厂是纺织教授任厂长，处处高速度，皆有研究。充满学者风度，有研究而合理。到美参观，以为此厂最好，带来细纱筒子一只。

（十四）修机间母机甚全，有电度{镀}、电焊器，须办一只，价约一百多元。出品好，机器保全好，50年旧机，竟能修理得如新机（有头脑的老练工人）。

（十五）用有学识者三人至六人，专门在各方面设计、改造、修理，求进步，可为旧机器中的最好的谟{模}范厂。

（十六）试验间设在车间中，四面空的，枱上使大家看见又可管人（实验间须有温湿度调剂，如此法研究余地）。

（十七）八支纱纺织袋布，每磅合0.45，卖0.50，利用废花纺。

（十八）全厂两班用350人，战前425人，细纱多开半班。副经理机械电器出身，厂长是其老师，同学有五六个人在内。有一本书交汉栋，系关新式电焊机。

（十九）[①]成品视磅数轻重，价格重样一角四分一码，轻样八分一码。三十支经、四十支纬，约四角五分一磅，售价五角六分。每磅开支约二角、花有22分，加损耗二分半[②]。

---

① （十九）（二十）（二十一）三条与上文的字体不同，根据字体当为刘国钧次子刘汉栋所作。

② 日记中是后加上的文字，字迹与此条其他文字不同。

(二十)废花纺成纱,做成袋布,纱支约八支。

(二十一)除尘箱利用压缩空气,将废花飞棉由机底抽出,经过清滤作用后,该空气原回清花间。就此种继续,可利用各种外加设备,调剂清花间之湿度及温度。

在乔及省,道格拉史①,Douglas mill。

纱锭未改大牵伸,23560锭。

钢丝车56台,清花还好,条子50眼。

布机自动较好而清洁,580台。

粗纱头、二、三[号]三种,共计5350枚左右。

筒子150锭,自动,足敷应用。刷括布机一台。

经车新式自动每分钟580码,浆纱机二台。

别有一部筒子车,是做卖纱用,三号粗纺纱。

合24小时,廿支出数,照钟头,约点七。

布机间经车、筒子、打结机、浆缸都可过去。惟纱机较次,排得甚乱。炉子不佳,管理不好。厂附近地上都有花衣、棉条、皮棍、花等。水箱有二只,厂房有“凸凹”。讨价每锭18元5角,不连房地。每星期用花四万至四万五千磅,每日合九千磅。每磅五角,计净布4万磅,2万[元]。一年一百万。他说,128万出数太少,出布五码一磅,斜二码半一磅,廿万磅一月。北明汉亦廿万磅。

轧令爬洛镇,Gnun loso, GA,美丽利拉,Masy dula mill。

白洛克,Brook;介绍人:阿拿而特 Asnold。

细纱19700枚,灰丁的大牵伸。装有铁路,活动吹风,清洁。12万。

粗纱头1280枚,HB大牵伸②。15000。

条子六眼一节十节,计60眼,分两道。6000。

钢丝活{阔}45",60台。6万。

清花连续两组,30000。

---

① 道格拉史,英文为Douglas mill,属于Sanders公司。文中又称道格拉司、道格拉丝、导格拉。

② HB大牵伸,低倍牵伸装置,在精纺机最高为12.5倍,粗纺机最高为6.5倍。

浆缸雪令出气新装置，二台，1万元。

大盘头中夹大滚筒，带走纱，使浆纱盘头可松一点。后看浆纱布机盘头，果甚松。自动机可管100台。

用工人335名，两、叁①班，每日出数，据用花一万七千五百磅。各处房屋修得甚好，此亦老厂修改到如此。父子两人在厂负责，办得很顶真，皮性硬。与工会斗气，罢工六十天，情愿卖厂，不曲{屈}服。几千锭做起，初工人出身，自己有股份20/100。各处装网丝，罔有关防。

筒子车自动者，160锭，管布机660台。

经车自动高速度，每分钟经850码，穿综、打结机各一部。

布机活{阔}44"，成布40"，660台。

或活{阔}是48"，一人管一百台，经25支、纡廿一支。

括布、刷布车均有(打油线机与哭文登②同粗锭子绳)。

大落地磅秤一[台]。油磅打包机一[台]。

炉子新的，烧木硝{屑}，每天8元。

修机间甚好，做好备货，牙齿盘甚多。工房甚多、甚好，职员住房多而好。事务所有库床、有计算机，设备甚好，街上有房子。作10万元，共538000，还40万元。

6月1日

(大城市O轧司他③)，八万人口。

三蜜拿而，Seminole mill。候格来④，Huguleg。

开在克理阿O脱⑤小镇，离华轧司他五英理{里}。候格来英文名，Mr. W. G，Huguleg。

地址：Seminole Cotton Mill，Clear Water，S. cor，(Augusta，GA)。

(一) 先领看试[验]室中，设备很多，且在续添仪器。次看新造托儿所，再看各工房，每宅五个房间，造价3600元，每月收租金约十元。水电收费，水

---

① "叁"字为红色笔添加。

② 哭文登，英文名Covington，文中又作郭文登，一般译为卡温顿镇，即亚特兰大卡温顿镇。

③ O轧司他，Augusta的音译，通常译为奥古斯塔。奥古斯塔是美国佐治亚州的一个城市。

④ 候格来，后文又称候羿留、候羿拉，为Seminole mill经理。

⑤ 克理阿O脱，Clear Water的音译，美国佛罗里达州皮尼拉斯县县治克利尔沃特。

每月一元,电灯按度计算。

(二)有扩播电厨{橱}一座,约价 2300 元。每阿{二}三小时在车间内,可听到,广播设在人事科。

(三)进厂人,均走过人事室进厂。

(四)候格来经理招[待]我甚热心。卅五岁,到伊家,太太甚好。有子女三人,并在其门口照相,送伊银镯一只,竹丝画一条。他有意对外发展。

(五)此厂有纱锭二万八千枚,布机五百多台。经车筒子机皆自动,旧货改的,费一万二千元。各处房屋改为宽大,停放车子,均如马路上划白漆条。各室放何件,书明工场中,如出事开红灯,无事录{绿}灯。大家帮忙使录{绿}灯一直亮。

(六)看有十二部印花机。工厂进去,天井中有块牌子,上书"叁"。厂内有几天没有发生停车修理、阻碍等事务,几天几字,可换。我见是活的了字。

(七)此厂花式甚多,以牛奶毛和人造丝纺织。牛奶羊毛每磅六角五分。有梭纡一只,带出向其要者也。细纱车尚是普通牵伸,管理布置较善,正在改进一切。本是两年半以前的旧厂,以人事力量,求其现代化。印花厂可仿造煮布、洗布。洗布车出有狭轧干绳状,轧干机轧后,再蒸。

(一)特点:见其从烧毛起,吃退浆后,进绳状洗布车,再进高水汀立式器中蒸过,再进绳状洗布机。上下二十多道,洗后,再进立式水汀箱。上下数十道,蒸过再进洗布车,即雪白了。如此有三小时,完成煮洗工作,即可染矣。比如用煮布锅,工作时间、手续少三分之二,且比用煮布锅设备便宜三分之二。

(二)拉幅车[①]布在上头,将尾布车转湾{弯},须对折疋头布,尖角头铜制,此项方法比别样好。

针织人造棉纱:

灰丁厂造的每部价五千元,活{阔}面可织 162"人造丝布,现分两幅,每幅织 81"活{阔},系 40"活{阔}的四幅。在彼德逊城见方烘机,如烘呢边用钉钉好,拉幅出来,用四刀割,两刀割 1 边,中分三幅。

每分锭织六英寸,六分钟计卅六寸,合一码。每小时 60 分十码,十小时

① 拉幅车,机械整理包括拉幅车拉幅定幅。

计一百码。每天工作廿小时,可出二百码,即合40"活{阔}八百码,抵中国40码布20疋,足抵十台。布厂出货,买丝筒子置经车扳小盘头做。

筒子丝扳小盘头上机,织制,要添好高速度经纱机12台,织机要经车两部,要调剂干湿。因针织针多,如气候不平均,针是相差四千分之一,稍变动针,对针要碰,即不能织。故有冷气装制,冬天要水汀设备。

谅烘拉针钉边走过,拉幅烘干,谅无滚筒。如整理呢绒一样样,否则要有亮光。此种工作在烘呢机装四把刀,即可做前扩幅器、罗丝及拉边。

花式有数种,且织有如花边网样,有专们{门}人才。德人始创研究花式。印花有数种,有可做袍料样。正可买一二部,试试,由苏州人陈涵康①来设计为善。

织绸针织:

162"活{阔},分两幅织,每幅分为三幅,合27寸活{阔},做女式衣服可矣!每十小时出一百码,即600码。日夜两班廿小时,约出一千二百码。苏州绸织用男工,照该种日夜班作织,每台60码,足抵廿台出货。边子绉的漂洗后,上烘拉机,如毛织烘拉,用钉齿拉边,不用滚筒,免有极光。进烘机前,添装罗丝,如框幅器,再经过两边拉幅器,适中钉边转展,到出去时,装四把圆刀(另用小马达拖)。两边刀将绉边割去,中间两圆刀割成三幅,烘拉呢绒机,可添件装制器,亦可整理。此货绸身轻薄容易,出数必多。此浅毛货漂色,恐不能丝毛共用。如染漂色以后,可能扯用,借用一时,或者此项针织品经拉幅,可拉活{阔}数寸。用化药方法,所做到不再缩狭,做好衣服,洗后重煬{烫}。似可无妨碍,又要调查研究。

6月2日

边子如烘呢拉幅机,卷边用圆刀割去,81寸分三幅。如此,抵织电力机要15台矣!

边子因针织经条组织而成,边皆卷起,谅有办法,尚未看见。已有法,见过矣。② 若不将边弄平直,无法染印,既已染印成品,必已有方法。南方水不

---

① 陈涵康,应为程涵康,江苏苏州人,根据《苏州商会档案丛编》第5辑载,程涵康开设有绸缎号。

② 根据内容判断,刘国钧在没有看到解决卷边问题时做的记录,后来看到解决办法,又追加记录。

清,自办自来水厂。

彼德逊城,约翰生厂造30"对经一百寸活{阔},全不[锈]钢做滚筒七只。马达用二只,17匹、12匹,校棒13根。每只滚筒有牙齿拖动,勿使纱条拉动。价一万五千元。

温湿度控制表,如要再加二千元,价太大。可仿造,有图样。

中国海带管浆纱机①,每部三千元。三部抵一部,只九千元。

6月2日

军队接收纱厂:

美丽利拉纱厂因罢工60天,厂主白洛克不肯曲服于工会。今日即6月2日,被政府派军队接收开办矣。中国如援例,则有使办实业者寒心,在初振兴工业,是不应如此。美国至不景气时,怕工人失业,求多生产、推消、外运、出口时,谅亦不致如此。此刻供不应求,工人缺乏之秋,而政府考虑得死,厂主故可如此乎?闻如此一来,工会得势,工人更侨{骄},厂方面子失到底,决意卖厂矣。结果于国家社会利害何如?

工商兼营联贸到底,不必遍{偏}重工业:

侯掰雷为纱厂经理,怕工人组织工会,处处为工人办福利,使人云:如工会来,即停止自动为工人办福利。

闻工会要向工人收会费,每名每日一角,且要厂方代扣工资,工人因会费负担大,工会势再向厂方要求增加工资,而工会得到会费可以持久,且于{与}厂方不利。据传说,以后厂商负担步步增高,工人步步得势,或许有一时期,替工人白忙,倒不如犹太人,重于营商。华圣顿以南,商业小,犹人不去,云云。我们应一连串到底,从买花至做成衣服,使直接到人民身上为止。工商兼营较为稳重也。果如此,于{与}布商有条件合作可也。

美国人如此办的甚多。美国工资大,市上卖零剪布竟不见,均买做成衣,中国呢绒西装可由厂方做好卖。

美国照燃料现在情形,战后消耗全国气{汽}油,12年用完。查所有产量占全世界20%,因战时供全世界80%用伤{场}。钢铁煤矿易运,照战时消

① 海带管浆纱机,采用海带管散热的热风式浆纱机。

耗，八年用完，全年消耗约1万万吨。

木材生产量比消耗量少。

中亚即伊朗、波斯、阿腊伯[①]等新发现油矿，占世界50%以上。

美国自独立战起至第二次战时(1940终)用1570万方。第一次世界战所有消耗1865万方。第二次1940年终起至1945年八月间止，所有战事消耗30000000万万方[②]。

6月3日

下午四点半，到骨磷推尔镇市[③]，有23000人口，参观扑英失脱[④]纱厂，于{与}道格拉丝纱厂同一公司所有。

其人[⑤]本营花衣业。一万三千锭，布机360台，工房58宅，工人225人，做三号粗纱筒子。卖出不合，因机太老，且已用伤。

续谈道格拉司：

清花钢丝52台，细纱23560定{锭}，条子50眼，筒子152枚，将{浆}缸2只，打结机一台，刷括布一台，每期用花四万至四[万]五千磅。

粗纱头号计304只，2号1008只，3号4048只，共计5360锭，每锭房地不在内15元。要共卖卅五万元，彼发公司债50万元，无办法可将厂交债权人，29万可卖。

经营方法：

(一) 经副理提薪水，二人，每年12000元。已经报明政府，以后可照样。

(二) 另由人算经手卖纱布介绍费，出用{佣}金百分之三，全年128万生意，约三万六千元。

(三) 提折旧三万元。总共七万二千元，可无税。

(四) 如以纱布染色再卖，每年多赚百分之十至百分之八，约每年余十万元。彼欲包做将二年出品，全数包消{销}，可便宜五万元，作卅万卖出。政

---

① 阿腊伯，即阿拉伯。

② 原文数字如此。

③ 骨磷推尔镇市，即今美国格林威尔市，英文名Greenville。

④ 扑英失脱，英文为Aponallg. mkg Co. West Point mill，文中又称威斯脱坡音脱纱厂，属于(Sanders)山道司公司纱厂。

⑤ 其人，即弹吟耳，在格林威尔拥有13个纱厂。

府规定染色后,卖价照白坯本加一成,染色加 1 元,又可加 5 角出卖。

(五) 如卅五万,彼出活本 17 万,赚钱要平分。我说,无条件卖出卅五万,房地租勿出。云:商量后,再议。

(六) 下列细纱,道格拉司不能纺。纺 60 支以上,织活{阔}40 寸,经 76 纬纱 72,每磅九码,卖 0.13,计 1.17 分。

两万锭新旧机用人比较:

(一) 粗纱用头、二、三号四千多锭,拆装运费,约需四万二千元。

(二) 要用工人日夜班 30 人一班,计 60 人。加油、修机工人共每日夜工资 62 元,全年计 18600 元。

(三) 新机 2000 头号粗纱大牵伸价,约五万六千元。日夜班廿二人,每年计 6600 元。每年便宜 12000 元,约 34 个月到本。因工资是国币,机器是美金,故也。

筒子车新旧比较:

(一) 新自动筒子车 15000 元,日夜班用八人,管五百台布机。

(二) 旧筒子车五百锭,日夜班用四十人,每日夜班作多用 30 人,计全年合大 9000 元,计美金 3000 元。筒子车约老式每锭约十元,计五千元。似此,三年可到本。

美厂用人数:皆 16 小时两班人数。

不克克利克[纱厂],新式 2 万锭,布机 550 台,用工 350 人,括绒车 15 台,纺廿支、17 支。

北明汉[纱厂],头、二、三粗纱,28000 台,布机 600 台,用工人 400 人。纺廿三支,廿六支。

郭文登[纱厂],旧改新,29000 锭,布机 750 台。用工人 425,(350 人①)。

筒子车自动细纱 9800,纺 30 支、40 支,二班半,转多,开半班,要多用几十人。

美丽利拉[纱厂],新旧合 19700 锭,布机 660 台。三班用工人,335 人。

粗细纱皆大牵伸,筒子车自动,纺 25 支、21 支(布机管 100 台②)。

---

① 此人数为红色笔标注。

② 此处日记中为红笔标注。

标准厂，不克利克、美丽利拉有括绒，多 15 人，多布机 110 台者，少 15 人。似此，每万锭 300 台布机者，扯作用工人 193 人。用二百人计算，每一班百人。上海安达除摇纱车一万锭，无布机，用工人每班 75 人。

骨磷维尔[纱厂][1]，头、二、三粗纱，13000 锭，布机 360 台，用 225 人。

有纺三号粗纱出卖，布机约廿一支。

弹吟[在]维尔乡下，共有十三个厂。

妈丁司维尔纱厂，在妈丁司维尔镇，副理夸木，同看。

细纱 21024 锭，布机 500 台。纺 30 支、40 支，织每磅五马{码}至五码半重的布。工资约每磅 1 角 4 分，工人约 160 名至 170 名。

厂房七十四宅，栈房二处，有保险、管子、设备，每期出 330 磅。

以前每年赚 11 万，抽税后余数万元。现在政府减限价，增加工资以后，盈亏未定。离公司远，欲卖出。

清花两组，钢丝车 40 台。条子车二道，共 60 眼。

头号粗纱 288 锭，二号粗纱 756 锭，三号粗纱 3200 锭。

细纱 21024 锭。

修机间单间，布机 500 台，浆机 2 台，自动筒子机一台，152 锭，高度经车一分 500 转，一台，接头机一台，炉子三只，透平[马达]600 启罗一只。

奇异牌子，十多年，未用保险公司，一年开一次、两次。

粗细纱[锭]皆在 1900 年左右，普通牵伸保全尚好，生活好做。纺 30～40 支纺织五码一五马{码}半 40"活{阔}的布，每星期五天，十六小时工作，计 33000 磅。作廿支，66 千磅五天，合每天 13200 磅。照廿四小时加三分之一，计 19800 磅。合来出数，内有 30 支，不能加培{倍}计算，约等于中国 0.85 磅。此等旧锭，谅亦则可如此也。如改大牵伸，或可多出。照美国如开三班，工资要加，工因战事少人。此厂用大马达，过街用大皮带盘，细纱车用飞轮，布机间亦是大皮带盘。粗细纱车均开全，用工人 160～170 人。布机一人管 60 台。此厂为旧厂标准者，布置管理均不差。工人可全部住厂，有工房，中因自有工房 74 宅，可住 300 多人。职员经理一人，正厂长一人，副厂长一

① 骨磷维尔纱厂，Aponallg. mkg Co. Starkville mill，West Point，miss，文中又称司他克威尔纱厂，为 Sanders 公司分厂。

人,纺部主管日夜二人,织部二人,机电一人,记账主任一人,共九人。记账用女书记等,作工人计算。

清花三人;钢丝三人;条子三人;头、二、三粗纱十人;细纱 20 人;机匹修理、配件、掉换、物料、加油等五人;推花卷二人;清洁扫地三人;小工收废花,栈房中来人;筒子四人;经车一人;综扣二人;浆缸四人;布机 10 人;页布打包三人;修布三人;小工二人;清洁扫地三人;机匹修管布机五人;修机间三人;栈司二人;炉子间二人;日班计 93 人,夜班约作 87 人,共计一百八十人。

联{连}经理、医生、记账等职员在内,至多约 200 人。

哭文登[纱厂],29 千锭,布机 750 台,筒子经车皆新式,作加三分之一,只可用三百人,而伊要 350 人。因细多开半班,故也。

美利丽拉[纱厂],纱锭两万,布机 660 台,纺 21 支、26 支,三班用 338 人。比妈丁司多布机一百六十台,或因有工会多用几人。照理只应三百十余人。照以上三家纺 30~40 支、21 支、26 支出数,平均作纺 30 支纱纺织,每万锭每班共用工人标准人数[一万纱锭]一百人,三万[纱锭]三百[人],两万[纱锭]二百人。如一万则须多用工人,似一万锭用人,甚不合算。

不克克利克纺织厂,两班出纱 23 支经、14 支纡,每日 18000 磅,一星期九万磅。括绒车在外,专指纺织两部,用三百人,又合多用百分之五十的工人。谅粗纺出数多三分之二弱。

6月3日

美国纱厂于{与}纱布商关系。代新记纱厂经办,即代管代营。

6月5日

一部卖一半于{与}政府,一半由自己卖。现在自己不合染印后出卖,因自己染印后只可照 4 角 5 分成本,别家买去可照 0.615 成本。据此例可望取消,暂时归自己。托代做六个月,看成绩再议。但归别人买去印染,而纱布商有 33.75%佣金一律的要出。因各纱厂所出佣金,皆与本厂有联带关系,并分散余利,少出税。所以,大家愿出此重大佣金,故无人提议减少。而新记对布商无关系,要全出,不得已之事。代管人厂经理跑华圣顿负责出面用人,每年拿二万五千美元。伊欲利用北明汉厂扩充势力,向布商四人办的参加股本，尚在交涉，未定。现在预算0.615一磅，可赚十外万一年，以后运南美洲可赚四十万一年。

七月廿一日，接收自办矣！光甫先生勉强允其自做也。江元仁现在北明汉，李桐村今日接谈。

6月8日

李同{桐}村约洋臣吃饭。中国定新锭三百万枚，约九千万美金，先付一成。

6月9日

杜维屏家吃饭，汉栋下午五点半回波士顿。同{桐}村告我事列下：

(一) 李升伯①为纺织业建议，已由交通[银行]担保，向灰丁定50万、英国泼拉脱②定50万。三年内交货，价战后决定，向英美交涉，分十年还清，认购户列第二项。

(二) 认购纱锭者，沙市纱厂、云南纱厂、裕滇纱厂各廿万，申新、福民、新友各十万，维昌六万。上川③四万，即上海银行赵汉生④经手，大成四万，李升伯二万。共计106万。其他方面240000，共计一百卅万。

后由我电渝，为大明⑤[厂]定五万。

(三) 中国银行方面亦请李升伯分派，照样拟定1500000万，新华银行王

---

① 李升伯(1896～1985)，浙江上虞人，早年读书时，受张謇影响，立志于实业救国，先入丝厂工作，后入棉纺织业，1926～1938年，任南通大生纱厂经理，1938～1949年任上海诚孚纺织公司工务部经理，诚孚纺织专科学校创办人，编著了我国第一套纺织染技术及管理丛书，1924～1951年创办并经营我国第一家上规模的纺织机械厂——经纬纺织机械制造厂；1946～1948年，任中国纺织建设公司副总经理兼工务部长。为了偿还购买母机欠下的巨额债务，李升伯艰辛工作，于1972年才全部厘清债务。1979年李升伯回国定居，担任上海市纺织局顾问，赴大专院校讲学，建言献策。

② 泼拉脱，文中又称勃拉脱、泼腊脱，英文为Stone-Platt，通常译为泼拉脱，一家英国机械公司，主要生产细纱锭等纺织机械。

③ 上川，为1944年章乃器与上海商业储蓄银行大业公司的投资组建的上川企业公司，该公司由李桐村任董事长，章乃器自任总经理。成立之初，从事土产运输和销售。1946年总公司迁到上海后，主要经营进出口业务。

④ 赵汉生(1894～1966)，名桐庆，字汉生，丹徒县人，早年毕业于南京高等商业学校，曾任职于津浦路铁路局、中国银行等，后任上海商业储蓄银行经理。

⑤ 大明，指大明纺织织染股份有限公司，1938年冬由三峡布厂、大成纺织染股份有限公司、隆昌染厂三家组合而成大明染织厂，卢作孚为董事长，刘国钧任经理，查济民任厂长，1939年2月开工。后改名为大明染织股份有限公司。1945年改名为大明纺织染股份有限公司，从单一染织厂发展为了纺织染机电全能厂。

志莘、金城银行徐国懋[1]欲合定十万。其他,谅中国银行原方面如豫丰纱厂、大华、裕华及北方、上海等纺织业合作购买。

(四)传闻上川公司资本千万元,现已有五千万元。此次定进四万纱锭,付出三千万元。作买黄金1500两,约每两35元,计五万二千五百美元,与交通银行为定银。后来又加付储券美金五万元,再加黄金存单六百两,共约12万美金矣。大成谅亦照付,有黄金存单等。

照上川[公司]付款四万锭,定银12万美金,适合卅万,[计]一万[纱锭],四万[纱锭]计一百廿万[元]之一成。

联合公司的工商合作经念{验}:

上海银行买的北明汉纱厂,价425千。黑司克自愿代管,负责开办,且为计划在六个～三个月内改良,克低开支,五分半一磅。现纺23支、27支经纬,织每磅五码的布,现合成本每磅0.55。由尤{犹}太人租户已向政府申请,定官价0.615每磅,包余七分。而联合公司情愿出6角15买定白坯,六个月为一期。明知工资开销可减低,而不欢迎租办,所谓有便宜不要。理由:

(一)买进白坯可照0.615,以八八分作1元染色出卖。而染色如1元,可加1元5角。如自己租进做,只能照成本0.45,加染色出卖,或照0.55分作成本出卖。

(二)如代请厂长经理做出之布,允照0.615买进。照官价,多赚钱,以后克低开支,增加生产,厂有益矣!

(三)加尔亭租户所以做到0.615之官价,据因北明汉为有名的坏厂,开支合大,本来要求定0.63。闻美政府定价是看厂的开支大小,机器好坏,旨在以免停工,为济度工人而免失业。又因布匹供不应求,价不嫌大,故允于0.615一磅之价也。照联合公司极宽大开支算,可做到五角一磅,我亦认为

① 徐国懋(1906～1994),江苏镇江人。毕业于金陵大学文学院,曾任职于金陵大学。1929年赴美国约翰霍金斯大学求学,获政治学博士,任美国华盛顿国会图书馆中文秘书。1932年回国,任金陵女子大学政治学和国际关系学教授,兼任南京中央政治学校英文教授。1934年任全国经济委员会秘书、专员室主任,办理国际技术合作事宜。后任汉口金城银行副经理、重庆金城银行经理。抗战胜利后,任上海金城银行总行经理、新裕纱厂董事、太平洋保险公司常务董事、上海市临时参议员及第一届参议员、上海市银行公会常务理事。1949年秋毅然从港回大陆。1952年秋,金城银行实行公私合营,成立联合总管理处,任副总经理兼常务董事,兼任人民银行金融研究室主任,主持编写《上海钱庄史料》《金城银行史料》等。

办得到。因用花每磅二角二分，加损耗二分半，计 0.245。而一切开支 0.255，足矣。或许还可少些。

自动布机新旧及非自动开支比较：

新自动新式加重布机卷经纱四百磅，100 台，价 60000 元，周息一分。

每月官利约 500 元，折旧廿年打完，250 元。

每月物料，每疋 1 角，出十磅布，每寸 50 多梭，计 28 天作五千疋，约一分一磅，500 元。

每月工资日夜陆人，一月 28 天，每天 3 元(法币 1 元 5 角，美金作 5 角)，计 84 元。

每月计 1334 元，每疋合开支 0.2668 元。

中国造非自动布机，100 台价 15000 元，周息一分。

每月官利约 127 元，折旧廿年打完，63.50。

每月物料每疋六分，每寸 50 多梭，28 天出数可加一[成]，计 5500 疋，[共]330 元。

每月工资每疋法币二角五分，作美金七分半，412.50。

如以一百台，日夜用一百人，每天一百元，2800 元，加 520 元 6 角。

照廿八天者，自动机 1 元 5 角，非自动 1 元，应 933.10。

每月计 1326.60，如照每人五角一天算，便宜 528 美金一月。

如照每人 7 角 5 分工资一天计算，每月约七百元，每月计 1219.50。出布 5500 疋，每疋合美金 0.225362，约便宜四分一疋，合每便宜美金二百元。不合算，改自动布机。(一)利息大；(二)物料贵；(三)出数少一成。

全年便宜美金两千元，但多 90 人之管理、工房、饭食、教育费用。每人每一角，每月二百七十元，每年约 3000 元，合美金 1000 元，只便宜国币 3000 元。但最新自动机不少出布，亦每分钟一百九十多梭，亦可出 5500 疋一月。似此，只便[宜]二分一疋，一月便宜 1000 元美金，贴九十人管理。水电、开支等抵消，而少烦管人的事情了。求减少用人，亦可添新自动布机。

旧自动布机：

照前两页最新自动布[机]，本与中国非自动布机合来开支相等。但多四万五千美金资本，又可多开办布厂，一百五十台之生产事业。总之，资本少的国家苦于利息大，改进较有顾虑。

今以折中办法,买美国旧自动布机 100 台,15000 元。每月官利作 127 美元,物料开支 500 美元。每月 28 天,每人美金五角工资,每人管廿台,每天两班,用 10 人,140 美元。每月机器折旧只可作十年完,150 美元。共计 917 元。出布 5000 疋,合每疋 0.1834。

照中国非自动开支,每疋便宜四分一厘九毫,每月便宜约美金 209 元。管理 90 人,省开支美金 100 元,全年便宜三千元,合国币九千元,且省事多多也。连折旧 1500 元,共 4500 元,三年到本。

照前页推算出,资本一万五千美金,每年比中国非自动便宜 4500 元,连复利三年计 14375 元,适合三年到本。但做生意要赚,三年一个对本利,而要费许多心求人。这种买旧自动自用,完全求已,较为稳而容易,何乐不为。但要派人先来实习此项技能。

一百台布机一年一万,一千台十万,合美元 33000 金。

美国纺织业:

[我]看到一个大关件{键},纺织厂多勿连染厂,只有些染盘头或染花衣的染织工作,织而染者很少。今知其原因,在税的关系。纺织厂坯布故意用介绍人卖与布商,则介绍人有百分之三的利益。布商业另为一种业务,勿与厂联,再卖与批发业。而批发业又可卖与做成衣业,成衣业再卖与商店。似此,可经过七个机构,一段段分散其所得利益,意在少出捐税,但使直接消费的负担加重,一也;如欲向国外推消{销},费用合大,难与人竞争,二也。此两种原因,可能纺织棉货出口难以增多。又李桐村告我云:另外有一种人专门组织机构,代纺织厂向华圣顿接洽,统制定价。并代为管理对外事项之业务,使厂方安心专管生产,[即]经理代卖制。

据有二个厂请工人专理,工厂不管别家事。北明汉如归此中人设计、代管、代营,其报酬照本地厂出佣金,可矣。闻毛织厂虽在波斯顿,而营业在纽约,如有人买货,厂方勿直接卖与人。如上海怡和、纶昌亦认定几家布号或掮客代销生产,初亦不卖纺织业。

造成此种环境,习惯而成自然,人民购买力大,本国业务有利而又快乐,根本想不到向外发展。所以向他们谈到中国开厂、合作,不易成功!无非受政府命令,但机器制造厂或许有可能!

6月12日

堃济①信。函堃济，告欲金加仁、谈文彬来加拿大实习，并通知他与杜维屏合作，月笙任三分之一。要17万元买进3万定{锭}，大明新旧锭并做，或专做新锭。

嘱留意高事恒②、唐渭滨，叫济民留意人才。

6月16日

堃③函交通[银行]，付定银，黄金600两，美金11万元。购35000元二百两[黄金]、20000元二百两[黄金]、320元美金2万元。

6月16日

今出信于{与}批耳士，对加拿大。

钢丝122台，700；条子180眼，50元。

粗纱3454锭，6.50；细纱13504锭，3.20。

共计加元160000，加佣金5600元或作6000元。折实美金149400元。

夸木44000，买20280锭。再买清花机四万元。总共计233400元。

细纱定33784锭，每锭合连费佣，七元。

气{汽}车大王福特④：

为单独制造气{汽}车最大之一家，工人待遇好，工潮少。大量生产，成本合轻，所以能独霸世界，连英国亦做不过福特。加拿大气{汽}车亦美国所去。一部气{汽}车大小机件有一万□⑤千多件。普通货只卖五百多元，小小

---

① 堃，指的是刘国钧长子刘汉堃；济，指的是刘国钧的女婿查济民。

② 高事恒(1902～1982)，名敬基，字事恒，浙江湖州府人。1919～1923年就读于南通纺织专门学校。毕业后任职上海物华绸厂技师，1928年任美亚绸厂副总经理兼第八厂厂长，1939年任南洋企业公司协理。1945年创办大茂企业股份有限公司，担任总经理，经营纺织品进出口业务。

③ 堃，即刘汉堃，为刘国钧长子。刘汉堃(1913～1958)，出生于靖江县生祠堂镇，早年曾拜钱振鍠、苏涤尘为师，学习儒学经典和古典诗词，后追随父亲刘国钧从事实业，是其得力助手。1941年刘国钧在香港成立，刘汉堃主持总公司的业务，1942年担任大成纺织染公司重庆办事处主任，1945年抗战胜利后，出任大成纺织染公司副总经理，负责所属各厂的恢复事宜。其后，担任香港东南纱厂经理，经营非常发达，成为香港著名实业家。1958年，刘汉堃在香港突发心脏病去世，年仅45岁。

④ 福特，即亨利·福特(1863～1947)，英文名 Henry Ford，美国汽车工程师与企业家，福特汽车公司的建立者。

⑤ 此处原文空白。

计算机要卖□[1]元,足见其价廉物美!

通用气{汽}车公司营业产量比福特多,是集合七八家而成。以前各个独立,成本合重,做不过福特。后受通用设计之计划,连合起来,照加迭尔[2]办法,设总管理处,统制业务、工务,努力设法,使成本减轻,真诚合作。会计各自独立,服从总处命。合结果,亦甚得法而盈余,此乃伟大工业之一。

不比纺织业层层□□[3],多至六道机构,目的在避税之私见所误。气{汽}车大王一贯到底,大刀活{阔}斧,并无顾虑完税多少之影响,只知向前迈进。无所谓税多税少,目的在使事业发达,结果政府及地方受其利益太大。有的地方不得不听福特支配,动定有关,以致势力大而影响亦甚,各方面不得不重视他矣! 于{与}尤{犹}太人适得其反,彼不做工厂,只租办包办,定期买货,决受不到不景气之害。

造船大王凯赛[4],为美国新起伟大的实业家。政界、工会、社会各方面都佩服他,此次为大量改进、多生产造船,使军事得用,替国家努力太多了。

高低物价政策商榷:

欲行高物价政策,首需问关税有无保护本国制造工业之能力。先宜通盘筹划,认为无害而较低物价有利者,方可行之也! 否则徒利外货,利输入,国货受累,则国家于{与}人民交受其害矣! 想低物价之国家,多因人民购买力薄弱,彼国生产量低微,国民则无享受人生需要舒适之物资。而国家又因人民困苦,致所收之税不敷支出之用,而亦交受其困。但在如此环境之时,若以为提高物价,即可解除其困难者,是不可能也! 若欲能之,必须尽力提倡,帮助扩充工厂业,增加生产。主要农工已至机械化,工商事业已可发达。输入、输出有关税调剂,国家收支至其时必可平衡。而人民购买[力]已较强,国际贸易□有运无。环境好展,则人民生活之程度不提而自高,员工待遇因工商已有生气,亦必提高。国家有此景气,其物价亦必提高,而税收又

① 此处原文空白。

② 加迭尔,即卡特尔,Kartel,为免除自由竞争及提高价格起见,订立盟约所成立的一种资本联盟,各加盟的企业都保留其独立性,主要协定商品价格或出产额,或协定购入原料的最高价格,或协定分割市场或协定雇用劳动者的最高工资。

③ 此处原文空白,疑为"征税"二字。

④ 凯赛,即 Henry Kaiser,通常译为亨利·凯撒。1939 年在亨利·凯撒在美国西部建立凯撒船舶公司,管理 7 个造船厂。平均每厂 45 天建造一艘舰船,被誉为美国造船大王。

可藉工商业发达而增多。有这种天然高物价之来临，比人为提倡高物价而强！

6月17日

再函堃，告盼登地址及请加政府通知单，买定旧定{锭}，杜维屏合作不成。

七月二号，信交朱兰成[1]，济有考贝一份，来加人要志愿书。金、谈二人，朱永[2]不同。

七月六日，谓明厂颜料 245[000][元][3]，买机，上海 32582[元][4]办立{粒}子蓝。

七月十日，附世界公司与中央托局电稿，申明申买货到中，应照前定合同分配。

七月十四日，又一信与济明，"五万不一定要，看情形处理"。

重估加拿大批氏经手机价，加拿大棉旧机。

清花间：

（一）分两大组，拆包二台；自调开棉二台；自调给棉二台，横式开棉机二台；共计八台。分两组，即四台一组。

由帘子走送，分配于六套清棉机，接受连子来花，进下列六道，即六套机去。

（二）自调给棉机六台，开棉机（即立式和花缸）方式见过，计六台。

和花缸出来，再进自调给棉机六台，走帘子给棉，送到头号清花机六台，共 24 台。由此六台头号分给十台三号清花，另外还有自调给棉机二台，备废花喂入清花机中去的。总共 44 部，再加打粗纱头机一台，打皮棍花机一台，威罗机打破子一台，总计 47 台，47000[元]。

---

① 朱兰成（1913～?），江苏淮阴人，毕业于国立交通大学，后留学美国麻省理工学院，获博士学位，雷达专家，美国麻省理工学院教授。

② 朱永，字炳明，朱希武长子，1918 年生于江苏靖江生祠堂镇，1943 年毕业于武汉大学化学系，在大成企业和香港东南纱厂均工作过，1947 年被任命为大成公司厂务部供应组化验股股长，后赴美留学，毅然回国。曾任江苏化工学院副院长、江苏省轻工业学会副理事长、南京大学高分子化学专业教授等职。

③ 根据前文，由中央信托局核准外汇 245000 元，购买硫化粒子，靛蓝。

④ 根据前文，上海安达拟购买恒信洋行代理杜邦公司颜料靛青，粒子状，32582 元。

钢丝车间：

英国造，1900以上年份101台，活{阔}45"，1899年150台，共251台。

粗纱间：

头号1500锭，二号4608锭，三号4576锭，40%在1900年以内，共10684枚。

细纱间：

纺经纱44044枚，纺纡纱15328枚，共计59372枚，内1900年以上25000。

条子机间：

据有4眼、5眼一节者，80部，共计334眼，共计419156。

合线机间：

经纱合线5336，纡纱合线2440枚，共计7776枚。

按市估值552,472，每锭合九元三角外，分计纱机419156元，布机13316元。

筒子机间：

直立筒子2676枚，1.5[元]。

经纱机25台，10[元]；浆纱机6台，2000元，做幅二台；打结机二台，3000；穿扣机二台，500；布机1450台，50[元]、100[元]，扯作70元，实作50元。

修机间全部，2000；除电气设备用者，马达不在内，照45万马达在内的。

(刷布、页布、打包等在内否)，物料，约计70000。

合线机起至此，共计173316。

如将布机作50一台，除36250元，计552472元。

如45万吃进，合八折，加币因佣金要2万元，照七三折，计美金426137.50。如果40万，佣2万，买进，计合美金378千元。除布机部分作十二万，纱机作25.8万元，专指纱机每锭四四角弱。布机作50一台，直立筒子合线机，计二万七千三百四五元三角，净直{值}556500.05元，每锭约合九元四角，而实价47万，加币计423000。

细纱计59372枚，每枚七元一角外。

筒子合线作不计，专计细纱锭427478.40，每锭七元二角。

筒子合线作送，按市值九元四角，实价作七元一角，每锭便宜二元三角，我占29686锭,计65309.2。

如425000[元]买进,又便宜美22500元,共便宜八万七千八百元美金。

零配细纱、粗纱大牵伸经车、筒子车、最新式布机100元,比其好,合每锭约13元。

如照40万佣二万,买进59372[枚],连布机,只合每锭六元二角,市值九元三角,适合三分之二之价,要便宜184900元。

6月18日

来波斯顿,住康望忙特[旅馆],招待是汉栋同学,诸多。

赵无违①,机械。

何梁昌②,电气。

何惠棠③(夫人德范④),无线电博士。

张南琛,化药工程。

赵培炎,成[绩]平,性还好,冶金。

梁洪,性善,成[绩]平,冶金。

宋闪宝⑤,立峰⑥妹子,女,律师,博士。

李小姐。

梁松,洛惠尔纺织⑦,广东人。

周文牧⑧,化药。

邹斯颐,夫人庄木兰⑨,经济商业。

---

① 赵无违,江苏丹徒人,毕业于同济大学机械专业,留学美国,后任职于美国杜邦公司。

② 何梁昌,电气专业毕业,建设事业励进社社员,后留学美国。曾陪同刘汉栋赴纽约洽谈订购设备事项。

③ 何惠棠,浙江鄞县人,国立交通大学毕业,后赴美留学定居,电子工程专家,1970年获美国中国工程师学会奖。

④ 德范,即邹德范,何惠棠之妻,上海清心女中毕业,曾求学香港大学和西南联合大学,后赴美,留学美国派克大学、维尔斯莱女子学院。

⑤ 宋闪宝,江苏川沙(今上海浦东)人,金陵女子大学毕业,后赴美,曾任孔令侃在美时秘书。其兄为宋立峰、宋子昂,妹为宋安宝。

⑥ 立峰,即宋立峰,江苏川沙(今上海浦东)人,曾任安利英洋行经理、武汉第一纱厂副总经理。

⑦ 洛惠尔纺织,Lowell Textile School,创立于1895年,多译为罗威尔纺织学院,学校位于被誉为美国工业革命摇篮的麻省罗威尔城,后更名为洛威尔技术学院,又更名为洛威尔大学,现名为马萨诸塞大学洛威尔分校。

⑧ 周文牧,毕业于国立交通大学,后赴美留学,化学专家,茅以升三女婿。

⑨ 庄木兰,即庄慕兰,邹斯颐之妻,解放后,曾任对外贸易部英语翻译。

庄道南,建筑工程。

周迪,结婚,送 17 元礼物。

周文晋①,26 岁,常州双桂坊,电气博士。母②,湖州人。马达不封闭,用磁漆飞花吹立。

朱兰成,真诚笃,成绩颇好,电子学雷达,五百元一月在前,研究。

立轩公子,卅三岁,二子。

魏兆融③,河北人,北平机械,军政部来。轴心钢做。

姚肅光④,南方学校,锡周⑤子,学纺织。

屠子金⑥,中本纺织公司,甲三同学,六惠尔读书。

汪国粹,同济机械出身,比无违高一班,现在哈佛。

吴予达⑦,哈佛,读工商管理经济,善交济{际},中国来人喜接洽,在纱厂实习过,蕴斋⑧子。

胡声求⑨,办成飞机厂,已被航空部收为国办,现拟利用飞机引擎改木盘。

朱承继⑩,[即]朱承基,约廿八岁,已经博士,航空工程,精于内燃机,航空引擎改好可用一二年。彼本为机械出身,现赚二百元一月,用为机器厂长,似可担任,同济毕业。

---

① 周文晋(1919～2001),江苏常州人,早年毕业于交通大学电机工程系,后赴麻省理工大学获电机工程硕士学位,随后长期在 IBM 公司工作。

② 母,即缪砚馨,其父为缪朝荃,江苏太仓人,周文晋父周森之妻。

③ 魏兆融,河北乐亭人,毕业于北平大学机械系,曾在国民党陆军机械化学校任教。后赴美理学,先后在麻省理工学院、马萨诸塞理工学院就学,获理学硕士。冶金专家,首任包头钢铁厂厂长。

④ 姚肅光,应为姚乃康,姚锡舟之子,毕业于美国普渡大学获工学士。

⑤ 锡周,即姚锡舟(1875～1944),名锦林,字锡舟,上海南姚人,南京中山陵的承建者、中国水泥工业的先驱。与人合伙创办大通纺织公司,后创办华伦造纸厂,出产金轮牌牛皮纸。其子姚乃煌、姚乃炽、姚乃康、姚乃寿及姚清德等。

⑥ 屠子金,攻修纺织业,曾在上海创办纺织厂,后战时内迁,创办恩施红庙纺织厂,任白沙面粉厂常务董事,饶凤璜三女婿,后赴巴西。

⑦ 吴予达,江苏镇江人,毕业于国立交通大学,曾在金城银行任董事,赴美留学于哈佛大学,读管理类专业,曾任职私立江南大学。

⑧ 蕴斋,即吴蕴斋(1886～1955),江苏镇江人,毕业于日本早稻田大学,获商学学士。曾任金城银行上海分行经理、上海银行公会会长、上海华商银证券交易所理事、金城银行总行协理及沪行经理,参与创办大公商业储蓄银行、远东商业储蓄银行,后移居香港。

⑨ 胡声求,江苏江都人,1939 年毕业于国立交通大学,留学于麻省理工学院获航空工程博士,担任旧金山组建的中国飞机制造厂总经理兼总工程师。

⑩ 朱承基,上海交通大学航空专业毕业,留学英国,后在美国电器企业威斯汀豪斯任顾问工程师。

刘诒谨[1]，学航空工程，研究航空仪器，甲三姐丈。

胡和生[2]，住维屏家，交通毕业，来学气{汽}车造厂，渝新华实业公司。

潘宝梅[3]，父在国务部，为等于远东司，于{与}宋知好，祖母美人，学电气，在纽马赛见过。

MIT麻省工科大学[4]。

看原动机器，惠司。

（一）透平[马达]是用水汀冲动圆斜百页，快转动地轴，拖发电机，输送电力出去。见新式奇异牌子，一千启罗，如二百五十匹马达乃样大。水汀引擎很多，试马力用磅秤，在傍用皮带加横铁板，约三寸活{阔}四五分厚，捕在引擎皮带盘上，拉住开动，而知其力矣。此为外燃机。

（二）气{汽}车飞机引擎烧气{汽}油、柴油、木炭、瓦斯，为内燃机。其推动方法将构造算准，有八只、18只气梗。每只上外面有页子气达，可散出热气。气梗放入空气、风、电、油瀑发，油接电火在气中瀑{爆}发，湾{弯}地轴动转快，各气梗一致推进。如船夫拉船，多只气梗得风火气或水配合，继续不断的开动，可走矣！气{汽}车共计零件大件总共一万五千多种。

大学教授名：喜怀子，副教授名：法克司，大学教授英文名：扑六反算。

校长英文名：泼来修邓脱，总经、总理同：泼来修邓脱。

吴予达、朱承基、周文晋、赵无违、梁松、邹斯颐。

飞机过程：

1943年11月飞机产量每月增至8800架，战时生产约计划44年一月起，15个月内增造飞机145000架，均能预期完成。

1938年美国飞机制造厂只有九家，职工人员不过24000人。

1943年底全国飞机工厂增至67家，还有替代这个飞机厂制推进机、发动机制零件机等，共有数千家，共用人工多至150万名。

罗斯福在参战之初，宣布每年建造飞机十万架。当时许多人以为是一

---

① 刘诒谨，1930年毕业于上海交通大学，赴美留学，后任美国麻省理工学院教授。

② 胡和生，生平不详。

③ 潘宝梅，上海人，国立交通大学电机工程学院毕业，赴美留学。

④ MIT麻省工科大学，英文全称Massachusetts Institute of Technology，通常翻译为麻省理工学院，坐落于美国马萨诸塞州剑桥市，是世界著名私立研究型大学，创立于1861年。

种幻想。不料到1944年居然成功。事实以前最初17号空中堡垒,一架平均要三万五千小时人工,至1944[年]底,只要18700小时人工。飞机异常复杂,每架飞机如重轰炸机共有四十万大小零件,这里面有六万件各不相同的。

解放式飞机最初时需要28800小时人工,始能完成,后来减至15000小时人工。此解放式飞机最初付出的价款2380000元,1944年以后,与商人重订合约,减为137000元,减少十万一千元。

航空工业的迅速发展,还在珍珠港事变以后。以其突飞猛进的程度,实足惊人。(闻一部气{汽}车大小零件有一万五千余件。)

战前中国航空公司客机每部约廿万美元,气{汽}车重要机件相差千分之一及万分之五。看看容易,实在不易。闻俄曾买去整个造车厂,希图大量生产,并请去三百多美人,尚未能如愿。闻熟手工人之经验,大有关系,原料配备稍有差异,即生阻隔也。战前年产二百万部。

6月25日①

参观 Lowell Textile School,洛惠尔纺织学校。

校长:法克司,K. Fox。

棉纺部:墨立儿,G. R. Messill。

毛纺部:白浪,R. L Brown。

染色部:勿革脱,E. E. Fickeet。

整理部:羿伦,Cf. Glen。

地址:Lowell Textile School,Lowell,Massachusetts。

波士顿:惠灵顿·西儿司(纺织)公司。

负责人:奥司把,Jordon Osbasne。

或退,Jenge Hutte。

Willington Aeass Co.

纽约:司帝文斯公司,g. p. Stevevs Co.

联合商业制造公司,untied Merchant manufacturing Co.

---

① 根据笔迹,这段文字应为刘汉栋所写。

负责人：黑司克尔。

桥邓，Gordon，营业。

斯底文斯，Stevens，成本会计。

坏克脱，Wockton，机械、建筑。

候搿留，三蜜拿尔纱厂经理。送候搿拉太太银镯一只、本人竹丝条一帧。[①]

6月25日

洛惠尔教授云：煞克洛惠尔条子车，五根罗拉，最新式。以16个头进去，出来一个头，但须在钢丝车下，后且做成16根棉条卷子。勿用棉条筒，要看后才知。

细纱大牵伸花衣丝毛长短，只要将前罗拉对经做小，中国七分，美国1寸。前罗拉对经小与皮棍对经，可靠紧，距离就近，而狭小丝毛短，即无妨。

钢丝车不赞成45寸，防长要湾{弯}，而防不平。

灰丁粗纱头号条子60个格令，纺出如三号粗纱。亲见，教授云：三个半格令，即约十八培{倍}弱。

清花单道，条子单道16眼。钢丝40寸活{阔}合理。

五根罗拉大牵伸，钢丝不做棉条，要做花绞筒子。

粗纱单道，大牵伸18培{倍}至24培{倍}。

细纱前罗拉对经用七分或六分半，花衣丝毛短可做矣。

羊毛是鱼鳞式，用热度变软，压紧缩猛。洗染烘拉幅，均不拉长，且要干洗。

棉花丝毛是腰圆式，布可拆开，拉出丝毛。

羊毛梳后，最后一样长，纺毛线。

加币价华丝斗特，约1元9角，华纶扯价。

屠子金，卅二岁，[在]汉口第一厂布机间做一年后，来渝，与袁国良[②]（福

---

① 根据笔迹，末段2句话应为刘国钧补写。

② 袁国良，创办福民面粉厂，后任国本纺织公司常务。

民公司)、赵棣华[①](交通)、翟温桥[②](银行家)、郑亦同[③](中央银行)、饶聘卿[④](湖北政务厂长,是伊岳父,妻是北平大学毛纺毕业),李组绅[⑤](董事),伊为国本纺织有限公司总[经]理。赵棣华董事长,袁国良常务,资本已收一万万,厂产七千万。现做华纶钢丝车,一千二百万元一台。伊云:重庆此刻做此新机,认为已经失败。此地来买机器成。而未成,又云:资金不敷。前后言不衔接。纺织开支、用人皆不知标准数字。有几句可听,话列下:

(一)美国不管理,只要出数,合到预定计划,人民程度高,否则不堪收拾。因有程度而顾大局,不肯失责任。

(二)任何工人都有好家庭,吃化[⑥]亦有家庭,小儿在家,父母不离。

美国商业高物价政策,欲以高物价高工资。

收音机能向厂方买到,比马路上门市店便宜100%。棉织品一条饭单,门市卖13角一条;衬衫卖中等货二元五角,三等货二元,头号货要三元五角至4.5。

三股或两股的棉线,厂家卖出4角一磅,门市店要卖八九角一磅。西装本来里面应两只袋只有一只。要加一台棉布的须加一元五角,做一身西装要40至50元。最奇者,商店买坯布印染,不愿进同样的货,4元5分一磅,情愿6元15分一磅。洗衣工人,华人每星[期]65元,顶少45元。开电梯、卖报、扫地、饭店用杂务工人,每月约需一百五十至一百八十元。小学、初中

① 赵棣华(1895~1950),别名同连,江苏镇江人,毕业于金陵大学,后留美,归国后任东南大学、中央大学教授。后任国民党中央党部秘书、中央党部调查统计局统计科科长等职。1933年任江苏省政府委员兼财政厅厅长,兼江苏省农民银行总经理,发展农村合作社,1935年受委派任江苏银行董事长。全面抗战爆发后,随江苏银行及江苏农行迁重庆,历任交通银行协理、代总经理、总经理,扶持工商业发展。曾任上海市参议员、中央合作金库常务理事、大中银行董事长等职。

② 翟温桥,贵州遵义人,早年留学日本,曾任亚西银行储蓄部经理,1942年创立中国工矿银行,资本1000万元,任总经理。

③ 郑亦同(1904~1984),原名异,又名衍通,字亦同,浙江乐清人。曾就学于国立北京高等师范学校,曾任国民党中央组织部干事、国民党浙江省党部执行委员。1928年赴日任留学生监督。1930年留学英国爱丁堡大学,攻读市政学。1933年回国,任江苏省政府主任秘书。1934年任南通行政督察专员,兼南通学院院长。抗战胜利后,任国民政府驻澳大利亚公使、驻伊朗王国大使。

④ 饶聘卿,即饶凤璜(1875~1953),字聘卿,湖北恩施人。清末举人,毕业于日本庆应大学。曾任总统府秘书、北京政府国务院法制局参事、湖北省政务厅厅长、国民政府赈务委员会秘书、卫生署中医委员会常务委员、湖北省参政员、立法委员等职。著名中医学家,曾提出改革中医方案,通晓佛学。

⑤ 李组绅,浙江宁海人,北洋大学毕业,后投身商业,后办矿业,因感人才不济,捐资在南开大学创立矿科,后内迁六河沟制铁机械厂。

⑥ 吃化,即乞丐。

程度教员每月一百六十元，一百八十元，只{至}多二百元。店职员、女书记每月亦在一百六十元至一百七八十元。纱布厂职员、工人每月一百七八十元，视职员工人待相等，而程度相等。强迫国民教育只{至}少初中，现在改至高中。而中国工人程度勿识字，居高小毕业就不愿做工，希望做职员，因职员待遇好。我们要工业化，第一先要提高工人教育，再加高待遇，别人未做我们先做，工人必感激。纱布厂经理约五百至六百元一月，几千万元、几万万元大公司总经理每月有二千多元。纳尔逊电影院总经理二千多元一月，劳海一万五千元一年。

纺织厂到门市店，要经过六道商店手，到门市店已需增加50%。门市店卖加40%～50%，做一个介绍人要35%～75%。染印后之布，照白坯可加135%，有一时期情愿开店，不愿做厂。中国不能照办。工厂折旧可由股东收去，等于中国有官利。折旧可提一成，因此厂家买机器不必于{与}人斤斤较量。厂产大有一成收入，比放利息好。结论：美对内销货，采高物价，使工商多赚，提高生活，使职工舒服。而气{汽}车、冰箱、无线电、收音机，有对外销路便大量生产，使成本合轻，并与世界竞争。不过，贵且分期还款。故做到送牛奶工人家中，比重庆部长设备好，有客厅、沙发、冰箱、电灶、电话、电灯，更不必说了。冬天有水汀、夏有风扇。所得税一百元勿有，一百五十至二百元扣15元，二百五十元三百元扣四十元，1万元扣三千元一年。

提高工人补习，教育好工人，提高待遇，商店以后可做。

6月29日

参观洛惠尔毛纺织厂。

成品整理及织厂厂长：Sherman Bootwell（婆脱惠尔）。厂名：Ames Worested Co.（US. Borting）（欧姆斯）。

（一）专制毛条，买进澳洲原毛及南美洲并本国羊毛。澳洲毛，闻每磅约六角至七角。照我估计，大约一百廿磅，可出一百磅净毛。确否，待查。

但毛条制出可卖1.25，而所用拣毛工人及洗毛厂用开支，每磅约三分或四分。每一班各一百磅，共作十担。用人每班约12名，每名8元。肥皂纯碱约50元，煤、电约卅五元，共181元。日夜分三班，连物料，作计600元。出数每日约一万二千磅，每磅应合五分。但因设计好，用水及肥皂纯碱，每天所费计二百六十五元,大约不需此数,每日约二百元。而有羊滋{脂}出卖,约每天约五百磅,二角一磅,计一百元,每月可多二千余元。其设备分析机器,只费七千五百元,三个月即到本了。其分析法,谅用热度使油走上面,即毛滋流出,砂泥及其他杂质粗的当{挡}住,细份主从下面出去。中间肥皂、碱水仍打入洗毛头道桶内,后复用,连水进来,所消耗的水不过是从下面流出之废恶物。

(二) 洗毛机长约七八丈,活{阔}约50多寸。毛由楼上落下,有调给器,续入洗机,另有肥皂水、纯碱水桶打入头道。洗毛约四道,头道的水流被毛带出,内有碱性。故至末道流下,仍使其水一面沉清,一面慢流,进头道。末道清水仍打入头道,后复用。而头、二道洗毛后,毛中羊滋已在水内,故将水打往另一间分析机器。分析器中走脱龌龊,提脱羊滋,再进头道车。温度都保存,周而复使,其一切水用七天后,全部掉换新鲜水一次。

(三) 洗毛自进洗机,至出机,到帘子皮上,约八分钟;进烘干机,自进至出,约三分钟。出烘机,即被风吸到钢丝间。见工人在烘干出机时,将毛在耳边拉,有干脆声,认为油脂已去尽矣,此系经验。如不对,凭经验增减肥皂、碱。事前另有试验间,试好成分做工。出烘机时,直吸至钢丝间。

(四) 钢丝车有积毛仓13间,每间前接近进钢丝车。在钢丝调给器时,有一根滚筒,铜质的,一半在油中,一半露出。毛经过,将油揩上去之后,入钢丝滚筒。经过大滚筒,约陆只[一]小时,约十外只梳毛。如棉钢丝机,出斩刀成卷后,送条子机间。此处钢丝机,计13部。

(五) 条子间:第一道,以毛条廿五根拉一条,入毛条筒。第二道,五条拉梳成卷一条,入圆形机。第三道,圆机转机以72卷根进出,经过钢丝梳毛,将短毛拉下,净长毛一根出来,入毛条筒,以六根成一条。第四道,以圆机出六根拉成一根。第五道,以第四道六筒拉成条卷,每卷重约十磅,共计单双头机器,共计14头。每小时所出约八九只,即八九十磅,每小时应出1120磅。但总算其出数,洗毛处每天只出12000磅。自己有,附近有一厂用量,约每天用四五千磅。其余有联厂或再出卖。在第五道前,有打包机、磅秤,装纸板箱运出,完工矣。

(六) 有试验间,据规定毛之水分10%,油吃3%,有试验仪器。因此,在各方规定,有加油设备工作处,温度不可低,冬天因冷,油不能化,生活就难做。所以各处有水汀管装置，调节之。

说明：

毛条工场机器洗毛部分所费，连房屋、拣毛间、栈房、炉子、机器、马达、桶子等，全部约一万五千元。钢丝 13 部，约六万五千元。条子机 15 部，约二万。圆形梳毛机 13 部，约十三万元。电器、马达一万五千元，炉子、水管设备，约二万五千元。房屋二百方，约三万元。基地约一万元。生财、器件约一万元。物料修机间约 1 万元。总共 33 万元。现时美金价，以后或可如廿六年以前国币价。

利益：

毛条进本，澳货作七角。加洗、纺、厂用、成条止，每磅约一角。加拣贴原毛折扣 1 角 5，大约成净毛磅价，为九角五分。卖 1.25，每磅可赚三角。每日产净作一万磅，计每月盈余廿天有六万元。利息、开支、折旧、职员费用、保险、活动资本要一百万元，厂产卅三万，共作一百四十万，约每月开支两万元。还可多四十万元一年。如以厂产论，一年一培{倍}。

（七）染毛条，配各种颜色。设计有试验间，在口头用不锈钢制桶，卅部。一桥登在水中，铜眼盖毛上，加木刻住。

用颜料水打进、打入，每磅颜料约二分，人工约二分，水、电、煤二分，其他一分，共计七分。

毛条染出拾根，夹一二或三根，白的在内。由条子车拉和合线，织出毛货。如露有白霜，花式好看。

（八）纺锭约 8000 枚，有小经纱机坐、立做二种，约廿部。据卖与别厂用，或可自用，为条子花式板盘头。因每一只一种颜色，扳花条盘头，有架子，可放十余只样的经纱。

（九）经纱车有四种：（甲）多种小盘头，扳花条子用；（乙）扳绞头盘车；（丙）有 30 对经铁滚筒，经纱头多车一台，抵老式盘车五培{倍}出数；（丁）有大的盘车，看见工作很快，下面盘车均有铁路活动。上面有铁轨，可吊动转移大盘头。

（十）洗染机、修布机、验布机、卷板布机，中间可放樟脑。

（十一）砂皮、磨刀、括刷后，光毛大有区别，染色甚全。

（十二）布机有一百卅台。

(十三) 并条机上下有两处,圆形机有六台,全部老式。新货约七八十万元。

连条子厂共约一百廿万元,据要作八十万或七十万,运中国各半,作投资。

(十四) 坏布,女工能织补,使看不出。每[星]期可赚50元,即每天十元,[一天]八小时,五天工作,合一元二角半一小时。

美国工人:

美国强迫教育,中学每学期费只两元一三元。无暑假,一年三学期,有暑假,两学期。最低国民只{至}少是初中程度,工人中学居多,而工人于{与}职员待遇相差有限。大学教授每月标准四百元至五百元,中国来的助教只二百多元。张文潜在美为资源委员会主任秘书,四百元一月。普通店员约二三百元一月,工程师三四百元一月。皆自餐,每月约需60元。中国亦应将待遇加高,扣饭钱。

而工人,女工每小时约最低0.55,多有七八角者,超过八小时工作,加50%,每日约赚五六元,一月廿四天,计一百四十四元,比中等职员少50元。但男工每小时有八角至九角,并一元以上者,即以九角算,廿四天要二百十六元。似此,男工于{与}职员所得相差有限。纱厂厂长亦只有四百元至五百元一月,亦自吃饭。而工人进益确好,家中起居有风扇、冰箱、电灯、铁灶、烧瓦斯、沙发、器俱均全,家中设备于{与}职员同。厂中职员有多数由工人升出,工场中工人、职员无甚区别,因工人程度于{与}职员相等,待遇亦相等。职员责任较大较多,工人单纯做一样则负一责,比职员少麻烦,超过钟点又有外快,职员超过则无加。为此,有{优}等工人不要升职员。其人格,高级工人于{与}职员等耳。青年工人进夜校,做到工程师而厂长者,甚多甚多。工人赚少一点,所得税亦少。职员多一点,税亦多。合来于{与}实得比较,相差更少。职员住房子出钱,工人亦出钱,但工人绝对不偷东西。如犯偷窃,一经宣布,各处不收,即要饿死。气{汽}车、冰箱及其他家具都可欠来用,分期摊还。如犯规失业,债权人即立刻来将货物收去,因此更不敢做坏事。

有以上种种关系,工人用不到职员管他,而他自己不得不切实负责,照规则做事。无用严厉监督工人,绝对照工作法工作者也。

工人在工作时，看得出是工人。放工出厂，换好衣服，西装革履，于{与}大先生何异？且一律如此。女工在家或出外购物、街上行走，其态度皆于{与}小姐太太无所区别耳！跳舞娱乐处，生人决分不出谁是工人，谁是太太。小店主妇出来，亦于{与}大公司经理太太相似。工人亦甚多有气{汽}车，衣食住行皆相等，不过真有钱的，买贵些的东西。男女皆有能力，女书记能缩{速}记，做一切庶务。打字有专门学校，特别训一程。女职员甚得力，真真平等。因此生活程度，人人都在水平线，共产党革命都无法进行。八小时工作之外，寻快乐诸多照续往来。真平等，人人有好家庭。其人民普遍有很合标准的衣食住行，真是丰衣足食。衣食足而知荣辱。虽有特别抢案及不人道的事，皆偶然耳！

惟饱暖思淫，男女之间讲爱情多矣。未结婚女子可任意轧男朋友，父兄认为例行公事。无夫之妇决不守寡。以为国有养老院，儿童有国家教养。税又特大，人民节俭者少，极贫者无，皆以眼前有生活，过得去足了，并不如中国为子孙计之浓。不论贫富，子女均有限止用钱习惯。大学毕业后，须谋自立，父母财产不一定要交儿孙。而儿孙亦不一定板要养亲，因此“慈”“孝”二字甚浅。父母年高者，多凭年少时储蓄养老。甚至大病，儿孙虽多，并不在左右侍俸。父母生养子女习惯，为责任问题。中国所谓无父无君，诚不知能维持至若干年耶！

7月3日

美国纽约：

全国13500万人，纽约市内750万，附近外550万人，共1300万人。纽约人种语言有77种不同之宗族，此1300万人，遇事必集中此处，因为全国金融工业商市之重心集中之点。人长约六尺外，倭者4尺外，最倭小者全国约有两千多人，长只有3尺以内。做戏有武艺，看见过二人，在皮包内取出，翻更斗，倒竖在大人手。结婚亦归倭人，不能于{与}长人结婚。闻飞机厂、炮厂需要此倭小者，进小地方器内工作。据身体、寿限、知识于{与}大人同。胖子甚多，在波斯顿海边见一妇人，约四十多岁，高约六尺，甚胖，约重有四百多磅。男女同会游泳，热天常见海边有几百几千人集中海内，且女子居多。黑人现有一人为全世[界]第一有力者秦教朗。黑人唱歌甚好。哈佛黑人,见有博士毕业,在毕业典礼开会出来,在路上行。房子顶高一百零三层,九十多层,七八十层多,有普通二三十层。地下走火车、电车,海内地下通的,高架铁路亦不少。纽约是全硬砂石的港地。

Dah Ming Dyeing of Weaving Co,287,Chung One Rd. Chungking.

(一)"Bonsol Blue RSV"

高度不退{褪}色,旁色平蓝色颜料,每磅 $ 6.22,已运出 6000 磅,现缺货。

(二)"Sulfanthsene RK"

硫化蓝,每磅 $ 1.58,有现货 25000 磅,第一次约可分 10000 磅,余续购。

中央信托局①核准外汇 $ 245000,(第 4100 号,六月五号,1944 年)申请单号数 NO. 599。

(三) 恒信公司②,32582 元。前在汉口 6 年,施伟士,美人,杜邦化药公司。

(四) "Indigo Blue" grains,60%。

靛青,粒子状,含百分之六十,价每磅约美金六七角。

(五) 恒信洋行,英文名"E. I. Dupont de Nemours of Company"。

施伟士,出口部及营业部经理。

7月7日

1945 年《纽约民气日报》载:印度民众闹衣荒,发生暴动。孟买方面消息,印度发生衣荒,人民只能赤身露体在街上行走。其因之感觉羞愧者,竟自杀。其强横者,则群汇集办公厂前,争领购衣证。警务当局以其扰乱秩序,已加以镇压,云云。

---

① 中央信托局,1934 年 8 月,为了应对对日抗战紧急需要,国民政府训令中央银行设立中央信托局筹备处,负责筹备创立中央信托局,同时命令央行全部拨充中央信托局成立所需资本总额国币 1000 万元。1935 年 10 月 1 日中央信托局正式成立,定位为中央银行之附设机构,总局设于上海。1949 年中央信托局总局迁往台湾。

② 恒信公司,即恒信洋行,由第一次世界大战以后,美国德古洋行和杜邦化工集团在中国开设的商行,长期对中国石油、化工市场形成牢固的垄断。

7月9日

批尔史云：加有电器厂，造透平马达方棚。可先付二成，余分十年还，制造机器厂有母机出卖。大厂受政府统制，可由政府代交，厂方现款买，再续还政府。

印、美、墨西哥纺织开支比较：

印度，廿支棉纱，战前每件，罗比 60 元，战后每件，罗比 120 元。

织十一磅净细布，战前开[支]，40 码每疋，3 元。

战后开支，40 码每疋，6 元。

每万锭两班约用 700 人。

织布机英货狄更生[①]，1 人管两台。

男女兼用，男工较多。

工资每班八小时，每人约七角半至 1 罗比，最大亦有 1 元五角者。

廿支纱出数，24 小时约合 0.7—0.8。细布出数廿二支经纬，约十二小时廿多码至卅码。孟买英国厂等于上海中国普通厂，印厂较差。

美国，扯廿二至廿六支，自花纺纱成布止，每磅约开支一角六分至二角。廿二支细布十一磅重，每疋约需扯 1 元 8 角至 2 元。

11 磅细布照算，自纺纱织布止，每疋合战前工价、连厂用一切在内计，计价罗比 4.65。现在要合九元三角，每磅合美金 0.264。如照战前对折，计每磅 0.132。美国战少二成，亦 0.130。现在印比美开支大，扯八分，少至六分，因印好厂少二分。

“雷南”纺织机械公司地址，如何到达雷南纺织机械公司。

格雷戈瑞大道 556 号，威霍肯新泽西。

从纽约：

乘坐公交（10 分钟旅程）：在 41 大街乘坐 NO61 或 NO67 路公交，靠近第 8 大道，或从第 35 街与第 8 大道交汇处，乘坐橙色 or 黑色公交。至威霍

① 狄更生，为英国一家机械厂，英文为 William Dickinson，主要生产织布机等。

肯 N J 的欢乐大道,沿欢乐大道,过高架桥,至哈肯萨克大道,一个街区后,左拐到格雷戈瑞大道。

开车:经由 34 大街、41 大街或 42 大街入口,穿过林肯隧道,在新泽西出口,经过弯曲的斜坡,在第二个分道标明联合市方向欢乐大道,高架桥下左拐到哈肯萨克大道,然后左拐至格雷戈瑞大道。

从新泽西:

联合市的任何一条道路到林肯隧道高速路,欢乐大道右拐,威霍肯,至哈肯萨克大道,然后左转至格雷戈瑞大道。

招待人:血能婆李哥。厂主:雷南。

老绸厂成本:每码每日需工资八十元,每月 2400 元。

绸织机约十三台,抵针织一台。六台针织抵 78 台,资本需要八万元。月息一分,计八百元。每日 4800 码,要每月出十四四千码,每码七分,计一万零八十元。

新针织机成本:成本 6 台,作美金 7 万元,计 241000,每月息 2410 元。

工资用十人,计每名十元,计一百元,每月三千元,总计 5410 元。

推核每年工资,便宜五万四千元,六台针织机每月计出产 144000 码,比老机织每月便宜五千元,5000 元。每码赚五分,计每月余七千二百元,共计 12200 元,全年作十二万二千元。

卅码货,全年五万疋,每月五千,每日可 166。如 24 万元资本做,布机 250 台,每日夜出布 500 疋,全年出 15 万疋,每疋六角,计九万元。同样资本比针织机少 32000 元一年。

布机要用五六百人,针织机只用十人。

此项事候纺丝厂做好染色、整理。织造花式,均可派人来此厂实习,并派人为我装排。

此制造机器厂 1902 年开办,至今卖出过 600 台。排好二台,备观参人随时开看。另有五台为政府做军人肩章,活{阔}长 15 码,龙头装头上,绣图案花式代手工,真快。一排同绣肩章,一百八十个,一小时做二千二百个。花式很多,有数百种、数千种之多。灰丁五千元,此厂要 1 万,查查,再议。

翻砂打木样尺。翻生铁做就放大 1%,翻钢做就放大 3%,缩后正对。

细纱机龙，经美国三节翻砂，防断。合金化铁时，要用有弹性原料和入，使其勿断。

7月10日

德国战后仍易复兴。

七月十日社评，德国战后不因飞机炸毁灭，仍易复兴。染料一厂抵全美生产量，天然人造气{汽}油、网{钢}铁、橡皮人造超过战前几倍。若无战争，样样嫌过剩。

7月18日

来加。昌兴公司①开创于加拿大，股东在英国居多。

（一）加国法历{律}规定，发公司债等，如公司不能负担履行利息时，债权人不能拍卖并吞，只可执行管理，即代管代营，到债务还清，仍归原主。

（二）假[如]工商业有好计划提出，交投资银行研究，认为确有把握，可代招股本或由提出计划人组织一个公司。筹集照计划所需资本，三成留，一成备用，其余六成，即交投资银行。后由投资银行发债券，规定若干年还清。可在事前先将款交提计划人开办。购买厂产、原料、机器，完成后共计若干，就将一切厂产作为投资银行所有，而租与创办人，出租金若干一年与投资银行。有二成即可开办，资本有投资银行代招。而投资银行照已规定在若干年中，以历年所收租金抵还代垫资本八成。款项及利息收清后，其厂当然为提议计划创办的公司所有。其时由投资银行作一元定价，卖与公司，了结其事。

（三）而投资银行代发债券手续，责任皆重。所得利益以代发债额，收1000份之五。利息方面或亦稍占[利]润。昌兴公司初创时有过此办法，以三百万开创，现时股本在三万万以上，全年火车运费，要收三万多元一年。

（四）昌兴公司主管人并不主{注}重投用大股东。因防大股东在必要时，专为股东设想，防将公司红利及暗藏金额分去，使公司受伤。故采用小

---

① 昌兴公司，即加拿大太平洋轮船公司 Canadian Pacific Steamships Ltd. 在中国分公司称昌兴公司，主要开辟大西洋及太平洋航线。为加拿大铁路公司之航输部所附设者，其在中国航业亦颇兴盛。

股东当权或无股本者。现在总经理兼董事长者,股份甚少。

(五)职员待遇平时照薪金扣3%为储蓄,公司再加3%,至若干年后,方可提。有时遇公司年份好,由董事会议决提若干金,照储蓄额多少,并存账上,使年老时回去退休有饭吃。因此职员无走开,多至几十年者,比每年将红利分去较好。

(六)人事:现在总经理兼董事长,协理很多由总经理聘任。惟首席协理是董事会选任,如总协理。惟名义用首席协理为善,意在总经理缺席时,首席协理可代之也。首席协理,不要大股东当权。

(七)昌兴公司遇外来人,问公司任何事(即业务),任何人不能回不知。嘱来人去问何人,自己不知,应去问明别人回答。我们人事科可仿照办理。

(八)加拿大农业国,出产麦、木浆、牛皮,电力有水电,甚产钢鬃,是由美来矿砂。

(九)我拟加一条,职员派往联厂、联号去担任职务,薪津老公司照支,照样升级,分占权利满若干年者。有此权利,所在职收获,全归公司所有。到必要时,或已为派出的地首席主管人时,可提议改更为某处,将老公司权利脱离。

(十)现在昌兴公司船、车、铁路、公共汽车、栈房、旅馆,凡是他主管者皆有他的一律商标记号。

加拿大棉毛纺锭数量,加国纺锭数量:

棉纺锭约1250000枚,华丝斗特约25000枚大陆式,86000枚其他各式,华纶毛锭约60000枚,共171000锭。

托郎托[1]人口一百万,全国一千一百万。

玉刻[2]毛棉纺织厂,主要人美国读书,并到英实习,名华果,卅多岁。

第二次来加拿大,住孟德老区。

7月20日

来加,再到笑不罗克盼登厂。由高得脱先生来车,接至栈房,已下午十

---

① 托郎讬,即多伦多(Toronto),加拿大最大城市,也是加拿大早期发展起来的工商业重地。
② 玉刻,文中又称玉克,加拿大毛纺厂,厂主华果。

一时矣。20 日汉栋进厂，我小病未能去。

7月21日

往厂看前未见者。再到盼登厂，在高经理[①]家吃饭、送礼。比以前增减机器列下：

增：

打碎机二台，卷毛上圆钢丝用机一台。

钢丝机一台，经车有水汀箱四部。

做废毛用，洗毛机全一组，

长三节干轧一台，添办烘毛条机一组。

甩水机二只，少帽锭[②] 160 锭四部。

烘毛机一部，合线机 144 锭，二部。

干轧毛一部，重式织机六部。

圆形钢丝三部，72 头梳棉，缺：样子机二部、并条花条机三套。

续前研究，毛织厂机器置用方法。

盼登毛织厂厂长，高得脱。

(一) 华司斗特，买澳洲毛条，如织白货，直上并条车。经过九道，从一眼以十余根毛条并成一条，而后数条并双条筒或单条筒，如棉纺条子车工作法原理相等。经过条子两道后，再粗纺七道，共为九道。其余七道列下：

头道初纺，二锭；二道粗纺，四锭；三道粗纺，六锭，每锭在车后装横架，放筒子 4 只，纺成一根，以下方法同；四道粗纺，八锭；五道粗纺，八锭；六道粗纺，24 锭，此处如二号粗纱二根纺一根，以下同，然后进帽锭纺 30 支细纱并线，上织机；七道粗纺，30 锭。

牌子英国匹林司[③]居多，煞克六回尔次之。

如染以毛条用布袋，好入染锅，染出后，纺之。未见烘毛条机器。织花

---

① 高经理，即盼登厂经理高得脱。

② 帽锭，纺织工艺中的一种加拈卷绕机构。曾用于毛纺织细纱机。由固定的锭杆、旋转的套管和固定的金属锭帽组成。纱条经过锭帽外缘而卷绕于套管外加装的筒管上。由于纱条受到锭帽的摩擦阻滞，转速略低于筒管，故同时完成加拈和卷绕作用。

③ 匹林司，Prince Smith stells 音译，是英国一家毛纺机械厂，成立于 1795 年，生产精纺帽锭细纱机等毛纺机械产品。

式呢须先染后织,废毛回丝纺华纶。但见有其他较好方法及新式机器,要参观别厂。

(二) 帽锭 36 台,共计 5168。匹林司牌子,英货。

(三) 钢丝车旧新都有,在卷出轴头廿四根头中,多出数根,从铜头眼管向楼下在再转,往钢丝车,初步放入混毛时之处,同时再入,进钢丝照纺,周而复使{始}。如此,不知作何用意也。

(四) 华司斗特约纺 30 支,合线居多,所谓细货是线织品。华纶粗货单纱织造多,或用棉线作经条,做禅子布。

(五) 6 月 9 日《华侨日报》,刘鸿生云:战后中国羊毛过剩,前次欧战后亦无销路,大可发展中国毛纺。

(六) 美国毛织业股票在 1945 年 6 月 9 日左右大涨价,以为战事结束,军队回一千多万人,要穿衣衬,大有消费。

足证毛业可扩充。

7月21日

往厂看前未见者。

(一) 经车部盘车六部,有水汀烘二部,勿有有{优}等经条,需要烘浆。故装水汀箱七尺一八尺,长方形夹在经条间,下有锅,可放轻薄浆水。高得脱云:将有烘箱四部与我。

(二) 经条先从筒子、架子数十个,筒管板一个,32 寸活{阔}的小盘头有来去的,稀所以无妨,约八千码。然后,以此小盘头十多只,放在大盘车前架子上,扳上盘车,再落大盘头,上织机。此项小经纱车有八台,与六台与我,连物料、地轴等附件均在内。据高得脱已够所买之机应用了,在我看不够好。在此老式,以后要添圆铁大圆筒,以大筒管架子扳盘头,此太费工程了。

(三) 筒子车二台,单独马达,花绞有大结,走不过即断头,照纺纱法捻好,共计 100 锭。

甲、合线车二台,杀克六惠尔单独马达。

乙、筒子车花绞二台,一台 100 锭,一台五十锭。

丙、万能花绞有斜形、平排,约卅根样,一块一块的斜块花,每部六锭。六部现以三部并一道开车,分作两部工作,很细巧,不知是何用意,何特货卖筒子。

见有灰丁环锭机二台，二次来加。

丁、二台合线车有每锭三只铁滚筒，可以合各种不同宽紧线木耳节的花线。

戊、15 台合线车 144 锭者，欲留两台，交十三台与我。在此要求其喷雾机与我，允矣。进一步全部喷雾机归我。

（四）洗毛机、轧毛机，轧干用甩水机二只。烘毛机，烘毛条机，要看。

染毛条铁器。以上均在内，前账未见。

（五）有样本，华纶、华司斗特各二根一样。做纡纱，“凸”得起好看，经条谅也可如此。又有二根棉夹二根毛，做经做纬，有一半毛一半人造丝做的，亦好。看见丝光线筒子做嵌线，取有光头。

二次来加，住讬郎讬，劳牙玉克霍脱尔。

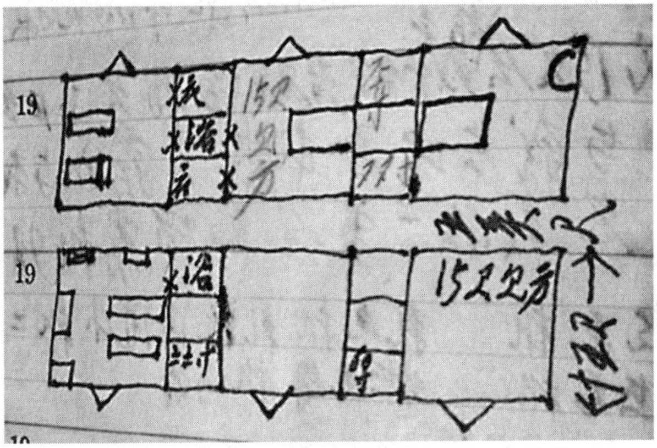

图 9　笑不罗克金旅馆

双单房间均可做，造房时能房门不对直，对过房门，为佳尺寸，皆净。墙不在内，高十尺四寸，房门 32 寸。

7月21日

再到孝不罗克。

华纶：

（一）清毛混毛拆包。有打碎布，可收买旧西装，剪刀口毛货重复打碎，和入废毛钢丝之滚筒一只。

(二) 洗毛机三节头一套,内有轧辊[1],有甩水机二只。然后烘毛机傍有干轧机。轧干后入烘毛机,染毛桶自置此种机器,可以棉毛并用,以后可以在洗毛车内,如洛惠尔取羊脂。

(三) 即进钢丝车后,往跑锭纺纱合线,一根华纶一根华丝斗特,粗细并合,另有三只头滚筒罗拉纺,合并三根至四根合一根,亦可棉毛并用。

(四) 经车有上浆锅,烘干有烘箱、水汀,但又宜添圆形铁筒大架子,经车可以多种不同颜色,棉毛并制,要圆筒图样,无违取一套来,备自造不难。

(五) 来人后先打烘毛条机器样,次打并条车样,再买零件并商讨,要旧并条车,不全者配全之。

续毛纺华纶:

(二) 华纶机器比华丝斗特复杂,且是非纺织染联续不可,机器列下:

(子)清毛机活{阔}36",是将毛放入,经过钉齿将灰尘打脱后,然进混毛机。

(丑)排开一部道白生拆包机,备和棉花用,入毛内含纺,据未曾用过。

(寅)大卫司[2]混毛机大小两部,小者可接上大机,合而用之,以省人工。混毛机前面一大块空场,将各种毛有各色各样。如大成拼花法,一层一层堆叠迭得很高,预备用人工掰入混毛机中和,透出来即上钢丝车。此厂现在经过一大一小混毛后入钢丝车以后,可连接起来,经过两道,然后进钢丝。

(卯)钢丝车十套,内中九套双双雪令,一套是单而至双雪令。皆勃拉脱牌子。

华丝斗特:

(一) 染毛条用新式者,花绞筒,烘染用热风烘燥。闻买一套要 3 万多元,连并条。澳洲来条细,改并粗后染之,谅此机可不改。盼登是老式,如烘布机,毛条进去经水二道,轧干二次。再进烘房是用有眼滚筒打进热风,有表较明度数,出来盘成饼、条、团,以各种不同颜色上并条机。

(二) 并条车是染而织者,以各种不同颜色毛条夹白毛条十多根并成一片,再以七八片成一条。三道为一套或四道为一套,每道即每台约 1200,做

---

① 轧辊,是轧机的核心部件,在轧制过程中,轧辊与轧件直接接触,强迫轧件产生变形。

② 大卫司,文中又称大卫司、队弗司、队物司、大卫斯,Davis &Furber Mach. Co. North Andover Mass,为美国一家毛纺机械厂。

花式全赖此机。做夹花颜色的毛纱线织造，如买四套约1万六千元。

（以上二种约需五万元，必需品非添不可，希望买旧货）。

（三）以上两项机器似可自造，东方谅亦有此货，时间有，不必出重价买进。

（四）如纽奥纶染经条纱，是用经纱盘头，经成花绞盘上，长染阴丹士林、海昌蓝，烘干出来，用人工手把扣再上经车，以上机器办全。染棉花、染盘头棉纱均可借用了。

勃拉脱出品：

（一）5套双锡林①头道梳毛机2只，60"。

双锡林三道2只，48"；双锡林，即二只头道，60"；双锡林，即二只三道，60"；双锡林，即2只头道，48"；双锡林即2只三道，48"；双锡林即2只三道，60"，梳棉机对经30"；单锡林头道，即一只，60"。

头道钢丝车，后有卅十寸对经滚筒，每部都有。出来成粗毛条，进三道钢丝车，斜形。头道之后，从卅寸运对经夹，如棉纺网，小雪林出来为一根大毛条。经过架子，上到三道对经机，排成斜形。进三道钢丝车出来，分成廿四根，上两根轴头对经，每根12头，即运往跑锭纺纱。

（二）勃拉脱走锭12部，每台336枚，计4032锭。

华司斗特梳直纺，华纶是乱纺。如我有好羊毛，在头号钢丝后，成毛条，就可向九道并条，及粗纺后，上帽锭，纺细纱。

棉纺机纺羊毛、人造丝，钢丝勿有废花，一万锭约四十万元。

厂用开支，连折旧，每磅三角五分。颜料、染、整理加1角1分约数，卖价九角五分每码。

八成人造丝，二成羊毛，每码重约十一二盎司。人造每磅约合三角，羊毛1元。

整理染毛：

（一）染毛条现在盼登厂是老式，不好，要改用新式。其法是用圆锅将颜

① 锡林，(cilinder)是精梳机的关键梳理元件，其主要功能是将钳板钳住的棉纤维丛进行梳理，提高纤维的分离度、伸直度、平行度，消除棉纤维的前弯钩，以提高纱线的光泽度与下道工序的可纺性，又将没有被钳持的短纤维全部梳理掉，提高纤维的整齐度，提高纱线强力，又将附在纤维上的棉结杂质与疵点梳下来，从多方面提高成纱质量。

料喷上,以布袋存之毛条上,任其流下若干,再放喷颜色若干。周而复使{始},往返不停染之,较现在好矣。但未见烘毛条机器。

(二)染散毛即如中国土毛。上洗毛机,如用手指左右上下,前后不停,使毛松动。经过五六道木制洗器,大约有药品、清水,最后出来上甩水机。烘干后,染色,或即将此潮毛染色之,亦是潮染居多。用六七尺对径的圆木桶,下面有洞眼。铜板底中间亦隔有铜板,板上亦有眼,传动毛水颜料,染成色吊上去,使水走脱,后再入甩水机,后去烘干,后可和纺矣。

(三)染毛巾机三面有板,空一面看守,如洗布车,转转不停。上有出气洞,如将缸式钢综制、木制均可,有图样可自选也,以省运费。

毛织要潘炳兴①、陈钧②负责,何锦堂③可为助手。

(四)毛织品端在染整有镜面呢、毛呢。此厂出品种类甚多,是可实习。

(五)大衣呢好者,拉绒的。但其毛不如棉绒布的毛,又没其他毛绒布松长,真是绒而不毛,且有光头。谅网丝必细而短,似绒非毛。以前不知如何造法,此次见其半。干厚呢在机上括拉镜面呢绒,但细情工作法仍须进研究,才能尽知。闻是光亮,用磨烫方法而成,毛受热即软服帖,后使冷。

(六)高度水汀蒸呢机,如炮弹形,将呢绒卷好进去,蒸后即可永远无伸缩矣!

(七)其他洗布机有绳装{状}、有非绳状。缩呢机、拉幅机、烫呢机剪毛括毛,大略以所知相同。惟不精,要专家负责,谅潘炳兴可担任也。电纸板烫呢、染色、整理,看来会是不难,精恐不易。否则,日本毛纺织何以尚不如英也。美国及加拿大亦不如英国,何也?要通知陈钧注意实习此道。

(八)盼登如买进,摆在二厂,通力合作何如?比另起炉灶便宜,第人可扯用。

可在盼登用技工三人,纺、织、染各一人到中国去。

洛惠尔教授云:羊毛是鱼鳞式,织出时松稀,缩后,加猛受热变软,乘机

---

① 潘炳兴,近代纺织专家,留学比利时,任职上海章华毛织厂工程师,1940年8月,受中国银行甘肃分行雍兴公司委派创办了兰州毛织厂并任经理。

② 陈钧(1914~?),1936年毕业于南通学院染整工程专业。先后任职于常州大成二厂、上海同济染织厂、镇江印染厂,历任工程师、总工、厂长等职。1951年至1954年,解决了精元染色织物强力及原条矛盾,提高了精元布质量。1956年,贡献出海昌蓝染料制造技术资料,受到纺工部奖励。

③ 何锦堂,即何锦棠,江苏川沙(今上海浦东)人,沪江大学毕业,后赴英留学,回国后任英商纶昌纺织染公司总工程师、经理,后任上海第十棉纺织厂副厂长、上海黄浦区工商联联络委员会负责人。

压坚，使鱼鳞节节掰紧，而后再使冷。如此整理，经过几道，即坚牢矣。所以西装则可干洗，不可热水烫，华伦更不可烫。华丝斗特如织得猛，如华索呢等，稍为受热，还可顶好，亦干洗。因一热即变性，有伸缩，故也！

剪毛、烧毛、磨光、烫光、压缩，所以洗染时，不可拉紧，防拉走样，热度可212度，过热化脱，212沸点。

同等利益，毛织少二百九十万资本。

73万纺织染要2500人，九千多毛织染830人。

棉织品←——比较——→毛织品

新锭1万，布机五百台，染色千疋，资本美金65万，每天出颜布1千疋，每疋赚足1元5角，计1500元，一年45万元。壹疋约等于毛织品余利一码计算。此页初步不准确。

盼登毛织厂，华丝斗特五千多锭，华纶四千多锭，廿万元。运费装箱作二千吨，装箱拆工等共作十万元，再加染色、新机及修配、房屋、基地[计]十万元，及其他五万元，共45，作为五十万元。每天毛货三千码，两种售价扯作余洋1元5角，计每天4500元，一年计135万。

表3 棉毛纺织投入收益比较

类别	毛纺	棉纺
厂产	50万	65万
活本	每月约四十二万元	每月约卅万元
盈余	每年一百三十五万元，出数能到3400磅一天，即可再加余十八万元	每年四十五万元

合入老厂，少费精神。做八万锭，三千五百布机，七千染色，才有毛厂利益。但需资本三百八十万，招募不易，情愿做毛厂。

另起炉灶，另创一局，比较劳神多矣！然利益比棉纺多三培{倍}。如办八万纱锭，3500[台]布机，七千疋染色，或比办此毛厂劳逸相等。但需要职工较多，永远烦，情愿创此毛厂，比较用人少，可算一劳永逸，亦不为过。

结论：同样多八培{倍}利益，毛织厂五十至六十万，棉织厂要三百八十至九十万元。在这种经济困难时，决办毛织厂为宜。

7月25日

往讬郎讬,京城渥太华。在孟曲娄,同光甫往唐人街金轮晚餐,遇林语堂①、俞又新。

下午四时到劳斯登律师处,研究合同。至六时十分出来,谈两小时。此公前为加政府财政部长五、六年,兼国防部长,第一次欧战军职为上尉,年在60左右。为人甚和爱可亲,思想周到,对盼登合同加意研究,约迟四五天取件。此公态度是较为伟大,定明下午三时往(托郎托)看厂,邹秉文②今早往别处去矣。

7月27日

参观赛飞翻布带厂。在翁太利奥③湖边,沿途公路40英里,走过,皆如公园。专制军用品枪袋带子、翻布各种袋。翻布带头上,篷的用电木布胶皮以二三百热度夹好,如铁一样做搭头。共计四年,开办至今。做五千万件,每月生产约一百卅万码。该厂系买纱线做的,原料线有二根至四根,或六根一股,染过颜色,军黄、军录{绿}均有。每磅进本0.64,工资五分八厘,一切厂用、缝、做工用等一应在内0.177,共计合开支每磅0.235;连原料,[共]0.875。开支已比纺织大,缝机有一百多部,共有四个工场。

另有见过一个玻琍人造丝织成的绸,海军用,能隔电、隔热、隔火烧不着。有丝及带交我,当面点不着。织各种带子40寸,织平面绸有八张,有织翻布带五六张,最好做浴室内挂布,不受潮,易干。

棉翻布带活{阔}的卅寸、十二寸、六寸至1寸五分者,每张机活{阔}者可

① 林语堂(1895～1976),原名玉堂,福建龙溪人。曾留学美国哈佛大学,获文学硕士,留学德国,获莱比锡大学语言学博士。回国后,在清华大学、北京大学、厦门大学任教,1954年赴新加坡筹建南洋大学,任校长。曾任联合国教科文组织美术与文学主任。1940年和1950年两度获得诺贝尔文学奖提名。代表作《京华烟云》《啼笑皆非》。

② 邹秉文(1893～1985),江苏苏州人,中国植物病理学教育的先驱。1915年获美国康奈尔大学农学士学位,曾任河南公立农业专门学校校长,金陵大学植物病理学、植物学教授,南京高等师范学校、国立东南大学农科主任,国立中央大学农学院院长,上海商品检验局局长,中国驻联合国粮农组织首任首席代表、粮农组织筹委会副主席等职。1949年为新中国在美国抢购优良棉花良种,后被美国政府传讯并扣留护照。1956年回国,任农业部顾问。

③ 翁太利奥,即安大略湖,Lake Ontario,世界第十四大湖,北邻加拿大安大略省,多伦多位于安大略湖西北岸,是北美洲五大淡水湖之一,属于世界最大的淡水湖群。

能十多根,狭者专织一条七八寸。活{阔}者,织机顶活{阔}的有一百多寸,有打腿带、做水壶袋。军人用的各种军火袋,最值得注意,是湾{弯}形管子中,通出纡纱。因会带子狭,湾{弯}来湾{弯}去,即纬进纡纱。用电,不用梭子,很简单,大可买两部,试试。焊翻布逢头一种用自来火,一种用电将铁夹廿个一排,烧热于做并干,同焊好头子,经纱架子小狭盘头。

麻棉合织洗碗布,约半方码。大缝头边有嵌线漂过,批价 0.34,门售 0.42。成本照中国卖一角足矣。如此以后,可用麻和花纺制翻{帆}布。

连看三厂,缝衣、翻布带、玻璃丝。

又有做纡纱,有的有梭纡管,有的勿用纡管。但横做如潘横林纡纱机样,惟造法简单,只见几根铁梗横转,做梭纡。

此厂可造翻布、皮带,有事时供军用,甚善。

杨将军汉觅尔登宽紧带厂。

我们只知纺纱织布,未见有全织宽紧带兼纱绳之制造厂。此厂亦名纺织染,且兼染织、人造丝,棉纺锭计有 13000 枚。布机没有全织边带,少数做绳子。织带之机每张有活{阔}至一百八十至二百寸者。其带有多至一百余条,在一张机上织制也。祇{至}少均在二三十条一张,自下至上有高至十四五尺者,种类甚多。有用梭织而梭子横直,如织布样,有斜梭斜横织造,斜的谅为节省。地位斜上斜下,如小船大浪中摇摆,又如荡千秋,有很好看的动作。又有勿用梭子,用斜湾{弯}管做纡纱,因带子狭,往来甚善。谅系使用挑子将湾{弯}管推动,上下左右送纡纱,很简单。据为新式,又省梭子,做纡管等工,或用电动,未细看。我们以后要做,用此机为善。惟活{阔}带不能织,只{至}多二寸活{阔},因此各厂未能大宗改用。

宽紧法,是将橡皮丝于{与}人造丝同样做盘头撬紧,即将橡皮拉紧,同人造丝一同上下。如经条夹在丝中,几根格几根。要实习,或拆开宽紧带研究,始知。因同样拉紧落机后,橡皮缩短,其带变厚,用力拉之,则有紧松矣。但须整理,如烘布机,同将带子轧入水内,浸过再轧过,潮的须要烘干。在烘时,有热度化药作用,受过高热度,可烫直,成为标准化。又经轧二道出来,即平服,好看了。至此,虽有缩性,是缩到如在烘滚筒时之标准,勿再多缩,再用力拉。虽有伸缩,则过标准就要坏断。因此,可以出售矣。布过标准拉力,亦要坏。

织时,丝经自下至上拉得很长,再转下进织机,很紧。橡皮丝做在筒子上,放在地下撬上机织,盘好一盘盘,论码卖出,可矣。做吊袜带或领带、内衣紧宽如人腰带,用场甚多。其最要:(一)撬紧织;(二)要整理;(三)盘好出卖。

价:橡皮丝战前,每磅6角。

另有狭边带,是用圆形。如中国边带机,我手摇,彼电动。有打绳子机,内纱外丝。

托郎托翁太利湖,翁太利奥纱厂厂长,名曼三。

有五万锭,布机750台,内有掘来半轻式,换梭纡约1百台,其他换梭子,约一百六十台,共260台出卖。

染经纱筒子机有两种:一种眼子,一种槽子。如无纱装上,要将空管子装上,否则要出气,皆钢,系不锈所制。

烘筒子交我看过,热风甚大,利用其风为主,十七小时干一次。

头号粗纱摇得很,十元一只亦太贵。条子车普通,太高四眼一节,有三节。钢丝还可用48台。

细纱卅台,好华特还可用,其他不佳。

另杀克六回尔二台,432锭亦可。

据当时厂长云:杀克六回尔细纱大牵伸,三寸钢令圈,纺细纱筒子一只,有纱十两二寸半、五两二寸、三两半寸。杀支六回尔大牵伸,他说比灰丁好。

染经纱做白纡,工人衣布斜纹三页头,每码卖二角四分,每磅重约二马二。照此官价,要亏本,本有官贴,不亏本。此厂有自动经纱筒子车三部。

7月28日

参观玉刻棉毛纺织染厂。主管人华果,留美,在英实习毛织。有纱锭一万三千枚。

华丝斗特毛纺条子前纺,1937年,皆大陆式,细纺仍跑锭,1920年货。据因一时买不到环锭。恐细纱要五十支或六十支,非此不可。

华纶粗毛纺,约有三千多枚。

有廿四台细纱机卖出,约三千多定{锭}。改过一台大[牵]伸,清花有两台。打细纱头机五节一部,头号粗纱一台,3号粗六台,二号二台。此厂针织居多。闻专做内衣为主，有和一成毛、二成毛，筒子交我带回。

7 月 28 日[①]

John Inglis Co. ，强司，英格利斯·康本内。

Toronto, Canada，托郎托，加拿大。

A. L. Qinswash，英司玩斯（副经理）。

与批耳司等往访，谈及拖平发电机定货事，决定由他公司函批耳司，转告我方，关于设计上所需要各项。

与英司玩斯先生、批耳司等在旅馆午餐（旅馆名 Royal York"老爷毓光"）。

8 月 2 日

哈气拉加纺织厂范围，自已有纱锭 426000 枚。

另有受其管制者，总共超过全加 51%。似此，全加 125 万纱锭。彼管六十二万五千以上矣。盼登毛织厂完全独立。

弹吟尔为此厂副经理，盼登经理。盼登是弹氏父所创办，现在彼占股份百分之八十以上。李述初在该公司问明。加拿大廿多万锭。

玉克棉毛厂来账，华果主管人。

12 细纱钢令 1～3/4"，每台 228 锭，新 18.85，价 4 元；6 细纱钢令 2"，每台 228 锭，新 20，价 7 元，共 4104。

6 细纱钢令 $2^{1/2}$，新价 20，现售 7 元。每台 192 锭，计 1152 枚，七元；6 每台 160 锭，$7" \times 31^{1/2"}$，新价 35.23，现售 7.00；88 锭 $11" \times 5^{1/2}$，共 1048 枚。

棉条车，2 寸，5 寸半。

三台（1910 年）每台 4 眼，计 12 眼，新价共计 3450，现售共计 900，总共棉条 12 眼；细纱 5256，粗纱 1048，计加币 32716。

细纱钢令卷 2 寸半，五百，细纱钢令卷 2 寸，三百。

美国最近纺织机械价格暴涨。钢丝车涨约 48%，粗纱条子车涨约 36%，

---

① 这段文字应为刘汉栋所写。

细纱车涨约22%。①

海京洋行②杨锡仁处，亨脱七月卅一来信。

“A”：

钢丝车1909～1926[年]，196台，[单价]1400，$2744400。

条子车，36眼，[单价]65，$15210。

粗纱车，2744锭，[单价]10～9，25400。

细纱车，32072锭，[单价]5～2，$86624。

筒子车，720锭，[单价] 25～2，$6620。

筒子车，860锭，$16500。

每部120锭，5000(内有1941式三部，360锭)。

以上机器包括零件等一切，惟原动至外，$424754。

“B”：

搬包车一套，1927～28，一部。

第一号清花，2部

第二号清花，2部。

钢丝车，28台。

条子车 ，41眼。

粗纱第一道，204锭。

粗纱第二道，600锭。

粗纱第三道，2152锭。

细纱，8192锭。

包括零件一切，原动不在内。

讨价$120000。

---

① 此句话应为刘汉栋所写。

② 海京洋行，主要经营美国纺织机械输入中国业务，1923年在天津开设4家毛纺厂，次年开工。拥有毛纺机1500锭，生产绒毯、绒毯原料毛线以及其他毛织品。

1945年纺织学会年会纪录，冯泽芳[1]。

全世界人口，云：17万万（别人有云，廿万万，确否？）

全世界纺纱锭1万五千万枚，合每千人86枚。

七七抗战前一年全世界产棉，计8600万公担，每人应有棉花四点三公斤。中国人口45千万，应有棉花1900万公担。所以1500万公担还不够世界平均的标准。1936年棉产八百万公担，即1600万市担，那年棉花进口只有七万公担。足见八百万公担为中国国民最低限度的消费（民廿年，进口棉花还有四百万市担）。

再就实际的计算，我国进口货中，纱和布是占入超很重要的成份。或民国二十五年纱锭有了五百万枚，外国进口的纱就几乎绝迹了。可见抗战以前，最低限度应建设五百万纱锭以上。

一万万亩棉田，约合全国耕地面积百分之八。只要粮食每单位面积稍为增产扩充，棉花不妨碍粮食的生产。

纺织学会年会纪要，胡竟良[2]。

棉田面积开拓之可能性：我国土壤肥沃，气候温和，宜棉之地极广，印度、埃及、苏联均不能望其肩顶。即与产额占世界半数，第一棉产国之美国相差，亦尚尚较胜一筹。吾国自北纬廿度至北纬42度之间，皆有棉花栽培，主要产地在北纬廿八至40度一带。美国棉产带位于北纬25至37度之间，植棉地面积为七十万哩。吾国冀、鲁、豫、陕、苏、皖、浙、赣、鄂、湘、川、晋十二省主要棉产地之带地积，则为八十二万方哩（即英哩），每方英哩约合96方华亩。

美国植棉带棉田，常在三千万英亩。中国此十二省棉田面积据民国廿六年，合约一千万英亩，最高之面积为6400万亩。据日人估计，吾国棉田将来可能扩展至一万五千二百卅万亩，盖有由也。辽宁省辽河大凌河及辽东

---

① 冯泽芳（1899～1959），农学家、棉花专家。浙江义乌人。曾任中央大学教授兼农学院院长。1949年中华人民共和国成立后，任南京农学院教授，中国农业科学院棉花研究员，中国科学院生物学部委员。毕生从事棉花研究工作。他对亚洲棉的形态、分类、遗传，以及对亚洲棉与美洲棉杂种遗传学和细胞学均有深入研究；并积极提倡在黄河流域、长江流域棉区种植斯字棉和德字棉品种，为发展我国植棉事业作出了贡献。他提出的在我国划分五大棉区的意见，至今仍在沿用。

② 胡竟良（1897～1971），字天游，安徽滁县人，南京高等师范学校农科毕业，后赴美留学，获农艺硕士，著名棉花品种改良专家，着重于农产品改良品种，曾任中国农业科学院棉花研究所副所长。

湾一带各县向来产棉。自九一八后，经日人经营，已年产皮棉卅余万担。产量皮棉在自民八至民26年全国棉田每亩平均为二十三、六斤(最少13斤)。战后如换种脱字、德字、斯字棉①之后，每亩平均可能产卅五斤，极有可能。因民廿还有皮棉进口四百万担，到民22年至26年努力推广植棉，至26年以前，1936年只有皮棉七万公担进口了。棉业统制委员会并设中央棉产改进所，每年经费一百万，动员技术人员至五百人。

8月

罗斯福② 4/12去世。

原子弹8/6为世界科学一大变化，改造世界科学的开始。

三巨头会议③ 7/27号宣布后，柏林工商实业界自杀1200人，来比雪④ 600人，汉堡458人，科隆300人，法蓝福⑤为数甚巨，8/7日《托郎托报》⑥。

[中、苏、美、英四国]接受日本8/11上午十点30分钟投降。⑦

1945 8/14上午11点七分日本接受投降。⑧

[英日两国棉纺织业输出的角逐]

英国：1913年输出棉布，达七十万万码。

1929年有纺锭5700余万枚。

1938年输出棉布少至十四万万码。

1940年输出棉布，反形增加至46万万码。

---

① 脱字、德字、斯字棉，均为从美国引进的优质棉种，斯字棉在脱字棉的基础上进一步优化，脱字棉、斯字棉较为适合于黄河流域种植，德字棉不仅适合于黄河流域也适合于长江流域。

② 罗斯福(1882～1945)，出生于纽约，先后在格罗顿公学、哈佛大学、哥伦比亚大学受过良好教育。1932年以民主党候选人的身份当选总统，1936年又以压倒的优势再次当选，接着又打破惯例，于1940年和1944年连续两次当选美国总统，连任四届总统，成为美国历史上连任届数最多的总统。在美国经济危机中，确立了实行“新政”和振兴经济的纲领，领导人们从危机中走出。在第二次世界大战期间，领导美国抗战，受到举国爱戴。同时他较为支持中国的抗战，特别是对于中国大国地位的确立，给予较多支持。

③ 第二次世界大战时期，美国罗斯福、英国丘吉尔、苏联斯大林是世界反法西斯阵营中最重要的三个国家的领袖。

④ 来比雪，即莱比锡。

⑤ 法蓝福，即法兰克福，1945年5月德军最高统帅威廉凯特尔签订投降书，在此前后德国出现了“历史上最大规模的自杀浪潮”。

⑥《托郎托报》，应为《多伦多明星报》，1892年创办，是加拿大发行量最大的英文报刊。

⑦ 1945年8月10日，日本提出有条件地接受《波茨坦公告》，表明日本投降的意愿。

⑧ 1945年8月14日，日本天皇召开御前会议，决定无条件投降。

日本:1935年输出棉布达27万万码。

1934年日制衬衫在兰开厦[①]零卖。每打一镑一先令[②],而英国当地厂商制造成本,则需一磅十二先令。

了岂能完,但求得了且了。然焉能尽,总要自然而然。人生百岁未了多。

8月8日

俄在下午五时对日宣战,杜鲁门今日回白宫时,对迎接的人只说一句话:“俄已对日宣战了。”

日本7日上午八时,希上希事离[③],在人口343000,六点九方哩。被原子弹一只炸毁四点一方哩。

所有一切活物均死,死伤者认不出何人。有说死伤十五万人。防空壕建筑炸后,竟不见,四小时仍是一团浓烟。

初试,在美炸铁塔,不见。

聪敏些,日本应该叫在华全部军队投降、缴械。果如此,日人自杀者一定多的。

8月9日

卅年以前,即1915年以前今日,德国第一次开始世界大战。而我今日于{与}盼登订合同,受其一面之词,气甚气甚!结果忍受其条件,因该厂厂经理为人甚好,故接受。从上午十一点议至下午五点半,吃饭只吃一客三民士[④],不足十分钟,即复议。只有对汉栋说:“要争气,自造机器为第一,免受气之好方法。”昔年买板本自动布机[⑤]亦如此,未甘受气,改买野上自动机一百台,结果成绩不佳,后改买丰田五百台,因战事未到货。情愿少办一纱[厂]、而多开一个机器厂。

---

① 兰开夏,英国西北部的郡,英国工业革命的发源地,早期以棉纺织业为主要经济支柱。

② 先令是早期英国的辅币单位,1971年英国货币改革时被废除。1英镑=20先令,1先令=12便士。

③ 希上希事离,即日本广岛,英文名Hiroshima。

④ 三民士,即三明治。

⑤ 板本自动布机,日本生产,性能精良,其时被誉“为世界上第一良好织机”。

8月17日

张君迈[1]来孟曲楼，住一夜晚，往（孟脱掰不流屋，克老白），读十天书。公权处已约定，下午君迈到，同去吃晚饭。孙科子在余又新处会见，闻代余民招待。开航空理事会，公权主席。

跑马赌四百多万人，约五万七千外，气{汽}车停七千多辆，夜开电灯，打棒球。

8月18日

报载，杜鲁门[2]向国会提，失业工人以前每星期贴 15 元加到 25 元，失业工人每月 60 元至百元。报纸反对。似此，一个月四星期不做事，可得一百元，大家可坐吃，不做矣！果如此，有害于国家。

英国重礼貌，行动绝对受拘束，言论、信教、主义是自由的。

物资在战时支配的，决不能自由购买，有钱想囤积亦买不到货，要多销耗亦做不到。一人一年有票子若干点。

乡人养猪一年只能杀一条。如多，被社会上别人要严格批评，面子攸关，决不做。礼服不能离，养成高尚程度，预备为世界领袖。四五百年的房子、学堂甚多！

大成要做模范，应该怎样设计、研究，定一个标准，养成领袖人才。英国等级分得甚严，考究礼貌，要做到大成的上下不做无理事。

中国工业跟谁学，加拿大跟美，日本跟德。

中国应跟日[学习]，工商两方面均有成规，可以寻访。并须利用德学，将美国所有技能参考，埋头苦干，可集各方所长，习学而成。英国棉织机械都有长处，要去研究后，方可得到方法。总之，习他人所长，割自己所短，集

---

① 张君迈，即张君劢(1887～1969)，张公权之兄，原名嘉森，字士林，号立斋，江苏嘉定(今上海嘉定)人。曾留学日本早稻田大学修习法律与政治学，结识了梁启超，后留学德国柏林大学获政治学博士学位。1918 年随梁启超游历欧洲三年。曾担任北京大学和燕京大学教授，发表《人生观》《民族复兴之学术基础》等，主张在新的世界潮流中实现儒学复兴。参加过两次民主宪政运动，是国防参议会参议员、国民参政会参政员。后旅居美国。

② 杜鲁门(1884～1972)，美国第 33 任总统，生于美国密苏里州，幼年家贫，做过银行职员、杂工，参加过一战，曾在炮兵学校学习，以少校军衔退役。后去经商，破产投身政界，1934 年当选为参议员，1945 年 1 月任副总统，同年罗斯福病逝，继任总统。1949 年获得连任，任内实施杜鲁门主义。

大成者，此之谓乎！

灰丁纺毛机和人造丝，加拿大分厂经[理]帛鲁拿。Mr. V. H. Bruneall, Canadian Cotton Linlltel Miltown, N. B.

1943 年开账，灰丁专为纺砌断羊毛人造丝，一组 10800 锭，列下清花有 2 寸。

（一）和砌断羊毛丝需要开棉和透进钢丝，如专纺断毛、断丝，可勿用，直接进钢丝，借用纺棉部。

（二）钢丝[车]专纺羊毛丝，勿使有废花。比棉纺大，后面进花斗，如开棉机样，价 3500 ，24 台，现涨 25％，计 84000。

（三）条子机 80 眼，每眼 270 元，计 21600。

（四）粗纱 15 台，每台 72 锭，价计 1080，计 39900。

（五）细纱钢龄{令}圈二寸，每部 240，计 45 部，计 10800 锭，每锭约 15. 50。计 155844. 00。

共计 303144. 00，据要 319000，现在照上价加 25％。

羊毛人造丝每小时纺廿六磅，每廿四小时出 15120 磅，棉花非此车纺，每小时 9 磅至 16 磅。

照以上棉纺，亦够了。外加清花作 3 万元，加 25％，亦不过四十万元，棉纺钢丝价可少。旧货约连拆装箱费每万[锭]，14 万，便宜 26 万元。出数打八折，少出二百疋布一天，作三百元，全年九万元，约美金三万元，勿吃亏。机好了用人少了，少用十人，每人一元五角，两班计卅元，全年九千元。再加其他开支、房屋、物料、修理约 2200 元，共多 101200 元。少管理，生活又好做，人有兴趣！

灰丁说钢令不超过 2 寸为是。

煞克用木锭筒管上头吃肉，不为摇动，大些无妨。所以 3 寸者纺出 30 支细纱，甚匀，见过。

大牵伸比灰丁好、干静，皮上可放小皮棍。轻者数根，纺出少而丝毛短，无妨。

细纱三根罗拉，皮棍三根，中间用轻小者一根，可以纺长丝毛，勿断头。

粗纱，煞克六惠[尔]好，钢丝、条子，灰丁好。

26 支纱 50 小时出 0. 97，老机纺。14 支煞克六惠尔 50 小时出 3 磅，2 寸钢令圈。

织机新纪录:

(一) 盘头改大,装两根木柱,撬[铆]在地板上,离布机约1尺,将经纱盘头架上,盘头对经24",卷经纱约300磅,省穿综了。机架盘头人工,同时将前面卷布轴心改好,能卷布至1尺。对经粗,又省落布人工,并且将经纱放长,可减少断头,大盘成绩好。

(二) 浆纱机雪令大小均有牙齿,拉转前车头。八九只盘头,进浆槽前用滚筒轧。拉进浆中,对棉纱减拉的损伤,对人造丝绝对不可拉,使其自动进出,热度有控制装制。全造丝浆经机煞克六惠尔,滚筒约卅寸九只或七只,价12000元。处设备用电,勿使拉伤。据人造丝只{至}多只可拉长5%,再多就不兴[行]了,以上浆纱注意点。

棉织浆机改用三只大雪令,成绩好,减少用,出数多。

(三) 染花衣并不加放油料,做好花卷省料。一种用立式大圆锅染出,上开棉机,生活好做;一种用打眼的圆形式横机转染的染好。因转使花衣成为一粒一粒小圆团,结不易打开。据云:勿好。但少数不足一锅,间{简}单颜色,亦只好用此法染花衣。

(四) 染盘头人造丝,放入不能随时用磅浦①打染,需要浸水廿分钟之后打染,否则要有打成饼块、染花不透且染不进颜料等弊病。机器以每只盘一染,适合一印盘头一次,为经济因可设计。要若干水料放若干,减少消耗。

(五) 人造经车一个盘头经70000码,约九百磅重。

浆缸前车头放七只,愈前愈高,有斜脚板可上下。

帛鲁拿云:开支。

(一) 自花进厂纺织染整少数,多数与人染,出厂时止,连折旧纺22支为标准,一切开支每磅平均约三角五分。格子布自染嵌线,元色自染。

(二) 交织品卖价,羊毛二成、人造丝八成。纺织花式之中,毛货有样本。毛原料每磅1元,人造丝每磅0.27,加税一角,成布开支每磅为0.35,外加原料染整每磅约八九分,总共约合每磅0.945。活{阔}54"重约每磅0.7,约合每码七角,卖价0.95。0.6只要六角,一码花式好,亦卖0.95。红格子、全人

① 磅浦,即泵,英文pump音译。文中又作帮浦、泖浦。

造丝卖每码0.45。都有样布回磅，立即可知实在成本矣！

（三）交织品制造法。利用各种性质不同，染出有深浅，织好成如花线，或如毛织品并条花毛色，免得合线，有布样为证。我们经条纱甚易断，或因筒子、经车、浆缸浆纱拉伤，筒子做坏。

（四）新式经纡机筒子，以后可轧伤。全用安达宝塔筒子做经车，改高速度浆纱，绝对勿拉，算自动法。纡纱机自动做满，落下空纡管，人装上。瑞士有约150美金一锭，灰丁有更好。

8月26日

参观队物司制造华纶机器厂，Mr. Arthor W. Reynolds, Davis & Furber Mach. Co. North Andover Mass。

每年出钢丝车250～270部，纺机每部约120锭，250台，和毛清毛，约5000，至钢丝一台，29500。纺机连马达二台，每台9000，经车铁高速度一台，经车5000，共约六万元。

24只滚筒括绒机，每台6400元。

环锭每只抵跑锭出数只{至}多三只，只{至}少2只，扯二只半。开价一套、三套、四套，约四套廿一、二万元，一年半交货。每只纺锭纺毛1磅75。盼登钢丝旧十部二排头，每台每小时$\frac{1}{2}$共出25磅。新钢丝四排头，出60磅。盼登在此买新钢丝四台，纺机六台，灰丁或另有六台至十台。

照盼登出数，队物司之新钢丝每部每小时出60磅之二支半毛纱，每日夜廿小时1200磅。如四部，计四千八百磅。队物司云：配细纱机八台，计960锭。每锭20小时约五磅，计48000磅。确否，要查明。

前罗拉愈细愈（每十小时）2$\frac{1}{2}$前罗拉150转，出2.45磅，两支半即两纶半，约抵棉纱五支粗，每一伦{纶}1600码，长为一磅。

棉纱每一支840码为一磅。希望派人来实习。

华伦960、棉毛丝1万锭、八部细纱机，每部120枚，抵跑锭4000锭出货，又说只可抵3000枚。

毛织机新旧比较：

盼登旧机价连佣,约 220000 美元。

装拆工料 4800 吨,保险、栈租、搬运等,约计 120000 美元。

4800 吨运费 25[美元],120000 美元。

配钢丝十台之布,每台千元,计 10000 美元。

因旧损坏修理,计 10000 美元。共计约 480000 元。

队佛司华伦新机 960 锭,抵作 4000。钢丝四台,纺锭 960,计 8 台,经车和毛开毛,约 200000 元。

华丝斗特五千锭,灰丁约廿万元。

只可纺砌断毛,因无并条车,只有棉条车钢丝改罗拉。

马达、物、粗等,中国买一部分五万元。

织机 160 台,中日双方买,约廿万元。

并条车共 56 台,约 127000 元。

旧货少 47 万,早开一年。注意:

洗毛、烘毛、甩水、轧干,3 万元。中国造,且有一部分。

运两种毛纺机费,约四万元加两万。

合线机连筒子,厂有存,3 万。

打破布废花机作,3000 元。

做筒子机宝塔式 300 枚,每锭有日货,每枚十元,3000 元。

再做经纱筒子 300 枚,3000 元。

梭纡 300 枚,3000 元。

高速经纱自造照样一组,3000 元。

并四组,计 12 台,每台 1200,14400 元。

圆形梭毛机三台,或先买 2 台,30000 元。

总共约 950400 元。

最后复算,加并条、运十五万、只{至}少要八十三万元,较旧货贵卅四万元。布机自造恐不佳,如买新,又要加多。

可用砌断人造丝八寸或 2 寸长和纺。

照前页推算,新旧比较,新者比旧货贵 47 万元,房屋可少 3 万元,马达、物料可少 2 万元。似此,比旧货净多 420000 万元。

每日夜廿小时出,约五千磅一天。预算、原动、物料、拆旧、厂用、修理比旧机便宜40%，照每磅开支华纶0.175，华丝斗特0.35，扯作0.25。40%应每磅便宜一角。即每天五百元，一年十五万元，此作国币计，约美金五万元。三年便宜150000元。

八年四个月到本。

照以推算，三年可扯过，其吃亏在先，多出47万元之4年利息，约25000元。但因用人少管理，便减少麻烦。机器新式比较得人，容易扯过。但在三年中作为新旧一样生产，三年、五年之后旧机效力必差，新机正当用熟，格外好。以此而言，新机比旧愈后愈好，新货愈后愈佳。

盼登旧货少47万，早开一年。

毛织品每日出数：160台每日两班作出6000码，每码赚1.5，计9000元一天，一年余2700000元。

如盼登机器48万，房地、染色约作加32万，总共八十万美金，而一年可赚九十万元或一百万元。

做得好，一年到本，抵棉织业三年功夫。惟活动资本比棉织厂一万锭多6倍左右。照战前币值，法币每月要一百八十万元，三个月存货约处需五百万活本，澳毛能欠六个月就兴{行}了。盼登可早开工一年。

丝，八毛二[一码]交织品。成本丝0.30元，毛0.20，开支0.35，染0.11，共每磅0.96。约12亨司{盎司}一码，活{阔}54寸，合七角六分。在中国做，每磅开支便宜三角，只合六角六分，每码合0.528，合国币约每码1.45分法币(内有0.16是法币开支)。

交织品和棉花人造丝在毛纺部做，棉纺部可不做，较有利，有毛纺机可增长，比棉纺短好。

加拿大卖价交织品比毛织品便宜对成。2元一码，交织品1元，中国卖价每码成本照帐，合1.45，作每尺6角，计1.50一码双幅，单幅只合三角一尺。战前东货哔叽，单幅每尺约八角至1元，现在原料工作加倍，应值一元七八角一尺。此种交织品如卖半价，销路必好，可值八角以上，每尺可余二角，合每码赚五角。每万锭出产8000磅一天，即一万码，每码即5000元一天，三百天150万法币，约450000美金一年。没有毛纺当然做在棉纺部，既有毛纺机做出比棉纺机好，则情愿在毛纺用功了。

设备锭子400000，布机100台60～76"活{阔}，价500。

布机200台44～40"活{阔},价250,导格拉可买。

中东买,约计100000。

染色连房屋等,100000。

纺织房城、电气设备,100000。

物料设备,100000。

共计900000元,两年到本。

活动资本作法币算,三个月存货推核。

(一)毛货全毛制造一年,到本一百万美元,活动五百万。

(二)毛丝交织二年,到本九十万美元,活动二百万。

(三)棉纺织染三年,到本八十万美元,活动五十万。

[购毛纺设备计划]

(一)盼登不成,买新钢丝三套。

(二)华司斗特缓一步,再办。

(三)四万新锭中,多买24部钢丝,已有毛纺在内矣。

(四)果如上述方针,毛锭做在三厂傍。利用棉毛合作,在附近添丝毛整理染工场。

头过棉锭十万,活本要四百万元。

毛锭三千部一天,活本要一百五十万。

棉锭中1万,做交织品,活本要一百五十万。

照以上,已需活本七百万,法币已不易筹措矣!

大势已定,只头三年内余利,来减轻负担。

既知少做不犯罪,何可不量力勉强乎?

盼登如成,要多加活本,二百五十万至三百万元。

墨西哥纱锭90多万锭,产棉供自用。

人口1980万,有工会订约,工价大。

购进2400多万密达①,约九百万美金。

出布五万万码,布机四万台。

巴西买四千万方码,约一千三百万美金,纱锭约三百万纱锭。

① 密达,墨西哥货币,货币符号为Mex \$。

人口约4千万，地比美大300万方英里。

日人往巴西去甚多，为种农田。天气比印度好，女人小孩教育均带去。种田若干年，即为日人所有。据十多万日人在该处，产棉50%运东洋，共约55万吨。

天主教，勿可离婚，但因此分居，不能生子，因此人口少。

一为最富人与美同，吃饭西菜1元至1.5美金。

工人吃黑豆、白饭，有一点菜，每餐0.15巴币①。16.5元[巴币]抵美金1元，此官价，黑市约十九元外。

商势力大，意人、蒲{葡}人、黑人多通婚的。出产最多加{咖}啡，出天然丝，丝袜销到美国。油、煤勿有，铁有的，出木材、玉石。

普通工人每月约美金卅元，职员每月约八十至一百元，约合美金，本地不用美金。

英人投资多，商场有势力。美人对政治势力大。

羊毛顶长7"至8 "，灰丁厂只可纺3"长。

灰丁WHITIN，毛纺华丝斗特。

购毛条来纺，但无钢丝机。只有四种机器，每万价云：四十万元。

(一) 条子机16节，每节4眼，计64眼。于{与}单道条杀克同，条子特制，可纺长丝毛机。盖板两并，拆开修。

(二) 粗纱机每台78枚，于{与}杀克同，用计1250锭。

(三) 细纱每台240枚，钢令卷3"，计10000锭。勿有并条机，如添向英买，要廿万元。

(四) 合线机，计5000锭。

并条如染不同颜色，照盼登样，决不敷。因盼登一眼至六眼有17台，八眼有十台，24眼至卅眼有卅台，且只供五千锭。谅买很细羊毛，纺织哔叽等用。而盼登尚有圆形式梳毛机六台。如以各种色毛条并条后，织花呢，灰丁机恐办不到，须要看灰丁卖出之机。在开工者，方可知也。

有纺人造布样两块，灰丁卖与帛鲁拿，纺毛丝棉交织品。

(一) 清花纺人造丝、羊毛，则不用配30000锭。

---

① 巴币，即巴西雷亚尔 Brazil Reais 货币。

(二) 罗拉钢丝活{阔}50",棉条筒两只。出货每小时廿六磅至卅磅,计配另配棉卷机36台。

普通棉钢丝70台,如做丝毛盖板钢丝,狭二分小雪令,用直钢丝,脚花就少了,废花约2%。

(三) 棉条机,头号84眼,二号84眼,每台四眼,计168眼。

(四) 头号粗纱每台78锭,48台,计3750锭。

(五) 细纱机每台240锭,计30000锭。

以上共计857185.62。

如代运到旧金山交货,加10%,1945年9月要加价25%。

灰丁,华纶钢丝机一套,配细纱机二台,计240锭,据比队弗司便宜,9折。

翁宜安:(一)言中国以后或要提高生活购买力。不能将职工待遇,如大成至年底发给,使平时生活紧迫,以薪给加高,改薪给制。(二)组织[优化]。总经理、协理,上海,协理总务,协理工务;营业组、购储组、总务组;运销组、财务组、工务组(织造股、制衣造股、技术科);秘书室、稽核室、研研{究}室:人事科、会计科、栈务科、庶务科、稽核科。

8月29日

波斯顿早晨拟的。

(一) 三厂仍安三万新锭,有旧布机七百台,添新自动机500台。一厂有旧机700台,添自动布机500台,共2400台。出布约五千疋,计贰千万码,一天八万元,每码四角。全年二千四百万法币。中日造自动布机1000台,连物料房地约四十万美元。添染厂连房屋印花机件设备,约美金四十万元,共计一百万美金。

(二) 二厂添华纶纺织染,纺廿万(可少些),织五万,可多些,染廿万。交织品机四十万(一万锭),织机四百台,活{阔}的一台抵二台,一百五十台作三百台。自动廿万,设备物料等14万元,共计120万美金。添房屋廿万,以上两厂共需美金二百六十万元,加新锭一百廿万元,共计三百八十万。欠八十万元,净要三百万元。卅万欠十四万元,可投入大明股本。毛织品三千码交织品八千疋,每天五万四千元,全年一千万法币。两厂生产全年三千四百万元。安达在外，一二厂可能赚一万至一万五千元一天，希望连安达共计二万一日，全年六百万元来减轻负担，一三两厂余利于{与}二厂相等，但二厂活本多，二厂用人少，心思多，花式难做，经理厂长要好人才。照以上计划，要添新布机活{阔}者一百台，44寸一千台，络续分段进行，逐年增加，以余利来完成，五年必成。

（三）大明两万锭五十万[元]，布机六百台自动卅万[元]，房屋厂基廿万[元]，共一百万美元。有六十万，欠15万大成，还少25万。或许渝方有此才{财}力，厂设两湖或河南。照以上办法，拳头打得紧，精细有利，范围不野，开去有把握又稳当。重心仍在常州。

9月5日

参观SA煞克六惠尔，由翁宜安、库波同去，先在波斯登事务所，于{与}乐惠尔营业主任不留掰司接洽，谈两小时，往厂住一夜。

清花单程，连续主重在开棉。钢丝有四根毛条废棉者。钢丝有罗拉纺毛丝者。

条子机：

（一）全铁罗拉花丝有一定长短，过长即拉断四根罗拉。

（二）普通甚行销者，四根皮棍，或软木橡皮，均可。

（三）有五根罗拉，内两根铁的，三根皮的，可纺3寸长花丝，短长勿合。但此机只可做二道，头道是用并条机，以16根并一个棉卷。此机两台供1万锭，即抵头号条子四十眼，是最新式者。此机甚灵，有电气装置。

（四）粗纱四根罗拉纺十倍、廿多倍，人家皆多数用此机，我亦买此机。

（五）细纱大牵伸能纺2寸长花衣，用三根小皮棍，在罗拉中间。钢令用1寸五分或六分管，并达六寸半至七寸。

有纸纺纱样，有2寸长花衣，纺二百五十支纱样。

据欧洲用跑锭纺1200支者，库波父亲看见过400支纱为最细。

毛丝纺机可纺3寸长。

（一）用罗拉钢丝；

（二）粗纱顶新式，粗纱纺廿六倍三根罗拉，皮圈式很好；

（三）条子五根罗拉，但须先用并条机12根并一根之机，并过再纺。

(四) 细纱用单皮圈,上面摆三根小皮棍于{与}罗拉中间,即可纺 2 寸长者。

用以上四种机,可纺 2 寸至 3 寸长丝毛的原料粗纱,另有三根大罗拉中间很大,夹德{得}很开。专纱三寸长者,有 3 寸外至 4 寸之羊毛,即不能纺,只好纺三寸者,所以棉毛不能并用。

如纺长丝毛者,即不能纺 1 寸棉花。

(五) 法蓝用电汗{焊}磨光斜形接好,处处利用母机,人工烧红,做湾{弯}形等,用电烧。

煞克六惠造机器:

(一) 重在研究、设计、试验、仿造、图样、学识、经验也,其他照样制作而已。

(二) 惟一实力在置备母机,布置排机顺序。视其母机,处处就所造何机打样,就机器的工作车刨、打眼、打槽,罗拉是十根一刨。粗纱扳头开割,亦十根一线,充床力很大,磨床亦然。总之,各母机甚复杂,因机制宜,甚为合用。

9月6日

参观经纱万能制造厂,专制筒子、梭纡、棉丝机器。

筒子机造得甚好,断头自动关车。两只马达各走一边,可一面关,一面开车。每分钟纸筒子做七百五十码,木头少三百多码,价每锭,约计六十元一部。排一百至一百廿锭,有自动梭纡机,震动力大。不如灰丁母机,甚好。有一只很复杂,如此样头子一只,将洋圆一根进去,出来就成功了。中要做多少人工,此机只要数分钟成功了,是母机之功。其母机甚高大,又很重。同时,四根管子中四根洋圆,轮流工作。充床很多零件,复杂。筒子机、箱子铝和其他制白色不锈,重约十吨一部,约 100 枚。钻床有五只钻头,一道一道过去就好。罗拉上方眼,先上钻圆眼后,再上母机,徐徐上下,刨光方眼,毫不为难。此厂专造刨经纱筒、高级梭纡机,甚精细。

定货多而有利益,经纱机只做架子。各制造机器厂翻砂规模均很好。上面都有自动电器吊车,机器制造厂凡重大件头多是用吊车,甚简单,省人工。厂内来往上栈,都用气{汽}车拖送,电力用得很多。各厂很有利用水力发电，如盼登毛织厂、加拿大纺织厂均有此设备布置，原动费甚相巧。

炼钢铁：

生铁矿出来铁砂，炼成生铁，其中有炭 4%，要炼钢者须炼除去炭 3.25%，只留百分之 0.75，不到百分之一。而铁中含有石铜。炼钢铁如医生开方子吃药，要怎样就怎样。

翻砂大有出入，合和各种金属，使翻出各种不同性质的钢铁，软硬各异，均可。所以欲制造机器，要有人才翻砂及图本于{与}好的母机。

英法毛纺机器，华丝斗特。

双头并条机，三台，价 260 镑，加架子每台，价 72 镑。

二锭并并条机，三台，价 260 镑。

8 锭并条机，一台，价 220 镑。

6 锭并条机，二台，价 182 镑。已有筒子。

8 锭并条机三台，价 220 镑。

30 锭并条机，三台，价 372 镑。

30 锭并条机，12 台，价 400 镑。

以上共七道为一组、二组，供四千锭，每组 8942 镑，两组约 18000 镑。

细纱纺锭，盼登买 20 台，每台 1111 镑，每锭纺八盎司，可纺 30 至 40 支。帽锭可纺一百廿支，环锭出数可比帽加 20%至 60%。

细纱英国仿法式，价每锭 35 元，灰丁卖 45 元。

盼登旧货计 77 台，新货两组五十四台。

据原毛成托普①止，每磅开支一角六分。

定货先付 30%，开始造机时付 45%，货上栈 25%，价不一定后加，价嫌大，可取消。

羊毛用 64 号纺 30 支、36 支廿小时，0.625，比纱减 75 扣。

并条机在染色花和花颜色者，每台 1500 美金。如买旧机，交其改好，每台 750 美金。5000 锭要买四组，每组三台。

圆形梭毛机，英交货约 3000 元，出货 35 磅至 40 磅。

外加钢丝五百元，如要细者，加八百元美金价。

---

① 托普，为已梳已篦之托普(Top)毛。

只可梭长毛,短毛不可用。在美国交货要 4300 元。

法国式方式梭毛机,法交 2000 元,出货 18 磅至廿磅。在美金交货 3000 元,出数只抵英货三分之一。惟梭长毛、短毛,可较准,可可用。

洗毛后,用做毛条。梭毛机,每台价 12500 元。

新式用流质洗,现在卖价要 3986 镑。

英货运美加税 20%。

法货一年交货,英货要 18 个月交货。

法机比英贵,因造合若干,价作若干,不惜工本。英国先讲价,所以不能过贵。

泼腊脱:华纶钢丝车,如灰丁样,每台 3025 镑,加钢丝布 337 镑。加中间送毛网器,26 镑。共计价 3388 镑,18 个月交货。

细纱锭,队物司每只 75 元,每台一百廿枚。一部钢丝配二台细纱机,英价,要调查。

法国式烘毛条机,如盼登标价 3 千元,法国前纺一律横花绞卷细纺,短毛可用,加油法甚好!

灰丁毛纺机只可能纺 3"长,有人改制能纺 4",据以 34 寸长的毛制造后,真内教才看得出。又有二成毛、八成丝织造出,甚好!

美国全年用毛六万万磅,自己有四万万,买进外来二万万磅。运销出口,可退税,卖一元零几分一磅。

日本用澳洲毛二万万镑。中国产毛约二百万担,确否要查。

人造丝每年共出六万万磅,未司可司①所言。

澳洲羊毛由英国毛业公司议定等级价格,本年已定至十月。

软号头愈高愈软,硬号头愈低愈硬。毛之长短各有。

纺粗细号头:

60 号可纺 30～36 支,价约无油每磅 1 元 1 分。

44 号能纺 40～50 支,70 号能纺顶细,可纺 100 支。

毛之长短,有 $2\frac{1}{2}$～3"长至 8"以上,灰丁可纺 3 寸。

---

① 未司可司,英文名称 Viscose,美国企业韦斯克斯在 1910 年首先生产一种用木质纸浆、谷物蛋白质化合而成的仿丝人造纤维。

做毛条自用要六个月存货。

跑锭生活比环锭难做多多。

灰丁细纱毛纺锭最好，37年在轮，闻澳洲战前毛织出品，计每年五百万方码，现在加5倍，2500万方码。指37年而言，纱锭现有廿万枚，毛锭38万枚。

9月13日

灰丁，福类经手定合同，副理没嵌拿。

1947年三月内先交一套。

华纶：

钢丝三台及钢丝布，计27935.80[元]。

细纺锭每台一百廿，计六台，8783[元]，磨钢丝机一台，660元。钢丝磨棍长，一只，189[元]，筒管4500只，2800元，来去磨棍二只，316[元]，加件5%皮棍。

总共140796.25，计十四万七百九十六元二角五分。以后张{涨}跌不定。

华丝斗特：

条子车三道，共计48眼。

粗纱8台，108折盖，共计864锭。

细纱240枚，廿台，共计4800锭，钢令$2\frac{1}{2}$。

合线钢令4寸二分，在交通合租团内改之。

纺毛机细纱机照法式甚好，钢板及龙经同上下锭带盘，活的使锭带无宽紧。

工作时间：

美国平时每星期五天，每天八小时，即工作40小时。工厂如要多做，每小时加50%之工资。

大商店星期六亦不做事，如此尚有失业工人。多做钟点，格外失业多。有人提议六小时分三班工作，可容纳失业工人。实业界不愿如此，足见生产多或过剩而机器多。

俄国以前每人做过每天十四小时，现在八小时。并宣传工业建设完成后，每人只要做四小时工作，即享福了。

工作时间少，有功夫读书矣，程度提高。

毛纺机器：

● 染毛条机铁心管约 4 寸或 3 寸粗，有眼子，有罩子，如染筒子机，毛条一卷一卷叠上有布包。

● 烘毛条卅六根，分成四当进，如烘纱机、海带管，出卷成四卷，上并条机，另有烘毛条如烘布机，约六台至七台。

● 经纱 50 头，环锭下来，即卷上。再以此十卷上盘车，即五百头，经 15 绞即 7500 头。环锭大，可不做管子，以细纱筒子卷之，省工矣。共有 52 台。

合线如大成机，此厂并筒子二根，并转，大成前做单纱筒子。

吾司拖城①离波斯顿 40 哩。

克郎泼登、拿耳司、机器公司，专造丝织、毛织、花式龙头织机，不做普通棉织机。1946～1947[年]已定完，要 1948 看情形，工人多些，至 1948～49[年]才有货。看见织机龙头四百多针，花纸板织机三台。

56"丝织机一台。轻重两种活{阔}毛织机。自停装置片落下灯亮，女工将片拿起灯息，价 1650 元；零件马达加 350 元，共约 2000 元，1940 年价约加 100%。

纡纱在机上装沵浦，吸纱纡头②。

灰丁同去年看华纶毛织厂，COE，每日约 2000 码。

旧钢丝活{阔}60"，用灰丁新皮卷四根轴，共 96 根。皮卷傍装灯三部；细纱机八台，每台一百廿锭；织机 24 台，括呢绒二台；缩呢机 2 台；刷剪毛一台；染呢机 2 台；折幅机一台；看布架四个；洗呢机 2 台；灰丁自纡机 96 锭，每锭要 170 元；烘拉机一台；轧干机一台；合线机花式二台，普通三台；烫呢机一台；筒子机二台。

美工作每天 16 小时，细纱纺华伦机 120 锭，八台，计 2160 磅。每八小时出一百三五磅。照中国 24 小时出四百磅。纺 1 $\frac{1}{2}$ 绞每部每小时 60 磅。

小经车五台，每只 40 头上经，车经大盘车架子，上用铁刻重，电气装置新

① 吾司拖城，即韦斯特福德，Westford，是波士顿北郊的一个小城。
② 纡头，旧时织机匠行谓横织之丝。

头停车，价约每部 1000 元左右。大盘头车三台，中间活的备卷盘头用。

细纱筒子放架子上即经矣，不用做。筒子省工，别家看见廿多台，皆非自动跑锭，车停在傍不用。做筒子后再经的。

吾司拖宝应华纶厂：

钢丝车 17 部，内有灰丁一台，活{阔}70 寸，无织机，一百廿八头。

出来毛纶盘头很大，周围高出 3 寸，总共计对经约十寸至 12 寸。

两边留下两根，每边放一个盘，然后再投入后车，可装一百部一次。自动一排排放下，进钢丝，中间新式，一律非毛条，皆毛网板。皮带送进，皮卷出来，成毛冷。烘毛机，自动吊车送来。如纱厂给棉机进连子，入烘房，无布机。

9月20日

好华特恩特败落。卫利韩经手，不接定货。

灰丁纺毛机价：

条子机头道 16 眼，每眼 445。

二三道 32 眼，每眼 428。

粗纱每台 102 锭，8 台，单价 57.05。

细纱每台 240 枚，廿台，单价 22.60。

合线每台 216 锭，十台，单价 30.52。

马达皮带盘、开关等，共约 9657。

上列机纺 3 寸长羊毛。华丝斗特据共售出五万多锭，成绩尚好。

总共 246500 多元，连其他。毛织机顶新式每台 1600 元，连物料马达共约 2000 元。克郎泼登，拿耳司厂。

华纶机器：

大钢丝新式四轴出货 $2\frac{1}{2}$ 给，每台每小时出 60 磅。

买二台，价＄27935.80，每日夜 20 小时，出 2400 磅。

细纱每台一百廿锭，每锭纺 1 部，购四台，价每台 8783。

钢丝长磨棍机一台，计 189。

来去磨棍，二台，每只计 316。

磨钢丝机一台，计 666。

筒管五百只，每只约 64 分外，皮棍加 5%。

共计九万多元，付与一万元定银。泼林司牌。

二头并条三台，260 部，六锭，条机二台，182 部。

另加架子每台 72 部，八锭，条机三台，220 部已用管子。

二定{锭}条机三台，260 部，30 定{锭}，条机三台，372 部，4000 定。

八锭条机一台，220 部，30 锭，条机 12 台，400 部。

用此二组，每组九千部。

细纱每台二百锭廿台，计 4000，计 2222 部，1111 部。总共约 4 万 220 部，连合线约 17 万美元，外加染色并条机 2 万元。

9月24日

在纽约公园路处，下午三时守至五时，候李君馥稔，晤谈。是继续前议，向杀克六惠耳定纺机一批，计值二百廿万美金。先付一成，计廿二万。以一半作五年分期归还，利息五厘。由宜安兄双方在事前谈过，公权亦从中说项。馥老云：中国银行担保。我云：中国[银行]少往来，上海银行可办到。馥老[说]，原则如此。我说利息能少些，请鼎力。伊云：容后做做看，能少当尽力。一切手续到交货时，要付款之间到上海订契约可也。

后约宜安吃晚饭，我要求 1946 年以内交一半。六惠尔先生已允交二万。我说至迟 1947 年上半年交清。宜安先生云：尽力说法，决不比别人晚交。彼经手只有廿多万锭，即该公司在华只卖出廿多万，可以设法等语。约星期四订合同，即 9/27 日也。由慎昌洋行经手，机价另有账。细纱 17 元外，粗纱 54 外，条子 310 元，网丝 2860 元，清花 34 千外，条子 70 眼，网丝 40，粗纱九百，每万锭卅九万外，马达每匹扯 75 元，六万锭少细纱二万。据马达要十万，物料：细纱筒管每只八分八，粗纱二角三厘，花卷磅 313 元，棉条筒 236，共要 164026.05。回国后，再定灰丁细毛纺管每只 6 角外。

9月25日

英国“司马来”[①]机价：

清花机1组5003部，如买美货，多加机件2500部，计7503镑，3万元。

钢丝40台，436镑，计17440镑，1744。

条子114眼，564镑，计64296镑，226。

粗纱882锭，9镑，计7938镑，36。

一道头，另加大牵伸每锭约2.50，合15.50。

细纱25台四百锭，27镑，计27000镑，10.80。

共计663076，合265230元美金。

加细纱大牵伸25000元，共290230元。合七五折弱。

在一年前渝存泼腊脱七万部，另配大牵伸。

订约时，付5%，至交货如涨价要照加，定洋不能退。

须经出口贸易部批准，才可订约。

美国煞克六惠尔机价，9月价。

清花一组，计34000元。

钢丝40台，(单价)2865(元)，计114600元。

条子70眼，(单价)309(元)，计21630元。

粗纱896枚，(单价)54.4元，计48742.4。

细纱368一台，1万，(单价)17.6元，计176000。

共计39472.40。

比英贵，67.5扣，折实266606.37。

棉条60格令一码等一钱弱，七千格令一磅，一道粗纱可纺细至3个半2个半，最少至1个半，即40倍。

9月26日

摘录《纽约民气日报》1945年9月26日，水电力有200万瓦，水泥、硫酸、气产丰。东三省大豆、木材每年出口。

---

① 司马来，一家英国公司，主要生产细纱锭、细纺机、粗纱车等。

日本经济,韩国人口计2600万,文字介于中日两国之间,另成一局,铁路有3427里。西班牙人口与朝鲜相等。1939年输出品价值,日金十万万零六百七十九万四千元,其中73%运日本。其特点:一方面有豪富的土地,一方面有贫穷的田{佃}农,正可利用为日本救粮荒。但韩米半输日本,韩人反有掘树根或挨户求吃。1929~1930年为准备战争,使工业迅速发展,制造品的价值为32700万日元。

故日本不让他成为外人进出口市场,意在独占也!

纽约中国银行经理:席德模①,襄理:哈骏文②。

贾朴(贝松生国文秘书,山西人)、金维贤③。

美水电力价下视。

美国奈格拉④用水力电6元一启罗,一年每启罗每小时一度,计七千多度。每度不足一厘,普通约七八厘。印度顶便宜,亦要九厘至一分外罗比,中国三分,日本九厘。

美工厂很多就水力发电,设备较大。

中国银行组织,总经理:宋子文,副总经理:卞⑤、贝⑥。总稽核:霍亚明{民}⑦,管业务、计划,存放头寸。副稽核、帮稽核。赴外稽核,检查各分行一切事项。

---

① 席德模,即席德懋(1892~1953),字建侯,江苏吴县人,英国伯明翰大学商科硕士,先后任中央银行发行局副局长、汇兑局总经理、业务局总经理。抗战爆发后随陈光甫到美国寻求援助,并任世界贸易公司总经理。1949年8月赴美国参加货币基金及世界复兴建设银行年会,1953年1月病逝于纽约。

② 哈骏文,曾就读于清华大学,后赴美留学,任纽约中国银行草创时期襄理。

③ 金维贤,曾任职于中国银行纽约分行,后从事保险业,董浩云亲家。

④ 奈格拉,英文为Niagara,今译尼亚加拉瀑布。美国最大瀑布,美国人组织电力公司,利用水力,供给廉价电气,促进附近工业发展,一度成为美国工业中心。

⑤ 卞,即卞白眉。卞白眉(1884~1968),名寿荪,江苏仪征人。早年留学美国,在白郎大学攻读政治经济学,获哲学学士学位。历任中国银行总发行局佐理、总稽核,中国银行天津分行副经理、经理,天津银行公会副会长等职。

⑥ 贝,指的是贝淞荪。贝淞荪(1893~1982),名祖诒,江苏吴县(今江苏苏州)人。曾任中国银行广州、香港、上海分行经理。抗战期间任中国银行副总经理、董事长等职。

⑦ 霍亚民,即霍宝树(1895~1963),字亚民,广东新会人,上海私立圣约翰书院肄业,赴美留学。硕士毕业后,回国。1932年任中国银行总管理业务管理第一室分区稽核,1935年任副总稽核,1943年任总稽核。1947年任中国银行代理副总经理,仍兼总稽核。

即以分行长、经理来总行时，之闲缺被调，史海丰[1]、王振芳[2]亦为此项资格，平行职人很多。总秘书戴子谦[3]，[管]事务、建筑，副总秘书，[管]人事。会计处处长，政府加委，以前称总账室。赴外稽核分区管理，查账、检举，等于监察司。

凯撒[4]，造船大王，为美新起的伟大实业家，政界工会及社会各方面都敬佩他。此次为改良造船方法，使国家军事得益颇大。

怀爱脱通用气{汽}车公司[5]：

收集十余家气{汽}车厂，用新科学方法管理，大量生产，趸购原料，趸销车辆，集中管理，减轻成本，声誉大着。且一反以前亏本，而有很好余利，分工合作。据锡{悉}未来一家出货，已超过福特，足见管理重要也！

全国1300厂，35万工人，工会专罢此一公司，同时对其他助增产为有计划破坏，一家遭惨重伤，工资要加30%，政府要减价25%。

昌兴公司：

开办时股本三百元，现已三万万。总经理是董事长、小股东。此公司不取大股东当大权，防大股东偏重股东利益，难发达。此公司每年火车运费收入有三万万，一年余利甚丰。官办火车大亏本，有旅馆多家，联合成绩很好。加拿大投资银行收计划，创办人三成，还一成，与其作开办用，二成入账，垫八成，开办。最后作1元卖与创办计划人，如失败决不拍卖，只代管代营，恢复后归原主。

福特气{汽}车大王：

初时主重大量生产，提高工资，缩短时间，注重改良，科学管理。不特大股东，且是独资创办人，于{与}昌兴不主大股东当大权，适得其反，亦大发，

---

① 史海丰，即史久鳌(1888～1979)，字海峰，浙江绍兴人，担任中国银行上海分行副经理，中国保险公司、上海至中商业储蓄银行、中国国货公司、康元五彩花铁印刷制罐厂等董事。

② 王振芳，浙江上虞人，曾任中国银行上海分行襄理，转任中国银行昆明分行经理，后任中国银行广州分行经理，后赴港。

③ 戴子谦，即戴志骞，江苏青浦人，毕业于圣约翰大学，赴美留学，1931年开始担任中国银行总管理处人事室主任，后转任总秘书，并兼人事室主任。

④ 凯撒，即亨利·凯撒(1882～1967)，著名实业家，美国现代造船业之父。1939年创办凯撒造船公司，二战期间，为美国制造了大量军舰及其他军用运输船舶。

⑤ 通用汽车公司，General Motors Corporation，美国著名的汽车制造企业。1908年，美国最大的马车制造商威廉·C. 杜兰特买下了别克汽车公司并成为公司总经理，同年，别克汽车公司和奥兹汽车公司为基础成立了一家汽车控股公司，即通用汽车公司(GM)。1909年合并了另外两家汽车公司奥克兰汽车公司和凯迪拉克汽车公司。

世界有名。现今财产有一个半别林①,即15万万元。

汉栋朋友:

王立强,印刷学;成竟成②,建筑师,胞弟众志③,学电机;汪国瑞,汽车工程,同济机械;周文晋;赵无违;张南琛,纳千生化学工程;朱承基,研究功夫甚好,机器厂可任总工程责任;沈琰④,有一个湖南人,机械好做手。

权利看平淡:

(一)香港遇难⑤,由山邨道76号迁跑马地,二次迁云地利道,住防空洞。后去前门中弹,后门附丈余屋顶左右,中二弹,地柴房地。卧时,灰尘被弹的空气飞起时情景。

(二)日军进港检查,抢去钞票、衣服、用俱时,情形何如?

(三)到九龙住地铺几夜,味道何如?

(四)沙头角,汉堃被扣。水陆两路,我走陆路,他走水路,两边都受害。

(五)到盐田,半夜未眠。翌晨天未亮起身,轿子勿有,爬山。一家四人都跑七十里,沿路一日,只吃次山芋二根。

(六)到龙冈,天已晚,交通大旅社枱橙{台凳}锅灶皆无,只有地铺。

厂长改经理名。纺部长、织部长、染部长。机械部长、事务部长、人事部长。

[创办工业宜量力而行]:

创办工业是人生天职,且应作社会事业。观发财是国家社会者,不能视

---

① 别林,即billion音译,一个半别林,即为15亿。

② 成竟成,应为成竟志(1920～2010),湖南湘乡人,毕业于中央大学建筑系,后赴美留学,获哥伦比亚大学硕士学位。1956年冲破阻挠回国,担任南京工学院建筑系教授,还主持或参加一系列重大工程设计,最为代表作有北京火车站、北京体育馆、长江大桥桥头堡、淮海战役纪念馆、上海党史陈列馆、梅园新村周恩来总理纪念馆、北京国家图书馆等。

③ 众志,即成众志(1921～?),著名半导体电子学家,中国科学院研究员。1943年毕业于中央大学电机系,后赴美留学,1947年获哈佛大学电信工程系硕士学位,后在美国无线电公司工作期间提出晶体管等效电路的H参数,1955年冲破重重阻挠,绕道欧洲,与兄成竟志一道回国,在中科院应用物理研究员工作,是我国半导体电子学的重要奠基人之一。

④ 沈琰,江苏崇明人,曾就学于南洋公学,建设事业励进社社友,后赴美留学。

⑤ 1941年12月8日,日军向香港发起进攻,启德机场被炸,刘国钧及其长子刘汉堃被困香港一家小旅馆。期间日机多次轰炸,刘国钧父子经历了生死考验。被困18天后,随着难民一起返回内地,在过日本关卡时刘汉堃被扣留。后放行,财物被日军所劫,广州伪政府又扣压刘国钧父子,在交了过境费之后,才得以辗转回到上海。

为私有欲，持久则经济不宜过紧，不可为利所累。须知生命有限，享受不常。倘不量力而行，必受财政压迫，老年人何堪受此压制。若不量力，勉强扩充，是自寻烦恼、自取痛苦。当知少做不犯罪，事事留余地，处处有精神。样样做过头，各方感不及，欲罢不能，乐趣毫无。心乱神衰，短寿之道也。谨慎少做，心宽体胖，不是求长生做老贼，正是求事业稳固，徐徐下手，则量力有成，事可久矣！

[美国百姓生活之观感]：

一、交通平等，地下电车、火车，勿分等，只论位置。

一、吃饭平等，自助餐总是乃{那}几菜，好的地方一样东西，价值有大一、二倍，备有钱人消费。

一、吃化不偷东西，报摊钱报{包}勿有遗失。邮政筒放勿进邮件，摆在上面无人偷去。

一、陈列所伟大。图书馆、研究室、水族馆、试验所，贵重物甚多，供人研究，启发知识。

一、公共气{汽}车不卖票，由客人自己出钱。

一、火车站有寄存箱，皮包等放入，无论迟若干时，自己去开箱取出。如有遗失，必早取消。

一、衣裳平等，西装花式仿佛，价格廿多元至六十多元，外表看来相等。

一、住平等，政府为人民造住宅，论住的人进账出租金，普通住宅亦有电炉、取暖、自来水、电灯均有。

细纱车小钢令每锭 9.00，细纱车大钢令每锭 12 元。

青{清}花单程式一组 16000 元，如一部三组加计 18000。

头号粗纱每锭大牵伸，35。

钢丝车，夸木云：定价 1500 元。

北明汉南方纱厂厂经理夸很，五千元一年，又一千元。

工务长袜根及耳，五千元一年。

美丽亭纱厂厂经理嵌脱，八千元一年。

资源委员会(住吃自备)张文潜四百元一月。

10月10日

未司可司人造丝厂,参观阿美利唐未司可司人造丝试验工场。内有华纶纺毛机,用一寸四分丝,可最细至15户伦①,如卅支纱,很细,见过样,不算匀。

钢丝车有两套。

华司斗特有大英式并条机、圆形梳棉机、细纱机,灰丁英式甚佳。

又有灰丁棉机纺毛条子、粗纱、细纱、合线,成绩尚未确定。

华伦钢丝用半段纺毛条,有一部卷托普,有一部入棉条筒。

有一部棉纺钢丝车,装滚筒纺,砌断人造丝,比较废花,少些。闻600梭一分钟织机出现。

织机平台机板加一块,可放样机弹。

棉毛织机活{阔}狭都有,浆丝机亦有。

用人造丝一半羊毛一半纺40支,与我筒子二只。

现有人造丝托普,卖砌段有5"~8"。

南非州有一寸至2寸长羊毛,灰丁棉改毛机,可合用。

南非州有1寸、2寸短好羊毛。

据未司可司技术人云:纺砌断毛丝,只要用棉纺机纺之,灰丁改纺机用的很少。

在我看,此言对的。但用灰丁改纺机纺毛,可用三寸长毛,不砌段。人造丝也用砌段三寸者纺出,一定比棉纺机光些。用棉纺机只可用砌段者之$1\frac{1}{4}$至$1\frac{1}{2}$长的丝毛。

有毯子机一台,三只盘头,有自动割经刀,有各种针织机,有染色整理机。

并条毛纺机如用人造丝,须改橡皮滚筒,人造丝防并刻过紧,梳不开。

人造丝全美产六万万磅一年,羊毛自产四万万磅,进口二万万磅。

纱厂存五百万包,花业存一千万包,政府存八百万包,共2300万包。

---

① 户伦,丝线、人造纤维的单位,单位"旦尼尔",Deiner。

纱锭，全美计2590万枚，全年产95万万方码，指1937年而言。同年，英国有纱锭3600万枚，德国1290万枚，日本1390万枚。纽约纺织工业试验所所长着，命名《中国与日本》，所长名（白冷卡特）。

任君嗣达云欧洲困难。

英国、法国均派人往巴西买布，英国代缅甸，法为自用。法困难亦甚，因破伤重，人民缺乏经济力量，对各种事业无力恢复。故将大一点事业均收为国有办理，可使人民苦干。英国本为产棉布最多国家，现因战争死伤一百廿多万，致因人工缺乏，机器虽有，无人工作。其他原因甚多，空袭损坏亦重。德国五六月投降，农产失时，粮食缺乏，原料、交通都因战损坏，阻隔不通。甚至有商务参赞对翁宜安云：印度甚难照管，有放弃之势。负债太多，无力购买原料，恢复工业。在任君看来，欧洲两年为自身备补损伤，一时无机器运远东出卖。要买机器还是美国货，俄国最实惠，现在已驾英国之上，得到很多机器。又说中国要靠自己努力，不可专想别人帮助，别人只可为我锦上添花事。因如过份借重美国，而俄必曰：何重于美，何轻于俄。如两边并重，双方如赛跑来扩充势力，利用我处两大之间任人使唤，将何以堪？为今之计，只有自力更生，量力进行，以小至大。

（一）不能专偏重重工业。

（二）先宜致富，然后国强。

（三）我有了富强基础，各方必自动来争夺市场，而主权在我，则有办法矣。

（四）如专想靠人，即便被我靠到了，但结果暂时虽不错，以后如自己不能争气，则反为自误矣！有后患矣！

（五）如自始抱自力更生宗旨，范围小些无妨。只要有精神，全国团结一致，上下统力合作，节衣缩食，拼命苦干廿年，必有成就，所谓先苦后甜之计也。

（六）过去许多强富国家，我相信，决不是专靠别人帮助及专靠借债而强者。

张文潜英国回言：

纺织与其跟英，不如跟美学习。美专主在少用人，英现仍多用人，布机连自停装置没有的还多。工资比美国约低30%,譬如以花成布,美国每磅合二角,而美约工资占七成,计0.14,英则一角可矣。似此,英国计0.16,成布成本约便宜10%,以此推算,机器价格比美便宜10%至20%。交货要一年半以后,因自己工厂为战争生产,现在改为工业生产,要六个月改好。英百货店厨架空的,美充满的。总之,英人坚牢受得住困难,守法精神好,对中国精而明白,无美国人之天真也。换言云,美国善于改进创造,英国人重保守。原子弹不在美国,恐成功较迟。

10月11日

同甲三、汉栋,再为第三次来加,办理盼登事。并带来定银六万加币,当向劳司登取来合同,细究下列数点,恐不易成交。

(一) 以前接受忍痛几点列下:

用信用状交盼登,本应要合同,我方人签字,付款而允。该厂经理高得脱独自签付,我无制止权。旧机好坏亦由高得脱或经理证明,我无异议。

(二) 劳司登说可以买到新机,须买进换新。盼登律师说买到新机,才可换出旧机,等于未卖,何可接受?

(三) 合同上以前说明,拆装机器满一车,在十天内装出。现在改为拆一部,要我装一部。费用更大了。

(四) 拆装机器在十天内,要装出。否则,代我找房子,或租或买,卖方有权主持。如买十万或廿万,我不能反对或放露天,何可接受?如接受不允,反犯违约论。

(五) 卖方律师根本不懂商业性。

地板交货要拆卸装后付款,运出后才算了事。在未运出前,卖方帮助,是应尽之义务,否则听我做,不能限时日。

外国人性情,吃惯别人的,根本无体贴性,弱肉强食。不如中国存心忠厚,谅己谅彼。

不照下列改正,不能接受:

(一) 六万元罚款要取消。

如一定要者,添如卖方违反合同,亦罚六万元。

（二）信用状，要卖方先将买定新机种类，制造厂名，证实声明所卖旧机已经定进新机，而出卖者。买方接信后，研究无讹，方可出信用状。（信底子要拟好）

如故意勿买新机，等于买空卖空者，即为违反合同论。

（三）买方人地生疏，如一时找不到栈房。已经装箱者，只可暂存卖方厂内，请卖方帮设法，向出口处租借栈房上栈。双方同意决定办理，至多堆四个月，过期依他条件办理。如有诚意，少些时，亦可。

（四）厂内机器种类详账单开出，留下机，以何抵补。

（五）机器零件照比例，分批装出。

（六）信用状三年，不可延长。

（七）5％加费，弹[吟耳]早未言。

盼登，我虑其全部出售假的，欲诱买方成定后，再估价。存心出脱废件，留合用者，故意将价作底贴60％，三年后了事，如在前是疑，现已明显。

（一）卖方在合同说明，买到新机才换旧机。换言之，不买新机可不交旧机。

（二）今律师竟言，如不买新机不交旧机。照合同罚60％。

按以上事实，卖空买空竟系欺骗。照弹吟耳只{这}种人，不应做此事。

10月12日

批耳司，战前一个商公司经理，战后为政府聘任，管购物资，办有成绩，并代表政府驻华圣顿，沟通加美物资。且接受中国资源委员会聘任，指道{导}委员，奔走数年，赔贴亦多，谅为公正。彼自为公家服务已久，今战事既已全胜，仍回商业。以前帮政府，现在希望中加政府帮自己做些事业。因此组织一个中加贸易运输公司，资本卅万，各半分，任董事，12人各半分，推中国宋子良等。据中政府向加借7500万元，资源委员会借水电设备3000多万，招商局借船72只，约3000万多万元，民生公司借1500万，造船作价约18只。宋本欲中府借进，转借与民生而可管理民生，作孚当然不愿如此做。谅由批耳司帮助，加政府情愿直接借与民生，而宋只得允许回去于{与}民生约商担保手续矣。批耳司明年二月到申，彼想布置一个中国客房。我送他王秋岑[1]一幅人物立轴。

10月14日

故于今日，即十月十四日，已与劳司登言明，盼登是欺骗、是圈套。我未上他圈套，他必藉此栈房关系，下场果不出我之所料。而坚持毫未松动，无法进行，请劳司登开公费，结束矣。

10月18日

何惠棠约广东华侨周松点[2]、周友、上议员依司伦特。

英文名 Mr Joe T. Jim 殷一，T. Y. FAN 范祖淹。

来美至今，已卅年，始种田，组公司，种很多。

杂粮绿豆等，很得发积。

近于{与}张瑞芝[3]合作办中和贸易公司，资本美金25万元。股东有邹秉文、何惠棠。而惠棠拉无线电及收音机经理，代卖谈棉花。据周君云，南方纽澳纶方面，有与农业攸关的投资银行可代放款。先试办五万包，每包约八十元，计四百万元。欠一年周息四厘，络续买，按市作价，续运，运费现付。想约苏纶3万、仁德2万、民丰24千，加丰1万七千锭，大成6万，共15万。全年用卅万担，计合十万包，可用美棉五万包。星期六回南方，至十一月一号可回纽约，或有回复，嘱我本公司历史略已拟好，翻英文，交周去，与本地上议员商量。我看不是怎样简单，能否成功决难预定。我亦不希望真能成交，而将中国添锭用花，输出棉织品等报告他们，目的在使中国整个借款多，一帮助另有计划书，中英文两种，防棉商反对。增多纱锭代替日销路，应进美棉，此战后新变动。

---

① 王秋岑(1913～1993)，江苏常州人，海上画派名画家，精于工笔侍女、山水、仿古人物，十二岁赴上海学艺，博采众长，自成一家。

② 周松点，在美国种植棉花等农作物，后任和昌公司经理，曾为冲破美国对新中国的经济封锁，采购岱字棉种，从南美洲运至青岛。

③ 张瑞芝，曾任怡和洋行买办，后任中国棉花公磅公证行总经理，董事长邹秉文，并在上海江湾开办农场，培育各种农艺作物，同时还办有养鸡场，鸡种多来自美国。

10月18日

王志莘先生由英回美，在旅顺楼餐叙。据英国此次损失过重，各项物资缺乏，恢复原状需要一年以上。虽急想做出口生意，但要资金买原料，有了款子，还需守候交通恢复。因交通毁坏太甚，有许多货在码头，无法运出分散，因此恢[复]工业不易。因英根本岛国，靠别国供其原料，制成输[出品]。受此战事后，难怪不易维持，非借美五十万万不能过。美亦知非借与不可。英且硬要借，不肯出利息。美要变更英殖民地商业政策，才可借，仍在强{僵}中。因不见美国情以美应帮英，两年内难有机器运中国。

中国工商业管理、布置、办法，都要改良。

不能全将责任，使经理一人负担。

不可不分工负责，各部负了责，经理责任就松了，经理就好做，就简单而好办。

不得不重用干部，门类工作分得细，当得住，负得起。

工商厂店行号是工作、办事、生意、研究、管理、制[造]的场所。

业即每业应有一业的团结及公共保持同业整个义务之组织。否则，各自为政，对外力薄，说话无力。试验研究，个别负担太多，设备不充足，人才怕贵，进步必迟，进取必呆。

工商要有三顾：

一要顾到范围内全体职工养生、送死、生男、育女，使其安居乐业，才可得到全力。有全力服务，才有成绩。对职工福利要漂亮，做在前。

二要顾到事业买卖双方之福利。

三要顾到股本利益。

范围在美国已转变到由大分小。

因世界朝{潮}流日趋社会化，不可过大，树大遭风。待职工应从宽厚，勿要工会，要做在前，要漂亮。

英国对属地行包办政策。印度出品土货要交英，而英勿有现款交印，而英可借印货输出，收现账。要用英代缅甸买布，向南美购布可以英货去换，而卖与缅甸，又可取缅货输出换钱。印度因得不到英国现款，如向英买机器贵而无期交货，要向美买机器，又无现款。因此，美要英改良殖民地商业政策。

10月22日

[摘录自]《华侨日报》：

日本天皇财产：薪金每年美金1125000元，日金1元折合美金0.23[元]。首相每年薪金，约美金2250元。

天皇每年所得入息，约计一万万美金以上。拥有土地六千方英亩，等于东京全区百分之七点七，统计倭皇的财产总数约60万万美金。

德国法宾公司①，卡特尔组织。财产是世界顶大企业，现有资本60万万马克，按现在汇率合美金6万万元，分普通股三百九十万股，优先股四万股，计四千万马克。直接操纵德国全部化学，卡特尔间接统制世界化学工业品价格。

普通股87%在德国内，13%在瑞士、英国、美国、荷兰。

墨西哥纺织业概况：

全国人口：19760000。

纱锭：900000枚。

布机：40000台。

产棉：400000包一年。

出布：50000万公尺一年。

厂家225家，49110工人。

“Atoyac”阿笃爷纱厂，共纱锭17000锭，英机1892年份。700台布机，约用六百人。

每天用花30～32包。

每周90小时，出布250000～300000公尺。

纺部工作三班，织部二班。头、二班工人，每班510人，三班工人为250人，总共1279人。墨男工占八成，美占七成。

---

① 法本公司(I. G. Farben AG)，全称为“染料工业利益集团”(Interessen-Gemeinschaft Farbenindustrie AG)。建立于1925年，曾经是德国最大的公司及世界最大的化学工业康采恩之一，总部设在莱茵河畔法兰克福。第二次世界大战后被盟国勒令解散，于1952年进行清算，拆分为阿克发公司(Agfa)、拜耳公司(Bayer)、BASF(巴登苯胺及苏打工厂股份公司)和赫斯特公司等10家公司。法本公司解散后，其股票仍在德国证券市场上交易，法律上的法本公司作为原有财产的控股人，直至2003年才宣布破产。

工人工资平均美金，二元八小时。

棉花每磅价 0.22 美金。

估计每磅棉布工缴，0.20 美金。（印花坯布）其他费用，0.24 美金。

印花布每码 0.30～0.35 美金，细色布，每码 0.30～0.50 美金。

美落纱用人少，皮棍间勿用人，平车勿用人，清洁用吹风，且用男工占七成。

纱锭 17 千，每班二百卅人，两班计四百六十人。勿用摇车，约每万锭合二百七十人，美国约七十人，少者六十人。中国每万[锭]两班一百五十人。[墨]西哥用四人美一人，中[国]用二个半人，美[国]一人。

巴西纺织概况：

人口 41565000，全国有 3058324 纱锭（棉纺），90630[台]布机。

用棉：175639 吨棉花。出布十万万码及 160000 吨纱。

出口棉花 404183 吨，棉花售价每磅 0.158 美金，船上交货。

粗麻纺锭 20000 枚。产麻布 100000000 公尺每年。

天然丝出品，年产 6000 吨。人造丝工厂三家，出品 4000 吨。

日人有廿万，养蚕种棉花，现仍存在。墨西哥用四人，中国用二个半人，美用一人。

10月26日

AB，狄克。

印刷机共一百卅余元，蜡纸印 3000 张，连邮费装箱在内。

每张纸价，零卖要一角六分。如印请帖，可在一张纸写九九张。

纸头要用比新闻纸好，须纸油，要湖涂，可以较好印若干张即停止。

笔有八角五分一支，七角一支，纸配一百廿四张。

印一次要费一张蜡纸。三个月以后交货，寄中国。

由世界公司转知我时，付款。

10月26日

在纽约公司，会晤舜而类先生。

云：全美需要人造丝，尚不敷用。现因政府命令不得不做南美、俄国生意,全年产六万万匹,指全国而言。据世界产人造丝,德第(一)、日第(二)、美第(三)、意第(四)、法(五)、英(陆)。法现想多造人造丝,如做新厂,要两年以后,才能出货。美国现虽欲扩充生产,机器难买,亦要两年后,才可有货。

试验工场陪同我们者,名屈鲁一脱。如买黑市货,恐有和杂质。如中国向政府外交方面做到将日造丝厂迁华,他可帮助制造。现在无货做中国生意,两年中买不到货。

10月27日

中美投资事:

前任檀香山第一巡回衙法官,曾居上海22年,1943年乘换侨船,旋美之。富兰克林①计拟于下月回华,再执其私人律师业,兼任美国对外贸易协会远东委员会中国部主席。10/27华字报载,富氏云:

(一)华人似以为美人不顾中国法规,所定之条件如何而向中国投资。

(二)又云:似乎美国人正礼请,准予金钱流放入华之机会。

(三)呼华人应查察美国在75年或一百年前企图吸收外资时之法规,并谓美国今日法规仍然宽大。

(四)美国今所要求于中国者,只是照美国所给予,如美所给予中、英、法、拉丁美洲及其他国家一样之机会。

(五)大多数之美国大公司为有父母公司,分设附属公司于各外国,作专们{门}营业。

(六)今中国欲强迫在华之美商公司解散,而在中国法律下再行组合。又谓美商甚少愿意设立中国公司。

(七)要数年之后,看出中国新法律在实际上施行之后,方敦尝试。

(八)谓有些最大之美国公司,正在袖手坐观中国情形将如何演变。希望双方脚踏实地,以现实实际为条件。

---

① 富兰克林,即Cornell S. Franklin(1892~?),美国人,时人多翻译为樊克令。1919年任檀香山第一巡回衙法官。1921年来华,在上海租界创办律师事务所,从事律师工作,曾任科发药房董事长,后任上海公共租界工部局总董,并担任多家企业的董事等职,1943年回国,第二次世界大战结束后,再赴华,在上海创办律师事务所,曾发表《中美商业前途》等文畅言中美合作。

10月29日

美花过剩事，交易所市价 0.23368[元]，三月份价。

运申运费保险手续，每磅加三分外，共计 0.2766[元]，政府贴四分，计 0.2366[元]。消{销}巴西贴一角。墨西哥到申 0.2166[元]。

用机器采花，因碎叶无法除尽，便宜五分至六分一磅。

无彐{锡}裕康纱厂小东家①云：金大②农业经济[专业]，在陕西有年，做过棉花。云：美每年出一千二三百万包，只能用去半数。因纱锭虽有 2590 万枚，出布只有 95 万方码。现存陈花，棉商、农人、厂家约 1300 多万包，政府八百万包，如再加新棉 1300 万包，共计 3400 万包。

以前因战事用去陈花不少，以后每年要过剩六百万包，需要出路。政府方面为此将鼓励纱厂南迁，使南方增加工业，减棉农产额，将农工入纱厂做工。棉田改种其他植物，每年政府用款贴花出口费甚多，以期减少存棉。但出口棉款收入抵补，譬如剩花在手，据须十年才可将南方工业化棉田减少，改植其他植物，方可成功。

1 寸一分丝毛每磅售二角六分，除正{政}府贴六分。棉农成本每磅约一角五分，经手费、栈租、保险另加，在国内将卖价提高，出口贴费。

现知终非久计，要使成天然，不可常以人为为市面。

11月1日

病于华盛顿，4 时即不能安枕，5 时起身，六时到殷处，8 时往机场，九点半到华圣顿，十时进拉类 521 号，12 时吃中国饭，八时半吃西晚餐，十时休息。半夜三时发病，至 2 日早八时始止。

医生：加拿大曹锽梁，华圣顿克拉克。半夜来拉类旅馆，11 月 1 日在华圣顿。纽约海门严思椏介绍章南号，章欲到湖南；纽约爱特而司婆格，任稷生介绍；纽约落耳司，潘恩霖兄介绍；纽约高登拿，李述初介绍，在申多年；纽

---

① 无锡裕康纱厂董事长薛南溟，小东家应指的是薛南溟幼子薛寿萱，时与刘国钧在美国有多次交谈。

② 金大，即金陵大学，University of Nanking，诞生于清光绪十四年(1888)的美国基督教会美以美会(卫斯理会，Methodist Church)在南京创办的教会大学，同美国康奈尔大学为姊妹大学。当时社会评价为“中国最好的教会大学”，享有“江东之雄”“钟山之英”之美誉。

约坤培,照X镜,已七十岁,做至今40年。

11月8日

美国战后经济之政策及计划委员会之记录,录十一月八日《纽约时报》[1]。

"斯太林"[2]在克里米亚九月十四日间谈话撮要:

(一)六拾万万向美国之借款,于六月前已开始谈判。日下大体已经决定,推于利息方面,美方要求三厘弱,俄国坚持两厘强。

(二)斯太林称,如利息问题可满意解决,颇愿意多借。(本会会员意为美国方面愿借俄金钱愈多愈好)。

(三)俄国之产金量要依美国之借款大小而定,因借得款项愈多,俄国可多购机器,开采金矿。

(四)关于俄国缄口于国内情况,斯太林答复称,俄国颇愿与他国交换知识及究讨。如战前五年计划业已公布,战时五年计划为国家安全起见,暂不能发表。但战后之五年计划,待起草完成后,即可公开发表云。

(五)俄国需要五百万吨铁轨,一万只火车头,十万只火车各式车箱{厢},一百万吨粮食,米肉为主及四万万至五万万机械工具。

斯太林同时称,俄国需要矿冶设备、锅炉设备及尚未决定数量之棉花。俄国须增加铁路四倍之多,始足敷正常之用,同时须建筑三千公里长之铁路,以资连络俄国、近东及远东各地。

斯太林称"我们须要工作五十年,方能达到所需之百分之七十五"。

斯太林称俄国容量无底,不过还债之能力亦为洪大。关于如何归偿借款,据称有镁、铬及金块作抵,如何手续,待专家可能决定支配。斯太林称"一国家之经济愈形发展,对外贸易亦必增加。"

而美国方面怀关俄国归债之能力,斯太林反问,中国有何能力保证归债。仝{同}时,以中国之工业现状与俄国作相对比较,藉使俄国之生产能力益见庞大,仝{同}时称俄国方面有意并有能力发展工[业]及经济以还借债,

---

① 根据字迹及报纸,这段文字应为刘汉栋先生翻译《纽约时报》相关文字,作记录。

② 斯太林,即斯大林。

但怀疑中国有无能力能同样如此。

于{与}国外投资问题，斯太林称决不干涉，并称在罗马尼亚之美、俄、罗合作，颇称成功。

战争罪犯须留俄国作苦工，待正式和平条约签订后及前线红军回国后，方能再作计划。

问及航空事业，斯太林称对此方面情形不太熟悉，避免答复。

11月11日

来马赛旅馆，金维贤。

给出信用状，费8000元1元，合每仟元1角2分半。

如代垫付款项，利息从五厘至三厘。

以代付出日起息到中国收款后止，垫头以10%为普通。

孔董事长关照下办，贝先生谈好，命此地办。小数此地可接洽，大数要上面通知。

11月12日

申来电5千华丝斗特，利物浦，交货期二年内，价4万镑。

二头并条8台，260镑，六锭条机二台，182镑。

另加架子每台72镑，8锭条机。

二锭条机三台，260镑。30锭条机三台。372镑，4000锭。

八锭条机一台220镑，30锭条机12台400镑。

已用管子4000定{锭}，用此二组，每组九千部。

细纱每台、二百定{锭}、廿台，计4000，计2222镑，1111磅。

总共约4万220镑，连合线约十七万美元，外加染色并条机2万元。

11月12及11/10沪《大公报》及堃来信。

上海市价:42支线，一百廿万元，卅二支纱，一百15万元，廿支纱，55万。

15支[纱]44万，细布2万多元，雏鸡士林布七万至五万7000[元]，花衣七万、八万至十万[元]一担。

黄金十两，一条八十至九十万。

渝设全国纺织业事业委员会,主任委员束云章①,委员李升伯、吴味经②。

杨锡仁、尹任先③,全到沪。已回渝,计划分配。

沪有日锭九十万,委员会想自办廿万,余分后方每锭1个半,小型每锭十只至廿只,青岛40万,华北60万,未有办法。

堃代表大成,丕代表安达为同业筹备委员,公司十一月又发五分。

某某已在组织纺织染企业公司,希望他成功。

11月15日

慎昌合同。

星期四下午六时,翁谊安君来马赛旅馆,为慎昌、大成合同事,谈至八点廿分。出去同汉栋、甲三吃晚饭,谈话经过列下:

(一)我云:合同上付款办法在制造时,得通知后出信用状。翁云:现在中国方面汇兑未通,回国后到制造时,超前通知出信用状,我要求分二批,即每批20%。

中国银行担保,将来如中行不肯何如?翁云:现在情形如此,好在要迟几年。几年后,中美贸易恢复。至平时,其他商业银行担保,决无问题。现在合同上,并未说明,其他银行不可担保。

(二)交货期改正,极力设法在两年内全部交清。我说:"如两年内不交

① 束云章(1887～1973),江苏丹阳人,清末著名书法家束允泰第八子。辛亥革命后,入北京中国银行工作。1927年国民政府定都南京,宋子文任财政部长兼中国银行行长,束任中国银行郑州分行行长。1945年8月,日本投降,时任行政院长的宋子文邀束云章任中国纺织建设公司总经理、兼任经济部纺织事业管理委员会主任委员。束云章终身服务于中国银行,一生对纺织和机器两业投效最多。

② 吴味经(1897～1968),原名纬,浙江东阳人。曾入浙江省立农业学校,后转入省立师范学校。师范毕业后任小学教师,并任代理校长两个学期。1920年,入北洋政府财政总长周学熙创办天津棉业专门学校。1932年,吴味经任中国银行所设的中国棉业公司产销工作部主任。1935年吴味经任中国棉业公司襄理,并兼办全国棉业统制委员会的轧花与运输业务。抗日战争胜利后,吴味经任中国纺织建设公司副总经理兼业务处长。1950年6月中纺公司撤销,成立华东纺织管理局,吴味经担任顾问。1957年他任华东供销分局副局长,主持了在佘山建立的羊毛良种培育场,引进良种。1960年,吴任上海市纺织原料公司副经理。国务院成立棉花工作组,吴味经任上海小组组长。

③ 尹任先(1917～2012),江苏淮安人,1936年3月考入上海《大公报》,先后服务于桂林《大公报》、重庆《大公报》。1946年2月调回上海《大公报》担任总务主任。1948年3月15日香港《大公报》复刊后,同年4月调到香港工作,历任香港《大公报》副经理、经理、总经理并兼任《新晚报》总经理。

清，不特取消合同，要赔偿我定银损失。”翁云：“一年半之中，必可交清，因连欠款关系，时间太长，愈早愈了手续。”我说能如此，我可放胆签合同。否则，欲将合同寄上海，交董事会决定后，再签。翁云：“上海一去，此事难成，除非你不想要，可如此。”我说：“只怕两年内不能交清，英货便宜，美货如两年内不交清，我情愿买英货。”翁云：“预备十八个月交清，你无话说了。”我说：“相信你，翁先生既口头答应我十八个月交清，则一定照签合同，停寄上海是也。”

我说：“承陈、李二公及公权与翁先生、婆区一片好意，均替我说好话，相信欠与我。如不买，似乎在人情上好像我不识好话。如买进，能年交货，就替美国人忙忙，因机价比英贵50万。早开一年赚50万，合来相等。”翁云：“一则一班人连乐惠耳先生对你都很好，买之可收人情，且以后有机器厂合作，更加慎昌中国占40%，50万中慎昌赚廿多万，国人可获十万云云。早开工多出货，对大成出品有早得市场好处，我劝你买之。”故允于购进，一再声18个月交货。

签合同后，可将合同申请解冻，约一月后付定银。翁云：“无妨，因合同上并未规定何时付定银也。”翁云：“此合同是你拟，处处有活动余地。”

11月15日

晚有信致靖，告慎昌合同已签字，付定银，欲迟1月。如不赞成，可止付，快电复。付款或可欠一半，分五年还。

别家要欠未允，对外切切不可说。

11月15日

买美花事，李述初先生来言。

假定买12月现货，二角四分零1厘，减二百十五镑音①，合0.2186。

到南方纽奥伦去，直接买进，自己装船。

收现货0.238一磅。加运费一百磅1.80，除政府回扣四百磅，合0.216，

---

① 镑音，据《民国史料丛刊续编·经济工业》所载，货币计算单位，镑音即Point，一镑音即为一毫，二百十五镑音，即0.0215。

加保险2%。

还政府贴费,要自己去收。

此连皮应加966,计22566。

合算自办,便[宜]一百磅,八角八分。保险2%在外,尚有手续费用。

惠耳司照交易所,0.2397,减215镑音。净合0.2182,连皮4磅2,计0.2279到申。净重交货为顶便宜,第三块牌子。

本国用皮包一百磅,4磅2。出口一百磅,要六磅重皮。

(袜克法登)来花样,15/16① 看来。

(爱特克来登)有1寸花0.2275,外加保险45镑音,1/32② 连保运费0.2345,净花墨西哥货到申,货已装出。

有7/8③ 美棉要看货,买纺廿支,很可用。价照惠耳司比15/16便宜九折,约二角五厘一磅。

如买七分花衣,照下列算法。

按2379,三月标准,除四百五十镑音。

合0.1947,再加皮4磅2,合201,净重到申。价因以上报价,是连皮卖钱。加皮4.2,即到申,实在份量矣。据星期三月标准已到24。

11月19日

谈价,按当日市作价0.2407。

11/19买定[美棉]7/8、29/32④,1000包五百组,净花到申交货。

皮4磅2,作一百镑音,已除运费一百磅,1.80,保险2%已在内,每磅言明二角五厘,世界公司加佣1%。过磅凭美公磅,单以上已成交,以后买花照下列:

如标准0.2407,15/16,除215镑音,加运费1.80,保险2%,还政府津贴四百镑音,加4镑点2皮,作一百镑音,合净花到申,计0.2192。加皮一百镑音,净花合0.2292。情愿不除皮,其办法即照标准。每百磅到申交货,连

① 15/16,美棉纤维长15/16英寸。
② 1/32,国际棉花的分级标准,棉花长度以1/32英寸作为长度分级间隔,相当于纤维长26.22mm。
③ 7/8,美棉纤维长7/8寸。
④ 29/32,美棉纤维长29/32寸。

1.80 运费,2%保险费在内,去 215 镑音,是连每百磅皮 4 磅 2 作花卖出的。

11 月 19 日

买惠耳司 Weilssoo,在世界公司,从 12 点讲到二点多,成交。

开谈标准 2407[镑音],成交时 2412[镑音]。

是照 2407 讲价,连运费、保险,政府津贴归卖方去收。照美国例,连皮四镑二作花卖,此项 7/8 照标准去四百五十镑音,而我要到申交净重花价。彼加一百镑音,应作 2057,让到 2050 成交。1000 包五百组,12 月装船,四角二加一百镑音。似此,情愿照美例买,不除皮为合算,因四磅二不值一百镑音也。

倘买 15/16 花衣,照标准连皮作花卖者,期如是三月份 2407。到申交货,连运费、保险在内价,政府津贴归卖方去收,照标准去 215 镑音,合 0.2192[元]不除皮。四百津贴去二百卅,即运 180,险 50,故除一百七十。

袜克法登 McFADDEN① 照标准,只除去 170 镑音。卖价照标准不一律,但大例运费每一百磅 1.80、保险 2%,自己到纽奥伦去买,可也,津贴四百镑音。

要自己去收,出卖者如自己手中有货,常可多除些。无货少除些,接洽三家,价皆不同。

(爱特克来登来样)Andersdon Clayton②。

司曲落米特令③比标准低一级。1 寸 214 ,1 $\frac{1}{32}$,2165。

米特令正式标准等及{级},1 寸 2275,1 $\frac{1}{32}$,23 分。

皆到申交货,外加保险 2%。

花价连皮卖,墨西哥。

惠耳司来样(2407):

31/32 比标准照三月交价,减 135 镑音,合 2272。大约连皮卖价,到申

---

① McFadden,美国贸易商行,麦克法登兄弟开办,本部美国费城,1924 年前来华开业,于上海广东路设代理处,经营原棉贸易。文中称为袜克法登。

② Andersdon Clayton,由安德森兄弟与威尔・克莱顿(Will Clayton)共同建立了安德森克莱顿公司(Anderson, Clayton Co.),成为世界上最大的棉花经销商。文中称为爱特克来登。

③ 米特令,即米特林,Middling 音译,美国棉花交易所规定棉花的品质规格标准是美国白棉米特林 11/16 英寸。

交货。

有的花号以收到政府津贴四百镑音,除去运费一百八十,保险50镑音,还多一百七十镑音,除与买客,故照标准去一百七十镑音耳。

11月19日

与济民信,新机二万,设湖南北,股本[大]成50%,可分与济及其他职员。以济为重心,帮助成业,大明出50%,否则全归大成做,将大明现金分完,每万锭约40万。

11月20日

上午十一时,签订[慎昌合同],总理靴沟到厂去过,两年内交货有把握。

11月21日

与堃函,告以三厂、安三万,二厂一万,安毛机、大明二万,买地皮议设事务所,我住处。机器厂设二厂或一厂。教以藏锋,对靖恭顺,勿独自主张。我如体弱,少做交通。联合定机考贝附济民。同时廿三发与靖,买经过花样,要回信。

12月1、2日

函电申渝交通[银行],定机借款,如无明文规定,情愿放弃。防付出三成,贷款不成,欲罢不能。官场口头言,何可作数。第一二批及末一二批货谁得,原议欠九成,不欠本不要取消,非失信。

逃税——纽约逃税最大商家朗向菜馆,逃税二百九十万元。

主人是餐馆[业]名人,名勒司迪格,现年54岁,西人,寓东边72街十九号。

在本市开设朗向餐馆九处及水果公司一处。自1940年至1944年共得余利四百五十多万元,原应纳税三百四十万元。彼用两本账,报余一百多万元,缴纳所得税过份利得税五十余万元。彼将食物酒类多报二百万营业收入,少报一百八十万。女子在其餐馆内代客保衣帽,零赏亦多,被勒氏取去,毛病谅在此。

税如此重,难将。

12月9日

报载富家妇生活费，一妇一女月费七千元。

金矿巨子麦马丁被妻告离婚。妻要求每月赔偿赡养费七千元，指其丈夫财产有三百万元。麦夫人将生活费列下：租楼房1000元，衣服粮食1500元，洗衣一百五十元，鲜花二百元，修容所一百五十元，医生三百元，化装品五十元，旅行费八百元，气车费二百五十元，保险费四百元，厨司薪二百元，女仆二人三百元，包括其七龄幼女生活费一千元在内。

据说美人白头到老很少。妇人云：在三十多至四十岁多，有厌旧喜新之特性。

TVA，田纳西河①，金龙章②云：美国南有600哩一条河，沿途常有水灾。居民有50万，不足100万。据其河不能行舟，水急汛滥。罗斯福有鉴于此，向国会建议修水闸，开通流道，建十几处水闸，利用发水电至五十万启罗。因电力便宜，招人前去振兴工业，处处与人便利。组织官资委人民办理，董事只有三人，费去七万万六千万元。办事云：(一)不受官场丝毫干涉；(二)用人以才能为主，自由工作，只要对某事如何能达目的，限时成功，平时不加监督；(三)尽办事人能力发展，因地制宜。1932年起至今13年，已有居民五百万以上。淡{氮}气厂做肥田粉、炸药，此次战事得益非浅。

似此，真是国营为人民谋利益。在初办时集款，国民反对将全国的钱，供一隅人之消费，反对甚烈。罗斯福力排众议，努力经营，现在成斐然。刻已年，有余利逐步归还以前垫款矣。电力便宜，工商云集，此为罗总统一大功。此河为七州合有，因此南方人多崇拜他，故在连任选举，得力不少。

---

① 田纳西河，Tennessee River，是美国第八大河，全长1043公里，流经七个州，流域面积10.4万平方公里，为俄亥俄河第一大支流。源出阿巴拉契亚高地西坡，由霍尔斯顿河和弗伦奇布罗德河汇合而成。

② 金龙章(1904～?)，云南永仁人，毕业于清华学堂电机系，留学于美国，获麻省理工电机硕士学位。曾任上海慎昌洋行工程师，中国电机工程师学会发起人之一。1934年回云南昆明，曾任云南省经济委员会委员兼管理处处长，云南纺纱厂、织布厂、动力厂厂长，昆明耀龙电力公司总经理兼总工程师。1943年任云南省学生留美预备班班主任赴美，1946年任中国电机工程师学会昆明分会会长等职。1949年12月去香港，后赴美，任麻省理工学院动力机械系系主任兼教授。

12月13日

在李述初府,吃晚饭。

翁谊安交戴兄一百廿元,如要用,要几百美金,可来信,经济可过。李述初交二百元,戴家用美国以上二户收公司账,由公司分送二家。

12月15日

星期六上午十时,上船,下午四时开船。同船有汪家鼎①、沈琰、吴俊升②。中东号一万六百吨货船,客人12位,水手华人,海关职司人吴长芝③在船实习,中行郑铁如④介绍。送我有汉栋、周卓之、甲三。行[李]连酒烟19件,李述初一皮包,夏筱芳一件,一盒子米奇橙,一张磁铁桶、一只大箱子、一只黑旅行包、一只内东西多、木衣箱一只、布箱一只、手提包一件、太{台}灯一只、分二件,奶粉一件、黄书皮包一件、黄护包一件、铺盖一个。

12月21日

到廿一,发胃病。还可以动,上岸请韩医生。

---

① 汪家鼎(1919～2009),重庆人,1941年毕业于西南联合大学,后留校任教,1944年赴美留学。1945年获麻省理工学院硕士学位。1946年回国,任重庆大学副教授、南开大学副教授。1949年后,历任南开大学教授、天津大学化工系副主任、清华大学工程物理系和工程化学系教授和系主任等职。为我国核化工学研究的开创者之一。

② 吴俊升(1901～2000),字士选,江苏如皋人。1920年考入国立南京高等师范学校,1925年毕业于国立东南大学,获教育学士。1918年留学法国巴黎大学,习教育学和社会学,获博士学位。1945年秋赴美国考察教育。曾任中央大学教授,1949年任教育部政务次长。同年去香港,任教于新亚书院。

③ 吴长芝(1917～1990),福建闽侯县(今福建福州)人,1938年上海海关税务专业毕业,曾在香港、重庆等地担任水道测量员、大副等高级船员职务。1945年考取交通部物资租借法案技术员赴美留学,1946年回国,后在上海开办大兴贸易公司。

④ 郑铁如(1887～1973),广东潮阳人,早年就读于东吴大学,后留学美国,先后在俄亥俄州州立大学和宾夕法尼亚大学攻读货币、银行、会计和国际汇兑专业。1917年回国,曾任张謇秘书、北京大学教授。1921年辞去教职,在中国银行任职。1929年调香港中国银行。1949年后,历任中国银行香港分行经理、中国保险公司董事会董事、华侨事务委员会委员等职。

12 月 22 日

到巴拿马科隆①,为运河口的巴国城,居民约四万。中国领事李友恕②,广东人,太太,福建人。巴国总共 60 万人口,有总统。运河进口有闸门,约五道,开三次,每次约四十多尺。再进九里长一条狭河,是特开的,沿边有设备,驻兵保护。营房电厂,狭河过后进湖。三小时行程约廿多哩。再过水闸二道,两窦闸间有特制如火车头,用齿轮及轮盘开行,钢丝绳拖,而后出口。亦经过三道水闸,往下行,三次亦 40 尺。一闸湖在高山,如开低于水线平,一则两边水位有高低,而山上湖水即不能存,则山民无灌溉,无水用。因此不得不将水打往高山上去,湖中将四面用人工将水围住。有铁桥通气{汽}车,出口桥可在中段,用齿轮展开,让船过去,出口处进口处设备,趸船上煤。码头甚好,遍山树林常青,一个蚊虫勿有。

到翌日上午,有  ③鱼,约廿多斤。顶大有四五十斤一条,有数十条在船头赛跑,有飞鱼在水上跃。

科隆城如香港九龙,比较加热些。美抵巴进口处约 2000 哩,如无此河要多走 8000 哩,在科隆党部有中华会馆。主席云,以前日人每隔一天,有船一只经过此处,各种货都有。

(两洲隔一水,半日出重洋)南北口离 40 里,是将水打上,山湖通航,正所谓神工鬼斧也。经海地、古巴,纽约来南美,出纽奥良口极便,日经檀香山,进巴拿马南口,出北再运墨西哥等各南美洲国家。

12 月 26 日

至廿六日牙房痛,有浓{脓}。

---

① 科隆,位于巴拿马,南部沿海是拿马运河的大西洋出口处,濒临利蒙湾的东侧,是巴拿马最大港口。科隆是巴拿马的第一大城,也是仅次于新加坡、香港的第三大自由贸易城市,始建于 1948 年,自由贸易区的面积达 50 万平方米,外国企业和公司可以自由地进行转口业务,将商品在区内加工、制造,然后免税输出,主要经营电器、机械产品、车辆及化工产品等。

② 李友恕据陈安仁《南美洲游记》所载,李友恕为巴拿马华侨代表,广东人。

③ 此处画似水豚形状。水豚,仅仅分布在美洲巴拿马运河以南地区,世界最大的啮齿类动物。

12月28日

至廿八开刀,出浓{脓}多,连服消土龙卅二粒。韩医教会,人在北方,很好,本外科,时时来看我,能华语。

科学诧人听闻原子弹:

乌{钨}以粉刻成板,名为粉末现金。德此法甚行已多时,而美只有五年历史。

原子弹在沙漠试验,用铁塔,最近人离开六哩。其人偷看,眼精{睛}失明,其余之人远十多哩未开眼。

据说原子热度有一百多万度,普通人造热度四千为最多。

用万分之一之大显微都看不出之。一粒放入一碗水中,立刻就非常热矣。

造原子弹,要有各种工业配合,中国现在无办法。

橡皮胎加炭即黑粉,用煤做的,有此炭加入,拉力才大,否则如铅笔上橡皮。

合作经济:

致富图强,莫不以经济为先。欲谈经济,莫不以创造生产为第一。谈生产又当以本国所有所长,而能于{与}世界竞争。农工出产品较有成就之,价廉物美在用作先锋所向无敌,多方拥护,使其横行世界。一面抢夺市场,一面检查出口,立定标准,苛求技术管理,务使其货品精益求精,绝对禁止偷工减料,以期外销出品,始终如一。倘敢故违,除罚款外,尤须科以徒刑,务使其制造者不敢违犯、不敢尝试。先将货誉立定,而可放胆增加生产、装璜、包扎、防腐、防霉,均能尽善,堆存三年五载,无虞变质。中国以为稀奇,外国已成习惯。人民先有如斯组织,如斯基础,然后尤需政府相助,向国际市场争取定量输入国家的销路。似此,诚能官民合作,向外发展。全国纺织业有原料,而技术管理亦较有基础,如办理得法,任作先锋,确可横行世界,所向无敌也。

关税自卫:

英国是工业革命成功最早的国家,其传统政策向以关税为壁垒。现在保护本国工业,亦仍以关税为护符。凡号秤{称}独立的国家亦莫不以关税保护自己的工业，可以说无此权能，即不能算是独立的国家。吾国生产落后，工业肖{萧}条，亦应采定量输入政策，保护本国工业，否则吾国工业经济即无从发展。例如俄国以前未能造手表，即禁表进口。热闹十字街头多设置自鸣钟。美国现在因自有模范图手表出品，即绝对禁止外国模范图手表进口。以如此庞大生产的国家，仍需要关税保护，谅吾国无何不可以牙还牙也。

工业幼稚的国家经不起罢工。

吾国工商落后，生产不敷自给，类多仰仗外货输入，以致资乏，国库空虚，人力消耗，无工可做，民多无业。例如此次战争物资缺乏，价值之大，生活之高，凡我国民所受痛苦至深且重。抗战虽已幸胜，然损失之多，人亡之众，代价之大，无以复加。欲为补救，惟振兴工业是赖，欲兴工业，就须研究劳资问题也。观世界各国劳资问题，多半双方未能澈{彻}底了解，以致事端滋生，风朝{潮}扩大，被人利用，操者有之。如双方合作，澈底觉悟，利害同等，团结一致。视有{优}等国家勿有工潮，而其工业不发达者，未之有也。资方应视劳方如手足，劳方应视资方如心腹，双方体贴，互相谅解，谋生产增良，废物利(用)，提防危险，清洁卫生，此乃劳资双方四项必要，缺一不为功也。既明乎此，资方应知吾国教育尚未普及，尤其工人因吃饭问题，自幼入厂做工，更少受教。似此提高工人知识，使受补习教训，理应资方负责。工人子女从幼稚小学起，资方亦须实力相助，使其就学。知识高尚者，尤宜提拔深造至大学，甚至出洋留学，而成大才能。如此真诚优待，劳方人非木石，必可水孺交融，进展无量。资方如明乎此，行乎此，认为应行天职。同时对工资待遇，工人福利，视地方生活程度，开支工资，视厂方能力，公司盈余厚薄，量力提倡工人娱乐，以及各项合作消费，趸购零卖，使职工生活便宜，此资方之责也。

劳方如在以上所言之工厂服务者，当知人生在世衣、食、住、行之外，教子养亲、嫁娶丧葬、是非得直，别无他求也。

回观常州大成纱厂，主持人对待工人之宗旨，在战时以前已定计划，多半已经实行。战后继续进行之办法列下：

(一) 幼稚院、托儿所、初小、高小、职业中学，注重纺织染机械、技术、管理、成本、会计、土木工程，务使本厂职员工人子弟生于斯、教于斯。

（二）组织消费合作社，趸购零卖与员工，专供员工衣食用品，或使本厂员工衣于斯、食于斯。

（三）自办医院或特约医院，厂内再设临时急求{救}医室、看护席床，以便工人休养、医治，因公受伤，免费住院。

（四）建有大礼堂，备本厂员工喜庆婚丧之用。合作社都可代办一切，手续简单，设备完全。

（五）员工百年后，于公司有劳绩者，得入公德堂，享四时公祭之阴福，有公墓可葬。有长生会廉价之官衬购置。

（六）劳资纠纷有人事科处理，倘遇重大纠纷，可招集全厂员工组织的人事委员会解决之。必要时，得请地方长官及公共机关公正人，秉公调解，务使其是非得值、黑白分明为止。

（七）工人住所，有男工单身宿舍、女工单身宿舍、男女家属合居房屋。职员住宿区，公共运动场、图书室、娱乐厅。

（八）职员工人有余，可向公司储蓄处存储。缺乏正用，可向借兑所照章，申请借用款项。

1946年日记

2月8日

卖与安达，大成美棉1000包，每包五百磅①，作每石{担}七万元，是美借款所买。今售出，法币计作24930[万]元。因需除代付关税，待到全，再收找款。今先收赤金一百六十条，作每条一百二十五万，计二万万元；美钞29000元，作一千七百元，计4930万元，共合24930万，余容再收。

1946年2月

内外专务取缔役②胜田。

内外棉胜田③，六十多岁，已回留，一编《论中国纺织现状》，甚确当。

细纱马达，内外棉四、五两厂顶好细纱锭，纺廿支，13000转。用快慢马达，上下慢，中间快。掉换时，以270元卖出旧马达，出七百元，买进新马达。结果每锭能在24小时，产一磅半。

用电每件纱一百六十度至一百八十度，普通二百至二百五十度，中国要二百八十度云云。

田中④未结婚，精于电气。据瑞士白郎巴米立⑤，细纱马达效力75%。

---

① 磅，重量单位，1磅=0.90718474斤=494克。

② 专务取缔役，日本一种职务称谓，相当于常务董事。

③ 胜田，日本人，内外棉株式会社常务，曾任内外棉株式会社支店店长。

④ 田中，日本人，精于电气，多发明，其他不详。

⑤ 白郎巴米立，即瑞士勃郎·勃威力公司 Brown Boveri Ltd，始建于1891年，早期业务主要生产发电设备制造。

田中交日本第三级制造电机厂特制细纱马达者,名安川[1],效力至85%~87%。英人不信,德人信甚。

彼与工部局改订合同,要以电压周波规定限止。如超过,要赔偿用户损失。工部局人云:上海电气学验,以田中为第一。

1946年闻人报告录。

业务要绝对一致,工务要绝对一致,不可攻击破坏,主张不可相异。技术人绝对不可管业务。

工务、业务都要技术化,并且要成为习性化。

日本纺织工业改战时军需工业,为最有成绩。因职工已受劳动训练,成熟为习性化。

现在上海接办日纱厂,已经退化了。

顶好日纱厂已低落至40%,普通日厂退化至低落10%,且已不如印度。印1磅美金0.264,美0.20,中0.30,墨、巴0.30。

中国要振兴工业,煤要靠东北,否则不敷。人民应该节省,不是省钱,是节省国力和增加原动。

领道人不一致,办不成事业。

工资比美国大,工作法已退化,不如印度,何可扩充,此日人言。(在国人要打开难关,非扩充不可。)

记内外绵{棉}事。

办工业,不可全做赚钱的事,要做模范厂,即不能全部为模范,应分工合作。以若干厂拼命做赚钱工作,若干厂不惜工本,苛求全体合理的技术,新颖化。至业务不利时,再将以前赚钱厂停工改善,将已改好的厂生产,与人竞争。

日人又说,中国普遍穷,工潮大,开支多,资本缺,利息贵,更要受到外货进口多的打击,如新篇业无望,进口货五年卖不完。

纱布如日本添锭成功,得美人相助至600万,即可到2000万,而吾人就受影响矣。

回观吾政治、运输、军事,有不可能赶快扩充。日人添锭反比中国快,可怕!可怕!

---

① 安川,日本安川电机1915年成立,以生产伺服马达起步,安川高精度伺服马达技术较先进。

常州政费少2000多万一月，四乡不静。三厂日囚走，要官兵保护，其他可知。买地皮，内地不能去，原动无燃料，常、锡如此，其何可知。

训练工人，用物料研究：

细纱机马达。

快慢马达，重时七四半，平时不需此数。

用电锭子用弹子培令①，可省电百分之卅，实在省20%，腰圆式油红{缸}弹子。

每件纱用电，以前约6元至8元，细纱占一半，要省20%，八角至六角。每万锭省每日省15元至廿元，每月约作五百元，一年五千元。成本每锭加美金4元，计4万元，周息一分，计四千元。而出数多、人工省，因三个至五个月加油一次，合来不吃亏。

如用快慢马达，就要如此。

田中又说，技术人不要管问事，在节省开支，增加出数，保全机器上做工夫。生意人只知赚钱，做几个月，又要故态复萌，疏忽训练，这两种人要分推进，不是合作，是殊途同归。生意赚钱是工作，技术进步是永久基础。别人停工，我可工作。技术管理设备布置合理成功，只有利，勿有害。

锦上添花，有时季{机}性，有利必有害。

结论：(有利有害)，(有利无害)。

3月18日

裕成布厂耀珊②来此云：股本4万。

布机68台，无浆缸，全部值二百件棉纱，约19000万[元]。以五件纱，买老股二千元。今交耀珊一条，往笃安③处取十件加五件，支我账，言明，前有二千元，由张耀[珊]出面。今云：彼回常后，交我四千元股票。我从前买，耀

---

① 培令，英文为bearing，滚珠轴承，又称培林。

② 耀珊，即张耀珊，据《常州纺织工业史话》所载，在常州新坊桥畔刘国钧独资创办"广益布厂"，有手拉机五十台，生产条漂、条斜；1922年在东门外直接创办广益二厂，有手拉机一百八十台，原广益称为一厂；1930年以后，便将广益一厂出让给张耀珊，厂名改为"广裕"。

③ 笃安，即华笃安(1900～1970)，字国良，江苏无锡人。戚墅堰电厂学徒，勤奋刻苦，苦心钻研，曾任大成公司稽查、大成一厂厂长，后任安达纱厂代理经理、副总经理等职。20世纪50年代起，收藏明清流派金石印章和尺牍。后家人将1500多方珍贵明清印章、珍贵尺牍78册、散页257件，无偿捐献给上海博物馆。其中，220多方印章被定为国家一级文物，其余则分别被定为国家二、三级文物。

珊经手,培春三千元,周季平①出面二千元。似此,共有裕成九千元。

我有空地九分,在裕成南边,裕成原有一亩八分,可排二百台布机,楼房八间,张[耀珊]住三间楼上。

3月22日

大成交上行4450万元,作买渝事务所房屋。而汇还香港,作十万元。

投资大孚公司,出廿条子,156万一条,三月。

4月16日

君子过,则不弹{惮}改。

知耻,始有勇气。

遇事要转湾{弯}快。

进步补过,重在悔悟。

刘峥卿②劝我放大量,享享福,乐得少做些事。并云,同事、股东、董事均归向经理,已受宣传,认为有经理,公司可万事无忧矣!

但片面先入之言,终不可敌间{兼}听③,更难逃事实胜于雄辩。

笃安君云:总经理今分后,这大事业由何人办?这种人不能用。行里有比其好者更好的,见如此结果,何人肯来追随。一则认我老衰,二来未能尽悉个中曲折。他要分,他要走,不是我多他。笃兄又说,何以他要走。我说,则是非何在,终有石出之时。

笃安君云:总经理只要将大计方针计划好,交经理执行,而经理向来受我如此之大的执行权,如无篡夺之心,本该如此。你知经理云:公司不能进有与他同等地位、同等名义的人。其意何在?日后当自明!另立公司,汉堃不进大成。

刘柏青④亦误会我,有使公司为难、退进不决之害,不知我为公司谋更

---

① 周季平,江苏武进人,曾任武进公款公产处主任、武进商会会长、武进救济院院长等职。
② 刘峥卿,江苏武进人,曾任上海模范味粉厂股份有限公司常务董事、新中染织厂经理、大成纺织染有限公司董事。
③ 间听,意为听取各方面的意见,才能正确认识事物,"兼听则明,偏信则暗",只相信单方面的话,必然会犯片面性的错误。
④ 刘柏青,即刘伯青,江苏武进人,旅沪经商,上海连纳洋行买办,为大成公司董事,恒丰堆栈经理。

好。顾吉老①云:杀功臣,立太子。我回国后,与经理连谈廿小时。为事业心浓,且计立中原纺织公司。本公司先以三万万立案,嗣后络续招集外资。至汇兑平定后,增资正式开办,使我儿不入老公司,享现成福,而使其白地成家。似此,为杀功臣立太子,岂不冤哉!靖基云:如使中原成立,不是大成枝{支}厂,是姐妹厂。我说,"如果成姐妹厂,正是我们前辈提拔之功"。岂知经理竟反对到底。呜呼,众口铄金!

窃民国十九年开办大成时,镜渊云:公司已费去十万。尧性②云:国翁,本公司究竟前途如何?刘叔裴③老先生受吟甫姐夫赵联奎巧言,欲退股。四厂退租,香港纱锭内移,回我电曰:路遥、运艰、费巨、途险,致未运进。这一般见地不同,时至今日,已过之事,可为殷鉴。而今何可例外也。资金内移,返{反}对办大明。

英人凡事遇机不让,失时必让,不求硬干,但重智取,惯作长线放远鹞之计。征{症}结在自己,修明道理,收养人才,谋自强为第一。

5月9日

堃在汇。前日接堃电,交上海银行结港币10万元,付与4480万元。今日托信昌洋行诸颂文④结港币20万,付与4200万元,言明明日上午再付与4200万元。汇香港上行瞿梅僧转汉堃户,每万英镑应交港币16万2700元,合每镑6800多元,计6833.24。照今日美金市,只合每镑美金黑市二千二百多,计三元二角。如在美汇美金,交英镑要4元多一点。香港买美金,以港子币买者要8元以上,这是英美故意创生意之故,以上之款是代人付货款经手者。

汉堃有嘱陆新源,送上行徐谢康⑤港钞两万元,已照交。带去一万,尚存

---

① 顾吉老,即顾吉生(1886~1963),上海南翔人,早年在上海协成干棉布商店当学徒,后集资开设协兴棉布号,后接办常州大纶久记纱厂,1930年将大纶久记纱厂转让于刘国钧,刘国钧改组为大成纱厂,顾吉生担任企业股东。

② 尧性,即刘尧性,江苏武进人,曾任永孚银号经理、武进商会会长、武进商业银行经理。

③ 刘叔裴,江苏武进人,刘鹤笙弟,世居常州白云渡畔,大纶纱厂大股东,刘国钧改组大纶为大成后,股本仍留,担任公司董事。

④ 诸颂文,信昌洋行买办,任信昌机器工程有限公司董事,信昌主营进口生产器材、工业原料、机械电机及纺织设备。

⑤ 徐谢康,毕业于南洋公学,担任上海商业储蓄银行副经理。

1万元在铁箱内。

今有电报与甲三,添定各种马达、一万机、全部六万锭,管筒、粗细纱配全,皮棍皮[带]配全,不足物料添配齐全,灰丁筒管、合线筒子等,必须物料均配全。

昨日有交件示纱五五百股,至此卖完矣。价扯5100外元,今小到4900元,金价158万元,美钞2200元。

美、日、德纱锭数工资比较:

工人超过工作时再工作,加50%。职员有论年度,虽即不做48时不加,指一星期而言。

美国纽约市纺织业联合会所办之纺织工业试验所,所长“白冷卡”氏所著的以前一页所载,日本出口数同为白氏一编的文章。并云:美国在1937年全国计有纱锭2590万枚,同年间英国有3600万枚,日本连中国共有1390万枚(实在日人[本土]1270万,中国二百廿万,共1490万),德国1290万枚。

其实日本纺织工资,每天十小时,只有六角。

[白冷卡]云:在1935年,日本女工平均每日工资,以每天工作十小时为标准,约合美金二角一分。(此时之汇率约为每一日元等于美金0.287厘)。亦即日本工人每天工资,约为日金八角之谱。而同时,美国工人每天工资,十小时之工作,约为美金二元二角四分。(1945年余在美时,每天十小时约需六元,因工作每天八小时最低五角五分,加两小时要二元二角,共计六元六角。黑人有五角一时者,故约作六元一天也。)根据上述出数量,每磅纱之工资,日本合美金一分八厘,而美国要合四分四厘。(1945年余在美调查廿支及廿八支,1磅四码半,重者每磅一切开支在内之布,要合二角至一角七分。)

日本出口棉布:

1936,即民国25年,日本棉织品出总额,计为270900万方码。布地区及数量如下表。

(一) 印4.8万万方码,棉花输日约三百至五百万包。

(二) 非洲包括埃及46500方码。

(三) 荷属东印度群岛,包括爪哇,苏门德{答}腊,葡罗州等地35200万方码。

(四) 满洲及广东35100万方码。

（五）中国本埠及香港一万二千二百万方码。

（六）美国漂丕{坯}布[①]居多，7500万方码。

（七）其他国家，86400万方码。

共计270900万方码。

决不至{止}此数，他有走私。如吾国亦决不止31500万方码，总输出数约在40万万方码。因彼1300万纱锭，自用三百万，出口可以一千万出数供给之。如全纺廿支纱，照他出数，应有八十万万方码。今以对折，要四十万万方码，因纺细纱出品居多，不能以廿支为标准也。

6月4日

旧历端午节，阳历6月4号。

在徐吟老处报告，靖基要求将公司分拆。而伊又自作擅专占主张，希图从中取利，无公道分配行为，故表示从此以后不敢再谈分拆。别人要谈，我只有向股东会，做现成股东，听多数取决。如讲公理，应将公司股额扩充至25千万元。闻端午某某常务[②]真难对付，常出怨言，偏执自信太深。要公司好的话，以后董事不可不再求高明之人者。端午请同人廿位。以后我关照之事，如有人要更改，应问过后再改，以免铸成错误，再向董会多言而受批评。不是帮人听人，而是损人，最好能消患于无形。董狐[③]、太史白{伯}[④]对崔抒[⑤]不改简，而死三人，即伯、仲、叔，季[⑥]对付好未死，最难南史秉道[⑦]死，

---

① 漂坯布，即漂白布，前文有日本出口美国漂白布有7500万方码。

② 应为蒋尉仙。时出任大成纺织染有限公司常务董事为蒋尉仙。

③ 董狐，春秋晋国太史，亦称史狐。周太史辛有的后裔，因董督典籍，故姓董氏。据说今翼城县东五十里的良狐村，即其故里。董狐为史官，不畏强权，坚持原则。在赵盾族弟赵穿弑晋灵公后，董狐以"赵盾弑其君"记载此事，留下"董狐直笔"的典故。董狐秉笔直书的事迹，实开我国史学直笔传统的先河。

④ 太史伯，齐国史官，秉笔直书崔杼弑君一事，被崔杼所杀。

⑤ 崔杼(？～公元前546)，名杼，又称崔子、崔武子，春秋时期齐国大夫，齐丁公的后代，后为齐国执政。齐庄公与崔抒的妻子私通，崔抒知道后设计杀死了齐庄公，自己由此专断朝政，但是对弑君之事很有顾虑，担心被著于史籍而留下骂名。于是威逼利诱掌管记史的太史伯，但是太史伯坚持不改，惹怒了崔抒，命人杀掉了太史伯，而太史伯的弟弟太史仲又继续担任此职，也坚持不改原书，于是又被崔抒杀害，接着太史仲的弟弟太史叔接掌职位仍不改前书，崔抒再杀之，直到太史叔之弟太史季仍然坚持直书崔抒之罪，崔抒终于知道史官不可强迫，没在杀害他。齐国的另一个史官南史氏听说太史兄弟相继被杀害，就抱着竹简匆忙赶来，要前赴后继，接替太史兄弟将崔抒的罪状载于史册，见太史季已据实记载，方才返回。

⑥ 太史伯、太史仲、太史叔、太史季，皆为齐国史官。

⑦ 南史秉道，形容不畏强暴，秉笔直书，如实记载历史事件。南史指春秋时齐国史官南史氏。

义利两字不并立。

上海游资三千六百万万,约值美金 2 万万。

日厂纱锭 90 万枚,按美市值,只{至}多二千万,中国加一倍,约四千万金元。

1946 年夏季

谢钟豪云:外边人说我手段太辣。又云:格外忠厚,可使汉堃少遭人忌。但我尚未出手,所有经过,皆先有上文,而来下文。

靖要全权,否则离开。但靖方早有在以前订公司章规定,代行总理权,不可不防。其将公司败坏,镜渊先生①昔年在公司章程中订明:总理公出,由经理代行职权,似此即经理于{与}总理同权,早有存篡夺之计。但我虽明知他们已布置尽善,向我进功{攻},但我为事业计,用尽方法,开诚挽留他们。我本原来计划集中人力、财力,发展本业,自动先做中原,将原来基础仍交靖基、笃安执行,甚至在苏州当一飞②、乃扬③面向笃安叩头,求他进厂相助,笃兄竟调头不顾。我并云:"如你们已有约在前,不与我合作,要进安达,我请表明,君子成人之美,愿作介绍。"他说,人格攸关,两边不做。我内心推想,我待华君不薄,要看将来笃安的人格毕竟如何了。但我已知笃、靖早有预谋,不与全权,就想出局,使大成[垮]台。所以早将现金[保存],大成停顿复兴工作,一厂只开一万多锭,布机 100 多台,二厂、三厂任其破坏,又不修不租,竟将花衣、现款、物料,故意使安达多存,数字另计。至分开时,样样比大成多,而大成只剩破屋、破机器、荒地皮。

嗣后生存,该厂现在可以维持时,勿必多事更章,任其自力更生,勿必在事前多言,言多必失也! 欲图生存,非添改下列办法不为功:

(一) 添染筒子纱机器、染盘头纱机器合一套。筒子染后可合花线,盘头可染绝色、桃红、酱色、深浅灰色,织各种条子布。翻花式时,使其男女合用,并可

---

① 镜渊先生,即吴有伦(1875～1943),字镜渊,江苏武进人,郡庠生。与刘靖基为翁婿关系。晚清时期吴镜渊曾任湖南候补知县、澧州、湖南营务处幕僚、直隶州慈利知县等职,政誉颇佳。曾担任中华书局常务董事、大成纺织染有限公司董事长等职。

② 一飞,即张一飞,江苏海门人,曾任大成一厂练习生,逐步提升为考工、纺部主任、工务长、副厂长,后任大成一厂厂长。

③ 乃扬,即何乃扬(1898～1974),江苏武进人,曾为常州纱厂补习学校学生,曾任武进县第一区区长,大成一厂训育主任、事务主任、副厂长,大成公司常州办事处主任,大成公司副总经理,常州市工商联筹备委员会主任委员,政协常州市第一至五届委员会副主席。

织些条子、漂布、绒布。四川无生意，或许要消川北。如消{销}川北，待天宝路[1]通车，方可。否则，不合算。闻刘笃生[2]有括绒车在川，如便亦可买进，将灰色条子布括些稍绒。如开丝米，四川亦有去路，但消{销}路不大，勿一定要做。

（二）所出之纱锭子甚少，最好纺一种纱，出数可不过低。除条子布外，仍以海昌蓝[3]、阴丹士林[4]为主，况四川蓝布消{销}路为大宗。该厂亦仍以蓝布为主，不得已时，可纺织廿二支纱，提高出品，与下江货竞争。

（三）添电器烧毛车一台，似此有廿二支纱烧毛后，所出之布可与下江货竞争。惟花衣既是陕西来，宜用好者，湖北花亦应买好者，所用不多。纺织染兼营，花衣好其布出品亦好，可多卖矣！

（四）人才一事可选四川好的青年来常实习，以备应用。技术工人亦须如此也。高级女工宿舍管理、人事管理、车间领班、会计、研究、设计、技术人才都应如此办者也。

（五）四川产麻，将来如有相当技术人才，可往担任纺麻工程。试办得法后，再扩充不迟。美国有棉麻交织品甚多。

至[19]45年秋又买震寰旧纱锭，号秤{称}五千枚，作价计2000万元。彼想附半数或四分之一股。我因在汉口与其合作，受伊[5]无理取闹之消耗精神，够透了，为此拒绝。在美得济民来信云：已开两千锭，至本年底，可修开至三千锭。大明自开办，至今尚秤{称}顺利。其最大原因，幸与大成合作。有颜料用，一向西北运进一批约□[6]担，又由广益络{陆}续卖与数十担，因

---

① 天宝路，即天水至宝鸡的路，为打通与苏联的交通线于1938年初拨专款并于次年开始修建，以期延伸至兰州，接兰新路天宝线全长154公里，其中隧道总长22公里，几乎与当时全国铁路总隧道总长相等。至1945年底才通车。

② 刘笃生（1897～1987），刘文卿之子，曾任武汉震寰纱厂高级管理、汉口打包公司经理。

③ 海昌蓝，也叫“硫化还原蓝”，还原染料的一种商品名称，用咔唑为主要原料而制成。主要用于棉和麻纤维的染色，耐洗、耐晒等性能较一般硫化蓝为优。

④ 阴丹士林，一种德国产的染料的商品名，indanthrene的音译。20世纪三四十年代，用这种染料染的蓝色布料曾在我国流行，因耐洗耐晒，而受消费者的喜爱。用阴丹士林染的蓝布也称阴丹士林，有时候更简称为“阴丹”或“士林”。

⑤ 伊，应为刘笃生，据《常州大成档案》记载，代表武汉震寰纱厂与刘国钧签订合作办厂合同为董事长刘笃生。

⑥ 原文中空白。据曾任大明厂厂长的朱已训所言，大明厂投入生产后，每月所需染料约三十担，战争使进口染料不断减少，厂长查济民通过各种渠道加以采购。查济民获悉新疆存有一批进口颜料，即亲自率领人员，不顾旅途危险，长途跋涉至乌鲁木齐，以大笔现金，将这批颜料买下，维持了工厂几年的用度。

此,至今不缺颜料。而美国已有运印颜料,又可供其施用,为此逐步有办法、有利益。上年十二月中,该厂存纱有三百件,值三万万至四万万元。蓝布价彼时一万多至二万,现要五万元,甚有利。且请得美汇 250000 元买颜料,络续汇出约 700000 元买机器。似此,连纱布约值美金一百廿多万元,一则因物价暴涨,一则机会良好。而济民尚能吃苦办事,尚能应付。惜无好助手,而自己年轻,尚未十分老到,所以苦透。

今大明既有纱锭三千,又有染织,已成一套小范围生财成本,并可折去一大笔。如地方上有电力,购用一部分。无其他变动,可添大炉子一只,将小炉子卖出。修机间多余机器,亦卖脱。照此范围,尽三千锭,出纱约 20 支,每日出产两千两百磅,留布机一百六七十台,只{至}多 200 台。每日出布约 40 码者,十三磅重,二百多疋一天,成为自纺、自织、自染范围,不可扩大。照现在工作效力之低,用人多至七百余名,诚不合理,将来难与别厂竞存。将纱锭整理好,只{至}多谅可出到 2400 磅净纱。不想法,一定亏本,结果或至停办。惟在此刻两年中,仍可获利若干。我厂一班逃难职员到得四川,幸而有此一厂,藉以安身,诚幸运也!所惜者,多数与老厂及济民不能水乳交融,一因同人不知足,二因济民用人不甚得法。最痛心,有我老同事反从向民生搬弄是非,更有高级人从中鼓励,诚不知俱{具}如何肝肠?也可以说,彼等虽对不正道处心思兴厉,而[我]对大明生存大计,有舍我其谁之势!

大明已过,将来检讨。本公司以汉口剩余布机二百卅台及物料成本,计 98000 元,运费由大明付的,作价 225000 元,除五万,民生以三峡布厂作价十八万元,另以水脚等找作 225000 元,除五万。汉口隆昌染厂倪①,其时以该厂轧光机、炉子、引擎、发电机、拉幅机、车床及其他作五万元,共计 400000 元②。管理用人归国钧,而国钧且担任总经理,职司济民任厂长,谢止冰③任副厂长。后见人头不尽如意,我辞经理,由朱希武任经理。后因战事,希武怕空袭回沪,由济明{民}厂长兼经理。自[民国]27 年筹备开办至[民国]29

---

① 倪麒时,倪麒时先迁上海隆昌染织厂至汉口,再迁至重庆,主要生产印染品。

② 据《北碚文史资料》记载,大明染织厂股本共四十万元,其中三峡、大成各 17.5 万元,隆昌 5 万元,均以固定资产折合计算。大成投入 44 丰田织布机二百多台,配套浆纱机一台,整经卷纬机等若干台,隆昌提供染色设备,三峡主要提供原有厂房、锅炉、发电机和三星织布机三十台。

③ 谢止冰,曾任卢作孚创办的三峡染织厂厂长。

年开出布机 180 台。嗣后谢止冰有嗜好，且与区公所卢子英[①]作孚胞弟反对而出局。后民生另派郑湘范来任副厂长。此君前在轮船上分公司当经理，且做过教员及地方区长，能说话，尚诚实，惜对工业外教。彼云，欲子进纺织学堂，足证对此业已有兴趣。

主张而本公因分脱一部分，范围已经缩小，管理较易。放我出局比较妥当，无何危险，否则如何办理，务请公决。最低限度请使我勿违法，并请原谅我。我非为个人发财谋权利。正是我自招麻烦，为国家求迅速工业化，为愿作先锋的义务耳！

国家兴亡，匹夫有责。可以为力，当尽人事。无可奈何，只能按命。

大明在武汉设厂，股额大成 50%，大明 50%。大成股额愿分些与开办主要职员若干，否则情愿分钱，另做招新股 25%。

副总经理；事务协理；工务协理；财务协理。

上海游资三千六百万万[②]，约值美金 2 万万。

日厂纱锭 90 万枚，按美市值，只{至}多二千万。中国加一倍，约四千万金元。

1943 年 4 月 13 日，付 280000，特工总部[③]上海实验所，靖[④]手签。

1944 年 6 月 12 日，付 60000，升同交笃安，靖手签。

1944 年 9 月 19 日，付 420000，江、唐两君手，靖签。

1945 年 12 月 28 日，会 200000，何乃扬手，靖签。

1945 年 9 月 29 日，付 3000000，缘记，靖签。

---

① 卢子英(1905～1994)，四川合川人，卢作孚胞弟。1925 年秋考入黄埔军校第四期。抗战时期曾协助其兄开发北碚，任四川嘉陵江三峡实验区区长。

② 抗战胜利后，大量法币从国统区涌入上海，这种游资为了保存币值，纷纷进行黄金和美元、日用必需品的购买、投机、抢购等。这又加速了日用必需品的不足，推动物价上升的恶性循环。

③ 特工总部，汪伪组织，位于上海的极斯菲尔路 76 号(今万航渡 435 号)。1939 年 2 月初，在中国从事间谍活动的日本特务头目土肥原贤二指使汉奸丁默邨、李士群等人，策划建立汉奸特务组织。汪精卫的伪国民党六大后，同年 8 月成立了“国民党中央执行委员会特务委员会特工总部”。1939 年春迁至极斯菲尔路 76 号，从此 76 号成为特工总部的代称。

④ 靖，即刘靖基。

1945年7月25日,付500000,汤爱老[①]、谢仁冰[②]手,靖签。

某君横行:

(一) 丕基薪水6月起九月一日止,到年转出竟付至来年五月,有账可稽。

(二) 将公司纱故意勿卖,候申请出卖资敌,做表式,另有细账。

(三) 中华棉业公司账,至今未见,广益公司账。

(四) 反对公司买渝公司房子,我仍促赞成安达买厂基。

(五) 拿匙阻止我业务。

(六) 向上海上行阻止总经理业务。

(七) 霸占常厂机器,阻碍生产,马达、经车、布机等。

(八) 不修一厂布机间,坐失机会。将二厂置之不理,将厂长借与恒[③],迟开三个月。工损廿多万元,五万一疋布涨到十万外,否则可多存纱布。

(九) 常会通过组织推进业务委员会,订好章案。反对,不许发表,声言要否认。

(十) 大会花事。

(十一) 付八笔款,不明用场。

善用威者不轻怒,善用恩者不妄施。

事无大小皆有理,劈头判过是于{与}非。

人生百岁未了多,但求得了且了。

岂能尽如人意,但求无愧我心。

修合虽无人见,存心自有无知。

跌倒自己起,靠人都是假。

日日行不怕千万里,常常做不怕千万事。了岂能完,但求得了且了,然焉能尽,总要自然而然。

不将死例当年定,世上纷纷事更难。

---

① 汤爱老,即汤爱理,江苏武进人,曾任美国圣公会教士,北洋政府时期教育部参事。

② 谢仁冰(1883～1953),又名冰,江苏武进人,早年就学于上海震旦公学,1911年加入同盟会。先后任职于北洋政府农工商部、教育部、交通部,1917年任清华学校教授,1923年赴美国考察,1926年任沪江大学教授,1931年任财政部关务署秘书主任。1948年任商务印书馆经理,兼编审部部长。译有《大学之行政》。

③ 据《大成企业档案》载,大成二厂厂长陈钧曾在1939年9月至1943年被聘为上海同济染织厂工程师兼工务主任。

千辛万苦有何用，英雄霸业总成灰。生前吃尽千万苦，死后空持手一双。前人田地，后人收。后人收得，休欢喜，还有收人在后头。不可不存时时可死之心，不可不行事求生之路。可以为力当尽人事，无可奈何只能安命。

天地梦国，古今梦影。荣辱梦事，众生梦魂。五十不为家，六十不出游。何以言之，用违其时，事易尽也！以往之，吾悉已变灭。春寒秋热老来健，人老珠黄不值钱。

解决了生活问题，就可以摆脱尘寰，笑傲王侯。精神有限，事业无穷。

世无不亡之国，乃有不败之家？

大权在握，尽可推进，不动声色，相体裁衣，轻轻度过难关，岂不美哉！否则，言多必失。先造成事实，先成事实。

兵法格言：

兵法云：智取豪夺，偷营劫寨，将计就计，离间计，各个击破。但均须知彼，更复知己。然后对病下药，料得到，看得真，瞒得过，乘势制宜，方可取胜。否则一遭还手，自己先败矣！

格言：以大公无私之心，行正大光明之事，尤须调剂人情，宣以事理。否则，小人不便于私己，群情多暗于远识，群起反对，于事有碍矣！

下手处是自强不息，成就处是自至诚无息。自强不息即诚之之功，可见诚字是澈上澈下道理，希圣希贤功夫。

顺流利导，乘势制宜，撼大摧坚，要徐徐下手，默默留意，久久见功，然后事可成功，可久也！

中外合作之利害性：

外人如来中国合作，先须向外交部登记及私人研究之后，取得官民联络，方伸手进行。来的人，亦必有经验成绩的熟手。再合技术专家，并银行助力，集合一套组织之后，出马已成的计划，就是挟财力、技术、专家、经验以及国家的优势来利用。我们未能自用的低廉工资、人力、农产品、原料或市场来发展他的国外侵占工业。试问他们有如此铁一般的计划、组织，我们还有几多余地，只有听命服务，任其使唤而已矣！

似此，对本业并无利益，只有义务为整个国家工业计。因此项工业既来中国，迟早终为吾国所有，总比买其制成品合算。如是新创在中国未有此制造时，可使人民就近实习仿造，别无他益也。但以何方式合作为善，列下：

中外合作，以鄙人愚见，欲发展工业，仍以求已自立为第一。至论于{与}外人合作，只有两法：

(甲)由外人出资90%，吾人出10%，其条件须获得销货权。因彼所出之货必介手华人出售，而我以股东资格，帮助推消{销}，名为应尽义务，实质有义务必有权利。办得顺手，或许数年之后，其10%之股本 即可在此经销货物中收回。

(乙)如纺织业，吾人已有基础，外人愿来合作者，我们股额应在50%以上，一切主权在我。会计、技术可用外人，目的在利用其财力，将会计由他方主办，以示我公道公开而无私弊，技术由他，意在得其新机械。

用人防中途变态：

工人用五年，不必求久用，职员可多至10年者。但职工有中途受环境或扇{煽}惑而变者，或本人见利思迁，或小有逐部才干，自以为大而生骄傲，以为非我不可。待遇已较别人为高，仍不知足。或自已用场大，只嫌不够用。事事秤{称}能，并有联络同人手段，且有事功、地位、名誉，故得相当赞美。这等人全在有计划的使用，而服人之道有以智、以能、以力、以势，以诚，全在因势利导。第一要义，要继续训练后备人才。要晓得深仇多在矛中服，须防刀头之蜜，大恶都从爱中来。盛喜中万{勿}许人物①，武侯②用魏延③以马岱④为后备。君华、仲敏⑤为孙干⑥、弥竹⑦之辈，一飞似百约⑧，希武像鲁肃，

---

① 盛喜中勿许人物，语出《格言联璧·接物》，意谓非常高兴时不要轻易许诺，特别生气时不要给人写信。

② 武侯，即诸葛亮(181～234)，字孔明，琅琊阳都(今山东沂南)人，三国蜀先主、后主时任丞相，谥号忠武侯。

③ 魏延(？～234)，字文长，南阳郡义阳(今河南信阳)人，三国蜀汉名将，官至征西大将军。

④ 马岱，扶风茂陵(今陕西扶风)人，三国蜀汉名将，马超的堂弟。诸葛亮预见死后魏延将会谋反，于是教给马岱计谋，令其斩杀魏延。

⑤ 仲敏，即徐仲敏，汇丰钱庄练习生，担任大成会计，后被提拔为大成总会计。

⑥ 孙干(？～约215)，字公佑，北海郡人。东汉末年刘备帐下幕僚，自徐州跟随刘备，多次作为刘备的使臣，联络各方。刘备定益州后，拜孙干为秉忠将军，其待遇仅次于糜竺。

⑦ 弥竹，即糜竺(？～约221)，字子仲，东海郡朐县(今江苏连云港)人，东汉末年刘备帐下重臣。糜竺原为徐州富商，在刘备潦倒时，糜竺给予他很大的帮助，使其重新振作。刘备入主益州后，拜糜竺为安汉将军，位列刘备手下众臣之首。

⑧ 百约，即姜维(202～264)，字伯约，凉州天水郡冀县(今甘肃甘谷)人，三国时期蜀汉名将，得到诸葛亮重用。在诸葛亮去世后，崭露头角，继续北伐事业，大战魏名将邓艾、陈泰、郭淮等。魏将邓艾偷袭成都，后主刘禅投降，姜维志存光复，假意投降，事败被杀。

为可靠之人，识人最难。赵云①、张辽②，君子也！孟达③、刘封④，小人也！靖基不如周郎，成就勿为过大。大贤易识，小人易知，惟有外君子内小人于{与}外贤内奸者，难则难认矣！

自卫之计，切勿放弃。嗣后，家庭亲友必多，贤愚不等。如有好者，用在其他厂内。反对者以为我用私人，自办一厂可免此项嫌疑，家产逐步分派。

既办厂其资本必须自占70%以上，切勿可少。本欲独资，恐难完全拒绝别人，惟某某的股本最好善言谢绝。当思谓，何要如此注意，注意总算怕他，避远些，以免心烦。

办毛织厂为宜，一用人少，利益较好，范围可小。抑且需要，况已研究多时。最好买日旧厂，地址二厂为善，以汉栋为重心，甲三助之，新吾⑤追学之，以此为心藏{脏}事业。

造祠堂、办学堂、奖学金、修生祠堂、河岸，借钱与邻人造房子、贴学费，少分些与儿女，值得的。

南洋推销人选：

高事恒⑥、周卓之、邹斯颐⑦、吴达机⑧、路岐、袁仲逵⑨。

---

① 赵云(？～229)，字子龙，常山真定(今河北正定)人，三国时期蜀汉名将，身长八尺，姿颜雄伟，与关羽、张飞并称“燕南三士”。

② 张辽(169～222)，字文远，雁门马邑(今山西朔州)人，三国时期曹魏名将。

③ 孟达(？～228)，字子度，本字子敬，因刘备的叔父名叫刘子敬，为避讳而改字，扶风郡郿县(今陕西眉县)人。本为刘璋属下，后降刘备。关羽被围樊城、襄阳时，因不发兵救关羽而触怒刘备，于是投奔曹魏。在魏官至建武将军封平阳亭侯，此后又欲反曹魏而归蜀汉，事败而死。

④ 刘封(？～220)，东汉末年长沙人，刘备养子，有武艺，性格刚猛，气力过人。随赵云、张飞等扫荡西川，颇有战功。但关羽北伐曹魏，多次要求刘封起兵相助，刘封不从。

⑤ 新吾，即朱新吾，朱希武之子，江苏靖江人，从小立志于实业救国，就学于苏州工转纺织系、诚孚纺专半工半读。1943年诚孚毕业后到大成一厂工作，1945年调上海安达纱厂，历经技术员、技师、工务主任。后去美国乔治亚理工学院纺织系攻读硕士学位。

⑥ 高事恒(1902～1982)，浙江湖州人，毕业于南通纺织专门学校，担任上海物华绸厂技师一年，被调该厂发行所经营外洋贸易，开始研究南洋市场并学习印度文字。后任上海美亚绸厂副总经理兼总管理处营业处主任，积极推广南洋市场，使得美亚产品畅销南洋。1936年37家工厂推选出15人为代表组成“中国南洋商业考察团”，被推为团长，历经三个半月的考察活动，深受侨胞欢迎，被称为“南洋通”。

⑦ 邹斯颐，和新公司经理，曾任大孚公司外销南洋职员。

⑧ 吴达机，任香港大孚商行经理，1948年7月与刘汉栋、朱希武赴南洋各国考察工商业，以求大成公司的海外拓展。

⑨ 袁仲逵(1894～1979)，湖南湘潭人，国立东南大学农科植棉科毕业，曾任湖南棉业试验场场长，湖北省棉产改进所所长，抗战时任贸易委员会秘书处秘书兼文书科科长，总务处处长。

专员方崇森①。

主席董事、副主席董事。

总经理:谢、俞、李,私人秘书:徐子松②(只怕他病)。

协理:笃[华笃安]、靖[刘靖基]、钟[谢钟豪]。

协理:致[徐致一]③、堃[刘汉堃]、翁[翁慎斋]。

总工程师:绍云[陆绍云]兼厂经理。

研究所长:翁慎斋。

分埠支店:李襄臣、金纬镛④、沈容宽⑤。

收花支店:杨东浦、庄子林⑥、李仲谋、顾⑦、张沛崇、姚星汉⑧。

毛织业:潘炳兴⑨、唐哗如⑩、李禹言⑪、陶振熙、朱新吾、刘汉栋、刘文腾⑫、吴达机、何锦堂、高事恒、马世辉。

总务组:经理何君乐。

工务组:襄理缪甲三、陈钧。

业务组:经理徐致一、徐组泉、马少春。

财务组:襄理徐仲敏、刘源增、王君谋⑬。

秘书室:钱银利、刘汉堃。

---

① 方崇森,南洋公学管理系毕业,曾任资源委员会贸易事务所所长,时大成派驻穗办事所负责市场职员。

② 徐子松,曾任荷属苏门答腊日里冷吉中华学校董事。

③ 徐致一,上海人,曾任大成公司财务部经理,后任大成公司上海事务所经理、公司副总经理。

④ 金纬镛,曾任武进总工会执委,后任武汉大成四厂业务主任。

⑤ 沈容宽,大成公司汉口支店管理。

⑥ 庄子林,大成公司职员,曾作为大成公司代表被派为上海市纱业同业公会任市场处代表。据《常州大成档案》记载,其长年担任大成本外埠原棉采购业务,对于原棉品质及产地较为熟悉,富有经验。

⑦ 顾,即顾士选,据《常州大成档案》记载,其长年担任大成本外埠原棉采购业务,对于原棉品质及产地较为熟悉,富有经验。曾被大成公司推派为华东公私营纱厂联合购棉处代表。

⑧ 姚星汉,江苏武进人,1931年冬进大成纺织公司,初在总务科工作,后在财务科,又先后在原棉科、营业科、稽核科等部门工作,后经常出差外地收购棉花和推销纺织品。

⑨ 潘炳兴,留学比利时,毛纺专家,受束云章指派,赴西北考察羊毛资源,任兰州毛织厂经理,兰州机器厂经理。

⑩ 唐哗如,江苏无锡人,上海大同大学毕业,1940年开设元丰毛纺织厂。

⑪ 李禹言(1912~?),江苏无锡人,曾赴美国北卡罗来纳州立大学就学,获纺织科学硕士,曾任上海章华毛纺织厂技师、工程师、厂长,南通纺织专科学校教授,中国纺织大学教授、系主任。

⑫ 刘文腾(1907~1981),安徽怀宁人,北平大学工学院毕业,或英国里治大学研究院硕士、纺织学博士,曾任交通大学纺织工程系教授、中国纺织建设公司总工程师、台湾大学教授等职。

⑬ 王君谋,即黄君谋,据大成档案文献载,1930年加入大成公司,1947年黄君谋被任命为公司稽核,在公司财务部担任稽核工作。后被刘国钧提拔为大成公司财务部稽核专管银钱出纳及产物收付稽核和保管职务。

稽核室：总稽核徐致一。

研究室：缪甲三、陈钧、吴裕纶、翁慎斋、傅道孙①、任尚武②、王炳奎、洛仰之。

工业委员会：书记。

人事委员会：人事科长周道南。

上海事务所经副理：刘协理兼经理、益斋③副之。

厂经理：华笃安、翁慎斋、刘丕基、高事恒。

厂长：张一飞、朱希武、桂季恒。

机器厂：谢承祜、蔡炳文、吴达机、刘干虹、赵无违、朱丞基、李学昌、汪国瑞、吴达机。

少人可托黄伯樵④代觅之，唐渭滨亦可代我。

中国经济：

（一）计划经济希望勿硬干，防工业家原意在甲区办工厂，而硬强其往乙区或丙区，结果裹足不前而停办，须用奖励法，引诱人去。美国 TVA⑤ 前例，可仿行。

（二）中国纺织业公司以所收敌产机器为资本，甲应迁半数至内地如两湖、川陕、河南、西埠、贵州，北埠，以配合人口最低需要。自办、出租、合办三项，均可相助。民营购买新机扶助，旧厂代管代营，办好后仍交原主。加拿大有此先例。

（三）中加公司一万万五千元，指所借加款为该贸易公司资本，此法甚善。加国防中国浪费，又可派人参加，得到优待。但不信华人，而华人要知耻从善。

中国工商于{与}其北上，情愿南进。

日本输出全靠南洋，中国以后不可例外。吾国西北、东北市场虽大，究

---

① 傅道孙，曾留学法国研习纺织，曾任咸阳纺织厂厂长、西北工业部副部长，兼西北纺织工业局局长。文中又作傅道生。

② 任尚武(1895～1992)，字理卿，湖南湘阴人，曾留学美国，任湖南第一纱厂工程师、东北大学纺织系教授、上海恒丰纱厂厂长等。

③ 益斋，即王益斋，大成公司业务管理。据高进勇等所撰《大成纺织染公司的创建发展》载，王益斋曾任大成公司申事务所主任。

④ 黄伯樵(1890～1948)，江苏太仓人，历任上海中华铁工厂总工程师、总经理，兼任中华职业学校校长。

⑤ TVA，即田纳西流域管理局的英文 Tennessee Valley Author 简称。TVA 成立于 1933 年，是一个官办的沿流域跨州开发的全美最大的区域性水资源综合利用与管理的机构，流域内的航运、电力管理权全部授予 TVA，田纳西流域的开发必须补偿成本和政府的投入。

不如南洋宽广,安危之别,识者知之。难得之物休取,难久之财休得,难共之友休交。南洋华侨将近千万,以棉织品往,换南洋土货,回国后转售英美,可左右逢源。不特此也,为久远计,并可在南洋选相当处,设染织厂为产消{销}基础,作最后仓库。

东北市场工业均可发展,最好租办或代管代营,流动营商则可。如下巨大资本,须防一旦。日本以纺织业向英美作战,已获全胜,又以武力向英美宣战,殊不知得利不可再往,诚自取败亡也!前车之失,后车之鉴,愿我国人慎思之。南洋人口总共一万万四千万。

荷属东印度、马来亚、菲列宾、安南、泰国五处,每年输入棉布价值七千万美金,日本输出最多年有四十万万平方码。1945年美国印细布每平方码售二角五至三角,巴西、墨西哥售三角六七分至四角。中国在墨西哥买2700万码,日在战前来美国漂白布有七千五百万码以上。

刚柔兼用,人中豪杰。古人云:刀石虽硬,日见其消。棉花虽软,日见其坚。老子所谓,柔能克刚,诚非虚语也!

硬干、蛮干者恒亡,德、日不自知,足取极端蛮硬政策,不明君子适可而止之训,冒孤注一掷之险,结果澈底败亡。

英人凡事取遇机不让,失时必让,不重硬干,但求智取,惯作长线放远鹞之计,用阴柔侵占刻毒之谋,灭人家国。征{症}结还在巩固自己知识,发明科学,培养专家,修明政治,养成一套自成侵略人才。所以功必取,战必胜,足资吾人自修自卫参考明灯。老师{司}马受武侯巾国{帼}之衣①,至今无人耻其弱也!

英国对香港、加拿大、澳洲、纽西兰及其属地派人均有方法,经济往来亦有联{连}锁,往还{返}制造品,均互相优待无税。澳洲羊毛,加拿大进口无税,机器亦然,而运英之加国出品亦无税,香港运英货无税,其他属地亦皆如此。加国想独立,要失去此项互相利用权利。用人派总督在加、在澳,皆不干政,全由总理主持行政,总督为英皇代表也,似此结成一体利害,避免独立思想矣!大成派人往与人合作,分厂须要联{连}锁法。

---

① 司马懿父子上方谷受困,险丢性命,遇雨得救。诸葛亮屯兵五丈原,司马懿坚守不战,孔明送巾帼之衣以激司马懿出战,司马懿辱受之,坚不出战。

规则备考：

（一）公司内职工如由公司派出，为同业服务所得，归职工福利项下储用。

（二）旅费任何人支用后，须由稽核核实，交主管人签字后，方可出账。总经理交签字后出账。

（三）昌兴公司在年份好，提一笔款加赠与职员，储畜{蓄}项下昌兴归{规}定扣储畜{蓄}3%之职员薪金，年份好提一笔加储。

（四）职员分红一成半，照薪水分派一成。按劳绩，优良者奖励之，添协理在总经理分红项内分润。

（五）职员派在投资合作厂，平时不津贴。如有收获时，提一笔款项备派出人回来时费用。被派人停薪留职，并照样升级，以便回时就职。家属如在原处，与现役同人享同等之家属待遇。倘职员因派出吃亏，因本厂投资不止一处，有收获利益，在该利益利中提成分润，但须至吃亏之厂之人结束回厂时，调剂之。否则，因年份有盈亏，不能出而反而{尔}。此系保障法，又为联锁策，家用汇款不收汇费。如派出者比在母厂有益，即无分润。如办有成绩且为公司谋得利益者，又当别论，升级登记提高荣誉，由董事会议决，办理之。否则，等于与公司脱离关系，为与人合作投资之公司，觅有用人才亦可先来本公司受训若干时，前往就职，其待遇与派往者同。合作公司直接聘任者不在此例，以上办法，襄理以下无涉，不在此例。

（五）分红有研究是否要规定，现有许多厂家采奖励制。因现在薪水待遇已高等，如于{与}外国薪给制，再要分红，恐投资人有械{戒}心。

（六）副总经理、业务协理、财务协理、工务协理。

（七）总管处不做业务，只研究、管理办各处事务，中国银行亦如此。

（八）捐款、福利、慈善，另设委员会，免总协理在应付时为难。

（九）中国纺织机器厂，设厂务处、总务处、秘书处、运输处。

公司计划：

（一）到申不作如何恳{肯}定主张，看各方意志，再定方针。维持原状，扩充范围，另设企业，择善施行。

（二）如维持原状，尽申常现有机器，缩短阵线，宜将安达机器迁回三厂原址，恢复二厂范围、人事，名称不必多事更张，名曰保守政策。

（三）现今所有定购机器因本公司采保守政策，可另组企业公司，就本公司力量投资企业。似此，本公司告一段落。倘老公司股东以为有余资，投资要求分闰{润}红利者，即不得不说明，老公司并无真资多余。照所有实力对用于复业，尚觉勉强。而提议投资企业，是利用本公司信用发公司债而投资企业，但不可借公司债发股东红利也。第二原因，嗣后国家对纺织业必重视，需要扩充南洋出口，获取外汇。如向南洋推销，范围愈大愈好，小者则可任人代理。如投资企业成功，将来于{与}本公司联合经营出口，则双方为有利之结合。集团工业有大量出品，分工合作，成本较轻，供给市场，以免中断。

（四）如本公司自己扩充，招别人投资者亦可。但有下列数项，需要研究：(一)董、监及本公司职员，在人事方面要容纳新董、监及新职员参加发展。(二)老公司财产伸值要计算清楚。(三)公司章程要修改注册规定股额筹备一切进行手续，训练技术工人及基本职员，此为扩充政策。

以上所拟计划，如各股东不赞成投资，企业又不愿扩充范围招人入股。采行坐大政策者，在本人亦不反对。惟有一事须要声明清楚，按公司是法团组织，身为总经理岂可做违法事。但本人以纺织为终身事业，环观各国，中国纺织应该发展。如扩充得法，能横行全世界。钧已认识清楚，且以身许国家、社会、朋友，有生之日为纺织业尽责之时，不忍坐视，非尽力推进，不得心安。战事虽然已获全胜，新旧工商百端待举。辞脱本公司责任去办新厂，此时为公司计，尚无相当接替者，与人与已皆在利害关系，未便轻举妄动。为两全计，如能将本公司工厂按我所有股份，一部分与我。由我去自由，使其各得其所，各安其业，于业无损，且希望他个别发达，成绩超过以前，则双方都有面子，乐得有始有终，好来好散，是交人之道也！如对方果有诚意，且已认识清楚，仍可合作，亦求之不得也。

世无不亡之国，不败之家。权利义务视平淡，方得心安。

少做不犯罪，精神有限，事业无穷，量力而行。

安内攘外：

凡事安内才可攘外，疑人莫用，用人莫疑。害人之心不可有，防人之心不可无。

随我共事已久，在困难时对公司是尽力的，对重大事虽简，有未尽善之处：(一)为人皆有才识长短之处之别，善于此或有不善于彼；(二)是公过不是私弊，应该原谅，不可深究。

傲是事实，既已当面说明，希望改善，则诚善矣！

为今之势，全国建设都感人才缺乏，尤其如△△①君，更不可多得，能合作双方有益。所虑者不是我多嫌人，是人多嫌我。不是我怕人独占，而是怕其独占后，同人不服，将事业做坏。我常说，以工厂与人易，为工厂得人难。有则情愿让贤，既如此决，与其人开诚公布，澈底澄清其理由，视其真心，决定离合。因失人易而得人难。如□②君果无深切认识，与其遗误于将来，则不如此刻顺流利导，成全其志愿。就他能力所及，由他独占一组，听其自谋发展。

总稽核、总工程师。

会计处可设会计长，下设主任科长分司事务。秘书长下设机要室，人事室。

每一个人事务不可管得太多，必须要使其胜愉快。否则顾此失彼，遇迁调交贷更难应付，已感不及，何能言进步于{与}成绩也！

分工如细，各专一职。领道人引诱其对本位改进，发展精益求精。既有时间行试，必有成绩可言，用手的工作。如开公共气{汽}[车]一人管全部，用脑的上级人应当使其心静静，而后安安，而能得。得者得道于理也，使其知道明理。

安内善法：

董事长、副董事长。

总经理、协理、协理，或由董事会在协理中选首席一人，可代理总经理。昌兴公司是此组织。经理、经理、经理。

---

① 原文符号。

② 此处原文为空白。

聘请各项顾问人选：

董事会顾问由常务董事，同总经理共同签名。公司顾问由总经[理]聘请之。

黄伯樵、李升伯、程沧波①、黄育申②。

邓着先③、李学昌、刘干虹、邹秉文。

陆绍云、陈光甫、张公权、何萃廉。

潘仰尧、黄任之。

外国朋友：

法克史校长、候格拉、高得脱、帛鲁拿、批耳司、劳斯敦、劳海、弹吟耳、

福类、库坡、婆区、靴[沟]、夸木。洛惠耳：煞克六惠耳。靴沟：慎昌经理。科的司：花祺银行。

续前页名单④：

傅道生、任尚武、洛仰之⑤、陆绍云、朱仙芳⑥、朱锡昌。

银行方面：

李道南⑦，前香港交通经理、李亚雪父 LC。

贝淞[荪]，中行经理，现存美在 10 万万以上，为美外国国家存户。

第三位借美款 6 万万一年，第二年再 6 万万，希望第三年 6 万万。

中美借款今年 6 万万，经济、交通分用各 3 万万。国家不许人民借外债。

中加借得 2 万万，此次加美，共借 8 万万。

---

① 程沧波(1903～1990)，江苏武进人，现代报人，政论家、书法家，曾留学英国伦敦政治经济学院，学习政治哲学，曾任国民党《中央日报》社第一任社长、监察院秘书长、国民党中央宣传部副部长，兼复旦大学教授。

② 黄育申，浙江余姚人，曾任安利洋行经理、大成纺织染有限公司董事。

③ 邓着先，曾任苏州工业学校校长、常州纱厂工程师、章华毛纺织公司董事。

④ 即是续顾问人选名单。

⑤ 骆仰之，留学英国，纺织工程专家，曾任庆丰纱厂厂长。

⑥ 朱仙芳，即朱仙舫(1887～1968)，名芹，江西进贤人，1907 年考取官费留学，赴日本东京高等工业学校专攻纺织。归国后，应聂云台之邀，进上海恒丰纺织新局，历任技师、工程师、厂长等职。锐意革新，创办纺织技术养成所，编写讲义。后由荣宗敬邀请，加入申新系统，出任申新五厂、二厂厂长、七厂厂长。发起组建中国纺织学会，当选学会理事长，连任 19 年。1949 年后，出任纺织工业部计划司司长、中南军政委员会委员、江西省轻化工业厅第一副厅长等职。

⑦ 李道南，江苏南京人，留学美国伊利诺大学、纽约大学，曾任南开大学教职、国华银行协理、交通银行香港分行经理、上海分行经理。

表4　大成集团职工

姓名	姓名	姓名	姓名
徐致一	查济民	刘汉堃	刘汉栋
华笃安	张一飞	何乃扬	袁敬庄①
王益斋	杨瑞牺	徐仲敏	柳济安②
缪甲三	陈钧	吴予达	翁慎斋
杨东浦	庄子林	洛仰之	

表5　大成集团新扩充或拟用人士

姓名	姓名	姓名	姓名
黄伯樵	徐子为③	钱祖龄	瞿梅僧
唐渭滨	邹斯颐	高士恒	李杏卿
邹秉文	刘文腾	李禹言	潘炳兴
彭望栋④	李述初	丁庭榘(泰兴人)	葛晔如
朱健飞⑤	周文晋	谢祖贻(大明会计)	陶振熙
程福喜(经纬)	何梁昌	梁洪	朱丞基
周卓之	赵无违	梁松	杜维屏
王伊{尹}瞻	吴达机	蔡炳文	荣续祈
王赫	何锦棠	金加仁	杨东浦
陆新源⑥	沈容宽	屠彦容⑦	金纬镛
成竟志(学建筑)	王立强	周道南	沈琰(莹若)

① 袁敬庄，南通纺织学院毕业，1917年起长期从事纺织事业，担任过技术员、工程师、副厂长、厂长等职务。抗战初期，曾经在唐山华新纱厂任工程师。后任上海安达纱厂厂长。

② 柳济安，医生，苏州北寺第一医院事务长，与叶桔泉、舒而安等创建苏州市国医医院。住耦园，与刘国钧相识，介绍刘国钧买下苏州耦园。

③ 徐子为(1906～1958)，别号恒庐，从金松岑、章太炎学古文，曾任震泽区商会主席，全国及江苏省商会执行委员，创办苏嘉湖汽车公司。

④ 彭望栋，江苏吴县人，毕业于东吴大学，曾任大成公司副主任秘书。

⑤ 朱健飞(1904～?)，江苏南通纺织学校毕业，曾任南通纺织厂技术员、工程师，云南裕滇纺纱厂、云南纺纱厂工程师、总工程师兼副厂长，1947年任云南总工会理事长。

⑥ 陆新源，大成公司申事务所职员，后任职香港东南纱厂。

⑦ 屠彦容，江苏武进人，钱业经理。

表 6 大成集团现任董监

姓名	姓名	姓名	姓名
蒋尉仙	俞泽民	徐吟甫	谢钟豪
刘靖基	刘国钧	朱如堂①	华笃安
贾果伯	刘伯青	严裕棠	吴沛然
江上达	刘峥卿	顾吉生	马润生
郭建英②	蒋君辉	李升伯	何萃廉
陈光甫	张公权	翁宜安	李馥稔
赵汉生	张禹九	金龙章	朱文荣
项康原	王振芳	卢作孚	任嗣达

昌兴公司平时扣职员薪金3%为储蓄公司，再加3%。至若干年后，可提付。有时遇公司年份好，由总经理向董事会提议提若干金，照职员储金额分户并存账上，使老年人退休回去有饭吃。因此职员有多至数十年者。

董事13人至15人，互选常务三人至五人，监察二人至三人。

常务董五人，公推主席一人。

副主席，可有可无。

总经理、协理，由董事会聘请。

为公司办事，总经理得用私人秘书一人(周文晋、周卓之、吴予达、徐子松)。经理、厂长由总经理选任。由董事核准后，归总经理聘任。其他职员，由总经理任免之。

各厂设厂经理一人，厂长一人，或设厂长一人兼代厂经理。职司或厂经理兼厂长，职司以人选能力，决定行之。或只设厂长，视事繁简，由董事决定施行。

① 朱如堂(1901～?)，浙江吴兴人，实业家朱子谦之子。上海圣约翰大学毕业后，赴美国纽约大学留学，获商科硕士。回国后任暨南、国民大学教授，后任广东国民政府财政部课长，后任保裕保险公司经理。

② 郭建英，曾任大生纱厂日语翻译，后由陈葆初介绍，担任常州民丰纱厂和伪纱厂联合会秘书，帮助江上达与日本人联系。

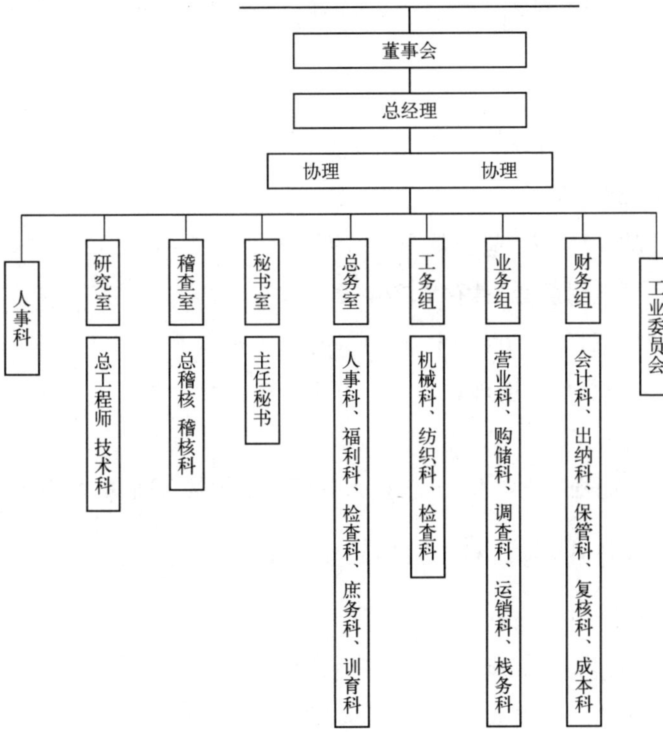

图10 总管理处系统表

优先股、公司债、无记名股票，分期还款。

前拟总管处系统表之组织，可分三等：

（一）范围大，总经理、副总经理、协理、经理、厂经理、厂长。

（二）范围中，总经理、协理、经理、襄理、厂长、科长。

（三）范围小，总经理、经理、襄理、科长。

厂长，各处只设科，工务技术科、业务营业科、账务会计科、总务人事科。科以下设股长、股员，小范围如此，由小至大，逐步增高较善。因地制宜，因势制宜，人选大有关系。似研究所不做业务，事务所办业务。

8月31日

安［达］存原棉，43093担。

棉纱，轧欠28件。

物料账面，计4588万。

存行庄,61997万。

烚赤①,200条。

存出证金,4321万。

各户欠款,13181万。

预付款,2867万。

除减存款1844万,应付款18738万。

从行庄至应付款止,计存61784万。

比成多款四亿零二百三十万,可买花二千担以上。

多花七千八百担,连现款可多一万担。多金廿七条。

成、安分拆:

[大]成存原棉35367担。(包括未到厂三千担及车面花纱710担在内中)

棉纱344件,除未出343 $\frac{1}{2}$件,轧存$\frac{1}{2}$件。

布计,存6278疋,合纱160件。

物料存7200万元,账上数字虽多,实在与安[达]相等。

存放行庄40353万元,金173条,证券11654万元。

各户欠款11697万元。

除戚电厂②煤款仍1万万外,未付。

除存入款项22615万,应付款项4535万。

从行庄至应付款止,计存21554万。

扯算,安多连现款及存欠,约合多花1万担,多金廿七条。

安方连多款应存花四万五千担,计1988义{亿}。

纱锭3万[枚],3000义{亿},布机四百八十台,96义{亿}。

合兴③不在内,统计连下面约五千矣!

---

① 旧时中国金融市场把熔铸的黄金叫烚赤,普通成色约自99.2%~99.7%,较当时标金成色略高。

② 戚墅堰电厂,原系商办震华制造电机厂,1921年在北京交通部以股份有限公司立案注册。规定资本总额国币银250万元,实收150万元,而华股50万余元,德商西门子洋行股份占多数。1928年10月由建设委员会接管,更名为"建设委员会戚墅堰电厂"。

③ 合兴,抗战时,利用大成四厂分拆的余利及大成、安达两公司拨款,组成合兴贸易公司,做证券、黄金、外汇、房地产等生意和进行其他投资。收入成为1939年至1946年期间股息、红利的主要来源,也为大成公司各厂战后恢复生产准备了资金。

10月8日

渝生[1]事，想意外再多分大成的东西。以牙还牙，我可照样向安[达]分其他及不该分与者，要回。查在大成董会累次开会时，对大成银根紧急时向安达借。靖云：有币值关系，不肯。只得将定纺机款退去，及整理大成通盘财产时报告董会。累次均说过，在渝生内移业务所得利益拿来恢复常厂。不敷时，以及连美国款轧在内报告过，要欠大明四十多万时，这种种经过，靖常与会，多明知，是大成的事，从未有一言提及渝生有分之说。而今看大成业务不差，忽提渝生有份，是何居心，何以前后如此矛盾。要晓成安仍是一家。在一家中争利害不是开源而是剜肉补疮，不算本事。你算大成分家后多出多少，安达多出多少。

要查渝生账，靖付出之二百五十万，既至胜利后还大成，(在申收回)(而丕基在渝付去)这种弊病是铁证。

东西协议及议案均在，合兴并无生产，所有者是安成划入，是成安的。35年十月八日归{规}定，各归各账，即说明已在成安归成安所有，渝公司即大成。

渝生托名事，渝公司就是大成，毫无歉意。

还有一个理由，第一，渝生不是另外组织，是大成在内移时别名，是改托名结果。归根原是大成，如在外一切款项出入，仍入大成账。因敌伪不便直付，重庆大成名义，故借托名渝公司，渝生在合兴做过水管，合兴并无生产，款从何处来？

等于合兴在申时，成安两家将款入合兴，后来成安有用时再取出。倘如靖公所云，则大成安达均照四六要重分矣。况成安是分任管理，不是分家，有案可查，如是分家要有分占协议者，是协同分任责任。

诚如靖所云，是分任管理。后又要向大成分款，岂不是分而再分，得寸进尺。反言之，靖公如此，而国钧亦可向安厂要布机二百台、纱锭一万、棉花两万担，并且亦可要安厂外存款货。因安厂亦必有在合兴付出过款子，一个直入安厂，一个由合兴转渝生再入大成，不过是转湾{弯}而已。渝生并非招

---

① 渝生，即渝生资团，归安达保管，为刘国钧和刘靖基合作时期，产生以刘靖基为主的资团。

牌,并组织。实实在在是大成为报董事会,一个在四川重庆生产业务,所谓渝生。今靖欲向渝生分润即是。

合兴账上名渝公司往欠,即是大成在重庆,而重庆又名渝,就为大成内移,设颜料等其他业务,还有物料、金条、便款,如今靖想渝公司款,就是要剜大[成]的肉。以上是大成在渝的公司。

1947 年日记

1月

[印、美、中钢铁产量:]印度达达炼钢厂每年产 300 万吨，美国战前每年用钢 2800[万]吨，战时每年产钢 8000 万吨。多下许多钢，非向外发展不可。

中国战前每年输入约六十万吨，如每年添纱锭二百万枚，每万锭连附件约 600 吨，要十二万吨。但 36 年正月初三(1947 年 1 月 24 日)《中央日报》载，东北鞍山炼钢厂，厂每年可产钢两百万吨。可恨机被苏搬去。① 现加修配，只可每年产廿万吨。修配、铁路，每年约用十万吨。唐山、天津及石景山三处每年可共产钢五万吨，据每吨合法币一百万元。

5月 17日

有账交启，乃列下。

颜料作 22 股分派。

(一) 保晒霖② 905 · 576，海昌蓝③ 2422 · 639，前已卖出二担，12 条，扣佣金先付吉老④三百万，还大明九百万。五月十七日再卖出二担作十条，第

---

① 据《本溪湖煤铁史略》载，1916 年中日合办振兴铁矿无限公司成立，九一八事变后，日本侵占东三省，成为昭和制钢所，日本战败后，鞍钢大量设备被苏联占领军拆卸运走，鞍钢生产受到严重影响。

② 保晒霖，一种还原染料，自蒽醌衍生而得之还原染料，与阴丹士林相同，此为其商品名称，用于棉、丝及人造丝之印染，其优点为有良好之不褪色性，亦有少量用于某种纸张着色。

③ 海昌蓝，又称硫化还原蓝，还原染料的一种商品名称。用咔唑为主要原料而制成，溶于硫化钠溶液或保险粉的碱性溶液，呈深黄色。主要用于棉和麻纤维的染色，耐洗、耐晒等性能较一般硫化蓝为优。

④ 吉老，即顾吉生。

一批售出者在吉老名下,作先卖出,因吉老要卖出,故也。作先代吉生,卖出三百万货。

(二) 以先卖出之款,归还大明代垫款。

(三) 再尽现款及再卖出货还清广益二千三百万元,合美金 1 万元。[民国]36 年五月十八晚报市价。

上列三项归还清结之后,再将所存颜料或现款,照现存颜料按 22 股分派。吉生,一股半,资本二万。

照应得颜料中之卖出三百万元,除去再找与颜料若干,据有五十多万元未曾收去,仍在大明。

靖基,一股半,资本二万。

达机,半股,还要除本钱。

查一股半。刘六股。

教育基金,八股。倪①,三股。

共 22 股,共七户。

此账开与大明,请大明代为分派若干,注明为托,五月十七。

10月 17日

安益报告:

达机一百六十块,付定福家②一千五百包。印爱耳爱司,价七百[卢]比,买五百八十八磅为一开弟,合 564 块。

付公债 32 块,政府美债。付烧碱颜料,27 块。

付纬镛六百两,21 块。付福家第一批 64 块,付福家二批 60 块。合布约 40 块。

达机处一百六十万,17③ 计,272 亿。

栋处 26 万件,9 万计,234 亿,[经]徐谢康手。

达机处存布约 40 万,17 计,68 亿。

---

① 倪,即倪麒时。

② 福家,瑞士贸易商行,1901 年来华开业,注册人王德康,注册地址上海延安东路 34 号。在上海四川路设代理行,进口美、印、埃、澳及非洲所产原棉、食糖、大米、纺织机械、钢丝布、羊毛、毛织品等。

③ 17,应为 17000。

现栋票八万元，八万计，64亿。

金纬镛四百只，除前存两百只，5千计，一百亿。

福家栋货16万[磅]，144亿。

福家陈钧2万磅，54亿。

总共926亿。

安方连多款，应存花4万5千担，计1988亿。锭3万，3000亿。布机480台，96亿。合兴不在内，统计连下面约五千矣。

1947年10月17日，益兄云：安存厂棉21000担；连外埠纱640包，作五百万一包，约并合花，以纱作3200担。共约24200担，约9648000万。比[1947年]8月31日少存，花衣两万一千担，每担四百四十万，计值924亿元。

表7 大成企业资产概况

类别	规格	金额	类别	规格	金额
房子	2500方	500亿	锭	三万	三千亿
二厂修	百分70	100亿	布机	1400台	280[亿]
颜物料值		150亿	纱花布约合	三万五千担	一千五百四十
修机	一千台作五百台	100亿	原旧房子作	二千五百方	五百
物料、电气、设备、油类等约值		100亿	染机约合	多台，合1万[纱]锭	一千
意诚①连余利约		100亿	三厂旧锭、成渝记及交通定银		一千
大孚约		100亿	城内外地皮	四百亩，作两千二百件	640
10月17日总计		1050亿	原动	2只作	60
总计	9570亿②，合兴另外。				

① 意诚布厂，厂长陶振熙，厂址在大成三厂旁。据《常州大成档案》记载，1948年意诚股份即全部为大成公司承售，并入大成公司经营。

② 应包括下文400亿，共计9570亿。

益[①]云,副止[②]约四百义{亿},谅不确。建筑材料,买事务所无此数。买成方布机很巧,280 台,400 万 1 台。

11月9日

开增资股东会。前 11 月 5 日,在本宅开董事会。我报告少 45 万美元,此所缺头寸不是扩充,是在未分前。预定整个计划,因添旧锭两万约五十万美元,物料设备电线等约廿万美元,原动设备连一二三厂,约卅万。运回棉花约卅万,保险投资廿五万,筒子车三万,灰丁毛机十万,共约一百六十万至一百七十万。自己有八十万,约少八十万,将灰丁机退去,慎昌机已作将纱机退去,保险投资让出,可收回卅五万,尚少四十五万。而欲用个人信用作承还保证人,负责借外币还人。而董会蒋尉仙[③]适任主席,云董事责任太重,勿允签字,拒绝备案。

11月21日

董事会胡闹:

这是何理由,不算数,还约别个股东要公分红利,三百件纱,约云 60 亿法币。增资要二成现款,分与职员 22 倍,职员如照六十亿,分与股东,又要卅亿,共要 110 亿。明知公司无钱,作如此恶意的支配。因本公司现开三万锭,每月要六千担花。另有三厂二万锭,来年正二月开车。似此,每月用一万担,而存花只有两万七担。而染厂每日可能出布五千疋,存坯布及成品只有五六万疋,约十天原料,需要转手到叫可以卖出一万疋布,等云云。简直是逼公司关门也,11 月 21[日]匆匆记录。既要分钱,又不支持我。而安达收房租因赶走房客二家,此两家出去,顶房子出 40 条,没我一半大而我要安达 80 支不为多。安达去筒子车值十万美元,亦不帮我取出此款。

照此董事会,简直毫不替公司设想,勿象董监说的话,此无他谅。这班

---

① 益,即王益斋。

② 副止,常州话,意为不止。

③ 蒋尉仙,江苏武进人,1928 年 1 月 12 日任国民政府财政部参事。1928 年 10 月 24 日兼任江苏扬由关监督,1929 年 8 月 30 日去职。1932 年 11 月 24 日免参事职。曾任武进商业银行监察人、中国纺织机器制造公司官股监察人、武进商会主席、安达纱厂董事、常州民华纺织厂董事长、上海国民商业储蓄银行董事等职。

董事皆因股份太少,所以不问公司如何为难。只知利己而向公司要钱。似此,政府要提倡工业,非限止分红不为功矣!

12月31日

永观工作:收朱如记25万。付明厂6万,付汇季19万,付汇季4万,毛织用。收毛织83千外元。付星季43千多元,连汇季83千多元。

1948年日记

1月14日

常州人，37年1月14日在公训同学会[①]俱乐部晚餐，公司捐1亿，无名字捐五千万，内钧2500万。

蒋君辉[②]、张达(字)俊之、金国屏[③]、唐企林[④]、蒋尉仙。

张韶九，俊之本家，捐十亩田，上海九成钮扣厂。

蒋芹[⑤]，[字]文华，君辉侄，县立师范校长。

顾绍炎[⑥][字]怡亭，私立常中校长。

程振华[⑦]，鉴明中学校长。

盛七鹤天[⑧]，交通部上海材料储转处专员。

---

① 公训同学会，1946年夏以王晓籁为首的200多受过军事训练的公民，发起成立上海市公训同学会，并为在抗战中死亡的上海公训同学建立纪念碑，抚恤死难者家属。后公推吴铁城为公训同学会名誉理事长。

② 蒋君辉，江苏武进人，曾留学日本，毕业于日本文理大学，曾任驻日留学监督处总务主任，曾主编《现代日语》。

③ 金国屏，曾任红十字会武进县分会顾问、武进纱花布业公会理事长、武进县商整会常务委员。

④ 唐企林，即唐肯(1876～1950)，字企林，号沧谙，江苏武进人，留学日本中央大学法律系，曾任教于南开大学，曾任霸县、武清、宛平、顺义等县县长、财政部盐务署长等职。工书，善山水花卉。

⑤ 蒋芹，江苏武进人，1945年10月接管武进县立初级中学，1946年1月改县立初中为武进县立师范学校，任校长。

⑥ 顾绍炎，江苏武进人，私立常州中学校长，为学校申请到盐斤加价补贴，曾任上海识字教育协进会总务干事。

⑦ 程振华，江苏武进小新桥人，创办小新桥初级中学，1941年校址迁龙虎塘，后改为鉴明初级中学。

⑧ 盛七鹤天，江苏武进人，于1929年与盛景馥在东直街盛氏宗祠创办人范小学，任武进人范小学校长多年。

上海银行，常州人，左岘云①，襄理，谈森孝②，营业主任。

1月22日

美国回来，[我]向靖基商定公司大计：

（一）组织中原企业公司，先以三万万元，注册作一架子，选新董监，招人投资，利用别人托我安放资金入股。

（甲）本公司底子大，外人投资要多少溢价不便。新组公司，大家以现金入股，大成投一半或四分之一均可，因所定新机如与老公司，资本不够，故也。

（二）靖不赞成我，说此在美预定计划，谢谢你成全我主张。此举与老公司无伤。故汉堃都入中原办事，免享大成现成福，使他们白地成家，以免我儿子进厂，夺别人权利之误会。余所以如此者，都是集中人力、财力，委曲求全，以期团结进行。否则另成一局，无大成参加亦能办得。不料结果谈一天半晚，都未妥协。转湾{弯}云：至明天再谈。不料到明天在国际饭店十四楼，又谈了三四小时，仍不见效。余因此回想，靖是故意破坏事业。恨极，以致在下午董会前见面，即被我大骂一场。

因我以至公无私之心，为正大光明之事，他竟如此，居心何为？此[民国]35 年二三月之事。今日是[民国]37 年 1 月 22 日，乘永生轮船往香港，道经台湾，在舟中回想摘录。查我在[民国]35 年 8 月 31 日，分与安达棉花四万多担，现款六亿多元，金条近三百支，送与布机 200 台及其马达等。至今，算其物资并无增加，若与大成比较，诚相去远矣！另有比较表。

（三）而今回观靖基之预谋，是停止一切修理厂机，集中现款、物资在安达。早与笃安谋定，将财力、人力抽去，使我孤立。令丕基首先出局，借名独立去办昌明公司，任总经理。[华]笃安预先告假，回无锡，而结果进安达。益斋进安达不必说，且拖徐仲敏去，而仲敏认识真未去。但余靠天虽失去人力、财力，仍能将大成复兴完成。且添原动发电大小透平 2500 启罗，纱锭从一万多修复至三万，且另添新进旧纱锭两万枚，又买意诚布厂厂基房屋。一

---

① 左岘云，江苏武进人，曾任上海商业储蓄银行职员，善书法。

② 谈森孝，即谈恂之，号静庵，曾任中国红十字会调查员、会计、资产委员等职，长期任上海商业储蓄银行常州分行经理。

年间盈余棉纱500[件],围{维}修好布机一千多台,染色印花五千疋,范围建筑房屋两千五百方,物料、原料、染料、坯布等等,照现市推核,要值两千九百亿。三厂添两万锭,修理、物料、马达尚不在内,至开车止,再迟三个月,要值美金80万元以上。而安达仍是原封未动,在十一月间开董事会推算,不特无余,且有亏耗。而他们还死要面子,说赚多少钱。谢监察钟豪查明矣!希望他们赚钱才好,是此靖基一心想害人,结果亏了自己,足见有天理,现在他买了苏州厂基,我劝他勿再买浦东厂基,而他偏要买苏。且特到他府上,请其太太劝阻。董事中吉生赞成买两处,其他维维否否,又多费了六七十亿。照现在利息,三年不用两处而用一处,要损失2千多亿元。这是他的不听忠言,害人害己。我所吃亏的是陪他无能,徒耗资金。最可遗憾的,吉生云:"经理有权买厂基。"岂不知买了一块再买一块,可不经董事会议决而行。且有常董不赞成,置之度外,专欲进行,是否合理乎?

据安达人说,苏州是政治厂基,浦东是开办厂基,更说势力达不到苏州,故不在苏州建筑。难道将来向外省办工厂的都是盲人奇{骑}瞎马了。这种情形真危险,幸有天理,否则安得如此!

1月23日

上午七时,至台湾,至七时半尚未靠码头。同内人、朱炳明①、内侄女秀芳共四人。秀芳二等票,每人450万元,我们头等票900万元,往香港经过台湾。上海黑市美金18万1块,港币3元5角一块,黄金每十两1万万元。20支棉纱3800元,棉花20支原料约780万元,一老担②龙头细布③165万元,190号阴丹士林布④330万元,大成蓝⑤240万元,元布⑥150万元,牒球细布140万元,米140万元。

---

① 朱永,字炳明,朱希武长子,1918年生于江苏靖江生祠堂镇,1943年毕业于武汉大学化学系,在大成企业和香港东南纱厂均工作过,1947年被任命为大成公司厂务部供应组化验股股长,后赴美留学,毅然回国。曾任江苏化工学院副院长、江苏省轻工业学会副理事长,南京大学高分子化学教授等职。

② 老担,重量单位,1老担等于100老斤,1老斤等于16两。

③ 龙头细布,也叫白市布,色平白,细洁紧密,耐磨性好,宜做衬衫、被里、夹里等。

④ 190号阴丹士林布,是一种蓝布,经久耐用,当时较为畅销。

⑤ 大成蓝,布匹挺括,下水不变形,不起皱,经久耐用。

⑥ 元布,即常说的黑布、青布,染料主要用硫化元和精元染料,元布最大特点是色泽乌黑,耐污易洗。

台湾产煤、铝、糖、茶、水泥、钢骨。米足够自食有余，一年三熟。交通甚便，基隆至台北26公里，气{汽}车十五分钟对开一次，快车210台币，慢车160元。官价一元值法币96元，但有人沿路叫只要八十六元至九十元。基[隆]至台北五十分钟柏油路。沿途多山，稻田如四川梯田。种稻人口六百万，四、五、六、七、八，约六个月，热天多至120度。我1月23日在台北，约六七十度。细布消{销}民华天马牌价125万元。江阴有人在此推消{销}或代售，抽行佣。条格布花式，次货甚多，好货难消{销}，批发店有四十多家。

台北市延平北路179号(旧台北市太平町一丁目29号)电话4219，牌号义德股份有限公司，简大轮闽人批发号。

居民多日本化，房租有权利金等于上海顶贵。房租如上海老价很难找一开间，二层楼约台币150元一月。工业较多，烟灰甚多，没有日本清洁。六百万人口，闽人最多，粤次之，浙江人又次之，现在生意人上海最多。闽省物产少，砖瓦厂多，不见草房子，火车有走山洞直达码头，在轮上见出口茶叶、糖装船。可先派人在此住若干时，托人调查消{销}布以布易此地土产，往申两面交易，如此的两面一定有利可图，工资谅不比上海大。论共乱，或比内地好，因此地有国际关系，先做贸易比昆明好，做纺织染将来比香港好。

政治或比内地好些，如得人一定可以将工业发展。魏道民{明}比陈仪①开支大，每日要用廿万元，有人告他不事建设，只见消耗云云。

进口税布捐，百分之十五还是千分之十五，要查。

棉布进口税15%，棉花或少些。果如此，即可做纺织染厂。一二万锭做印花可抢江阴布生意，又可染盘做条子布。棉毛混合做西装呢，一定有利，惜无铁矿，造船炼钢要外来原料。修船可修一万多顿{吨}者，造纸勉强够用，茶叶每年输出可达二千万元，糖从前最多时，一年产一百四十万顿{吨}，现在产量一年只有8万7千顿{吨}。

谅台无铝矿。每年产铜七千顿{吨}，铝2万6千顿{吨}。闻与美合作，

① 陈仪(1883～1950)，字公洽，号退素，浙江绍兴人，留学日本士官学校习炮兵科。曾在北洋政府任职，受孙传芳重用。后转向国民革命，出任国民政府军事委员会委员、军政部兵工署署长、政务次长、福建省政府主席兼福建省保安司令等军政要权。1944年4月，国民政府设立台湾调查委员会，由陈仪任主任委员，后代表国民政府及同盟国，在台北市接受日本投降。为台湾光复后的首任行政长官，1947年3月被解除台湾省行政长官职务。1948年6月，陈仪出任浙江省政府主席，主政浙江。准备起义，后被出卖，不幸被捕，后被枪杀。

每月产煤廿多万顿{吨}。福建有铝矿,与合作可产2万5千顿{吨}。樟脑自三十四年十一月至三十五年四月,产42万7千多顿{吨}。向台湾做生产,还须顾虑专卖统制。

战前输入肥料25万顿{吨},豆饼、硫酸铵[①]等约四亿元。

战前输出米七十万顿{吨},香蕉15万顿{吨},糖80万顿{吨},茶7千顿{吨},凤梨又名波罗蜜250万打,计值43亿元。

或者肥料25万顿{吨},不在输入四亿元之内,待考。

日本人连运军队在台湾约50万人。

凤梨包与美,每箱两打,计五元美金,全年可多至四十万打,计二百万[美金]。

日人战几年中,可收获三万万美元。

台湾纺织业,[民国]35年11月,《新台湾建设丛书》之上载:

棉纺锭14636锭,加1万五千,纺毛机1400锭,麻纺机5532锭,织布机1542台,破布纺丝机31000锭(疑此数不确),织布机730台。

每月生产16支～25支绵{棉}纱37000公斤。布类34万码、麻袋15万个、黄麻年产15百万公斤。

照六百万人,只需要十五万纱锭,衣服虽只要单夹者。如工业能复原,十五万锭不为多,电力以前有32万启罗。现在只有八万五千启罗,期便复兴工业起见,正在极力修复中。罐头食品只有凤梨,顶多时有输出达1600万万元,独不见鱼类,何也?

烧碱月产200顿{吨},漂粉15顿{吨},海水作原料电力有。

1月27日

收广益还前欠定金11万元,作10万元。

收广益代保管,归本人股份内结算,计15918.75。

以上在香港做出入,交达机代如数购黄,以340元左右买进者。

至二月十六七,向保管库查出广东银行收据,计美金三千元。由堃、机签字,可用定货。

---

① 硫酸铵,别名硫铵,无色结晶或白色科里,无气味,一种氮肥。

二月廿三日堃由申来港，问明上海银行有二千八百多元美支票向中央支。是在出票时，在昆明支纽约支票，掉换而来者，程顺元经手的。此票在达机处，应向上海总行交涉，向其叨回。

一月廿四到廿七，有美金四百元，交陆新源。

2月1日

重游大埔七周年纪念。

1940年12月8日，香港被日人轰炸。至一月廿左右，日人进香港，在九龙开炮向香港轰，顶多时一分钟60炮。我住防空洞，至夜不惯，迁云地利道廿号，五层楼下地下室，左边落一炸弹，约离四五码，大门口落五个小弹，门窗炸坏。至二月一日从陆路逃走。当日行至大埔，住南园酒店船式房间内。

今1948年二月一日，适足七年。同吴达机、路岐、陆新源、朱炳明、方崇生、内人等重到南园。至楼上，我七年前之今日住的，该房间仍在，有人打牌，真是一个好纪念。彼时日军驻守，很担心。并请达机特摄一照片，待洗出，如好，当放大留阅。

广州地价：

燧安即上海万圣店面，活{阔}25尺，进身60尺四分一五，门面高至2丈外。其余为假四层柱，经过皆水泥青砖楼板，有水泥楼梯，水泥价要十五万至廿万港币。广州市房，近市区厂基每畊值150元、250元至350元，每亩为60畊。乡间田价顶便宜，每畊约40港洋。香港每方尺地价，全{荃}湾山地稍平，约二元，每亩7千多尺，合1万5千元。穗因华侨买地产，故大。

2月5日

在广州计{记}录，香港、广州纱厂比较：

香港大南纱厂以一万锭为一单位，纱廿支纱开支：

廿支纱人工，每件六工，每工六元，计120元港币。

广东纱厂摇纱工，每工3万元法币。

茶房，高小毕业，廿岁，每工2万元法币，扣饭钱8千元。

机匠，每工约3万～5万元法币。

大南纱厂廿支纱，每件开支，合港币365元，每元作法币2元八角至3

元。照三元计,法币合 1223 元。

开支一件广东纱厂,合全部五百万元,比常州便宜。

因此地工业少,无饭吃的多。

工人习气本不好,被肖国藩①、喻鉴今工务长若弄好,能照上海规矩做,每班 11 小时。

大南纱厂人工一百廿元,物料一百元,厂用事务一百元,电费 45 元,共 365 元。原料印棉用 450 磅,1.20,计 540 元。

每件用 300 度,每度 1 角五分,共计 905 元,卖 1400 元,每件余 500 元。

每锭想出 0.8,广州现出 0.5～0.7,可以到 0.8。

香港用男工,亦可做 11 小时工作。

广州纱厂每件纱 430 磅,卖四千四百万元,至少四千万元,用花五百磅。可换进花 1165 磅之印棉,赚六百十五磅。除开支,五百万元作花衣 135 磅,可赚 480 磅。

《曾文正公家书》,商务[印书馆]出版(民国)28 年第八板{版}。

《曾胡治兵语录》《松坡遗集》《曾文正公家书》上、中、下三册。

以祖宗累世之厚德,使我一食此隆报,夸此荣名,寸心兢兢,且愧且慎。

居家不可过于宽裕,处此乱世,愈穷愈好。

现在但愿官阶不再进,虚名不再张,常葆此以无咎,即是持身守家之道。

人之好名,谁不如我?我有美名,则人必有受不美之名者,相形之际,盖难为情。

吾惟谨慎谦虚,时时省惕而已。

守之道在重加研究勤、敬、和三字。

居家要收拾清洁,宝贵之物宜爱惜珍藏。

但竹头、木屑亦宜整齐安置,切勿浪费。

(以为儿辈榜样,一代疏懒,二代淫佚,则必有昼睡夜坐。)

不可倚势骄人。骄佚二家是败家之祸根。

古人谓,无实而享大名,必有奇祸,此殷家之道。

---

① 肖国藩,广东大埔百侯人,曾任广州纺织厂厂长。1949 年 3 月,参加策动粤东起义,被扣押,后逃亡香港。解放后,仍复任广州纺织厂厂长,后任广州市纺织工业局副局长。

见一善则痛誉之，见一不善则浑藏而不露一字。

久久善者勤，不善者亦潜移而默转矣。

世家子弟最易犯于奢字、傲字，不必锦衣玉食而后谓之夸也，但使皮袍、呢褂，俯拾即是，舆马仆从，习惯为常，此即日趋于奢矣！

养胸中正气，学天下好人。

大着肚皮容物，立定脚跟做人。

见乡人则嗤其朴陋，见雇工则颐指气使，此即日趋于傲矣！

古之成大事者，规模远大，与总理密微二者阙（缺）一不可，弟之总理密微，精力较胜于我。军中器械其略精者，宜另立一簿，亲自记住，择人而授之。

不可常怀智术以相迎，距凡人以伪来，我以诚往，久之则伪者亦共趋于诚矣！

兄为其始，弟善其终。

打仗不慌不忙，先求稳当，次求变化。

办事无声无臭，既要精到，又要简捷。

2月6日

即旧历除夕日。廿[支]纱365万元。彼时多出卅亿，合廿支纱八十件。

2[月]16[日]，廿支纱价，4440万。

3[月]30[日]，廿支纱价，12700万。

4[月]20[日]廿支纱价，15500万。

6[月]26[日]廿支纱价，68000万。常州无锡到八亿元。

2月7日

在穗时，就此要处计{记}录。

即民国37年，在广州新亚酒店，嵌入此项计{记}录。本人自前年底在常州受凉胃痛后，回申转好。至[民国]36年一月一日参加一厂娱乐演讲之后，即病三个月，至四月全愈，五月在西湖休息，又发肝病，回沪成黄胆病，至八月始愈。此刻来港，抵穗本是休息，而连日奔跑调查、采访、研究，日不暇坐者，何也？

(一) 事业心太浓;(二) 对工业生产心太强。

但事局大势,国际左右之争,国内外均应保守,原有事业已足够为力,何必又想新创!

为今之计,应专主贸易事业,因贸易是流动,临时可行可止,厂家则无此活动。

太古公司(开办人非常节俭,80%财产在中国)。

两个人从四只小船做起,香港有太古方糖出品,多而有利,制造技术不公开。有汤君在该公司三年,都未能得允去看过,向主管人要求。而主管人云:“连我亦不能进去”。

职薪给分等级,照级支薪。经理知有好者,在薪给外,开支票封在信内,交出去。只有经理、会计主任及所得本人,此外决不使人知道。

调查职员工作的组织等于特务工作,毫无假借情面,且颇公道。

譬如每月结算,自己透平煤,如多一点,伦敦总公司一定来信,问个明白。

年底奖励几个月,决无太多。

盈亏决不公开,只有总公司重要人知道,同人可入股,局外很少部份,分工甚细,组织非常严密。

12[月]8[日]珍珠港战事,在12[月]6[日]即拆机装船,每一点钟开出一只船。不说何事,职员奉命做事。有人问何事,只说奉命而行,连本人不知船开新加坡。到12[月]8[日],大家始知为战事。而逃者,解散、集合都有方法。

英人在港不说新港币不用,只说迟迟再论。意在至价小时,用人在外收买。至少数未收回,再公布通用。表面是顾全人民,实在已所费不多,将来还向日人要贴款。

英人向重世袭制,高级人儿子总要使其抵父缺。将人作机器用,只要你服务好,是乐得的人情,好计划。

2月8日

[民国]37年2月8日

染织有利否?

表8　染织40码布成本一览

类别	费用
40码布一工6元,织两疋	3元
物料要由上海来,每疋	1元
电费每疋1元5分一度	6角
浆纱每疋	6角
厂用事务费	6角
利息	6角
总共	6.40[元]

大南纱厂云:每工六元。想普通女工不要六元。因布厂女工无工,只三元一天。

纱本11磅,每件1200元,每磅3元,33元。如卖1千四百万元,每磅要3元5角,38元5角。

成本连开支,合44.90,要向民元去调查。

每日夜100台,出200疋,每疋作5元,计1000元,卅万一年。意诚330件,计52.8万元。

表9　香港建100台布机纺织厂成本

类别	费用
布机100台,香港造	计廿万元
房屋200方,2万方尺	计廿万元
地皮4万方尺	作3元,计十二万元
物料生财	计廿万元
浆缸电料设备	计十万元
共计	820000元

2月6日,上海龙头[布]卖一百八十万,要合六十六元。纱本十一磅,计作110万,加开支廿万元,计一百卅万元。情愿常州办矣!照现在香港做布厂,十二磅细布,每疋纱本34元,加开支6元,合40元。卖56元,要赚10多元,约合港币五百元。与大南所得相等。但480磅花衣在广州,要值1680万元。但有营业税、统税,要二百多万元,合来与香港相仿。如穗新再完进口花税,则更不如在香港做厂矣。穗新赚分一半与省府,在香港制成品运往英属地,可享特惠税便宜一半,即10%。否则,要完纳20%。槟榔[1]、新加坡是自由港,其他进口要税,且有额之定量,运出英国、印度。有纱来价900元,进港成本亦要900元。日纱如再来,防纺厂无利可图。英国有筒子纱卖,可利用向南洋,以后要物物交换。

新加坡木匠工,每天工作8小时,要10元。橡皮工每人约4元至5元,比港币价加90%。

英纱筒子纱每磅3元2角至3元4角,印纱950元。

结论:与其在广州,情愿在香港办纺厂,染织亦可做。

2月21日

在九龙,静想大成董监等,只知要钱,不顾事业。靖基利用机会,又复发息利己,并利同谋者,且存心想破坏,图波动成方职员,欲使大成垮台。而成方如跟他多发,又限经济为难,于{与}事业有碍。平心而论,对股东已发不少,奈靖基及某君等故弄手段,势成骑虎。如坚持不发,结怨太深。如照发,又感事业见损。进退两难,但须择一而行。

结论:将计就计。

盖内战局势堪危,外援已迟,精神有限,后患无穷。识时务为俊杰,英人惯技以时势为重,失时肯放,得时肯做,顺势以行。李滨{冰}[2]治水,曰乘流利导,因势制宜。

本公司处此危境,以安内为第一。圣人云:财散则民聚,财聚则民散。

---

① 槟榔,即槟榔屿,英文名为 Penang Island,马来西亚西北部一个小岛,因盛产槟榔而得名,是马来西亚13个联邦州之一,曾是英国殖民地。

② 李冰,生卒年不详,战国时著名的水利工程专家。公元前256被秦昭王任为蜀郡太守,主持修建都江堰水利工程最为著名。

多数人要肥己，我何必坚持集中事业为久远计也！好则大家按股均分，不好则怨恶集中一人。已成分则合，不分则怨，到此地步，何必甘为众矢之的。岂忘“富贵之家，不肯从宽，必遭横祸”之训乎！况世界正值左右之争，中外总向富有者压迫。曾文正[①]家书云：乱世愈穷愈好。武侯云：宁为太平犬，莫作乱离人。左右之争，在未定之天，天下无太平之天也。左右分争如定，而变左则富有全失，变右则兑价必大，于过度时损失亦多。际此乱势，钱财不能确保之间，何必重视。以后时局如转好，可重振旗鼓。在此时，乐得做个识时务人，不必替别人做守财奴。况分出，自己得着大份，反可安心运用。对董监股东职员又获好感，至少可安定片时，不必以为我心好为公益为事业，要晓得好人亦不易做。世如甘地，还有人谋杀，其感可知矣！值此乱世，国家已无是非，人民何得有是非！要明哲保身，非将计就计不为功。不见所欲则不乱！

1948 年 2 月

台湾，新中华菜馆，台北顶好。

醉月楼饭店，台中顶好，女人开的。

涵碧楼[②]，日月潭，住吃均佳。

文士阁，北投。

陈常剑，同泰申庄，上海中正东路五号二楼，电话八七四六三。

叶文柳，福泰纺织工厂，厂址彰化市福兴里长寿街 56 号，总行彰化市信义里长寿街 81 号。电话一三八·三六九号，电挂号 3690 号。

分行台北市延平区甘谷街 10 号，电话 4116 号，电报 3690 号。

蔡公铎，台湾省纺织工业同业公会主任秘书，台湾纺织工业股份有限公司经理，上海办事处主任。

总会：台北市重庆南路 315 号，电话 4375 号，电报挂号 0594 号。上海中正东路五号二楼，电话八七四六三号。

---

① 曾国藩（1811～1872），字伯涵，号涤生，湖南湘乡人，中国近代政治家、战略家、理学家、文学家，湘军的创立者和统帅。曾国藩与李鸿章、左宗棠、张之洞并称“晚清中兴四大名臣”，官至两江总督、直隶总督、武英殿大学士，封一等毅勇侯，谥号文正，后世称曾文正。

② 涵碧楼，初由日人所建，是当时官员到日月潭游憩常光顾之地，后因水利工程兴建，为享有盛名的观光旅馆。

李宪龙①,办文化事业,前在林显堂②处十多年,与蔡公铎同来,只能说闽语。

台湾电影公司,台北市衡阳路364号,电话3842号。

台湾人名录:

林献堂,大地主,很有道德,年已七十多。林犹龙,献堂子,已五十多岁,现任彰化银行常务董事。

黄金海,彰化银行总经理。

张聘三③,彰化银行主任秘书。

林坤钟④,台北襄阳路21号,博物馆对门。

吴达操,台北七都电发所。

李澧,[字]仲桐,台北台湾银行信托部经理,输出入管理委员会,台湾区办事处副处长。

游弥坚⑤,台北市长。

董厚璋,台北襄阳路21号,春源行经理。

郑耀西,台中乌日亚麻厂厂长,农业化学,技术甚好,四十多岁。夫人亦诚善。

杨家瑜⑥,[字]瑾叔,建设厂长。

陈棫,常熟人,电机工程。

徐思桐,台北万国贸易公司经理,馆前路57号。

伍守恭⑦,董事长,万国贸易公司。

---

① 李宪龙,台湾人,主持台湾文化影片公司。

② 林显堂,即林献堂(1881~1956),名朝琛,字献堂,父亲林文钦是清末举人,台湾台中雾峰人,原籍福建龙溪,著名抗日民族运动先驱。

③ 张聘三,早年参加反日运动,参加南音社,后任彰化银行秘书、董事长,台湾乒乓球协会会长等。

④ 林坤钟,出身贫寒,父母因病早逝,偶然机会创立台湾首家饲料厂,成为台湾饲料大王,后担任台湾工业总会理事长。1948年,被聘为台安公司筹备处顾问。

⑤ 游弥坚(1899~1971),台湾台北人,曾就学台湾总督府国语学校,后赴日留学经济,后返回祖国,曾随顾维钧赴日内瓦国联会议,任驻法使馆秘书,任华侨实业公司协理兼仰光公司经理,任重庆台湾革命同盟会常委,抗战胜利奉派台湾区财政金荣特派员,后任台北市市长。

⑥ 杨家瑜(1903~1984),字瑾叔,江西新建人,毕业于国立北平工业专门学校,留学美国普渡大学,获机械工程学士学位,曾任北洋大学工学院教授,中央大学工学院教授、机械系主任,台湾省政府委员兼建设厅长,兼任台湾工矿公司董事长。

⑦ 伍守恭,江苏武进人,芝加哥大学法学博士,曾任上海商业储蓄银行监事、上海租界临时法院推事、东吴大学法学教授等职。

文士阁，北投住过四天。

涵碧楼，日月潭住一夜。

祝之灏，台湾纺织公司，台北厂长。电话 3587，台北市大安十二甲一号。

王民宁①，国大代表，省警察处处长。

连震东②，国大代表台湾省党部执委，省参议会秘书长。

杨守文，台北旅行社分社副经理。台北分社，台北市中正路西路 451 号，电话 3481～3482。台湾基隆市港西街三号，[电]话 271 号。

吕再端③，浙江人，胖子，乌日纺织厂。

盛诚，[字]纯一，江苏[人]，乌日纺织工务科长。

曾昭洵，台湾银行高雄分行经理。

王淑圣④，基隆七都区大东工业公司经理。鲁人尹致中⑤办的。

谢伯伟，台北迪化街 804 号永乐町五一二二六，电话 4293 自宅，怀宁街 56 号话 5725 号。

台安公司⑥，南阳街四号，[民国]37 年二月在台，[民国]38 年一月七日再来台北。

台湾：

周涂树⑦，台湾区机器棉纺织工业公会理事，40 多岁，十月廿八日丰泽

---

① 王民宁(1905～?)，台湾台北人，早年毕业于台湾商工学校，1922 年赴大陆，入北京大学习经济，后投笔从戎，赴日士官学校习兵科，1932 年参加一二八淞沪抗战，参加三次长沙会战，1945 年抗战胜利后，奉命随前进指挥所回台湾接收，任台湾省总司令部副官处少将处长、台湾省警务处处长、台湾省政府委员等职。

② 连震东(1904～1986)，字定一，台湾台南人，连横之子。毕业于日本庆应义塾大学，1931 年前往大陆，在国民党元老张继提携下加入国民党，任重庆军事委员国际问题研究所组长，后任台北接管委员会主任委员、台湾省行政长官公署参事、台湾省参议会第一任秘书、台湾省政府民政厅长、台湾省政府秘书长等职。

③ 吕再端，浙江永康人，浙江甲种工业学校毕业，曾任永裕纱厂厂长。

④ 王淑圣，曾任生产自行车的大东公司经理，负责公司运营，后因工厂人事复杂而离开。

⑤ 尹致中(1903～?)，山东莱阳人，青岛商学院、日本广岛高级工业学院肄业，创办忠记针厂，抗战爆发后，在上海、香港设立大中工业社制针厂，在重庆设立大川实业公司机械厂，在成都设立大星实业公司机制面粉厂，后在香港台湾两地从事实业。

⑥ 台安公司，1948 年刘国钧派员携 200 台旧布机及部分布匹赴台，在台北筹设台安兴业公司，以公司名义购进南阳街 4 号市房 1 座，以大孚名义购进许昌街 28 号市房，拟作办事处与栈房，选厂址于台北县板桥镇，占地百余亩，1950 年再赴台，见台政治黑暗，无发展前途，结束台安兴业公司筹建工作。

⑦ 周涂树(1917～?)，台湾台北市人，私立开南商工学校毕业，历任台北市台湾物产加工公司董事长、永美贸易公司董事长、台湾柳屋化工公司董事长、台北高砂纺织公司董事长、台湾区织布工业同业公会理事长、台北县工业化理事、台北市进出口公会理事。

楼晚饭。会址,台北市汉口街一段一四六号,电话3974号。上海办事处中正东路五号二楼,于{与}蔡公铎在一处。

李占春,台湾区机器棉纺织工业同业公会理事长,台湾省工业会常务理事,大块头,忠厚。会址台北市汉口街一段146号,电话3974号。

朱学仁①,美丰毛纺织厂经理。总管理处上海江西路374号七室,电话10337。台北市办事处,衡阳街392号,电话4261号。

周涂树,下列[公司]皆董事长,四十多岁,面不白,如周司务高,能干。永美公司,台北市馆前街38号。高砂纺织公司,台北水道町254。台湾工艺公司,台北黄德街6号,电话5692号。

李宗侃②,[字]叔陶,河北人。台湾物资调节会委员、常务委员兼上海办事处处长,上海大名路台湾银行三楼,电话46293,分机17号,法国留学生,面白书生。

郑学稼③、王师复④,国立台湾大学经济教授,图书有78万册。

梁子鹏,春源行台经理。

陈骅生,台纺公司总经理。

秦子奇⑤,台北博爱路73号光智大楼201号。协成公司,中国画苑徐嘉隆。

曹舜钦,台北峨嵋街43号,大生办事处。

和新夏,冯金炜。

郭建英,工商银行业务部副经理。

---

① 朱学仁(1914～?),浙江镇海人,毕业于圣约翰大学附属中学及南通纺织专科学校,入东京工业大学专攻毛纺织科,曾任常州大成纱厂毛纺织技师,创办美纶毛纺织染厂、美昌呢绒号、美丰建业公司、华丰电气机械厂、鸿章毛纺织机器铁工厂、中华毛纺厂等。

② 李宗侃(1901～1972),河北高阳人,出生于名门世家,祖父李鸿藻、叔叔李石曾,早年留学法国巴黎建筑专门学校主修建筑工程,担任国民政府建设委员会专门委员和国都设计技术专员办事处副主任。设计的民国建筑作品有国立中央大学生物馆、中央军事学院体育馆,参与过紫金山观象台、国民大会堂以及中央博物院筹备处的设计等。

③ 郑学稼(1906～?),福建长乐人,毕业于国立中央大学农学院畜牧兽医系,赴日本东京研究日本历史,曾任教于复旦大学、台湾大学、政治大学。

④ 王师复,福建福州人,厦门大学经济系毕业,曾任台湾大学法学院教授等职,善诗词。

⑤ 秦子奇,曾任中国天一保险公司副襄理、华成保险公司总经理,在上海与李祖韩、王季迁等发起成立中国画苑。

黄朝琴[①],工商银行董事长、参议会议长。

稳好行,八十多年,店主粤人,来此四代了。赖清添[②],五十多岁,子锦文,留日学经济,26岁,很好。去年以二百疋资本,信用好,已有五百件纱本矣,此地生意为最大。振中布归他销,陈庆元对他有相当帮助。台北40多万,台中高雄布廿多万,倒挂价。闻申每人买三码,极透。

报馆台湾行要向他听市面,父子两人很精明。敌伪时,到过苏锡销人造丝。他说:"人造丝厂可做。"

陈岚峰[③],监委,林坤钟内兄。

连震东,参议会秘书长。

汪适吾,靖江生祠堂西北新丰市人,省参议会议事组主任。南海路54路,电话2094号。

3月7日

[在]乌日[④]参观亚麻工场被炸残余机器。工场长由台北同来郑耀西,有与我计划书、纺织机器账单。闻五千锭,值战前日金六十万元,惟原料不易得,要自己种植。从农业起至成品至太难矣,希望台湾以后有此原料供给,方可如愿。另有详细记载。

糖厂,每日需要从田内运到机处八百顿{吨},[民国]36年十一月至37年三月底,共产三万七千顿{吨}。下年可产五万顿{吨},因增植三分之二矣!尚有每日出一千顿{吨},在台南共计有卅四家农民,来蔗出糖后,各半分派。厂之置备,如人造丝厂、纸厂、乌日糖厂自备发电机、炉子六只,开四只,两只为备货。设备很完全,轧滚筒约有40寸粗,用牙齿拖动四百匹马力,

---

① 黄朝琴(1897～1972),福建南安人,幼年随父定居台湾,早年赴日美留学,在美国获政治学硕士学位,1925年加入国民党,1928年入外交部,先后任侨务委员会设计股长、外交部亚洲司第一科科长、驻美旧金山总领事,1945年台湾光复后,奉调为外交部驻台湾特派员兼台北市长,任参议会会长达17年。

② 赖清添,开设稳好行,营业发达,以发展纺织、人造丝等产业兴起,所创办的企业集团成为台湾地区20世纪70年代十大财团之一。

③ 陈岚峰(1904～1969),台湾宜兰人,早年来大陆求学,毕业于暨南大学政治经济系,后赴日本陆军士官学校学习,1926年到黄埔军校任教官,参加北伐时任国民革命军东路军总指挥部参谋,抗战胜利后奉命接收徐州,任闽台区监察委员行署委员,台湾农林公司董事长等职。

④ 乌日,台湾地名,现台湾省台中市的市辖区,居台中市南端,控制台中盆地出口,北倚大肚山,南邻八卦山。

看来成本甚大。蔗渣作燃料,多下卖与纸厂炉子,后能自动使渣成饼运出。看来资本战前约值五百万日金,连农植在内,分机械、原农、技术、管理四处。

麻纺织厂,代理厂长何温,闽人,3000锭。每日照理可出麻袋六千多只。现出两班四千只,可照每月出廿万袋计算,用五百多人,工资每月1万至15000元。台南有一家机器较为新式,厂长何金荣。每袋计重2磅75,麻价约二百元一斤,每只原料作六百元。开支每天五百人1.5万,1月计750[万]元,再加其他1500万元,共2150万元。20万只原料作1亿2千万元,统作1亿5千万元。总共成本算每袋2磅半重,合750万,似乎有利。但出数不足,再加利息、折旧,每月要打个折扣矣,不准确,要细查后,方知。据售价每只1200元台币,合国币18万元。

每月可余台币一万万元。郑耀西发明野草做麻已成功。树皮正在试验,时刻想新发明。

水电厂①,大观和钜工。[大观]美、德、瑞士货,五部卧式;[钜工]德货,两部立式,日人仿造德货更好。每部两万启罗。

进水管3米,2米半,一米六,在进管处设压力至发电处,每公分水有压力30公斤即66P。地面视之,不足十亩,此厂战前日金四千万。

从100公尺高空,渗下水。大观到钜工16公里,从山下通过大观发八万,而钜工可就回龙水发三万,还可利用回龙水发6千启罗,尚未办。

方棚②老式用油多,新式黄磁,用油少。

3月13日

在由台回申,中兴船内,闻杜君云:中国银行官股3000万万法币,商股亦三千万,信托部有,买进商股若干。因此,选举官方投一张票,再拉一点商股或在在信托部投一点票子,董事长皆官方的了。

此副止中行有美汇叁亿多,英金一亿镑。似此,共值七亿多美元,已被中央收去,再由中央划存与中行七成,而央行再将已有者拨一部份与中行,

---

① 据《佳木斯文史资料》第3辑载,台湾浊水溪修筑上下二个堤坝,先后建立两个发电厂,分别是大观水电厂和鉅工水电厂。大观水电厂装有5台Francis型水轮发电机,钜工水电厂装有2台Pelton型水轮发电机,均为美国西屋公司制造。

② 方棚,即变压器。

因此中行仍有原数头寸。但政府要用，随时可动用，中行好在有产业如大楼，很值钱，而账上只作几百万法币，如雍兴公司及其他共有四个单位办了不少的厂。账面看看，不多，实值甚巨。股东只分到几厘钱，这就是官商合办的好处。否则，股东方面决无如此安定。但如公权对该行很有功劳，被宋一举手即离开，那{哪}有自己的事业靠得住。而今公权掌央行总裁，又将中行财产划央行，可算循环报复无讹，以政府卖出黄金，据值两亿以上的美元。

3月25日

[在上海]麻绢纺厂参观。麻纺厂 3000 锭，用 1200 人，每月产麻袋 30 万只。

战前卖价四角三分，除一切开[支]，赚五分一只，每月余一万五千元，每年十八万元。

机器不论锭，足以 16 只锭供织麻袋机一台，20 锭供织麻包布机一台。袋机活{阔}37 寸，包布机 53 寸，共计 95 台。

黄麻 1948 年 3 月 25 日云：印黄麻每件四百磅，价二百七十卢比，申交货。

苎麻，出产两湖最多，湖南货顶好，全国汉口为集散市场。

黄麻，天津有洋麻俄种，以前东北出产多。每年只收一次，要收足供全年用，成本合重，广东产量多的。

黄麻，杭州，日人提倡。此厂在杭脱胶后，运来。精炼好，每市担要 1300 万元，每斤十三万元，2 磅半要合 325000 元，再加厂用开支每只四万五千元，共要 37 万元。而卖廿八万元，外面卖 40 万元，论成本祇{至}少要 35 万元一只，广东每日用 24000 只。黄麻杭州四百万一担，练成对折，每担合八百万元。加洗费 15 万，运费十万，照理战前每担值米一石。

中国银行麻纺机一套，计布机 95 台，锭子三千枚。[①] 本存申，战时被日军搬马呢剌[②]。后要回，损坏约两成，拟卖出。新货价约值拾万一千二百镑。

---

① 据《杭州运河老厂》所载，搁置在上海的黄麻纺织设备是 1937 年中国银行从英国购置的，包括 1616 枚纺锭，95 台织机。因抗战爆发，除了部分设备已运抵上海外，其余都转运到香港，再运到菲律宾马尼拉。太平洋战争爆发后，日军曾用这套设备进行军需生产，抗日战争胜利后，拆运回上海。解放后，这批麻纺机被安置在新筹设的浙江麻纺织厂。

② 马呢剌，即菲律宾马尼拉。

中国苎麻，全国除自用外，产量在70万担，占世界70%。日人有此苎麻纺锭70万，绢丝纺锭50万，毛纺锭110万，纱锭1300多万。专用华麻，现开三成。中央信托[①]收进苎麻，美金9角1磅，因此向贵，练成白麻如丝状，每市担要4千万元。

公大第三厂[②]开办已四十多年。先有此次名“上海绢纺”。后改第三，9900锭，公大第一、第二皆此厂余利去办的。用水多，不可用硬水，可近太湖做。[③]

黄麻工作第一道，麻上油经两道钢丝、两道条子、一道粗纱上细纱织麻袋。

苎麻化药，发孝{酵}脱胶，烘干不可晒干，丝可晒做像如丝，可做西装，可和绢丝交织，可以绢丝经麻纬，做哔吱[④]，全麻做平布，将来可和毛织，成本于{与}绢丝相等。照现在国人心里，情愿做绢丝厂，卖得起钱，并可运美国、南洋。要机器向日买旧货，因日机无产麻，现开三成，我不卖与他[麻]，买回机甚好。绢丝每担卖一亿五千万，真丝要卖三亿一担，花式可做多种，有布样有印花，每码卖四十万元，白哔成本每码25万元，全苎麻也要廿二万元。该厂每日出50码一疋之绢布，计一百五十疋绢丝线九担，每月可余一百多亿。只有丝吐头洗练复杂化药，要技术，手续烦难，至纺部、织部较棉纺，容易也。李国伟[⑤]已办两千锭，申新已办五千锭，值得注意也。

黄麻每亩印种收五担，皮厚而高。中种只收二至三担，一年收一次。

---

① 中央信托局，南京国民政府时期官僚资本的金融机构之一，1935年10月1日成立，初始设购料、信托、储蓄三处营业机构，另设有会计处、文书室、出纳科、人事科几个内部管理机构，又设保险部，又设立中央储蓄会。

② 钟渊公司公大三厂，1907年日本最大的纺织企业钟渊纺织株式会社，为便于利用我国丰富绢纺原料和低价劳力，以中日合资名义集资规银40万两，在上海曹家渡开办上海制造绢丝株式会社，后华资退出。1925年扩大生产规模，增绢纺锭，规模号称万锭，织机增至313台，成为东亚规模最大的绢纺厂，同时并入钟渊公大工业株式会社，改称公大三厂。

③ 对丝绸精练、漂白工程影响最坏的是含有钙、镁、铁等的硬水，太湖水为淡水，矿物质少，制作的丝绸品质较好。

④ 哔吱，即哔叽。英文beige的音译，有毛织和棉织两种，斜纹织物一种。棉哔叽以棉或棉混纺纱线为原料织成。

⑤ 李国伟(1893～1978)，江苏无锡人，荣德生长女婿。1916年毕业于唐山路矿学院，曾任铁路测量员、绘图员和工程师。1918年始，协助荣德生的族兄荣月泉在汉口创办福新第五面粉厂、申新第四纺织厂，并任两厂经理，成为荣氏企业集团的主要成员。1947年到广州建立汉口福新公司广州面粉分厂，又到香港建立香港九龙纺织公司。1948年，将总管理处迁到广州，1949年又迁到香港。1950年回内地，1951年起先后担任湖北省工商联副主任委员、全国工商联常委、中国民主建国会武汉市委常委、湖北省政协副主席等职。

苎麻每年可收三次，价与米担同，产占世界70%，做到如棉丝样，每担四千万元，中信局收价每磅九角美金。广西产黄麻1万多担，苎麻2万多担，价每担价两担米[同]，成品只有卅多斤。下脚短麻造上等纸，亦值四千万元，一担可出35斤，工耗失30斤。

3月26日

纺织业要注意交织品：欧美各国交织品很多，棉毛麻人造丝。吾在美已收集样品，可查考。昨日参观上海绢丝厂，又知绢丝可和毛纺，和20%不觉得，可和多至70%，苎麻可和20%。似此，棉、毛、麻、绢丝、人造丝五种可并用。

而机器纺的方面，灰丁两套，华纶钢丝纺锭合线，可用于绢纺纺下脚，即丝吐头粒子弄不去的织棉绸。公大有七部钢丝，纺此货，销路很好。纺机细纱于{与}灰丁棉改纺毛机相似。如此，则人造丝纺、毛纺、绢纺、麻纺、棉纺，华纶、华司斗特均可，合而为一做交织品。论值真丝顶贵，绢丝便宜一半，人造丝约合真丝价百份之二五，又比绢丝便宜一半。但美人衬衫卧服喜绢丝，坚而经洗又软，可换外汇。棉花虽价于{与}人丝相值，但不经用，如棉于{与}人造丝交织，出品美观，而价可多卖。惜进口税贵要加100%，有资本可自办人造丝厂。

羊毛顶贵，但可少和。惟绢丝麻人造丝均比棉好纺，而棉花纺最简单而易行。日用品棉为最合用而需要又多，故世人均趋重棉纺，如为纺织进步及利益论，应加意研究，获利较丰。

麻袋、麻包、布、粗货所用的是黄麻。于{与}以上五种有粗细不同，不能和合，不必重视。

日本毛货大约多和绢丝，光软好看，价廉。闻绢丝纺有五十万锭，麻纺七十万锭，内亚麻纺有七万锭，毛纺五十万锭，棉纱战前一千三百万锭，约占棉纺十分之二弱。而人造丝纺尚不在内，如每年产人丝六万万磅，就可抵棉纺细纱九百万锭，连其他除棉纺锭之外，共有杂纺锭一千一百卅万枚。倘再将天蚕丝等进比，棉生产较多矣，岂可不注意。而今再受美国扶植，彼之一贯主张“农业中国，工业日本”，拾年之内或有成其欲望，因势有逼成之处。如近来中信局为争取外汇，加价收买苎麻制成品运日，每磅大至美金九角，照黑市要4500万元一担。将此自产原料做贵,自己难生产。而日人因原料贵,成品做好,可多卖仍有利。而我难与日货竞争,则势必逐步退让,听原料出口。如我自办机器,技术是小,而须防日贵收原料,贱售成品,于{与}我竞争,则难矣!艰矣!一种如此,其他可知人造丝新式机四道即可成品,而老式要十一道成功。

香港纺厂业务,1万锭不嫌多,可购人造棉和棉花纺,做格子,染盘头纱。因可利用人造丝无税,消{销}南洋。条格棉布更可购中国绢丝棉,去和棉花纺,做经条织条格布。

3月26日

沈海涛①,安泰机器铁工厂主。

绢丝厂机器,该厂已造过数家。彼云,可纺麻毛、纺苎麻、分粗细两种,粗的以钢丝分粗疏,细的紧密钢丝针比棉纺好,可换粗细,用之坏脱亦可换,2000锭日价约五万美元,安泰造要十万元,战前五万法币可矣。

织翻布织水龙管子,该厂可造。每台可织翻管六根,价每台约七百美元,44寸活或50多寸至60寸重式者。

轻式的可用老旧布机改造,我说以十台织粗货,廿台织细货,因全织翻布只要廿台,全细货要40台。纺物料加二万元,织物料及经车筒纡车,不要浆缸,再加一万五千美元,布机作贰万元。共计155000美[元],房子五百方,地皮、电机、引擎等设备再加十万元。

总共作计25万元,作卅万元,足矣。马力约二百匹,开洋井,物料重用象皮及针钉钢丝布上所用者,空地要大。日人以前用此项纺绢丝,和入毛60%练,生硬一点。

煤气引擎最廉,法国货,加兴②有二百五十匹两部,可往看。原料每锭每日夜要用两磅,计4000磅一天,一个月120000磅,即1200市担,一年作十个月1万二千担。彼有出货样品,棉毛丝人造纺可合在一处。

据绢丝质地更{硬},比天然真[丝]轻,织成合廉。

---

① 沈海涛,上海安泰铁工厂经理,1931年接办芜湖裕中纱厂,改名芜湖裕中盈记纺织股份有限公司,沈海涛任总经理,张永清任厂长,后因战事影响,销售和经营不畅,地方势力压榨,不到半年破产。

② 加兴,即浙江嘉兴。

日人着绢丝废料织棉绸,夏天打网球,风凉而吃汗,甚佳。苎麻可做飞机上翼子布,用油浸过很牢。无亚麻用此者,亦可皮鞋扎底线、上鞋线,销路甚大,吊综绳用场亦大。

3月26日

陈先生[①]谈话两小时。

以前中国独自抗共,形势孤立,物资缺乏,物价高涨,通货膨胀,急急堪虞。经济遭共党破坏,交通被其阻断,军事失利,政治日坏,人心虚慌。今日已加入世界反共集团,美国已初步援助。

12个月共订四亿多美元,上年中国输出连华侨汇款共得美金约三亿一千万元。如照此数,连美借赠共有七亿多元,粮食、花衣、机器、五金、汽油均可应用一年。物资现有价可看平,法币亦能紧缩,经济略现暑{曙}光。军事既为世界抗战集团帮助有矣,应可好转,法币应当稳定,物价不应再涨。

军民心里似可稍安,局势应当转移。宋子文时售出黄金五百万两,耗费美金十亿元,未克济事。美国在申已预定帮助增加电力。

粤汉路,允与借债扩充。

闻此一席话,[往]台湾欲迁五千锭、布机二百台、染色千疋之计划,要暂缓矣。因装箱运费、造房子买厂基、添物料及路上损坏,总需法币一千亿元,合美金廿万元以上,约值棉纱一千件。如时局无大变动,常州能不遭破坏损毁者,则不动为宜,因一动即不可停顿,为分散计,似可将欲筹搬运一千亿元抽出,在台就地买,九十万台币一台之布机,开厂为合算,或搬常州二百台布机去。但单纯布厂买纱做,甚不经济也,最好买纱锭五千枚,以余利再买布机。宋子文以出售黄金回笼钞票,未收效果。今张[②]、陈[③]欲以呆产吸收黄金、美汇,谓[惠]而不费,废物利用,手段高妙矣,等于孙策以国玺换袁兵三千回江东立基业之计[④]。

似此,政府以招商轮公司、资源会产厂五千万美元、中纺织机厂值一万

---

① 根据日记内容,应为陈光甫。

② 张,即张公权。

③ 陈,即陈光甫。

④ 孙策在其父孙坚死后,投靠袁术,神勇筹谋,连获大胜。孙策一意要走,忍痛割爱以国玺为代价,换得了三千兵马,换得了父亲旧部。

万多美元，总共确值两万万以上，连借款及出口货，总共头寸可得十万亿美元。而中国银行尚有七亿多美元。似此，应该可应付一时矣。

告以香港一万锭、布机二百台，制交织[品]，两年多出本，但开办要耗一年功夫。他说可商量，于{与}他行内人讨论后再谈。但香港买新机于{与}台湾事不同，但如中纺果合算购买，而香港事又宜考虑矣。

1948 年 4 月

常州人：

谈峋嶙，原名恂之，又号静庵。

骆东藩[①]，新县长，前徐州市长。

翁柽[②]，号圣木，旧县长，37 年四月将离常。

张焕荣，警察局局长，江阴人，于{与}前局长周壬同学，勿多言，沉默。

周化南，城防司令部指挥官，诚笃。

万怀青[③]，前青年团团长，现任城北中学校长。

县党部，常务委员三人，盛景福[④]、高传[⑤]、童家驹[⑥]。

《中山日报》：党报。《武进正报》：青年团报。

《快报》，叶莘荷主办。

《晨报》，蒋少枚[⑦]子蒋克明[⑧]办，署绍先合作。现由徐锡佳维持，航业公会主席，任晨报总编辑。

直接税局长，周仁庆[⑨]。

---

① 骆东藩，江苏阜宁人，1948 年 5 月出任武进县长，后任南京市民政局局长等职。

② 翁柽(1893～1954)，字圣木，浙江泰顺人，早年入浙江监狱专校，历任甘肃省民政厅主任秘书及陕西长安、浙江嘉兴、遂昌、江苏武进等县县长。

③ 万怀青，即万怀清，江苏武进人，曾任《武进正报》社长，曾任三青团江苏支团监事，1948 年创立武进青年社，后去台湾，出版著作《舆论与宣传》。

④ 盛景福，即盛景馥，江苏常州人，曾任人范小学校长、武进县党部书记长、武进县党部执委会常务委员。

⑤ 高传，武进礼嘉人，曾任武进县党部执委会常务委员。

⑥ 童家驹，武进安家人，曾任武进县党部书记长、武进县党部执委会常务委员，武进县参议会副议长。

⑦ 蒋少枚，江苏武进湟里人，曾任武进蚕业公会理事长。

⑧ 蒋克明，江苏武进湟里人，同盟会会员，与叶楚伧挚友，其子为黄埔军校一期蒋超雄。

⑨ 周仁庆(1913～)，1936 年毕业于武汉大学经济系，我国国际税收的创立者，1950 年被调往西南大区财政部税务管理局，1979 年被借调到财政部，参与多项税法起草。编有《英汉常用税收词汇》《税收史话》。

《新闻夜报》，属正报。

黄允诚，湘人，在常已十多年，42岁，现在警局，月进连配给在内，五百万元。一家两夫妇四小孩，大女15岁，次女13岁。奔牛三次做事。

徐禹公，交通银行经理。

胡学端①，号变堂，[字]晓当，中国银行襄理，兼营业主任。

4月9日

下午四时，安达董事会记录。

(是非无实相，究竟总是空)

有鉴于斯，出席前就抱不多话为宗旨，不料靖基反向我方挑战争斗。

(一) 安达在去年春季，美金每元值四千元时，有在凡皇度车站附近水泥房屋一千方厂基十五六亩，讨价40万美[金]。内中还有设备、冷热水管、炉子、皮革厂，约值八九万美元。我劝其买进，可排布机五百，纱机一万，染色若干。如买进，先将布机开出。其时因官价卖纱与布厂，自己织布每件纱可多赚几千万元一天，另附计算表。

(二) 其时厂基尚未买，大家劝其买苏州丰桥厂基，既出每亩米价廿担，二百亩约四千担。照现市米约每担四百万元，计一百六十亿。

(三) 同时又谈买浦东厂基，每亩要米40担，买一百廿亩要四千八百担。填高基地要2尺，闻须40亿。接通电线，要照铜丝作价，由厂方付款作借，与待发电后，将来原照铜丝价还厂方。此刻铜丝价要一百万亿，纱布只有五十万亿，是吃亏等于送耗一半，成功后，连费要二百亿以上。

我在此将成未成时，叫笃安、靖基两人及王益斋至舍间，一再请其考虑。如买苏厂，即不可再买浦东厂基。因现在利息太高，四个月即须加一倍，倘少买一处，可省二百亿元。如照现在放息计，一年可省一千六百亿元，谅三年之内，决用不到两处地皮，损失太大。

(四) 今靖基在董会报告云，浦东地皮现已涨价，每亩可卖一百担米。我应出信向董会，供献卖出，赚一笔钱，作建筑苏厂基之用。

---

① 胡学端，曾任中国银行南京升州路办事处副主任，中国银行扬州支行主任等职。

(五) 顾吉老、靖基均说向合众让进利太纱锭[①] 1 万枚,价合六十万美元,据价廉物美,情让而来云云。

其实合同在两星期已订好,不先向董会报研究。而将已成事实在董报告真实价,须九十万以上,少说卅多万,要向合众查明。如果要九十多万而只说六十万,是何道理?

据益云,安达除将所有各种存货及现款外汇等等,建 3 万多纱锭、五百台布机、房屋后,只剩 2 万 2 千担花衣。如买此利太纱锭,除付定洋十万美元外,尚缺连物料设备,要一百卅多万美元,不应该买的也。

(六) 我照第一次 36 年 7 月间发股借[息]时,已多付过百分之 60 以上,计应付三亿多,而付出六亿多,计多两亿外。

靖基竟糊说,彼时口头说过,下不为例。我在董会当场向各董监曰:“诸位原是以前在坐者,究竟有此言乎?”大家默默无言。我再曰:“如当时有此言,我可不是这种,做堂堂男子,何可造说,人格何在?”

(七) 靖基心理作用,无非想多抽大成血,口口声声,已一再而三的云:“范围大,人头多,分少了不敷支配,可以多分现款,与股东同事就可多得了。”

试问世界上办工厂业的,是否是以范围大小、人头多少,作发股东红利之多少,为定额乎?果如此,先请将此高论,提股东会,修改章程,即施通过。经济部能批准乎?

再试问,永安纱厂[②]股东未分直接分到红利,而同事有无奖金。庆丰[③]及其他各厂是不是依照范围大而人头多,而按此两项定例分发股东,请赐教。或请书面提交董会公决,使经理人可行通议案办理。在未有此决议案以前,而我照上年议案办理,是否违法。

而你指靖基言,一买两块厂基,不经董会,先订合同买纱锭,合法否?

中华棉业公司无锡纱、通州棉花,何乃扬在锡交涉等情,一无后话,歉甚。

---

① 利太纱锭,应为泰利纱锭,据《安达纺织股份有限公司社会主义改造历史回顾》载,安达初创时设备为 14000 枚瑞士立达纺机纱锭,1940 年 3 月,安达向严庆龄创办的泰利机器制造厂定购纱锭 1 万枚。

② 永安纱厂,1922 年华侨郭乐、郭顺兄弟在上海创办永安纱厂,先后发展至四厂,至 1936 年,永安纱厂一跃成为纺织印染全能企业,规模仅次于申新纱厂系统。

③ 庆丰纱厂,1920 年由唐保谦、蔡缄三等在无锡筹建,额定股本 80 万元,1922 年开工生产,先后发展至一厂、二厂和庆丰漂染整工场,1937 年庆丰纱厂已有纱锭 6.48 万枚,线锭 4120 枚,布机 917 台和全套漂染设备。

4月29日

下午三时，在康乐酒家①，开昌明公司董事会，常务杨子游、骆清华、刘靖基，总理刘丕基。

丕基报告，资本在组织时，以中华棉业公司大成投资的一半和民丰厂一半入作其入股一亿元。丕基等另招[骆]清华等一亿元，共两亿元。在彼时值黄金合美金十六万元，而至今日总财产只值棉纱三百九十件(照三月底市价)。每件1亿贰千多万，只有四百七十多亿元，合美金不足七万元。如照棉纱算，彼时值廿支纱每件七十万元，合约二百九十件，现在约值三百九十件，赚一百件。因照美金要亏三分之二弱，在香港做硫化元②、直接元③等大亏本，跌去六分之五。谢钟豪兄因其世兄承启为昌明协理，就便在港代买定硫化元，甚为吃亏。此吟甫先生所言。窃彼时汉堃劝丕基守我回来决定(创办时在[民国]35年初由美回国)，不肯。抢先组织昌明公司，造成事实，怕我反对，不许他离开大成。如守我回来，或许不做此事，免于亏本矣。今明知亏本，且要分红，议决发廿亿也。丕基本而买进大丰纱厂，否则靠此昌明则不佳矣。但大丰纱厂何如，要听下次董事会报告矣。我入彼五千万股份，拿去十二条半金子，作每条四百万元。

查我由美回国在中途，到申只离三天。汉堃力劝丕基勿做昌明公司，说：我在渝时，曾对丕基也说过大成要集中人力，集中财力，扩大本业，劝其勿离开大成。不听。[汉堃]而后又向靖基说，请其转劝丕基，勿急进，守我回来，至多再迟三四天。而靖基云，“他是弟弟，做阿哥的不能硬阻断他意志，就是儿子要走，我亦留不住他”。我回来之后，见他们已成事实，无法挽留，只能听之。不料，靖基反说，丕基尚未向大成辞职。我说，昌明公司已成立，董监已选好，他已任总经理，还有什么辞职不辞职的话。视其意，做了昌明总理，还想兼大成职务，作为大成派他去做昌明者。我以为不可如此。后来从此，靖基就大生意见，要求出局，可算起因是从丕基起者也。

---

① 康乐酒家，又名康乐酒楼，位于上海静安寺路456号，创办于1942年12月4日，康乐酒家内有大小礼堂五座，全部座位1200只，是一家以粤菜为主的高档餐馆。

② 硫化元，又称硫化黑、硫化青，最常用的硫化染料，主要用于棉和麻纤维的染色。

③ 直接元，又称直接黑，一类黑色的直接染料，由联苯胺、H酸、苯胺及间苯二胺制成的三偶氮染料。用于棉织物及丝绸的染色和印花。

4月30日

中纺事,在国际饭店,闻升伯云,近日戴德由日来沪,调查上海纺织业,对纱花管制办法不满意,要归公会方面管理。据说,日本现在运转锭子近300万。麦帅①允其恢复四百万,今年年底可到四百万,中国一于三之比,可以到1200万。

中国纺建公司②,余在纽约时曾经说束云章好大胆,管如许纱锭,难有好结果。后来不知内容,总说如何赚钱,殊不[知]恶因早种,恶果已成。

[民国]35年报告赚一千八百亿,36年赚一万八千亿,不料联总③派到棉花纺成棉纱在便宜价配销与复制业,而各织布厂配到便宜纱,民营厂倍,国营厂亏本五六万件或至十外万件。

在其时,国营方面或因银根头寸关系而银行方面见中纺公司有卖出纱布款项,当然少付与法币。而中纺方面就将所得联总纺出之纱售得之款,买棉花及向东北等处去开办,损失甚多。石家庄及产花地被共军取去亦不少,以致亏空。联总五万件棉纱,照37年四月卅日市价,每件一亿四千万,要七万亿元,前两年赚两万亿弱。而今要还此亏空,反而折耗五万亿元矣。

升伯云:一只罗丝实价四千元,开一万六千元,舞弊三倍之多。其他如收花之不研究,带毛多籽多水,货样不符。花行说,只要做国营生意。

中纺事,以纺管会收得棉纱赚到两千亿元,其时金价只有每条四百万元,要合五万条黄金,即五十万两。升伯提议以一千亿办植棉,一千亿办棉纺实验馆,结果以四百五十亿办棉花种植用,其余六区公会要求办上海工专学校。结果将存的棉纱卖出,存法币放利息于被收买的厂家。大成未有借到。币值贬值,结果因以几百万元一件棉纱卖出,放利息吃了大亏,存法币未能利用。

---

① 麦帅,即麦克阿瑟(1880～1964),美国阿肯色州人,美国西点军校毕业,时任盟军最高统帅。

② 中国纺建公司,即中国纺织建设公司,简称中纺公司,国民政府经营的纺织垄断企业,1945年12月4日成立,隶属于国民政府经济部,翁文灏以经济部长身份出任董事长,束云章任总经理。1946年1月2日总公司在上海开业,继而在青岛、天津、沈阳等地设分公司。企业固定资产总值估计约合7亿美元,所属工厂共62家。经营范围包括棉、毛、麻、绢丝纺织、印染、针织及纺织机械等。以棉纺织厂为主体,上海有18家厂,其他各地有20家厂,共有纱锭178万枚,织机3.9万台。

③ 联总,即联合国善后救济总署的简称,缩写为UNRRA,1946年在中国成立分署,开始向中国发放救济物资,提供各种援助项目。

国营纱厂束经理在职员、工程师、厂长会议席上报告。云:绞尽脑汁要想保留中纺,勿卖。到现在失望了,非卖不可矣。对各位非常抱歉,只可尽候处理交贷矣。

国营事业出售监理委员会①委员,由中国银行信托部林旭如②、顾善昌③,王志莘的人。

宋汉章④等以为此事甚大,特备空大办公房子等,与此出售机构办公,束云章以为尚早未用。

现在章建慧⑤、石凤祥⑥等发起,名为后方有供{贡}献的厂家要有优先购买权⑦。升伯云:是一办法。因监理会怕担任,有章、石等组织,可以支配好买户,再定价值,交款方法,较为好办。

大明现指定15厂,即以前上海第四厂⑧,内中尚有毛纺华司斗特,纱锭有四万外,厂基亦颇大。

升伯又说,东北,俄人本不要如现在这样扩大,以前只要两件事,第(一)每年要食粮三百万吨,因乌克兰战毁无粮要吃,故要求供应购买。第(二)西伯利亚要办工业,需要铁煤,要求供给其煤铁。

---

① 国营事业出售监理委员会,1947年11月6日,在张群主持下的全国经济委员会第22次会议,通过了由国营事业出售监理委员会拟具办法。1948年3月26日国务会议修正通过行政院拟定的"出售国营事业资产,充实发行准备"办法案,决定出售的国营事业资产有招商局、中纺公司、资源委员会指定之工厂、敌伪产业、日本赔偿物资。中纺公司的出售股票由中国银行办理。

② 林旭如,曾任中国银行人事室主任兼总务课课长,招商局理事。

③ 顾善昌,顾维钧之弟,曾留学美国,曾受王志莘指派参照美国流行配备设计交易场所,1945年《大陆报》复刊,担任该报负责人。

④ 宋汉章(1872～1968),浙江余姚人,早年就读于上海中西书院,后入上海电报局工作,工余研习英语和经济,曾任大清银行上海分行经理、中国银行上海分行经理、中国银行总经理,首创基金检券制度,后出任中国银行董事长。

⑤ 章剑慧(1905～?),名桓,字尚周,江苏无锡人。无锡工商中学工科毕业,后入汉口申新四厂,从练习生做起,后任申新四厂厂长兼工程师,主持申新四厂、福新面粉五厂内迁。1950年赴港定居。曾任南大纺织厂副董事长兼顾问。

⑥ 石凤翔(1893～1978),又名志学,湖北孝感人。早年留学日本京都纤维工业大学纺织科。初任保定甲种工业学校教务长、创办楚兴纺织学校、任武昌裕华纱厂总技师、任石家庄大兴纱厂厂长、西安大华纱厂厂长。被选为行宪国民大会代表,后去台。其女石静仪为蒋纬国之妻。

⑦ 由石凤翔任主任委员、章剑慧为总干事,发起成立后方民营纺织厂复厂委员会于1947年11月9日成立,随后致函行政院国防部、经济部等部门,指出"后方民营纺织厂在抗战之八年中,辗转内迁,颠沛流离,损失之惨重,牺牲之巨大","现由中国纺织建设公司经营各厂估价出售,并有交民团承购","呈请准予优先承购之出售之国营纺织厂"。

⑧ 上海第四厂,为1927年6月创办的日商上海纺织公司第四工场,简称上海纱厂第四厂,抗战胜利后,被改为中国纺织建设公司上海第十五纺织厂,纱锭4.23万枚,线锭8400枚,并有精梳机8台,产品有20支、42支、60支棉纱。

5月3日

今日五月三日,刘丕基来大成报告云,大丰厂即要开会。云,始初资本五十亿,后改为60亿,由前大丰方面加十亿。再照比例加廿万股额,升为80亿,加现金廿亿,是按股照升。后来又增资作二百亿,照例约加150%。我五千[万]元老股应约有16625万。丕基云,赚到一千多件,约好似说1千2百件。据欲发二百亿,即加倍发之。其五千万元老股,我以十二条半[金条]换来的。

5月4日

以蝶球细布12000疋,向外销委员会①换进四百件纱的廿支原料。以二百件照750磅,二百件照726磅半,共计295300磅。照8268,合市秤二千四百四十一担五十四斤,价3千万元,73246212000元。而1万2千细布,价每疋五百四十万元,计648亿元,计按市,比卖出布买进花便宜八十四亿四千六百廿一万元。

照上推算是照738.25换一件纱,合市担计六百十斤,即每件用四百廿市斤,净多191斤外。每担3000元,计五千七百卅万元,共多七百六十四担花衣。蝶球成本纱本,照加开支,作3千四百万,合16000万。每疋纱四百四四[万]四千元,加开支每疋作七十万元,合每疋五百十四[万]四千元。卖五百四十万,净余25[万]6千元。不情愿买花做布,情愿换花代织。因此项换花交布,其花衣市值三千万元,而只合每市担两千六百万元,便宜四百[万]元一担。以四百廿市斤即便宜1680万元,每疋布花本便宜四十六万八千元。

中纺以三百卅件纱,换进一万疋之细布,合每疋五百六十一万元。

代织是有利也,可余廿万一疋,又不要利息,要加运费。纱价如买现货,每件作1亿七千万,纱本合四百七十二万加开支七十万,计五百四二万元,无利可图。

应向中纺要纱代织,何如?

(一) 如副经理不签到,病假如何规定?

---

① 外销委员会,全称为纺织品外销委员会,1947年10月成立,准许民营纱厂以产量的20%出口换取进口外棉,“以货易货”办法,将国内棉纱、棉布等制成品装运出口,换回印棉。

（二）致一云，厂长副经理即一律将五天升足开，在薪津底薪内。

（三）如照现在，如仲敏既有升薪，如整个不办公，即应扣薪。希武告假，亦照扣的。

5月10日

在蒲石路1235号，电话70176号。

张公权谈话录：

（一）我今天来看，总裁①不是为个人也不是为一个纺织业，是为整个国家经济工业前途，请待我尽陈种切。

（二）香港成为一个低塘，国内的血均向该处流，损失太大，谓{为}什么不设法补救？

（三）何不利用台湾成为第二香港，使国人视台币如港币。

（四）纺管会②管得太坏了，逼走纺纱机向香港建设。中国需要外资来振兴工业，今因管制关系反使内资向外投。本要外人来帮本国发展工业，反使国人去帮助外人发展占据中国、外人去发展工业，诚是奇耻大辱。

（五）纺织业国营、民营，本不作怪，而怪在国营仗国家力量来欺逼民营。同样纱布民营出口有限制，国营可随便出口。

（六）配棉收棉交国营机构办理，而直接办事的人已露有推精拣肥，若不改正，后患堪虞。

（七）中国纺织业是复兴工业之母，十五年内如顺利，将来每年可能出口棉布四十万万码，计美金八万万元，立刻成为出超国。中国工业化之命运在纺织，纺织业失败，则中国前途休矣！

公权先生云：

（一）荣、唐、王等共有廿万锭搬香港。在他们并没有什么了不起，但在

① 张公权时任国民政府中央银行总裁。

② 纺管会，全称纺织事业管理委员会，成立于1945年11月15日，直属国民政府经济部，为全国纺织事业的最高行政机关。平抑物价最直接的措施是棉纱配销，从中纺单独挂牌售纱到与民营厂联合配销，棉纱限价到议价，棉纱南北停运到限运，外棉进口从鼓励到限制，民营棉纺织厂的棉纱外销则一度完全受到禁止。一方面纱布外销受到严格限制，一方面东南亚市场纱布需求旺盛，于是棉纱走私盛行。民营纱厂的原料来源受限，到国棉价格暴涨，民营纱厂的配棉限价到议价都远低于市场价格，物价高涨，高工资、高利贷、高捐税等，民营纱厂经营困境重重。

政府视如眼中钉。何必如此?你看将来恐所得不偿所失。

(二) 香港是中国之癌,如不除去,不得了。正想与港政府开谈判,万一不能协调,只有封销,使粮食、菜蔬不得进香港。此刻不肯说者,怕共党借口先行。

(三) 要晓得香港不是真真安乐区,如广州有问题,香港能保乎?而往香港,不如往台湾。因台湾,美人无论如何勿为放弃。

(四) 政府新组织好改币制,必先从台湾起,现在已经听台币独立了。

(五) 老实说六区公会①如听他话,袁文卿②勿为来。他云,以前是代纺代织,联合配销,而唐刘③等开来个条件,要行要全国性,要统收统配,代纺代织,弄到如此地步。

(六) 现在纺纱机器听他们尽量进口,决无限止管制方法,已请戴德④来帮办。本来不可如此,不得已而出此。因纺织公会方面无相当人,但美人借我们八千万买棉花,来救济中国,以管日本之法来助中国,且希望增加纱锭。并云,此八千万美元,皆是该国一般热心人所援助者。

(七) 外人尚如此帮忙,爱我中国,而中国人如再不争气爱国,何以对外人连说两次。请我将他意思向同业说说清楚,转达转达。

(八) 一再说请我放心,他晓得纺织业重要,决勿轻视。中国要工业化要经济有办法,全要纺织业健全。

(九) 棉花络续即有来,将来仍拟代纺代织,联合配销,出口结外汇,可以与一部份与厂家。并已嘱纺管会,尽量发采购证与纱厂去买花。

(十) 政府新组织后,对纺管会一定改良办好,决不放弃而坐视,请我放心,云云。

(十一) 彼说,他是外行,而今请专家来了。看他们以何种良心来合作,推诚组织合情合理管制方法。因在此戡乱期间,万不能完全听纺织业绝对

---

① 六区公会,抗战胜利后,国民政府对全国棉纺织业分为八区,设立同业公会,第六区为苏浙皖京沪,会址设在上海。六区公会占全国棉纺织业的60%~70%比重。

② 袁文卿(1882~?),浙江杭县人,字文卿,名良,早年赴日本早稻田大学学习,后任奉天警察厅长、大总统府秘书及国务院参事、国民政府外交部第二司司长、上海市政府秘书长、公安局局长、北平市市长、全国纱布管理委员会主任委员等职。

③ 唐刘,应指唐星海和刘靖基。1947年12月,为严格执行政府贷方呆滞、统购统销政策,行政院将纺调会改组为经济部全国花纱布管理委员会。纱管会宣布对花纱布进行全面管制,实行代纺代织、统购统销的政策,这项政策使得国民政府和棉业资本家的协作关系最终走向破裂。唐星海、刘靖基等民营纱厂代表提议废除花纱布管制政策。

④ 戴德,Harold Tate,美国人,国民政府工商部聘请的纺织顾问。

自由，但一定使纺织业在国策范围内绝对自由。

（十二）戴德云：美援八千万棉花，皆为全美国人之辛劳所得，向政府纳的税款，来援助中国，希望不浪费，而因此好转。能如此，则美人非常欣慰，云云。

5月11日

《商报》载，经济权威拟利用美援改革外汇，取消挂牌而任市价之自由存在。政府并随时以外汇收进，或抛出以调节价格。似此，出口可增，侨汇不逃避，走私可减少，一切经济问题可亦可迎刃而解云。

在此外汇过缩时，政府如不图利，仍被外人如香港，利用港币来收购纱布。港市十二支细布每疋50元，而在广州买进运私抵港，只合30多元。而政府可以收进，囤积至秋冬出卖。果如此做，物价更高，但不做坐视，外人做暗亏又大，确有两难。如禁止南运，亦难绝走私之路，仍难焉。似此，只有如上述取消外汇牌价，而任市价之自由，可减少此项纱布损失，别法虽不如此善耳。

外国的经济政策要力使本国货币不与外国货币发生联系。我国外汇资源本不充裕，加以产业落后，亟待自力更生，各种不必要的消耗，应该力求节省。

香港本年三月止，得侨汇九千万美金。

5月14日

在江先生①处遇见江南水泥公司②副董事长袁心武③，世凯第六子，常务

---

① 江先生，应为江上达（1893～1966），江苏武进人，名谌，以字行，从1919年起，参与经营常州纱厂、常州商业银行、震华电厂。1929年常州纱厂改组为民丰纱厂，任常务董事。1937年日军占据常州后，曾任汪伪全国商业统制委员会理事等职。1942年出面与日方交涉申新、保丰等7个纱厂发还中国厂主。抗战胜利后，曾以汉奸罪被捕入狱，后保释。1949年在香港建上海纱厂，1953年定居北京。

② 江南水泥公司，1935年由颜惠庆、陈范有等人集资创办，设厂于南京栖霞山旁摄山渡，该厂从丹麦、德国购进设备，由上海建筑公司设计施工建设。经一年余筹建，机器基本安装就绪。1937年南京沦陷，该厂被日军接管，1943年9月日军将机器设备搬迁华北制造军品。抗战胜利后，向美国订购机器设备，又融入刘靖基、唐星海为代表的南方新股东投资，江子砺任董事。1952年刘靖基出任江南水泥公司董事长。

③ 袁心武（1899～1956），名克桓，袁世凯之子，祖籍河南项城，曾留学英国皇家军校，后转办实业。曾任启新洋灰公司董事、后任公司协理、经理，兴办耀华玻璃公司，入股江南水泥股份有限公司，任常务董事。

理兼总经理陈范有①。闻董事长颜惠卿②因身体关系,未往台湾开会。此水泥厂每日可产水泥七百五十吨,厂在皋庄龙潭附近,八月可开工矣。

股额二百廿四亿,每股十元现市,天津行市每股四百五十元。据天津股票只有四家上市为:

启新水泥公司、东亚毛绒厂抵羊牌、开滦煤矿公司、江南水泥厂。

江南水泥公司,前闻靖基说,唐星海卖出美金入股,因颜惠卿定进美国机便宜,又结到若干外汇。而上达、靖基在入股时,在上年七月至八月卖出美金86000元,一块入股者。而现在每块美金值一百廿万元至一百卅多万元,约合十五倍。安达入廿亿,计合美金二万多美元。江南公司江西路406号三百廿室,电话18642号。上海法华路580弄三号,电话21559号。

现拟增资至1001亿元。每老股一股变为四股半,每老股一股交廿8元,再买溢价股每万元加美金1元2角核计增。

5月22日

中纺亏本。

初开时由财政部拨入资本十亿,另外再借来四十亿,做活动资本,共五十亿。在重庆来时取来的,接收有棉花十多万担已捐与公司去了。军部欠四万八千亿,行总③存花要交其纱布十万件。钱④说照现在情形,再赔一年完了。

据说开办至今,短少了棉纱十多万件,棉布四十万疋,合纱一万多件。

---

① 陈范有(1898~1952),安徽石台人,毕业于北洋大学土木工程桥梁科,曾任启新洋灰公司工程部土木工程师、经营科科长、副经理,后受启新公司委派赴南京栖霞山下创建江南水泥公司。抗战胜利后,组建江南水泥总公司,任常务董事兼总经理。解放后,被推选为全国水泥工业同行业联合会主任委员,所制水泥被苏联专家誉为"东方水泥之冠"。

② 颜惠卿,即颜惠庆(1877~1950),字骏人,上海人,毕业于弗吉尼亚大学,1907年出任中国驻美公使馆二等参赞,曾任北洋政府外交部次长,出任驻德国、瑞典、丹麦三国公使,曾以中国代表团顾问身份出席巴黎和会,曾任外交总长,数次兼代署理国务总理。此外,颜惠庆还担任天津大陆银行、大陆商业公司、启新洋灰公司、开滦煤矿、江南水泥公司等多家企业的董事或董事长。

③ 行总,即行政院善后救济总署的简称,英文缩写为CNRRA,国民党政府执行联合国善后救济总署任务的机构,1945年设于重庆,隶属于行政院。

④ 钱,应为钱新之(1885~1958),名永铭,字新之,以字行,浙江吴兴人。1902年入北洋大学学习财经,1903年赴日本留学,入神户高等商业学校,研习财政及银行学。曾任农工商部会计课长,交通银行上海分行副经理、经理,上海银行公会会长等职。1927年钱新之为财政部次长,历任交通银行董事长。

将来要做到政府见亏本,不敢做为止。

刘思道说他整理敌伪纱布棉纱一万多件,棉布三百多万疋,总共实收约合十多万件的纱布,以上是实收数。照账本,不至如此少。因一箱中布只乘{剩}十疋、八疋一件。纱只有廿小包或十小包32支或40支全变成十支纱。

台安公司:

同人外股2400万,加200万,成股3600万,减200万。

堃前有2000多万,代作垫资。

成方来布云,为办事处,以后开支作价,筹定办法。

1. 意成分厂资本,9000布在绶生①处,新布机1件半纱。300件纱栈单换的。

2. 台安公司资本,160万。

3. 办事处开支,负担一切,幸有房屋廉价。

要验资日期,以便物资作股本。

要抄开会议案、股东名簿。要意诚股本额定。

要台安意诚要订合同,收收款期十一月十一日。

果老②四百万,九月十五交款的。

同人借衣,申一个月至多二个月。

要做事之人:

胡一飞③可任文书,善于人事登记。

张俊德昔在广益为徒,能任布机上用。

本公司范围内公出回来日期:

朱希武,37.6/2飞台北。

---

① 绶生,即薛绶生,根据《大成公司档案》载,1947年薛绶生被任命为常州办事处副稽核。后赴汉口主持收花事宜,后赴广州主持事务所工作。

② 果老,即贾果伯。

③ 胡一飞,应为胡逸飞,曾任大成厂刊《励进月刊》编辑,1948年曾和陶振熙赴台,后返大陆。

许永年[①]、杨明鑫[②],37.6/1乘轮往台湾基隆。

代纺棉纱:

462磅,换400磅16支纱一件。

减少自己买花利息,一厂纺16支有碍工作,织部停工。

时局不好,代纺合宜。三厂无打包,摇车[③]可搬去。

大成事务所茶房老司务:

俊坤10,六月加四元,焕春44,七月加四元,兴沅16,七月加二元,华荣36,七月加四元,子英60,七月加二元。

仲敏自主,致一签,照付,未经总理,汉堃乱法。

6月16日

大成薪金底薪折扣:

一百元照实数计,升指数[④]。100元以上,九扣;200元以上,八扣;300元以上,七扣;400元以上,六扣;500元以上,五扣。

假定三百卅元底薪是一百元、九十元、八十元,卅元作廿一元,共计291元。加五天升薪照1/6六分之一即六规分之计,加48.50,连升薪计,基本实数,总共339.50。[民国]37年五月份职员指数廿八五千元,工人指数337000元,330元底薪得97157500元。

七月份如加40元升一级,实得28元,合372.50。

除升薪合367.50,于{与}益斋同。

益斋366.34,笃安500、敬庄460。民丰高级工务364。

三月指数217000,职员166000。

四月工人262000,职员211000。

① 许永年,浙江嘉善人,大成三厂职员,1948年6月赴台参加台安筹备工作。

② 杨明鑫,江苏武进人,毕业于武进潜化中学,广裕布厂练习生、新泰实业社稽核、意诚染织厂人事兼事务主任、大成公司会计、大成公司上海事务处职员,1948年6月赴台参加台安公司筹备。

③ 摇车,即纺花车、纺纱车,是一种把棉花锭纺制成棉纱的器具。

④ 指数,即生活指数,分为职员生活总指数和工人生活费总指数。主要包括食物、住屋、衣着、杂项等,职员和工人分类统计。

五月工人、职员，285000元。

六月职员56万，工人710000元。

七月职员指数107万元，工人135万元。

花衣

一百磅折市担，合90.72[斤]。

老担作市担，合升120.96[斤]。

市担作老担，合折0.826725[老担]。

1948年6月

拟改签盖支票事。

(一) 专定一人，盖支票章。盖一笔，录一笔，数字向稽核对。

(二) 出纳只管现金，支票另由别人开。

(三) 副总经[理]告假，由何人代例行公事。

副经理告假，由何人代。

7月6日

吴味经①、徐占三②同往常，住一天，参观大成、民丰、义利等厂。

7月6日

大丰纱厂③，[民国]37年在迈尔西爱路④，蒲石路口18楼706号杜公馆开董监会。

总经理丕基报告：

---

① 吴味经(1897～1968)，浙江东阳人，天津棉业专门学校毕业后，就职于北洋政府农商部第一棉业试验场，引进美国良种"脱字棉"，后任浙江省棉业改良场杭州育种场主任，曾任中国棉业公司产销合作部主任，推动动力轧花厂，并提倡轧花商业化、分级化，担任中国纺织建设公司副总经理兼业务处长，主持纺织原料征购和成品销售工作。

② 徐占三，纺织技术人才，曾任中国纺织建设公司职员，曾撰有《对我国最近纺织建设计划之商榷》一文。

③ 大丰纱厂，1923年徐庆云接盘大丰纱厂，改名大丰庆记纱厂，任总经理。刘丕基曾任大丰纱厂总经理，杜月笙任大丰纱厂董事长；解放后刘靖基任大丰纱厂董事长。

④ 上海地名，今为茂名南路。

自去年五月开工时，五千五百锭，至十月底开齐 14400 锭，36 年十月。

正账上结亏七亿多，实在结余有纱 1000 件。一月至五月底，代纺纱再计余八百件，共计 1800 件。始而资本为 50 亿，后增至八十亿，现在已增至二百亿。即照八十亿老股额，每 1 万作为二万五千元，合为二百亿。似此，14400 锭，房屋地皮等及物料就共作二百亿为资产，净结存港币罗比以及已买存在香港之九百包花衣在内，以存欠轧核，统作净余廿支棉纱 1800 件。今议决发给作借垫二百亿，股东得十成，职员得□①，董监得五成。股东有一万收一万，计二百亿。董监酬劳，作普通 1 万，常务 2 万，董长 3 万。

似此，借出三百亿，作纱一百多件，还多一千六百余件。

每月出廿支纱 1 千数十件，每天 12 小时工作。

现存：上海栈内纱五百多件，欠行总六百多件，香港存廿万，欠行庄卅万，存花约廿多天，约四千多担。各埠路货花衣约三千多担，香港九百包，总约存花一万担不到，只{至}多用两个月，连香港九百包，约用二个半月。

大丰在上年股东增资一百廿亿，职员发过酬劳 16 亿，在 37 年 2 月付出，请追认。正账上共结亏八十多亿。

据照新厂因亏本可照资本完纳所得税 12.6%，百分之十二点六，因初办 50 亿至 80 亿至 200 亿，据实应纳约八亿多。

常董四人，董长一人，总共董监□②人。

钢丝车只有一套，不能纺 16 支。

似此，此厂厂产作为股东自己的，活动资本有一千六百件棉纱，可买花衣九千担。似此，可算为立脚矣，可算有原料两个多月，好自为之，确可立定矣。

当云将内外账报告董长及常董会，立活页签名保存之，以期公开，大家负责，善甚！善甚！

---

① 此处原文空白。
② 此处原文空白。

厂长宣慰民①,浙江诸暨,在厂已十多年,近四[十]七八岁。秦润卿②老董事长,现在杜董长。

成安股票,战前四百万,战时升为一千五百万元。指四百万而言,底子二千元,为第一次伸伍倍,为一万元;第二次增资七亿五千万,即五十倍,计五十万元,第三次增资225亿为30倍,计七千五百万元,即每千老股为七百五十万元。

37.3/26,进三千万元,合四百万股额,二千元,一千五百万,成安时合一万元。今进三千万元,照40倍买进,计12亿,合金子四条。

上年十一月约合一万万五千万元,时金价五百万元一条,今三亿一条,合六十倍,照15000万元,计九万亿。225亿十倍,合2250亿,如照60倍,计13500亿元。

37.3/26美金每元值法币50万元,股额225亿,合美金45000元。照四十倍计算,合美金一百八十万元。

美金1元[合法币]50万,美金十元[合法币]五百万,美金百元[合法币]五千万,美金千元[合法币]五千万,美金万元[合法币]五亿元,美金十万元[合法币]五百亿,美金一百万[合法币]五千亿,美金千万[合法币]五万亿。

本公司股额225亿,合美元45000元,十倍45万,一百倍450万,二百倍900万美元。

7月10日

常州布厂为难。

至十日成定发四千件棉纱于{与}常代织。每件纱换54扣成布,每英寸38根纡纱,每寸56根,奖25%,重12磅,长40码半,活{阔}36寸,计30.675疋。据每件纱可织36疋。似此,每件纱可多布5.325疋。照六月价,布售每疋2100万,布每疋开支二百廿万。如停工,损失更大。有人家,合每疋250万,大成只算厂180万。譬如停工,每疋作二百万开支,36疋计7200万,每

① 宣慰民,浙江诸暨人,曾任同庆钱庄董事、大丰纱厂厂长。

② 秦润卿(1877~1966),名祖泽,字润卿,浙江慈溪人,曾在上海协源钱庄学徒,后任上海交通银行经理、福源钱庄总经理、中国垦业银行董事长兼总经理、大有余榨油厂、亚浦耳电气公司、振华利记纺织公司、大丰纱厂的董事长、太平保险公司、新泰银行、天一保险公司等董事、大公职业学校校董、上海总商会副会长、上海钱商业同业公会理事长。

件计余 39825000 元，除运费纱布往来，计每疋照六月价可 100 万或少至 90 万。4000 件纱成布，可多一千二百亿。还可收常州布，来换纱。

7月10日

外销委员会：

（一）七月十日止，尚有四十八万磅，合老秤，计 3600 担。可纺 32 支 1030 件，抵每万锭每天出 15 件，计需连礼拜停，约八十天纺完。每件纱多 278 磅。

（二）但外销会以 738 磅纺一件纱，如纺到 660 件就可清楚，大约 50 天可以纺完。似此，就不能再代纱管会纺纱矣。如再代纱管会纺，就要少出布，又要多添摇车。再要多代纺，三厂锭子要开足。

（三）纱管会代纺工缴，每件纱五月份加五千万统税在外。外销会纺，工缴每件花衣 278 磅，值三亿外连统税。照此核算，情愿代外销会纺纱也。如照今天市价 32 支，美棉两担外，二百卅斤，每担 25000 万，计 57500 万。

如两处不能兼代纺纱，情愿将纱管会放弃。

据巴西花，每件[纱]可换八百多磅，比美棉多 90 磅一件，更好了。

（四）单纯布厂可以领纱代织，我们亦可如此办理，否要待一飞来申研究。恐经纱、纡纱要完全筒子，方可。查一厂代纺纱，先做筒子纱，后做摇车。

（一）外销会纱能迟交。（二）三厂锭子速修开齐。（三）摇纱不做筒子纱，以筒子纱赶多，织布用。纱管会代纺，始初即言明织布可延长者，就可双方接受代纺也。

（五）但尚有联总一千二百八十件，如再代织布，而布机亦不敷用了，共要织布 36810 疋。中纺已有六百件要交 18000 疋，总共要交 54810 疋，如 200 台布机织，每日出五百疋，需要一百十天功夫，才可交清。值得研究，不可大意。有关□用其法只有少染布，要推算。如染布无利，情愿代织布也。照六月份计算，可赚一百万一疋，何必多染色布也。要集各业方面，算算利害。

7月11日

一飞在此推算外销会花衣3600担、8000利太锭，0.65磅，每天13件[①]，每月作28天只可算27天，每月出351件，约三个月做完。如由一厂纺者，不能供意诚及三厂用纱，而可余每件32支纱，利益三亿元，核算如下：

（一）每件厂用二亿，税一亿，共3亿。

（二）余花278磅（合市担，250斤），价25000万，计62500万。除开支，净多32500万。

（甲）情愿放弃纱管会；（乙）不必代纺建织布。

似此，一厂布[机]760台，织黑布四百台，日夜出1200疋，细布三百六十台，出八百疋，共2000疋，计21000磅。除纺32支，8000锭，净多22000锭。

适敷自用之厂，意诚无纱去。

7月11日

三厂现开5500锭，可以开到1万。布机258台，意诚160台，共418台。织黑布每日可出1200疋，应开12000锭。

印花浅色时，进1400万。21码一疋者，坯布合700疋，印2350万，可赚350万。坏占60%，少售一百万。

7月11日

陈、张[②]在此会讨。

黑布阿油44亿一顿{吨}，照预策{测}七月指数一百万倍。

七月初价纱每小包六万，布每疋六万。

染色700万一疋。织布工开支250万。运费每疋约10万。共计960万元。

七月蝶球细布：重$11\frac{1}{2}$，计3000万，厂用计350万，再加50万。

市值四千万，计余每疋600万。

---

① 1件纱为400磅，1天1枚纱锭纺0.65磅纱，8000枚纱锭纺5200磅纱，共13件纱。

② 陈、张，即陈钧和张一飞。

开支作五百万,还赚五百万。

花衣每市担 21600 万,412 斤,计 86520 万。

纺黑布、坯布,纱工开,每四百磅,12000 万,加税 6000 万。

净用纱 11 磅,每磅价 2613000 元,计 28743000 元。

共计连染、织、运费,38343000 元。

7 月 11 日,可售 4400 万每疋,计余 5657000 元。

结论:

第一速需三厂开足 12000 锭。

第二接受外销会纺 32 支纱,四千多担。

第三放弃纺建织布、纱管会纺纱,大约要一月间开齐。

第四一厂布机络续开齐,代纺建织二百多件至三百件纱。

第五推核如合算,以布换进花衣。

7月 14日

外销会以 738.375 磅掉去蝶球布 31 疋,多花二百五十斤,每担作 25000 万①。开支照七月 11 日 12000 万,税 6000 万,即作 22500 万,尚可多 4 亿,合每疋开支要 1100 万元,还可做。

7月 17日

意诚可代织否?听三厂锭子开多少为准绳,不情愿代织。

(一) 如果四万 2 千锭开齐,净多八千锭,代纺棉纱,如不代纺即有廿件卖纱。

(二) 如开足五万锭,总共有 40 件卖纱,计 16000 磅。可织布 1500 疋,要五百部布机。据存旧机有四百台,但有数十台不全,可配全。

(三) 三厂纱锭配件不齐,钢丝不敷,坏可添配,需要五六个月成功乎。

三厂可以排四百台布机,台湾暂装一百台,其余预装在三厂或装台。

风灾损失 1800 疋,连水渍整理近两千亿。

埃及花顶好,调出向中纺洽商。

① 每担作 25000 万,多 250 斤,即可多 6.25 亿元。

[民国]37 年七月十七日，廿支双马[1] 15 亿，龙头细布[2] 4900 万，福鼎元布可开 5500 万，汉口细绒[3]纡纱原料 24000 万，经纱原料 29000 万。达机一百廿，益斋 34～38，栋票 68～73。桐油 9000 万 1 担，合市秤每顿{吨}廿担。前进 4 千多万，共存 30 顿{吨}。

昨日常出 30 件 108000 万，申出元布五百疋 4700 万，要款用。

7月21日

交换花纱，买花纺纱。

（一）七月廿一布安达买花纺纱，花价 32000 万，134400 万元，无税要开支三亿元。

（二）以蝶球细布 30 疋换外销会 32[支]原料 15/16 美棉[4] 542 磅花价 3800 万，合市秤四百八十八斤，计 185440 万元。细布 30 疋市价 4400 万计，计 132000 万元，余 53440 万元，除开支三亿，净赚二亿三千四百四十万。因统税可收回也，不果收回，要跌值吃一半，约再除去五千万，仍可 18000 万一件。

（三）30 疋细布计 132000 万元，而收进美棉 542 磅，合 488 斤。作经纱用，多去 412 斤，尚多 76 斤。计作每担 34000 万，抵用计 25800 万，勉强到本。

而在此中提出两担可作大花，价 2000 万一担，计 9000 万，共有 2 亿 9 千 8 百万元。

（四）如代纺 32 支纱，多 278 磅，合两担半，即价 34000 万，计 8 亿 5 千万元，而除去开支 4 亿 5 千万，可多 4 亿。即不退税，可多 3 亿一件。

廿支纱双马上[午]13 亿，下午 15.5 亿。龙头上午 4250 万，下午 5050 万，结证书上午 290 万，下午 320 万，□上午 32～36，下午或 36～38。

港上午 125 万，美汇上午 72～75。

常未售申出元布 5300 万，五百疋。照龙头，要合 6200 万。

---

① 双马棉纱，是上海申新九厂生产的棉纱，申新九厂有纱锭 14 万枚，其产品“双马”纱荣登市场标准纱宝座。

② 龙头细布，也称为白市布，色平白，细洁紧密，耐磨性好，宜做衬衫、被里、夹里、袋布等。

③ 汉口细绒，1930 年规定把汉口细绒作为标准品，民国时期以产地命名定价，用产地名称代表棉花的品质和等级。汉口细绒可纺十六支至二十支细纱。

④ 15/16 美棉，是指原棉的长度大约 15～16 吋，原棉在商业贸易上之价格，根据其分级长度及品级而决定。美棉之价格以 15/16 长及中级为标准。

8月2日

陶、胡、吕①往台。

8月7日

米特林②美棉交换廿支纱。

(一) 以599磅换一件,作453磅为原料,146磅为工缴,约合市秤一百卅斤,每担约47000万,计计61100万元。如花好,可掉出二百斤将汉口细绒和入,棉价中挽回贰千万元一担,计4000万,共有66100万元,可余五千至6000万一件。如以之织布,还可得益。如换细布卅疋织35疋,省打包费每件五百万,再得5疋,计40000万元。每疋要合得开支1150万元,每疋如合八百五十万,开支可多三百万,每件可余10500万纱布,共计余17000万元。合26年老币28元。纱余6500万。

(二) 照袁仲逵③七月十九来书,印棉LSS④上海交货每坎台⑤一千二百罗比,每磅合1.53,加工,合港币1.84,廿支一件,港价作1250元。可掉印棉679磅,除关税费用计65磅,工得614磅,除原料453磅,多161磅作工缴。取美援棉代纺146磅,美棉较印好,可转寸。

自己交换要担风险、垫利息、运布出口等周折,情愿以布向外销处交换美援棉花,尽量调换,可也。惜有限,只可换一万二千担。觅取棉花原料。

(三) 好在虽有限额,而照章可以将布输出,掉{调}进原料,谋再生产。

美棉0.324,合港币5.40,作一元计,每磅1.75,比印棉好。

外销会米特林定额为698磅,厂到手646磅,多52磅,外会得六成,买主四成。

以上一二三皆外棉,再以中棉合算如下。

---

① 根据《大成档案》载,1948年6月赴台大成职工有陶振熙、胡逸飞、吕勤肃,陶振熙负责台湾办事处组建、胡逸飞为会计、吕勤肃负责稽核。

② 米特林,Middling音译,美国棉花交易所规定棉花的品质规格标准是美国白棉米特林11/16英寸。

③ 袁仲逵,湖南湘潭人,曾在南京高等师范学校就学,曾任湖北省棉产改进处处长、长沙棉业试验场场长、重庆贸易委员会秘书长等。

④ LSS,据《原棉分级与配棉技术》载,LSS为巴基斯坦陆地棉品种之一。

⑤ 坎台,英文Candy或Kandy,后文又作“开弟”。据叶元鼎等编《中国棉花贸易情形》所言,每“坎台”重784磅,合588斤。

（四）照现市推算，八月十四，星[期]六纱花价，廿支，金城212000万。

廿支原料44000万，加开支6亿元（照七月指数），合244800万，亏耗32800万。

如买原料，以212000万照四四规除算，合每件纱掉进原料，计四百八十二斤。除用四百廿斤，只多62斤，合69磅，比外棉少少94磅。如此，何可用中棉也？

8月8日、9日

中美印棉价比较：

外销会6月底止，赚五百万美元。

今日黑市港币一百七十万，美金九百五十万。

印棉产区香港每磅1.85，一百七十万，合计314.5[万]，加关税费用一成，计加作市秤一成，合每市担38000万。美棉8/7换原料每磅福家价0.325（和昌0.31）[美金]。

照黑市每元九百五十万计，外加关税一成市秤一成，每市担合37400万元。

德字棉奉贤价，子花每担15000万，轧三担作一担，计45000万。老担合市秤一百廿斤，合每担37500万元，可纺42支。

同样价，可纺42支之中[美]棉。同样印美棉只可纺廿支。

外销会前六个收入，经销货值3500多万元，输出3100多[万]元，存货有八百

多万元。结算约余五百万元。

安达薪水：

100元不折。100～150九折。150～200八折。200～250七折。250～300六折。

300以上5折。

升薪且实得六分之一计算。

敬庄620，万鹏375，德祥215，史友文270，怀仁192，董贞162，领班110～150，工专大学75元，共6人，内中一人85元。新吾连升178元。

台安公司:改六千万资本即加入。鞠秀记四百万。常务刘汉堃、蒋尉仙。

8月

表10 穗处八月份销货统计

民国三十七年

行号	疋数				金圆券			
	蝠鼎元布	蝶球细布	蝠鼎漂布	合计	蝠鼎元布	蝶球细布	蝠鼎漂布	合计
惠来	5780	1820	930	8530	$157369.33	$26349.33	$14250.00	197968.66
振义	1580	580	150	2310	30592.89	9010.66	4095.00	43698.55
燧安	960		60	1020	19158.67		1620.00	20778.67
大同	720	460	210	1390	16978.00	10116.67	5280.00	32374.67
利发	100	200	1200	1500	3350.00	6024.00	14920.00	24294.00
裕祥	100	20		120	3320.00	570.00		3890.00
总计	9240	3080	2550	14870	$230768.89	$520070.66	$40165.00	$323004.55

八月份实销15290疋,其中有元布20疋,细布400疋,系方[1]任存货,除去此420疋,薛任净销14870疋。

自五月至十一月,共售金圆券299万五千三百廿九元四角七分。自五月至十一月,共开支金圆券陆万二千三百五十一元七角。

铜仁路[2] 3号房屋顶费及珠江路电话不在内。

自五月至十一月,大孚往来壹百陆拾柒万五千元。

申公司往来金圆券拾万元。

平均每疋约叁拾壹元(已除开支)。

绶生八月份14870疋,作35,算售与大,冲销孚来货。

据实在绶合34.20元。

---

① 即方崇森,时任大成穗处经销负责人,后由薛绶生接任。

② 刘国钧在上海有两处常住地,一处为上海市北京西路1091号花园洋房,另一处为上海铜仁路,此处为公寓。

9月2日

东南[纱厂]九月二日轧账,[姜]光新[1]在座。

已收股款九月卅日止,大成1923400元。

收台安248000元。

收南开[2]946560元。

收大成828240元,布机。

收大成地皮434000元,共计4390200元。

应收尚缺,609800元。

另存美金125000元。

付纱机60000元,付炉子6000元,付物料24000元。

结存三万五千,作港币,计21万元。

以上共作存819800元。

应付房屋已付五十万,再要50万元。

付地皮三万元,付其他,十万元,付开办费十万元。

付还大孚定金,廿万元。

付花衣共901包,除定银,再付43万700。

付还大孚八月卅,还50000元。

共1410700元。

问达机广行款:

轧欠9月2日止,缺590900,是花衣款63万元。

缺60万股款,列下可收:

布款香港除600包外,十三万元。

台安来内材料十万,275000元。

台安金子,80000元。

和昌钢丝,80000元。

清山道地不易卖,60000元。

重庆布,30000元。

---

① 光新,即姜光新,为大成业务部专员,后赴东南纱厂任职。

② 南开,为刘国钧及其子六汉堃等在香港开设投资公司,刘氏占股60%以上。

共计655000元。

事务所要有一个重心,做生意。厂内要一个重心,管厂务。营业每日要受经理指挥,开盘后,向外做生意。

伟纶①存款,118万,内有95万栋款,119000鑫[款],750合220500,净多现卅万,要付开[办]金、定金。

广州生意转账,寄广州货。大成、[大]孚账弄清。万春欠款。公债香[港]四厘。

金套息。铝片栈房。安成分家事账董会案。

刘伯青,上海辣斐得路合忠坊六号。

徐吟甫,福煦路模范村。

俞泽民,环龙路光明村廿号。

蒋尉仙,福履里路68号。

香港广州人名录:

燧安号,广州光复南路80号,华颖堃股东,原籍无锡,主管人陈锡祺②,上海伊兄③经理万盛号。

大同号④,高炎峰,光复南路140号,上海义生源。新加坡经理陈永新、陈瑞怀,在申,未见。

裕祥,崔灿煊,未见。

利发,肖学洲。

以上四家⑤皆为陈康华⑥办货。

惠来布号,林文见过,吃午饭。

王云程⑦,申一厂长,住浅水湾32号或40号,办南洋纱厂,与英人凯多

---

① 伟纶,即伟纶纱厂,1948年申新九厂经理吴昆生在香港开设伟纶纱厂。

② 陈锡祺,广东南海人,陈维翰次子,与长兄陈君燧合伙万盛号和燧安号。

③ 伊兄,即陈君燧,广东南海人,1923年创设万盛号和燧安号合伙组织,专代两广及南洋各埠商号在沪采办纱布。

④ 大同号,是大成公司蝶球细布在广州代销主要网点,燧安、裕祥、利发也均代售。

⑤ 以上四家均为在广州设立的采办纱布的商号。

⑥ 陈康华(1909～1990),字宜庚,长乐人。毕业于军政部军需学校第五期。历任武汉行营总理处股长、军政部军粮总局第一处副处长、军需署财务司副司长、联勤总司令部财务署副署长兼综计司司长。抗日战争期间,得"云麾勋章""忠勤勋章""胜利勋章"。

⑦ 王云程(1910～?),江苏无锡人,毕业于沪江大学、罗惠尔大学,曾任申新一厂厂长、香港南洋纱厂董事长、相关沪港经济发展协会名誉会长、上海海外联谊会常务理事等职。

礼也合作。

惠南行，沙面同仁路三号二楼24室，电话1573号，挂号电3028，于{与}大孚同。

肖国藩，广州河南纱厂厂长。喻鉴今，广州河南纱厂工务科长。

童振远①，大南纱厂办事处主任，夫人湘人，国民行201号，电话25347号。

许冠群②，德孚道交易行1号，电话31772号，宅话59153号。

徐梦笏③，广州信诚行，做芋米粉、山芋粉浆料，托潘仰尧、李康年代销。

陈寿民④，新加坡益泰公司经理，单边街31号。

岑载华，厂商联合会主席，四十多岁，徐季良副主席，大华铁厂经理，久裕布厂经理，益泰公司经理。

董仲伟，道亨银行总理，现任商会主席，60多岁，广东人。

路岐，青山道275号，电话58840，泰生铁工厂。

大孚公司⑤，皇后道鹧鸪菜大厦三楼21号，电话33924，14号。[民国]37.12/5来港38.1/5由港往台北，1月3日买定全湾地⑥，3.95元1[方]尺。

瞿梅僧⑦，[上海银行]香港副经理。史宝楚⑧，香港副经理。

杨润德⑨，广州上海银行经理，襄理李家贤香港会过，广州十三行18号，电话13378号。

王久孚，广东人，电话56621号。

黄朴心⑩，广西教育厅长，国大代表，中央党监察委员。

---

① 童振远，浙江宁波人，童滨渭之子，创办大南纱厂。

② 许冠群(1899～1972)，江苏武进人，任三新纱厂会计员，业余在上海商科大学学习，合资创办新农除虫菊公司，制造蚊香，1926年创办新亚化学制药公司，生产“戒烟丸”“人手水”，后配套玻璃工厂，1941年起任新亚建业公司董事长兼总经理、商业统制会理事、杭州第一纱厂董事长，1945年去香港，1950年回上海。

③ 徐梦笏，江苏武进人，曾任武进县国民党党部指导委员、武进县农民协会筹备委员。

④ 据《考察南洋工商业报告书》记载，以朱希武、刘汉栋和吴达机组成的大成公司考察团考察南洋，由益泰公司总经理陈作新等人接洽。

⑤ 大孚公司，即大孚建业公司，刘国钧聘吴达机为经理，是以其外销蝶球、蝠鼎、征东等布运港销售于南洋。

⑥ 全湾地，即荃湾，位于新界南部，青衣岛东北面，经过长年冲积和围海造田，逐渐变成陆地。

⑦ 瞿梅僧，香港上海商业储蓄银行副经理。

⑧ 史宝楚，江苏宜兴人，任香港上海商业银行常务董事。

⑨ 杨润德，广东中山人，教会学校毕业，担任上海商业储蓄银行广州分行经理。

⑩ 黄朴心(1899～?)，广西贺县人，1920年赴法勤工俭学，回国后在天津、福建等地工作，1941年应广西省主席黄旭初邀请，出任广西教育厅厅长，1949年赴马来西亚任佛学院教授。

大南纱厂五千锭，布机一百台，振之[①]办。

南洋纱厂15000锭，布机二百台，王云程经办，要一千多万港币。

香港纱厂7500锭，启宇[②]办。

纬纶纱厂25000锭，昆生[③]办，布机250台。

荣鸿元，布机250台。

谭昌钦[④]，和昌总经理，广东华侨，在美廿五年未回国。今[民国]37年十一月十八日在康乐晚餐，五十多岁，饭店有十几家，往港向绶用，有信去廿多。

广西：

林咏荣[⑤]，字沁芬，闽人，广西教育厅秘书。

黄朴心，国民党中央监察员，国大代表，广西教育厅长。

黄时梅，广西人，柏林大学医博士，诊所南京路825弄四号，电话33405。

唐治秋，广西人，中国纺织机器公司，上海纺建公司。

嵇万藏，[字]秋成，中国纺建公司上海第一绢纺厂厂长。上海梵皇渡后路33号，电话20788号。

陶一鸣，梵皇渡路138号，中国纺建公司工程师，前杭高教授，近60岁，电话21838。

吴襄芸，中国纺建公司第一麻纺厂厂长。

程甲三，江苏泰县，中国纺建公司第一麻纺厂科长。

杨增，[字]静斋，山西人，中国植物油公司广西区经理。

黄佐时，中国植物油厂广州办事处经理。

孙以堡，中国植物油厂上海江西路汉弥登大厦308号，电话18700。

---

① 振之，即李震之，1911年生，曾经营上海大同纱厂，1946年赴港，先后创立大南纱厂、TAL联业纺织公司，并曾担任香港纱厂协会主席。

② 启宇，即王启宇(1883～1965)，定海人，著名纺织企业家。1913年创办达丰染织厂，1927年达丰设印花部，生产印花布，使达丰成为织、漂、染、印、整的全能厂。1948年建香港纱厂，1950年移居香港，任香港纱厂董事长、香港纱厂同业公会理事长。

③ 昆生，即吴昆生，江苏无锡人，曾任申新九厂经理，在香港创办伟纶纱厂。

④ 谭昌钦，美国华侨，邹秉文、美国种植棉花华侨周松点、谭昌钦与刘国钧四人合股在美国开设和昌公司。

⑤ 林咏荣(1911～?)，字沁芬，闽清人，曾任周宁县长，抗战胜利后寓居台湾，任台湾东吴大学、辅仁大学教授。

孙以坚，中国植物油料厂南京办事处副经理，上海中山东路161号，电话24568。

广西：

陈睨任，省政府顾问，南京成贤街兰园九号，电话24497号。

上海住李汉府，福煦路947号，电话95549号。

黄绍竑，霞飞路1105号，杜梅路西，八月一日晤谈二小时。

郭实秋，联华公司总经理。

朱洪祖、胡安恺，植物油公司协理。

9月5日

渝生大成事，下列可资证明：

董事会总经理报告第四项末段，尚欠大明二十余万美元。靖基亦列席，对渝公司，即渝生很有力量。

1948年9/11

九月十一日止，申存布除交外销会24000，净存8000疋。

二厂色布净存60500。二厂坯布净存18500。二厂布净存800疋。一厂布净存16000。

款项绥生，38000疋。汉口，1000疋。142800疋可作28000石。

棉纱欠联总一千二百九十，存一千二百。

9月11日

常厂共1万担，内4000[担]未付款。

路货[①] 10000担。渝1500担。港四百包，1500担，太{泰}州，500担。

共23500担[棉花]，内4000未付款。

九月十一日，东甫处61万，付民15万，付电机7万，付还55000。付还6万，付房子2万，付代放良洪1万。付股3万外，付公债3万，约作欠18万左右。

---

① 路货，指已经装船尚在海运途中，未到达目的港的货物，或已到达目的港口但未卸到岸上的货物。

9月24日

士林布[①]九月廿四市成本。

布坯纱本八百元,11磅,计22.20;织工每疋,计4.50;染工每疋,计24;副牌[②]耗,计2;共计52.70,卖60元。

纱耗约每疋3元。净得4.30每疋,[每天]销200至300疋。

原料420斤,1.65,计693[元];开支210元,共计903元。

纱本21元,23.63真成本,织工4元。福鼎元布卖29.30,染要5元,亏4元一疋。海昌蓝要亏本,卖40元1角。每疋亏5元,每天销200疋外。

士林每担宝晒林染1150疋,18000元,每疋合15.80;染开支碱,每疋合2;化药原料烧碱,每疋合6;其他,每疋加1元;共24.00。

海昌[蓝布][③]每疋亏5元。元布[④]每疋亏4元。士林布每疋余4元。

10月

十月常州限价内卖出17000多疋。

10月24日

人事宝鉴:

国家之得失,事业盛衰,莫不关乎人事。古时国家,汉之肖{箫}何[⑤],用韩信[⑥]斩韩信,宋太祖[杯]酒[释][⑦]兵权。

---

① 士林布,又称阴丹士林,指用阴丹士林蓝染的布,德国德孚洋行率先在上海生产这一布料,色泽光鲜,经久不褪色,被用于中式旗袍的面料,本土企业也都试制。

② 副牌,纺织或印染过程中的次品。

③ 海昌蓝布,采用海昌蓝染料染色,色泽深而带红,色泽坚牢度介于士林蓝布和硫化蓝布之间,主要用以缝制单、夹、棉衣裤。

④ 元布,常被称为黑布、青布,主要用硫化元和精元染料,色泽乌黑,耐污易洗。

⑤ 萧何(约公元前257~前193),西汉初年政治家、宰相,西汉开国功臣之一。徐州沛县人,早年任秦沛县县吏,后随刘邦起义,西汉建立后,萧何采摭秦六法,重新制定律令制度,主张无为,喜好黄老之术。公元前196年,协助刘邦消灭韩信、英布等异姓诸侯王。刘邦死后,辅佐汉惠帝,去世后,谥号文终侯。

⑥ 韩信(?~公元前196),江苏淮阴人,秦汉时期著名的军事家,汉初三杰之一(张良、萧何、韩信)。秦末参加反秦斗争投奔项梁、项羽,得不到重用,后投刘邦,拜为大将,助刘邦入关中,灭项羽。项羽死后,被解除兵权,徒为楚王,再贬为淮阴侯。公元前196年为吕后、萧何设计诱杀。

⑦ 此处原文为空,根据上下文意思,以补缺字。

谦恭下士曹操①闻治世之能臣，乱世之奸雄，则喜自古英明之主，见旧臣难制者，多预为治平处置者，防幼君受其累，不为无见也。因在打天下时，患难相共，情同手足，彼此相识，即有异议，不难解决。如旧主一旦去世，幼主当朝，忠臣虽可保始终不变。而谋臣奸[雄]之辈，见幼主可欺，难免结党争夺，故英明之主有预为之计，免遗后患矣！

11月15日

有信与乃扬：

（一）从十一月起，送公费，何经理150，张厂长100，陈厂长100，缪厂长100，共四百五十元，按月照生活指数支付。指厂长经理而言，副经理勿有，副总经理因刘、徐勿有，朱亦勿有。防误会起见，按月划存广州，候示拨用。只有希武于{与}弟知，请勿谦辞，并勿为外人道，并问何、张有子女去穗、台读书否？

其他职员十个月得十八万四千五百五十九元。

（二）今年四月有何、朱、徐、张总共四人，言明，各送港币各一千元，炳明一百元，共四千一百元。在港以四件纱在厂，作为大孚所有，四千一百元由大孚付出。今11月15日尚未出账。要出做手续，勿延。此次又对乃扬、一飞两人各说赠四件纱，存广州，其他勿有。

改办法，副理厂长在总数中提出1成半，合数列下。

各普通职员85%，经副理厂长15%。

股东450件，董监职员225件，作五份分派，总理、副总经1份半，董监1份，职[员]2份半。[职员2份半]作100份，分派经理厂长得15%，各职员80%。

董监45件，总经67.5件，一人24.1，三人14.46。

朱希武在总经理、副总经理四人中分派。

经、副理、厂长五人得15%，计16.875件②，公司贴出3.125件，作廿件，照薪分派，朱主分各人四件。

董监约廿一份，得45件，合每份合2.18件，秘书得半份，约1件零，归彭③得之。

---

① 曹操(155～220)，字孟德，沛国谯县人。东汉政治家、军事家，三国中曹魏政权的奠基人。
② 16.875件，在上文中董监职员225件中分五份，职员分2份半，即112.5件，112.5件15%得来。
③ 彭，即彭望栋。

11月17日

本公司职员分润老例，在二份半中提出二成作奖金，自股东会新章后规为奖励。以一半照实得薪额支配一半，按成绩支配。现在时值非常，又属借兑性质，不便再分两次发给，以防物价波动，故改定为一次分派。此次职员可借纱一百十二件半，兹拟定分法列下：

（一）经理、副经理、厂长五位，得15%，计16.875件，拟再由公司拿出3.125件，合20件。其他各职员得85%，计95.625件，按薪额计算。

（二）董事会秘书酬劳，借得之纱照董监半份分派，由彭秘书领借约一件外。

11月22日

希武由常回来。

广州出账，何、张、徐各得应纱4件100磅。陈、缪只应3件。

[民国]38年四月何、张、陈、缪分红是提出廿件纱，由四人照月薪分派。

照薪额分派，陈钧、缪甲三只可分3件，而乃扬、一飞应分4件一百磅，而朱君在常已分与各人四件，弄错了。徐仲敏因此次告假，不扣薪，又要辞职。以上既被朱弄错，后约乃扬、一飞来申当面另言，再送他们每人4件纱，存穗。

股东约每百万元借纱8磅，职员约每五元薪水可分借纱1磅。

11月26日

发职[工薪金]借纱。

乃扬、一飞在申对其说明，他们两人另外作赠，每一人四件，共八件，装广州。

以前希、乃、一飞、仲四人①各港元1000元，七月间发，归八月起。

炳明100元，存港。但要将纱四件，装穗交大孚。

1948年8月之四千一百元，已在38年五月2日收入大孚账。

---

① 希、乃、一飞、仲，即朱希武、何乃扬、张一飞、徐仲敏。

1948 年十一、十二两个月、1949 年一月份,共三个月(在 1948 年 11 月言明的)。每月贴何一百五十元,陈、缪、张每人计一百元。三人在常,因战事关系,每人贴他们的为公费,到 1949 年三月份,将他们底薪加足,(二月份起)三百七十元加到五百八十元,发表将每月五天加薪取消,并将公费亦取消。以前三个月公费前言明在广州支付,照生活指数代存,作港币收账。

道达里①,合记印。

中德医院②,成记印,刘。

山海关路刘伯寅③、刘伯范④。

12月4日、5日

来港。

厂内事所等总共存布 6 万外疋。

棉纱,共存 300 件。

上海存副十支[纱],160 件。

上海存蓝布、元布等约 28000 疋。

欠沈元来⑤等 8000 疋。欠蓝飞熊⑥ 8000 疋,路上有 4000 抵。

约净存七万疋以上。

花衣,厂内连爱{埃}及花,约 12000 担。

上海恒丰,4000 担。

和鼎 750 包,福家 1500 包,约 9000 石。

换布 14500 疋,18000 疋,45000 疋,约花 15000 石。

香港存四百包,约花 1200 石。

共约有四万多石。

煤用三个月,油二个半月。

---

① 道达里,今上海北京西路 318 弄。建于 1930 年,占地约 2272 平方米。

② 中德医院,1923 年俞松筠等同济大学校友在上海创建,供助产学校毕业生实习之用。

③ 刘伯寅,即刘靖基。据《函告大成公司上海寿萱里房屋所有权属大成公司》档案记载,因大成公司 1943 年 12 月间购进房产,不便以公司名义,即以公司经理刘靖基别号刘伯寅为户名代表出面承购。

④ 刘伯范,即刘汉堃。在《常州大成档案》中,刘汉堃致函其父时,自称刘伯范。在房产投资中,也有以刘伯范为名的投资。

⑤ 沈元来,为上海桐油号,由沈瑞洲之父创办,后经营进出口贸易。

⑥ 蓝飞熊,据《大成公司档案》载,蓝飞熊为意诚布厂织制布。时意诚已归大成。

海蓝,可做11000疋。漂粉,可做14万疋。士林,可做1万疋。

阿油三个半月,每天1千疋,约染10万疋。

12月19日

达机三楼纪。

总而言之,私人企业不论任何党派立国,已经限定其命运,不允许无限止任意发展了。现有者,且在百般设法中削弱你,以至消灭为止。

因为在新民主主义国家之下,全国重要的工矿业、交通运输业、银行保险业和大商业机关等都转入于{与}人民的民主国家的手里,而成为带有社会主义性质的国家经济了。那{哪}有私人资本主义发展的余地。

货币价值已定有尺度矣,其职能有限矣。

国对国营,政府握有大量物资,交换转账用不到币制。

消费者有合作社,有工折,至发工资时对消,且可用物物交换,用不到货币。

按以上新时代的变迁中,最合算是培养青年读书,使子女受高等教育,习技术、工科,以期为努力报效国家,这是真财产。有了技能就可有为,何必要呆产。所谓"贤而多财损志,愚而多财益祸"。已成事业,要设法为职工力谋福利,至要至要,值得的工作也。

倘有机会发财,要以所得之财贡{供}社会正当之用,勿必私富,而遭奇祸。

所谓"财散则民聚,财聚则民散"。"德者,本也;财者,末也"。能聚要能散,得之不易,散亦非易,但总比不散为善。我想我之范围之内之同志,职工想我对他们放宽企图,不在少数。

我的家庭直系亲属亦很想我对他们有否发舍赠的企图。我的家乡要办的教育,时局阻碍未成。常州地方公益,要我帮助甚多。以上一切,都要逐步善为处置,如何为妥当,从今后自应更决。

12月12日

绶①收八万多,三万五千疋已做好,方手2万多已做,尚有2万多未做。

---

① 绶,即薛绶生。

有过十外万金元限价介申。简言之，十外万金元，照限价应该再要卅多万元。杭州汉口即可抵过，现要消账。以后布解惠{穗}南、上海，要用别名，勿由厂介穗。

限价布，据售出 14870 疋，35 元，计 520450 元。已有十万[元]介申，尚欠 420450 元。

大孚有白铁廿四号货五百张，计 5000 元，每磅 1 元每张 10 磅。铝片每张廿元，二百张，计 4000 元。钢丝布五十套，计 31500 元。十二月廿八日每港元，合 25 元。港存玻璃七十箱，每箱 84 元，比普通白片贵三分之一。

12月 12日

童君[①]云：只管惠纶[②] 25000[纱锭]，三百台布机，电费每度 0.10[元]至 8 分，沙田约 9 分，每件纱 280 度，廿支全部开支约 250 元。

每件纱，印棉约四百五十外磅，一元七角。

美棉约四百五十磅，约一元六角黑市。纱一律四百磅。

借款五厘，信昌有钱借出。因彼有一千三百万港元，可与合作否？

现在成本廿支纱不到一千元。英来纱约一千一百元，美棉花每磅 1 元六角，计七百十元，外加开支二百五十元，共九百六十元。折旧官利不算，如加折旧，开支要 1 千元以上。厂基地有合十元至八元、十四元，沙田顶便宜。

十二月卅一，福爱夫[③] 1.65 元，爱尔爱习爱司[④] 1.74 元。

12月 16日

[上海]电力每度 4.50。

用电每度八分至一角。无统税，原料进口无捐，英嘱有特惠，免捐权利。

在港造出廿支纱比申多卖 50 元，布多卖 3 元外。本来多卖一成，因走私可带出去。

---

① 童君，即童侣青(1898～1985)，早年留学日本，专修棉纺织工程，毕业于东京高等工业专科学校，先后任职于汉口申新纱厂、上海鸿章纱厂等，后受上海商业银行董事长陈光甫赏识，担任该行组织的银团主任，协助申新二厂、五厂的经营。抗战胜利后，转往香港，协助吴昆生兴办伟伦纱厂。

② 惠纶，1948 年无锡陆辅仁与吴昆生在香港合资设立惠纶纱厂。

③ 福爱夫，一种进口棉，具体不详。

④ 爱尔爱习爱司，一种进口棉，具体不详。

如做交织品、人造丝、羊毛,无进口税。借款利息外国行五厘,中行七厘至八厘。用电每度1948年11月16日,上海每度4.50。廿支工须约600元,管理费约600元。统税[①]约600元,花衣进口税12%,连运费在内。

现市纱价,广州廿支1100元,香港1300元。细布香港48元,广州45元。

特点列下:

(一) 特惠税:港方出品,南洋英属消{销}货,非英属完纳一成以上。港制品不要客户欢迎,少麻烦,廿支纱布本可便宜一成,因有夹带走私,买客买进舍50%和入,故实在只可便宜30%~40%或50%。细布港制比申布多卖三元一疋,现市龙头细布48[元],如本港出品可买51.50[元]。廿支棉纱1948年十二月廿四日港货一千三百元,申货1350元。

(二) 电费上海四元五角(其时合港币六角),此地捌分至一角。

(三) 棉花进口无税,物料无税,人造丝羊毛合纺,无税。

(四) 无统税。

(五) 利息国行七厘至八厘,汇丰五厘,可将厂做押款。

12月22日

骆仰之[②]云:

南海纱厂[③]纺机3万,布机1000台,成本、厂基、房屋、冷气、设备、连工人宿舍、饭间、栈房在内,共处港币1000万元。

地皮捐,每英亩合华亩二亩半,要五百元一年。不造房子空地,要二百元。自动布机1000台,约合1万锭,总共连布机,约每万锭、房屋、基地[需]二百五十万元。照战[前]价,如五倍计,约五十万元。四万锭范围,亦不算贵耳,其厂基连填好七尺至八尺高,每方约四元一角二分,每亩照上海约73

① 统税,1930年国民政府裁撤厘金,为弥补损失,改征卷烟、麦粉、棉纱、火柴、水泥等主要民族工业厂商的货物出厂税。1948年7月,国民政府以"总统令"形式修订《货物税条例》,提高税率,将棉纱税率从7%提高到10%。

② 骆仰之,又称骆仰止(1897~1994),浙江义乌人,1923年入英国曼彻斯特大学学纺织,1927年回国,后任庆丰纱厂总工程师、厂长,后任中国纺织建设公司总工程师兼工务处副处长,1948年应唐星海之聘到香港九龙,创建南海纱厂。

③ 南海纱厂,1948年由无锡唐星海在香港九龙创办香港地区最大的棉纺企业。

方，计七千三百方，合每华亩三万一百元。常州每亩只要棉纱两件，计港币约两千六百元。上海每亩约四根条子，计港币一万二千元。比上海贵三分之二，比常州贵十二倍弱。而地捐更贵九十倍，香港不好设厂，是被政治逼走至此。

廿支纱每件开支，有的说二百五十元。仰之云：要三百元。侣青①云：只要二百五十元，大小不同。仰之之南海三万锭设备，开工只三五千锭，伟纶两万五千已开一万，故而不同。沈海涛云：每件二百五十元，足矣。

12月29日

往向黄浦水路去看大星皮革厂②。

水泥钢骨房子，活{阔}六开间，每间活{阔}12尺，长15尺，后有七开间。

七间者，共计二百五十方丈。每华亩③合60华，即十市尺见方。

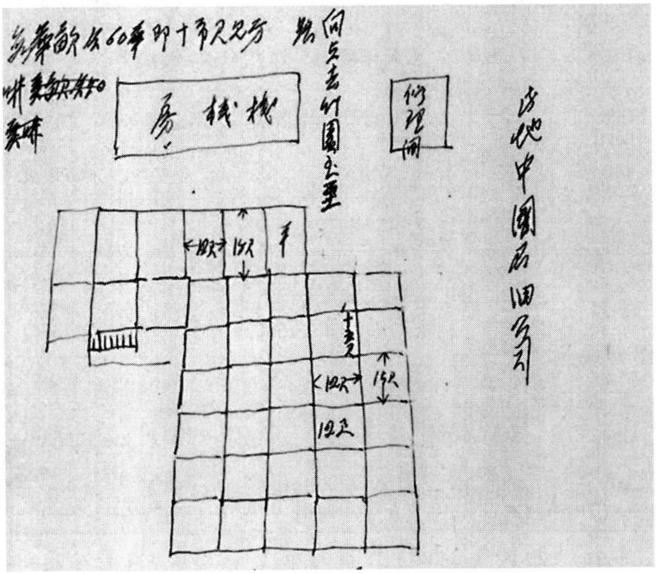

图11　大星皮革厂厂房图

① 侣青，即童侣青。

② 大星皮革厂，由广东华侨程天固创办，后由福新面粉五厂购进，设厂于广州河南白蚬壳，地滨珠江，改建为面粉厂，于1949年8月开工。

③ 1华亩，约等于667平方米，60平方丈，1英亩等于6华亩。

面积总共四百卅畊,每畊即合英尺十尺见方。

另有详图,可做染厂。

硫化元,进口捐 30%,阿呢油捐 15%,加附加税 75%。

工资比:香港十元,本地 4 元,走来便宜,税三分之一,合便宜 7%。如装粤汉路要关单,如无,要扣留。

12月29日

六鹤 250 元,璧记 16 元,飞虎 111 元;吟 3 元,炳记五元,吟 2 元;共 387 元。

现计 14740[元],布内元[布]8440 元,漂坯[布]2430 元,府[绸]3000 元。损失被焚 4560 疋,金园 55 万元,约共连布 70 万元。

市值 43 元,保险 350 元,合 13 元损失,30 一疋。前存各号后,公司存 3 万外。由他开出,还说是他的,做他替身,如介申,少吃谢钟豪 50 万元亏。

表 11 三七年度穗处销货分类统计

月份	蝠鼎元斜	蝠鼎元布	蝶球细布	蝠鼎漂布	鹤鼎细布	月计	累计
5月6月	440 疋	340 疋	9860 疋			10640 疋	10640 疋
7月		20	1720			1740	12380
8月		9260	3480	2550		15290	27670
9月		12780	3160	1650		17590	45260
10月		5120	1480	742		7342	52602
11月		4060	1000		960 疋	6020	58622
总计	440 疋	31580 疋	20700 疋	4942 疋	960 疋	58622 疋	

自卅七年五月至十一月薛任共收方移交 12800 疋,申公司 53900 疋,共 66700 疋。再加鹤鼎汉口来 960 疋,共销 58622 疋。十一月卅日,实存蝠鼎元布 7800 疋,蝶球细布 480 疋,蝠鼎漂布 758 疋,共计 9038 疋。

12月31日

表12 布疋存货报告

1948年10月18日至12月31日

类别	地点	布疋名称	数量	已到数量	未到数量	售出数量	售价总值	结存数量
印棉2000包直接交换,余数	曼谷	蝶球扣布	5120疋	5120疋				5120疋
福家首批印棉壹仟	星家坡	蝶球扣布	5000疋	5000疋		700疋	港币：32375	4300疋
伍佰包交换	星家坡	蝠鼎黑布	5000疋	5000疋				5000疋
	香港	蝠鼎黑布	5000疋	5000疋		5000疋	243750	
	香港			3000疋		3000疋	157422	
	香港	蝠鼎漂布	7980疋	3900疋		420疋	21888	3480疋
	香港			1080疋				1080疋
和新美棉750包交换	香港	蝶球扣布	14540疋	14540疋		13660疋	642020	880疋
福家二批印棉壹	香港	蝠鼎黑布	9539疋	7000疋	2539疋	1500疋	79400	5500疋
一仟五百包交换	香港	蝠鼎漂布	4400疋	4400疋				4400疋
	香港	金八益漂布	6793疋		6793疋			
向外销会购进	香港	水鸭斜纹	2000疋	2000疋				2000疋
向外销会购进	香港	大鹏扣布	2000疋	2000疋		1000疋	47200	1000疋
向外销会购进	香港	龙头扣布	4000疋		4000疋			
共计			71372疋	58040疋	13332疋	25280疋	$1224055	32760疋

12月31日

表 13 广记、大孚、成记、立达存款情况

单位	摘要	金额	单位总计
广记	钞 30000	HK150000	630000
	T/T①31000	155000	
	T/T23000 (原为 30000 已用去 7000)	115000	
	上海② a/c③	18000	
	运通④ a/c	170000	
	浙兴⑤ a/c	22000	
大孚	T/T20000	HK100000	175000
	上海 a/c	75000	
成记	金 300 两	90000	97000
	上海 a/c	7000	
立达	钞 10000	HK50000	123000
	T/T:5000	25000	
	金 100 两	30000	
	上海 a/c	18000	
共计 $ 1025000			

布疋存货十二月卅一日止,除应付外,计 1331855,现 1025000。

另存五金、颜料等及万春先款约 500000,连布机再加 50 万。房地,约 300000。穗布,约 450000。总共约 360[万]加 50[万]。

台安约 40 亿,合达处 60 万。加布[机]二百台,约纱三百,合达处 30 万。([民国]38.1/14)

---

① T/T,TelegraphicTransfer 缩写,汇出行应汇款人申请,拍发加押电报或 SWIFT 给在另一方的分行或代理行指示解付一定金额给收款人的一种汇款方式。
② 上海,即上海商业储蓄银行。
③ a/c,account current 缩写,意为往来账户。
④ 运通,即美商运通银行。
⑤ 浙兴,即浙江兴业银行。

1949年日记

1月1日

元旦，阴历年初一是一月廿九。

《总统罪己文告》："个人进退，绝不萦怀。"

"只要宪法不由我而违反，民主宪政不由此而破坏。中华民国国体能够确保，中华民国的法统不致中断。军队有确实的保障，人民能够维持其自由生活。个人无他求，生死早置度外。如共党无和平诚意，则不得不与共党周旋到底，以免人民受清算痛苦。"

其说：美在从中构成反革命阵营中的反动派，由单纯支持国党，而转变为两种方式的斗争：

（一）组织残余国军地方势力，继续抵抗。

（二）在革命阵营内部组织反对派，极力使革命就此中止，带上温和的色彩，不要来一个大翻身。

又说，古代希腊的一段寓言，一个农夫在冬天见一条冻僵青蛇，可怜他，放在胸口上。受暖气苏醒，回复了他的天性，便把恩人咬一口。受毒将死时，农夫曰："我怜惜恶人，应该受这恶报。"怜惜恶人应受恶报，但谁是善恶，要认清。

台湾危机：

（一）省营工业多数亏本，连糖厂职工薪资发不出。负债尤多，结账要面子。做成有余，其物资少矣。砖厂出货，整车不点数，往外流。

(二) 码头进来货,处处留难。非有内行,办不通。车上、海关上罢工,提单未到,要保人先提货,五千元一件。

(三) 卖出四千万之厂,台行可押抵八千万元。恐结果非卖厂,不得过去。

(四) 最危险,襄理一人,签本票三百张,加一天薪金。见过十万,据一百万一张要出现矣! 似通货膨胀过甚! 上海可收台汇,紧缩发行台币,因汇款多,无限止发本票,任意膨胀。

(五) 农民米价只到手七万,市上卖十二至十三万一百台斤。农民还好过去,工人及失业人生活难过去。以前,日人无工作,使其开山有饭吃。

1月13日

台安公司改六千万资本,即加入。

因台安公司多麻烦,将外股取消,而为大成一家负责。因未收股款,只有果伯交来四百万元,是九月廿八来的上海,合金元2千2百元,而作台币四百万元。今作退还他蝠鼎漂布50疋。彼时上海黑市每疋45元,计应2千2百50元。不足50疋,而今与他50疋,且未要他认水脚、保险、栈租,了脱一件事。而彼来账,只要求八百多万,只可买卅多疋,似此对得起矣。

1月13日

台安事。

一月十三止,问,上年底止,已除开支:运费1100万、保险1600万、交际1700万、用俱600万、福家600万、利息600万、薪工1000万、川资800万、其他800万、捐项300万。

材料置计叁亿三千万元,现值七亿。房屋约计一亿元,连装修在内,现值八亿。生财约一千万元,茶叶约存货一千多万元。

说明:

有现存行庄一亿两千万,工存五亿五千万元,买房屋材料33千万,房子一亿,计四处开支一亿,内保险、运费、捐,要归上海付。生财、茶叶作两千万元,工用四万五千万,而有市值房屋材料存货,共计时价十五亿八千万元。还要加十四亿,约要再化{花}六千疋布至七千疋,现存布约1万1千疋,现款约五千万元。

农工人以布为本位，勿存台币。

1月 14日

约有存布一百万疋，每年约需一百五十万疋。又说台湾存布可用两年至四年，连纱在内。振中细布①每天出六百疋，全消{销}台湾，稳好[行]代他卖，四百疋一天。

台安房屋，台北车站。

(一) 公司事务所转角处，长进身 51 尺，活{阔}沿转马路 30 尺一种，里边一种活{阔}18 尺。顶好时值 15 亿，现值八至九亿。买进时，连修理约五千万元。比香港大。香港地活{阔}48 尺，长 66 尺，房子活{阔}42 尺，长 40 尺，两层楼。

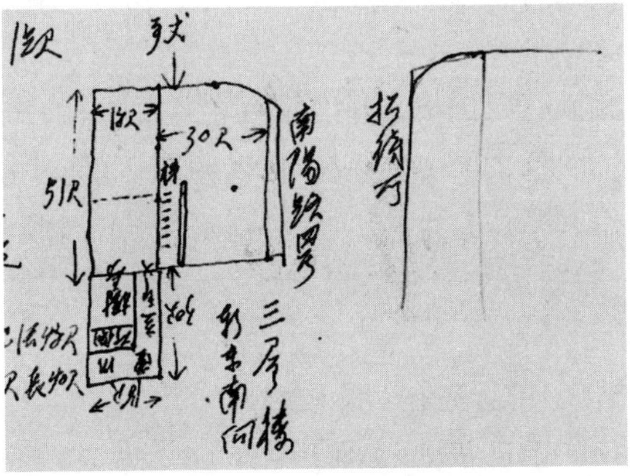

图 12　台安事务所屋基布局

(二) 甲：临沂街幸町 25 号，买时三百多万，许永年、杨明鑫住。

乙：连云街东门町 26 巷 23 号，钱小姐看买时 1835 汇水，3400 万元。

丙：丽水街五号福住町，钱静芳看买时三百万元。

甲、丙两坐{座}两大房间，每座可住两家。乙连云街两个房间，一排可

① 振中细布，上海振中染织厂生产。据陈鸣钟、陈兴唐《台湾光复和光复后五年省情下》所言，振中细布在台较受欢迎，其售价比上海市场略低。

住一家,有书房、起坐[室],甚好。

(三) 板桥镇县政府在焉神社后,在高山上地有十亩,山下约有卅亩。有小河沟出水、有水泥桥、有两个住宅,地甚平。可按八千锭至一万锭、布机四百台。惟染色出水有问题。香港 92 千尺,要 40 多万,此地只付一千多万,值五千至八千万元。

1月 15日①

一厂存棉,8000 担。

一厂存棉 4000 担,运常途中。

三厂存棉 2000 担,三厂存棉 2000 担埃及花。

存沪仓库 4900 担,2350 担埃及花。

似此,存花贰万 3 千担,存布三万疋。再除交换金,计 6800 疋,如此计算可收,和 750 包,福家 1500 担,约 2000 担。共 32000 担,连台港只存 43000 疋,加荷印 1100 担。

二厂坯布 27000 疋。栈内色布 14000 疋。车间内 17000 疋。大成办[事]处 2300 疋。一厂,3400 疋。申公司 32000 疋。在运中途约 3500 疋,欠纱三百五十件,作 10500 疋,约十万疋。外销 45000 疋,交换棉 14500 疋。

地产事:

道达里,领到状 1 张。还有 1 张未领到。

寿萱里,补行登记,已办好。领状待通知。

山海关,在办理中。

美丰大楼,待公司印鉴及国记印鉴。

中德医院,图章是忠信笃敬。等领状来,找不到。

阿油三个月。

柴油三个月。

煤一个半月,一厂连柴油二个月。

阿元三百元正。士林布价四千六百元,可多七百元,元布约四百元。

① 这段文字似刘国钧之子刘汉栋所写。

廿支纱九□一件，开支花价约八千五百元。

1月18日

朱[1]报：共存棉花33500担，连埃及花在内，还可升出。布存约十万疋。

除外销要交45000疋。

除欠纱三百五十件，计10500疋。

除交换棉，计14500疋。

除再交香港漂布，计6800疋。

共76800疋。

净存两万叁千二百疋。已除发股，连借纱六百七十五件，已除还大明美金。

弥敦道八十号，金马伦道4号。一百尺、五十尺，办作与大孚，20万税。2号栈房收回[贴2万]，栈房贴费2万，九龙贴6万元，茶香室2万，共计32万元。房租约两千元，自住一层半。达机顶一宅15000元，三层顶8000元，总共343000。如造，我一样住一层，房子并未多少。收租金2000元，且要拿出拾万元。如我们无收入，则每月损失2000元，另再损失拾万元现款。

1月20日

张、何[2]在申谈：

(一) 廿支纱成本，花衣四百廿斤，计33600元。

电费二百五十度，每度廿二元，计5500元。

工资，计900元，应加三成。物料，计500元。厂务费，计300元。

统税，一月廿日前，计1065元。

共8265元。

每磅合一百廿六元五角。

外加利息、折旧、总公司费用、捐款等，上海每件要开支两万元。香港三百元，约合一万五千元。常州照开支厂用加倍计算。

---

① 即朱希武，1948年12月刘国钧去香港，朱希武定期向刘国钧汇报生产经营情况。

② 张、何，即张一飞、何乃扬。

(二) 布用电四度半，作100元，工资50元，物料60元，厂用20元，共二百卅元。双倍计四百六十元。

(三) 蝶球布1磅半，成本计1915元。

(四) 福鼎元市价2200元，每疋染四百元，成本2188元。

(五) 蝶球二千元，鼎元2200元，四千一百元，士林布，常价。

1月21日

对尉①云：送两件纱，穗付上海，勿便出账。

送尉仙两件纱款。朱云：已在申付出，是付大孚账。而此款要将成方寄穗，与尉纱二件，劝归还此款。

6月13日

香港各厂概况、纱锭、布机：

香港纱厂②：经理王统元③。

纬纶纱厂：经理陆佐霖、厂长童侣青(副经理兼)。

九龙纱厂：经理吴英蕃④、厂长：李启民⑤。

九龙纱厂⑥：经理、厂长：吕昌复。

大南纱厂⑦：经理：李乃纬、厂长：赵诉康(纺)、徐锦生(织)。

宝星纱厂⑧：经理、厂长：杨惠胜。

南海纱厂：经理：唐星海、厂长：骆仰之。

南洋纱厂⑨：经理：荣鸿庆、厂长：翁练云。

---

① 尉，即蒋尉仙。

② 香港纱厂，王启宇父子于1948年在香港创办，初创是纱锭大概3万7千枚。

③ 王统元，王启宇之子，浙江宁波人，曾任大纬印染织造厂经理，中纺纱厂股份有限公司总经理。

④ 吴英蕃，香港洋行买办。据《荣家企业史料》载，申新四厂在香港设立九龙纱厂，任命吴英蕃为副经理，奔走接洽，经理由李国伟堂弟李冀曜担任。

⑤ 李启民，江苏无锡人，毕业于复旦大学土木工程科，曾在京赣铁路工程局实习，曾赴英纺织厂实习，曾任申四宝鸡厂副厂长。

⑥ 九龙纱厂，王启宇创办，以英国购进旧纱锭7000枚运营，因规模小，经营困难，归并于香港纱厂。

⑦ 大南纱厂，1947年设立，又称南国纱厂，为香港设立的第一家大型纱厂，由李震之创办，初创时纱锭为8000枚。其时纱厂大多设在香港荃湾。

⑧ 宝星纱厂，唐星海创办，黄凉尘任董事长，初创时纱锭有1万枚。

⑨ 南洋纱厂，由荣鸿元、荣鸿庆创办，初，纱锭1.5万枚。

大元纱厂[1]:经理:丁宜生、厂长:徐一平。

联泰纱厂[2]:经理:沈海涛、厂长:杨纬。

大孚:吴达机、陆新源、沈文涛、王炳章、施翊民、薛迪钧[管]厂物料账、王炳荣、周育苗调厂用60元。

东南[纱厂]:李文鉴、姜光新、薛绶生、林绍堂、郑抱诚[3]、刘敦义,朱康祖[任]文书。

6月21日

朱在港轧明白,乃扬、一飞每人只有在1948年11月22日当面说明送他们四件纱,作港币每件一千元。

今年四月间,本想再送张、何各四件,而因朱弄错,未办。决定到年底,再送矣。

希兄在港云:朱、何、张、徐作4000元,已付出四件纱,作为两讫。只有炳明一百元今日付交希兄,大成账上要收回转清。此次股东借[纱]四百五十,职应二百廿四,普通职一百十二件半。经、副理、厂长何、徐、张、陈、缪15%,其他85%,得十六件七五加3.25件,合廿件。照一万七千二百薪分派。

6月28日

开董事会。

大明在香港办中国染厂,开来股数一百万。照大明总股额分派列下:由我改定大明、大成代表额,其[他]我不管。因大明有自将大明公司之款买下民生股额,计百份中之,计278130元,是可将来分派各股东。

大成占437500元。

为出面股户,大成纺织染公司,代表列下:

刘国钧代表,37500元。

徐、尉、钧代表,400000元。

---

① 大元纱厂,荣鸿元创办,为上海运来的旧设备创立。

② 联泰纱厂,由南通人方肇周创办,20世纪80年代将联泰纱厂1.1万纱锭等设备捐赠南通,设立南通朝阳纱厂。

③ 即郑包诚,曾任大成三厂职员,后赴大成广州办事处任职员,又赴东南纱厂任职。

大明纺织染公司股户廿七万八千一百卌元，代表人列下：

赵、徐、朱。此款中大成应分进百份 43.75。

庆泰染厂[1]股份：

台安公司代表陶振熙出面，一万五千元。

成记代表刘大有[2]，出面一万五千元。

成鹤鼎代表刘尧夫[3]，出面一万五千元。

10月11日

[民国]38年十月十一日，在大成港处，付何乃扬五千元、张一飞五千元。各付款单交光新，注明系云：去年七月一件，十一月廿六日四件，共五件，作五千港元。

12月24日

台安公司，查轧财产。

事务所三层楼，约值十万新台币，合港[币]8万元。

住宅房屋三所，约值贰万元。

木料，约值廿万元。

存布 2400 疋加 99 疋，约 15 万元。

存茶叶二百七十箱，约值三万元。

烧碱四十桶，约值二万元。

共计 50 万元。

协源寄东南粗绒，31875 磅。

大孚美棉，8900 磅。

尚存美棉四百八十五磅，已寄带来港我们手。

细黄绒 55 两□，借与庆泰。细布四百四六疋。

---

① 庆泰染厂，基于台湾地区色布价格比较稳定，利润高，刘国钧让陶振熙出面与胡忠甫、祝耀堂合伙开设庆泰染厂。不到两个月时间，筹建就绪，开工生产，每天能染 200 多匹布。

② 刘大有，据公司档案《大有记华股总记录》显示，为刘国钧对外入股其他公司股份的账户名称。

③ 刘尧夫，即刘汉堃。

台币二千五百五十七元九角一分。

掉进马达，计1420元，美棉。

12月24日

轧丽存台来账，十二月十九止。

蝶球细布，3027疋。

福鼎元布，350疋。

存现款台币，1548元9分。

尚有次细布，已染色者不知数目。大约有三四百疋，已染色二百多疋。

朱炳明存台，蝶球细布46疋。

12月24日

伦敦通信：《对华问题》，《大公报》转载，十二月廿四录《曼哲斯特卫报》十二月十四日首篇社论，中国一文。充份{分}反映今天英国的心情。

1. 他说百年前帮助垂死的满清，打倒太平天国。

2. 1926年见国民党是新兴而有前途的。

3. 现在中国的境遇是由于国民党在没有实行使国家现代化的改革，是一个没有创造力的政党。尤为重要，逃避土地改革，共党大部利用佃农愤怒，运动而起家。

以上三点，第一点彼时谅以看到曾、左、彭①有平乱能力的忠臣，满清有复兴的希望，故而帮助垂死已有生机的满清，可从中获利者也。第二点相反的又帮助国民党打满清，是见民党有新兴前途的人才。现在到三点国共内战，优胜劣败尚在未定之天而采观望。将来见到决定性的时候，一定又选择一方面有前途者，做锦上添花的工作来讨好，做自己的有利相帮工作矣。

这是惟利是图的外交手段，老奸巨猾的一贯作风，丝毫不错。更显明的世界上是崇拜英雄，做事业的要先求自强，要有创造力，要有革命性，要认清目标，努力前进。

要现代化，在工言工。我应如何将原有的工厂改成现代化，来一个新兴

① 曾、左、彭，即曾国藩、左宗棠、彭玉麟。

创造的方法,处理我原有的事业,以如何迎合三三四的制度①。但凡事“得人者昌”,要如以上的创造,原须先觅得创造的人。

(一)首须聘请新知识有创造能力的天才,来协同改革新方法,设研究所。

(二)将本公司所在范围中先行择要进行。

甲、将33万股票充作职工福利基金,先拉职员及同志成立一个议案,再向董会请求,不达目的不止,怎样保管最好由职主管董会监督核准。

乙、改分红制,迎合三三两两制②,股东得三成,职员得三成,工人奖励得两成,福利提1成,公益提1成。

丙、病假,子女教育(小学先复,再办职中),职员宿舍(高恩路先办,国靖已有,何可反对)。

男女工人合居宿舍、死亡补助、幼稚院、娱乐室、学校、借兑所、合作社、公墓、托儿所、职工公园。

(三)香港、台湾、广州、常州、上海同样办理职员宿舍及其他福利事项。先尽公司自有现成房屋做宿舍。

(四)常州地方公益量力补助,勿怕勿退缩,别家不能而我能之。

(五)零头集中。自己卖赚头,做职工福利。其他如箱子、废料提作福利。

(六)或发奖励股,在职有,脱离无。

(七)处处在工场方面为工人,防受伤,勿惜保险装置费用。

蒋尉仙、徐吟甫、顾吉生、俞泽民。

程沧波、华笃安、刘靖基、刘丕基。

刘本人、刘[汉]堃、严裕棠、谢钟豪。

刘峥卿、陈光甫、何淬廉。

蒋君辉、贾果伯、刘伯清、江逸庵。

曾文祥,宜兴,父母早亡。现妻及女二人,住城内。初中二年出校,就习

① 三三四制度,一种分配制度。
② 三三两两制度,一种分配制度。

永泰丝厂①杂工,后进裕丰②。现年 34 岁,四百廿元一月。俞泽民父耀珊很熟,张雅声亦知父做小生意,吃食店的。此人可用,钢丝间做过十年以上。在香港纱厂。③ 据赚过四百廿元一月,吃住均归厂内。当职员用,大个,号头。

吴鹤松,泰州人,37 岁,条粗。在泰州做过南货店三年,人较静,[月薪]四百廿元。家属父母,现在妻有女二人。父母在苏北,妻女在申。在青山道香港纱厂,月薪是四百廿元。同来五人,伊年较长,故作头目领袖。据说来时,亦作职员云云。

左识皋,阜宁人,胖子,条粗。在香港纱厂赚七元六角一天。父母妻子等在苏。因日人于{与}永安合作④,有小厂在苏,故左兄亦由裕丰同来,故住苏耳。此人恐难久用。

钱立生,阜宁,细纱,廿多岁,七元六角[一天]。父母妻在申,天真。

陈长松,泰州人,清花[工],七元六角[一天]。粗操,勿认错,父母妻在苏北。

木匠二人,王开泉、韩正才,八元[或]七元五角一天。清花工人王泰树,七元五角。

币制不兑现,以五谷米、棉布、实物等为准备金。

管理通货不需要发行准备,而需要平衡,准备以国营企业的股票或公债充当实物进入。

新民主主义国家经济,其计划经济是以国营大企业、合作社及有限止的私人资本企业,混合而成。三民主义节制[资]本。新民主主义扩充国家经济,限制私人经济,不许为无政府盲目的发展,私人资本有过份利得。在人民国家用抽税法,来减少私人利益。在工作时间上、在工作条件上、在工资立法上、在劳工福利上、在社会保险上、在所得税的课征上,有以上种种方

① 永泰丝厂,1896 年薛福成长子薛南溟在上海创办,1926 年将永泰丝厂迁回无锡。产品"金双鹿"丝获得纽约万国博览会金象奖,成为国际知名品牌。

② 裕丰,即日商裕丰纱厂,厂址在上海杨树浦路,纱锭 130280 枚,线锭 23936 枚。

③ 1949 年 3 月王统元创办的香港纱厂在上海招工,同期招工 142 人,工人初在上海技术艺工学校接受技术培训,后乘美国戈登将军号邮轮抵达香港。

④ 1939 年永安纺织公司以大美公司名义与日商裕丰纱厂签定合作条约,与之合作经营永纱二厂、四厂等。

法,来减低私人资本的利益,且逐步使私人剩余价值成为国家有计划的混合经济政策。

勿使其私人企业成为拜物主义,享受无限繁荣。

如私人财产多了,可以改发新币,使富有者千对一或百对一,工人一对一至二对一。这孔子说“不患贫而患不均”,财让你发到一个时期,来平均一次,更可施行限制购买、冻结资产、申请支用,使贫富之人同甘共苦,为国家努力致富。国强能如此。真能做到,岂不美哉。

书画收藏笔记

1957年5月22日　钱境唐[①]说仲淹[②]字有过一方，不多，几个字。以前价值已卖过一万多元。见过一幅，有范仲淹题楷书大鲤鱼。

康昉[③]《太少狮》，少狮，横幅。

李唐[④]《卧琴图》，晋宋两名家，皆无上墨宝，要重装。韩干[⑤]《三马图》，横幅见过，甚好。

装木匣：吴道子[⑥]《观音》，张风[⑦]题心经。

---

① 钱境唐，即钱镜塘(1907～1983)，原名德鑫，字镜塘，晚号菊隐老人，署书斋为数青草堂，浙江海宁人。受父辈熏陶，善画，能治印。爱好诗词戏曲，工书法绘画，后往沪独资经营书画，曾多次举办书画展销，西泠印社社员。从20世纪30年代初涉鉴藏，书画鉴藏生涯达50年左右，"以画养画"的方式，通过书画的经营和交流活动，广泛征集和交流书画藏品，一生书画金石等藏品硕丰。后向国家捐献所珍藏文物达2900余件，分别收藏于上海、浙江、江苏、广东等地博物馆。

② 范仲淹(989～1052)，字希文，北宋吴县(今江苏苏州)人。大中祥符八年(1015)进士，授广德军司理参军，历任兴化县令、秘阁校理、陈州通判、苏州知州、权知开封府等，曾以龙图阁直学士的身份与韩琦并任陕西经略安抚使，抵御西夏入侵，屡建战功。拜参知政事，主持"庆历新政"。

③ 康昕，字君明，东晋义兴(今江苏宜兴)人，一说外国人。东晋书画家，官临沂(今山东临沂)令。善画兽，代表作《五兽图》。工书，善隶书、草书。与王献之善，师从王羲之。

④ 李唐(1066～1150)，字晞古，又作希古，南宋河阳三城(今河南孟州)人。徽宗时，入画院，擅长山水、人物。后流落临安，入画院为待诏，与刘松年、马远、夏圭并称为"南宋四大画家"。

⑤ 韩干(约706～783)，唐代画家，京兆蓝田(今陕西蓝田)人。师从曹霸，以画马著称。玄宗时被召入宫中，皇室画工，画马以写实手法，画马生动真实。韩干画马独具风格，自成一家，与善画牛的戴嵩齐名，有"韩马戴牛"之称。

⑥ 吴道子(约680～759)，又名道玄，河南阳翟(今河南禹县)人。唐代著名画家，画史尊称"画圣"。擅佛道、神鬼、人物、山水、鸟兽、草木、楼阁等，尤精于佛道人物，长于壁画创作。

⑦ 张风，一作鹳，字大风，号升州道士，又号上元老人，或署"真香佛空""真香佛空四海"，明末清初上元(今江苏南京)人。擅画山水、人物、花卉，精于画肖像。

两唐刁光胤①,宣和②印,工花鸟。黄荃③、孔嵩④皆从之学。画中头目,铭心绝品。

父子出将入相。仲淹共四子,长子纯佑⑤,性英悟,尚节行。数次将兵御西夏,敌人畏为小范老子。事父母孝,未尝远离左右。助父处事,仲淹因而任人无失,有功于国家。次子纯仁⑥,进士,为官有政声。上言无所讳,安不怒?谪出外官,徽宗官大学士。他教子弟要"以责人之心责己,恕己之心恕人"。

《故宫》⑦第五集有其墨迹,致司马伯康君⑧宝书。由我剪下,存司马光⑨画卷中。

范仲淹,子亦为相。羌人曰:小范老子。二岁丧父,母出嫁朱姓,随至朱家,名"朱说"。后长,泣感辞母,依戚同文⑩学习。戚同文藏书很多,五世丧乱,不仕,性好施予。仲淹在秀才时,即以天下为己任,常言,"先天下之忧而忧,后天下之乐而乐"。宋朝大中祥符时,举进士,更姓改名。做过开封府

① 刁光胤(约852～935),名刁光,一作光引,唐末五代雍京(今陕西西安)人。攻画湖石、花竹、猫兔、鸟雀。性情高洁,交游不杂。

② 宣和,是宋徽宗的第六个年号,也是最后一个年号。赵佶(1082～1135),宋徽宗,号宣和主人,神宗子,哲宗弟,北宋第八位皇帝,年号分别是建中靖国、崇宁、大观、政和、重和、宣和。穷奢极欲,广修宫殿,滥增捐税,以致国势日危。金兵南下后,传位于子赵桓。后被金兵所俘,死于五国城。博学多才,善书、画、词、赋、乐等,在位时广收书画古玩。尤善花鸟画,书法自成一家,称"瘦金体"。

③ 黄筌(约903～965),字要叔,五代后蜀蜀郡(今四川成都)人。曾随唐末入蜀的著名画家刁光胤学画,又吸收山水画家李升,人物龙水画家孙位之长,结果"全该六法,远过三师"。他擅长花竹翎毛,也能画佛道人物、山水,是一位技艺全面的画家。

④ 孔嵩,一名景,五代蜀人。幼工花雀,向孙位习山水、人物画,师从刁光胤,兼及画龙。

⑤ 范纯佑(1024～1063),字天成,范仲淹长子,北宋苏州吴县人。西夏攻宋,随父至陕西,参加抗击西夏战争。庆历新政失败后,荫补入仕,后不乐仕宦,解官而去。

⑥ 范纯仁(1027～1101),字尧夫,范仲淹次子,北宋吴县(今江苏苏州)人。皇佑元年(1049)进士,曾两任宰相。崇尚节俭,用俸禄办义庄,救济困苦贫民。

⑦《故宫》,为中国书画图录书,故宫博物院1930年10月起开始编印,京华印书局印制,用珂罗版宣纸影印,月出1期,有24图,至1936年9月止,共出45期。内收名画836幅,法书64幅,皆为故宫内藏珍宝秘籍。

⑧ 司马伯康君,即司马旦(1006～1087),字伯康,北宋陕州夏县(今山西夏县)涑水乡人。司马光之兄。早年荫补入仕,授秘书省校书郎。历任郑县主簿、监饶州永平铸钱监、知安州等职,官至大中大夫。

⑨ 司马光(1019～1086),字君实,号迂叟,陕州夏县(今山西夏县)涑水乡人,世称涑水先生。宝元元年(1038)进士,曾任龙图阁直学士、翰林学士、宰相等,主持编撰《资治通鉴》。

⑩ 戚同文(903～976,一说912～985),字文约。北宋宋州楚丘(今山东曹县)人。睢阳学舍(应天书院前身)创办人杨悫的学生,戚同文继承师业,继续在睢阳学舍办学,人称戚同文为"睢阳先生"。

尹、龙图阁，比苏东坡[①]早五、六十年。查祥符在元丰年以前，宋圣[②]时，西羌乱，同尹师鲁[③]平之，羌人不敢犯。因龙图老子威德甚大，在朝时立德立言，全国敬仰，风气大振，遭权贵恨，因而被谪。尹师鲁不服，奏上，结果二人同被谪，因而两人有国事朋友交情，常通信。这两手札，名二帖，据已失去一帖，内中有宋杨万里[④]、洪迈[⑤]，后元明十二位名人题跋。

司马光父名池，举进士。他有家资数千，悉推诸父为官有政声。[光]宝元初年进士，东坡嘉佑进士，晚司18年。当试殿庭，母丧，朋友匿而不报。而池到宫门，心跳不能进。友告其母病，大恸，回归。光为小官时，天寒遇盗，衣尽失而薄，叹惜。妻张氏曰：但愿身安，衣可续有。光为之释然。

光是他次子，七岁开讲《左氏春秋》，即了其大旨。一儿登瓮，没水中。光持石破之，儿得出。宝元初进士，明议王安石[⑥]新法，不合，去。居洛十五年，绝口不谈时事。著《资治通鉴》、绘《独乐图》。见过手卷两帧，一仿王维[⑦]，一仿李成[⑧]细笔，函名款录司马端明，希世名珍。《故宫》第五集有其墨迹，剪存在《湖山胜览画卷》中。兄名旦，大方，兄弟友好。

---

① 苏轼（1037～1101），字子瞻，一字和仲，号铁冠道人、东坡居士，世称苏东坡、苏仙、坡仙，眉州眉山（今四川眉山）人，祖籍河北栾城。嘉佑二年（1057）进士，1080年因“乌台诗案”被贬为黄州团练副使。宋哲宗时，官至礼部尚书，并出知杭州、密州、徐州、湖州等地。晚年因新党执政被贬惠州、儋州，宋徽宗时获大赦北还，途中病逝于常州。工于画，尤擅墨竹、怪石、枯木等。

② 宋圣，即宋神宗赵顼（1048～1085），英宗长子，北宋第六位皇帝。一位有作为皇帝，即位不久，即召王安石赴京，推行变法，史称“熙宁变法”。新法遭到守旧派的反对，神宗左右摇摆，勉力维持新政。元丰四年（1081）西夏皇室内乱，神宗认为有机可乘，遂五路讨夏，但深入夏地各军因粮草不济，无功而返。元丰五年（1082），筑永乐城，西夏发30万大军围攻永乐城，战败。元丰八年（1085），在忧郁中病逝，年仅38岁。

③ 尹师鲁，即尹洙（1001～1047），字师鲁，河南洛阳人。天圣二年（1024）进士，官至起居舍人直龙图阁。其文多论西北军政，风格简古，辞约而理精，颇得时誉，有《河南先生文集》。

④ 杨万里（1127～1206），字廷秀，号诚斋，自号诚斋野客，南宋吉州吉水（今江西吉水）人。绍兴二十四年（1154）进士，曾任知奉新县、国子博士、广东提点刑狱、太子侍读、秘书监等职，官至宝谟阁直学士。与陆游、尤袤、范成大并称为南宋“中兴四大诗人”。

⑤ 洪迈（1123～1202），字景庐，号容斋，又号野处，南宋饶州鄱阳（今江西鄱阳）人。历官翰林院学士、资政大夫、端明殿学士、宰执等。

⑥ 王安石（1021～1086），字介甫，号半山，抚州临川（今江西抚州）人。宋仁宗庆历二年（1042）进士，曾任鄞县、舒州等地地方官，官至宰相，锐意改革，推行新法新学。有《王文公文集》《临川先生文集》等。

⑦ 王维（701～761），字摩诘，号摩诘居士，太原祁州（今山西祁县）人。开元九年（721）进士，任大乐丞，累官至给事中。山水田园画派代表。一生究心禅理，通晓音乐，善以画理、乐理、禅理融入诗歌创作中，苏轼曾称其“诗中有画”“画中有诗”。

⑧ 李成（919～967），字咸熙，号营丘，又作营邱，京兆长安（今陕西西安）人。先世为唐朝宗室，五代宋初画家，初学荆浩、关仝，心境上直追唐人王维禅境。善山水，绘画在表现上圆满了山水画技法高难度繁杂图式，暗合佛道精神，为众人所惊羡，成为画院画工的范例和摹本。

司马槐，光子，字端衡。绍兴初时，善画得名。《[中国]人民{名}大辞典》①未说光子，只说光子康孝父，居庐地，得病死。司马端明，据董其昌②《画禅室随笔》谓，在广陵见司马端明画，山水细巧之极，绝似李成，多宋元人题跋，画谱具不载。以此知，古人之函名云云：宋端明，即司马光，盖光曾拜端明殿大学士也。如定为元人，则何有宋人题跋耶？

朱熹③，字符晦，号晦翁，是程灏④学生。即子，“程子曰”的程子。

父名松⑤，进士，早亡，依母贫甚。由母辛勤抚教，进士，大文教家。讲正心、诚意、齐治、平均之道，穷理以致其知，以居教为主，反躬以践其实。熹父在世，秦桧⑥当权，决策言和。松极言，其不可，被谪，贫甚。熹年幼，而母处之怡然。见过[熹]大立轴和对一付，其力能扛鼎，真墨宝也。

邵雍⑦，字尧夫，著《推背图》，古人天气不泄。元佑中，赐谥康节。而宋有四大儒即程灏、周[敦]颐⑧、朱熹、张师⑨。司马退居洛中，恒相交游，为市

---

①《中国人名大辞典》，由臧励和等编，收录上古至清末人物 40000 多名，按人名姓氏笔画排列，注明人物的朝代、籍贯和生平事迹等，1921 年初版，多次重印，由商务印书馆出版。

② 董其昌(1555～1636)，字玄宰，号思白、香光居士，松江华亭(今上海松江)人。万历十七年(1589)进士，累官编修、讲官、礼部尚书、太子太保等。精擅书画，画长山水，宗法董源、巨然、高克恭、黄公望、倪瓒等，尤重黄公望。技法融书法笔墨于皴、擦、点划，所作山川、树石、烟云流润不滞，柔中有骨力，转折灵变，拙中带秀，清俊雅逸。被誉为“华亭派”领袖。书法以行草造诣最高，综合晋、唐、宋、元各家书风，自成一体。

③ 朱熹(1130～1200)，字符晦，又字仲晦，号晦庵，晚称晦翁。祖籍徽州府婺源(今江西婺源)，生于南剑州尤溪(今福建尤溪)。在哲学上发表了程颢、程颐关于理气关系的学说，集理学之大成。著有《诗集传》《周易本义》《四书章句集注》《楚辞集注》等。朱熹常在著作中引“程子曰”，不分别程子是程颢还是程颐，编有《程氏遗书》。南宋时期理学家、思想家、哲学家、教育家、诗人。

④ 程灏，即程颢(1032～1085)，字伯淳，号明道，世称“明道先生”，北宋河南府洛阳(今河南洛阳)人。与程颐为同胞兄弟，世称“二程”。宋仁宗嘉佑二年(1057)进士，历官鄠县主簿、上元县主簿、泽州晋城令、太子中允、监察御史、监汝州酒税等职，在嵩阳、扶沟等地设学堂，潜心教育研究，北宋理学的代表人物之一，“洛学”的创始人之一。

⑤ 父名松，即朱松(1097～1143)，字乔年，号韦斋，徽州婺源(江西婺源)人。宋重和元年(1118)登进士。历任著作郎、吏部郎等职。早年受二程学说影响，与胡宪、刘勉之、刘子羽等相友善，北宋理学家。因极力反对秦桧求和，被贬为江西饶州知州。

⑥ 秦桧(1090～1155)，字会之，生于黄州(今湖北黄冈)，籍贯江宁(今江苏南京)。南宋初年宰相，奉行割地、称臣、纳贡的议和政策，主和派的代表人物。

⑦ 邵雍(1011～1077)，字尧夫，谥康节，北宋理学家、数学家、诗人，与周敦颐、张载、程颢、程颐并称“北宋五子”。《史画吟》曾言，其“诗史善记意，诗画善状情；状情与记意，二者皆能精”。

⑧ 周敦颐(1017～1073)，原名敦实，字茂叔，号濂溪先生，北宋道州(今湖南道县)人，历任洪州分宁县主簿、郴州桂阳县令、合州判官。他继承了《易传》和部分道家与道教的思想，提出了系统的宇宙构成论，对宋明以后理学发展影响甚大。著有《太极图说》《通书》等，后人编为《周子全书》。

⑨ 张师，即张载(1020～1077)，字子厚，凤翔郿县(今陕西眉县)人，因其讲学关中，故其学派被称为“关学”。举进士，后讲学汴京，元明清儒家将周敦颐、程颢、张载、朱熹并称，并入祀孔庙。张载具有强烈的使命感，自述其哲学抱负“为天地立心，为生民立命，为往圣继绝学，为万世开太平”。

园宅，雍岁时耕稼，仅给衣食。名其居曰，“安乐窝”。有图书先天象数之学，妙语神契，多所自得。两次诏求，遗逸为官不就。卒年六七。著《先天图》《观物论》《渔樵问答》《伊川击壤集》《皇极经世》等书，文名甚大。世所周知的康节先生，为理学开山的祖师。老子是陈抟①师，抟是康节师，研究《周易》学的。康节是周颐师，颐是程灏、张师，朱熹是程灏学生。欧阳为邵康节做墓志铭，是宋朝四大儒祖师。有十条字屏，大字六尺长。

汉、晋、隋、南北朝，大梁都城。[**收藏于**]**南京**。

大梁张僧繇②，《没骨青绿山水》小轴，神品，太好了。项墨林③、安仪周④、姚公绶⑤等有藏章。

隋展子虔⑥，墨宝，保之。六尺中堂，松细如针，人物旗衣折手拜。另见过大卷，更好。款、画细比过，都对，真迹无疑，铭心神品。

谢灵运⑦即谢康乐，从弟做晋朝主簿官。

晋朝谢稚⑧，人物，徽宗题，最古宝物，神品。晋司徒主簿，宋宁朔将军。勿轻示人，越看越好，越爱，款字甚佳，名《万峰朝淙图》。看了两年，始知

---

① 陈抟，字图南，号扶摇子，赐号“白云先生”“希夷先生”，亳州真源（今河南鹿邑）人。北宋著名的道家学者、养生家，尊奉黄老之学。著有《指玄篇》《无极图》《先天图》，继承了易学传统，融合儒家修养、佛教禅理，形成了一套系统的内丹理论。

② 张僧繇，南朝梁吴郡吴中（今江苏苏州）人，一说吴兴（今浙江湖州）人。曾任武陵王国侍郎、直秘书阁知画事、右军将军、吴兴太守等职。长于写真，擅画佛像、龙、鹰，多作卷轴画和壁画。与顾恺之、陆探微、吴道子并称为画家四祖，阎立本和吴道子都师法于他。

③ 项墨林（1525～1590），原名项元汴，字子京，号墨林，别号墨林山人、墨林居士、香严居士、退密庵主人、退密斋主人、惠泉山樵、墨林嫩叟、鸳鸯湖长、漆园傲吏等，为项忠后裔，明朝嘉兴府（浙江嘉兴）人。早年经商，收藏家、鉴赏家，嘉兴天籁阁主人。工绘画兼擅书法，山水学元黄公望、倪瓒，笔致疏秀。

④ 安仪周，即安岐（1683～?），字仪周，号麓村、松泉老人。天津人，一说朝鲜人。先经营盐业，拥资数百万。收藏书画颇丰，“项氏、梁氏、卞氏所珍，悉归之”。收藏钤印有“安岐之印”“仪舟珍藏”“安麓村藏书印”。

⑤ 姚公绶，即姚绶（1423～1495），字公绶，号丹丘生，又号谷庵子、云东逸史，浙江嘉兴府人。天顺中赐进士，成化初为永宁郡守。工行草，初学宋克，后法魏晋，风格近张雨。擅画山水，宗吴镇，取法赵孟頫、王蒙，兼及竹石。

⑥ 展子虔（约545～618），隋代渤海（今山东惠民）人。历经东魏、北齐、北周、隋朝，到隋代为隋文帝所召，任朝散大夫、帐内都督等职。擅画佛道人物、鞍马、车舆、宫苑、楼阁、翎毛、历史故事，尤长于山水。《游春图》是中国山水画中独具风格的画体，为存世最古老的山水画。

⑦ 谢灵运（385～433），名公义，字灵运，小名客儿。秘书郎谢瑍之子，母为王羲之的外孙女刘氏，族弟谢惠连。陈郡阳夏县（今河南太康）人。东晋至刘宋时期大臣、佛学家、旅行家，山水诗派鼻祖。善绘佛像。

⑧ 谢稚，东晋阳夏（今河南太康）人。初为晋司徒主簿，入宋为宁朔将军。谢景仁之孙，谢恂之子。工书善画，尤擅长画贤母、孝子、节妇、烈女等。

神品。

大梁南潮{朝}张僧繇,《山水》手卷,纹银五千两。青山、白云、岛塔林立,千山万水,树立全幅,视入仙境。诚墨宝也。

大梁陶通民[①],字卷。梁武帝[②]时,称“山中宰相”,知天时、天文、地理、医药、百草。《洛神赋》书之累矣。此卷后一段,隔时书的,比前好。真迹,款旧,真迹。

隋何稠[③],字桂林,名《傍琴论古图》。青录{绿}人物,甚好,山水轴,人比孙位[④]好,神品。

六朝宗炳[⑤],《青绿双松图》轴,学陆探微一笔画[⑥]。名《双青图》,指松梅二树,又古又好,绢旧透了。同时人神品,款旧,绢旧,真迹无疑。

晋康昕,义兴人,一作外国人。画兽胜杨惠[⑦]。书字[学]二王[⑧]。《狮》墨笔太少,狮很大,横批,[保管在](申)。希世之宝,子孙永保。

---

① 陶通民,即陶弘景(456～536),字通明,自号华阳隐居,南朝齐梁时道教学者、炼丹家、医药学家。隐居茅山,屡聘不出,梁武帝常向他请教国家大事,人们称他为“山中宰相”。

② 梁武帝,即萧衍(464～549),字叔达,小字练儿,南兰陵(今江苏常州)人。早年学儒道,好筹略,有文武才干。齐和帝时,官大司马,封梁王。中兴二年(502)夺取帝位,改国号梁,称武帝。南朝梁的创建者、易学家,笃信佛教,尤长释典。

③ 何稠(约543～约622),字桂林,益州郫(今四川郫县)人,北周至唐初著名工艺家、建筑家。为皇室制造仪仗、兵器,并参与宫室、陵庙等的营建。

④ 孙位,后改名遇,原籍会稽(今浙江绍兴),故又号会稽山人。唐僖宗中和元年(881)随僖宗入蜀,官蜀之文成殿上将军。所作画与其超逸之秉性同,多描写山林隐逸之徒,以表现胸中之情愫,为晚唐文人压抑心态的曲折反映。作宗教壁画,风格豪放,笔简形具。擅画人物、鬼神、松石、墨竹以及宗教人物。

⑤ 宗炳(375～443),字少文,南阳郡涅阳(今河南镇平)人。东晋末年至宋元嘉中,当局屡次征他作官,俱不就。擅长书法、绘画和弹琴。撰写《画山水序》,是我国论述山水画理、画法较早的文献。

⑥ 陆探微一笔画,南朝宋画家陆探微善于学习前人绘画长处,融汇贯通,形成自己独特风格,使用一种连绵的线条,创造“一笔画”法,笔势连绵不断,整幅画一气呵成。

⑦ 杨惠,东晋人,名列张彦远《历代名画记》记载的两晋二十多画家名录,并较负有盛名。

⑧ 二王,即王羲之、献之父子。王羲之(303～361),字逸少,琅琊临沂(今山东临沂)人。历任秘书郎、征西参军、江州刺史等职,官至右军将军、会稽内史,世称“王右军”。为人旷达,爱好山水,诗文兼善,尤善书法。初学卫夫人,后草书学张芝,正书学钟繇,博采众长,有“书圣”之称。王献之(344～386),字子敬,王羲之第七子。历任州主簿、秘书郎、建武将军、征拜中书令,世称“王大令”。幼学于父,次学张芝,后进一步变革先前朴拙的书风,有“破体”之称。楷行草隶兼精,尤善行草。与其父并称“二王”。

六朝南朝宋袁倩[①]，初师陆探微[②]。袁倩《宫装女吹肖{箫}图》，五尺中堂。人树布置都好，绢亦旧，树亦老硬，神品。运思超妙，使顾、陆知惭。不宜挂多时间，款旧古好，真迹无疑。可和唐杨庭光[③]《吹笙仕女》，配对。

张善果[④]，僧繇长子，《枫江渔舫》斗方轴，人船好极了。父子当时有合作，乱真于父。

后梁徐麟[⑤]《山水》，比倪云林[⑥]《溪山携琴图》好得多多矣。

六朝北齐曹仲达[⑦]，曹国人，仕为朝散大夫，生于晋。《鹰虎》中堂，鹰有力于虎斗，虎尾像打鹰。其神品也，铭心绝品。古画的虎，这幅顶好，活泼之至。枪毛毫细，绘成如钢丝。可和康昉《狮》、陈容[⑧]《龙》同悬一堂，另《年兽》。

六朝曹仲达，《文殊菩萨像》，颜色甚好，真否，待考。

六朝沈标[⑨]，《竹林玄言图》立轴，唐六如[⑩]曾学此样。在树的荫内地下，谈心。神妙极，大家说好画。于{与}项容[⑪]特别山水成对。

---

① 袁倩，南朝宋吴郡（今江苏苏州）人，陆探微弟子，擅画人物、佛像，作画讲究位置、模写的准确和人物神态的生动。

② 陆探微，南朝宋、齐时期吴郡（今江苏苏州）人。曾侍奉南朝宋明帝左右，精于绘画，被誉为国手。南朝齐高帝萧道成按技能高低将古今精于绘画者排次，共分四十二个等级，其中陆探微位列第一等。陆探微绘画师法东晋顾恺之。善“一笔画”，作品多人物画，其中以古圣贤像为多。人物禽兽作品，用静态方式将动态的人物和鸟兽呈现出来。米芾曾谓，能将画中人物轻易辨别出来，唯有顾恺之、陆探微、吴道子，可见其人物画水准之高。

③ 杨庭光，唐朝专职名画工。唐开元年间著名画家，是“画圣”吴道子的首席大弟子。善画佛像，兼及杂画和山水，行笔较细。

④ 张善果，张僧繇子，南朝梁吴郡（今江苏苏州）人，居吴兴（今浙江湖州）。工道释人物，得自父传。

⑤ 徐麟，南朝齐梁人，善画山水。据明代张丑《清河书画舫》录有徐麟的《山水图》。

⑥ 倪云林，即倪瓒（1301～1374），初名倪珽，字泰宇，别字符镇，号云林子、荆蛮民、幻霞子，江苏无锡人。元末明初画家、诗人。精音律，善书法绘画，尤擅长画山水、枯木、竹石，多以水墨为之，偶亦着色。山水画初宗董源，后参以荆浩、关仝，山石树木兼师李成。崇尚疏简画法，以天真幽淡为趣，对文人山水画作出了新创造。

⑦ 曹仲达，南北朝北齐画家，中亚曹国人，曾任朝散大夫。擅画人物、肖像、佛教图像，常以稠密的细线表现紧身衣服的褶纹薄衣贴体，似刚从水中出来，故有“曹衣出水”之称。

⑧ 陈容，字公储，号所翁，福建长乐人，南宋端平二年（1235）进士。善画水龙，泼墨成云。传世作品《九龙图》《五龙图》等。

⑨ 沈标，南朝齐人，善画人物，师于谢赫。《贞观公私画史》曾言，“无所偏擅，触类皆涉，性尚铅华，甚能留意，虽未臻全美，殊有可观。”

⑩ 唐六如，即唐寅（1470～1524），字伯虎，小字子畏，号六如居士，南直隶苏州府吴县（今江苏苏州）人，祖籍凉州晋昌郡，明朝著名画家、书法家、诗人。擅长山水，又工画人物，尤其精于仕女。画风既工整秀丽，又潇洒飘逸，被称为“唐画”。

⑪ 项容，唐代画家，被称作天台处士，高士郑虔门人，善水墨山水画。荆浩《笔法记》有云，“项容山人，树石顽涩，用墨独得玄门，用笔全无其骨”。

隋郑法士[①],《春雷起蛰图》,雷风雨交加,铭心绝品。传子孙都善书。在北周为大都督,入隋授中散大夫。师张僧繇,长于人物云。

无锡蠡园砖刻。杜工部[②]提{题}跋,曹霸[③]画,有云:曹将军本魏曹子孙,今为庶人,画入神境。韩干是其弟子,非韩干为曹师。至此,可证明矣。

晋末南宋六朝刘胤祖[④],南朝宋官至吏部尚书郎。画师[于]晋明帝。蝉雀特妙,笔致超前代,俊爽不凡。《兰竹花鸟园扇》册页两张。绢已变色,发红,绿竹、绿兰、红叶,印得通红,款旧画好,神品,真迹。愚斋[⑤]列为墨宝。

六朝陶景真[⑥],《全鸟图》卷。

唐朝[书画],[收藏于]南京。

李元昌[⑦]:汉王,初封鲁王。高祖第七子。《双英图》轴,款旧而真。画在二阎之上,即立德、立本兄弟二人。陈万里一起哈成。

张素卿[⑧],落拓无羁,束隐青城山。《渔乐图》轴,陈万里鉴定好画。渔父、妇、小孩无一不佳,活泼,神品。

梁洽[⑨],《群仙祝寿》轴,中堂,水仙、天竹、寿带、梅花,铭心绝品。

---

① 郑法士,北周末隋初吴县(今江苏苏州)人。师法张僧繇,善画人物,仪表风度,冠缨佩带,无不有法。

② 杜工部,即杜甫(712~770),字子美,自称杜陵布衣,河南巩县(今河南巩义)人。曾参加进士科考,落榜。安史之乱起,任左拾遗。晚年移家成都。后依节度使严武,获检校工部员外郎,故世称"杜工部"。杜甫一生官职低微,生活贫苦,忧国忧民,其诗多反映社会事件和民生疾苦,被称为"诗史"。杜甫是唐朝最伟大的现实主义诗人,被誉为"诗圣",与李白并称"李杜"。

③ 曹霸(约 704~约 770),曹操后裔,谯县(今安徽亳州市)人。少年学书法,深谙王羲之和卫夫人之法。擅长画马,尤精于鞍马人物。

④ 刘胤祖,东晋末年南朝宋人,善画蝉雀,师于晋明帝司马绍。后世论者谓为画史上第一位花鸟画家。

⑤ 愚斋,即盛宣怀(1844~1916),字杏荪,又号补楼、别署愚斋,晚年自号止叟,江苏武进人。早年追随李鸿章,督办诸多洋务实业和新式学堂,创办了 11 项"中国第一"的洋务事业。创办了轮船招商局、中国电报总局、中国通商银行、京汉铁路、汉冶萍公司、上海图书馆、南洋公学、北洋大学堂、中国红十字会等。集有《常州先哲遗书》《经世文续集》《林胡曾三公奏议》《愚斋存稿》等。

⑥ 陶景真,南朝时期齐人。善画鸟兽,有《孔雀鹦鹉图》《虎豹图》《永嘉屋邑图》传于世。

⑦ 李元昌(618~643),高祖第七子,唐朝陇西郡成纪县(今甘肃天水)人。博学善画,善画鞍马、鹰隼。

⑧ 张素卿(约 844~约 927),唐代简州(今四川简阳)人。少孤贫,作道士,好画道像。

⑨ 梁洽(? ~734),唐代晋(今山西)人,少时与高适有交往。玄宗开元二十二年(734)进士及第,释褐任宋州单父尉。善诗赋,也善画,"以花鸟、松石,写真为能"。

尉迟乙僧①:《孔雀》立轴,陈万里说很好,雀甚大,保之保之。款好画有气运而活泼有精神,铭心绝品。

白旻②乐天兄弟,《荷花山鸟》,已入镜框。族兄旻音明。

张萱③《山水细笔》立轴,神品。送宫部长④。

蒋志⑤《双凤栖梧图》,九尺中堂。止叟称,永宝。是神品好画。和宋范坦⑥《寒香双凤》成对。比范坦好,款真好,铭心品。

卢眉娘⑦,女道士,年14,能文。《双鹅小幅》立轴,山、水、树、花、鹅、款都好,神品。

毕宏⑧,《千岩万壑图》手卷,神品。毕宏,《平沙落雁图》小卷,墨笔,神品,纸本很新。

褚遂良⑨,字卷,[似]松雪小楷,有褚书样,但不如褚。永徽五年书。此卷真迹无疑,铭心墨宝,陈万里说不对。

孙位:人物手卷,《林泉雅集图》,千真,铭心绝品。

李昭道⑩,《山水》卷,平平。

李昭道,《秋岩森翠图》手卷,铭心绝品,希世奇珍。宣和题,徽宗另一种书法,千真万确,永为枕宝,保之。

---

① 尉迟乙僧,唐朝画家,于阗(今新疆和田)贵族,一说吐火罗(今阿富汗北部)人。其父尉迟跋质那以善画闻名于隋,人称"大尉迟"。他于贞观初至长安,任宿卫官,袭封郡公。活跃至景云年间,大慈恩寺、光宅寺、兴唐寺、安国寺都有他的画迹。工画佛教人物、花鸟,采用西域画法,并吸收汉族传统画法,多用晕染烘托技法。

② 白旻,唐朝下邽(今陕西渭南)人。白居易族兄,官至寿安令。工花鸟鹰鹘,亦善歌。

③ 张萱,长安(今陕西西安)人,唐代画家。以善绘贵族仕女、宫苑鞍马著称,在画史上常与仕女画家周昉相并提。

④ 宫部长,即宫维桢(1913～2002),山东莱阳人。1935年在北平求学时参加"一二·九"运动,后加入中国共产党,抗战时期在山东从事抗日活动。1949年随军南下,历任中共苏州地委书记兼军分区政委,时任中共江苏省委统战部部长。

⑤ 蒋志,唐朝大历时任秘书郎,并曾参与颜真卿、皎然等在湖州的联唱。

⑥ 范坦,字伯履,北宋洛阳(今河南洛阳)人。以父荫,官至承议郎徽猷阁待制。善丹青,作山水师关仝、李成,兼模写花鸟,下笔老健。

⑦ 卢眉娘(792～?),唐代南海(今广州番禺)人,是广绣历史上最早记载的人物,被广绣行众人奉为始祖。

⑧ 毕宏,唐朝京兆偃师(今河南偃师)人。历官给事中、京兆少尹、左庶子等。山水画师法王维,善树石。绘画技法力求独创,尤以画树木之法独特而称世。

⑨ 褚遂良(596～658),字登善,嵩山阳翟(今河南禹州市)人。唐朝宰相、政治家、书法家。弘文馆学士褚亮之子,自幼即蒙名师教诲,善楷书,初学虞世南、欧阳询,后法王羲之、王献之。

⑩ 李昭道(675～758),字希俊,陇西成纪(今甘肃秦安)人。唐朝宗室、画家,门荫入仕,起家太原府仓曹,迁集贤院直学士,官至太子中舍人。擅长青绿山水,兼善鸟兽、楼台、人物,并创海景。

吴道玄《补衮图》,希世宝物,铭心保之,款很真。当心,防弄坏。

吴道子《双柏高士图》立轴,真迹神品,粗笔,款甚好,古而有力、有精神。

吴道玄《大幅观音》磁青绢本,酷似日本真活妇人。有张风写《心经》,金字。风是明朝善画家,张大千[1]师其笔法。款甚好,三幅款、字同,都是名宝。(申)。

戴嵩[2]《牧牛图》,神品,真迹。二月五日[购]。款古真,铭心杰作。

韦偃[3]《春苑夜宴图》轴,神品。韦偃《桃源仙境图》卷,立轴更好。此卷复在光线好地方,视之伟大、工细,真迹,神品。有一丈六尺长,估计费时要半年工夫,确是墨宝,保之。明画家侯懋功[4]题,我有其长幅式山水,甚好。仇十州[5]仿过此式图画。

韦无忝[6],《深山论道图》轴,真神品也。款字小而老旧。人物比徽宗好,味道比偃好。在亮头里,才看得出气运和全部哈成的好处,真铭心绝品。

周古言[7],《献寿图》中堂,希有神品。(宁)5[月]22。麻姑三仙女好。

陈庭[8],《溪桥策杖图》中堂,神品。善画,师尉迟乙僧。布局、青绿甚好。山水曲尽,甚妙,人物次于乙僧云。有王鸿绪[9]收藏章。树屋都好,结构一气哈成,山有力,全局活泼,铭心杰作。要修贴纸条。(申)

---

① 张大千(1899～1983),原名正权,后改名爰,字季爰,号大千,别号大千居士、下里港人,斋名大风堂。四川内江人,祖籍广东省番禺,中国泼墨画家、书法家。

② 戴嵩,唐代韩滉弟子,韩滉镇守浙西时,嵩为巡官。擅画田家、川原之景,画水牛尤为著名,后人谓得"野性筋骨之妙"。相传,曾画饮水之牛,水中倒影,唇鼻相连,可见观察精微。

③ 韦偃,唐朝长安(今陕西西安)人,官至少监。善画鞍马,传自家学,远过乃父,与曹霸、韩干画马齐名。用点簇法画马,始于韦偃,常用跳跃笔法,点簇成马群。

④ 侯懋功,字延赏,号夷门,嘉靖、万历年间吴县(江苏苏州)人。山水师钱谷,受法于文征明,后宗王蒙、黄公望,入元人之格,为世所珍。

⑤ 仇十州,即仇英(约1498～约1552),字实父,号十洲,原籍江苏太仓,后移居吴县(今江苏苏州),明代绘画大师。原为工匠,摹宋人画乱真。擅人物,尤工仕女,无论设色、水墨皆淡冶清丽、工细雅秀。山水多青绿,细润明丽而风骨劲峭。花鸟亦有逸致。与沈周、文征明、唐寅合称"明四家"。

⑥ 韦无忝,唐朝长安(今陕西西安)人。官侍郎,一云左武卫将军。以画鞍马、异兽独擅其名,时人称韦画四足无不妙也。

⑦ 周古言,生活于唐朝中宗时期,善人物、仕女及写貌,多绘宫禁岁时行乐之胜,世称名笔。传世作品有《明皇夜游图》。

⑧ 陈庭,唐朝山水画家,师从尉迟乙僧。

⑨ 王鸿绪(1645～1723),字季友,号俨斋,别号横云山人,华亭张堰镇(今上海金山)人。初名度心,中进士后改名鸿绪。康熙十二年(1673)进士,授编修,官至工部尚书。曾入明史馆任《明史》总裁官,与张玉书等共主编纂《明史》,为《佩文韵府》修纂之一。后居家聘万斯同,共同核定自纂《明史稿》三百一十卷,献与康熙帝,才得以刊行。一生精于鉴藏书画。书学米芾、董其昌,具遒古秀润之趣。

颜立本[①],《渔乐图》。北京见过抄书上有立本款,和此画同,陈列[于]古太和殿《张好好词》[②]傍。真迹无疑了。

王承烈[③],《七子度关图》,人、马、山、树都好,有明人徐霖[④]题。霖美须髯,正德南巡,两幸其家,手剪其须,作拂子。霖精书,善画。(申)9 月 1 日[购]。

李赞华[⑤],东丹王,契丹人。《射雁图》立轴,神品,贾似道[⑥]题。做过东丹国王,后来奔唐,赐姓李,名赞华。(申)调换来。另见过大立轴《雪景观梅》,人物好,房屋好,铭心绝品,款古而好。

赵德齐[⑦]:《艳溯图》,铭心绝品。袭二世之艺,奇踪逸笔。笔法同顾德谦[⑧],顶好的。后唐末 27 人中第四,有两题头,赵公佑[⑨]孙子。

韩滉[⑩]:有太狮册页一张。首都绘画馆粗笔《五牛图》,状态各不相同,神品。他是唐朝为相者,画牛专家。

王维《雪景山水》小卷。和毕宏《平沙落雁图》包在一起。

---

① 颜立本,即阎立本(601～673),唐朝雍州万年(今陕西西安)人。曾任主爵郎中、刑部侍郎、工部尚书、右相等职。工隶书,尤长于绘画,所画人物、车马、台阁精妙,善于人物写真。绘画线条刚劲有力,神采如生。传世名作为《步辇图》《历代帝王图》。

②《张好好词》,即《张好好诗卷》,此诗卷为杜牧所创作,后宋徽宗等题名。唐朝书家书存世不多,而诗人书尤少。诗词描写了张好好生浮沉沦的悲剧生涯,整首诗婉约哀丽,充满了对张好好才艺双绝又遭遇不幸的无限同情。

③ 王承烈,王勃族叔,唐朝人,善草书。

④ 徐霖(1462～1538),字子仁,号九峰道人,又称髯仙,明朝长洲(今江苏苏州)人。多才多艺,以诗词擅名艺苑。书工楷、篆,善画山水、松竹、蕉石。正德时明武宗南巡,"两次幸其家,欲授以教坊司官,徐霖固辞不受"。

⑤ 李赞华,即耶律倍(899～937),又名耶律突欲,赐名李赞华,是辽太祖耶律阿保机的长子,辽太宗耶律德光的长兄,辽世宗耶律阮的父亲。曾随父出征渤海,封东丹王。好汉学,能文善画,知音律。工画契丹人马,多写酋长贵族、胡服鞍马、猎射奔驰之类。传世作品有《射骑图》《舞胡图》等。

⑥ 贾似道(1213～1275),字师宪,号悦生、秋壑,南宋台州天台(今浙江临海)人。嘉熙二年登进士。历湖广总领、户部侍郎、京湖安抚制置大使、官封太师。生活奢侈,于西湖葛岭建半闲堂,搜集大批法书名画。

⑦ 赵德齐,公佑孙,父赵温。赵温以画称扬于世,德齐于是能继承其家学,奇踪逸笔,为时人推崇称许。工人物,尤善佛像、天王、神鬼。

⑧ 顾德谦,南唐末年北宋初年建康(今江苏南京)人。南唐北宋宫廷画师,工人物,喜写道家像,亦善花鸟。后主李煜尝谓"古有恺之,今有德谦,二顾相望,继为画绝矣",深受李后主厚爱。他画的人物,神韵清劲,笔力雄健。

⑨ 赵公佑,晚唐后蜀长安(今陕西西安)人,善画佛道鬼神,得六法之全,笔迹劲细,用色精密。

⑩ 韩滉(723～787),字太冲,韩休之子,唐朝中期京兆长安(今陕西西安)人。工书法,草书得张旭笔法。擅绘人物及农村风俗景物,摹写牛、羊、驴等动物尤佳。

唐王宰[1]、项容、郑虔[2]山水三帧,都是好画。

陆悫[3],《狼犬图》立轴,墨宝,神品。又有名陈悫者,后改为陆悫云。

窦师纶[4]:[字]希言,《桃花双鸠》短立轴,神品,款亦旧真。卷本惜破黑了。好画,有气韵,有味道。

申[见]韩干《八骏图》卷,神品杰作。

申见米芾[5]书卷,跋小,米画、题卷,铭心之物。杨万里、陆放翁[6]、许衡[7]、俞和[8]、虞集[9]、董其昌、沈度[10]等题,很名贵。

褚遂良:《哀册书》卷,墨宝,温丹铭[11]藏,江侠庵[12]题。书记贞观 23 年,为老年书者,谅在永徽五年后所书。

赵公佑:《胡人进宝图》卷,比杨拙好。宋人,是赵德齐祖父,名甚大。

---

① 王宰,唐朝益州(今四川成都)人。西川节度使韦皋幕僚,交好诗圣杜甫和书画家席夔,善绘山水树石,画山玲珑嵌空,巉嵯巧峭;写松柏"古藤萦绕,叶叠千重"。

② 郑虔(691~759),字趋庭,又作若齐、弱齐、若斋,唐朝荥泽(今河南荥阳)人。博学多才,善弹琴,能诗咏,擅书画。其草书如"疾风送云,收霞推月"。其画尤工山水。

③ 陆悫,以陈悫之名见于画史,唐朝初年画家,善画宗教人物。

④ 窦师纶,字希言,唐朝扶风平陵(今陕西临潼)人。善丝绸工艺绣花,首创宫廷丝织鸡、斗羊、翔凤、游鳞等织锦纹样。

⑤ 米芾(1051~1107),初名黻,后改芾,字符章,自署姓名米或为芈,又称为"米南宫"。祖居太原,后迁湖北襄阳,谪居润州(现江苏镇江),时人号海岳外史,又号鬻熊后人、火正后人。曾任校书郎、书画博士、礼部员外郎。工诗文,善书画,精古玩及书画鉴赏。绘画长于山水,学董巨,不求工细,多用大小错落的笔墨点簇成云雾迷漫的江南景色,世称"米氏云山"或"米家山"。书法用功最深,擅篆隶楷行草等体,以行书成就最大。与蔡襄、苏轼、黄庭坚合称"宋四家"。

⑥ 陆放翁,即陆游(1125~1210),字务观,号放翁,南宋越州山阴(今浙江绍兴)人。尚书右丞陆佃之孙,南宋文学家、史学家、爱国诗人。

⑦ 许衡(1209~1281),字仲平,号鲁斋,世称"鲁斋先生",怀州河内(今河南沁阳)人。金末元初理学家、教育家、政治家。为学以程朱为宗,官至中书左丞,集贤大学士兼国子祭酒,领太史院事。善教,门徒很多,学者称鲁斋先生。

⑧ 俞和(1307~1382),字子中,号紫芝、芝生,晚号紫芝老人。桐江(今浙江桐庐)人,寓居钱塘(今杭州)。能诗,喜书翰。深得赵孟頫笔意,人谓其书法"比之松雪,正如献之之于羲之也"。

⑨ 虞集(1272~1348),字伯生,号道园,世称邵庵先生、青城樵者、芝亭老人,元朝临川崇仁(今江西崇仁)人。元成宗大德初年至京,授大都路儒学教授,累官翰林直学士、奎章阁侍书学士。纂修《经世大典》,参与制定朝廷典策。

⑩ 沈度(1357~1434),字民则,号自乐,明松江府华亭(上海金山)人。以书法见长,任宫廷中书舍人,官至翰林侍讲学士,被明成祖誉为"当朝王羲之",书名在宋克、解缙之上,士子争相模仿,成就"台阁体"。工篆隶真行,特别善楷书。清朝书法家王文志《清代名人传略》尊沈度、沈粲兄弟为"翰林体"的奠基人。

⑪ 温丹铭,即温廷敬(1869~1954),字丹铭,号止斋,笔名纳庵,晚年自号坚白老人,广东大埔人,是近现代粤东乃至岭南的著名学者、诗人、文献学家。1930 年秋任广东通志馆总纂。编著有《广东通志列传》《民国大浦县志》。

⑫ 江侠庵,近人,生平不详,著目录学著作《先秦经籍考》。

项容:《万松叠翠图》,工细笔,浅墨山水,神品,汉良甚喜。受师于王洽[1],即王然。布局特别,有骨力,有气韵。

王宰:《山水》,勿轻视。细看似王维秀润,可珍。

郑虔,王洽之师。《秋山访友图》立轴,青绿山水,好画,秀润书卷气,款甚好。明皇时名甚大。取树叶写字,进明皇。(申)。

韦銮[2]:《松鹤二鹤》纸本,很好。申。

何墨君[3]:《青绿清绥归帆图》,气韵甚佳,有书倦{卷}气。

郎余令[4]:《大白指津图》中堂。

李嗣真[5]《百八应真图》,细笔,希世的,松毛如飞,铭心绝品,三丈。比李龙眠更好了。希希之宝。三绝之首。长御史中丞,知大夫事。自筮死日,预具棺敛,如言卒。善绘释儿神,唐画中第一。

常州有《溪桥携琴图》立轴,在铁箱内。

王宰《溪山漫书图》山水中堂,玲珑嵌空,巉嵯巧峭,叶[叠]干重,分四面。达士所珍,凡目难辨。神品,铭心品。四川人,多写蜀山。

彭坚[6]《弄章{璋}图》,二妇三童,神品。五代宋艺[7]《货郎担》、宋张森[8]《古装士女》为三代。

杨廷{庭}光,《吹笙仕女》,和吴道子同名,铭心宝物。“笔端舍利,从空而落”,云:唐画居甲级。开门见山,一见即知为唐画矣。另见《春晓图》手卷,甚好。和六朝袁倩《吹箫图》成对。

---

① 王洽(? ～805),又称王默、王墨,晚唐著名画家。据载,其擅画松石山水,号称“王泼墨”。中国泼墨画创始者。早年从郑虔学笔法,后师项容,漫游江湖间,嗜酒,醉后始作画。

② 韦銮,兄鉴,子偃,唐朝京兆杜陵(今西安东南)人,一作长安(今西安)人。官至少监。善画花鸟、松石、山水。

③ 何墨君,一作何君墨,唐初画家。生平不详。善山水鬼神,气韵洒落。

④ 郎余令,隋末唐初画家,定州新乐(今河北新乐)人。擢进士第,官至著作佐郎。有才名,工山水、古贤,撰自古帝王图,按据史传,想象风采,时称精妙。

⑤ 李嗣真(? ～696),字承胄,唐朝滑州匡城(今河北邢台)人。博学通晓音律,亦善阴阳推算之术。唐代画家、鉴赏家,擅佛道鬼神、杂画。

⑥ 彭坚,唐代画家,善画人物佛像天王罗汉鬼神。与陈皓、范琼同时同艺,三人同手于诸寺图画佛像,享誉三川。

⑦ 宋艺,五代前蜀蜀郡(今四川成都)人。官翰林待诏。工写貌。常写唐朝列代御容,及道士叶法善、一行禅师、法门会海,内臣高力士等像于大慈寺。

⑧ 张森,字材叔,南宋建阳(今福建建阳)人,民间肖像画工,以能模写朱熹像而著称。

唐杨廷{庭}光:《湖山春晓》卷和《仕女吹笙》轴为双宝。千万注意,勿错失。世间看画,俗眼甚多,不轻听人言。

王洽:《泼墨山水》中堂。米氏云:山实始于此。比老米好多矣,因老米信笔为之,树木不取功细,奇奇怪怪,时出新意,不守规格。

钱国养①《小儿仁寿图》立轴,铭心神品。绿竹、寿石、灵芝草、招子等均妙。开元中人,善写貌,格律自高。

靳智翼②:《小儿折桂图》立轴,铭心精品,师曹仲达。相传曹画佛,有曹字样。小儿有见过,王士元③、钱叔宝《货郎》、彭坚《三童弄章{璋}》。

苏汗臣④《货郎担百子图》、唐六如《麒麟送子》、宋艺《货郎担》、沙山春⑤《小儿闹学》、周昉⑥《四童》,王士元《贵子》(即桂花三子大儿)、孙位《击磬图》(二童一妇)。

戴峄⑦,嵩弟,《双牛图》立轴。200[元]。

阎元静《金谷园图》,4 尺中堂,铭心墨宝。武后和李嗣真同参音乐,武后命图之。1956 年 2 月 27 日 200[元]。

韩志清⑧《白描罗汉》卷,转在宋第二部后头。

---

① 钱国养,唐朝开元中人。善绘人物,善写貌。并画市井众人,"格律自高,足为出众"。

② 靳智翼,初唐画家。擅佛像鬼神,师法曹仲达。

③ 王士元,仁寿之子,宋朝汝南宛丘(今河南淮阳)人。官南阳从事。人物学周昉,山水师关仝,屋木师郭忠恕。尤工画屋木、台殿,而显敞弘壮。

④ 苏汉臣(1094～1172),汴京(今河南开封)人,北宋画家。北宋徽宗宣和年间(1119～1125)任画院待诏,南宋高宗绍兴年间(1131～1162)复职,南宋孝宗隆兴初年(1163)任承信郎。善画佛道人物,尤善绘婴儿。

⑤ 沙山春,即沙馥(1831～1906),字山春,号粟庵,别署香泾外史,弟沙英亦善绘,江苏苏州人。家世代经营山塘年画铺,为苏州最知名的年画工匠,并师从马仙根,工人物、仕女、花鸟,笔意纵意饶富韵致。

⑥ 周昉,字仲朗、景玄,唐朝京兆长安(今陕西西安)人。先后任越州、宣州长史。善书法,尤精丹青,人物、仕女、鞍马等皆称神品。工仕女,初学张萱,多写贵族妇女优游闲逸生活。

⑦ 戴峄,戴嵩之弟,中唐人。擅画水牛。

⑧ 韩志清,一作至清,唐朝毗陵(今江苏常州)人。官侍御史,以学艺、书、画之美闻于天下,善楷书,工写貌。

宋，[藏于]南京。

大册 18 张：内苏东坡字，梅道人①《竹子山水》、赵松雪②字画、盛子照③画、赵仲穆④山水、巨然⑤山水、李希古山水、高房山⑥山水、李公麟⑦人马、刘松年⑧青绿山水。

陈容，字所翁，《龙云图》册页，八开一本，神品。

《历朝宝绘册页》，内有李将军画。

《唐宋宝绘八品》，内有苏汗{汉}臣、关仝⑨、李成山水，内翁方纲⑩题。

---

① 梅道人，即吴镇(1280～1354)，字仲圭，号梅花道人、梅沙弥、梅花庵主、梅道人，浙江嘉兴人。擅画山水、梅花、竹石。与黄公望、倪瓒、王蒙合称“元四家”。

② 赵松雪，即赵孟頫。赵孟頫(1254～1322)，字子昂，号松雪道人，宋末元初吴兴(今浙江湖州)人。宋太祖十一世孙。其妻管道升，擅画墨竹梅兰，行楷与赵孟頫相似。赵孟頫博学多才，能诗善文，通经济之学，工书法，精绘艺，擅金石，强调“书画同源”。在绘画上，技法全面，山水、人物、花鸟无不擅长，开创了元代新画风。在书法上，取法钟繇、“二王”、李邕、赵构等，于篆、隶、真、行、草诸体皆擅，尤以楷书、行书著称。

③ 盛子昭，即盛懋，字子昭，元朝画家盛洪之子，临安(今浙江杭州)人。画树以“杂树法”为世效仿，画盆景，作“拖拽轩翥”等状而见长。善绘山水、人物、花鸟。

④ 赵仲穆，名雍，父赵孟頫，弟赵仲光，子赵允文，宋朝宗室。山水师法董北苑，善画人物、仕女、鞍马，赵氏一家代表画风是用高古细描之笔，不事泼墨，描写精绝。

⑤ 巨然，五代后唐宋初画家，江宁(今江苏南京)人，开元寺僧。工画山水，师法董源水墨一体而有发展，擅画江南烟岚气象和山川高旷的“淡墨轻岚”之景。与董源并称“董巨”，为五代宋初江南山水画派典型。

⑥ 高房山，即高克恭(1248～1310)，字彦敬，号房山老人、房山道人，回族，居大都(今北京)房山。官至刑部侍郎。善画山水，尤精墨竹兰草。

⑦ 李公麟(1049～1106)，字伯时，号龙眠居士、龙眠山人，北宋舒州(今属安徽桐城)人。熙宁三年(1070)进士。精文字，善鉴赏古物，绘画范围广，佛道人物、鞍马、宫室、山水、花鸟均精，尤精画鞍马。

⑧ 刘松年(约 1131～1218)，号清波，南宋钱塘(今浙江杭州)人。孝宗淳熙时画院学生，光宗绍熙时升为画院待诏。宁宗朝，进呈《耕织图》，获赐金带，臻达画院最高荣位。师于张敦礼。善画人物、山水、界面，被称为“院中人绝品”。绘画特色以笔墨精严清丽见长，技巧细腻纯熟，又善结合人物、山水和界面造境，开启一种新的写实画风。

⑨ 关仝(约 907～960)，字号不详，五代后梁京兆长安(陕西西安)人。画山水师荆浩，有出蓝之誉。与荆浩、董源、巨然并称“四大山水画家”。擅写关河之势，笔简气壮，石体坚凝，山峰峭拔，杂木丰茂，有枝无干，时称“关家山水”。

⑩ 翁方纲(1733～1818)，字正三，一字忠叙，号覃溪，晚号苏斋，顺天大兴(今北京大兴)人。乾隆十七年(1752)进士，授编修，累官至内阁学士。研究经学，擅长考证。书法主要学习唐楷，初学颜真卿，后专学虞世南和欧阳询。行书主要习米芾、董其昌及颜真卿。藏书较富，戳印“三万卷斋”“三汉画斋”“石墨楼”等均是为收藏图书。

《唐宋元三朝册页》,九思、子昂、杨升[①]、殷仲容[②]、陶裔[③]、高怀宝[④]、李绪[⑤]狮内中十张,都神品。李绪,高祖孙,李元昌好孙儿。

《唐宋元明四朝册页》,内有薛嗣通[⑥]、边景昭等一本。

铁箱内卷子28件,册页两本。1957年11月10日记。

宋(二)

张即之[⑦]字卷,长40市寸,活{阔}连边11寸,净十寸。愚斋列为铭心之物。

苏显祖[⑧]:《山水册页》一本,神品。

郭熙[⑨]:《蜀山图山水》手卷,和《关山行旅图》同样画法,铭心绝品。两年后才看出真迹,题跋多,很宝贵。紫芝生俞和题,真之至,可于{与}《离骚九歌图》对比。

董北苑[⑩]:五代时人。《山水手卷》,细笔尖绘。有米友仁[⑪]、蔡京[⑫]等题,有宣和御览印、有凤阁之宝印。上上神品。

---

① 杨升,唐朝开元年间为史馆画人物肖像,有《明皇》与《肃宗》像,深得帝王气度。

② 殷仲容(633～703),字符凯,陈郡长平(今河南西华)人。活动于唐高宗到武则天时代,初唐书法家、画家,官至秘书丞、工部郎中、申州刺史。善篆隶,尤精于榜书题额。

③ 陶裔,宋朝京兆鄠(今陕西户县)人。太宗时官至翰林待诏,工画,精于花鸟、写生,善园林营造。其时誉称"西蜀有黄筌,东京有陶裔"。

④ 高怀宝,文进子,后蜀末北宋初蜀郡(今四川成都)人。工画花竹翎毛,草虫蔬果,颇臻精妙。

⑤ 李绪,字符熙,唐朝江都王,霍王元轨之子,太宗之侄。官至金州刺史。多才艺,善书画,鞍马擅名。

⑥ 薛嗣通,即薛稷(649～713),字嗣通,唐朝蒲州汾阴(今山西万荣)人。出生于官宦世家,举进士,官至礼部尚书,封"晋国公"。诗书画三绝,善隶书、行书,与虞世南、欧阳询、褚遂良合称"初唐四大书法家"。善画人物、佛像、鸟兽、树石,特别是画鹤,形神兼具。《宣和画谱》载,独有薛稷所画的鹤,极尽其妙,栩栩如生。

⑦ 张即之(1186～1263),字温夫,亦作温甫,号樗寮、樗道人、樗翁,南宋历阳(今安徽和县)人。官至司农寺丞,授直秘书阁。工书,学米芾而参用欧阳询、褚遂良体势笔法,尤善写大字。

⑧ 苏显祖,南宋钱塘(今浙江杭州)人,嘉定待诏,俱工山水、人物。

⑨ 郭熙(约1000～约1090),字淳夫,世称郭河阳,河阳府温县(今河南焦作)人。出身平民,早年信奉道教,游于方外,以画闻名。北宋熙宁元年召入画院,后任翰林待诏。

⑩ 董北苑,即董源,字叔达,五代南唐北宋初年洪州钟陵(今江西进贤)人。以擅长绘画入宫,担任北苑副使,画史上又称其为"董北苑"。董源画山最著名的手法是披麻皴,为南派山水画开山鼻祖。还兼工人物、龙水牛虎等。与李成、范宽,并称"北宋三大家"。

⑪ 米友仁(1086～1165),米芾之长子,字符晖,一名尹仁,自称懒拙老人,小名寅哥、鳌儿。黄庭坚戏称"虎儿",人称"小米"。宣和四年(1122)应选入掌书记,南渡后,官兵部侍郎、敷文直阁学士,故称米敷文。受家境熏陶,能书善画,世号小米。

⑫ 蔡京(1047～1126),字符长,兴化仙游(今福建仙游)人。熙宁三年(1070)进士,曾官至宰相。才名甚高,书法成绩最高,名列苏轼、黄庭坚、米芾、蔡京的北宋四家。后人以其"人品奸恶",遂改宋四家的"蔡"为蔡襄。

刘松年：《雪景》立轴。

陈居中[①]《士女》立轴，在绘画写字。

田景[②]《百花呈瑞》立轴。

李营邱，4尺《雪景》立轴，寒林独吊与寒林飞瀑款一样。沈周[③]题，神品，铭心绝品。

苏汗{汉}臣[④]《消夏图》立轴，铭心神品。

易元吉[⑤]《白猴献寿图》，款真旧。

张敦礼[⑥]《人物》立轴，可与赵德齐并观，很有意味，真乐观也。铭心绝品。不必听人不正确的批评。

徐熙[⑦]：《百安图》小中堂，墨宝，铭心绝品。

陈维{惟}允[⑧]：《秋山晚霭图》轴，元人。

李松：《深山采芝图》轴。

赵千里[⑨]：金璧{碧}山水[⑩]，立轴。送宫部长。

苏东坡：绢本，反面印《杰竹》大立轴，墨皇，元丰二年。王安石亦在此时为相，推行新政策。

米芾立轴，元丰三年。司马光《湖山胜览》，元丰六年。

关仝：《山水》立轴，移五代，墨皇，款好，真迹。

---

① 陈居中，南宋时期嘉泰时画院待诏。擅人物、蕃马、走兽等，作品多描绘西北少数民族生活情态及鞍马，多表现社会混乱、民族矛盾给人们带来的离别痛楚。

② 田景，北宋庆阳（今甘肃庆阳）人。善画宗教人物，构思较为奇特。

③ 沈周（1427～1509），字启南，号石田，晚号白石翁，明朝长洲（今江苏苏州）人。隐居乡里，奉母耕读，终生不仕。吟诗作画，交游甚广，“吴门画派”的开创者，兼工山水、花鸟及人物，也善诗书，以山水画为最突出，并位居“明四家”之首。

④ 苏汉臣（1094～1172），汴京（今河南开封）人，宋徽宗宣和年间任画院待诏，南宋高宗时复职。师从刘宗古，工画道释，人物臻妙，尤善婴孩，所画货郎图，描画精细。

⑤ 易元吉（1001～1065），字庆之，北宋画家，湖南长沙人。初工画花鸟、草虫、果品，后工画猿猴，以猿猴的生动逼真闻名。

⑥ 张敦礼，北宋开封府（今河南开封）人。熙宁元年选尚英宗女祁国长公主，授左卫将军、驸马都尉，迁密州观察使。师从李唐，善画人物和山水。

⑦ 徐熙，人称“江南布衣”，五代南唐金陵（今江苏南京）人，一说钟陵（今江西进贤）人。善画江湖汀花水鸟、虫鱼蔬果。用质朴简练手法创立“水墨淡彩”画法，与黄筌并称“黄徐”。

⑧ 陈惟允，即陈汝言（1331～1371），字惟允，号秋水，元朝吴县（今江苏苏州）人，原籍星子（今江西庐山）。陈征次子，与兄陈汝秩并有才名，时称“小髯”。画长于山水、人物，工辞章。

⑨ 赵千里（1127～1162），名伯驹，宋朝宗室，太祖七世孙，伯骕之兄。取法唐李思训父子，善青绿山水，兼工花鸟、人物。

⑩ 金碧山水，以泥金、石青和石绿三种颜料作为主色，由唐朝李思训、李昭道父子继承和发展了隋朝展子虔的青绿山水技法，开创中国山水画的最重要的“金碧山水”一派。

郎余令:《太白指津图》轴,唐人,款好,人物好。

阮知诲①:五代人,《松鹤图》轴。

春夏秋冬一堂屏,四幅,幅式大小相等:

艾宣②:《花卉》长条轴,春季花。

蒋长源③《风雪访贤》轴,冬雪。

钟隐④《牺子换鹅》轴,夏扇,改卫贤⑤。款书都好,中央有此人山水一幅,改卫贤,裱式色一样了。

赵公震⑥《芙蓉兰草》轴,秋花。

蠡园砖刻,宋宣和刘沔⑦题、东坡书。世人多购[东坡]晚年书画,老劲雄放。元丰中作字,华丽工妙。后生不见,往往便谓前作。

李迪⑧《秋山楼阁图》轴,大轴,好画,楼阁在山石之内,铭心绝品。

梅行思⑨《牡丹锦鸡》轴,[放]五代[类]去。

赵子固⑩《淡竹》立轴,神品。

顾大中⑪:《士女》轴。

梁楷⑫《教五子》立轴,不错。梁楷早年《佛像》手卷,真迹,好画。

朱熹字轴、苏东坡、王山谷字卷,绝品铭心。

---

① 阮知诲,五代后蜀人。官翰林待诏,御史大夫上柱国。工画女郎,笔踪妍丽,兼善写真。

② 艾宣,宋朝钟陵(今江西进贤县)人。工画花竹翎毛,尤以画鹌鹑著名于世。

③ 蒋长源,字永仲,官至宋朝大夫。善画山水,据邓椿《画继》所言,“作着色山水,山顶似荆浩,松身似李成,叶取真松为之,如灵鼠尾,大有生意。石不甚工。作凌霄花缠松,亦佳”。

④ 钟隐,字晦叔,五代南唐天台(今浙江天台)人。师郭干晖,深得其旨。善画花竹禽鸟。

⑤ 卫贤,五代南唐京兆长安(今陕西西安)人。仕南唐后主李煜,为内廷供奉。擅画山水人物,尤精于楼台、车器及人物。

⑥ 赵公震,即赵士雷,字公震,北宋画家,曾任襄州观察使等职。擅画湖塘小景,又作花竹于寒荒之中,幽情雅趣溢于笔端。

⑦ 刘沔,字沔之,苏轼同年刘庠之孙,曾亲赴海南看望苏轼,并呈其所编《苏轼诗文》20卷。

⑧ 李迪(1163～1224),字复古,南宋赵郡赞皇(今河北赞皇)人。历仕高宗、孝宗、光宗三朝,以高妙的画艺服务于画院。擅画花鸟、竹石、山水、人物、猫、犬、牛、羊、猴等,最善花鸟和畜兽。

⑨ 梅行思,五代南唐湖北江夏(今湖北武汉)人,曾为翰林待诏。善画人物、牛马,最工写鸡,以此知名,世号梅家鸡,写斗鸡最精。

⑩ 赵子固,即赵孟坚(1199～1264),字子固,南宋浙江吴兴(今浙江湖州)人。宋太祖十一世孙,赵孟頫从兄。宝庆二年(1226)进士,官至朝散大夫,守严州。诗文书画俱工,善画梅兰竹石,尤精白描水仙。

⑪ 顾大中,又闳中,北宋江南人,善画人物、牛马,兼工花竹。

⑫ 梁楷,父亲梁端,祖父梁扬祖,曾祖梁子美皆为宋朝大臣。东平须城(今山东东平)人,南宋画家。善画人物、山水、释道、鬼神。为嘉泰年画院待诏,曾被赐金带,不受。嗜酒自乐,号曰梁疯子。梁楷禅僧画受石恪影响。精妙之笔,“皆草草,谓之减笔”。

宋徽宗《竹禽图》卷，王时敏①题。

李迪《猎犬图》立轴。

赝本，所藏洞襄真人葛稚川②大字，“人字”“洞字”看似早年，有唐晋风格，有如抄经唐字。1958 年 7 月 29 日。

宋(三)

牛戬③:《梅花锦鸡》轴，铭心绝品。纸本，款真，好旧。

胡擢④，五代，《白头富贵》轴。

高怀宝《绿竹菊花双鸟》，四世功{工}画，真迹无疑，惜太乏了，又破又旧。

朱敦儒⑤，[字]希真，绍兴进士，忠臣，恶桧，《归鹤图》。有人携其画赠与朝恶秦桧，即退避说，告人“吾非善绘善绘，所画多出钱端回之手”，其实非也。

赵千里《南山楼阁图》卷，神品，墨宝。

陈用志⑥《献寿图》4 尺中堂，铭心绝品，女仙。

陈用志，《桃山乌》手卷，铭心绝品。

郭河阳，[字]熙，《关山行旅图》手卷。和《蜀山图》同样画法，细细对比，惜太黑了，另一幅新得多了，题头也多。

赵大年⑦《山水》手卷。

---

① 王时敏(1592～1680)，本名王赞虞，字逊之，号烟客，又号偶谐道人，晚号西庐老人，南直隶苏州府太仓(今江苏太仓)人。能诗善文，工隶书。善画山水，用笔圆润，墨法醇厚，画风苍润，意境精深。开创画坛“娄东派”，王翚、吴历及孙王原祁均得其亲授，后被称为“四王”画派，并受清初皇室的赞赏和扶植。

② 葛洪(283～363)，字稚川，自号抱朴子，丹阳句容(今江苏句容)人。东晋时期道教领袖，也是医学家、博物学家和炼丹术家。有《抱朴子》《金匮药方》《肘后备急方》等。

③ 牛戬，字受禧，宋朝一作河内(今河南沁阳)人，又作修开(今河南修武)人。貌古性野，不修人事。轻财贿，重信义，嗜酒自乐。尤好画，师刘永年，柘棘笔墨豪放，所长者破毛之禽，与寒雉、野鸭。

④ 胡擢，五代人，善画花鸟，气韵甚高。博学能诗，飘然有物外之志。

⑤ 朱敦儒(1081～1159)，字希真，号岩壑，又称伊水老人、洛川先生。河南洛阳(今河南洛阳)人。历兵部郎中、临安府通判、秘书郎、都官员外郎、两浙东路提点刑狱，致仕，居嘉禾。与“诗俊”陈与义等并称为“洛中八俊”。

⑥ 陈用志，北宋图画院祗候，工画佛、道、人、马、山川、林木。

⑦ 赵大年，即赵令穰，字大年，北宋汴京(今河南开封)人。宋太祖赵匡胤五世孙。官至光州防御使、崇信军观察留后，卒赠“开府仪同三司”，追封“荣国公”。工画山水、花果、翎毛，笔致秀丽，尤长金碧山水。远师李思训父子。

巨然山水以点点写成，和五代杜措[①]笔相同，超杜所绘，墨皇。关仝有长笔法。《过桥舟乘》奇绝，舟车水城飞鸟飞舞走，人物笔墨雄伟，款字亦真，真墨皇中皇也，保之宝之。活{阔}1 英尺，长约一丈六尺，绢本。

《苏字卷》和《妙高台》对比，更好，书法相似，肥皮厚肉有力，真迹无疑。子为[②]之言，勿轻信。

苏东坡大字手卷，神品。公书大字，此卷皮肥肉厚，真迹无疑。文太史[③]题，老年 86 岁，书劲力仍在，有些老景，但弱处很少，亦很宝贵。然尚得考，此题有疑。孙汧如[④]题于崇祯时，能画，书亦善。

惠崇和尚[⑤]《山水》手卷，铭心绝品。

赵千里《开山图》手卷，夏禹开河，墨皇。

陈万里共说，廿帧真迹。

王晓[⑥]《花卉草虫》手卷，铭心绝品。

李龙眠《白描揭钵图》卷，墨皇，铭心之宝，保好。有柯九思[⑦]、李衎[⑧]题和自题，很长。

---

① 杜措，五代后蜀蜀郡(今四川成都)人。幼慕晚唐李升山水，勤学二十年不舍。工山水，多绘老树悬崖，兼长道释人物。

② 子为，即徐子为(1906～1958)，别号恒庐，江苏震泽人。少时受塾师王鹤清启蒙，后随名师金松岑、章太炎学古文，后加入南社。协助施肇曾创办育英高中，任校董，并资助学校建造藏经阁。历任国民政府交通部电政材料处秘书、全国商会联合会执行委员、江苏省商会联合会执行委员、苏嘉湖长途汽车股份有限公司董事、苏浙皖产业处理局简任专员、中华职业学校校董等职。新中国成立后，从业于苏浙地方纺织工业，参与杭州麻袋厂、南京毛纺厂等筹建工作。

③ 文太史，即文征明(1470～1559)，原名文壁，或作璧，字征明，明朝苏州府长洲县(今江苏苏州)人。屡试不第，54 岁荐受翰林待诏，故称“太史”。工花卉、山水、人物，早年画风细谨，中年较粗放，晚年渐趋醇正。“吴门画派”创始人之一，与唐寅、祝枝山、徐祯卿并称“江南四大才子”。

④ 孙汧如，字阿汇，号汇父，清朝六合人。善文词，精画理，善绘山水。

⑤ 惠崇和尚(965～1017)，僧人，北宋建阳(福建南平)人。擅诗、画。作为诗人，他专精五律，多写自然小景，忌用典，尚白描，力求精工莹洁，颇为欧阳修等大家称道。其画蕴有诗的意境，世称“惠崇小景”。

⑥ 王晓，五代末宋初画家，泗州(今江苏泗水)人。师五代南唐郭干晖，善画鸣禽、丛棘、鹰鹞。亦能画人物，极古拙。

⑦ 柯九思(1290～1343)，字敬仲，号丹丘生，浙江仙居(今浙江台州)人。出身官宦家庭，自幼爱好书画。师法北宋文同，博学能文，擅写墨竹，长于画山水、人物、花卉。天历二年(1329)升奎章阁学士院鉴书博士，负责宫廷所藏金石书画的鉴定工作，受元文宗赏识。一生好文物，富收藏，精鉴赏。

⑧ 李衎(1245～1320)，字仲宾，号息斋道人，元初蓟丘(今北京)人。元代画竹名家中风格最精细者，注重写生，携带画笔专注竹林中观察竹子形态。

郭熙《雪山行旅图》卷，有乾隆[1]、赵大年、邵宝[2]题。连此三卷，此为第一。

李世南[3]《松竹柴门》轴，人太大了一些。55笔。

马逵[4]《雪景山水》，康有为[5]题轴。

惠崇《江南春图》卷，恭笔山水，最精神品。另幅写意，异曲同功。

赵子固《花卉》卷，另有元时绘，为在元朝类页。款章都对过，画亦奇绝，真迹无疑。

朱锐[6]《放{仿}王维雪景》小轴，真迹，奇品。陈万里说，现代不能这样画。

宋(四)

赵芾[7]《溪山无尽图》卷，比大痴好多，甚好，铭心品。北京见过赵芾墨笔，《长江万里图》，三丈多长。

张芸叟[8]，[字]舜民，《荷静纳凉图》，神品。

徽宗御笔《三星图》轴，真迹之宝，款真，神品。何人题不知，勿轻示人。

王晓《秋菊平安图》，恽南田[9]师此卷。

---

① 乾隆，即弘历(1711～1799)，清朝第六代皇帝，雍正帝第四个儿子，1736年即帝位，建元乾隆。善书，画工山水、花卉等。山水师董其昌笔法，多作平远小景，精于画迹鉴赏。在位期间，遍搜天下名画，好为名画题字。

② 邵宝(1460～1527)，字国宝，号二泉，南直隶无锡(今江苏无锡)人。明代成化甲辰(1484)进士，历官至南京礼部尚书，藏书家、学者。善行草，深得颜真卿笔意。

③ 李世南，字唐臣，北宋安肃(今河北徐水)人。擅画山水、人物、花鸟草虫。

④ 马逵(1195～1224)，宋朝河中(今山西永济)人。马世荣之子，马远之兄。出身绘画世家，克绍家学，工画山水、人物，尤善花果、禽鸟。所作花鸟，疏渲工致，形态逼真。

⑤ 康有为(1858～1927)，原名祖诒，字广厦，号长素，晚年别署天游化人，广东南海(今广东佛山)人。光绪二十一年(1895)进士，授工部主事。面对外强侵略，浸染西方进化论和政治观念的康有为，多次上书变法。戊戌变法失败，康有为去往日本。康有为博学多才，善书法，提倡碑学，创造出独特的魏碑行楷——康南海体。

⑥ 朱锐，北宋末年南宋初年，河北人。原为宣和间画院待诏。绍兴间画院复职，授迪功郎、赐金带。师法王维，工画山水、人物。

⑦ 赵芾，又作黻，南宋京口(今江苏镇江)人。善作人物、山水、窠石，“江势波浪，金、焦二山，有气韵笔力”。传世作品有《江山万里图》卷。

⑧ 张舜民，字芸叟，自号浮休居士，又号矴斋，北宋邠州(今陕西彬州)人。治平二年(1065)进士，历秘阁校里、监察御史、礼部侍郎。善画山水。

⑨ 恽寿平(1633～1690)，初名格，字寿平，以字行，又字正叔，别号南田，一号白云外史、云溪史、东园客、巢枫客、东野遗狂、草衣生、横山樵者，江苏武进人。山水学黄公望、王蒙，善绘没骨花卉、草虫。所作笔法秀逸，设色明净。与王时敏、王鉴、王翚、王原祁、吴历合称“清初六家”或“四王吴恽”。行楷取法褚遂良，丰腴俊秀。创常州画派，为清朝“一代之冠”。

颜博文[①]《八仙庆寿图》中堂。

舒雅[②]《秋亭高逸图》中堂，最好。青绿削壁山水，款也好。

范坦，[字]伯履，《寒香双凤》中堂。和唐蒋志《双凤》成对。

李希古《山水》卷，很大的，神品，铭心神品，有柯九思题，墨宝。

米芾《绢本大条幅山水》两帧，长题，真迹无疑。字款甚好，长题更佳。

张即之字卷，墨宝之一，比上海过的好多多矣，是铭心绝品，勿轻视。

刘松年《花卉图》卷。

山水轴配成一对：

李成，纸本《寒林飞瀑图》，多树，咸斋[③]铭绝品。款与《寒林独吊雪景》同。

范宽[④]，甚满泛，《秋山行旅图》纸本。

老米画题书卷，老年笔，本堂中第一。

冯进[成][⑤]《老妇和犬》手卷，长廿七寸，活{阔}七寸多，绢本，好书。

靳茂远[⑥]《开山》手卷，大卷。2月5日[购]。可于{与}李唐墨笔为一对。此卷甚好，铭心精品，保之。此卷有历史性。

文与可[⑦]《墨竹》小轴，宝藏，杰品，铭心之物，神韵飞舞活泼，神品。

米南宫《山水》轴，一见即知，老米甚好，山川出云，天下雨。册页，真迹，元丰三年绘，《司马光山水》[元丰]六年，《苏竹》元丰二年。

---

① 颜博文，字持约，北宋德州(今山东德州)人。颜博文博学多艺，尤以诗、画擅名京师，影响很大，声誉很高。尤善人物画，兼及花卉、山水画。人物画，注意神态传神，抓住细微特点变化。

② 舒雅(约939～1009)，字子正，徽州府歙县(今安徽歙县)人。南唐状元，入宋后，为将作监丞。大中祥符二年，直昭文馆，校订《文苑英华》《史记》《论语正义》《七经疏义》等书。官至舒州太府、刑部郎中。师韩熙载，善山水和人物。

③ 咸斋，即李腾蛟(1609～1668)，字力负，号咸斋，明末清初学者。明朝灭亡后，隐居翠微峰，与易堂诸子交游。

④ 范宽(约950～1027)，又名中正，字中立，陕西华原(今陕西铜川)人。因性情宽和，人呼范宽。画初学李成，继法荆浩，善绘山，笔法浑厚，气势伟岸，对景造意，不取繁饰，自成一家。与李成为北方画派之代表。

⑤ 冯进成，北宋江南人。工画犬兔，思虑精到，妙造自然。

⑥ 靳茂远，即靳东发，字茂远，其性多能，尤工画艺，少作故事人物，茂远独集古今谏诤百事以为图。

⑦ 文与可，即文同(1018～1079)，字与可，号笑笑居士、笑笑先生，人称石室先生。北宋梓州永泰县(今属四川盐亭)人。皇祐元年(1049)进士，迁太常博士、集贤校理，历官邛州、大邑、陵州。元丰初年，赴湖州就任，世人称文湖州。从表弟苏轼，受其敬重。以善画竹著称，主张胸有成竹而后动笔。画竹叶，创浓墨为面、淡墨为背之法，形成墨竹一派。

马钦山[1],[字]远,《停琴哏泉图》,神品。真迹,待考。

乔仲常[2]《遇仙图》轴。

张昉[3]《人物》轴。

乐德臣[4]《堂上白头》轴,名士,宣和陈仲仁[5]成对。

贾祥[6]《仙馆云起》轴和赵千里《沄州图》成对。

王齐瀚[7]《沧江鱼笛》轴,五代。

刘宷[8]《鲤鱼》轴,士奇题。

赵千里《沄州图》轴,和唐画李大将军相似。赵画中最好之一,和贾祥《仙馆云起图》成对。有一幅山水若隐若现,奇妙杰作,神品。要查。

宋黄齐[9],字思贤,《风雨归舟图》,确是宝中活宝,刻骨铭心。

宋[朝]

刘松年《仿王右丞万严雪霁图》手卷,很细功。配燕文贵[10],为一对比,文贵活泼可爱。

邵康节,字屏,著《推背图》,封建时神圣的重视。《游仙诗》六尺头,40元。是陈抟的学生,研究《周易》,有道家神仙学,故书《游仙诗》也。

马麟[11]《雪景梅》《溪鸟勤鸟图》轴。粗笔大字款,神品,中堂。9月1日[购于](申)。鸟毛不见丝毛,只见颜色,活泼如生,同唐刘孝师[12]笔法一样。

---

① 马远(1140～1225),字遥父,号钦山,祖籍河中(今山西永济),生长于临安(今浙江杭州)。出生于“一门五世皆画手”的家庭,善画山水、人物、花鸟,尤以山水见长,始承家学,后师李唐,笔力劲健,设色清润。山水构图多作“边角之景”,远景简略清淡,近景凝重精整,人称“马一角”。

② 乔仲常,北宋河中(今山西永济)人。师法李公麟,工杂画,尤擅人物道释故事画。

③ 张昉,字升卿,北宋汝南(今河南汝南)人;一作临汝(今河南平顶山)人。师法吴道子,工画佛像天女。

④ 乐德臣,即乐士宣,字德臣,宋朝祥符人,宦官。善画花鸟,晚年尤工水墨。

⑤ 陈仲仁,元朝江右人。官至阳城主簿。善山水、人物、花鸟,为湖州安定书院院长。

⑥ 贾祥,字存中,北宋开封(今河南开封)人。官至通侍大夫,保康军节度观察使。赠少师,谥忠良。所画龙水,夭矫空碧,体制增新。且善人物及杂画,竹石、草木、鸟兽、楼观皆工。

⑦ 王齐瀚,五代南唐江宁(今江苏南京)人。善画佛道、鬼神,兼擅花鸟猿獐。

⑧ 刘宷,字宏道,一作道源、弘道,北宋开封(今河南开封)人。历任州县官,授朝奉郎。狂逸不事事,放意诗酒间。工诗词,亦善画鱼。

⑨ 黄齐,字思贤,黄展之孙、黄伾之子,建州建阳(今福建建安)人。崇宁五年(1106)进士,历任起居舍人、中书舍人、兵部侍郎。善写意山水画。

⑩ 燕文贵(967～1044),一作贵,又名燕文季,北宋吴兴(今浙江湖州)人。擅画山水、屋木、人物。

⑪ 马麟,马远之子,南宋河中(今山西永济)人,宁宗嘉泰年间授画院祗候。工人物、山水、花鸟。

⑫ 刘孝师,唐朝人,善花鸟画,画史评价其“鸟雀奇变,甚为酷似”。

盛氏列为秘籍之宝。

韩世忠①,大字卷,墨宝。王仲山②题,明进士,精书善画;杨维桢③题,进士大名家,品很高,著作甚多。

苏长公《墨竹》卷,绍圣元年。王仲山题,王长卿④、张培敦⑤、刘完庵⑥题,神品。款字亦真,与梅道人绢轴对比后,更是证真迹。任老⑦说真迹。苏长公字轴。

洞襄真人葛雅川、葛洪,晋人,广东罗浮山炼丹,著《内外篇》,为人治病。《晋人仙传》俗说他成仙的。

栗起⑧《赤壁前游图》卷,文三桥⑨《书赤壁赋》卷,神品,人船都好。(申)。

岳武穆⑩墨宝,同卢记室《从军诗》卷,郑元佑⑪、许衡题。

吴炳⑫《花卉双寿寒香》立轴,神品。

宝觉⑬《英石图》4 尺中堂,神品。(申)

燕文贵中立轴,粗细兼工,好画。

---

① 韩世忠(1090～1151),字良臣,自号清凉居士,延安府绥德军(今陕西绥德)人,南宋名将、词人。善书,师承苏轼,颇能逼真。

② 王仲山,即王问(1497～1576),字子裕,号仲山,明末清初无锡人,嘉靖十七年(1358)进士及第,善草书,被誉为"大草蟠龙蛇,笔力江海驱"。

③ 杨维桢(1296～1370),字廉夫,号铁崖、铁笛道人等,晚年自号老铁、抱遗老人、东维子。元末明初绍兴路诸暨(今浙江诸暨市)人。泰定四年(1327)进士,历任天台县尹、建德路总管府推官等职。以诗文擅名,其诗号为"铁崖体"。

④ 王长卿,云南昆明人,嘉庆二十二年(1817)进士,以书法见长。

⑤ 张培敦(1772～1846),字研樵、砚樵,翟大坤弟子,清朝吴县(今江苏苏州)人。精鉴藏,工书,善画山水,师法文征明,笔法秀韵。

⑥ 刘完庵,即刘珏(1410～1472),字廷美,号完庵,南直隶苏州府长洲(今江苏苏州)人。历官授刑部主事、山西按察司佥事等。书正、行出赵孟頫,山水出王蒙,行草学李邕,各极其妙。写山水林谷泉深,石乱木秀,云生绵密。

⑦ 任老,即黄炎培。文中又作黄任老。

⑧ 栗起,北宋末南宋初宫廷画家,擅花鸟画。

⑨ 文三桥,即文彭(1498～1573),字寿承,号三桥,文征明长子,苏州府长洲(今江苏常熟)人。自幼继承家学,诗文书画皆擅,精篆刻。墨竹老笔纵横似文同,山水苍郁似吴镇。

⑩ 岳飞(1103～1142),字鹏举,相州汤阴(今河南汤阴)人。南宋时期抗金名将、军事家、战略家、民族英雄、书法家、诗人,位列南宋"中兴四将"之首。

⑪ 郑元佑(1292—1364),字明德,浙江遂昌(今浙江丽水)人。以左手写楷书,自称尚左生。

⑫ 吴炳,毗陵武阳(今江苏常州)人,南宋光宗绍熙年间任画院待诏,是南宋院体花鸟画的代表性画家。

⑬ 宝觉,北宋人,京口三圣寺和尚,王安石好友,善画芦雁。

王晋卿①《林山枫木图》立轴，洞有树，好画，纸本。

金(一)

金(南京)

张珪②，金人，《宫花图》绢本，8尺中堂，绝品。2月5日[购]。稀世孤本，示为枕宝。虽乏而画意未失，诚神品也。

《历代画史汇传》，梁楷，字白梁，宋朝人。《罗汉小幅》《布袋和尚》，真迹。

朱宗翼③《桐阴观荷四美人》长立轴。5月22日。

李成《松涧图》，狭长绢本条幅，三松树。董其昌题，三希堂④乾隆等印。已有五帧，此帧真，而且精，绝品。

范仲淹手札两帖，12人题，宋元明清名字迹，绝品。杨万里、高士奇⑤等题。

许道宁⑥《停琴兴叹图》，短山水卷，飞舞之至，比大痴更好多矣。

李希古《山楼午眠图》，大横批，妙品，希世之宝。(申)。

马逵《雪中送炭》中堂，妙品。有王烟客时敏章，甚好。(申)。

元(南京)

倪云林《山水》立轴。陈万里鉴定真迹，另一幅相{镶}在镜框内，此注。

---

① 王晋卿，即王诜(1036～?)，字晋卿，北宋太原(今山西太原)人，后迁汴京(今河南开封)。妻英宗女，拜驸马都尉。家有"宝绘堂"，收藏历代书画，工画山水，学李成，善绘江上云山和幽谷寒林等。水墨画风格清润，着色画兼师李思训金碧法。兼工书法和诗词。

② 张珪，宋朝正隆间卫州(今河南卫辉)人，工画人物，形貌端正，衣裙清劲，笔法从战掣中来，尤极生动。

③ 朱宗翼，入职宋朝画院，善山水人物。尝与任安合手，画慕容夫人宅堂影壁，作神州图。"楼观屋木任安主之，山水人物宗翼主之"。

④ 三希堂，位于故宫养心殿西暖阁分隔出来的一房间，阳光充足明亮，布置雅致。乾隆于1746年在《三希堂记》中言："内府秘籍王羲之《快雪帖》、王献之《中秋帖》，近又得王珣《伯远帖》，皆稀世之珍也。因就养心殿温室，易其名曰'三希堂'以藏之。"

⑤ 高士奇(1645～1704)，字澹人，号瓶庐，又号江村，浙江钱塘(今浙江杭州)人，清代官员、史学家。能诗文，擅书法，精考证，善鉴赏，所藏书画甚富。

⑥ 许道宁，北宋长安(今陕西西安)人，又作河间(今河北河间)人。擅长绘林木、平远、野水、秋江、雪景、寒林。

钱舜举①,花篮一只中花卉,立轴。

赵子昂《雪景金璧{碧}红树》立轴,精品。可和五代宋艺、苏汗{汉}成{臣}等《货郎担》配为六宝。

颜秋月②,[名]辉,《品古图》轴。一年以后,始知为铭心绝品,14 人如在热闹,谈交易,评真伪。比仇十州《品古图》,活泼消[洒]飞舞也。

张伯雨③《山水》立轴,精品,有南田题、乾隆印,纸本,铭心绝品。元贤好画。

朱泽民《山水》立轴,真而不新。

梅道人《竹子》立轴,真迹,无款,太炎④藏款章,和《渔父图》同。[19]57 年 4 月没认清。

赵子昂《百骏》手卷,神品,士奇题,天下第一,是真奇绝之墨宝。《香山春游图》卷和《百骏》为双绝。

赵子昂,字信一封,王穉登题。

管夫人⑤、雪松合作《竹子字》手卷,神品。真精新,神品,赵书《修竹赋》和款识,夫妇合璧,希世奇珍。

梅道人《竹子》手卷,铭心绝品。仿李息斋,神品,好画。

黄大痴⑥《绢本山水》大立轴,精品,墨宝,设色的。

---

① 钱选(1235～?),字舜举,号玉潭,又号巽峰,别号清癯老人、川翁、习懒翁等,家有习懒斋,湖州(今浙江吴兴)人,南宋末至元初的著名花鸟画家。

② 颜秋月,本名颜辉,字秋月,元浙江江山人,擅长释道人物,以水墨画居多,笔法萧疏。

③ 张伯雨,即张雨(1283～1350),字伯雨,号贞居之,又号句曲外史。旧名张泽之,又名张嗣真。元代钱塘(今浙江杭州)人。诗文家、词曲家、茅山派道士。善画兼工书。

④ 太炎,即章太炎(1869～1936),原名学乘,字枚叔,后易名炳麟。因慕顾炎武改名绛,号太炎,余杭(今浙江杭州)人。师从经学大师俞樾,逐渐倾心于变法微信,加入上海强学会,后任上海时务报馆撰述,戊戌政变后,携家避难于台湾,后赴日本,会晤孙中山。义和团变起,章太炎割辫,立志反清。后发表《驳康有为论革命书》,"苏报案"发生后,被捕入狱。后赴日本,加入同盟会,主编《民报》,进行革命宣传。辛亥革命后,回国,在上海主编《大共和日报》,并任孙中山总统府枢密顾问。后参加讨袁,被袁世凯囚禁。1917 年参加护法运动,任海陆军大元帅府秘书长,后离开孙中山。在上海发起亚洲古学会,在苏州设国学讲习会,以讲学为业,研究涉及小学、文学、历史、哲学、政治等,著述颇丰,影响甚大。

⑤ 管夫人,即管道升(1262～1319),字仲姬,浙江德清人,一说华亭(今上海松江)人。元代著名的女书法家、画家、诗词创作家。嫁元代吴兴书画名家赵孟頫为妻,封吴兴郡夫人,世称管夫人。

⑥ 黄大痴,即黄公望(1269～1354),字子久,号一峰、大痴道人等,元朝平江府常熟(今江苏常熟)人。工书法,善词曲。尤以画名,晚始精画山水,所作水墨画笔力老到,简淡深厚,独创浅绛山水一派,黄公望位重"元四家"之首。师法董源、巨然,兼修李成,得赵孟頫指授。

王孤云①《西园雅集图》轴，铭心绝品，款和王老同。

王叔明②《纸千丘万壑图》，六尺中堂，铭心绝品。又大又满，全用笔绘，绝世之珍。

梅道人《夕阳烟树图》，8尺中堂，铭心绝品，待考。

赵松雪《法书》手卷，神品。

赵子固《四季花》卷，润含春雨，神品。另有宋时绘本，宋类。

王冕③，[字]元章，《杂品》手卷。

倪云林《墨竹》手卷，精品，真迹无疑。

黄子久《秋山清爽图》手卷，高士奇题，神品。

张子政④《柳溪叙禽图》手卷。

方方壶⑤、石田、高士奇题，山水手卷，神品。

康里子山⑥，字卷，铭心神品。一日写二万字，董其昌题。北京[所藏]题任月山《八骏卷》，行书甚好。苏存立轴，怕不对。

朱德润⑦《墨笔山水》卷，如梅道人，神品。

元(二)

高房山《云山图》手卷。

---

① 王孤云，即王振鹏，字朋梅，元代永嘉(今浙江温州)人。官至漕运千户，元仁宗赐号为“孤云处士”。擅长人物画和宫廷界画，其所画宫室，结构谨严，高低曲折，方圆平直，颇合营造之法，用笔细劲。兼工人物，以细微见长。

② 王叔明，即王蒙(1308～1385)，字叔明，号黄鹤山樵、香光居士，赵孟頫外孙，浙江吴兴(今浙江湖州)人。擅诗文，工山水。画石以干笔为主，湿笔辅之。先勾轮廓，在行皴擦，皆用干笔，最后略带湿笔措染收拾而成。早期画法受赵孟頫影响，后学董源、巨然，结合写生，加以变化，形成独特的艺术风格。

③ 王冕(1310～1359)，字符章，号煮石山农，亦号食中翁、梅花屋主等，元朝绍兴诸暨(今浙江诸暨)人。能诗善画，尤工墨梅。

④ 张子政，即张中，又名守中，字子政，一作子正，元末明初松江(今上海)人。善画水墨花鸟画。

⑤ 方方壶，即方从义(约1302～1393)，字无隅，号方壶，又号不芒道人，金门羽客、鬼谷山人等，贵溪(今江西贵溪)人。擅长水墨云水，所作大笔水墨云山，苍润浑厚，富于变化，自成一格。工诗文，善古隶、章草。

⑥ 康里子山，即康里巎巎(1295～1345)，字子山，号正斋、恕叟，蒙古族康里部，元代著名书法家。自小博通群书。历任秘书监丞、礼部尚书、监群书内司、翰林学士承旨、知制诰兼修国史、知制诰、知经筵事等职。

⑦ 朱德润(1294～1365)，字泽民，号睢阳山人，又号旹杰，元代归德府(今河南商丘)人。曾任国史院编修、镇东行中书省儒学提举等职。能文善诗，工书，师法王羲之、赵孟頫，格调遒丽，笔致遒健。擅画山水，山石用卷云皴。

高房山《设色云山图》卷，神品。有吴宽①、赵宧光②、沈度、鲜于枢③等题，好画。

无款，董其昌证明陈继儒④书，周天球⑤题卷首，神品。

王鹤山樵《西爽轩图》卷。顾禄⑥，洪武太常，善书功山水题。

祭酒胡俨，洪武人，善兰竹，大官。

梅道人第一《墨竹》卷，神品。外行看竹，不易看出好歹。我玩了十年书画，始能懂一点点竹之优劣。此卷比管夫人好，越看味道越好。

周公堇{谨}⑦《牧笛图》轴，松雪朋友。

王振鹏，[字]孤云，《五老图》中堂，长轴，六尺，五老面貌不同，各有视线。细看是好画，有墨林、王鸿绪藏章，宣德印。款和《雅图》同样字迹，长的阔的。陈万里鉴定真迹。

黄鹤山樵，真迹神品，长轴。

任月山《八骏图马》卷，真正迹，神品，甚好甚好。

周公堇{谨}《山水》卷，大德⑧时绘，当在六六岁。至元时至大⑨，年已七七岁矣。此卷不比松雪差，颜色绝好。

梅道人《渔父图》卷，真正希世之珍，名闻全国。2月5日。142帧。

大痴《秋山读书图》轴，连此三帧在宁。

---

① 吴宽(1435—1504)，字原博，号匏庵，世称匏庵先生，明代长州(今江苏苏州)人。成化八年(1472)状元，授翰林修撰，曾侍奉孝宗读书。累官至礼部尚书。工书法，善写真、行、草书，尤工行书，习苏氏"端庄淳朴，凝重厚实"的书风，而一反当时吴中盛行的"纤巧媚美"风格。

② 赵宧光(1559～1625)，字水臣，号广平、寒山梁鸿、墓下凡夫、寒山长、凡夫。南直隶太仓人。兼文学家、文字学家、书论家、造园师于一身。精通文字学，工书，在篆书中掺入草书笔意，篆书堪称一绝，志趣不凡，因此而有"高士"之称，开"草篆"先河。工诗文，擅书法。

③ 鲜于枢(1246～1302)，字伯机，号困学山民、直寄老人，晚年营室名"困学之斋"，祖籍金代德兴府(今张家口涿鹿县)，生于汴梁(今河南开封)，大都(今北京)人，一说渔阳(今天津蓟州)人，元代著名书法家。善草书，兼及楷、行等书体，师法钟繇、王羲之父子，褚遂良、张旭、怀素等人，笔法道劲婉转，气势雄伟。

④ 陈继儒(1558～1639)，字仲醇，号眉公、麋公，松江府华亭(今上海松江)人。工诗善文，书法学习苏轼和米芾，兼能绘事，屡次皇诏征用，皆以疾辞。擅长墨梅、山水，画梅多册页小幅，自然随意，意态萧疏。论画倡导文人画，持南北宗论，重视画家修养，主张书画同源。

⑤ 周天球(1514～1595)，字公瑕，号幻海，又号六止居士、群玉山人、侠香亭长。南直隶太仓(今江苏太仓)人。尤擅大小篆、古隶、行楷。善画兰，写兰草法，自具风格，有出新之妙。

⑥ 顾禄，字谨中，明朝松江华亭(今上海)人。洪武时，任太常典簿，尤工分隶，亦善行楷。善画山水。

⑦ 周公谨，即周密(1232～1298)，字公谨，号草窗，又号萧斋、四水潜夫等，齐州(今山东济南)人。工书善画，诗词兼才，宋末词坛领袖。

⑧ 大德，元成宗年号，时间为1297年～1307年。

⑨ 至大，元武宗年号，时间为1308～1311年。

陈惟允，汝言，松雪好友，纸本《设色山水》。

赵子昂《八骏图》卷，倪云林、邓文源[1]等题。1959 年 3 月 2 日。

元

柯九思《细竹枯木石赠王叔平》，真正精而又神，绝品，小轴。

倪云林《山水》小轴。

黄大痴《设色山水》小轴。

王鹤山樵《竹石》小轴。

吴仲圭《山水》小轴。

陈仲仁《秋塘禽戏图》，和乐士宣成对。

吴荣{莹}之[2]瓘《喜上稍梅》，神品。

梅道人绢本老旧，长立轴，墨竹，真迹无疑，收藏印 13 个之多，看不清。有恽寿平、黄小松印。与苏长公对比，上半段相似，真迹。

元唐子华[3]《山水》立轴。5 月 22 日。

赵子昂《水材图》卷，很多人题，书卷之气甚浓，而雅秀气韵好，淡雅可爱之至。

赵仲穆，六尺《山水午睡图》中堂，神品。（申）绢本乏透，铭心绝品，墨宝。

赵子俊[4]《溪山读书图》，8 尺中堂，神品。（申）纸本，淡墨，甚好。

大痴《桐江秋色图》手卷，16 尺长，杨维桢题头，神品，画不真。再看人舟树秋风气景都好，山石有力，款秀。连看三天，始知真迹，神品，可于{与}赵芾比看。

---

① 邓文源，即邓文原（1258～1328），又名文源，字善之，一字匪石，人称素履先生，绵州（今四川绵阳）人，又因绵州古属巴西郡，人称邓文原为“邓巴西”。其父早年避兵入杭，遂迁寓浙江杭州，或称杭州人。历官江浙儒学提举、翰林侍讲学士等。擅行、草书。

② 吴莹之，即吴瓘，字莹之，号知非、竹庄人，晚号竹庄老人，元末嘉兴（浙江嘉兴）人。以善画梅著称。能诗文，亦工竹石翎毛。

③ 唐棣（1296～1364），字子华，元代吴兴（今浙江湖州）人。曾得赵孟頫指授。张翥有《送唐子华赴江阴州教授》诗，赞其“广文三绝画尤工”。

④ 赵孟吁，字子俊，其兄赵孟頫，元朝吴兴（今浙江湖州）人。为承务郎、同知南剑州。工书，擅篆隶北魏，擅画人物花鸟，亦工书。

钱选①《陶承旨夜宿图》,陶承旨②、唐白{伯}虎、王穉登③等题,真迹无疑。

元(三)

邵青门④《修禊图》立轴。神品,手卷,师唐子华。

丁埜夫⑤《风雨归村图》,五尺中堂,铭心绝品,活泼飞动。我看比四家更好。(申)

方方壶《淡墨山水》小轴。

高房山《云山图》卷,神品。赵子俊、杨维桢、李孝先、盛著⑥、倪云林、陶振题,周亮工⑦题。

鲜于枢,意气雄豪,文望于{与}赵松雪相伯仲。善行书及画,闭门谢客,筑困学斋。《后赤壁书》卷,希有神品。官太常寺,著作很多。字伯机,团扇海螺,妙品杰作。1959年三月二日,来信札六张,卷一支,精品。

赵松雪册页法画一本,吴宽题。

李衎《三青图》绢本长立轴,秀雅逸品。

熊梦祥⑧墨笔山,细笔甚好,可和杜东源配对。(申)。茂才作教官,辞去,放意诗酒,能数体书,善山水。

---

① 钱选(1239～1299),字舜举,号玉潭,又号巽峰,霅川翁,别号清癯老人、川翁、习懒翁等,吴兴(今浙江湖州)人。工诗,善书画,学画不拘泥于一家。山水师赵令穰,人物师李公麟,花鸟师赵昌,青绿山水师赵伯驹。与赵孟頫等合称为"吴兴八俊"。

② 陶承旨,即陶谷(902～970),字秀实,北宋建立后,出任礼部尚书,后又历任刑部尚书、户部尚书,曾为宋太祖起草禅位诏书,因而后人称其为陶承旨。擅隶书,喜欢收藏名家书画。

③ 王穉登(1535～1612),字伯谷,号松坛道士,苏州长洲(今江苏苏州)人。书法师从文徵明,真草隶篆皆能,吴门派末期的代表人物。

④ 邵青门,即邵长蘅(1637～1704),一名衡,字子湘,号青门山人,明末清初武进(今江苏常州)人。工诗文,通音韵。

⑤ 丁埜夫,元末明初西域回鹘人。工山水、人物画。

⑥ 盛著,字叔彰,盛懋侄,元末明初宫廷画家。奉旨画天界寺壁画时画了水母乘在龙背上,太祖认为有失大体,居然下令处死盛著。

⑦ 周亮工(1612～1672),字符亮,又有陶庵、减斋、缄斋、适园、栎园等别号,学者称栎园先生、栎下先生,河南祥符(今河南开封)人。崇祯十三年(1640)进士,明亡仕清,累官两淮盐法道、扬州兵备道,福建按察使、布政使、户部右侍郎等职。擅山水画、书法、篆刻、收藏。

⑧ 熊梦祥(1299～1390),又作蒙祥,字自得,号松云道人,元末明初江西富州(今江西丰城)人。曾任大都路儒学提举、崇文监丞。博学多才,工诗词和书画,精于音律,才艺出众。画山水亦清古,放意诗酒。以茂才被举为白鹿洞书院山长。

申:顾定芝①、子昂等,夏昶②《竹子六君子图》卷,神品,六君子,竹6方。

申:赵麟③《九老图》卷,子昂孙子。文征明《九老词》。未退出,备考。

常:赵雄《江南春图》,王时敏《绢本青绿山水轴》,铭心绝品。

这幅《秋声图》,真神品,山分大小四座,气势雄伟,路路通。看得四面神韵通神,写款极随便,有一泻千里之势,诚铭心绝品。

熊梦祥《山水》卷。

王叔明《千岩万壑图》,长七尺,中堂。顾禄,洪武太常、祭酒,善山水。

李仁④,太祖时[任]尚书,先事陈友谅⑤。胡俨⑥,洪武大官,三题。笔尖绘成的,此幅最最功细的,最最好的,铭心绝品,宝之保之。

孟珍⑦《鸳鸯》,装入镜框,仍可取出,接入原轴内。善花鸟,当时甚名贵。

司马端明,号君实,即光,匿名,细笔《赤壁夜游文》,父子题,比另一卷粗笔山水更好,希世神品。

黄大痴《秋馨图》,富春山风景,酷似北苑。愚斋枕宝。声在树间之句,欧公作《秋声赋》。有沈一揆⑧、许恂题。此卷久看,确似真山真景,他日能至富春山对正,山水真景一乐矣。在常换来《秋山图》。

柯九思《枯木竹石》小幅,上款王叔平长题,诗书画,神品。

---

① 顾定芝,即顾安(1289~约1365),字定之,号迂讷居士,祖籍昆山,官泉州路行枢密院判官。擅画墨竹,亦工行、楷书。

② 夏昶(1388~1470),字仲昭,号自在居士、玉峰、居易,明苏州府昆山(江苏昆山)人。永乐十三年(1415)进士,授庶吉士,历官中书舍人、考功主事、太常寺少卿等。善书能诗,书工正楷,擅画墨竹,其画讲究法度,结构严谨,起笔收笔均以楷书入画,笔墨厚重,后人誉其画竹高手。

③ 赵麟,字彦征,赵孟頫孙子,赵雍次子,元朝吴兴(今浙江湖州)人。善画人马,山水画亦佳。传世作品有《浴马图》《人马图》等。

④ 李仁,明唐州(今河南唐河县)人,初为陈友谅军招讨使,常遇春率军征战湖广时,李仁归降,被朱元璋授予黄州府知府,因政绩突出,被调任为朝廷给事中、吏部侍郎,官至吏部尚书,后受牵连,被贬为青州知府。后被破格提升为户部侍郎。

⑤ 陈友谅(1320~1363),湖北沔阳(今湖北仙桃)人。元末群雄之一、农民起义领袖、元末汉政权的建立者。出身渔家子,曾为县吏。参加天完红巾军,逐步通过谋略和权术,成为一支实力雄厚的起义军首领,并称帝。最后与朱元璋在鄱阳湖大战,兵败中箭而死。

⑥ 胡俨(1360~1443),字若思,号颐庵,南昌县人。博学多才,天文、地理、音律、历法、医学、卜算等均有研究。洪武二十年(1387)中举,授华亭教谕。建文元年(1399),荐授桐城知县。永乐元年(1403),荐入翰林,与解缙等七人入内阁。后拜国子监祭酒。永乐八年(1411)兼侍讲,掌翰林院,辅导皇太孙监国。工书善画,工竹石、兰蕙。

⑦ 孟珍,字季生,号天泽,元朝吴兴(今浙江湖州)人,擅画花卉翎毛。为元代少数继承宋院体画传统的花鸟画家之一,笔致劲健,着色浓厚,具有写生妙趣。

⑧ 沈一揆,清朝奉天宁远州(今辽宁兴城)人,康熙丙辰进士,官刑部外郎。

倪云林,《山水》小轴,壬子年画。另看出一帧,4 尺立轴,丁巳年,山水、款、书皆同,和竹卷也同,铭心真迹,喜甚喜甚。

钱选《绘韩熙载宿夜图》,唐白虎、王穉登题,真迹,精品。

1959 年 12 月以后有画来,转唐二部后头。

五代(一)

五代[存于]南京:

顾德谦《秋江垂钓》手卷,铭心神品。

梅行思《牡丹锦鸡》轴。

钟隐《牺子换鹅》长轴,宋类页也有,重复了。

阮知诲《招鹤图》轴。

胡擢《白头富贵》轴,宋页是画笔。

陶守立①《天孙巧织图》卷。

顾宏中②《演狩图》,秘籍之宝轴。

厉归真③道士《秋岩渔隐图》中堂,陈邃学此。

李升④《春游图》,款好,四川亦称小李将军,希世之宝,中堂。李升此幅足称"北源山樵鼻祖",而似王维也。

黄荃《花世》卷,精品。《叙禽图》,真精新,二太史题,铭心之物,墨宝,宣怀题签。二月五日。152 件。

卫贤《出狩图》轴,很长条,可于{与}宋蒋长源《风雪访贤》成对。北京有幅山水。

五代

关仝《山水小中堂》,杜措尺幅活度相仿,短一点,笔力更大,款旧而真,

---

① 陶守立,五代南唐池阳(今安徽贵池)人。善画佛像鬼神,庭院殿阁,兼长车马。

② 顾闳中(910～980),五代南唐北海(今山东潍坊)人。曾任南唐画院待诏,用笔圆劲,间以方笔转折,设色秾丽,擅描摹人物神情意态,与周文矩齐名。

③ 厉归真,五代梁道士。自幼酷爱绘画,善于画牛和虎,也兼画禽鸟花卉。

④ 李升,小字锦奴,五代前蜀成都人。工画蜀川山水、人物,自成一家,兼得李思训笔,清丽过人,衬金着色似李昭道。蜀人亦称其为"小李将军"。

铭心绝品，气韵绝佳，墨宝，天籁阁[①]章。

曹仲元[②]《钟馗歌宴图》轴，神品。

荆浩[③]《楼阁丹枫图》轴，铭心杰品。款行书又好又旧，无藏章，希望和关配一对，是最好的东西。

孔嵩《红荷白露图》，比白旻好，铭心绝品，款很好。有两个蜜蜂。

黄惟亮[④]《秋虫图》，荃弟弟，神品。

王齐瀚《沧江鱼笛图》，铭心绝品，款甚好，字亦真，画甚好甚好。

荆浩然大字，款在左角上。《粗罗绢山楼云起图》大长轴，神品。（申）。

荆浩然《青绿纪游天台山》，大册六开，神品，铭心之物，款篆同。另见过大立轴手卷，比关仝更有力而笔笔中峰。

杜措《剑阁凌云图》轴，比靖基[收藏]的山樵更好。有如巨然之师。类似关仝苦工廿年，日夜不舍，因而力能扛鼎，白云可爱。

常[州]存《春姿图》，青绿桃花开，条幅，神品。

韩求[⑤]《童子观音》，式色布局，虽古如新。中和元年，将已唐末时矣，距亡唐，只有廿多年矣。此帧是唐时的，（申）《三星图》亦甚好。

五代（二）

刘赞[⑥]《人物走兽花鸟》，其中荷花、犬、鹿、花、鸟都很好，虎不佳，其余皆神品，八开。

宋艺[⑦]《货郎担》甚好，神品，立轴。

和唐彭坚、宋张森《古士女》为三代精品。

---

① 天籁阁，明朝秀水（今浙江嘉兴）项元汴藏图籍书画阁名。所藏法书、名画、金石、图书极富，明亡，尽散轶。

② 曹仲元，一作仲玄，建康丰城（今江西丰城）人。五代南唐画家。任翰林待诏，工佛道鬼神。初学吴道子画法，后改成细密画法，自成一格。

③ 荆浩（约 850～911），字浩然，号洪谷子，河内沁水（一说河南济源人，一说山西沁水县人），唐末五代时期著名画家，北方山水画派之祖。常携笔摹写山中古松。所作云中山顶，能画出四面峰峦雄伟气势。

④ 黄惟亮，黄筌弟，后蜀北宋初年人。花鸟画学黄筌，后蜀时供职翰林图画院，擅名一时，归北宋后，为画院翰林待诏。

⑤ 韩求，晚唐工匠画家，工画佛神尊像，与李祝齐名，世称“韩李”。

⑥ 刘赞，五代蜀人，工画花鸟、人物及龙水。

⑦ 宋艺，五代后蜀宫廷画家，善写真。

郭权①《杏花春禽图》,灰色露司,铭心品,申。

滕昌佑②《富贵锦鸡》大中堂,绿叶甚满泛而活泼,鸡好。善书,喜写大字,当时人云:滕书。

徐德昌③《乾坤一担图》,大中堂,奇珍鸟、儿童、玩件、古懂、担子、大人、小儿都好。200。

周文矩④为《璇玑图》绘具《礼迎妻图》,即《晋窦滔迎苏蕙若兰图》,夫妇相见,妙品。

史琼⑤《虫秋山云起图》卷,嫌太黑些,愚斋目为枕宝。

徐熙《双鹅绿竹》,有大竹梗,8 尺中堂,墨宝可与镜塘雪竹并驾,花卉均佳,要重裱。

金人李澥⑥四幅屏条。青绿如米家法,《云山图》足得老米外甥⑦教学而来的画法,铭心绝品。

1959 年 12 月 4 日　加唐第二部:

殷仲容《芦鹰图》,2 只芦花、叶气运韵甚好,4 尺中堂,评为墨宝。可和《春江暖鸭》配对。

麻居礼⑧《观云图》,六尺中堂,人物一望而知为唐画。青绿山石布局都好,铭心绝品。

尹继昭⑨《仙山楼阁图》,横幅 8 尺阔。禹之鼎⑩藏物,神品。

---

① 郭权,五代南唐江南人。师钟隐,工花鸟。

② 滕昌佑,字胜华,唐末五代吴郡(今江苏苏州)人。唐末入蜀,一生不婚不仕,善画花鸟、蝉蝶,尤长于画鹅。常在宅内布置山石、花木,以资观察体会。用笔点写,称为“点画”。亦工书法。

③ 徐德昌,后蜀成都人,任画院祗候,工画鬼神、人马、鹰犬、婴孩。

④ 周文矩,五代南唐建康句容(今江苏句容)人。工画佛道人物、车马、屋木、山水,尤精于仕女,也是出色的肖像画家。

⑤ 史琼,五代人,善画雉、兔、竹、石,有雪景雉兔、野雉等图传世。

⑥ 李澥,字公渡,号云峰居士,金朝相州(今河南安阳)人。工诗及字画,善画山水。

⑦ 老米外甥,即王庭筠(1151～1202),字子端,号黄华山主、黄华老人、黄华老子,别号雪溪,米芾外甥,渤海人。金代大定十六年(1176)进士,历官州县,官至翰林修撰。书学米芾,几可乱真。多才多艺,精书法,学米芾,擅长画山水、古木、竹石,尤以墨竹出名。

⑧ 麻居礼,唐代蜀州(今四川崇州)人。擅画佛像,墨迹遍达川中资阳、简阳等主要道观及寺庙。

⑨ 尹继昭,晚唐时期长安(今陕西西安)人。工画人物、台阁,尤长界面,所绘“千栋万柱,曲折广狭之制,皆有次第”。界面自隋代郑法士先树其范,至继昭出,原依附于人物画与山水画两者间的宫室画,始形成独立画种,有“冠绝当世”之誉。

⑩ 禹之鼎(1647～1716),字尚吉,一字尚基,一作尚稽,号慎斋。清代江苏兴化人,后寄籍江都。擅山水、人物、花鸟、走兽,尤精肖像。

宋刘文惠[①]《锦鸡牡丹》，酷似南田立轴，[19]60年十一月。

朱抱一[②]《文姬归汉》白描卷。

吴侁[③]《秋溪泛楫图》立轴，甚好甚好。

1957年10月17日　观马远、夏圭[④]、李唐叁幅大中堂，李唐《枫江渔乐图》最大，八尺，款皆旧而真。李唐，字如李成，平时所见，不对了。陆瑾[⑤]，宋人，8尺《青绿中堂泰岱观日》，太好了，款亦真，这四轴大幅，向不重视。今视，皆铭心绝品，因喜青绿，重视颜色好。而马、夏、李三画皆嫌旧黑墨笔，故而未加重视。近始知此种笔墨，才是真正显得出的好坏画也。

袁嶬《巨鲤扬鬣图》，铭心神品，本堂鱼中头目，宝藏之。

唐边鸾[⑥]《梅茶水仙锦鸡》，双鸟十足，雪景花园景像，绝品，是最好的花鸟画，雪也生动了，铭心神品，两年始知。

置有书画，好的古的真迹，万万不必单方面认为好货，送赠亲友，因识者不多。如我将老米长幅山水真迹，拟送政府。经周士观[⑦]、陈半丁[⑧]等皆云：赝品。带回。再与《故宫书画集》核对款题，真之至，画亦甚好。度其绢本很粗，普通画史无此笔力。大意一看，即云：赝品。难怪他们，这种希有之品，何曾见过若干也。1960年6月对证古本，注此。

1957年1月12日　第一次在书画[笔记]每朝代末了，注明几笔。连册页一本，笔一件，连对在内，共计164件。玻利{璃}中，尚有未用者，共计作40件，则总共已有二百件以上。册页顶多的一本，内有十六张，也作一件计

---

① 刘文惠，北宋画家，善画花鸟，翎毛花竹。

② 朱抱一，唐开元年直集贤院，善写貌。

③ 吴侁，工画，善山水，唐时作《泉石平远》《溪友钓徒》，皆有幽致。

④ 夏圭，字禹玉，南宋临安（今浙江杭州）人。画院待诏，早年画人物，后来以山水著称。山水画师法李唐，又吸收范宽、米芾、米友仁等人的长处而形成风格。喜用秃笔，笔墨老辣苍劲，将水墨技法提高到了“淋漓苍劲，墨气袭人”的效果。

⑤ 陆瑾，北宋江南人。善画山水风物，铺张点缀，历历可观。

⑥ 边鸾，又作边蛮，唐代京都长安（今陕西西安）人。曾奉诏在玄武殿画孔雀，名噪一时。最长于花鸟，折枝草木，亦精蜂蝶之妙未之有。下笔轻利，用色鲜明，穷羽毛之变态，夺花卉之芳妍，在花鸟画独立成科的过程中起到重要作用。元汤垕《画鉴》言：“唐人花鸟，边蛮最为驰誉。”

⑦ 周士观（1893～1984），福建福州人。曾任国民政府卫生部科长、青岛市卫生局局长、国民参政会参政员。参加中国民主建国会，任常委、副主任委员、副主席等。精于画艺，花卉则施色鲜艳，意境澹远。1948年曾举行兄弟姐妹姑侄画展于上海湖社。

⑧ 陈半丁（1876～1970），别名陈年，字静山，号半丁，浙江绍兴人。擅花卉、山水，兼及书法、篆刻，以花鸟、山水画最为著名，曾为中央文史馆馆员、中国美术家协会理事、北京画院副院长、中国画研究会会长。

数的。

不要忘记石恪[①],刘{宁}海项氏收藏,钱谦益[②]题,确是真迹。惜绢本太乏了,但画意全在,精神如新,宜保之。1957 年 9 月 2 日,换包。首连此共有三帧,即布袋和尚和背形佛。

大成股息一季度,大户未取,小户人数占 80%,以钱数占 30%以上。鞠秀[③]因铁民[④]要过户和代付股息,因而在[19]58 年付取一季公债,有 1 万多元。

我是 1941 年开始在沪买书画,跑展览会,认识钱镜塘,[19]48 年在香港再买画,[19]44 年至重庆买画,1950 年由港回沪大买,到后来要购古画,明清不多买了。

花卉类:

五代孔嵩《红荷白露》,荷花中妙品。

宋赵子固花卉册页和手卷。

成对:宋艾宣《红婴{鹦}武{鹉}月季花卉》长轴;宋赵公震[⑤],[字]士雷,《芙蓉蓝蝶》长轴。款好画好,和蒋长源、钟隐,合春夏秋冬一堂屏条,款好,画好。

成对:唐梁洽《群仙祝寿》,宋牛戬[⑥]《寒香锦鸡》,款好。

五代梅思行[⑦]《牡丹锦鸡》和胡擢成对。

五代黄荃《花卉》卷,神品。

宋乐士宣《棠上白头》和陈仲仁成对。

五代胡擢《富贵白头》,和梅行思成对,款好。

---

① 石恪,字子专,后蜀宋初成都郫县(今四川郫县)人。曾为相国寺作壁画,授画院职,不就。工画佛道人物,形象简括夸张,笔墨纵逸刚劲,开南宋梁楷减笔人物的先声。好作故事画,对豪门权贵多所讥讽。

② 钱谦益(1582～1664),字受之,号牧斋,晚号蒙叟,东涧老人,苏州府长洲(今江苏常熟)人。万历三十八年(1610)进士,官礼部侍郎,明史副总纂。诗文皆工,为一时文宗。

③ 鞠秀,即刘国钧之妻鞠秀英,江苏靖江人,又称作刘鞠秀。

④ 铁民,应为徐铁民。徐铁民,大成纺织染公司股东,后任常州市工商业联合会副主任委员。

⑤ 赵公震,名士雷,北宋宗室。善画,所绘溪塘飞鸟,有诗人风致。能作山水、花竹、人物,清雅可爱。

⑥ 牛戬,字受禧,北宋河内(今河南沁阳)人。道士,尤好画,师刘永年,柘棘笔墨豪放,所长者破毛之禽,与寒雉、野鸭。

⑦ 梅思行,五代南唐江南人,工画斗鸡。

宋王晓《秋竹菊平安》，有花卉卷。

元钱舜举《花篮》两只。

元陈仲仁《纸本富贵白头》，和乐士宣成对。

宋高怀宝《绿竹双鸡》，四世工画。

宋林椿①《桃花山鸟》卷。

[笔记本]1962年7月21日常州购进1元八角。

普通一班书画家不一定是赏鉴家，而所为收藏家者更不一定是赏鉴家。不但此也，于{与}此复足以证明一班。所谓考古家更不能于{与}鉴赏家混为一谈也。

上海地皮大王程霖生②以一万元买大千中堂，长2丈4尺，张大千画的。

古人所谓“荆山之姿，非卞氏三献莫辨其为宝，骥北之骏非伯乐一顾，不知其为良。古今多美玉良马，而卞氏伯乐不出世，未尝不叹识者之，难也”。皆因射利之徒，竞相模仿，致使真赝混淆，纷然莫辨。嗜古者无取证，乃一凭印章和题识，不知元之李文简③见文湖州墨竹十余本，皆大书题识，无一真迹。董其昌矜慎其画，请乞者多请人应之。僮奴以赝相易，亦欣然题署，然则题跋真，以字掩画，每以画真题假，以画掩字。

苏州在乾隆时有张高房山《春云晓霭图》，王月轩④以四百金得之，交有裱工张姓者造假两张。以十金请翟云屏⑤临模两幅，用侧里纸再浸、再贴，每日多次，三月告成。一张八百金，一张五百金，共获利千金以上。今其真本仍在吴门。

---

① 林椿，南宋钱塘（今浙江杭州）人。孝宗淳熙年间曾为画院待诏。绘画师法赵昌，工画花鸟、草虫、果品，设色轻淡，笔法精工，设色妍美，善于体现自然的形态，所绘小品为多，当时赞为“极写生之妙，莺飞欲起，宛然欲活”。

② 程霖生（1885～1943），名源铨，安徽歙县人。因上海地价猛涨，收进房租日多，被称为上海“地皮大王”。嗜好古铜器和古书画，收藏石涛、八大山人及新安诸家，特别是石涛作品。

③ 李文简，即李衎（1245～1320），字仲宾，号息斋，蓟丘（今北京）人。谥号文简。曾任江浙行省左右司员外郎，改江淮省，后召入京城，任都功德使司经历。以礼部侍郎一职出使安南，回京授嘉兴路同知，迁婺州路，擢为常州路总管。后升任吏部尚书，超拜集贤大学士。为元代画家中官职最高的，曾奉诏画宫殿、寺院之壁。专工写竹，既擅长墨竹，亦能画青绿设色竹。起初学金代王庭筠，后效法北宋文同与南唐李颇。且注重写实，深入南方竹乡，观察各类竹子色彩形态。

④ 王月轩，生活于清乾隆时期，吴县（今江苏苏州）人，收藏家。

⑤ 翟云屏，名大坤，字子厦，号云屏，清朝嘉兴人，晚年病居吴门，擅长山水画。

香港朱省斋[1]编辑《中国书画》第一集1961年七月创刊。

奇特绘画:韩干、褚遂良、王安石、崔白、松雪等。

黄齐,字思贤,《风雨归舟》,四宝之一。

贯休和尚[2]《画罗汉》,翁方纲题,甚好。

[19]64年在常听老画家说,中国好手名家如下,看过的。

顾陆[3]《山水人物》,康昕《太少狮》。

唐程修己[4]《春江暖鸭》,吴道子《观音罗汉》。

张宣卷子、册页讲经,孙位中堂立轴,见过。

张昉《卷子人物》。

郭熙四卷不同。

长公三竹,不同。有端方[5]、翁方纲题、粗杆梅道人[6]题。

长公书大字轴,好。

宋徽宗《三星方书》轴。宋徽宗《白英{鹰}》,吴郑题。宋徽宗,何权[7]题,宰相。

宋徽宗四子[8]《黑英{鹰}》。

---

① 朱省斋(1901～1970),原名朱朴,字朴之,号朴园,江苏无锡人。曾在上海创办《古今》杂志,刊登人物故实、民情风俗和文献钩沉。喜好鉴藏书画撰写赏鉴文章,与吴湖帆、张大千、叶恭绰等均交游。在香港编辑《中国书画》杂志。

② 贯休(832～912),俗姓姜,字德隐,婺州兰溪(今浙江兰溪)人,唐末五代时期前蜀画僧、诗僧。

③ 顾陆,即东晋画家顾恺之和南朝陆探微。顾恺之(348～409),字长康,小字虎头,晋陵无锡(今江苏无锡)人。东晋杰出画家、绘画理论家、诗人。在东晋义熙初年任通直散骑常侍,博学多能,工诗善书善画。绘画师从卫协,擅作佛像、人物、山水、走兽、禽鸟,尤善点睛。笔法如春蚕吐丝,初见甚平易,细看则六法兼备;设色以浓彩微加点缀,不晕饰,运思精微。代表作有《女史箴图》《洛神赋图》等。

④ 程修己(805～863),字景立,冀州(今河北衡水)人。曾任集贤殿直院官、翰林待诏,任宫廷画家近四十年。擅画,精于山水、竹石、花鸟、人物等。

⑤ 端方(1861～1911),字午桥,号陶斋,清末大臣,金石学家。满洲正白旗人,官至直隶总督、北洋大臣。喜收藏,藏书颇丰,藏书处曰"宝华庵""陶斋",藏书印"乐道主人真赏""端方藏记"等。

⑥ 梅道人,即童钰(1721～1782),字璞岩,一字树,又字二如、二树,别号借庵、二树山人、树道人、梅道人、梅痴、越树、栎树、树树居士、太平词客、白马山长,清代山阴(今浙江绍兴)人。善山水,以草隶法写兰、竹、木石皆工,尤善写梅,兼工草隶,爱蓄古铜印章,精篆刻。

⑦ 何权,即何执中(1044～1117),字伯通,宋处州龙泉(今浙江龙泉)人。熙宁六年(1073)进士,初任台州、亳州判官。徽宗时任中书舍人、工部尚书、吏部尚书兼侍读,与蔡京并相,迎合帝意,粉饰太平,故受宠信。

⑧ 应为赵楷(1101～1130),宋徽宗第三子,政和八年(1118)在科举考试中名列第一名状元,善画花鸟,深得宋徽宗宠爱。

宋复①《白英》小轴。贯休《洗象图》，大立轴。

柯九思 1 丈外横竹，柯九思小竹石轴，柯九思大笔立轴好。

张灵②，墨笔好，山水。张学曾③金笺山水。阎士安④《雨竹》，甚好。

《风雨归舟》泼绘画。陈所翁中堂、手卷、册页。王洽《泼墨山水》。谢章⑤《山水》，王叔明题。

燕肃⑥《黑枯树雪景》，甚好。

徐扬⑦，孟□君偃容。刁光胤《凤川牡丹》中堂、《缂丝祝寿堂》中堂。

王叔明，黄色大立[轴]。崔子忠⑧《双喜》立[轴]，顶顶好。

王叔明，水墨大立[轴]，

王叔明，《董题梧桐[轴]》。王叔明，小幅山水。

杨妹子⑨《立英{鹰}》小轴。和徽宗第四子相似。明人林良⑩、沈周，[所绘]大小英{鹰}亦好。

赵子固，《水仙》卷轴，甚好，荆浩罗纹粗绢山水轴，铭心宝物，另一在橱，一在皮箱内。

张僧繇，青绿没骨山水。

郭恕先，《雪景仙山楼阁》中堂。

李成《采芝图》、《古木寒林》中堂、《雪景读易图》。

荆关好画。

赵雪松，《红树青绿》字轴，《太华山水》中堂、《二马图》。

---

① 宋复，宋徽宗时人，擅花鸟画，“其画丰度意趣，有神游八极气象”。

② 张灵(？～1519)，字梦晋，明朝吴郡(今江苏苏州)人。祝允明弟子。工书法，善画，工人物，兼画山水、竹石、花鸟。

③ 张学曾，字尔唯，号约庵，明末清初山阴(今浙江绍兴)人。擅画山水，山水师董源，出入于宋元诸家。

④ 阎士安，宋朝医官，陈州(今河南淮阳)人，以善画墨竹闻名，兼通医学。

⑤ 谢章，南康建昌(今江西永修)人，南宋淳祐七年(1247)进士。因违抗贾似道而受到贬斥。

⑥ 燕肃(991～1040)，字穆之，北宋青州(今山东益都)人。工诗善画，善画山水，兼人物、牛马、松竹、翎毛。以诗人画，意境高雅。

⑦ 徐扬，字云亭，清朝苏州(今江苏苏州)人。宫廷画家。工绘事，擅长人物、界面，花鸟草虫，亦生动有致，尤长于以画叙事。代表画作《盛世滋生图》《乾隆南巡图》。

⑧ 崔子忠(1574～1644)，明画家，初名丹，字开予:改名子忠，字道母，号北海，青蚓(一作青引)。曾师从董其昌，善画人物、仕女，题材多佛画及传说故事，取法唐宋，颇具古意。他在当时与陈洪绶齐名，有“南陈北崔”之称。

⑨ 杨妹子，亦称杨娃。宋宁宗杨皇后之妹，一说为杨皇后本人，历来众说不一。世传其书法类似宁宗。

⑩ 林良，字以善，广州府南海(今广东佛山)人，明代著名画家。善画花果、翎毛，着色简淡，精巧有致。专注于水墨粗笔写意，以草书一般遒劲稳健而迅捷飞动的用笔作画，颇有笔力。

完颜亮①,绿牡丹,神品。

《范仲淹书札》,十二名臣题,书更重在人的品格。

荆浩,《天台石梁》,淡墨淡色手卷。希世宝物,注意勿失。

马麟《雪景梅花双鸟》,我最喜爱他。

一九六二年一月间到广州,三月五日从香港回,带回书画一百四十余幅。内有一幅在港,可卖四五万元。

黄向坚②《万里寻亲图》,拟送南京博物馆。另外运进肥田粉六百吨,分给靖江二百吨。

所见藏件记录如下:

常州人画件和各朝书画:

恽寿平:《玉棠富贵》立轴,精品。《桃花山鸟墨笔》,神品。《秋艳图芙蓉花》,神品,三件均在库中。

吴墨井③:《湖山秋晓图》,细笔小卷山水。可随身带他,出门清玩神品。永为枕宝,在库内。

吴墨井,《仿山樵山水》,有吴昌硕等题,真迹神品,在库中。吴画中好者立轴,从镜框中取出,重裱过,设色的。

吴墨井,留为清玩,《湖湾沉舟运图山水》轴,可配文,加清绿,在楼上。

吴墨井,墨笔山水,《仿山樵青卞图》轴,吴昌硕④、何诗孙⑤题。精品,真迹,神品,在楼上。

吴墨井,《没骨设色山水》卷,在申,好书,真迹精品。另有册页裱轴一帧,在常。

吴墨井,《墨笔仿山水》,要重裱,精品手卷,在楼上。

---

① 完颜亮(1122～1161),字符功,本名完颜迪古乃,会宁府会宁县(今黑龙江哈尔滨)人。金朝第四位皇帝、文学家。善画竹。

② 黄向坚(1609～1673),明末清初画家,字端木,号存庵、万里归人。善画山水,师法王蒙,有黄公望笔意。善用干笔,构境奇险,拓落苍秀,层次丰富,气势雄浑。明末其父官云南姚州,兵阻不得归,逾两年迎父归,因而有手绘所历滇中山水《寻亲图》多种。

③ 吴墨井,名历,号渔山,明末清初常熟人,天主教徒。善行书,少时从王鉴、王时敏学画,擅长画山水,丘壑层次丰富,笔墨苍劲。花卉似华秋岩,画法布景受西洋画影响。

④ 吴昌硕(1844～1927),初名俊,字昌硕,又署仓石,浙江孝丰人。近代著名国画家、书法家、篆刻家,西泠印社首任社长,与任伯年、蒲华、虚谷合称"海派四大家"。擅写意花卉,尤长梅兰菊荷。

⑤ 何诗孙,晚号盘止,又号秋华居士,湖南道县人。娄东画派代表人物,工山水。

王时敏《仿大痴浅降{绛}山》大立轴，可当大痴真迹宝藏。

王廉州①《仿王叔明设色山水》立轴，甚好，神品。

王石谷②《仿李营丘雪景》立轴，精品。

王麓台③《仿大痴浅降{绛}山水》立轴，精品。

唐六如《林和靖爱梅图》轴，沈德潜④等题。

沈石田《仿王右军雪景》，最精品，永为枕宝。

文征明《仿宋雪景》，细笔，长卷，最精品，永为枕宝。

以上均在库中。

仇十洲《绘郭汾阳寿考图》卷，文三桥题。在库中。

1. 另见陶渊明⑤《归去来辞》，文征明书，仇英绘图，青绿山水树木，神品。

2.《雅集图》中堂，青绿山水，神品。

3.《吹肖{箫}引凤图》，立轴，真迹，神品。

4. 上海，墨笔人物立轴，真精新。《松溪纳凉图》，白描，好画。

5.《浴婴图》卷，青绿布景甚好，最精品。

6.《白描文妃归汉》卷，神品。

7.《桃花园图》，文征明书《桃花园记》。

8.《独乐图》大立轴，铭心绝品。

---

① 王廉州，即王鉴(1598～1677)，字玄照，后改字园照，元照，号湘碧，又号香庵主，仕至廉州太守，故称“王廉州”，明末清初江苏太仓人。擅山水画，尤其青绿设色山水画，摹古工力很深，笔法非凡。与王时敏、王翚、王原祁、恽寿平、吴历齐名，并称“四王吴恽”或“清初六家”。

② 王石谷，即王翚(1632～1717)，字石谷，号耕烟散人、剑门樵客、乌目山人、清晖老人等，清苏州府长洲(今江苏苏州)人。师从王时敏、王鉴学画，擅山水画，所画山水融会南北诸家之长，创立了所谓“南宗笔墨、北宗丘壑”的新面貌，被称为“清初画圣”。与王时敏、王鉴、王原祁，合称山水画家“四王”。

③ 王麓台，即王原祁(1642～1715)，字茂京，号麓台，一号石师道人，王时敏之孙，清苏州府太仓(今江苏太仓)人。康熙九年(1670)进士，曾任顺天乡试同考官，后任直隶顺德府知县，擢侍讲学士，转侍读学士，入职南书房。以画供奉内廷，鉴定古今名画。主持绘《万寿盛典图》为康熙帝祝寿。绘画受元代黄公望影响，又承董其昌及王时敏之学，作画喜用干笔，先用笔，后用墨，由淡向浓反复晕染，由疏向密，反复皴擦，干湿并用，受清最高统治者之宠。与王时敏、王鉴和王翚合称“四王”。

④ 沈德潜(1673～1769)，字碻士，号归愚，清苏州府长洲(今江苏苏州)人。以六十七岁高龄得中进士，授翰林院编修，乾隆帝喜其诗才，称其“江南老名士”。历任侍读、内阁学士、上书房行走、礼部尚书等职。作为叶燮门人，沈德潜论诗主“格调”，提倡温柔敦厚之诗教。其诗多歌功颂德之作，但少数篇章对民间疾苦有所反映。

⑤ 陶渊明(约 365～427)，名潜，字符亮，别号五柳先生，私谥靖节，世称靖节先生。浔阳柴桑(今江西九江)人，一作宜丰人。东晋末到刘宋初杰出的诗人、辞赋家、散文家。

9. 在宁,《青绿山水》中堂,神品。

10.《青绿煮茶山水》大立轴,真迹,在申。虽填过颜色,甚好。

约有两帧,一有文题,有一帧在申。文嘉题雪景,此帧待考。

11.《剑阁图》在常,大立轴。

12.《品古图》,文征明题,立轴。另一帧在常,征明长题,精品。

13.《仙山楼阁图》,青绿,成扇。

14.《松阴静座图》,成扇。在宁,成扇。

15.《雅集图》,青绿山水,八尺大中堂,在常。大轴中最好者,人物太好了。

16.《仿赵千里青绿山水》卷,在申。最好的神品,足可乱真也。

17.《清音山水》卷,庞莱臣长题。沈觐冕[1]题签。[购]600[元]。

18.《铜雀曲本事图》,奇特长条幅。

19.《石上题诗》,青绿,成扇。

20.《仿赵千里》,青绿,成扇。

21.《云路仙风》,青绿,成扇。

22.《琼楼玉宇》,青绿,成扇。

[仇十洲画]在申,成扇。

23.《青绿楼台》,真精新,扇面。

24.《雅集图》,扇面,神品,1张。

25.《春林图》,山水桥上有人马,大立轴,文征明题,真神品也。

26.《王马图》,扇面,在常。

丁云鹏[2]《仿米小幅山水》,董其昌题,神品,在库中,可带出清玩。董其昌、文大史题,在申。

---

① 沈觐冕(1887～1945),字冠生,号观心,福建侯官(今福建福州)人。曾任民国海军总司令部秘书长等职。工书,擅长草书,笔墨沉着,线条流畅。

② 丁云鹏(1547～1628),字南羽,号圣华居士,安徽休宁(今安徽安庆)人。擅白描人物、山水、佛像,无不精妙。早年人物画工整秀雅,晚期趋于沉着古朴,能于丝发眉目之间,将人物神韵充分显现。

郎世宁①,意大利人,《八骏图》立轴,铭心绝品,在库中。

八大山人②,细笔山水,希有神品。朱耷,字答。中最好,最精神品,留为清玩,勿失,在库中。

李在③《山水》立轴,完全宋元笔墨,和戴进同驾神品。

郎世宁:

可与下列归俞和合同挂一室。

1.《和合二仙松树》中堂,最精品,永为枕宝,在楼阁上。

2.《八骏图》六尺中堂,在申。好画,真迹无疑。

3.《鸵鸟人物》,大立轴。

4.《铜孔雀》,大立轴。班锦鸟,园{圆}明园图,两个孔雀。

5.《二桥》,长立轴。

6.《常双马》,立轴,平平。

7. 人物恭笔加冠,镜框内。

8.《八骏》立轴,真精彩,在库内。

9.《湖天饮马图》立轴,五只马精品,在申,最好之一。

归允肃④,[号]惺崖。《和合二仙》,有画卷气,设色有布景,甚好,有长题,常熟人,康熙状元,孤本,铭心绝品。

俞少兰⑤画史,"欢天喜地,虎啸龙吟",嘉庆时人,和合立轴。

另有手卷一支,香港拿回。山水人物,楼台颜色,特异好画。画名《江南

---

① 郎世宁(1688～1766),原名 Giuseppe Castiglione,天主教耶稣会修士、画家,意大利米兰人。清康熙五十四年(1715)来中国传教,随即入皇宫任宫廷画家,历经康熙、雍正、乾隆三朝,在中国从事绘画 50 多年,并参加了圆明园西洋楼的设计工作,为清代宫廷十大画家之一。擅绘骏马、人物肖像、花卉走兽,风格强调将西方绘画手法与传统中国笔墨相融合,影响了康熙之后的清代宫廷绘画和审美趣味。

② 朱耷(1626～约 1705),原名朱统,字刃庵,号八大山人、雪个、个山、人屋、道朗等,朱元璋之子朱权九世孙,明亡后削发为僧,后改信道教,江西南昌人。擅书画,早年书法取法黄庭坚,画山水和花鸟以水墨写意为主,形象夸张奇特,笔墨凝练沉毅。绘画以大笔水墨写意著称,并擅于泼墨,尤以花鸟画称美于世。在创作上,取法自然,笔墨简练,大气磅礴,独具新意,创造了高旷纵横的风格。

③ 李在(?～1431),字以政,讳春谷,号龙波居士,福建莆田人。宫廷画院待诏,工山水画,细润处近似郭熙,豪放处似马远、夏圭。

④ 归允肃(1642～1689),字孝仪,号惺厓,苏州府长洲(今江苏常熟)人。康熙十八年(1679)状元,翰林院编修、顺天乡试主考官、侍读学士、少詹事。善楷书,工诗文,简质厚重,著有《归宫詹集》。

⑤ 俞少兰,即喻兰(1742～1809),字韵斋,号少兰,另号西清画史,清代桐庐高翔人,参加朝廷考选画师,得第二名录取,选入内廷,任画苑奉职。擅画人物、仕女,画楼台殿阁,参照西洋手法,信手画来,惟妙惟肖。

春色》卷，赠宫维桢部长。

晋朝

顾恺之，《江山春回图》卷，真迹，世上第一设色山水。《探梅图》在搁上，五尺中堂，真迹，无款，无价之宝。

陆探微，绢本山水荷花池柳等树均好，希有奇珍，永留清玩，画名《荆溪清夏图》，多一笔画。

隋朝

何稠字桂林，《停琴论古图》，误列宋朝。

展子虔《游春图》大卷，千余年煊赫伟构，藏了五世以上，不知有此神品，永为枕宝。另见过六尺大中堂，《觐见图》。六朝人。

张僧繇《楼殿白云图》大立轴，印金壁{碧}楼台，在楼上。

张僧繇《没骨青绿山水》小立轴，装日制南{楠}木合，在库中。

张僧繇《清泉山》，云山、宝塔甚古，手卷。五千两纹银，在七八十年以前购进的，无价之宝，在南京见过。

唐朝

张萱，《宫苑图》卷，光绪时两万银元，现值五万元，丝织品，工竹人物布景都好，铭心绝品，另有一张讲经册页，甚好甚好。

李昭道《上林图》卷，希世奇珍，司马相如上林赋唐画中最好的大卷，天下第一墨宝。司马相如，四川人，同卓文君卖酒，后得岳家财，为富。

杨升，《春山云起图》卷，天下第一功笔，吴宽题，细秀研雅，神品，别一卷，存楼上，《粗笔春游图》，卞文愉[1]题。同为神品，款亦同。

吴道子，磁清绢本大士大立轴，另外《青山白云楼台仙居图》，六尺中堂更好，张大风写《心经》，铭心绝品，永为枕宝。

---

① 卞文瑜(约 1576～1655)，字润甫，号浮白、萝庵，明代苏州人。以擅画山水著称于世，早年和中年的山水画受赵左影响较深，承袭吴门遗风；同时又从董其昌讲求笔法，将董以笔墨气势取胜的特点与吴门强调诗意的结构布局相结合，形成了其特有的绘画风格。晚年的山水画开始摆脱赵左的影响，而上追宋元诸家。这一变革主要是受王时敏、王鉴的影响。他晚年的画作多题临仿古人之名，且多是小景山水。

吴道子,《十八应真者》长卷,高士奇题,无价之宝。

吴道子,《补衮图》,设色立轴,在宁。

吴道子,《双柏高士图》立轴,在宁。

吴道子,《蓬莱仙居》卷,有渭仁题,在宁。徐渭仁[①]大收藏家,能画,上海首富,刘百川小刀会军师。

唐朝

曹元廓[②]《早朝图》,奇异神品,汉族,很雅观。

王宰《溪桥携琴图》,真迹神品轴,青绿山水。

《溪山读书图》,在上海。在常州,即以上青绿山水两帧,皆神品。有时与巨然条轴和北苑《芦屋清夏图》对比,为三杰神品。

张赞[③]《画活佛像》小轴,神品,呼之欲出,像活神仙。

李思训[④],《阿房宫》小轴,希世奇琴、柳之功细、宫殿之佳、白云青山之妙,无与比较,人物甚好,永为枕宝。

李思训,《彭国公写春游图》卷中,有卅多只马,人物又多。唐画中最好者,要重裱,千两黄金不易之品,在常见过。

而李昭道的《秋岩森翠》长卷,有徽宗题,证为宋内府藏物,有褚德彝。武进庄氏藏。

[以]李昭道册页裱的小轴,金璧{碧}青山,无上神品,小轴,在常,甚好。

李昭道,《春山仙馆图》,功笔活泼,要重裱,真迹在宁,卷一支。

李昭道,见过《上林图》。

李昭道,《秋岩森翠》,松叶甚细,恭笔有挺劲,台阁、山石、桥、人都好。

---

① 徐渭仁(? ~1853),字文台,号紫珊、随轩,上海人。善绘山水及兰竹,篆隶行草书法皆有功力。金石收藏较丰,精金石鉴定。

② 曹元廓,唐朝画家,擅画骑猎、人马、山水,师法阎立本。武则天朝,官至左尚方令,武氏命元廓画本州岛山川、物产于鼎上,人皆称许。

③ 张赞,唐朝河阳人,壁画家,工画佛道人物。

④ 李思训(653~716),字建睍,一作建景。陇西狄道(今甘肃临洮)人。唐朝宗室。善画山水、楼阁、佛道、花木、鸟兽,尤以山水青绿技法的金碧山水著称。师法隋代画家展子虔青绿山水画风。结合神仙题材,创造出一种理想的山水画境界。

南唐后主李煜[①]《秋艳鸳鸯》立轴,希世剧品。

南唐董北苑,《溪山烟雨图》卷,希世,神品。墨苑师范,董其昌、项墨林等题,无价之宝。

阎立本册页,《出狩图》小轴,裱。希世奇珍,永为枕宝。

杨廷{庭}光,《湖山春晓图》卷,上海有 4 尺《吹肖{箫}仙女》立轴,皆铭心绝品。有宣和印章,郭文焯[②]题。

南唐顾德谦《山水》卷深,最好者,墨宝也。

唐朝

孙位《击罄{磬}图》[③]立轴,真迹神品。

孙位《林泉雅集图》卷,无上神品。

孙位《祝寿图》,人物颇好,精品。被陈氏填得红色,太新了。

程修卫《春江暖阳》立轴,静秀雅极之至,神品,永为枕宝。

荆浩,五代,《天台石梁图》卷,真迹神品。浅淡色,无上好画,一再复看。他说,吴道子山水有笔无墨,项容有墨无笔,他要兼二子之长,另成一家,果不虚也。此帧山石力大,树木尤佳,为范宽辈之祖师。

荆浩《山楼云起图》,丝熟罗本,极粗生丝织品。

书画都不易,另有《青绿华山册页》六张,在宁。红树、青山、楼台、房屋,纸本大立轴,在宁,洪谷子画为唐末之冠。

韩干《八骏图》卷、《三马图》卷。藏章高士奇、墨林、柯九思、内府印、望云草堂李鸿章[④]、王鸿绪等章。

南唐董北苑《平湖春钓图》卷,有唐白虎等题,无上神品,永为枕宝,赵子昂题。

南唐董北苑《松壑幽居图》,大点子,人物、松都好。镜塘肯定真迹,山水

① 李煜(937～978),籍贯徐州彭城县(今江苏徐州),生于江宁府(今江苏南京),原名从嘉,字重光,号钟山隐士、钟锋隐者、白莲居士、莲峰居士,五代南唐末代君主。精书法、工绘画、通音律,才华甚高,诗词皆有创作,词名最高。李煜较为重视南唐画院延揽画士,给画家授予官位,设置翰林待诏、翰林供奉、画学生等职。

② 郭文焯(1856～1918),字小坡,又字俊臣,号大鹤山人,高密郑玄后裔。长书画、篆刻,善填词。

③ 击磬图,磬一种乐器。

④ 李鸿章(1823～1901),本名章铜,字渐甫、子黻,号少荃(一作少泉),晚年自号仪叟,别号省心,安徽合肥人。望云草堂为李鸿章藏书和古书画藏书阁。

卷暗些,有宣和等印章,极苍浑高澹之致。有米友仁、蔡京题。笔墨与《茅屋清夏图》轴,异曲同工。

褚遂良《楷书》卷,李天贞[1]藏物,赵松雪临此书,在库中。天贞藏物是好字。另有哀词,普通写字卷,在宁,真迹墨宝。有模临王羲之《兰亭序》。

罗{卢}楞迦[2],《钟进[士]游戏图》立轴,趣极了。

贯休《罗汉像》,如活佛和雷公,翁方纲等题,人物中最好者,永为枕宝,希有珍品。

贯休《洗象图》,文珠洗象人物都活泼庄严,铭心之物,无价之宝。

张玫[3]《折桂图》,真迹神品,立轴。

李赞华《吟梅图》,雪景人物山树都佳,无上神品,东丹王投唐赐姓李,大立轴,另外见过贾似道藏《射雁图》,人马都好。

周文矩《瑶池品瑞图》,墨宝,人物仙女,神品,墨笔轴。

五代

黄要叔《叙禽图》,希世奇珍,永为枕宝卷。

宋朝

赵千里《开山图》卷,青绿人物山水,无上神品。

赵千里《汉宫图》卷,笔法如展子虔《汉宫朝鹨图》,无上神品,无价之宝,永为枕宝,另有两卷在楼上。

金人完颜亮,《天香图》立轴,绿色牡丹。做过金朝皇帝,与宋战死于异镇。画得厚重伟构,很好。我国敌人,今以画的美术论,确是神品。

岳飞书卷,墨宝,无上神品。

韩世忠,延安人,小兵出身。楷书卷《孔子世家赞》,墨宝,真迹神品。告老后,在西湖书。

---

① 李天贞,生平不详。

② 卢楞迦,唐末后蜀长安(今陕西西安)人,吴道子最出色的弟子,工人物山水,善画佛。

③ 张玫,五代后蜀成都人。授翰林待诏,赐紫金鱼袋。工人物,有超父之艺,尤精写貌及画妇人,铅华姿态,绰有余妍。

范文正公,信札二页,宝物,永为枕宝。

张即之《法书》,墨宝,真迹,无上神品。

李纲[1],法书墨宝,真迹,无上神品。福建邵武人,住无锡惠山,有李公祠,有《梁溪集》,文名甚大。钦宗时,打退过金兵。高宗时,为相七十天,宋朝贤相。后入库。

郭熙《溪山烟浮图》卷,神品。

林春{椿}《桃花山鸟图》卷,神品,真精新,铭心宝物。和徐崇嗣[2]花鸟异曲同工。

王晓《花卉草虫》,无上神品,善留宝玩。

朱熹,对联法书,一付,真迹神品,另有字轴。

宋朝书画

《大米四大条幅》,八尺,研究至再,确是真迹、且精,大观之物。

米南宫《兰亭序行书》卷,墨皇之一,永为枕宝。文三桥、项叔子、有赵子俊、吴宽、范允临[3]、郑元佑题。

米南宫,两大山水条幅,八尺长,书画合璧,真迹神品。另有绍兴时书,子友仁画题,第一[墨]皇。新进珂罗版,与友人书帖对比,真迹。

米敷文、"小米"友仁,《云山图》,山水图轴,无上神品。书不及父,画则过之。

米敷文,墨笔山水卷,寒壁山庄。刘容峰[4]藏物,真迹,即《溪山无尽图》,数视不若,印章有几十个。

文与可[5],《墨竹》卷,真迹神品,米万钟[6]题。

---

① 李纲(1083～1140),字伯纪,号梁溪先生,福建邵武人。政和二年(1112)进士,官至宰相。两宋之际抗金名臣。善诗词,风格沉雄劲健。

② 徐崇嗣,祖父徐熙,北宋画家。擅画草虫、禽鱼、蔬果、花木及蚕茧等。

③ 范允临(1558～1641),字长倩,号长白,南直隶苏州府吴县(今江苏苏州)人。万历二十三年(1595)中进士,初授南京兵部主事,改工部,历员外郎、郎中。后擢云南按察佥事,提调学政。后平定阿克叛乱。虽屡建功,遭人猜忌,难受重用。后归里。工书,善画山水,与董其昌齐名。

④ 刘蓉峰,即刘恕(1759～1816),字行之,号蓉峰、寒碧主人,清代吴县(今江苏苏州)人。与钱大昕订交四十年。喜收藏,书多善本,精于书画鉴定。

⑤ 文同(1018～1079),字与可,自号笑笑居士、笑笑先生、石室先生,世称文湖州。北宋梓州永泰县(今四川盐亭)人。皇佑元年(1049)进士。精书法,尤工画竹。

⑥ 米万钟(1570～1628),字仲诏,米芾后裔。擅行草书,与董其昌齐名。

刘松年,《十八学士》卷,真迹神品。

徐熙,北京,《百安图》,安仁,希世绝品轴,永为枕宝,另有短幅《荷花榴花》小立轴,在楼上。

刘松年,天保九如大卷,真迹神品。

刘松年,《七子过关图》卷,真迹,在楼上,尚未归入。

刘松年,《桃溪仙会图》,船上楼台等处、人物、树木、山水都好。松年画中,此为头目,在楼上,舟上一人向上仰望,甚好。

刘松年,《九老图》卷,在宁,要重裱。

徐崇嗣,《寒绿竹栖禽图》卷,真迹神品。和林春《桃花山鸟》异曲同工,墨宝之一。

王晋卿,[字]诜,《耆英会图》,淡雅可爱,真迹神品,高士奇题。

王晋卿,《红树青山》条轴,雅秀可珍,铭心绝品。

张敦礼,《盘谷图》,真迹神品,永为枕宝,千两黄金,不易之品。可与马和之、宋旡书画合璧成对。

有苏东坡《盘谷序》,赵子昂、王雅宜①等题,文征明、尚左生②题。苏张合作,天下最名贵书画之一,无价之宝。

张昉,字升卿。《官鉴图》长卷,真迹神品。

马和之③,《墉风图》卷,希世神品。另有册页,不及此卷。元徐宪题,宋旡④,举茂才推亲,老不就,著作甚多。计 6 张,皆静淡有神韵,宋画中少有杰物。

宋旡,元苏州人,在每张都长题书,褚字真楷,善书,铭心神物,永留清玩。和之、宋旡书画合璧,可与张敦礼、东坡《盘谷序》成对。

王山谷⑤,法书立轴,无上神品,永为枕宝,墨黑而浓厚力大。

---

① 王雅宜,即王宠(1494～1533),字履仁、履吉,号雅宜山人,吴县(江苏苏州)人。博学多才,工篆刻,善山水、花鸟。诗文声誉很高,尤以书名噪一时,书善小楷,行草尤为精妙。

② 尚左生,即高凤翰(1683～1749),字西园,号南村,自号南阜山人,山东胶州人。晚年因病,用左手作画,遂号尚左生、后尚左生、尚左、废道人。曾任安徽歙县县丞,去官后流寓扬州。擅画山水、花卉。其画具有宋人雄浑之神,元人静逸之气。

③ 马和之,活跃于南宋高宗时期。钱塘(今浙江杭州)人。擅画佛像、界画、山水,尤擅人物。

④ 宋旡(1260～1340),字晞颜,号翠寒到人,宋末元初长洲(今江苏苏州)人,尝举茂才,不就。善画墨梅。

⑤ 王山谷,即黄庭坚(1045～1105),字鲁直,号山谷道人,北宋洪州分宁(今江西修水)人,治平四年(1067)进士,官至鄂州知州。与苏轼齐名,并称“苏黄”。善行草书,工诗文。

宝觉和尚，大鸡一对，小鸡五只，立轴，无上神品。竹、菊、青山，可爱可爱！

何遇①《万梅书屋图》立轴，白云青山，妙品。

何稠，字桂林《停琴论古图》轴，人物比徽宗好，隋朝人。

崔子忠《双喜雀》，老少年飞舞活泼，好书。崔白胞弟。永留宝玩。

郝澄②《双马图》，宋徽宗题，神品，永为枕宝。

马远《古松蝙蝠图》，端方藏物，真迹，神品。

郭元方③《王堂富贵双鸟图》轴，真迹神品。

马和之进士，官至工部侍郎，诗经共毛诗 308 篇中画 300 篇诗画。我得六篇，其中每篇都有宋旡书的诗。宋旡善书，工于诗文。宋朝遗民，在元朝初，元贞第一个帝号时举茂才(即等于秀才)。借亲老不就。把爱国心情，借毛诗书在画篇，此卷可称马宋合璧墨宝。可与张敦礼画的《盘谷序》，东坡书《盘谷文》。似此，这两卷诗中有画，画中有诗，真墨宝也。

宋朝

易元吉《猿猴绿竹》，妙品，永为枕宝。

苏汉臣，《榴开多子》图，子昂题，神品。

梁师闵④，《平安鸳鸯图》轴，神品，[19]62 年八月再看，是好画。

赵子固《占春图》，天竹、水仙、月季花卉，无上神品。

赵子固《水仙花》，吴宽、魏之黄⑤、魏克⑥等题，墨皇，最有名的水仙神品，永留宝玩。

阎次平⑦《归牧图》小立轴，母子牛、牧童，神乎其神，妙品，永为枕宝。

阎次平，另一卷《涧曲农家四景》，皆曲尽农家，情致与上幅同等。

---

① 何遇，五代宋初河南长水人，一说江南人，善画宵室池阁，尤善树石山水，为时所称颂。

② 郝澄，字长源，北宋句容(今江苏句容)人，善作佛道人马。

③ 郭元方，字子正，宋朝京师(今河南开封)人，武将，善画草虫。

④ 梁师闵，一作士闵，字循德，京师(今河南开封市)人，生卒年不详。以资荫补缀右曹，长官左武大夫、忠州刺史、提点西京崇福宫。能诗，工画，长于花竹翎毛，兼作山水。

⑤ 魏之黄，即魏之璜，字考叔，明朝上元(今江苏南京)人。写山水不袭粉本，出以己意，岩壑林木，变化不穷。亦擅花卉及佛像，花卉淡墨写生，画佛施诸寺院。

⑥ 魏克，字和叔，即之璜弟，明朝上元(今江苏南京)人。以卖画糊口，画山水得兄法，笔墨甚肖，兼工花卉，写水仙尤妙。

⑦ 阎次平，南宋画家。隆兴初(约 1163 年)任画院祗候，授将仕郎。

杨妹子《立鹰图》，希世特品，徽宗阿姨①，妙品。

苏文忠公《墨竹》，翁方纲、李祁等题，无价之宝。另有妙高台册页和王晋卿合璧小轴。

蔡襄②书卷中，有东坡一方甚好的法书。

另见过《粗断竹》，梅道人题轴，反印大竹轴，宁见过。

另见过46岁绘墨竹，申见过的为轴。竹卷宁见过一支。

另见过大字轴，在宁看过一帧，楷书《盘谷序》卷，苏黄字卷一支。

赵光辅③《无量寿佛像》，神品。

高益④《勒马图》，努{驽}马一只，人物亦佳，神品，永留宝玩。

李成《松涧图条幅》，董其昌题，神品。另见南京纸本，《寒林飞瀑图》立轴。另见《采芝图》大立轴，文嘉⑤长题。

宋徽宗：

1. 《三星图》轴，真迹，神品。
2. 《书画合璧》卷，行书字、鸭子。在宁见过。
3. 《白英{鹰}》，何执中宰相题。章世保⑥得袁克文⑦赠物，在宁见过。
4. 《绿竹翠鸟花》卷，在宁见过。
5. 另一轴《白英{鹰}》吴宽等题，待考。
6. 斗方字轴一帧。

葛守昌⑧《平安双寿图》轴，神品。

---

① 此应为误作，杨妹子(1162～1232)与宋徽宗(1082～1135)相差80余年。

② 蔡襄(1012～1067)，字君谟。福建仙游(今福建仙游)人。天圣九年(1031)进士，官至翰林院学士、端明殿学士、杭州知州等职。以书法闻名于世，尤善楷行草，名列“宋四家”。

③ 赵光辅，北宋耀州华原(今陕西耀县)人，五代南唐时布衣，北宋初为图画院学生。长于佛画及人物蕃马。笔锋劲利。

④ 高益，宋代涿郡(今河北涿县)人。工画道释鬼神、人物和马，用墨重，变通随时。

⑤ 文嘉(1501～1583)，字休承，号文水，南直隶苏州府长洲(今江苏苏州)人。大书画家文徵明次子。吴门派代表画家。能诗，工书，小楷清劲，亦善行书。精于鉴别古书画，工石刻，为明一代之冠。画得征明一体，善画山水，笔法清脆，颇近倪瓒，着色山水具幽澹之致，间仿王蒙皴染，亦颇秀润，兼作花卉。

⑥ 章世保，即章士保(1909～1987)，江西进贤人，彩瓷名家，擅粉彩花鸟，尤精墨彩花卉。

⑦ 袁克文(1890～1931)，字豹岑，号寒云，学名继前，乳名昭儿，袁世凯次子，河南项城人。长于诗文，工于书法，昆曲名家。

⑧ 葛守昌，北宋京师(今河南开封)人。为图画院祗候，工画花竹翎毛、兼长草虫蔬菜。

王友[①]《四时佳丽图》。三只花篮中,装满名花,真精新,神妙之宝。

黄思贤,宋时人,《风雨归舟》,绿柳受大风大雨,舟子与风水大斗争。六尺中堂,有闪光惊人状态,真奇观也,一起哈成,无上神品,在宁见过。

苏文忠公,为西蜀书给杨道士[②],《杨世昌蜜酒歌》字卷,有邓文原、揭傒斯[③]、杨龙友[④]题。已与上海文明书局出版的玻利{璃}印本[⑤]册页对过,确系真迹。至 1965 年,才深信无疑也。

元朝书画

赵子昂《法书》大字卷,神品。

管夫人《黄岗竹楼记》绫本卷,有子昂题和名人题,真迹,神[品],永为枕宝。

管夫人《大叶竹》卷,松雪书竹谱和录款,夫妇合作最好者。

赵仲穆《柳荫骏马图》立轴,真迹神品。

郭伯达[⑥]《秋庭玩月》,夜景甚好,希世奇珍,轴。

吴镇《仿荆浩渔父图》卷。

康里子山,《草书》卷,神品。

高房山,《山远眺图》卷,真迹神品。

王叔明、黄子久、倪云林合作山水立轴,独无二的杰作,铭心绝品,永为枕宝,三个红,合写一张,仍作一件。

元朝

钱选,《红梅花鸟》立轴,神品。

---

① 王友,字仲益,北宋汉州(今四川德阳)人。工画花果。

② 杨道士,即杨世昌,字子京,后蜀北宋绵竹武都山道士,苏轼友,善画山水,能鼓琴,通晓星历。

③ 揭傒斯(1274～1344),字曼硕,元朝龙兴富州(今江西丰城)人。历官翰林待制、翰林侍讲学士,任辽金宋史总纂。与虞集等齐名,名列"元诗四家"。

④ 杨龙友(1597～1646),名文骢,号山子,明末清初贵州孝廉(今贵州贵阳)人。明万历四十六年(1618)乡试中举。南明弘光朝官兵备副使,后兵败被杀。工山水画,受董其昌影响,兼具黄公望、倪瓒的格调。作画善用墨,初为华亭学博,从董文敏,精画理。

⑤ 玻璃印本,又称珂罗版。

⑥ 郭伯达(约 1315～1374),号临川,元末明初江西临川(今江西抚州)人。农民起义将领徐达率军进取辰州,郭伯达与桃源官军全部归属明军,封千户,领兵守备常德。后在平定苗蛮叛乱中,屡屡获胜,安抚流民,休养生息,深受百姓爱戴。

钱选,《仿唐人造像》,罗汉独树,最精神品,希有奇珍,永为枕宝。

钱选,《百岁图》轴,破蝌壳红头苍蝇等妙品,希世奇珍,永为枕宝。

王叔明为原东[①]画《桐树山水》,以篆字写法,董其昌题,力扛鼎,五百年来无此君。《西夷图》,杨维桢长,是神品。

王叔明,《蜀山图》,真迹,笔笔中锋如钢针,立轴天下第一,神品山水。

黄子久,巨册12开,山水天下第一,高士奇等等藏章。

黄子久,《浅降{绛}山水云霖上款》卷,真迹神品,铭心之物。

梅道人,《水墨山水》立轴,真迹,神品。

梅道人,《墨竹》小幅,文征明父子题,真迹,神品。

梅道人,断杆和小支竹,沈石田题,神品。吴竹中头目,永为枕宝。以上三帧在库,再加《渔父图》卷一支。

王渊,[字]若水[②],《细笔刘海[蟾]图》,真精新。我最喜爱之一,神品。

李息斋《竹石蓝桐》卷,真迹神品。用笔浅淡自己,大字长题。还有周天球等题,笔笔有神韵有力,竹子、梗叶、大小枝节,无一不佳。诚铭心绝品,上上好画,善保之。

倪云林

1. 《山家夜雨图》大立轴,真迹神品。宋濂[③]题,无上神品。

2. 倪云林《秋波明图》,在楼上。苏庚春[④]云:喜爱此轴。现在楼上,以后归入库内。

3. 申《寒林野鹤》山水立轴,有一只小雀。

4. 申《秋山亭子》小轴一帧,早年配四家。

5. 申《幽涧寒松》,老年作品,一帧,七四岁以后作品,小轴山水。

---

① 原东,元朝人,为王叔明的好友,生平不详,据载王叔明多次为其作画。

② 王渊,字若水,号澹轩,一号虎林逸士,元代钱塘(今浙江杭州)人。年幼曾蒙赵孟頫指授画法,擅长画花鸟、山水,尤精水墨花鸟。画水墨皴染,深浅有致,得写生之妙,形成既严谨细密又清净淡雅的特殊风貌。

③ 宋濂(1310～1381),初名寿,字景濂,号潜溪,别号龙门子、玄真遁叟等。祖籍金华潜溪(今浙江义乌),后迁居金华浦江(今浙江浦江)。元末明初著名政治家、文学家、史学家、思想家。少负文名,元至正九年(1349)被荐为翰林编修,固辞不就。后被朱元璋召为江南儒学提举,授太子经。被充《元史》总裁官,官至翰林学士承旨。工书,行楷尤妙,兼善草书,知鉴赏书画。画学思想集中于《画原》一文,提倡师古,崇尚形式上创新。

④ 苏庚春(1924～2001),字更淳,河北深县人。自幼秉承家学,从事书画鉴定工作。曾工作于北京琉璃厂宝古斋、广东省博物馆。擅楷书,宗法钟繇,行草学章草,隶篆师法阳冰、曹全而能自成一格。

6. 申1尺阔1尺一寸高斗方，一帧。

7. 申《疏雨滴胡桐》小轴，甚好，远看更好。平时未见过。

8. 宁《高方册页山水》一张。

9. 宁《方册页山水》一张。

10. 宁《长方册页山水》一张，在宁。配米、沈周、高凤翰，宋元明清一套。

11. 宁《远山竹亭山水》，镜框内一张。

12. 宁《墨竹》卷一支。倪云林《墨竹》卷，真迹，极品。宁。

方方壶《墨笔山水》轴，真迹，和张雨作品相似。张雨，[19]63年亲见《墨竹》立轴。

[19]62年7月22日，抄录至此。计一百十八件，在库中，凡有红点者。

钱选《秋原罢猎图》卷，狗、英{鹰}、野景皆淡色。有俞芝之{紫}等题，好画卷。

钱选《韩熙载夜宿妓女》，唐六如、王稺登等题，誉风流之至。

肖{萧}鹏搏[①]，元朝时契丹人，字图南，又号南夫，有名诗人。王庭筠甥，而庭筠是赵子昂[②]甥，皆是大文学家。诗书画三事皆追宗舅氏。《山水竹楼图》长轴，有揭傒斯等题，据是孤本，纸本甚好。二百四十元。

陆天游[③]，《细笔长条幅山水》，甚好。

新看到的书画，1963年间上半年，记得的，不录下。

沈周《江天暮雪图》卷，画四丈，书四寸，对经题字，1丈五尺长。

《碎仙图》，很多碎人，骑牛马长大，好卷一支，在申。

戴文进[④]，很大楼阁，《青绿山水》，六尺长方，横批。

天游陆广，元朝人，画石如云。八寸多活{阔}，五尺长，山水。在宁。

梅道人，《云水图》，四尺立轴，山船树都好，76岁绘。在宁。

肖南夫，元朝，王庭筠甥。庭筠，赵松雪之甥。《水墨山水竹楼图》，揭傒

---

① 萧鹏搏，字图南，号南夫，王庭筠甥，元契丹人。诗书画皆从庭筠，尤长于山水，喜墨写梅竹。

② 据俞剑华《中国美术家人名辞典》载，"王庭筠"条有"米芾甥"，而华强、叶康宁《中国美术史中的疑年考证研究》指出，王庭筠与米芾外甥存疑，年龄相差一百岁，再根据王登科考证王庭筠外家不姓米，而姓张。

③ 陆广，字季弘，号天游生，元代吴县(今江苏苏州)人。擅画山水，取法黄公望、王蒙，轻淡苍润。书工小楷。

④ 戴进(1388～1462)，字文进，号静庵，又号玉泉山人，浙江杭州人。擅画山水、人物、花鸟、葡萄等各种题材。

斯题。南夫是有名文学大家，诗书画三好。在宁。

方孝儒{孺}①，《临颜真卿大字》卷，很多人题跋。

朱熹，大字卷。在申。

吴小仙②《碎樵图》，方块大字，真迹，题跋。王鹤山樵山水，唐六如方块题跋，真迹。题画两佳，可成一对。

唐六如《水都图》绢本，好书。董其昌《泼墨山水》绢本。配一对。

张伯羽③《墨竹》立轴。

戴文进《归樵图》，小中堂，酷似宋元。

陈容，号所翁，福建长乐人，见过《九龙图》卷。宋端平年进士，距宋亡时，还有41年。到1963年，已有742年，此是从中进士起算。官至朝散大夫，诗文毫壮，善画龙，醉后大叫，信手涂抹。然后，明笔成之，隐约不可名状者，曾不经意而皆得神妙。宝佑间，名重一时，可于{与}董羽④并驾。往往赝本亦托以传。董羽，武进人，善鱼水墨龙，翰林待召，初仕南唐李煜。语吃，时以"董哑子"称之。有《海鱼跳龙门》中堂，范仲淹题。

[从]申、宁带常书画。

在申：

方孝儒{孺}《临颜真卿麻姑仙坛记》大字卷。沈周、海瑞⑤等十多名人题

---

① 方孝孺(1357～1402)，字希直，一字希古，号逊志，台州府宁海(今浙江宁海)人。宋濂弟子，洪武二十五年(1392)召至京，授汉中教授，建文时，召为翰林博士，任侍讲学士。因不肯为朱棣写登基诏书而被凌迟。

② 吴伟，字次翁，明朝江夏人(今湖北武汉)人。据载，明成化中，成国公延至幕下，以小仙呼之，因以为号。为明代主要绘画流派"浙派"的代表画家。善画水墨写意、人物、山水。取法南宋画院体格，笔墨恣肆，神韵俱足，为明代中叶创新画家。早年画法比较工细，中年后变为苍劲豪放、泼墨淋漓一格。

③ 张伯羽，名雨，字伯雨，又字天雨，号贞居子，别号句曲外史，元代钱塘(今浙江杭州)人。诗人，兼工书法，尤擅山水画。

④ 董羽，字仲翔，因口吃，人称"董哑子"，五代南唐北宋之际毗陵(今江苏常州)人。原为画院待诏，后入宋图画院为艺学。擅画鱼龙海水。

⑤ 海瑞(1514～1587)，字汝贤、国开，号刚峰，世称刚峰先生，明朝琼山(今海南琼山)人。嘉靖二十八年(1549)中举人。历任福建南平教谕、浙江淳安知县、江西兴国知县、浙江诸暨知县、户部云南司主事等职。后冒死上疏世宗，激怒世宗，诏命入狱。直至世宗死后，获释。后受首辅徐阶提拔，调升右佥都御史巡抚应天十府。在江南一带修筑水利工程，疏浚吴淞江、白茆河。后任江南巡抚，因推行税制改革，遭排挤，被革职。闲居家乡十余年，万历十三年(1585)始，重新起用。任南京右佥都御史、南京右都御史等职，主张严惩贪污。卒于南京，谥号忠介。

跋,海瑞草似祝枝山①。

朱熹大字卷,真迹。另有大字轴和对联,皆甚好,永为枕宝。无题、藏章甚多。

方孝儒{孺}另有一字卷,在宁。行书甚好,原题谅被人割去,并见过《双松》大中堂。

[19]64年三月由申带常:

四件装一合{盒}:

唐杨庭光,《吹肖{箫}士女》四尺中堂;唐东丹王李赞华,《射雁图》中堂;唐殷仲容,《芦雁图》中堂;后唐李升,《袁安卧雪图》长立轴。

著录上有的,另见过《游春图》中堂更好。

宋赵处度《双猫图》立轴。

元倪云林《野鹤山》立轴。

明唐六如《古木竹石》大立轴。

清石涛②《墨笔葡萄》立轴。

唐六如《笠屣图》立轴。

赵千里《宫苑》卷。

沈周《醉仙图》卷,中堂、册页,亦好。

陈所翁《九龙》卷。

《江天暮雪》长卷,沈石田绘,六二岁。现在宁,要带常去。

另见石恪《布袋和尚》、刁光胤《凤川牡丹》、范宽《雪景》大立轴、薄延昌③《紫微星》。

---

① 祝允明(1461~1527),字希哲,长洲(今江苏吴县)人,因长像奇特,而自嘲丑陋,又因右手有枝生手指,故自号枝山,世人称为"祝京兆"。擅诗文,尤工书法,名动海内。他与唐寅、文征明、徐祯卿并称"吴中四才子"。又与文征明、王宠同为明中期书家之代表。楷书早年精谨,师法赵孟頫、褚遂良,并从欧、虞而直追"二王"。草书师法李邕、黄庭坚、米芾,功力深厚,晚年尤重变化,风骨烂熳。

② 石涛(1642~1708),原姓朱,名若极,小字阿长,僧名元济,一作原济,别号很多,大涤子、钝根等,明朝靖江王后裔。明末清初著名画家。工诗文,善书画,其画擅山水,兼工兰竹。其山水广泛师法历代画家之长,主张创造"借古开今",在景色、构图、形体、笔墨、风格、意境各方面,都呈现出生动多变的鲜明独特艺术特征。

③ 蒲延昌,一作宗训,师训养子,五代后蜀蜀人袭承父艺,笔力遒劲。工人物、鬼神,尤精狮子。后蜀广政中,延昌进画,授翰林待诏。

1962年8月，看见唐六如《绘东坡笠屐图》，据值至二千多元。

1964年4月8日整理

唐钱国养《仁寿图》，二童观鱼。元，管夫人《细竹》立轴，真精品。包一起。

唐彭坚，《弄章{璋}图》，二妇三子，绢本立轴；宋，张叔材①，《宫女图》，精品，立轴。包一起。

赵千里，北宋人，《瀛洲图》，山水神品，长立轴；荆浩，五代人，《红树青山楼台》轴，纸本已破乏，希世墨宝，包一起。

苏长公《墨竹》，墨宝，大立轴；关仝，五代人，《墨笔山水》，墨宝，大立轴。包一起。

六朝，袁倩，《吹肖{箫}士女》，中堂；六朝，曹仲达，鹰虎斗争，中堂。包一起。

黄大痴，《山水》，最精神品，大立轴；赵子昂《白云青山红树》，大立轴。包一起。

曹霸，唐人，人马，名《饮马图》，好画，立轴；陆谷②《独狼图》，希有之品，唐画，立轴。包一起。

尉迟乙僧，《双孔雀》大立轴；李元昌，《双英雪景》，大立轴。包一起。这两幅唐画很好。

李升《游春图》大中堂，人马山石很好，蜀中小李将军。

展子虔六尺《觐见图》中堂，李昭道仿此画法，注意勿失。房屋、楼台、人物都很好，至纸，李昭道仿摩。

宋覃{贾}祥③《青山白云》，最为美丽。

元江贯道④，《罗汉》中堂，好画。

晋谢稚五位人物是好画，徽宗题。太乏了，可以重贴一下，加些胶水。

---

① 应是张材叔，即张森。

② 陆谷，初名樵，字懒渔，又字亦樵，后称樵道人，明末清初浙江平湖人。工山水。

③ 贾祥，字存中，北宋开封府(今河南开封)人，生性工巧，精于绘画，竹石、草木、鸟兽、楼观皆善。

④ 江参，字贯道，江大方之子，元朝南徐(今江苏镇江)人。长于山水，师董源、巨然、赵叔问，善用水墨写江山平远，湖天清旷的景色，善画墨牛，笔墨细腻滑润。

易元吉，白猿三只，中堂。

恽南田《绢本山水》，设色中堂。

韦偃《桃园夜宴图》，中堂。

苏东坡大字轴，大立轴。

李唐晞《古山阴图》，15 寸 1 丈外卷。

在樟木箱内，真迹，老年作品，八十多岁亡。

黄向坚《万里寻亲图》，送南京博物院。

看见过三宝：

(一) 唐毕宏《细笔千岩万[壑]》小卷；(二) 刘松年《细笔仿右承雪景》小卷；(三) 赵松雪《白描八骏》小卷。

藏者向不示人，留为枕宝。尚有燕文贵《仿承雪景》中卷，更比松年好也。沈周长题，还有司马光隐名，青绿细笔山水，中卷，希有宝物。

据说还有墨笔小卷，倪云林、徐幼文小卷，王时敏仿绘。

李成、范宽，合一包。

李澥，金人，山水两帧，一包。

苏长公，字轴，一帧。

任伯年[①]《鸡》。

王穉登，字轴，一帧。

皇六子[②]，山水框内用，一幅。

倪云林《山家听雨图》，一帧。

郭熙：宁有一卷，常有四卷，共五卷。一在大铁箱一支，二在皮箱内两支，三在文具箱一支。

黄荃《六尺中堂雪景》，梅花、山茶、双鸭。四鸟正真好画，铭心绝品。

---

① 任伯年(1840～1895)，初名润，字次远，号小楼，后改名颐，字伯年，别号山阴道上行者、寿道士等，以字行，浙江山阴(今杭州市萧山区)人，清末著名画家。山水、花鸟、人物等无一不能，重视写生，融汇诸家法，并吸收水彩色调之长，勾皴点染，格调清新。

② 皇六子，即爱新觉罗·永瑢(1744～1790)，号九思主人，又号西园主人。清朝宗室，乾隆帝第六子，工诗擅画。书法得徐浩笔意，画花卉古淡苍逸。

夏珪[①]，《风雨归舟》，水甚好，舟拦、章均好，人布局甚好，铭心绝品，大中堂，宝物。

明唐六如《麒麟盘》，大中堂，真精品。

明王建章[②]《风雨归舟》，甚险，船民精神，强大，好画。

宋武宗元[③]《三多图》，神品，人物甚好，铭心宝物。

明边景昭[④]，两幅中《荷花白露》《荷花叙禽图》，好画。

王时敏方式大轴，有张学曾印，弥等题，乾隆题。绊丝，明朝末时制品，花鸟 1 尺六寸方式，要裱，未裱过。

夏昶《兰竹石》大立轴，陈希曾[⑤]题，真精新，铭心之物。好画，留玩。

宋傅文用《白露白荷花》大中堂，甚好，真精新。

五代高道兴[⑥]，《渔乐图》。女孩洗碗，两只船，精品，5 尺中堂。翰林待诏，成都人。怀宝高祖，四世皆以画进，于世所佳矣。

唐麻居礼，《溪山望云》，七尺中堂，平平，没有一个藏章。一望人物即知唐画。

北宋徐竞[⑦]，《斗鸡图》，很乏，且裱填多次，七尺中堂。看来甚古或是真迹，有宣和御览大印。

《顾亭林肖像》，禹之鼎绘，5 尺中堂精品，焚香，自在，座{坐}树傍。

唐殷仲容，《芦塘禽趣图》，中堂，铭心绝品，约 4 尺半长，永为枕宝。和吴

---

① 夏珪，又名圭，字禹玉，南宋临安钱塘(今浙江杭州)人。他与李唐、刘松年、马远被合称为“南宋四大家”。早年工人物画，后以山水画著称，北派山水代表人物之一。笔法苍老，墨汁淋漓，尤善画雪景，效法范宽，画山石用水墨皴染，皴法苍劲古朴而简练疏淡，创造拖泥带水皴。山水布置皴法与马远同，并称为“马夏”。

② 王建章，字仲初，号砚墨居士，明末清初泉州人。善画佛像，自谓不在李公麟之下。山水宗法董源，笔力雄健。亦工写生，花卉翎毛颇有生意。

③ 武宗元(约 980～1050)，初名宗道，字总之。河南白波(今河南洛阳)人。北宋画家。

④ 边文进，字景昭，明朝福建沙县人。官至京师授武英殿待诏为人夷旷洒落，善绘事，尤精于花鸟。花之娇藉，不但钩勒有笔，其用墨无不合宜。所画的翎毛与蒋子诚的人物、赵廉的虎，曾被称为“禁中三绝”。在继承南宋画派的基础上，开明代院体花鸟画新风格。

⑤ 陈希曾(1766～1816)，字集正，号钟溪，江西黎川人。乾隆五十八年(1793)进士，官至会试同考官、翰林院侍讲、礼部侍郎等职。

⑥ 高道兴，五代前蜀人，昭宗时任翰林待诏。善画佛像、高僧。

⑦ 徐竞，字明叔，宋朝和州(今安徽和县)人，工画，精书法。

元瑜[①]《溪山秋汀落雁图》同藏一室,为一对。

摘录喜爱:

赵令穰,[字]大年,《蓬海仙居图》,淡浅绛色卷,铭心绝品。

陈居中《巡狩图》,进呈内府之物,青绿手卷,铭心绝品,有专题。

边文进:

1.《百鹤图》,神妙之至。

2. 5尺中堂,独鹤大轴,名《舞鹤图》。神品,留为清玩。

3. 5尺《荷花鸟》,真精新,比上幅更好,中堂。

刘常[②],《花卉》手卷,恽南田题。铭心之物。

戴进,《雪天携琴访友图》,4尺立轴,算宋元笔法,铭心绝品,永为枕宝。戴画中最好者,黑马。

戴进,《牛柳》立轴,陶成题,好画。

董羽,[字]仲翔,先事李煜后主,后归宋翰林待诏,常州人。《六尺鲤鱼》中堂,鳌头,有赵霖[③]、范仲淹题。口吃不能疾语,俗为"董哑子"。铭心绝品,本堂鱼中最好者,永为枕宝。

李成:

1.《雪景》中堂,真精新,人物好、树好、柴棒、篱巴好,看得出有笔、有墨。

2.《民田车水》,遇大风,柳树、农村。册页一张,在申。

3.《采芝图》小中堂。文嘉等题,宣和印,端献王[④]题,项圣晁[⑤]题,再好没有了。长42寸,活{阔}2尺5寸,明珠骏马,无价之宝,真之至,铭心绝品。

---

① 吴元瑜,字公器,北宋画家,京师人,曾任端王府知客,后官至武功大夫、合州团练使。师从崔白,善画花卉翎毛蔬果,释道蕃族人物、山林界画、鞍马水龙等,是具有开创性的画家。

② 刘常,北宋金陵(今江苏南京)人。善画花木,重写生。

③ 赵霖,北宋末南宋初水利疏浚专家。赵霖提出筑圩、浚河、修闸并举,并积极疏浚河道,共完成"开一江一港四浦五十八渎,已见成绩"。

④ 端献王,即赵頵(? ~1088),英宗第四子,封益王,谥号端献,历任成德、荆南等军节度、管内观察处置等使、太尉、开府仪同三司、真定尹兼江陵尹、上柱国和荆王,追封魏王。作篆飞白书,笔力雄俊,擅墨写竹。

⑤ 项圣谟(1597~1658),字孔彰,号易庵,别号胥山樵、松涛散仙等,项元汴之孙,浙江嘉兴人。受家学熏陶,自幼习画,善画山水、人物、花卉,以山水画见长。早期师法文徵明,后追摹宋元名家,尤长于画松。

4.《五树飞瀑图》纸本，铭心绝品，立轴。

5.《松涧图》，狭长立轴，董其昌题，条幅。

6.《雪夜乘舟访贤图》卷，有苏东坡书，手卷。不系舟主人印，是苏东坡题，后人加上去的。

7.《寒林独钓雪景》立轴，沈周题，很长，两真无疑。

《中国书画大辞典》①没有，只有《人民{名}大字典》上有甄慧②。甄慧绘《司马光独乐图》，大中堂。阴凉景像，气韵甚好，布置甚善，温公像。甚好，评为真相。云，铭心枕宝，永为清玩。原题珍秘墨皇之一，绿竹好极了。

甄慧《画释像》，脱落世间。形相具失人之威仪，亦工牛马云。

郭忠恕③，《雪景》，新裱六尺，大中堂，赵子昂长题。楼台树石桥梁人物，无一不佳，永为枕宝，千两黄金，不易之品，此公吃一天可停七天不吃，冬天破冰洗浴，画楼阁不先画稿。

王希孟④，《青山白云》，楼台、亭阁、桃花、山水、树木都佳，六尺中堂，比在宁看的手卷更好。

宋屈鼎⑤，青绿山水中堂《溪山闲话图》，大痴仿此笔法，铭心杰作。

董好子⑥，松、竹、梅、双鹤、人物绝佳，中堂《春苑赋鹤图》，铭心绝品，永为枕宝，唐朝人。

禹之鼎，绿竹、布景、王麓台像甚好，大立轴。《磁青纸本观音》，全绘的立轴。

徐熙，北京人，《荷花榴花》短轴，看来甚好。

---

①《中国画家人名大辞典》，由孙鲐公编著，选录上自远古，迄于近代近万名画家为辞条，按姓氏笔画为序编排，注明朝代、籍贯、字号、绘事、画论及资料来源，1934年由上海神州国光社出版。

② 甄慧，北宋睢阳(今河南商丘)人。善画佛像，超凡脱俗，又工画牛马。

③ 郭忠恕(？～977)，字恕先，又字国宝，五代末期至宋代初期洛阳(今河南洛阳)人。善画建筑，最负盛名的界画家。兼及林石。

④ 王希孟，北宋晚期中国画家。画史无传。现存唯一作品《千里江山图》藏于故宫博物院，善青绿山水。

⑤ 屈鼎，北宋京师(今河南开封)人。工山水，师燕文贵，所作山林四时风物，颇具思致，为北方画派名家。

⑥ 董好子，一作董奴子，唐朝画家，以花鸟、松石、写真为能，兼工人物。见《历代名画记》《图绘宝鉴》。

张书祁①,《双鸽老松》立轴,卅年在重庆,友人送我的。

另有一幅《六只鸽子》大立轴,要查出,接天地,因装入过镜框,铭心好书,留玩。绘画人已去世。此人已绘过《百鸽图》,赠罗斯福,中央大学美术教授,很有名的人物。

母亲七十岁寿文,要很好的保存,要做木合{盒},装之。

钱振锽②题撰,周季平③书。白宣红线格,字好的,但重在文和。

刘母丁太夫人,宿竹编床,托儿携夫艰苦情况,国钧学费八百文。有诗列下:

“日食三餐元麦糊,夜卧一张竹编床。一生学费钱八百,半世事业万人功。”

父亲亡于奔牛,五十四岁;母亲亡于常州广益染织厂东边住宅,七十四岁,旧历四月间。

父亲生于1860年,亡于1914年,旧历七月廿六日,54岁。

母亲生于1862年,亡于1936年,旧历四月廿一日,74岁。

国钧自15岁到奔牛刘吉升京布店,后来近一年关门,再到元泰学生意。18岁满师,廿二岁结婚。二三岁开办和丰,25岁开同丰。28岁到常州转业开大纶布厂。卅一岁走出大纶,开广益布厂。1930年开大成纱厂,1934年开大成四厂于湖北武汉。

一九六二年八月记于常州,时年七十有六。

宋赵处度④,字子澄,《双猫图》立轴,有趣极了。

唐戴峄《双牛图》立轴,好极了,戴进牛亦甚好。

宋成宗道⑤《高升图》立轴,放炮长石工纸画,妙品。

---

① 张书祁,即张书旂(1900～1957),原名世忠,字书旂,号南京晓庄、七炉居,浙江浦江人。曾任南京中央大学教师,抗战期间去美国创办画院,讲学作画,后定居旧金山。勤于写生,工于设色,尤善用粉,在染色的仿古宣纸上用白粉蘸色点染。画风浓丽秀雅,别具一格。与徐悲鸿、柳子谷并称为画坛的“金陵三杰”。

② 钱名山(1875～1944),字梦鲸,名振锽,号名山,江苏武进人,世居江苏常州菱溪。光绪二十年(1903)进士,官至刑部主事。道德文章驰誉大江南北。书法工行草,挺拔劲秀,亦善写墨竹。与胡石予、高吹万并称为“江南三大儒”。

③ 周季平,江苏武进人,曾任武进公款公产管理处主任、武进商会主席、茧行业公会理事。

④ 赵处度,即赵子澄,字处度,一作虔廉,宋朝宗室画家。善画,工诗,长于草隶书,亦工花鸟。

⑤ 成宗道,宋朝长安(今陕西西安)人。工画佛道人物。

金李澥,《青绿写意画山水》四条,他是米芾外甥,好画。另有宋朝宋澥[①]《梅花青绿山水画》,屋中有人,看手卷,好画。

后唐袁嶬[②],《巨鲤扬鬣图》,端方藏物,长题,神品。不比宋董羽差,嘴浅红肉潮润,可爱之至。鱼身波跃鱼鳞片片荡漾,细视之,似有银光刺眼,浪花四起,仿佛有澎湃之声,所宝者即在斯也。

徐幼文[③],《梅花书屋》大立轴,神品,与宋画相等有力。

龚半千[④],《重墨山水》长立轴,在申留玩,比常州一幅好多了。这一幅,切勿送人,有笔有墨有气韵。

张学曾,《墨笔山水》立轴,在申,甚好甚好。

薛素素[⑤],《设色兰花瓶》,甚好,另有墨花手卷,似一卷一轴。

靳智翼,桂花、两公子,名《折桂图》立轴。

李息斋[⑥],《细竹柏石图》长轴,神品。另有《墨竹》立轴,在常。只有朱光[⑦]说假的,不识货。

李赞华,东丹王,《射鹰图》,人马都佳,墨宝。贾似道藏,常州有一帧雪景也不差。

宋郭权[⑧],《杏花灰露司》绢本条幅,真迹,好书。绿竹甚美观,可与李希成配对,施玩。

---

① 宋澥,宋朝长安(今陕西西安)人。不乐从仕,善画山水林石。

② 袁嶬,侍卫亲军,后唐宋初河南登封人。善画鱼。

③ 徐幼文,即徐贲(1335~1393),字幼文,号北郭,明朝长洲(今江苏常熟)人。善楷、草书。工画山水,精于墨竹。诗律谨严,别为一格。

④ 龚半千,即龚贤(? ~1689),一名岂贤,字半千,号野遗、半亩、柴丈人,清初昆山(江苏昆山)人。擅画山水,取法董源,用墨浓重苍润,别具一种深郁的气氛。

⑤ 薛素素,字素卿,又字润卿,明代女画家。她工小诗,能书,作黄庭小楷。尤工兰竹,不笔迅捷,兼擅白描大士、花卉、草虫,各具意态,工刺绣。又喜驰马挟弹,百不失一,自称女侠。

⑥ 李息斋,即李衎(1244~1320),字仲宾,号息斋道人,元代蓟丘(今北京)人。善画枯木、竹石。著有《竹谱详录》。

⑦ 朱光(1906~1969),原名朱光琛,广西博白人。诗人、无产阶级革命家、画家。1927 年就读于广州国民大学,后参加革命,曾任红四方面军政治部秘书长、延安鲁迅艺术学院秘书长、中共长春市委书记,1949 年任广州市委副书记兼副市长,后任广州市市长、国务院对外文化联络委员会副主任、安徽省委常委、副省长等。

⑧ 郭权,五代南唐江南人。钟隐弟子,善画。

赵昌①,《婴儿戏鱼图》,大四尺立轴,乏些,好画。

肖照,《芙蓉花和各种鸟》,大立轴,活泼好画。

宋童仁益②《三义》小中堂,好书,有雾班。

元朱德润,[字]泽民,墨笔山水纸本,墨笔如梅道人。此卷精在董、巨之间,铭心好画,1丈多长,另有青绿卷在宁。

宋陈阳《龙干酿雪图》手卷,有天地造化之气,墨宝之一,铭心宝物。

易元吉,《白猿献寿图》,二大一小猴,甚好,五尺中堂,大桃树。另有黑猿二三帧。

唐杨廷光,《吹肖{箫}女中堂》,另有手卷。长5尺。

唐王洽,泼墨山水,米芾师此法,大中堂,5尺2对,甚好,铭心绝品。

谢章,山水墨笔,稍有一点着色,名《桃园图》,山樵真楷书题,王叔明师此笔法,脱胎于此,很好。

李希古,七尺,三尺,《渔乐图》,避风作乐,铭心绝品,遇大风。

赵仲穆,《山溪山午后座卧图》,六尺中堂,比李希古还好些,睡得甚酣。房子脱空,红林甚清雅,茅屋三进,人物皆特好。

李希成,老松雪景,细希竹条幅,神品,宋人画。可与郭权《杏花灰露》成对,使玩。

马远,《溪山高士图》,5尺中堂。船、人物、山、树都好,要重裱。

董源,近观则不类物象,远观则景物粲然。幽情远思,象{像}西洋油画,如观异境也。伟大在有光线要远看,透视科学方法,笔墨深远,能表现出夕阳反照的光影。钟陵南京人。

董源,北苑付{副}使,《茅屋清夏图》立轴,矾头皴,铭心神品,最好了。镜塘处借来看过,四尺三寸长,1尺八寸多活{阔}绢本。据值三万元,于{与}王洽泼墨山水并驾,和赵仲穆《溪山读书卧图》相仿。北苑,高山上远看如矮树最好,其他也好。和唐朝王宰墨笔山水上下有限,和李希古七尺中堂《渔乐图》对比,北苑此帧气韵甚好,和王洽相似。

---

① 赵昌(970～1040),字昌之,北宋广汉剑南(今四川剑阁)人。工书法、绘画,擅画花果,多作折枝花,兼工草虫。

② 童仁益,字友贤,北宋初年蜀郡(今四川成都)人。工画道释、人物及写真。

北苑气韵润含春雨，如早晨一样奇观。最后有人看出为明朝画的，没有买进。该画李鸿章望云草堂藏印。[19]61 年讨价一万元，[19]62 年讨价五千元。李鸿章藏物，住海格路。

唐，王宰，气韵秀润，于{与}上列北苑仿佛，立轴。

韩干，《三马图》，名《胡人进马图》卷，乾隆、项子京题章，待考。胡人物甚好，一千五百元。另有三马横批，《八骏》卷，可乱真，冲陈过。

赵子俊，《溪山读书图》，六尺中堂纸本，神品。淡色人物甚好，似矾头皴，不比仲穆好，《午睡图》好。

吴元瑜，《秋汀落雁图》，5 尺中堂，最好的北宋画。宋徽宗题，同殷仲容《秋江落雁图》为一对。

马宋英①，《绿雪竹茶花梅花锦鸡》，竹鸡，好画。六尺中堂，神品。

宣亨②，《桂花锦鸡海棠》，五尺中堂，好画。

韦銮，《双鹤老松月季花》，五尺中堂，精品。

宋唐忠祚③，《花卉中堂》真精新。锦鸡一对，翠鸟四只。最新艳的花鸟中堂。

乐士宣，《桥柯双禽图》中堂。白英{鹰}捉一只锦鸡，在树上，很有劲，好画，神品。

唐阎元静④，《金谷图》，在花园领导，音乐甚好，每个人如活的，在工作演出。

程若筠⑤，《绿竹桃花叙禽图》，甚好甚好。

黄荃，《花鸟图》，甚佳甚佳。惜暗旧些。

宋刘益⑥，《百鹿图》纸本中堂，甚好。细竹、每只鹿动态，好甚。

徐熙，《溪山双鹅雪景》中堂，甚好。可与吴元瑜成对，永为枕宝。

徐熙，《耄耋图》中堂，牡丹、三只猫，平平。

---

① 马宋英，宋朝温州人。能书工诗，善画水墨梅竹，尤善松石。

② 宣亨，宋朝汴京（今河南开封）人。入职画院，后离院，宋徽宗挽留，入蜀终普州兵官。擅花鸟画。

③ 唐忠祚，希雅孙、唐宿从弟，宋朝嘉兴（今浙江嘉兴）人。擅花鸟画，其画不特写形而曲尽物性。花则美而艳，竹则野而闲，禽鸟羽毛精迅超逸，殆亦技进乎妙者矣。

④ 阎元静，唐朝人，善画肖像。

⑤ 程若筠，北宋末南宋初年长洲（今江苏常熟）人，吴中道士，善画，写花竹翎毛，渲染颇工。

⑥ 刘益，字益之，北宋末年南宋初年汴京（今河南开封）人。北宋末年徽宗时期画院画家，善画花果禽兽。

唐陈庭，青绿削壁、山石、树、桥、人物、山水，都很好。六尺中堂，青绿山水中，顶好中之一，铭心之物。

清朝人书，上海存廿多幅。有翁方纲小字、刘石庵①绿笺长立轴、刘统勋②《八阵图书》、王澍③飞白书、梁山舟④《福字》短轴、伊秉绶⑤三帧、钱南园⑥、顾学⑦、陈元龙⑧、童二树⑨都可留玩，万九沙⑩、高士奇等。

明朝书，上海存十多幅。王铎⑪、传山各两帧，张瑞图⑫书、画各一，归庄、冒巢民⑬等书轴。

---

① 刘石庵，即刘墉(1720～1805)，字崇如，号石庵，山东诸城(今山东高密)人，清政治家、书法家，首席军机大臣刘统勋长子。尤善小楷，后人称赞其小楷不仅有钟繇、王羲之、颜真卿和苏轼的法度，还深得魏晋小楷风致。他是帖学之集大成者，被誉为清代四大书法家之一(其余三人为成亲王、翁方纲、铁保)。兼工文翰，博通百家经史，精研古文考辨，工书善文，名盛一时。刘嗜好藏书，家中藏书既广且博。

② 刘统勋(1698～1773)，字延清，号尔钝，清朝诸城(今山东高密)人。雍正二年(1724)进士。清内阁学士，刑部尚书，授编修，官至刑部尚书、工部尚书、吏部尚书、内阁大学士及军机大臣等。工诗善书。善行草，书法外表朴拙，内涵深厚。

③ 王澍(1668～1739)，字箬林，号虚舟，别号竹云，自号二泉，又号恭寿老人、良常山人，江苏金坛人。书法造诣较深，尤长于篆书，浑厚有力。兼工飞白书。

④ 梁山舟，即梁同书(1723～1815)，字符颖，号山舟，又自署不翁、新吾长翁，大学士梁诗正之子，清朝浙江钱塘(今浙江杭州)人。乾隆十二年(1747)举人，乾隆十七年(1752)特赐进士，改翰林院庶吉士、散馆授编修。后任顺天乡试同考官、会试同考官、翰林院侍讲等。善书，以行草见长，结字端严稳妥，用笔娴静流畅、平和自然、从容洒脱。

⑤ 伊秉绶(1754～1815)，字组似，号墨卿，晚号默庵，福建汀州府宁化县人。喜绘画、治印，亦有诗集传世。工书，尤精篆隶，精秀古媚。其书超绝古格，使清季书法，放一异彩。隶书尤放纵飘逸，自成高古博大气象，与邓石如并称大家。

⑥ 钱沣(1740～1795)，字东注，一字约甫，号南园，云南昆明人。工楷书，学颜真卿，又参以欧阳询、褚遂良，笔力雄强，气格宏大，行书参米南宫笔意，峻拔多恣。后之学颜者，往往以他为宗，如清末翁同龢、近代谭延闿、泽闿兄弟等都是学钱沣而卓然成家者。钱沣又擅画马，神俊形肖，世争宝之。

⑦ 顾学，字文博，别号南野，顾宪成之父，明末金匮(今江苏无锡)人。

⑧ 陈元龙(1652～1736)，字广陵，号干斋、广野居士，又号高斋、兰峪，浙江海宁人。康熙二十四年(1685)进士，授翰林院编修，入值南书房，迁翰林院侍讲，擢翰林院掌院学士，教习庶吉士，调礼部尚书等。善诗，工善，善行楷，书法崇赵孟頫、董其昌。

⑨ 童二树，即童钰，字璞岩、二如，号二树，浙江山阴(绍兴)人。善画梅。

⑩ 万九沙，万斯同之子，清朝浙江鄞县(今浙江宁波)人，善草隶。

⑪ 王铎(1592～1652)，字觉斯(之)，号十樵、嵩樵、痴庵、痴仙道人、烟潭渔叟，平阳府洪洞县(今山西洪洞)人。天启二年(1622)，考中进士，入选庶吉士，历任太子左谕德、太子右庶子、太子詹事、南京礼部尚书。弘光政权建立，出任东阁大学士。善于书法，与董其昌齐名，有“南董北王”之称。书法作品有《拟山园帖》和《琅华馆帖》等。绘画作品有《雪景竹石图》等。

⑫ 张瑞图(1570～1641)，字长公，又字无画，号二水，别号果亭山人，芥子、白毫庵主、白毫庵主道人等，明晋江(今福建晋江)人。万历三十五年(1607)进士，授编修官少詹事，兼礼部侍郎，以礼部尚书入阁。善画山水，尤工书。擅行草，气魄宏大，笔势雄伟。

⑬ 冒巢民，即冒襄(1611～1693)，字辟疆，号巢民，一号朴庵，又号朴巢，南直隶扬州府泰州如皋(今江苏如皋)人，明末清初文学家，明末四公子之一。一生著述颇丰，传世的有《先世前征录》《朴巢诗文集》《岕茶汇抄》《水绘园诗文集》《影梅庵忆语》《寒碧孤吟》和《六十年师友诗文同人集》等。

石涛：

1.《空谷幽兰图》，粗笔园{圆}圈圈，石很有力，长立轴。朱光不要。兰竹石甚好，别人无此画法。

2.《青溪高隐图》立轴，细笔设色山水，画后廿年再题。细竹如云林，远山亦好，希有妙品，铭心好画，留为枕宝。

3.《绢本荷花》立轴。甚好，神品，留为枕宝。

4.《菜瓜西瓜》大立轴。淡绿色，神品。石公绘此，只见过此一帧，留为枕宝。

5.《绫本山水》大轴，七尺长、活{阔}2尺，何绍基①、王福厂②题。细笔，老松，甚好。

6.《细笔山水》五尺长轴。纸本绘于天延阁中。字款与他画不同，很少绘此浅墨色。

7.《浅湖色山树》立轴，大桥洞口，有舟，精品，在常。重裱留玩。

8. 大册页八张，一本，真精新，留玩。真精新神品。

9. 七尺《绢本山水》大中堂，与八大七尺《荷花》中堂配一对，600元，长题、诗、书、画都佳，神品。这幅两边挂八大荷花，法书为一堂。

10.《葡萄墨笔》立轴，神品。吴湖帆③题，自己长题，比徐清藤④好得多，永为枕宝。800元高价，镜塘的。

11. 新见竹石，钱手立轴。

12. 山水，在宁，立轴。

13.《六鱼戏月图》立轴，精品。铭心绝品，趣极了。

---

① 何绍基（1799～1873），字子贞，号东洲，晚号暖叟，湖南道州（今湖南道县）人。道光十六年（1836）进士，历官翰林院编修、国史馆、武英殿纂修、总纂、四川学政。后主讲山东、湖南书院。晚年主持苏州、扬州书局。通经史，精律算，兼及金石、书法。诗宗苏轼、黄庭坚。书法宗颜真卿，又参以篆、隶及北魏笔意。

② 王福厂，即王禔（1879～1960），原名寿祺，字维季，号福厂、印佣，晚号持墨老人，浙江仁和（今浙江杭州）人。博通诗文，善篆书，尤喜金石。所治玺石逾万枚。

③ 吴湖帆（1894～1968），初名翼燕，倩庵，江苏苏州人。幼承家学，喜书画，得名家陆恢指授，学绘花果。与同学叶恭绰东渡日本，返回苏州始习画山水。师法清初吴派"四王"、恽寿平、吴历、董其昌等人。担任上海博物馆筹备委员和董事，任故宫评审委员，得观故宫历代名迹，绘画技法突出，既融没骨、解索皴、披麻皴、小斧劈皴等，兼容并蓄，形成独特风格。精于鉴赏，与收藏大家钱境塘同称"鉴定双璧"。

④ 徐清藤，即徐渭（1521～1593），字文长，号天池生，因书室名"青藤书屋"，故又号徐青藤，绘画图记常用"田水月"，是拆其名"渭"字而成。善行草书，亦擅花鸟画。

14. 水墨山水,如《小基山》立轴。铭心绝品,山在江海中,削壁孤山。墨气甚好。

15.《七尺荷花》大中堂,钱镜塘以求《文进山水》,要掉换,未允许。真正神品,永为枕宝。

16. 七尺法书大中堂。

17. 细笔山水,入库,立轴,在常,铭心绝品。

18.《独鱼》立轴,在常。

19.《八果枯柳》和字轴一对,在镜框中。配为一对,很好,在常。

宋,陆瑾,《泰岱观日出图》中堂。我去过。好书留玩,绢本。

元,陆广[号]天游,《虎溪会奕图》中堂,苏州风景,真精新。虎丘山下相[棋],纸本。

渐江①,[号]梅花僧。

1.《摹唐解元寒山图》立轴,冬景、古木、空山,酷似六如绘法。

2. 五尺中堂甚好。

3. 山水立轴,小幅。

4. 香港带回条轴,一张。

5.《梅花册页》一本,甚好,在常。

传山②,法书,精品,留玩。在申。"西郊青山处处同,容惟无计答北风。数家茅屋青溪上,千树蝉声落日中。"

金冬心③,《墨梅》,长题,65 岁绘。《墨梅画》对,一付,精品。《自写像》,一帧。《佛像罗汉》,在常,一帧。《玉叶绢本》,一帧。《对联》字轴,数帧。

---

① 渐江,即弘仁(1610～约 1664),俗姓江,名韬,字六奇,出家后释名弘仁,号渐江学人,又号无智、梅花古衲,明末清初安徽歙县人。画僧,工山水,取法倪瓒、黄公望、萧云从,所作干笔渴墨,瘦劲简逸,长年流连于雁荡、黄山之间,笔下多黄山松石。兼写梅竹,工诗。

② 传山,即徐元勋,字雅樵,号传山,清硖县人。道光二十五年(1845)进士,官翰林院编修。工书。

③ 金冬心,即金农(1687～1763),字寿门、司农、吉金,号冬心先生、稽留山民、曲江外史、昔耶居士等,清钱塘(今浙江杭州)人,布衣终身。博学多才,精篆刻,工诗文,书法、绘画、治印、刻砚,无所不通。善楷隶,所创"漆书"尤为奇古,富于金石意味。善山水、人物、花鸟,画风古朴。被誉为"扬州八怪之首"。

龚开[①],淮阴人,《云山图》卷。疑非真迹有年,今度究为真迹无疑。文太史、盛杏孙{荪}题,亦皆真迹。

赵麟《九老图》,文征明书《九老诗》,皆真迹也。

吴伟业[②]、杨龙友、李流芳[③]、钱叔美[④]四人。有四幅《金笺山水》大立轴,不易集中的相仿,大的金底本的相等名头的杰品,真精新。钱叔美幅式小些,惟细笔如发丝,最令人喜爱。杨龙友可和李英[⑤]《鸡》掉换,框内因折痕太多了,其尺寸不对头。

张若澄[⑥]《关城叠嶂图》立轴。有乾隆题,如牛毛皴,看来倒是少有的作品,留玩。笔法如山樵,有笔力。雍正时人。

高凤翰《山被云封图》,山水立轴,我只有此一帧,勿失,留玩。其笔法如元道士张雨,古老有笔力,好画。册页手卷在常州。

谢稚柳[⑦]:

1.《五色荷花》大斗方,甚好。2.《沙浦秋风图》,即古木、竹、石条轴。3.《观音》立轴。4.《绿竹白鸽》小立轴。

虚谷[⑧],上海(有)《松鼠立轴》,常州有《金鱼》立轴,皆精品。

---

① 龚开(1222～1307),字圣予(一作圣与),号翠岩,晚号龟城叟、岩叟,人称龚高士,宋末元初淮阴(今江苏淮安)人。曾任两淮制置司监管,宋亡入元,隐居不仕,以卖画维生,为人耿介,博文工诗,善书画。书法工古隶,得魏、汉笔意。画山水师法二米父子,画人马师曹霸,描法甚粗。

② 吴伟业(1609～1672),字骏公,号梅村,明末清初太仓(今江苏太仓)人。崇祯四年(1631)进士,官至左庶子。长于七言歌行,后人称为"梅村体"。亦善绘画,山水得董、黄法,清疏旳秀,脱尽时俗习气。设色清淡,写景逼真。

③ 李流芳(1575～1629),字长蘅、茂宰,号香海、泡庵,晚称慎娱居士,明嘉定(今上海)人。工书画,精题跋,所绘山水得元人风致。

④ 钱叔美,即钱杜(1764～1845),初名榆,字叔美,号松壶小隐、松壶、壶公,清朝钱塘(今浙江杭州)人。嘉庆五年(1800)进士,官主事。善画山水,并能画人物、仕女、花卉,创松壶画派。作诗宗唐代岑参、韦应物,诗意清旷。书法学唐褚遂良、虞世南。

⑤ 李英,字花影,号他山,兴义人,清嘉庆中拔贡,工书,神似米颠。

⑥ 张若澄(1721～1770),字镜壑,号默耕,安徽桐城人。清代名臣张英之孙、张廷玉次子、张若霭之弟。乾隆十年(1745)进士,改庶吉士,授编修,入直南书房。书画皆工。

⑦ 谢稚柳(1910～1997),名稚,字稚柳,号壮暮生、壮暮翁,江苏常州人。工山水花鸟,精鉴赏,1942年与张大千赴敦煌考察。曾任中国古代书画巡回鉴定组组长、中国美协上海分会副主席、中国书协上海分会主席等职。著《敦煌石室记》《敦煌艺术叙录》《水墨画》,编《唐五代宋元名迹》等。

⑧ 虚谷(1823～1896),俗姓朱,名怀仁,别号倦鹤、紫阳山民,出家后名虚白,字虚谷,清新安(今安徽歙县)人。善画花卉、蔬菜、禽鱼、山水、人物,尤擅松鼠金鱼。人物肖像造型准确,神态生动,注重色彩烘染,用墨不多,面部刻画较精细。

丁敬①,号钝丁,自称龙泓山人。乾隆举鸿博,不就,隐居卖酒。好金石,善写梅,精篆刻,为西泠八宗之一。字轴一幅,字甚古。

黄瘿瓢②:

1.《三羊》四尺中堂,神品,有笔有墨,诚好画也。

2.《教子图》立轴,很精妙画。

3. 人物册页,每页长题,铭心杰作。

4.《八尺钟进[士]》,小儿吓得哭,大幅中神品,另外还有人龙和炼丹大幅。

5.《士女》长立轴。一百元,盛家来,要重裱。

瞿山③,画梅,枝干奇古,以过王孟端④,康熙时人。梅瞿山《放{仿}山樵条幅》,徐俟斋⑤《仿巨然》四尺轴。以上两幅,皆精品,留玩。

郑板桥⑥:

旧存竹石六尺、五尺中堂,竹两帧,四尺小中堂,竹一帧。

新得石竹两立轴,梅兰竹菊四条,共计1000元。共九件。

张瑞图,[号]二水,在申,有绫本,《大风雨图》,长立轴。

陆日为⑦,清初人,《风雨归舟》绢本,和张二水配一对。尺寸、颜色、笔法、图样,相似。

---

① 丁敬(1695~1765),字敬身,号钝丁、砚林,别号梅农、石叟、清梦生,龙泓山人、玩茶翁、砚林外史、胜怠老人、孤云石叟、独游杖者等,清朝钱塘(今浙江杭州)人。嗜好金石文字。工诗善画,所画梅花笔意苍秀。对篆刻有独创,擅长切刀法,是“浙派”开山祖师,被尊为“西泠八家”之一。

② 黄瘿瓢,即黄慎(1687~1770),原名盛,字公懋、恭寿,号瘿瓢山人、东海布衣,福建宁化人。“扬州八怪”之一,画路最宽,集诸家之长,以狂草笔法入画,开创一代画风。绘画山水、花鸟、人物皆精,以人物画为最,山水画既有传统技法,也有独具风格和意境。书法草书善用破毫秃笔,放纵而严谨。

③ 瞿山,即梅清(1623~1697),字渊公,一作远公,号瞿山,宣城(今安徽宣城)人。顺治十一年(1654)举人,考授内阁中书。与石涛交往友善,相互切磋画艺。石涛早期山水,受到他的一定影响,而他晚年画黄山,又受石涛的影响。为人英伟豁达,工诗文,以博雅称于世。山水,苍浑松秀而有奇气。

④ 王孟端,即王绂(1362~1416),字孟端,号友石生,初隐九龙山,又号九龙山人、鳌叟,明金匮(今江苏无锡)人。洪武初以能书画荐入翰林,擢为中书舍人。永乐间以墨竹名天下,为当时第一。

⑤ 徐俟斋,即徐枋(1622~1694),字昭法,号俟斋,自署秦馀山人,明末清初吴中(今江苏苏州)人。崇祯年间举人。工书善画,山水师董巨,擅山水和画梅。书善行草。

⑥ 郑板桥(1693~1766),原名郑燮,字克柔,号理庵,又号板桥,人称板桥先生,江苏兴化人,祖籍苏州,客居扬州。乾隆元年(1736)进士。官山东范县、潍县县令,政绩显著。以卖画为生,一生只画兰、竹、石。其诗书画,世称“三绝”。

⑦ 陆日为(?~1716),字日为,号遂山樵,浙江遂昌人。《国朝画征录》《桐阴论画》均作陆痴。画学米芾父子及高克恭,能参以己意,自辟新路。作画多用挑笔密点,用墨由淡及浓,层层皴擦,使林峦崖石间烟云迷漫,墨气氤氲,章法不落常套,追求一种朦胧感。

邢侗①拳石七行，长题，可入镜框。可和李英掉换。尺寸正好，希有画品。万历进士，七岁能书，大名家。另有《行书》轴，尺寸何如，为大小相同，可配一对。北京买来，十元。

刘靖基《秋兴八景》设色或青录，我看四景好的。总的说来还好，并不过奇，没有大痴十景好。下面五帧悬在一起，比董其昌《秋兴八景》好多矣。

董其昌：

1. 董邦达②《仿山樵山水》立轴。
2. 无印纸本，山水轴，最好者，真精新品。
3. 绢本《水墨山水》立轴，绢已黄了，长题。
4. 绢本如块石，《设色山水》轴，此帧呆些。
5. 绢本山水，如山樵笔法，好画，轴。
6. 水墨山水，泼墨绢本，小立轴。

新罗山人③：

1. 《鹦鹉茶花兰竹石》，长立轴。顶好一轴，已赠管省④。昔年钱君⑤来的，两百元。
2. 《和靖观梅图》，绢本，立轴。于{与}赠管省长的异曲同工。
3. 《兰花》立轴，菊花下少有几叶。
4. 《春风琵琶士女》轴。很静，座石弹琶，杨柳倒悬。
5. 《天山积雪图》，有一对，立轴。
6. 《云海图》，甚好，大立轴。

---

① 邢侗(1551～1612)，字子愿，号知吾，自号啖面生、方山道民，晚号来禽济源山主，世尊称来禽夫子。临邑(今山东德州)人。明万历二年(1574)进士，官至陕西太仆寺少卿。与董其昌、米万钟、张瑞图并称“晚明四大家”并位列其首，与董其昌并称“北邢南董”。其于绘事，“偶作意写卷石、莎草、长松、修竹，游戏点缀，罗罗见其清淑，大抵仿叔明、元章笔意”。行草、篆隶，各臻其妙，而以行草见长；晚年尤精章草。

② 董邦达(1696～1769)，字孚闻、非闻，号东山，浙江富阳人。雍正十一年(1733)进士，授编修，官礼部尚书。善书画，篆隶得古法，山水取法元人，善用枯笔。

③ 华岩(1682～1756)，一作华嵒，字德嵩，更字秋岳，号新罗山人、东园生、布衣生、离垢居士等，福建上杭人。初寓杭州，后客扬州卖画，晚归西湖，卒于加。工山水、人物、花鱼、草虫，远师马和元，近学陈洪绶、恽寿平、石涛，标新立异，机趣天然。工诗善书，书法钟繇、虞世南，亦能脱俗。

④ 管省，即管文尉(1903～1993)，江苏丹阳人，1926 年加入中国共产党，曾任中共丹阳、武进县委书记，苏中军区、华东野战军纵队、苏南军区司令员，中共苏南区委书记、苏南行署主任，江苏省委副书记、江苏省副省长等职。

⑤ 钱君，即钱境塘。时钱境塘为刘国钧书画掌眼人，并经常进行书画交换。

7.《花鸟册页》12 开,一本。

8.《江城行船甚多》卷一支。

9.《凤凰》中堂,一幅,与陆恢①为一对。

任伯年:

1.《桃花条幅》,一帧,早年。

2.《双鸡条幅》,一帧,早年。

3.《仿黄慎刘海[蟾]》,一帧,精品。买八十元,现值五百元。

4.《松鼠》条轴,一帧。可送人。

5.《珠笔钟进士》,一帧。

6. 任雨华②载之《爱鹅》轴。女儿嫁给有钱人,不画,因此很少。

7.《大钟进[士]》轴,有破瑕。

8.《大钟进[士]脚下鲤鱼》轴。

9. 任立凡③《钟进[士]》,一帧。扎洋鬼子。

10. 任立凡《罗汉面壁》轴。

11.《岁朝图》立轴。

12.《论古图》大轴。

13.《苏武牧羊》轴。

14.《踏雪观梅》轴。

15.《魁星》大立轴。

16.《写虚谷像》轴。

17. 13 只鸡,横轴。

在省联,绫本,已取回,在常。

五代滕昌佑,七尺《牡丹锦鸡》大中堂。鸡好、叶多、花大、颜色,都好。

---

① 陆恢(1851～1920),初名友奎,一名友恢,字廉夫,号狷叟、狷盦、猥庵、廉道人、井南旧客、丑奴禽主、话雨楼主、破佛盦主人、容膝轩主人等,吴江(今江苏苏州)人。工汉隶,尤喜丹青,戏作鱼鸟舟车等皆生动有意。

② 任雨华(1870～1920),字雨华,名霞,任伯年之女,浙江萧山阴(今浙江萧山)人。工山水、人物、花鸟。其署伯年款识者,人莫能辨。

③ 任立凡,即任预(1853～1901),又名豫,字立凡,任渭长之子,浙江萧山(今浙江杭州)人。擅画山水、人物、花鸟,无所不精。构图别致新颖,笔法劲秀流利,设色鲜艳和谐。与其父任渭长、叔任熏、任颐合称"海上四任",为早期海上画派中坚。

不是画师，是自学家，好画。不婚不宦，善写生人物，无师传授，隐者也。本吴后，入蜀。《雉鸡富贵图》，酷似真迹。边鸾之亚也，画鹅得名，性情高洁。惟画是好，善写大字，人号“滕书”。

五代徐德昌，《乾坤一担货郎》形像，班珠尔架子、鸟笼内外，都是鸟画的技术，甚有本领。小儿好玩，在购买老柏等等都好，亦是老画家作品，成都人，善写人物。

苏州张灵，绿叶、红荷、鸭甚为美观。兰草布景亦好，带出避暑，甚好。绢本。另有山水轴。

《唐宋画家人名辞典》①，上海新华书店发行者。故宫三百种内第 67 页中有范宽《临流独坐图》，似李升《五尺大中堂》。

韩干《三马图》，人马无一不精神饱满，神韵天然。另见《八马》和《三马》横批，皆不如以上《三马》卷也。望云草堂李鸿章藏物、内府印、墨林印、王鸿绪等藏章。

陈阳②《龙干酿雪图》，有天地造化之气，诚无上神品也。

《唐宋画家人名辞典》上有李升《袁安卧雪古{故}事画》③大中堂，《春游图》更好，手卷两支，见过。

李升《袁安卧雪图》。[袁安]是袁绍④的高曾祖。柯九思、松雪章。

徽宗、乾隆二帝题款多方，对比皆真迹无疑。内府印章，把别幅二帝题书对比后，断定真迹，保证不差。原存有李升《山水》大中堂，酷似王维，人物马均好。成都人。

不知西蜀李升亦称“小李将军”，又说李升，世人称李昭道“小李将军”。

---

①《唐宋画家人名辞典》，编纂者朱铸禹，助编者李石孙，1958 年 12 月由中国古典艺术出版社出版，印刷者上海新华印刷厂，发行者新华书店。

② 陈阳，宋朝画家，生平不详。

③《袁安卧雪故事画》，描绘典故袁安卧雪故事。袁安（？～92），字邵公，东汉汝南（今河南商水）人。袁安自少承袭家学，研习《孟氏易》，初任汝阳县功曹，后以孝廉获举，曾任河南尹，历任太仆、司空、司徒等职。早年，时值寒冬，大雪纷飞，袁安宁愿僵卧室中，不去求人乞食，处处为人着想，洛阳令目睹这一切，认为袁安是贤士。“袁安卧雪”成为后人赞誉贤士高风亮节的典故，美术史许多画家以此为素材作画，诸如王维、董源、李升、黄筌、范宽、李公麟、李唐、周昉、马和之、颜辉、赵孟頫、倪瓒、沈周、文徵明等，近代画家也有以此为素材作画，如傅抱石、刘峨士、胡世华、冯超然等。

④ 袁绍（？～202），字本初，东汉末年汝南（今河南商水）人，东汉末年群雄之一。出自“汝南袁氏”，起家大将军何进麾下，历任中军校尉、司隶校尉，参与指挥诛杀宦官，怒斥董卓，出任渤海太守。担任关东联军首领，带兵讨伐董卓，励精图治，统一河北地区。发动官渡之战，兵败于曹操。

书上说李升是董源、王蒙之鼻祖也。《五马图》最好,故宫有山水甚好。

郑玄,字康成,有诗俾后人借名山水。惟明知赝品,但酷似董巨之笔。谅原画无款,后人加上,或把董、巨,原款除去,而借郑公之名。

赵松雪《天马图》:三人一马都好,有俞和芝生、聂大年[①]、张楷[②]等题,真迹无疑。但不如韩干《三马图》,赵马中最好的一卷,马眼是画龙点精品。

崔白[③]《花竹禽鸟》:绿竹、兰梗、竹鸡,翠鸟二只。如生花卉,笔墨如刘胤祖、黄荃,神品。虽乏勿失,留玩。郭右之[④]、康里子山等人题。子山题很宝贵的。真迹无疑,铭心绝品。另见《茄子》册页更好。

郎世宁立轴:

五马饮水,绿柳芦鹰,《五马图》最好,故宫有山水,甚好。设色布景顶好者,名《湖天饮马图》,千元。

班锦鸟、孔雀二只、铜龙,圆明园章。满字题,甚好。另见《八骏》立轴,真迹,在库。《八骏》六尺中堂,与《五马》对比,也是真迹无疑。

褚遂良,《临王羲之兰亭序》卷,马轼[⑤]《绘褚像》,有米南宫题。明朝很多人题。胡濙[⑥]题,武进人,他是建文进士,礼部尚书,89岁卒,字很好。东坡说酷似羲之,又说模本。中有"白之痛文夫"五字,易改者,真是褚笔落笔直书,只证褚模,真迹无疑。还有陈谦[⑦],学赵字甚工说,"不岂"二字飘逸活动,若神助。余细看之后,真正佩服古人研究翰墨精到之至美。既得之,防失

① 聂大年(1402～1455),明代官员、文学家。字寿卿,号东轩,江西临川人。正统间,官仁和县教谕。景泰初,征入翰林。博通经史,工古文,善诗词,尤精书画。

② 张楷(1395～1460),字式之,号介庵,又号守黑子,慈溪人。永乐二十二年(1424)进士。宣德初,授兵部主事,曾任陕西按察佥事、按察副使等职,多次平定农民起义。擅文章、诗词,工书法,行、草、篆、隶俱佳。

③ 崔白(1004～1088),字子西,北宋濠州(今安徽凤阳)人。工画花竹、翎毛,于佛道、鬼神、山林、人兽无不精绝,后被召入宫廷画院。注重写生,精于勾勒填彩,笔迹劲利如铁丝,设色淡雅,独创一种清淡疏秀之风,一变宋初以来画院中流行的浓艳细密的画风。

④ 郭右之,即郭天赐(1280～1335),名畀,字佑之,号北山,师从高克恭,与元四家之一的倪瓒联系密切,他们二人有着深厚的友情,米氏云山最具代表性人物,收藏诸多名家书画作品。学书画于赵孟頫,擅行书。

⑤ 马轼(? ～1457),字敬瞻,明苏州嘉定(今属上海松江)人。精天文,善绘山水,得郭熙之法,画境高古,名擅京师画坛。

⑥ 胡濙(1375～1463),字源洁,号洁庵,谥号"忠安",南直隶武进(今江苏常州)人。建文二年(1400)进士,历授兵科、户科都给事中、礼部尚书、太子太傅。留心医学,推张仲景为医学正宗。

⑦ 陈谦,字士谦,号讷巷、逸人,明南直隶姑苏(今江苏苏州)人。居京师,善楷、行书。效仿赵松雪,几可乱真。

之，永为枕宝。此卷可看到如王羲之真迹、米南宫真迹、褚遂良落笔直书真迹和模本，岂不宝贵乎？

题中陈谦，工书，善画山水，常居北京。字士谦，所录赵松雪《题右军兰亭序》，其字皆久习赵字而书者。陈谦对书画有经验，而是知书人也。沈粲[①]，卷首题《褚模稧帖》，是沈度兄[②]，官翰林待诏，度官侍讲学[士]。兄弟二人皆当时的有名大书家，对此卷亦是一个大保证，真迹也。此卷米南宫收藏15年，重装改卷，以便题跋云耳。

滋蕙堂法书[③]拓本，字就是此书磨{摹}刻的。[19]63年在港看到跋，苏泊[④]藏，米南宫跋，此卷且有画绢上。王羲之原书《兰亭序》，被唐太宗殉葬去了。苏云，褚公是以"双勾法"模稧帖，这卷又可与《哀词》褚公之书核对，此卷已有石碑拓本。

宋蔡襄，字君谟，书李澨[⑤]《华月照方池赋》。有东坡、倪云林等题跋，姜立纲[⑥]、伯颜不化{花}[⑦]、颜辉[⑧]、邓肃[⑨]、吴元善[⑩]等题。在廿年前钱镜塘介绍，讨价四百元。我初玩书画，真赝难辨。请王某某先生鉴定，王君说假的，未买进，而先生买去了。王今年1963年有人携来和我交换他画，得复旧观，真迹无疑，且系精品，欣甚欣甚。苏、蔡两书同列一卷，可贵矣。且有诸名公宝贵的题跋，既得之，防失之。

---

① 沈粲（1379～1453），字民望，沈度之弟，明松江府华亭县（今上海松江）人。与兄沈度同年被召入秘阁，授中书舍人，与兄齐名，人称"大小学士"。善篆、隶、真、行书，飘逸遒劲，自成一家。尤长于诗，有集二千余首。

② 沈度出生于1357，沈粲出生于1379年，故沈度应为兄，沈粲为弟。

③ 滋蕙堂法书，清乾隆三十三年（1768），惠安曾恒德撰集，所刻多取前人法帖，自唐至明，凡四十五种，按时代先后编次，此贴摹刻精善，曾风行一时。

④ 苏泊，字及之，苏舜元之子、苏耆之孙，北宋梓州铜山（今四川绵阳）人。进士，收藏众多古书画，部分为米芾递藏。

⑤ 李澨，唐朝人，生平不详。仅存赋作一篇《华月照方池赋》。收录于李昉等《文苑英华》。

⑥ 姜立纲（1444～1499），字廷宪，号东溪，明瑞安（今浙江温州）人。少时学书，以书入翰林，天顺中授中书舍人。楷书尤为清劲方正。以"善书"闻名海内，并远播日本，日本京都国门上的大字亦为其所书，被誉为"一代书宗"。清代《三希堂法帖》收有其墨迹。

⑦ 伯颜不花（？～1359），又名伯颜不花的斤，字苍崖，鲜于枢甥。累拜江东道廉访副使，后以陈友谅攻信州援之，力守孤城而死。善草书和绘画艺术。师法鲜于枢，运笔飘逸，行草宛如游龙般。

⑧ 颜辉，字秋月，庐陵（今江西吉安）人，一作浙江江山人。宋末元初时画家，擅人物、佛道，亦工鬼怪，兼能画猿。

⑨ 邓肃（1091～1132），字志宏，号栟榈，北宋末南宋初沙阳（今福建沙县）人。工诗文，尚忠义，卓有气骨节慨。

⑩ 吴元善，寓广信。工诗文，善书法。

伯颜不化{花}:元至正中接守衢州,陈友谅攻信州,伯颜发兵援救,力守孤城而死。伯颜好学不倦,精于音律。元朝忠臣,汉人敌人,善书、题跋甚好。

王安石,《安石行书》手卷,在王南屏①处,据售十一万。

《天香深处图》,山水,有云林、梁章钜②、成亲王③题跋。梁君曾五次就任江苏巡抚,并兼任过两江总督。福建长乐人,精于鉴赏,收藏甚丰。著书七十多种,对江苏地方了解甚清。退职后,英人在占据长江进南京时,签订《中英条约》。

此帧立轴看来,裱过多次,并看得次数较多。盘观,疲乏极了,确是好画,《中国画家人民{名}大辞典》说款书不对,认为后人伪造。但即使伪造,从明至今认为真者亦多。其录款字和成亲王题书相似。以后查安石字迹,再议,留玩勿失。

宋画书上提到此帧,并未说安石不会画,其录款大书家,往往能书多种字,即云林题跋,书法亦别有相似者。廿一岁登进士,卅一岁写此图,六六岁卒。

张三丰④会画符咒,治病走{赶}尸。湖南神咒符,尸日宿夜行。

张三丰、冷启敬,《书画两仙人》卷,神品。张仙,宋明元三朝至明正统时,被封真人。冷仙,元末已百余岁,至明廿多年卒。这支手卷书画合璧。两仙人作品,世上稀有之作,善保之。

张道邻{陵}天师,宋初张三丰[为]学生。三丰书甚好。

朱熹对大立轴手卷,共三珍,内中手卷最好。

方孝孺书卷,(一) 行书;(二) 临颜真卿,题头沈周、海瑞、戚继光⑤,书卷甚好,还有对一付。

揭傒斯,生于宋咸亨至元初,已卅岁。帝呼之而不名,早成大儒,元翰林

---

① 王南屏(1924~1985),江苏武进人,王有林之子,文物收藏家、鉴赏家,后居港。

② 梁章钜(1775~1849),字闳中,号茝邻,晚号退庵,清代福州人。政治家、楹联学家、诗人。能诗善书,学识渊博,精鉴赏,富收藏,好金石。

③ 成亲王,即永瑆(1751~1823),字镜泉,号少庵,别号诒晋斋主人,清乾隆十一子,嘉庆帝之兄,被封为成亲王。擅绘画,精书法,深得古人用笔之意,博涉诸家,兼擅各体。与刘墉、翁方纲、铁保并称清中期四大书家。

④ 张三丰,名通,又名彭俊、全一、君宝、思廉、玄素、玄化、三仹、三峰,字君实、铉一、蹋仙、居宝、昆阳、剌闼,号三丰子、玄玄子,世称"隐仙";以其不修边幅,又号张邋遢,自称为张天师后裔。生卒年不详。辽东懿州(今辽宁彰武)人。颀而伟,龟形鹤背,大耳圆目,须髯如戟。一生云游四海,时隐时现。善诗文书法,尤擅行草。

⑤ 戚继光(1528~1588),字符敬,号南塘,晚号孟诸,山东登州(今山东蓬莱)人。明抗倭名将,兵器专家、军事家、书法家、诗人、民族英雄。在东南沿海抗倭十余年,平定倭患。行草笔法娟秀,豪劲端重。

学士，中献大夫，有政绩，修经史大典。揭傒斯，《双勾墨竹》大立轴，顶好重裱一下，画不在“元四家”之下。

姜立纲，《仿山樵山水》小中堂，孤本，借到日本展览过。

以上两帧皆孤本，姜立纲善书，彼时秤{称}誉为“姜书”。云：揭傒斯，元朝宰相，有文名。著作甚多，题画亦多。现在全国打听，没有他的画，其墨竹甚好甚好。立纲书，日本人在明朝时来争取者，甚多。

康昕，谢稚柳[鉴定]：晋代时有温峤①、谢安②、王蒙③、康昕、葛洪第三子、谢岩、曹龙、丁远④、杨惠等人为有名画家，顾恺之第一。横大幅，太少狮笔笔如钢丝，天下无二，墨霜甚重，裱后少了。人物如《将军回家》《侍母》或《出战》立轴。徽宗题。谢稚柳云：妙品。以上，在南京见过，皆晋画也，墨皇宝物。

褚遂良，[19]64年二月在宫维祯秘书长处，看到他日本珂罗版印《褚模兰亭序》，永和九年滋蕙堂法书石刻。和林和靖⑤、苏东坡题《林苏诗》卷珂罗版印本和大米题跋，文字稍有不同。这两件，我的顶好。

1. 有《模契帖临王羲之兰亭序》，明画家马轼绘图，有米芾题，已详细注明，稀世墨宝。经过上面红字注解，真迹无疑，更宜保全，勿失。

2. 有《哀词》卷，真精品墨宝，在常可见到。内有故宫褚印帖对，真古本，真迹。

3. 有真楷唐永徽五年，太宗死后五年。黄任老说现在不写此字久矣，此卷再三再四评比，好字有力，留为枕宝，勿失。

---

① 温峤(288～329)，字泰(太)真，两晋时并州太原郡祁县(今山西祁县)人。生性聪颖敏捷，博学多才，善谈论，以孝悌闻名于乡，十七岁时被举荐，后应司隶校尉之聘，出任都官从事，专劾京师贪鄙不法之官。后做刘琨的参军，后任上党太守。西晋灭亡，司马睿在健康称晋王，改元建武。温峤奉刘琨委派，南下建康，奉表劝司马睿称帝。东晋初创，纲维未举，温峤历任散骑侍郎、太子中庶子等职位。后任江州刺史，率部至寻阳，联合征西大将军陶侃组织联军平定苏峻之乱。博学善文擅画，颇有画名。

② 谢安(320～385)，字安石，号东山，东晋陈郡阳夏(今河南太康)人。东晋政治家、军事家。博学多才，能诗善文，精通乐理、工书善画。

③ 王蒙，即王濛(309～347)，字仲祖，小字阿奴，太原郡晋阳县(今山西太原)人。历官长山令、中书郎、司徒长史。精隶书，通礼制，善玄谈。

④ 丁远，东晋画家，作品见于《历代名画记》《述画记》《图绘宝鉴》。

⑤ 林和靖，即林逋(967～1028)，字君复，后人称为和靖先生、林和靖，浙江奉化人，北宋著名隐逸诗人。工行书，喜为诗，不娶，种梅养鹤以自娱，有“梅妻鹤子”之称。后世画家多画和靖爱梅图，名笔有马逵《林和靖爱梅图》、盛子昭《林和靖爱梅图》等。

宋邵康节《仙游诗书》,六尺大屏条,十幅。

边蛮,《梅花锦鸡》立轴,宝物。

林逋和靖、苏东坡题诗卷,在宫维祯处看到印本,皆不及此卷,更宜保全,勿失,永为枕宝。林书秀硕有力,勿轻示人知。

徐麟,山水。《画家大字典》上说"后梁徐麟笔"五字画的山水,周密见过,我存一张,只有"徐麟笔",无后梁二字。查人名大辞典,明初洪武间有徐麟,政治有功,未言能画。或者此帧是这个明朝人画的,因不大画的人或画得很少的,书上不见者多矣,待考。六朝时无后梁,五代时有后梁的,这幅画究为何时人绘者,不知也。

夏珪《风雨归舟》八尺中堂,顶好。书水甚好甚好,人物布局均好,而且笔笔有力,真神品也。初次注意到的。

唐赵公祐,《朝贡图》《狮犬》和《宝物》卷,甚好。

唐赵德齐,是公祐之孙,《山水》立轴,叶奕孙题,甚好,云集三代之长。

唐李昭道《金壁山水》卷,徽宗题甚好,在宁。

唐刁光胤《双凤牡丹》中堂,希世之珍,有宣和双龙等辞。以上四唐,皆神品。

唐何君墨,又名何墨君,青绿好卷,笔力雄放,可与人研究研究。

宋李唐,字晞古,《山阴图》,活{阔}15 寸、长丈外,绢本手卷。柯九思等题,老年作品,铭心杰物,善保之。有棉绸套红木匣装置。看到董源《垂吊图》,比此更好。晞古,徽宗时画院,待招。活八十多岁,到南宋尚在。

黄思贤,《风雨归舟》中堂,有雷电风声之势态。宋画奇品,有宣和印,铭心杰作,希世之宝。

1960 年看常人家:

常有《郭熙山水》卷,祝枝山题、罗振玉①题,好画。赵子固《水仙双钩竹》

---

① 罗振玉(1866～1940),字叔言、叔蕴,号雪堂,祖籍浙江上虞,生于江苏淮安。1896 年在上海与人合办农学会,创办《农学报》,1898 年创办东文学社。曾奉召入京,任学部参事官,兼京师大学堂农科监督。学识渊博,堪称鉴藏大师,对甲骨、木简、敦煌遗书、碑刻、金文等都有研究。嗜古如命,甚至借贷购藏。亲日思想守旧,曾任伪职。为抢救内阁大库明清档案,购买历史博物馆卖出的大量文书。后在旅顺建藏书楼,名"大云书库"。1945 年,大云书库藏品遭受重大毁损,不少藏品散落民间。后人将其所藏古籍和文物捐赠政府。

卷，甚好。

宋刘文惠，《牡丹锦鸡桃花》立轴，比恽南田好甚，新且精。

元盛子昭，《渔樵问答图》立轴，甚好。

摘观铭心者：

赵千里，两卷在库内。

赵千里《宫苑图》，在上海。青绿山水长卷，有陶云湖[①]等四人题，墨宝很好，神品，很大。如李唐大卷，五人题。

赵千里《蓬莱仙居图》卷，墨宝，真迹。在申。

赵千里《青绿沄州图》，金璧{碧}山水大立轴。可和宋澥《青绿山水梅花》成对，在宁。最好的一帧挂轴，铭心之品。枯柳枝似神乎其神也。贾祥《青山白云》粗绢乏了，填过，没有《沄州图》好矣。

赵千里《海岛仙居图》卷，海中有龙、白云青山功笔、楼台人物均希世墨宝，真迹无疑，题头多。

赵千里《香山游春图》，墨绿色款，同上卷。赵仲穆题、郑元祐等共四人题，渡船人物虽小有神，松款于{与}上卷同，真迹无疑。与赵松雪《香山游春图》卷并驾，长卷，铭心之品，要换包首。

赵千里《开山治水禹贡图》卷，有柯九思题，神品。

摘观铭心者：

李龙眠，《白描鬼子母》长卷，柯九思题，天下有名的神品。

李龙眠，《白描七贤图》卷，徐范[②]、高□和、朱纶[③]、滕中远题，真迹神品。

李龙眠，《十六应真者白描》大卷，有怀疑，待考。

李龙眠，《异方十国进宝朝贡图》，白描册页，铭心作物，永为枕宝，真精品。

---

① 陶云湖，即陶成，字孟学，一作懋学，号云湖、云湖仙人、实斋，宝应人，成化举人。诗文书画皆善。生性疏狂。书善四体，真、草、隶、篆皆佳，擅画花鸟、人物、水山多用青绿，喜作勾勒。竹兔与鹤鹿均妙。

② 徐范，字彝父，南宋侯官（今福建福州）人。嘉定元年（1208）进士，历任太学录、国子监主簿，官至著作郎、起居郎兼国史院编修、实录院检讨。

③ 朱纶，字浩钦，明朝吴县（今江苏苏州）人。善行楷。

六如,成化6年生,到弘治末年,是二四岁,至正德(在位16年)末年四一岁,宁王辰濠[1]厚聘之。唐寅其有异志,佯狂使酒。辰濠不能堪,放还,年54岁卒,当在嘉靖三年。

朱宸濠,权九世孙,弘治中封宁王,党羽甚多。时武宗,即正德,无储嗣。

游行不时,人情危惧,辰濠谋乱,会帝遣人收其护,乃决计造反,称奉太后密旨。自南昌起兵,攻南康、九江、安庆、浮江,东下将据南京。王守仁[2]巡抚南赣,以兵攻南昌。辰濠回救,守仁破,擒之,诛于通州。唐伯虎早察其谋,佯狂使酒,辰濠不能堪,放他回去的。

唐六如:

《探梅图》,成扇。《麒麟送子》5尺中堂轴。《执扇士女》立轴。

有六幅假的,真迹在上海。文征明《月下三诗》,有六幅假的。

细笔山水,在宁,大长轴。正德时绘,47岁,顶好的画。

《吕仙柳树精》立轴。《丹桂玩月图》,精品,小立轴。

《芦汀图》大方斗轴。人、舟、款都好,神品。

细竹扇面在镜框,一张。

细笔金笺山水扇面一张,在申。正德六年,41岁。

法书条轴一帧,在宁。

《崔莺莺面像》立轴,四十岁画的。[购款]800元。

《兰亭修契图》长卷,一支。

《林和靖爱梅图》,最好之一。

《枫林霜叶图》,成扇。

《高士消夏折扇》,小中堂。有人说假至致,不听,可也。

《仙女大中堂》轴,在申。神品,铭心,墨宝。正德二年,约三八岁时绘的。

《桃花诗十首》,书书合璧卷。书学松雪。有五百多字,精品。

《墨牡丹》立轴,在宁镜框内,在宁。

---

① 辰濠,即朱宸濠(? ~1520),明宗室,袭封宁王。久蓄异志,谋夺帝位。招集亡命,私藏兵甲,在南昌起兵。为汀赣巡抚佥都御使王守仁所俘,次年底被杀。

② 王守仁(1472~1529),字伯安,又称阳明先生,浙江余姚人。弘治十二年(1499)进士,曾任汀赣巡抚,以擒获叛王朱宸濠,官拜兵部尚书,封新建伯,总督两广。

《人托瓶古松》，似吕仙，在宁，立轴。

四十寿《墨笔山水》立轴，应是正德五年，四十岁。

《松岩观瀑图》，假的，立轴。送陈玉生[①]了。

《设色山水》横卷，一支。同文征明同为设色山水一对，永为枕宝。

《士女音乐图》横卷，一支。真迹神品，在宁。

《笠屐图》长题，坡翁像。1500 元[购]，诗画书皆好，铭心绝品。

《水村图》立轴，字赵字款，甚好。

盛家金笺扇、书画，各两张，共计四张。

以上所见过的，卷轴廿二帧，扇面八张。

《古木幽篁图》，四尺大立轴，即柏木竹石，四百元。真精神新，稀有之品，录款字与江深《楼阁》同。真迹。

《江深楼阁图》，长立轴，浅降{绛}色，甚好，1000 号。寒璧山庄刘蓉峰藏物，最精品，勿失。真迹。

初看疑心，一个“唐”字写得异样一点，细看每个字都真迹。“唐”字虽异亮，“虎”对的。石头、山树、楼阁顶上有云几条，确是真精新，永为枕宝。上海方面《笠屐图》最好。

王叔明：

1. 六尺《千岩万壑图》，山水中堂。在宁新裱。五百廿元。
2. 《湖山幽居图》，山水小立轴。在常，顾大典[②]题，铭心绝品。
3. 《山水》小短轴，有王素[③]题，在宁。
4. 《黄色山水》长立轴，有宣德印，神品。在常，墨笔很飞舞，铭心之物。
5. 《枯木竹石山水》条式小轴，在常。

---

① 陈玉生(1899～1994)，江苏泰兴人。1936 年参加上海各界救国会，1939 年加入中国共产党。抗日战争时期历任新四军东进支队司令员、苏北指挥部第三纵队副司令员、苏中保安司令员。建国后，历任华东海军后勤司令部司令员兼政委、华东海军司令部副参谋长。

② 顾大典(1540～1596)，字道行，号衡寓，南直隶苏州府吴江(江苏苏州)人。顾大典为吴江派重要作家，家有谐赏园、清音阁，蓄家乐，自教之戏曲为乐。隆庆二年进士，历仕会稽教谕、处州推官、福建提学副使。诗宗唐人，书法清真，画山水堪入逸品。著有《清音阁集》《海岱吟》《闽游草》《园居稿》《青衫记传奇》等。

③ 王素(1794～1877)，字小梅，晚号逊之，江苏扬州人。幼拜师鲍芥田，又多临华岩，凡人物、花鸟、走兽、虫鱼，无不入妙。存世作品很多，人物画成就最大，上海博物馆所藏《钟馗图》，是王素人物画作品中的佳作。仕女画也很有声誉，比费丹旭、钱慧安等人更加清新文秀。篆刻效法汉印。

6.《春林观瀑图》,细笔斗方轴,在宁。

7.《细竹山石》小轴,在申,配四家。有长题,甚好。

8. 为原东画《山水胡桐》轴,董其昌题,力能拱鼎。

9.《设色西爽图》卷,在宁。

10.《蜀山》,真迹,在库内见过,笔如钢针,天下第一。在常。

11. 第一件买进,《黄色山水》立轴,一直认为假的。相隔了八九年不去理会他,今年始认识他。是44岁左右画的早年作品,真迹,[19]63年10月。

12. 有唐六如题大字一方,设色山水立轴,40岁绘的。

元王振鹏:《墨笔仿贤图》,长大卷,真迹无疑,好画。

王振鹏,《兰亭修契图》卷,青绿山水、人物都很好。进呈内府之件,铭心之物。

鲜于枢《赤壁赋》大字长卷,李世卓题,铭心墨宝,要重裱。

元揭傒斯,字曼硕,幼贫甚。昼夜刻苦读书,早有文名,修国史功臣,传称名笔。文宗有所咨访,奏对,恒以字呼之而不名。年七十有一卒,平生清健,至老不渝。书善正草,殊方绝域,慕其名,莫不以得其文为荣,按元史不载能画。今于琴川邵氏诒安堂①,得观山水长卷,皴法精严,气晕沉郁。自立崖岸,不在四大家之下。非深于画理者,安能独开生面耶!

我有《双勾墨竹》立轴,一帧,装木盒。足以宝贵,永为枕宝,应重裱,善保之。此帧竹石、兰花、灵气都绝佳,录款叟硬有力,写得甚古。

徐熙政治、文学、书诗,不如曼硕。以我看,不比钱镜塘雪竹差,画者此帧《双勾竹》孤本天下第一。

赵子昂:

1.《行书大字》卷,真迹,神品。

2.《草书墨宝中堂》,神品,在阁上。

3. 赵子昂《泰华山青绿山水》,六尺中堂。

4. 赵子昂《二马图》,5尺中堂。

5. 赵子昂《墨竹》,在朝南橱,常州,立轴。

---

① 据《隐几山房文集》载,常熟邵氏自休宁黎川迁虞,卜居于迎春门兴贤桥郁家弄,曰“诒安堂”。

6. 赵子昂《陶渊明归来辞》，人物中好画，立轴。

7. 赵子昂《红树青山》，在宁，绢本，小中堂。铭心绝品，在宁。

8. 赵子昂《山村图》，墨宝，小卷。

9. 赵子昂《八骏图》，神品，小卷。

10. 赵子昂《九马图》，又书《秋兴赋》卷。书画合璧，神品，在宁。

11.《赵子昂金书》字卷，铭心绝品。

12.《自书诗册》，可送人1本。

13.《临褚书》册页，1本。大德三年墨宝，藏章甚多。

14.《九成宫》小楷书，一张。铭心神品。

15.《青绿山水》大方册一张。

16.《香山游春图》卷。铭心绝品。

17.《百骏图》卷。铭心绝品。

18.《给王穉登手札》卷。管夫人去世在困难时。

19.《并球图》，常镜框内，立轴。铭心之物，要重裱。

20.《写杜子牧诗》卷，在申，有怀疑。

21.《天马图》，人物更好。张楷、俞芝紫、聂大年题。

元管夫人道升：[子]赵仲穆。

1.《墨细竹苍筠清韵图》，立轴。

2.《黄岗细竹绘本》卷，神品。翁方纲等题，甚多。

3. 元管夫人夫妇合作《书画竹》卷。最好的竹卷，神品。

4. 元管夫人回文画，仇英绘图。写得甚好，送宫维祯。

5.《午睡图》，神品，大中堂。

6.《白描马园胡人游腊》卷，真迹，。

7.《杨柳骏马图》轴，在常，铭心绝品，永为枕宝。

8.《江南春山青绿方式》轴。王时敏题。

赵子俊：

1.《溪山读书图》，六尺，大中堂。

2. 赵子俊《白描八骏图》卷。神品，很少作品，留为清玩。

赵子固，另两幅在库。

1.《墨笔花卉》卷,在宁。

2.《设[色]花卉》册页,在宁,一本。

3.《墨竹》立轴,在宁,最[好]。

4.《水仙竹石》,在常,卷。

陈汝言,设色恭{工}笔山水卷,横幅。

《墨笔山水卷》仿佛长,甚好。张石铭①、冲{葱}玉②祖藏物,南浔首富,1000元。有董其昌、乾隆题。

肖南夫《竹篓图》孤本,长轴。南京新得,揭傒斯题。

吴仲圭,已入库四帧。

1. 五尺竹石,在常,中堂。

2. 横式水墨山水,在常,轴。

3.《夏山图》,神品,在常,卷。铭心之物,山水。

4. 水墨山水,五尺中堂,轴。在宁,真迹。

5. 横幅条墨竹,在宁,二支。

6. 条式绢墨竹,在宁,立轴。竹叶有技术,很精,神品,藏章甚多。

7. 董邦达题,竹卷。真迹,神品。

8. 上海[藏]《竹轴》条幅,王庞题。没有怀疑,风竹甚密,款好。竹叶松,拱起来,这种笔墨非近人所能。

9. 师范竹卷,共五段,仿与可卷。末了一段有笋竹杆巨多,还有一段雪竹。铭心之作,神品也。焦源溥③、项真④题。

10. [19]62年12月申来《竹卷》两支,钱手皆好。

11.《渔父图》卷,一支。

12.《风竹》,一张。

---

① 张石铭(1871～1927),名均衡,字石铭,又称适园主人,浙江南浔人,酷爱收藏古籍、金石碑刻和奇石,为南浔清末民初四大藏书家之一。

② 葱玉,即张葱玉(1914～1963),名珩,字葱玉,号希逸,浙江南浔人,富商张石铭之孙,藏书家、书法家、书画鉴定大师,1934年、1946年两度被聘为故宫博物院鉴定委员。1950年被聘为上海市文物保管委员会顾问,同年调文化部文物局工作。曾任文物局文物处副处长,兼文物出版社副总编辑。

③ 焦源溥(? —1643),字涵一,三原(今陕西三原)人。明万历四十一年(1613)进士。官至右佥都御史。

④ 项真,字不损,天启、崇祯年间宜兴陶器名工,制壶朴雅,字法晋唐。

13.《山水》小轴，配四家，一帧。

14. 宁《竹卷》，还有一支。

15. 常还有《竹卷》，一支。

16. 文父子《题竹》轴一帧，竹卷，竹叶特别。

17.《断梗竹》，在库内，一帧，很好的一轴。

18.《云山图》，南京新进，长轴。

黄公望：

1.《山水巨册》，天下第一册。共12开，明珠骏马，永为枕宝，在库。

2. 水墨山水，在常，《写富春山图》，立轴。宋仲温①题，真墨宝。

3.《桐江山水》，在宁，手卷。一笔头不点，镜塘云，真迹。

4. 黄、王、倪合作山水，立轴。天下第一，在库内，永为枕宝。

5.《浅降{绛}山水》卷，云林上款。在库内，真迹，神品。

6.《斗方山水浅降{绛}》卷，在常。真迹无疑。

7.《秋山叠嶂图》长式立轴，绢本。我重裱过的，在申。

8.《设色山水卷》，在宁，第一次购进的。

9.《秋山暮霭图》立轴。[19]63年进，青绿已变色。

10.《设色山水》小帧，配四家中，在申。

11. 大小册页山水，二张。

12.《墨笔绢本》大立轴。和东坡字轴，包一起。

先生生于宣德二年丁未，卒于正德四年己巳，八二岁。

沈周[号]石田、[字]启南，文唐皆为其弟子。

1. 精粗《雪景渔翁》八尺大幅中堂。在常。谢时臣②《峨嵋雪景》同样大。

2.《石梁飞瀑》阔大中堂，七尺轴，在常州。

3.《设色山水》，八尺，在宁，大中堂。同上面雪景差不多大，送美术馆。

---

① 宋仲温，即宋克(1327—1387)，字仲温，一字克温，自号南宫生，长洲(今江苏苏州)人，是明初闻名于书坛的书法家“三宋二沈”之一。与高启等称十友，诗称十才子。

② 谢时臣，字思忠，号樗仙，明代吴县(今江苏苏州)人。工书法，长于隶书。擅山水，师法吴镇、沈周，稍作变化，兼有“浙派”和“吴门派”笔法，风格独特。以善画水著称，江河湖海，无不精好。

4. 字轴一条,在常。

5. 设色山水,不太长幅,好立轴。真精新,永留清玩。明朝好画,不比宋元差,在常厅房内挂过。

6.《仿宋诸家山水》,长题,卷。同赵千里同藏木匣中,好书。

7.《七景山水卷》,长题,祝允明题卷,顶好者。

8.《怀酒轩》卷,长题,论酒乡,要裱。受过潮,裱后再看,难卷。

9. 新来临山谷大书雪景画,四丈五尺长,活 14 寸半,书 1 丈五尺。大卷,五百元,《江天暮雪图》。

这幅大卷是弘治元年六二岁书画的,铭心绝品,类如《长江万里图》。书是松庭对雪,诗字是写黄山谷。画名《江天暮雪图》,永为枕宝,善为保存,至要至要。

大书字,有四寸外至五寸见方大,酷似子久大册。画分十段,细看,段段不同,大观也。以我所见沈老画卷廿余支,此卷为第一也。可说是沈老平生最精作品,真精新,画书合璧,此卷约有一百多年未裱过。宜重裱,可同明东郸十州大卷并驾。

10. 设色《萱花图》大立轴,真精新,好画,400 元。名《萱寿图》,希有之件。

11.《秋林黄叶图》,申,入镜框。

12.《灌木平坡图》,仿梅道人。

13.《牡丹花》卷,长题,在常。

14.《雪景》手卷,最精。

15.《鸡》。

16.《太湖山水》大立轴,在上海。梅花粗笔山水,吴宽、王穉登等题,要查,六人题诗,好画,送友上舟。

17. 短裱头山水小中堂,精品。日本人藏件,《雪裹寻诗图》。雪景似李成。

18. 丈二山水大中堂,长题,人物甚好,乏透。款字甚好。

19. 水墨山水,墨气甚好,气韵特佳,文壁等题雪景。

20.《捕鱼图》卷,活{阔}1 尺 4 寸,长一丈,好画。

李纲字卷,一支,字比韩世忠好。墨宝,永为枕珍。唐明两朝皆有李纲,同名，皆进士出身，政绩甚好。此卷宋朝李纲，字伯纪，政和进士。钦宗时，为兵部尚书，有政声。南宋高宗时，为相，极力主张抗金，重整边防，研究军事，威震国外，在位七十日。有《梁溪集》，文名亦甚大，无锡惠山有李公祠。

左光斗①，明万历进士，桐城人，字遗直，授御史。见太监专权太过，于{与}杨涟协心建议，排阉奴。后为魏忠贤所害，与杨涟②同毙于狱，追赠太子少保，谥“忠毅”。藏四幅，短单条，法书字，甚好。忠臣遗迹，永为枕宝。

邵宝，成化进士，尚书御史，谥太子少保，多著作，文名很大。故宫有《梅茶水仙花卉》轴，无锡人。

张夕庵③，设色山水，甚好，立轴。永留清玩，不需要认真的厚古薄今，清一代画不差。

钱叔美《设色淡青绿山水》立轴，细秀雅逸，铭心之物。

三丰遁老，张三丰武当丹士，太极拳祖师。徽宗召之到明朝，二百多岁，时隐时现。手卷、行书、诗帖。

冷谦④，字启敬，《佛像金绢本》立轴，武林人，洪武为太常协律郎。高八寸二分活{阔}16寸，横幅。《樵径图》，如梅道人笔法。

以上两位仙人，俱为我有，真眼福也。三丰书和启敬《樵径图》合并一卷内。

在元末已百岁，与赵松雪观李将军画，而敬之，得其法。到永乐间画鹤诬，隐壁仙去，真奇人也。铭心绝品，永为枕宝。山水人物，意臻妙品。赋彩纤细，诚神品也。

吴伟《小仙醉樵图》，两眼有神趣，立轴，甚好纸本，题字如陈所翁，广州见过墨龙题书，真精新，700元。

---

① 左光斗(1575～1625)，字遗直、共之，号浮丘，明桐城(今安徽桐城)人。万历三十五年(1607)进士，任御史时办理屯田，在北方兴修水利。任左佥都御史，疏劾阉党，遭斥逐。后诬以受贿，死于狱中。崇祯即位，赠右副都御史、太子少保，谥“忠毅”。工诗书，擅行草。

② 杨涟(1572～1625)，字文孺，号大洪，明湖广应山(今属湖北)人。与左光斗同年，万历三十五年(1607)进士。任谏官，以敢言著称。光宗时因主移宫，辞职去。熹宗时再起，官至左副都御史。天启四年(1624)上疏弹劾魏忠贤二十四大罪。次年，为魏忠贤诬陷，惨死狱中。

③ 张夕庵，即张崟(1761～1829)，字宝厓，号夕庵、夕道人，又号樵山居士、观白居士等，丹徒(今江苏镇江)人。出身商贾之家，家藏宋元以来法书名画甚多，自幼爱好绘画。善画花卉、竹石、佛像，尤擅山水。长于画松，常以松为其画主体，干直叶茂，充满生机，世人誉为“张松”。

④ 冷谦，字启敬，号龙阳子，明初武陵(今湖南常德)人。洪武初以善音律，仕为太常协律郎。擅山水、人物、窠石，通晓天文地理。

吴伟《人卧舟中》,5尺中堂,在常,甚好。

周东村[1]《归松溪归樵图》,5尺中堂,酷似宋元,好画,绢本。

1. 唐刁光胤,《凤川牡丹》,六尺中堂,录款大字,中间画的,非墨写,金书。我唐画中最好之一。

2. 五代蒲延昌《紫微星》,宋人纸本,铭心绝品,五尺中堂。如有神经病,悬之可愈云。书上说这是墨宝。

3. 北宋范宽,雪景山水树木山石人物,铭心之物,五尺中堂。

4. 西川石恪,《布袋和尚》,小儿拉和尚看水中月,趣甚,中堂。

另有《背松图》立轴,和刘海、钱谦益题,立轴,皆铭心神品,永为枕宝。

以上四幅,皆装木合中。

唐,杨廷光《吹肖{箫}女士》中堂,青绿,手卷都很好。

文征明:

1. 仿宋细笔《雪景山水》卷,在库内,很长,在常。

2.《墨笔山水粗笔山水》大立轴,在宁。

3. 条轴,有名文猫,长题,最好的之一,在常。

4.《麻雀盆草》小轴,在宁。

5.《墨竹》卷,四百元进的,在常州。

6.《千字文书》卷,在常州。

7.《山下泉书》卷,青绿,不长,浅绛色,好画,在申。

8. 扇面十开册页,在申。

9. 扇面十开册页,在宁。

10. 其余书画扇散张,约七张。

11.《雪景》四尺半中堂,老年作品,甚好。托钱代小裱,贴洗一下。

12. 条式《粗笔雪景》一轴,在申,钱镜塘说中年作品。

---

① 周东村,即周臣(? ~1535),字舜卿,号东村,明吴县(今江苏苏州)人。周臣擅长画人物、山水等题材,画法工细严整。他的山水画主要师法李唐一派,其画山石坚挺,章法严谨,用笔精熟。周臣的人物画也极为出色,古貌奇姿。擅工笔画,描绘农民或民间英雄的普通生活。最具独创性和表现力的画作《流民图》,画中人物各极其态,真实生动地反映了流民不同的悲惨境遇和精神面貌,以"警励世俗"唤起民间仁爱之心。

13. 绢本《细笔雪景》一轴，在申，细笔甚好。

14.《设色山水》横幅条，一支，在常。和唐六如配一对。

15.《雨景山水》立轴，400 元。33 岁画，铭心绝品。

16.《梅花水仙松》，诗、书、画三绝卷，全精粗笔。王穀祥[①]题岁寒，文自题书梅花、松、水仙三诗，精极了，佳趣。可以裱三个横批。

17.《长江巨观》，青绿山卷，沈石田题，细笔神品。中有小黄山，铭心绝品，书画皆好。两卷一细一粗对比之下，有趣极了，字甚好。

18.《离骚经画》卷，八八岁书，很长，精品。

19. 四尺对，一付在常。

20. 小轴字轴，一张，在常。

21.《兰竹石》条轴，在省，狭长幅，铭心绝品。

22.《青绿雪景和靖观梅》中堂，在常，卅元购画，加裱六十元，甚好。和南田《山水》配一对。

泼墨奇品：

王洽《山水》、陈所翁《墨龙》、黄思贤《雷电雨大风归舟》、董羽《独占鳌头飞鱼》。

奇特画件：

奇特的画件，有下列几种见过的。

1. 仇十洲《铜雀曲本□事图》，5 尺长条帧，从未见过。

2. 高其佩[②]《蓬岛仙居中堂图》，绢，青绿楼台，真精新。乾隆皇子长题。

3. 禹之鼎，《磁青观音》立轴。

4. 沈石田，《江天暮雪图》，大字书 15 尺，画四丈五尺。63 年十月重裱。

---

① 王穀祥(1501～1568)，字禄之，号酉室，南直隶长洲(今江苏苏州)人。嘉靖八年(1529)进士，官吏部员外郎。善写生，渲染有法度，意致独到，即一枝一叶，亦有生色。书仿晋人，篆籀八体及摹印，并臻妙品。

② 高其佩，字韦之，号且园、南村、书且道人，别号颇多，另有山海关外人、创匠等。奉天府铁岭(今辽宁铁岭)人，汉军镶黄旗人。工诗善画，所绘人物山水，均苍浑沉厚，尤善指画，被誉为“指画的开山祖师”。

5. 翟汝文①,《奇别龙凤傲头》,5尺中堂,观音。

6.《闪电大风雨设色归舟》,大中堂。

7. 王渊若《绢本刘海[蟾]》,真精新,奇品。

8. 郎世宁,《鸵鸟图》,西法立轴。

9. 李龙眠,《揭钵图》卷,细笔。

10. 罗两峰《鬼趣图》,很多人题,长卷。

11. 戴进《青绿山水殿阁楼台》,伟大盛大之,神品。人物、殿屋都好,中央人民大会堂江苏馆可悬。长63寸高5尺方尺,约四百元,可买进。

12. 方以智②即僧宏智和尚,崇祯进士。入清为僧,明四公子之一。画山水,讽刺满清。有诗曰:老桧垂天阴十围,万峰无奈已斜晖,石床趺坐晚风急,空抱焦琴期鹤归。枯树将死,石将倒下,后有一座大山,对现在说树石危险,如资本主义后面社会主义,有如泰山之巩固。据画如八大山人,有意义之作。

字密之,号鹿起,明季四公子之一,崇祯进士,官检讨,入清为僧,名弘智,字无可,人称药地和尚。博极群书,考据精核。所著《通雅》一书,论者谓在杨慎、陈耀文、焦竑三家之上,又有《易余如》《古今性说合观》《一贯问答》《物理小识》《药地炮庄》等书。

四公子:桐城方以智;冒襄[号]巢民,如皋人;陈定生③,阳羡人;侯朝宗④,归德人,字方域。巢民十岁能赋诗,书法特妙。

父方孔照⑤,明桐城人进士,崇祯间为都御史,巡抚湖广,战击贼,八战八

① 翟汝文(1076～1141),字公巽,两宋之际润州府丹阳(今江苏丹阳)人。元符三年(1100)进士,历任议礼局编修官、知襄州、中书舍人、知密州等职。钦宗即位,召为翰林学士,改显谟阁学士、知越州兼浙东安抚使等职。早年从苏轼、黄庭坚游。好古博雅,精于篆籀。

② 方以智(1611～1671),字密之,号曼公,又号鹿起,别号龙眠愚者,出家后改名大智,字无可,别号弘智,人称药地和尚。南直隶安庆府桐城(今安徽桐城)人。明代思想家、哲学家、科学家。

③ 陈定生,即陈贞慧(1604～1656),字定生,南直隶阳羡(今江苏宜兴)人。明末清初散文家。陈贞慧是复社成员,文章风采,婉丽闲雅,兼擅骈散两体,著名于时。

④ 侯朝宗,即侯方域(1618～1655),字朝宗,明归德府(今河南商丘)人,明末清初散文家,散文三大家之一、明末"四公子"之一、复社领袖。

⑤ 方孔照(1590～1655),字潜夫,号仁植,桐城东乡(今安徽枞阳)人。万历四十四年(1616)进士,任嘉定知州,调任福宁知州、兵部主事。曾从意大利传教士熊三拔学习西方科学,所著《崇祯历书约》是明末重要天文学著作。

胜后，归隐，有《周易时论》合编。孔照因熊文灿[①]纳张献忠[②]降，条上八议言，主抚之，误不听。而贼果叛，随归隐。

熊文灿，万历进士，贵州人。崇祯时巡抚福建，抚郑芝龙海盗为己用。闽盗平，擢督两广，仍以郑芝龙力，力平海盗刘香，时以为知兵。中原寇乱，拜兵部尚书，总理军务，文灿一意主抚。张献忠作降，拥万人踞穀城，索十万人饷。文灿与之。已而复反，方孔照曾上八点条议，言主抚之，误不听。事遂不可为，文灿坐弃市。如听方孔照，或许明朝不即亡也，钧言。

张献忠，延安卫人，与李自成同年生，狡黠骁强。崇祯中陕西贼大起，献忠以米脂十八寨应之。与李自成连寇山陕河南等城地，据武昌，张献忠称大西国王，陷成都，惨无人道，后被射杀。

我马融[③]书卷，提到郑玄。

郑玄，字康成，高密人，往事扶风，马融三年，既归，客耕东莱，门徒千数百人。马融曰，“郑生今去，吾道东矣”。孔融[④]为北海相深敬之。告高密县特立一乡，曰郑公乡。时黄巾贼势甚，至相约不入高密县境。汉献帝[⑤]时，建安中，征拜大司马。唐贞观中从祀孔庙，著书百余万言，今存者有《毛诗笺》《周礼议》《礼记》《较五经等异议》。

---

① 熊文灿（？～1640），永宁卫（今四川叙永）人。万历三十五年（1607）进士，曾任右佥都御史、兵部右侍郎等职。崇祯元年（1628）任福建左布政使，招降郑芝龙。后任兵部尚书，总理南直隶、陕西、山西、河南、四川、湖广军务，进驻襄阳，采取剿抚兼施，招降张献忠。后张献忠再举义旗，击败明军左良玉部，明廷震惊，熊文灿被下狱处死。

② 张献忠（1606～1647），字秉吾，号敬轩，出身贫苦，明朝陕西延安府（今陕西定边）人。明末农民起义领袖。崇祯三年（1630）以米脂十八寨响应王嘉胤起义，自称八大王，后自成一军。1634 年，率部攻信阳、邓州，转战今豫、鄂、皖各地。1638 年正月，与明总兵左良玉、陈洪范战，接受明兵部尚书熊文灿的招抚，1639 年再度起义。后取四川，在成都即位，号大西国，年号大顺。后被清军射死。

③ 马融（79～166），字季长，东汉扶风郡茂陵县（今陕西兴平）人。曾任校书郎中、武都太守、南郡太守等职。编注群经，使古文经学达到完全成熟境界，门下弟子有卢植和郑玄。注有《孝经》《论语》《诗》《周易》《三礼》《尚书》《列女传》《老子》《淮南子》《离骚》等。

④ 孔融（153～208），字文举，鲁国鲁县（今山东曲阜）人。“建安七子”之一，汉灵帝时，受司徒杨赐征召入仕，汉献帝时隐忤逆董卓，迁北海相。后官拜太中大夫，最后被曹操以“败伦乱理”之罪杀害。散文成就较高。

⑤ 汉献帝，即刘协（181～234），字伯和，灵帝次子，东汉末年皇帝。汉灵帝去世，长子刘辩即位，封刘协为渤海王，后改封陈留王。189 年被司空董卓拥立为帝。后又被董卓部将李傕和郭汜挟持，在杨奉和董承的护送下返回洛阳。建安元年（196），刘协受制于兖州牧曹操，迁都许县，拜曹操为司空。建安十三年（208）以曹操为丞相，建安二十年（215）立曹操之女曹节为皇后，翌年封曹操为魏王。延康元年（220）刘协被迫禅位于曹丕，降封山阳公，将两个女儿嫁给曹丕。青龙二年（234）去世，葬于禅陵，谥号孝献皇帝，史称汉献帝。

13. 我有临本《马融书》手卷，授郑康成①。

[19]62 年 12 月 30 日，盛家又来临本《郑康成山水》卷，长二丈活{阔}八寸市尺绢本山水。题曰，“予自关中归，历游名胜，知天下文章，莫山水过也，遂为之图”。建和二年八月既望②，东莱郑玄识。

《中国人民{名}大辞典》第 1557 页著录，并未言书画，或者能人无不能也。但该卷笔力画法气韵如董、巨，如价值不大，可当假的购之。同假《马融书》卷配一对。(即 1962 年而言)。

建和二年，距今 1815 年，建安 1766 年，刘主西蜀距今 1741 年，晋至今 1697 年，晋亡至今 1543 年，隋初 1373 年，宋初太祖为帝，至今 1002 年。

女婢跪，同事取笑她，即诗婢。“胡为乎泥中，薄言往愬，逢彼之怒”。

14. 顾恺之《女史箴图卷》，在八国联军时窃去，现藏在英京大英博物馆，宽九寸三分、长一丈一尺四寸五分。补笔补墨处甚多，但气韵依然绝伦，且有顾恺之题识的小字，有乾隆题。戏鸿堂③已经石刻，项墨林、安仪周及多人藏章。现存别无所见，云云。62 岁卒。

王摩诘 61 岁卒，唐中宗元年生。

15. 宋时张天师④是张三丰徒弟，《中国人民{名}大辞典》中有张三丰记录。

张三丰，[从]宋徽宗至明朝正统时现时隐，不可测度，太极拳祖师。在宋时夜梦神授拳法，厥明以单丁杀贼百余名，遂以绝技名于世。兹得冷仙人《樵径图》，画法如梅道人，手卷中有张三丰诗书附裱在内。有李微明题，说他在上海传授太极拳廿年，从学者甚众。中有朱稚臣，七十八岁学拳后，身体更强，八十岁生一子，至九十多去世。三丰遁老行书甚好，于{与}冷谦《樵径图》合裱一卷。因冷启敬在元末已百余岁，至明廿多年后仙去，因而此卷称《二仙神卷》也。

三丰道士画符，有道术丹士，谅即道士否，武当丹士为武当派。

---

① 郑康成，即郑玄(127～200)，字康成。北海郡高密县(今山东高密)人。以顾问经血为主，兼采今文经文学，编注群经，世称“郑学”，注《毛诗》《三礼》《周易》《论语》《尚书》等。

② 建和二年八月既望，即 148 年阴历八月十六日。

③ 戏鸿堂，书法汇丛帖。明代董其昌将其平生所见晋唐以来法书汇刻成帖。16 卷。初为木刻，遭火焚毁后，重刊于石，故传世拓本有木石两种。

④ 张天师，此处应不是东汉时期的张陵。

1963年1月记录：

黄子久与张三丰、冷启敬均友善，大痴入教老师是金蓬头即金月岩[①]。

16. 徐达[②]书轴、张弼[③][字]东海书册页、金圣叹[④]立轴。以上三人，书市上很少。

17. 王洽《泼墨山水》中堂。墨气甚浓，好画，极好。墨笔山水，最好的一帧。在上海见过，藏者非常宝贵，向不示人。米南宫脱胎于此。黄子久在浙江富春山一二十年。

金冬心、罗两峰[⑤]、郑板桥、李复棠{堂}[⑥]（勿有）、李晴江[⑦]、高凤翰、黄慎、新罗山人（不在内）。

汪士慎[⑧]，住扬州，字近人，号巢林。高翔[⑨]，字凤岗，号西唐，在八怪内，仿渐江、石涛画法。

高简[⑩]，字澹游，号旅云山人，设色小轴，甚好。苏州人，乾隆时，不在八怪内。我要争取高翔、汪士慎，凑成八怪。

李晴江，只有竹石一帧，刘石庵长题。

---

① 金月岩，字纸舟先生，又名金志扬、金志阳，号野庵，元永嘉人。全真教天瑞庵主、蓬莱庵主，黄公望曾跟随其学道。

② 徐达（1332～1385），字天德，濠州（今安徽凤阳）人。元末参加朱元璋领导农民起义军，明朝开国元勋。曾大败陈友谅，挥师北伐，推翻元朝统治。官至太傅、中书右丞相、参军国事兼太子少傅，封魏国公。徐达为人谨慎，善于治军，戎马一生。1385年，徐达去世，追封中山王，赐葬钟山之阴，御制神道碑文。配享太庙，肖像功臣庙，为明朝开国第一功臣。

③ 张弼（1425～1487），字汝弼，号东海，松江华亭（今上海松江）人。成化二年（1466）进士，授兵部主事，升员外郎。工诗文，善草书，名震一时。

④ 金圣叹（1608～1661），名采，字若采，明亡后改名人瑞，字圣叹，明末清初吴县（今江苏苏州）人。金圣叹曾评点《离骚》《庄子》《史记》《杜诗》《西厢记》《水浒传》，尤其对《水浒传》艺术特点分析颇有见地。1661年，因“抗粮哭庙”案被杀。善行书。

⑤ 罗聘（1733～1799），清代画家，“扬州八怪”之一。字遯夫，号两峰，又号衣云、花之寺僧、金牛山人、师莲老人等。祖籍安徽歙县，其先辈迁居扬州。

⑥ 李复堂，即李鱓（1686～1762），字宗杨、中洋，号复堂，别号懊道人、墨磨人，江苏兴化人。李鱓出身名门望族，年轻时便中举人，并被召为内廷供奉，南书房行走，后离官，漂泊江湖。在其52岁时又检选山东临淄县令，后调任滕县令，为政清简，因忤逆上司遭罢官，此后流寓扬州，“扬州八怪”之一。擅画花卉、虫鸟。落笔不据绳墨，劲健纵横而有气势。

⑦ 李方膺（1695～1755），字虬仲，号晴江，别号秋池，抑园，白衣山人等，江南通州（今江苏南通）人。寓居金陵借园，自号借园主人。清代诗画家、官员，能诗，擅画松竹兰菊，尤长写梅。

⑧ 汪士慎（1686～1762），字近人，号巢林，别署士峰、溪东外史、甘泉山人、甘泉寄樵、成果里人、晚春老人、左盲生等。安徽休宁人，寓居扬州。“扬州八怪”之一。工隶、善画梅，长篆刻，作诗，喜弹琴。

⑨ 高翔（1688～1753），字凤冈，号樨堂，又号西塘，一作西堂，江苏甘泉（今江苏江都）人。“扬州八怪”之一。善画梅，山水师渐江，而参以石涛之纵恣。工隶书，精篆刻。

⑩ 高简（1634～1707），字澹游，号旅云，自号一云山人，江苏苏州人。能诗，工山水。

高凤翰,字西园,号南阜、南邨、老阜。嗜砚,收藏千余,皆自铭。只有《山水》立轴,雪景一帧,手卷、册页有十开。有《芦露司》立轴,镜框中取出。《山水》立轴在上海日抽。

黄慎:

1. 五尺《三羊图》轴。
2. 《教子图》轴。
3. 《士女》条轴,要裱。
4. 《人物》册页。
5. 《老妇解诗》轴。日本裱头。
6. 《设色山水》小轴,一帧。希有神品,留玩。
7. 对联一付。
8. 七尺中进中堂。
9. 《人龙图》七尺中堂。

1. 谢章,山水中堂。有王叔明题,山樵笔法脱胎于此,甚佳甚佳。

2. 陈白沙①,书轴,广东明朝时人,名声很伟大,已入孔庙。所藏字轴一帧,甚好甚好。

四宝中堂:

王维摩诘:《雪景》中堂、《太华雪景》中堂,上元二年卒,山西祁县人。

巨然,《山水中堂》。

康昕,《太少狮》横批。

宋黄齐,字思贤,《风雨归舟》。

俞少兰,我原有和合刘海轴。今由港提申,《江南春色》卷与众不同,甚喜,已送宫部长。

香港看到王晋卿立轴,青绿山水,无款,张大千题,是好书。但怀疑不秀润,用笔有力是早画。

---

① 陈献章(1428～1500),字公甫,别号石斋,人称白沙先生,广州府新会县(今广东江门)人。明朝杰出的思想家、哲学家、教育家、书法家、诗人、古琴家。

王元章《梅花》，是有书卷气，似元人笔墨纸本，值二万元。

许厚钰[①]家董北苑山水，徽宗题和画都不真。

徽宗画学崔白。

袁倩学陆探微，善书仕女。

张炯伯[②]爱新罗《梅花卷》，名山[③]题者。

题大痴《桐江秋色图山水卷》

自玩书画二十多年以来，所见大痴作品已有二十余件，我不能算收藏家，更无能为鉴赏家，真赝莫辨。古人所谓，“荆山之姿，非卞氏三献，莫辨其为宝。骥北之骏，非伯乐一顾，不知其为良。更兼射利之徒竞相模仿，致使真赝混淆，纷然莫辨”。这卷《桐江秋色图》，有杨维祯题跋。有人云：“已于痴翁七十九岁之《富春山居图》对比，书画皆同。”可谓真迹无疑。但以我所见痴翁卷轴不少，独对斯卷，从头至尾，皆一笔一笔绘成，不用一点掩盖。识者云：“没有真功夫，那{哪}能及此。”在大痴年表上看到，痴翁与张三丰、冷启敬均友善。查张三丰武当丹士，宋徽宗时人夜梦，神受拳法，能单下杀贼百余人，遂以绝技名于世，并为后汉张道邻{陵}张天师后裔。三丰自宋至元，时隐时现，长寿至贰百五十多年。冷谦，字启敬，道士，武陵人，明洪武初以善音律，仕为太常协律郎，在元朝至元中寿已百岁。世传其画门入瓶隐壁仙游，张三丰谓，同游赵松雪之门，观大李将军之画，顷然发之胸臆，遂效之下。不日余，其山水人物无异李思训。至今流传称张、冷为仙人，我藏有张三丰、冷启敬书画合璧册页两张，冷谦《金笺罗汉》立轴一帧。

黄公望字子久，号一峰，又号大痴道人。关于他的生卒，有几种不同记载，年表说他墓在常熟虞山西麓，又说八十六岁不知所终。董其昌、陈继儒《虞山画志》：则主九十而犹如童颜。甚至有人说：辞世之后，见其吹横竹，出

---

① 许厚钰，生卒年不详，字乐生，安徽芜湖人，美国麻省理工大学毕业，中国科学社会员，电机工程专家，马尔康洋行经理，后任怡和机器公司经理。

② 张炯伯（1885～1969），又名晋，浙江宁波人。毕业于南洋公学、上海高等实业学堂商务专科，后赴日留学一年。曾任明华商业储蓄银行经理，后加入中国民主建国会。1949 年 9 月出席全国政协第一届全体会议，历任外交部条约司专门委员，第一、二、三届全国人大代表，第一、二届全国政协委员。喜收藏古钱币和古书画。

③ 名山，即钱振锽。

秦关,遂以为蝉脱不死。元朝季年,道教的势力盛极于东南,如方从义、张雨皆当时的著名道士。杨维桢别字铁道人,倪云林亦尝居玄文馆,习静数年。大痴是当时全真教新道教徒,六十六岁,曾在苏州的天德桥开设三教堂,传道。沈石田在痴翁《富春山居图卷》有跋云,其博学惜为画所掩,所至三教之人杂然问难,公辩论其间,风神疏逸,口若悬河。似此,大痴道人传为蝉脱未死,与张冷二仙大同小异,不亦为仙乎?按以上著录所言,在彼时(元朝人)决非为神话也。当今共和世界社会主义革命的时代,迷信记载,是当置之一笑。但在六百年前的痴翁真迹,恽南田欧香馆画跋中,指出沈南{石}田、董其昌、王烟客等是继承大痴道统的。南田云,痴翁画如胜国诸贤之冠。王烟客孙麓台,清初六大画家之一。他在《麓台题画稿》中说,大痴画以平淡天真为主,有时博彩灿烂,高华流麓,俨如松雪。所以,达其浑厚之意,华滋之气也,段落高逸,横写潇洒,自有一种天机活泼,隐现出没于其间。学者得其意,而师之,有何积习之染,不清细微之惑,不除乎。余迄今廿十余年所学者,大痴也,所传者大痴也。

闻有鼓励学画说,画家自身便认为是上帝有创造万物的特权本领,画中要雨就下雨,要太阳就可出太阳。造化在手,不为万物所驱使。心中有个人仙境,就可画出一个人仙境。古人说,"笔补造化天无功,画家可在画中创造另一个天地",并引王摩诘两句话,"画中有诗,诗中有画"。画是无声的诗,诗是有声的画。

综上所观,大痴画学虽上承董巨,然能自辟蹊径,下启明清大家,汇如中国文人画的正统。大痴是摩诘以后,南京画派巨匠。谁曰不宜?

一九六五年春,七九老人题于南京读画轩。

读报笔记

1967年笔记

[19]67年开始记录的。另一本一样大，是[19]69年开始记录的。

以前十年日记散失了，这本是摘要笔记。

中国武汉、南京[的]大桥，秦隋万里长城、大运河、宝成。

中国历史出名的秦万里长城和隋朝开凿连结北京到杭州的大运河，这都是用人海战术搞成的。他产生无数的牺牲与悲剧，是中国历史上不可掩盖的事实。在毛泽东指导下的共产党土木大工程的一个特征，是注重人民安全。1958年参观的日本人说：武汉大桥四年工程中只牺牲五个人。参观南京长江大桥比武汉工程大到一倍以上，问工程负责人有多少牺牲，他回答说小事故有的，死亡没有。又见到坐在四川省到宝成火车上，欣赏四川栈道的壮观，“蜀道之难，难于上青天”。这样横贯蜀栈、秦栈、山河而走668公里的伟大工程，只用四年工程的时间完成的，使用了四川农民十万劳动力。重庆大桥是1961年完成的，南京大桥是1960年施工。与武汉大桥不同，南京工程完全自力更生，材料设计都是自己，制造不用外人外力，在以前遂梦想也想不到的成就。

谦虚谨慎，沧海一粟，是非常渺小的，不应该固步自封，替自己关起前进的大门，因为整个事业像一架大机器，每个零件都有他功劳，谁都不能少了谁。

不会对任何狂妄自大。要诚恳的欢迎对他批评，谦虚就是高度的革命，个人离不开集体，没有组织和人民群众支持，寸步难行，一事无成，自卑和自夸自高自大同样是错误的。吴玉章几十年做好事不做坏事,中间颠沛流离,始终不变。老人为什么可贵,如果老就可贵,那么可贵的人太多了。

1967年1月15日

《[参考]消息》报:在去年12月底,联邦储备委员会宣布,美国黄金储备下降到了30年来最低点。到[19]66年12月底,黄金储存为132亿3千5百万美元,比1965年底,减少了5亿7千1百万美元。

1967年1月25抄

1954年出席全国人代会,身体有病。

[19]56年,印林生同去的。

[19]57年,惠中同去的。

[19]58年,老季司机同去。

1958年,到[上海]铜仁路,1946年住到北京西路1091号。

1956年,全国公私合营后,同年冬季住到南京,大成54年公私合营。

1966年12月,住文昌巷19号之五附九。洪海28岁[19]55年回来。

大成[19]54年公私合营,[19]58年放弃定息,[19]59年省联会员大会。

1946年回来,住[上海]北京西路。1956年迁[上海]铜仁路,下半年来南京住的。

摘录我以前在全国人民代表大会发言:

1956年6月22日,在第一届全国人代大会第三次会议的发言——《为我国纺织工业进一步发展而欢呼》。《新华》半月刊,1956年7月21日出版第十四期(总第八十八期)。

在第二次世界大战以前,日本输出最多,每年40亿方码的棉织品;英国每年最多输出棉织品70亿方码。但是英日两国都不产棉花,我国气候土壤都适宜种植棉花。按国家计划到1967年棉花总产量可能达到一万万担,同时并需逐步增加到三千万枚纱锭,将来可以生产出棉织品,年产量有价值卅亿至五十亿元的棉布出口,向外交换进我国需要进口物资。李富春付{副}总理在这次发言中指出,一个十万纱锭的纺织厂和印染设备及工人宿舍,流动资金在三千五百万元，建设时间十三个月。这样一个厂生产后，在每年的工商利润和税收，即可收入 3490 余万元，这就说明了纺织工业利润很大。按十万纱锭的纺织染厂，每年在我的估计，每年生产一亿一千万方码的布疋，总的价值按市场卖价约在一亿一二千万元，以百分之卅的利润来说，就有三千几百万元的一年收入了。

1957 年 7 月 4 日，刘国钧发言：第一届全国人代大会第四次会议发言摘要，《新华》半月刊 15 号（总第一～三期），《一个工商业者的切身经力和体会》。

我谈五个体会：

（一）江苏省受帝国主义商品倾销侵略的祸害是创巨痛深。利用我国廉价原料、劳动力，剥削我国人民，窒息我国民族工商业的发展。同时，又操纵汇兑，根据他们的利益，随时提高和压低汇率，扼住我国工商业的咽喉。在帝国主义和官僚资本主义的压迫下，正直的爱国工商业者一方面固然和他们有千丝万缕的关系，一方又莫不战战兢兢，惶惶不可终日，担着自己事业的命运，往往悖入者悖出，得利不长而又失败。至于不幸因经营工商业失败而倾家荡产的，更是司空见惯，甚至有的上吊，有的投江自杀。这些惨痛，我记忆犹新。也许有人说，既然如此，为什么当时的江苏工商业还比较发达，而纺织业还是比别处多呢？是的，解放前在江苏经营纺织业是最为有利的事业。但即以纺织业为例，在解放前江苏省和上海的纱厂，除帝国主义投资的不谈，中国人投资开设的纱厂，大多数是亏本的，有的亏到资不抵债。据粗略计算，全部纱厂中有出卖的，或将老股打折扣重行改组，招收新股，（例如申新有五十万锭在解放前搞得资不抵债。南通大生纱厂连股东官利都发不出。常州刘柏森[在]天津、上海、苏州约十万锭范围，结果完全亏光。聂云台[的]大中华纱厂、盛杏逊[的]华盛纱厂、王桢廷大丰纱厂、藕初厚生纱厂等等），约占百分之九十左右。这样有利的纱厂业尚且如此，其他工商业的境遇，就可想而知了。解放以后和解放以前完全不同了。首先是靠共产党的领导，把帝国主义赶出了中国大陆，工商业摆脱了外货商品倾销这一致命的祸害，能够在党和工人阶级的领导下，专心致志的经营自己的事业。实行公私合营后，我国完成了私营工商业社会主义改造这一伟大的历史任务，企业在公方代表领导下,劳动生产力获得了空前提高,产量增加,成本降低,成绩是异常显著的。江苏省在解放前全省工业总产值(不包括手工业)1949年为十亿五千万元,1956年较1949年增加二点二倍即卅三亿九千万元。

(二)关于公私共事。首先要真诚的接受社会主义改造和服从公方领导,服从工人阶级监督,服从公方领导,实际上就是服从党和政府的领导,私方人员不论担任正职或付职,服从公方领导,这一原则是不能动摇的。

(三)关于资产阶级两面性问题。我们民族资产阶级有两面性,一方面在解放以前饱经忧患,遭受过帝国主义和官僚资本主义的压迫和摧残,因而有接受社会主义改造和拥护社会主义的积极的一面。另一方面又有留恋旧的制度,有浓厚的自私自利、唯利是图的思想,有的习惯于投机倒把、尔虞我诈等一套老的经营办法。积极的一面和消极的一面在解放八年来是有变化的。一般而讲,经过党和政府的教育帮助和采取一系列的利用限制改造的措施,特别是在全行业公私合营后,资产阶级积极的一面是有发展的,消极因素是在逐步减少的。但是,资产阶级依然存在着两面性,却是不可否认的。章乃器说:"资产阶级没有两面性了。"他是妄图以此讨好工商界,这正是章乃器和他少数伙伴们消极因素的发挥。这一事件本身已经证明:资产阶级没有两面性的论点,是如何不符合实际情况的无稽之谈了。(全场热烈鼓掌)

我们资本家的生产资料,由私有化为公有,印度为全民所有,我们自己和子孙都还有份在内,我们没有拍拍屁股出门。相反的,政府对私方人员都做了适当的安排,有些工厂商店在合营前无利可得,甚至一向亏本的,现在照样有五厘定息可拿。资本主义生产关系改变了,生产力大大提高了,我们正在期望一个美好的社会主义、共产主义社会。这和我们自己乃至我们的子孙切身利益攸关,这生产资料不足和我们无涉,这证明了不是买卖问题。以前听到一律定息五厘以及期限七年的时候,都喜出望外,只有提前放弃定息的思想准备,那{哪}有还长期限的要求呢?至于少数困难户的股东,依靠定息生活的,中央已经提出可以拖一个尾巴,延长定息。

我是[19]58年放弃定息。时间,这种额外照顾,当然更是完善了。(鼓掌)

(四)章乃器说定息不是剥削,李康年曾经建议要求支付定息二十年。

以后经过各方面批判,他自动撤回这个建议了。但是,这也反映了少数工商业者的一种思想状态,也可以算作是消极一面因素的反映吧! 对于章乃器、李康年这一错误见解的批评,章已经发表了很多,我不再多讲。我还是谈谈我自己的体会。我所经营的常州大成纺织染印公司,是以五十万元资本起家的。解放前,股本为贰百廿五万元。清产核资后,股本为一千八百万元,现在大成股东每年可收定息九十万元。在两年半之中,即可收回贰百廿五万元的股本了。而类似这种情况并不止大成一家。我晓得资本家的生产资料是剥削得来的,定息是从资本与清产核资后所取得股权而来的,是子从母出,当然是一种剥削。政府执行对资本主义工商业者的赎买政策,不是和资本家做买卖,我们对做买卖是很熟悉的。解放前,报纸上天天有出盘受盘广告。出盘厂店资方是拍屁股出门,这说明产业出卖后,与卖方无涉。

(五) 关于思想改造问题。资产阶级既然存在两面性,当然就要继续进行改造。我以为由于国家对资产阶级和实质人员都已作了适当安排,特别是中上业户,其前途得失主要的已不在于定息收入的多少,而在于加强自我改造,以更好发展自己,才能为社会主义服务。思想改造是艰苦曲折的。我以自己的经验就来说明了这一点,我出身清寒,参加劳动生产和企业管理五十余年,由于经济状况改变,自己的思想也有了改变,形成了浓厚的资产阶级思想。对于自己创业时的勤俭朴素,含苦茹辛,耿耿难忘,总以为做生意是将本求利,办工厂是抵制倾销。在解放初期时,骤然听说工商业者赚钱是剥削还很不服气,后来经过党和工人阶级的不断教育,通过自己的思想斗争在事实面前逐步改变了自己的观点,尤其是看到自己企业在解放前后所起的变化。许多事以前我梦寐以求的和想都不敢想象的事情都办到了。我爱我的事业,我看到我的事业在优越的社会主义制度下有了飞速的发展,因而我对社会主义制度也就发生了感情。但是社会主义革命,到底是要革掉我的私有财产,这不能不使我心悸,直到我所经营管理的企业公私合营以前,我的资产阶级思想还是时起时伏,有时甚至蠢蠢欲动,产生对抗社会主义改造的情绪(直到 1954 年公私合营后)。

有一次,我和一个和我一起自幼离家就业的同乡叙旧。当时他学做工,我学经商,现状他仍是退休的老工人,而我却是一个资本家了。解放后,他虽不能做工,由儿媳在厂做工,供养他。但他的生活比以前好得多了,且有一个儿子已在大学读书毕业了。他谈到现在的生活，美好的远景心情非[常]愉快。

而我闷坐一旁，内心感到不安和惭愧。我想我和他一样，赤手空拳，离开家乡的。解放前，他不勤俭朴素，未含苦茹辛吗？不是他的生活比我苦，是因为我们资本家剥削了他们的劳动财富。这样的制度合理吗？我现在的生活还比他好。为什么我还要留恋那不合理的制度呢？那次的谈话，给我的教育和启发很大。我深深的感觉到思想改造是艰苦的，而思想得到了改造，有了提高又是很愉快的。由于资产阶级思想在我们的头脑中根深蒂固，我们的思想改造，必须脱去资本主义胎里带来的毛病，才能换进社会主义的新思想。因而认识到资产阶级的思想改造，不能像解放以前演戏那样改头换面，罩上一套行装就算了事，而要洗心涤肺，脱胎换骨的改造。只有这样，才能做到阶级消灭个人愉快。只有这样，才能跟着历史车轮前进。作为自食其力的劳动者，紧紧地跟着党和工人阶级，走向社会主义、共产主义，并为社会主义共产主义事业贡献出我们的一切力量，我的话完了。

在解放初期，我对认购公债比任何投资好，其他投资将本利收回以后，那些企业就于{与}我无涉了。买社会主义公债是用于建设社会主义生产事业，我们收回本利之后，这个事业是全民所有。与我们和我们子子孙孙的生活永远有份。

[19]66 年底黄金只存一百卅二亿三千五百万美元，美国全年收入粮食要将四分之一供印度。1960 年全国总产值在五千五十亿。1965 年全国总产值在六千亿以上。

1967 年 1 月 28 日

摘录一月廿八《[参考]消息》报新预算。

美国经济危机越来越大。

1960 年到 1961 年 1 月结束时，那时美国预算总统对国会咨文，总收支都在八百三四十亿美元。到 1962 年，总支出达到 990 多亿美元，其实并不是有所增加实际收入，而是因为支出多增加发行一百亿公债，彼时公债已高达到 3000 亿。美国政府习惯付军火商信用支票，有时多到 1000 多亿美元，企业要用款在银行可抵头寸用。1966 年底 1967 年一月间，美报说公债已达到了 3300 亿美元了，3 厘利息，每年就将在 100 亿。1967 年到 1968 年总统咨文，预算 1350 亿。赤字估计约 97 亿或 81 亿美元，似此连赤字就需要总支出 1440 亿美元左右。其支出中，照他公开预算内，有国防费，多到 755 亿美元。

尚有他以前老例在他库存中拿出的，物资不算在内。在[19]64 年美报登载过，预算之外还有暗的，现金支出近 200 亿美元。是在各个方面基金中，支出的不算在内。例如军火商因政府在战争中，订合同买进大量军火，赚很多钱。利用扩大范围，添购机器，不纳所得税，利用利润设立基金委员会，把逃出资金买股票、建造房地产，美其名为公益，不纳所得税。政府就在这些基金委员会和各项企业团体中设立的准备公益基金中，提取若干，去弥补预算。（在这个基金委员会提出若干，弥补预算）。这些款项支出不公开的，以前有贰百多亿一年，在报上见过的，近来军费开支更比以前多，将来或也可看到美报发表数字。总而言之，美国虽富，照这样野心侵略下去，军费开支是一个无底洞，逐步走上经济危机，通货膨胀，贫者愈贫富者愈富，最后走向经济破产，富者成为纸上富贵，穷者愈穷。到那时，失业人数增多，黑人更苦，非革命不能解决问题。

美帝经济侵略，是唯利是图的，伤人利己的，你虞我诈。专门学会一种剥削手段，用杀人不见血的方法，贵卖贱买，只顾自己剥削，不顾别国人死活。但是世界上任何事情都有止禁的，到了饱和点，比如上山到顶，不能再上，只可下退了。现在世界领导人民思想的理论基础是马列主义和毛泽东思想，把人民提高了一切认识，要消灭人剥削人的制度。首先要政治和经济独立，自供自给，艰苦奋斗，自力更生，要革命要造反，就必要反帝反修，才能达到以上这些愿望。落后的国家，已经知道要将自己原料加工为制成品，才有他的前途，因此使帝国主义的倾销受到了沉重的打击。因此，生产过剩，存货堆积，发生经济危机，影响到停工减产，工人失业，贫者愈贫，如美国那些当权人反动派，还意想称霸世界，镇压自己的人民，侵略别国。无止境的生产杀人武器，扩大战争，引起了全世界百分之九十以上人民反美斗争，这是美帝国主义自取灭亡的表现。再看看美国经济危机更可预测了。

2 月 28 日

《[参考]消息》报：美国黄金只剩了 131 亿 9 百万美元了。五月上旬又减少5千多万美元。

法国[19]67年3月9日黄金总储备57亿1590万美元。

1967年2月3日

《[参考]消息》报。

美国军公开拒战。毛主席语外国畅销。

《毛主席语录》在瑞士、意大利、法国受到特别欢迎和畅销。美前驻日本大使赖肖尔大放厥词。

1967年2月7日

以下绝对不能在书面上、口头上谈起美化自己的事,继续想。李维汉到[南京]北京西路,我不在家,他对吴贻芳说,身体弱,不北上,这次改选还是有我的。黄任之前对我说:中央统战部说我是爱国老人。有人对我说,许涤新,他说全国工商界能有五十人像我更好了。周总理在最高国务会议上,把我在大会上有二次发言,表扬我两次。以上四项,我从未公开说过,现在更不要说,这都是过去的事。

1967年2月8日

全国工商联:

全国工商业联合会,我是挂名的付{副}主委之一,从来没有做过实际工作。在名义上,总说是中央统战部的助手,帮助领导全国工商界对私改造。另一方面,又是代表工商业者合法利益的总机构。在现在思想革命化的时候,回想起来,所说帮助领导改造。其实,对工商界有利就改,无利就不管不改。所谓合法利益,明知有些拿定息的人好吃玩乐,拖子女后腿,不下乡上山和不进工厂劳动锻炼。但绝大多数皆企图要子女读大学,望子成龙为专家,企图获得高薪享受。

以上那些非无产阶级情况,我亦未曾提过意见。我也是资本家,不会提意见,承认错误。

我对宫维桢,在1966年以前,以统战部长的任务而言,他对工商界联系统战工作,大概从中央统战到省市县这一条线的任务性质都差不多。宫维桢以前处处在体贴工商界，照顾有余，对走向无产阶级共产主义改造教育则不足。即如他领导的统战部对我第一次往香港探亲和视察在港的企业而言，统战部自动许我前往。彼时，我确感激之至。第二次我从香港回来，告诉他，香港的汉良哥哥姐姐和企业方面希望他去，比他个人在国内工作业务更需要，因港方纺织染二个厂范围大，人手少，物色不到妥当。

又感到说什么半世剥削来的财产没有散失，这次集数交还人民，感到自慰。其实在此50年中参加劳动时，在生活起居一切享受比工人群众，在我所具有范围内的工人群众被我剥削者的生活起居上对比一下，相差的数字，以我的估计，比工人高出不知多到多少倍。被我享受消耗精神财富，是难以估计的。只有尽我力所能及，争取侨汇和外汇物资运回祖国，贡献给伟大的社会主义祖国和共产主义事业。

1967年3月11日

狄龙委员会是负责平衡支付国际收支问题一个机构，说去年提高利息，流入了美金廿二亿五千万元，今年将要流出去美元，前途一片暗淡，是因年年赤字在增加。

1968年将要出现经济危机，也是总统选举的一年。

1967年3月12日

英报道载入《[参考]消息》报。

中国去年出口总贸易额有7亿3千5百万英镑，每一英镑合美金两元八角。

1967年3月14日

《[参考]消息》报：法国记者马克斯克洛。美军打了3年[越战]，徒劳无功，北炸河内，毫不动摇。越南方民军28万，美国要出3百万，办不到，再拖5年～10年，如手伸在手盆中手一离开，水就恢复原样，不能忘记法国惨痛教训。再打十年要消耗3千亿美元，即使被迫和谈，美军退后，又会重新起来抗战。

1967年3月19日

《[参考]消息》报:日本国际贸易促进会说,我国去年1966年中国出口贸易创造了41亿6千4百万美元的记录,比1965年贸易额增加了15%。与上段英报对比,相差近于一半,要待考。

日本政府调查的报告说,出口总额22亿7千3百万美元,进口18万9千1百万美元,取得了3亿8千2百万美元的顺差,这个数字照此报道是日本自己的进出口吗?待考。我记得在解放前日本出口连走私有40亿美元,而政府公开是26亿美元,也要待考。

1967年3月23日

《[参考]消息》报说,十万日元合人民币六十多元,即每万元日币合人民币六十六元以上,每千日元合六元六角,每百日元合六分六厘。似此,人民币合日金一百六十元,即百元[合]一万六千元。

1967年3月28日

三月廿八,荷兰人在美国大使馆前2500人游行,高呼约翰逊杀人犯,美国佬滚回去。又到澳大利亚和英国大使馆示威,反对越南战争。

华盛顿3月22日有500名医生和社会工作者在白宫前,举行示威,抗议越南战争。《工人报》刊载有成千上万的人,正在赴纽约和旧金山途中,以便在4月14参加两个群众集会的示威游行,使得从4月8日开始一周的全国示威游行,表明最广泛的团结。

3月28日《参考消息》载,法国[19]67年11月以前已退出了维持黄金价格的国际共储机构,对美元压[力]无法抗拒。

在纽约市第五大路,越南和平示威的各个委员会约在4月14日集会,搞得很起劲。

学生委员会代表上周说在4月8日中学生将从纽约广场出发,举行反战示威。

3月24,西德示威组织者说:2万2千多名西德人今天参加各种示威,这是9个大城市9个裁军运动,三个主题是"越南和平""欧洲安全"以及"维护西德民主"。

我知道美加往来，人民不要签证。这次很多青年，逃往加拿大，避兵役。有的说，宁愿座牢，不去越南。甚至将征兵证当众烧掉。

1967 年 4 月 1 日

新华[社]:美国经济危机，深陷侵越惶惶不安。今年 2 月[经济]下降幅度是 28 个月以来最大一次，生产力有些下降了百分之 17 至 20。到一月止，存货总值达到 1365 亿美元。汽车经销商手中堆存了 148 万辆，创造了第二次世战以来最多数目。经济出现困难，企业削减生产，纷纷大批解雇工人，或缩短工作时间，这样下去，不能不使广大群众的生活受到影响。

1967 年 4 月 1 日

美国在各国方面受到打击。

新华[社]伦敦电，3 月 27 日，有 1 万 5 千人在广场举行盛大集会，在伦敦中心举行的抗议，美国侵略越南，抗议工党政府支持美国侵略越南政策。在巴黎十六年盟国国旗凄然降下，法国害怕美国侵越战火连累法国，同时又趁美国陷在越战，无暇西顾时机，向美挑战。在[19]67 年 4 月 1 日起撤离法国，美军事人员 3 万名，两个司令部 14 个空军基地和 40 个种类军事设施先后撤离法国。北大西洋司令部已全部撤走，使美在西欧摇摇欲坠的霸权，受到十分沉重的打击。

在莫斯科美国展览会，用美女郎经过精心打扮，招待参观人，遭到苏联愤慨，要侵略越南的美国佬滚回家。

美越相隔一万多公里。

约翰逊的和谈是为了掩饰扩大战争。吴丹的建议方案，是为美帝效劳，英印伙同吴丹亦同样为美效劳。一丘之貉，皆不公正，不是调和而是骗局。根本问题，美帝是侵略者，越南是被侵略者。美越相隔一万多公里，只有停止侵略，越南的事由越南人自己解决，这才是公平合理的办法。越南未理睬吴丹 3 月 28 日的谈话，河内的口气是十分干脆的声明，抗战到最后胜利为止，我看越南只要决心抗战到底。中国是越南的后方，一再声明，援助到底，最后胜利必属于越南。

4月11日

[19]67年4月11日新华报:纽约30万人游行,内中有100多人当众烧毁征兵证。有几十个印地安人学生、店员、群众、妇人,连小孩都有在反对侵越,"宁座狱,不当兵""大老板发财,青年送命"等等标语。旧金山同时也有10万人游行,这次是空前第一次大游行。

1967年4月14日

《[参考]消息》:印第安人占美国总人口千分之三,呆在越南有1万5千人,占30%,黑人更多。我相信有朝一日,兵变起义,打美国反动白种人,为期不远了。

美国始创原子[发明]人,他说,"我很后悔,制出这种害人的东西。世界竞争发展下去,如果发生第三次世界[大战],战火毁灭无数损失。"如果四次世界战再发生,只有牙齿同石头作武器了。因钢铁和人及物资差不多毁完了,如原始时代用石器作武器矣。

飞八万三[米]高,带核弹可炸别国,首先要有围{卫}星飞机上天,将基[地]看准,炸掉他。

毛主席说,帝国主义目的在经济,如人死完之后,工农无人工作,要了地方无用了。美国少爷兵养尊处优。地面上所有钢铁和人损失后,他完全垮了。毛主席说,核弹吓吓人,吓不倒中国人,没有什么可怕。我说,美国工农群众如乘机起义,就可避免最大的灾难。

世界各国反美也,等农村包围城市。

法国报上,第一代原子在地面上,第二代在地下,第三代在潜水艇、海底下。英美原子基地在很深山地下,两把钥匙,两道门。西德、日本战败国不许造原子,西德也要求同英一样,用美德两把钥匙管原子核弹基地,苏联反对。

1967年4月19日

资本主义私有制,已变成全民所有制,这个阶级已经没有了,定息应该取消了。现在所剩下的是几千年以来的两个阶级问题,即资产阶级与无产阶级,还没有结束。

资产阶级不在敌我之内，也不在团结之内，既不是打击的对象，又不是团结的对象。正在这次运动中，看资产阶级的表现。

资产阶级有左翼右翼之分。

秉说，中产阶级属于我们民族资产阶级，大资产阶级属于官僚资本主义。

1967 年 4 月 24 日

新华报：侵越美军公开拒绝出外扫荡，指挥官非常惊恐，开枪镇压。双方对打，结果 50 名美军打死，三架直升机击毁，十三座帐篷被燃烧。美兵同自己军官对打。

1967 年 4 月 29 日

《[参考]消息》报：美国黑人占总人口百分之十，在越战死亡占 24％；白人越战中士气低落，总想借故离开战场。

[19]67 年看美国总支出在 1400 亿美元，如果再在越升级，或再开辟第二战场，今年总支出更多元。

1967 年 4 月 30 日

《[参考]消息》报说，越战费还要增加 50 亿。

美国高级官说，国防部预算高达到 753 亿美元。同时，蒙哥马利元帅对记者说，在战争问题上，你们可以回顾在公元五百年前的孙子哲学家的话。战争全部目的就是实现正义和持久和平，而不是屠杀人民。打仗是为了持久和平，这就是你们美国人所必须学习的。他说，增兵解决不了问题的。他又说："我两年前就说过，你们派五十万军队打不赢，瞧你们现在不是派了这么多吗？"

1967 年 4 月

格瓦拉，革命天才。格瓦拉，在古巴开始革命，卡斯特罗得力于他。格瓦拉看到古巴倒向苏联，他离开。现他运动拉丁美洲五个国家，打起游击战，很多成绩。来过中国，毛主席接见他过的。

法国报纸说,欧洲的安全,可将美军调到亚洲,是对越南人民的一把刺刀。但以我个人想,美帝愈扩大侵略,失败愈快,必将引起拉美、非洲、菲列滨等多数国家革命群[众]起而攻之,防不胜防。

1967年5月9日

《[参考]消息》报:德新社说,广州春季交易会,经过去年秋季营业额约一亿英镑;秘鲁《劳动报》说,铁矿最大产量在中国,钨的产量占第一位,每年产钨一万九千公吨;西德报说,这次交易买进的比出口的东西多,这个迹象表明中国人口多的国家,领导上坚决在经济上努力的发展,向国外买进生产资料。

1967年5月20日

《[参考]消息》报道,金价涨到每两317元。群众排队向汇丰提存款。

金子销售数比以前增加4倍到9倍,粮食品出售大增加,抢购付{副}食品。

香港游资[19]61年、[19]62年据30至50多亿港元,人口约370万或有400万,面积连九龙约29万平方公里。澳门6万平方公里。

1967年5月25日

《[参考]消息》报:美国公债财政部长福勒要求正式订立新限额。从现在3360亿[美]元提高到3650亿美元,不一定把公债利息限止在目前的4.25%。

在[19]61年间公债2800亿,利息百分之三,并公开越建军费220亿。其实早已超过很多,财[政]部长要另外出财政部长期公债20亿元。以前政府订购军火,有信用支票很多。

5月28日,华盛顿人士估计下年度军事开支将达800亿美元,侵越军费220亿元。众院拨款委员会说,还要加多数十亿美元。

约翰逊估计战费开支特经费224亿美元,[19]64年他动用基金委员会二百几十亿美元,说明是暗中支出现金账上的军费,在预算之外。

钧记得美国[19]61年初他全国总收入只有830多亿。

1967年7月8日

《[参考]消息》报:美国新闻和世界报道。

在阿拉伯援助了四五十亿美元,印度76亿美元,非洲四十多亿美元,反而引起阿拉伯人民的敌对,非洲新兴国家不愿听美国控制。俄国在印度、阿拉伯想乘机操作,暗中同美国对立。日本不愿给美很多帮助。亚洲共支出援助在290亿美元,美国决策者在廿年中援助、充当宪兵,总共支出1280亿美元。在军事机器方面,投资的钱,比光是国防费的钱多约5千亿美元,致使预算不平衡。国债达到担心的程度,美元负担重,削弱了,前途未卜。现在美国在全世界的义务支出超出了国家力量。

1967年7月28日

侵越美军半年死亡人数,超过去年全年。

侵越美军今年上半年被南越军民打死的人数,超过了去年全年的死亡总数。同时,从今年五月一日以来,美军在战场上被歼人数超过了伪军被歼的人数,这种情况是美国发动侵越战争以来第一次。七月份的头一周内,伪军每死一个人,美军就要死两人。这个情况是合众国际社十八日从西贡透露的。

加急了国内阶级的矛盾,同时群众购买力进一步削弱。特别应指出[美国在]越南进行着一场旷日持久的侵略战争,更加剧了局势严重性,从而引起金融危机,通货膨胀,并且势必对早已岌岌可危的美元地位[产生]灾难性的影响。美国已经实现生产过剩。3月9日,约翰逊宣布减低总款利息和恢复基本投资免税7%,一方面再鼓励投资。这是一个大矛盾,治不了他资本主义的经济痼疾,就是无法调和矛盾,这是资产阶级当权派个别自私主张。

1967年9月14日

《[参考]消息》报:美国在22年间对外援助,计有1280亿美元,仍遭到众叛亲离,担任联合国经费40%,现在搞几张赞票,是困难的。现在美国答应保卫43个国家8亿6千万人口经济的援助。尽管如此,世界各国不会按照美国愿望变化。美国地位在相对下降,并且倾向新的孤立。如此强大的国家,对越南战争投入50万军队,新式飞机数量集中超过自由世界还多的直升飞机,三年来大概损失每年军费,[19]67年将达近300亿。他的全部军费前已报道过,达七百亿美元之多。

在越南束缚住手足的时候,没有任何一个主要国家出面帮助他。他国内人民反对侵越战争,通令青年反对打越战,黑人很多处反对游行示威。福特汽车厂93个工厂罢工,159816名会员在25个州里罢工。[19]61年预算总支出、总收入皆只八百三四十亿美元,而现在支出军费一项就达700多亿美元。他自己说,今年赤字要达300亿美元。以我所知,他还有现金支出不在内。他在[19]64、[19]65年间在基金委员会和其他保证基金等另有支出200亿以上,不在预算之内。我想现仍有现金支出的暗账不敢公开了。

9月16日

9月16日看到《[参考]消息》报。

中国纺织品销到日本去了。日报承认中国纺织物:棉、毛、丝、人造纤维织品和衣服在日本销路日增,比日货便宜百分之十到十五。1月到5月从香港进口达到141万3千平方米,且有绸织品销到日本,说日本养蚕人力不足而进口的,毛衣进口二十多万件。我在解放前只看到日本纱布对华倾销,而我弃商就工,创设纺织业的,而今看到我国社会主义发展到纱锭全国已有1千2百万枚,感到不胜欣喜之至。这就是社会主义的优越性,资本主义的腐朽性了。我在30年前曾经一再说过,日本不产棉花,为单纯的工业国,中国将来多产棉花,增加纱锭。日本妄称棉王国,是假的,真正棉王就是中国。而中国今天棉纺业的发展,正在开始,其前途有无限光荣的发展矣。

1967年9月26日

《[参考]消息》报:美国经济,越战伤亡。

侵越军费年达300亿美元,已进行46个月,还看不到尽头。

联部现查,开[支]多至592亿,比前增加49%,军费将达到800亿,现在预策赤字290亿,另外现金支出不在内。一百廿多城市发动乱,有23次调动军警镇压,种族骚乱。

1967 年 10 月 11 日

美经济学家詹韦说:侵越战使美经济处于崩溃。他认为,将如 1929 年华尔街垮台不远,他预料巨大的通货膨胀,会使美国物价大大高涨,以致使欧洲的物价比美国低到 30%售出。而这种情况意味着美国将提高利率,从欧洲投资流入美国。钧想这样欧洲来售出之款存美银行得高利息。

《纽约时报》大登广告,叫约翰逊不要参加竞选,有加利福尼亚洲商人愿提供十万美元给富布拉特参议员,帮助他竞选总统继承人。美货比欧贵 30%。

1967 年 10 月 11 日

《[参考]消息》道:加尔格答 750 万人,很多万[人]住宿街头乞讨。加尔格答日益贫困,工厂有了暴动,劳动人民在死亡线上挣扎。

1967 年 10 月 19 日

中日都有了 1200 万[纱锭]。日本约有二百多家厂来参加广州交易所。他去年进出口,中日贸易是一亿六千万美元。[19]67 年十一月十四广州交易馆中日将达到(这次)贰亿美元,这是大幅度增加。

1967 年 11 月 3 日

《[参考]消息》说,[印度]贸易入超 60 多亿卢比。外债要达 540 亿卢比,到 1968 年国债估计达 1530 亿卢比,失业人数将达到 1 千 2 百万人,工人遭受大规模失业,准备进行无产阶级革命。

1967 年 11 月 10 日

《[参考消]息》报:日本纺织协会说,中国纱锭 1200 万枚,日本自己有一千二百十万枚;中国现在原棉年产一千万包,出口棉布七亿六千万码,日本出口十一亿八千万码。我们每年每人无大小皆一丈七尺一年。日本说,我们人造丝生产相当于 1959 年的十五到十六倍。我在解放前有小册子提议 15 年一千五百万纱锭,因解放前中国只有九百万锭,如到二千万锭,可出口四十亿码以上。

1967 年 11 月 14 日

广州交易馆,这次陈列商品共有 3 万品种,比前期多 6 千品种。奇怪北越同时有 1700 种品种在广州。我交易馆对过展出报纸说,日拟售与中国钢材 30 万吨,西德 10 多万吨。法报说,我工业产量三个月比去年同期增产 18%,棉粮大丰收。

11 月 14 日广州交易馆约有三千外国[人]来谈交易。日本想做 30 万吨钢材交易,西德 10 多万吨钢,我国[19]66 年春季花式品种 2 万 4 千种,这次 3 万种并且不请英国人来交易。日本来人 2 千以上。

1967 年 11 月 21 日

《[参考]消息》报:英 11 月 18 日宣布贬值 14.3%。两元八角美金兑英镑一磅,贬低到两元四角一英元,对公司利润税将增加到 42.5%。1931 年五美元贬值到四点三美元,1949 年贴到二元八角,至今十八年了,第三次贬值为二元四角一英元,贬值了 14.3%。同时,怕向银行提存款,将利率从百分之六立即提高到百分之八,把明年国防开支减低一亿英镑,消减其他公共开支一亿英镑,目前每年在出口货竞争上由政府贴一亿英镑取消。似此共计减省内三亿英镑以上,促使物价涨了。汽油每加仑合七角五分,纺织品涨百分之三或四,工资保持水平,则工人生活将下降。黄油、羊毛、猪肉、牛肉、汽油大概涨足的在 15%。美国、加拿大的等国家加贴现增高利[息]百分之四或五。美国声明不贬值黄金,仍是 35 元一两,那{挪}威、瑞士、德国、法国、艾{埃}[及]、科威特等不贬值,英每个家庭每一星期要增加伙食费十先令。

贬值后对出口有利,可以节省了一亿英镑,一年贴补人民游行示威抗议贬值,威尔逊要人民勒紧裤带,几百人聚集唐人街,十号首相官邸高呼要威尔逊滚出来,让希恩上台,威尔逊没有露面。

苏伊士运河封闭,使英国损失两亿八千万美金,码头工人罢工,十月份贸易很糟,英国精力和活力,由外部战争而消耗。他的社会结构经济组织,正处于衰退过程中。

我认为,这就是帝国主义衰败的现象开始。已有人预测到美元不安。贬值在威尔逊当权以来早传英镑,因而各国防贬值不存英镑。贬值企图使英镑稳定，可吸收借款和外汇，是引鸠止渴，致命在出口下降、赤字增加。现在世界各大国多生产过剩，无药可治，又增加侵略战斗，军费加大了，小国争取独立，并革命风浪愈来愈大，帝国主义修正主义要难过了。

英国贬值，本想贬 30%减到百分之十四五，进口原料要在百分之五十以上，食品要大量进口，成本要增加。

英镑也是英联邦中世界货币，有同美元储备，货币低小一点。英镑如再贬值，英要垮台了。

1967 年 11 月 24 日

《[参考]消息》报：美国黄金只存 430 亿，法国存有 60 亿。黄金贬值，各国剩{乘}机购买黄金，连美国自己人也在外国购黄金。法拟买进黄金 1 亿 5 千万美元，瑞士银行买空三星期黄金。

1967 年 11 月 30 日

《[参考]消息》报：这次英镑贬值，美国流失黄金 6 亿美元，[19]67 年以前只存黄金 130 亿，只剩 124 亿矣。

1967 年 11 月

《新华日报》：娄平源，山东邹平县人，贫农，祖父辈做长工讨饭。他在解放后，父亲对他讲家史。1967 年 11 月 11 日上午，从上海开出装国防物资货车，在沪宁线上飞驰，每小时 60 公里，向 53 号桥急驰。将近桥头 60 米左右，有两个红卫兵跨上了铁轨。刹车来不及，即刹下去，不仅无用，急刹车可能引起火车出轨、铁桥崩塌等的现象。在这万分紧急关头，只见一个解放军象{像}猛虎一样冲上来，就在一眨眼的工夫。他伸开右臂，把铁轨上南边一个红卫兵推出了轨道，又倾身向北扑去，直到机车平稳冲上铁桥。司机回头探望时，才看到那位解放军娄平源滚在路边，向司机们挥手哩。娄平源是铁道守卫队三连的共青团员、五好战士，在 1966 年初跨进了人民解放军。红卫兵群众称他是活着的蔡永祥。省军区首长授予一等功奖，省军区政治部授予模范共青团员称号。如日月之盈亏，不损其光。

1967 年 12 月 3 日

《[参考]消息》:美存黄金值 130 亿,各个资本主义国家手中证券可兑现黄金三百亿。美 130 亿中要提出 100 亿为发币制准备金,只有 30 亿可动用。英国短期债和中期债在七八十亿美元,他外汇存黄金约值只有 30 亿美[元]。法国实存黄金值 70 亿[美元]左右。

如果按以上周规模抢购黄金那样下去,美国的 130 亿黄金三个多月时间就会完全耗光,足证美元的脆弱。还在于其他国家所持有的可以随时兑换黄金的美元,现在已经超过 300 亿美元了。

[19]67 年 12 月 5 日

苏联黄金 1960 年到[19]63 年四年产量是 6 亿 4 千 4 百万美元(35 元一盎司)。同时,因歉收买进小麦,在[19]60 年到[19]63 年苏联售给西方的黄金 12 亿美元,并流出白银。1964 年开采黄金价值,估计低于 2 亿美元。现在不顾成本,加紧生产黄金,正在西伯利亚开发新金矿。看来在 20 年内,俄国将要替代南非,[成为]货币黄金生产的主要国家。俄法两国皆估计,美英世界储备货币要取消,黄金价值可提高一倍(到 70 元一盎司)。美国发行的公债已达 3 千 5 百多亿美元,其他各国手中掌握到 300 亿美元以上证券,随时可向美国兑换黄金,各资本主义国家把美金公债也作库存的。这就证明美元的脆弱性大极了。

苏联有 1 亿 1 千多万劳动者,有 12%现在失业,正在寻工作的 1400 万,约有 500 万人可找到工作,净失业者有 900 万人。从大战后人口生长力增加了,工农业机械化自动化每年要减少动力 200 万人。工作减少了,人口增加了。1966 年到[19]70 年中间达到工作年龄的人,又要增加 900 万人,运输机械化后又要减少用人 200 万人。最近在西伯利亚要解决就业问题,工人对气候不满,住房不满,食品不满,服装暖气昂贵不满。当地小工业城市 25%人口失业,各地普遍地家庭利用工具,减少妇女工作,物价增涨,寻求工作增加家庭收入,以致失业人数增加。

1967 年 12 月 8 日

《[参考]消息》报:世界经济和黄金存量。

1949年美国黄金存量从245亿，逐步下降到1967年7月底132亿。现在1967年12月8日《[参考]消息》报道：只有120亿美元了。日本黄金储存只有3亿3千万美元，而法国有52亿美元。日本黄金数量在外汇中只占15%，美国要求日本帮助，拟购买美国中期公债和军火，日拟出5亿美元。西德在美的压下，也要帮助美国。日本到[19]68年将有赤字6亿美元。5元外的法郎值1块美元。美国侵越损失，消耗炸弹到[19]67年12月初上已达163万多吨，比第二次世战(150多万)、侵朝战(60多万)多得很多了。他的飞机有6百万和3百万美元者，损失多架。英国现在储备黄金美元。

1967年12月18日

《人民日报》又说，[美国]赤字将达到200多亿美元，国际收支逆差达到25亿美元。

[19]68年3月公开赤字250多亿，黄金只存118亿。

1967年12月30日

《人民日报》说：法国、西德利用美英两国收支亏空巨大，美元、英镑动摇弱点，力图取消美元、英镑在资本主义世界货币体系中的特权地位，进行你死我活的斗争，火并{拼}、关税战、货币战越来越急烈，加速帝国主义走向全面崩溃。

1968年笔记

[19]68年越军费仍暗达450亿。

美[19]68年、[19]69年总支出达到1860亿，进出口逆差35亿元，侵越战费明的250多亿，另外再库存中支出不算，另外现金支出暗账还增加200多亿美元。黄金只剩了118亿。[19]68年3月2日消息报。

1968年6月29日

《人民日报》：美国黄金只剩下了104亿6800美元，法这罢工损失黄金10亿，美还存24亿6千万美元。

1968年7月9日

《[参考]消息》报:日本纺织业专家在中国调查后回去说。

中国棉纺织品1966年输出有9亿码以上,而日本输出只有10亿码;纱锭1240万,中国已有1200万,香港有75万5千纱锭,印度有1600万锭,但品质差,机器生产低劣,输出减少。巴基斯坦270万锭。日本纺织出口如果低于10亿码,那将意味着威胁到日纺织业的生命。东洋纺织公司社长河崎说,面临着生死问题。

国钧廿年前说英日两国不产棉,虽一时称过"棉王国",将来称"棉王国"者是中国。

1970年笔记

1970年10月24日

《新华[日]报》道:日本野心毕露。

日本军国主义有目共睹,他侵略势力,已打入亚洲广大地区。日本报刊报道,他1959年到1968年资本输出已达到49亿5千万美元。1969年日本商品出口额增加到44亿6千万美元,比1965年增加一倍,一年出口超达到21亿美元。日本经济势力垄断资本集团狂妄的叫嚷,要重新分割世界市场。日本军国主义的所谓大亚洲共荣圈,其野心比以前更大了,他的垄断资本主义的膨胀,到现在程度已经没有法子停下来。他为了掠夺资源,抢占市场,必然要对外扩张,并且必然要以武力为后盾,大搞军国主义。日本人民空前觉醒,他们反对美帝侵略和美日反动派复活日本军国主义的斗争,日益高涨,反对日美狼狈为奸,在亚洲进行冒险,日本人民绝对不能允许。中国人民、朝鲜人民和亚洲各国人民绝对不能允许的。如果日本胆敢再一次挑起侵略战争,只有等着他的不可避免的覆灭,别的下场是没有的。

1970年11月5日

《新华[日]报》道:

日本反动派把山本五十六的影片搬上舞台,是借尸还魂,煽动人民掀起武士道精神,替资本家当炮灰,鼓舞士气,作垂死挣扎。特地表彰山本五十六,大日本帝国主义战立功勋,赐予元帅称号,并赐国葬大礼,恶性发展侵略战争。佐藤反动派为他树碑立传，妄想发挥武士道精神。时隔山本死了20年以上，编造出《山本五十六》这样的影片。美日勾结，覆[复]活了日本军国主义，造出美化山本，是日本的民族英雄。山本彼时口喊和平，是袭击珍珠港的主谋者，山本是海军头目。[影片]说他是为大日本帝国的命运日奔忙，不惜肝脑涂地。造成日本两户有一人被拉当兵，每四家有一人死于战场，家破人亡，血淋淋的图景吗？断送了日本人民过着屈辱的生活吗？而山本必不是什么救国英雄，而是十足的民族罪人。日寇侵略上海，战争时，山本调动飞机轰炸南京，死伤很多人民。

1971年笔记

1971年1月16日

《新华[日]报》：日本军费13年来增加四倍。1971年财政预算军费直接支出6709亿日元，[合]18亿6千万美元。

日本军事当局同垄断资本家勾结大批退伍军官，到军火企业中去担任顾问任务，负了监督责任。同[19]62年到1969年防卫厅已调派到三菱等军火重工业中去，已有587名海军、空军、陆军，都有上级军官去了。不是单纯为了安置，而是想操纵工人和管理权。打起仗来，达到听防卫厅的管束。各种将级军官都有，警察局长亦多。

1971年5月8日

《新华[日报]》：美元新危机恶性发展。今年第一季度国际收支赤字50亿美元，历史上第一次存的黄金109亿6千万美元，黄金涨至40.5元一盎斯{司}，西欧九个国家共售出29亿5千万美元，在5月四[日]、五[日]两天后停止外汇交易。西德和瑞士停止收购美元。伦敦市场、巴黎市场抢购黄金和金矿、股票、糖、咖啡、可可、五金、橡胶等商品，引起各国物价高涨。

1971年5月12日

《新华[日]报》：西欧各主要资本主义国家纷纷谋求对策，以抵制成灾美元，力求本国经济免遭冲击。

瑞士9日收进15亿美元，西德3月底4月初收进了16亿多美元，5月4

日、5日两天收进20亿美元。这次危机的根源是美国国际收支一直出现赤字,美元地位日益不稳。这个根本问题不能得到解决。西德、荷兰采取浮动汇率,实质上就随市作价,不照官价,实质上就贬值了美元。

1971年8月12日

《南京日报》:日本军国主义疯狂扩军,[以]发动侵略战争。从1970[年]军费18亿7千多万美元,开始扩大到1976年军费高达到160多亿美元,已和美国共同经营浓缩铀的生产,随时可造核武器。按照日本现从教育训练等各方面迅速推进,再有两年半就可完成。防卫厅队员满十七岁就可参加,他拟在乡土方面建立一百万兵队,并且掌握了七百万人的征兵名字。为了镇压国内人民,加强警察力量,到对外侵略时扫除国内一切障碍。美帝为了挽救他的失败,正急于利用日本作侵略亚洲的急先锋。而日本反动派妄想重温他的大东亚共荣的迷梦,玩火必自焚。如果日本军国主义勾结美帝,胆敢挑起新的侵略战争,他们终将被自己燃起来的烈火,烧成灰烬。七百万人民征兵名字,军费要增到160[亿]美元。

1971年8月12日

《新华[日报]》:法国提前偿还6亿9百万美元外债。法国以还债为由,向美国购进了相等于1亿9千1百万美元的黄金,从而使美国黄金储备下降到97亿美元了。最近两天西欧金融又陷入了混乱,使美元受到冲击、黄金涨价,每盎司涨到43.9到44.01。由于美帝对外坚持侵略政策和战争政策,财政赤字越来越大,国际收支逆差空前庞大。[美国]主张通过国际货币基金组织,劝告成员国重订货币对美元的比价,企图使资本主义国家货币升值,来扭转美国国际收支不断增长的趋势。这种升值公开后,却使人们对美元越发失去信心。西欧市场这场动乱,就是看到美元越来越降低,黄金越来越涨价。

[19]71年第二季度逆差是58亿多美元。如下半年与[上]半年一样,则全年逆差要多达到226亿美元了。

为什么美帝要资本主义国家重订比例?例如美元一元假定合值港币7元,如果将港币升值6元为美金1元,英、法、德、意、日本等国都规定升值了。

黄金价格每盎司重定为50元一盎司，世界上资本主义国家，现在看到美金不稳定，大家不敢争存美元，防美元贬值，要吃大亏。不多存美元，使美元回笼到美帝本国。这愈加使因通货膨胀更大，物价高涨混乱更大。如果大家升值，美元稳定。后各国对美钞有信用，就愿意多加存量，不怕美金贬值了。美货对外销路，因别国升值，美货跌价，美国就可恢复出口了。但这是美国单想{相}思，各国不会上他的当。

这就是美国自己不贬值，要别国在世界上重订比例，来升值的道理。

1971年8月18日

《新华[日]报》：美国上半年钢铁生产，略有增加，到七月底，钢的存量达到3800万吨，足供四个月之用。工业失业已达550万人，比五月增加了110万人。尼克松去年预言，预算有结余13亿美元。结果出现了232亿美元。似此，预算2千亿以上，加上赤字，就总支出就有2千3百亿美元左右了。[19]61年总支出只有830亿左右美元，货币发行总额已达到2261亿([19]60年只有5百亿美元)，公债已多到4千亿了。8月3日《新华报》：对外贸易6月份3亿6260万美元。黄金除去国际货币基金5亿9千万元，只剩了99亿5千9百万美元，这表明美元空前严重。西方金价大涨，瑞士每盎司42.6美元。巴黎42.09美元，西德42.38，都比美国规的黄金官价35元，高出7美元多，实际上听任美元贬值，就更使美元不值钱了。

美国劳工部宣布，四年前花一百美元买到的东西，现在要花121元9分美元。戳穿了尼克松所谓已经使通货膨胀率放慢了的谎言。前面页已经说过侵越战争明的支出2百几十亿，连仓库和基金委员会每年支出，暗的不算在内，连暗的支出在内，支出多达450亿美元一年。似此，再拖下去十年，在越南就要化费4千多亿美元了。美国储备黄金97亿美元。

1971年8月18日

《参考报》8月18：美国鬼{诡}计多端，增加进口附加税10%，注销美国在以前劝资本主义各国升值，复位美元比例，以图稳定美元，未成。而今由尼克松召集了各方经济专家、财政部长、金融机关等各个方面负责人合商。结果定出了出人意外的8月14日电视向全国广播，全世界现在起宣布，美元不能买黄金。其次,工资同物价冻结3个月,增加进口,加税10%。全国拿工资薪金的计有8千万人,以前看到过有25%,是在制造军工企业服务的两千万人,现在要和平,结束复员,需要发展经济、工业生产,来安排他们就业。停止军事战争,展开经济战争,力谋对世界贸易增加出口,挽救消除逆差,恢复顺差。但现在各个资本主义大国都生产过剩。怎么办呢?

美国发行公债4千亿,钞票2261亿美元,这两项6千多亿的票额,都普遍存在国内外各个资本主义国家和财阀手中。听到美元不能买黄金,势必引起极大波动,将有很多的消息讨论这个大问题。因世界上各方面都说:"美国财政危机,病入膏肓。"而今美国定出现在这个办法,是恶毒的。你说美元不值钱罢,不好买黄[金],可买美货。他冻结物价三个月,你照常去购美货,并没有贬值。表面上,他们存美元的,现在并不吃亏,而连美国在内,各大国都生产过剩。而今美国现在逐步结束军事战争,在名义上,来发展生产,使军火工业和军事人员复员,来搞生产。生产出商品,不怕没有销路。因美元和公债发行在国内有6千多亿美元,不能买黄金,可买商品,因此美国的增加生产不愁没有销路,定出这个计划的人是为了稳定美元,是于{与}美国暂时有利。这一种办法,对生产过剩的国家不利。但世界上许多中小国家受美货倾销,自己的工厂业抬不起头来,受害了。在这一个短时期内,美帝国主义这个经济斗争刚才宣布,世界上反映如何,能否实现,尚须待考。

原来进口税百分之5.5,如加十要完纳进口税百分之15.5了。日大惊,西欧也受到影响。

8月20日发言了:今后要多谈美国同盟国之间的矛盾的,更加尖锐化,要把美元购买生产机器,皆生产少的国家而言,对内冻结物价,还好,冻结工资对工人有意见,对内对外都有问题。说穿一句,还是嫁祸与{于}人。

工人有意见,对国内冻结有黑市,冻结工资无黑市。如不冻结物价,要大涨。工人要增加工资。

日美贸易使苏国逆差18亿,今年还要加一倍。

而美国在[19]71年8月14日突然发飙,发展经济,增加生产向出口竞争。这一来使日美在经济斗争矛盾加深了,一律增加进口货税,附加10%,对日货是特大打击,而美国竟大胆作出这一措施,和美元不兑换黄金是出人意料的措施。

尼克松大胆的突然发表，美元停购黄金，在国内命令冻结物价和工资90天。8月14日到8月19在五天中引起了全世界金融界极大的震动，伦敦召开了十国会议。

尼克松新经济政策得到参众议员支持。没有作出定议，股票是生产资料，有涨价可能。这次尼松的措施得到一些议员们的赞成，尼克松这次电视讲话等于将迫使同盟国对美元复位比值，实质上等于美元贬值。两院经济委员会主席和委员们发表声明说，尼克松方案是大胆的和值得欢迎的。议员们说："如不冻结工资、物价、红利，我们将盲目地冲向全国的经济灾难。"民主党议员也说，尼克松计划将得到两院支持，使全国开始奉行新经济方针。其目的是同通货膨胀和失业作斗争，使对尼克松提出最严厉批评的人，很快接受了这个计划。并有很多议员对尼克松这个计划表示高兴。

1971年8月20日

《参考[消息]》报：日本持有黄金、外币150亿美元。

1971年8月22日

《[参考]消息》报，尼克松连日自吹，要发动工人群众爱国精神、有纪律的战斗力量，重震{振}他的竞争精神，指望得到人民的衷心支持。希望世界离开战争，因战争代价很大，受益很小，要回到发展生产，经济斗争上来。我看美国人民和政府是对立的，政府没有人民拥护，做不好经济的发展的。尼克松扬言，不会退出世界竞争，不再说当世界第一是错误的。

他又说，必须是有作为军事和外交实力的基础的经济实力和力量。又说，今后十年要为两千万人提供新的职业，制止生活日涨，尽最大力量，来争取当第一名。否则，就不是一个伟大的人，伟大的国家了。还说，他要保持具有足够的力量，那就要军事和外交实力，美利坚合众国是一个和平有实力提供领导，缔造一个和平世界。

尼克松说："我们在经济上不会失去领导地位，我们不会变得内向。"新孤立主义，美国人民也不会把责任转嫁与政府，要美国人民每个人遭到一些暂时的牺牲，而能制止生活费用上涨的，是一个值得为之作出牺牲的伟大目标。美国是资本主义制度，在人剥削人的制度下，政府于{与}人民是两个阶级,合作不起来。而尼克松仍是野心勃勃,狂妄做世界上第一的人,第一的国家。

要看到现在已经受到各个强大的工会强力反对,冻结工作和物价,以及制止一切罢工,作结{着实}感到愤怒。许多地区约三百多起罢工,大约十五万人,建筑工人也采取了同样态度。劳工的造反行动,使政府面临选择,要求法院下令,或是实行罚款。政府表示有权力这样做,各个大工厂工会都谴总统已成为破坏罢工的罪魁祸首。国防部又表示充分支持尼克松总统的命令。尼克松政府又遭到德克萨州长的蔑视,史密斯州长指责尼克松冻结工作和物价,是对于该州的法律和美国宪法的明目张胆的违反,并且宣布他将不服从尼克松的命令。今年秋天,将按照该州会议,给十万多名教员和该州的公务员增加薪金。史密斯州长的行动还促使白宫新闻发布官齐格勒说,美国将在全国各地一律运动这条法律。

按上的情况看来,尼克松的新经济政策的推行弄得不好,将引起更大的困难。

看美元惨重的垮台。今年 4 月到 7 月对外贸易逆差 113 亿美元,深陷严重的美国经济危机。

1971 年 8 月 24 日

《参考[消息]》报:日美贸易数字惊人:在尼克松宣布新经济政策之前,日本今年对美国出口预计将达到 71 亿 3 千万美元,日本通商业省今天估计美国征收 10%进口附加税,每年出口额将减少下降 23 亿至 30 亿美元。

美日在檀香山会议,美国要日元增值和承担美军在日美军防卫费用。日本怕日元增值后,对出口贸易不利。日本从 8 月 1 日起到 22 日以来增加 37 亿美元等外币储存。是因 8 月 14 日尼克松宣布暂停兑换黄金后增加的。大藏省说,估计日本所持有的黄金和外币主要是美元,数额已上升到 116 亿美元。大藏省官员说,在东京再发生一个星期的美元大量脱手的情况,可能会使日本外币储备超过美国的储备。

听到传说日本粮食化肥高产,粮食可以自给,造船世界第一,造飞机、坦克和其他生产居世界第三位。他正急性增加军事武器,两年成功。

1971年9月4日

《新华[日]报》:美元今天的下场是完全推行侵略战争政策所造成,把大量财政收入用于扩军备战。美日每年财政开支从战后初期的3百多亿美元,扩大到现在2千多亿美元。其中,军费从战后初期的1百多亿,增加现在达8百亿美元。从第二次世战以来,财政赤字累计达1294亿美元。其中,仅1971年赤字就高达到232亿美元。现在单是外国中央银行掌握的美元就达320亿美元,再加上私人手里的,共达5百多亿美元。可是,美国库存黄金只有90多亿了,不足以抵偿国外美元五分之一。这就是一筹莫展,被迫停止外国中央银行兑换黄金的原因,宣告了美元的信用破产。以美元为支柱的资本主义货币体系的垮台了,货币战和贸易战将进一步开展,使整个资本主义国家世界将出现一个新的动荡、分化改组的局面。

1971年7月到现在,由财政经济恶化,1971年财政赤字高达232亿。对外贸易从4月到7月连续出现逆差,今年上半年国际收入逆差高达53亿美元,美元危机空前严重。尼克松政府8月14日停止外国中央[银]行,用美元兑换黄金,宣告了以美元为支柱的货币体系垮台,仍在继续发展中。

同时,《南京日报》道:美国新闻与《世界报道》周刊最近一期报道,美元在国际一落千丈,变为臭物。8月中旬对在国外的上百万美国旅客来说,是惊心动魄。他们出现口袋里的美元大大不可爱了。在有些国家里,商店饭店旅馆完全拒认美元。这篇报道说:在巴黎,人们可以看到出租汽车上,甚至在乞讨者的帽子上,都写着不要美元。这家周刊还说在法国一个美国人在法国用美元买一块面包,遭到了拒绝。面包商人对美人说,这些美元不值什么钱了。

美国的金元一落千丈,到此地步,在以前谁都没有想到。钧想,西德、日本如向美出口,卖得到的美金,不买美货,要受贬值吃亏,吓得不敢向美输出,将生产上减,少销美商品,又是损失。

以我来说,美帝依仗财政优势,打一个喷嚏,欧洲就要感冒。

1971年9月15日

《新华[日]报》道:美国最近经济危机。[19]71年今年第二季度宣告破产的工商业2807家。失业人数一直在5百万以上。

[19]72年财政年度赤字将高达到270至280亿美元。前四年值100元的货物,现在要121元5角才买到。公债总额到现在已高达到4050亿美元。每年利息要211亿美元,占全年全部开支10%。

[19]71年,到七月底止,钞票发行高达2267亿美元。今年7个月的逆差高达到113亿美元。

现在外国人手中共有519亿美元,其中,中央银行可以向美国兑换黄金的有220亿美元,美国现所存黄金只有90多亿美元。

1972年笔记

1972年1月22日

《参考[消息]》报:苏联人口、生产数,1月1日止,人口2亿4620万。

去年石油生产为3亿7200万吨,煤6亿4100万吨,生铁8930万吨,钢1亿2100万吨,汽车114万辆。

农业总产值870亿卢布,约合美金1049亿美元。谷物总数收获量为1亿8100万吨,子棉700万吨。各类学校中学习人数为8千万名。

科学工作者人数到1971年超过97万名。去年职工平均每月所得126卢布,加上各种福利,合172卢布。对外贸易总额为234亿卢布,奶类达到8330万吨,毛类为42万4千吨。

1972年1月25日

《[参考]消息》报:新加入国是英国、爱尔兰、丹麦、挪威。欧洲十国,同美苏对比人口生产,十国共同市场,共计人口2亿5500万人口。

苏联2亿4400万人,美国人口2亿5百万人口。十国总产值5640亿美元。

美国前两年总产值6千多亿,1960年只有5050亿,去年说9千多亿,不符实际的。他连戏票医生收入都算为产值内。

十国生产钢每年1亿3千9百万吨,第一。

美国生产钢每年1亿2千2百万吨,第二。

苏联生产钢每年1亿1千6百万吨,第三。

十国每年产976万辆汽车,将比美国、苏联总和还多。十国共同市场联合船队，将成为世界上最多的商船队。十国人拥汽车每千人中有220辆，美国千人中432辆汽车。美国、苏联人吃得比欧洲人好。

前十年中欧洲生产率4.7%，美4%，日11.1%。

1972年1月29日

《新华[日]报》载，美国商务部公布1971年的全年对外贸易数字出口总额，共为435亿5千5百30万美元，比上一年增10%。进口总额则为456亿210万美元，比上年增14%，使美国对外贸易出现了20亿4680万美元的逆差。是1971年全年贸易出现历史上空有的逆差。[19]71年报道第二季度逆差58亿美元，不是全年的，季度有大小的，上商务部公布，是全年可靠的数字。

1972年2月6日

《新华[日]报》道：美国外贸入超亏空。制造业的生产设备利用率，[19]71年全年只达到74.5%，去年全年对外贸易逆差高达到20亿4680万美元。据季报财团保证信托公司估计，按官方交易给算，1971年国际收支的逆差达310亿美元，其中仅第四季度逆差就达67亿美元。照以往十年以前，美帝每年都有六七十亿顺差收入。而今在[19]71年，在国际收支上，就贸易逆差上就共达330多亿美元。1972年财政的赤字将高达388亿美元，近向国会提出1973年财政预算，初步预计赤字也有255亿美元。近几年来，由于美帝继续坚持侵略、扩军备战政策，结果是物价高涨、失业剧增、外贸入超、财政亏空、生产停滞、美元贬值和债台高筑，阻止不了美国的财政经济危机的深化。美国政府拿不出任何解决问题的新办法。(但国家的预算在[19]60年到[19]67年预算收入支出只有830亿左右美元，而现在预算年度多达到2400多亿美元)。并且还在继续增加军费，大搞赤字预算和管制工资物价等措施。美国统治集团这种政策只会使阶级矛盾进一步尖锐化，使政治危机和社会危机进一步加深。经济表明美国将向他的盟国施加压力，为美国商品开放市场。这些措施必将使美帝和其他资本主义国家争夺市场、原料产地、互相转嫁危机的斗争进一步加剧，使其他国家联合抗美的趋势进一步发展。随美帝财政危机的深化，又将进一步加紧同苏联争夺世界霸权，加紧对广大第三世界的剥削和掠夺。所有这一切,势将导致当代世界的各种基本矛盾更加激化,使今日的世界形势更加动荡不已。

又有说,今年4月到7月贸易逆差达113亿。谅是特出的情况,或者逆差不止20多亿。

找不到灵丹妙药。总的一句话,是政治制度问题,资本主义制度过时了。

1972年2月16日

《[参考]消息》报道,《今日的印度》。

印度除苛捐杂税,再发巨额公债,竭泽而渔。到[19]69年公债总数已达1024亿多卢比。[19]70年至[19]71年增税28亿,还将增加公债100多亿卢比。印度所欠国内债务已超过2千亿卢比,每年光付外债利息要50亿卢比。印度每年至少要1亿1千万吨粮食,每年只生产粮食7840万吨,要进口2千万吨。在一些大城市,今人每天可得12盎司减到10盎司,又减到6盎司(合3.42市两)。印度5亿多人口中有3亿人吃不饱。日本人说:印度有1亿多人每天只吃一餐饭。有8千万人两天能吃一餐饭,自1964年以来每年要饿死几万万人。据法新社调查,印每年要饿死1千万人。每年要进口粮食七八亿美元,但也无济于事。人民寿命很短,平均只有26岁。1966年大饥荒,饿死1200万人。1970年失业人数达5千万,占全国劳动力四分之一。印度富农占人口15%,占全国耕地85%,农村有1亿多人没有土地,大地主拥有土地1万亩至2万亩、3万亩。大地主把地租给二地主或富农,农民受三层剥削。

1972年4月2日

《新华[日]报》:加拿大有名人士文幼章,在1940年重庆就听到他,是中国好朋友。

1972年7月7日

《新华[日]报》道:美国美元被西欧各国和日本制止美元流入。采取管制,抵制六七百亿,不能兑换黄金的美元游资,不让他流入国内。美政府利用美元作国际储备金的特权,滥发钞票,向外输出。资本主义手中美元太多了,要外向输出。

《[参考]消息》报:7 月 3 日,报上看到美国顶盛时,对外贸易输出有过 480 亿美元的一年。

附录1:苏州码子

苏州码子,也叫草码、花码、番仔码、商码,明清以来流行于民间的一套“商业数字”。它脱胎于中国古代的算筹计数法,也是唯一还在被使用的算筹系统,产生于中国的苏州。苏州码子在商业、金融及普通百姓生活中,特别是使用竖写账本的记帐中,被广泛应用。因其形象性很强,上至官宦、下至商贾和黎民百姓,甚至即便是文盲,也极易掌握,而且能熟练地书写,所以又被称为“商业数字”。现在在港澳地区的街市、旧式茶餐厅及中药房仍然可见。

苏州码子流行地域极为广泛,在民间运用过程中,由于地区和行业的不同,又衍生出“番码”“川码”“码子字”“账码字”“衣码字”“药码字”“肉码字”等。长期以来,中国流行的毛笔手写,加之各人的书写习惯的不同,在记录数字时大多较为潦草,码子在许多行业成为“隐字”,外行人根本无从辨认。现将苏州码子与其他几种记数方法进行对照如下:

表14 苏州码、汉字、阿拉伯数字、罗马数字对照表

苏州码	汉字	阿拉伯数字	罗马数字
〡	一	1	Ⅰ
〢	二	2	Ⅱ
〣	三	3	Ⅲ
〤	四	4	Ⅳ
〥	五	5	Ⅴ

（续表）

苏州码	汉字	阿拉伯数字	罗马数字
〦	六	6	Ⅵ
〧	七	7	Ⅶ
〨	八	8	Ⅷ
〩	九	9	Ⅸ
十	十	10	Ⅹ

苏州码子十一至九九的写法总体上是一至十数字的组合，但也不是简单的叠加，而是有简笔与组合。对于手写体的小写数字，四、五、六、七和百、千、万的写法上有较大变化，比如四写作“の”，五写作“[illegible]”，六写作“ス”，七写作“乜”，百写作“ㄋ”，千写作“丿”，万写作“[illegible]”。在平时书写过程中，多位数的书写往往由草码与小写数字混合而成。另外在数与日期、数与度量衡①结合书写时，均有各自的简写符号。

日记中所涉及的还有货币单位的书写方法问题，苏州码子主要运用于商业领域，所以对货币记录有一套完整的写法。1935 年中国进行货币改革以前，主要流行的是“银”与“钱”两种货币，“银”指的是银币，主要计量单位为圆、角、分、厘；“钱”为铜钱，以文来计数。圆写作“元”或“○”，角写作“△”，分写作“卜”，厘写作“乁”。钱的单位“文”一般省略，所以表现钱时一般只用数字。

“码子”具有笔画简单、合二为一、形象直观等特点，长期以来为中国民间社会所广泛使用，直到民国时期各行各业仍然在使用，因此了解一些有关苏州码子的知识，有助于今人阅读明清以来的文献。正因为如此，目前中国台湾地区有学生还会学习苏州码子。

——摘引自吴慧颖：《中国数文化》，岳麓书社 1995 年版，第 170—172 页。

① 常见的度量衡单位主要有田地的面积单位（亩、分、厘、毫）、实物租米的容量单位（石、斗、升、合）和钱租的货币单位（元、角、分、厘）等。

附录2:棉纺织工艺流程

一、清棉工序

1. 主要任务

(1) 开棉:将紧压的原棉松解成较小的棉块或棉束,以利混合、除杂作用的顺利进行;

(2) 清棉:清除原棉中的大部分杂质、疵点及不宜纺纱的短纤维。

(3) 混棉:将不同成分的原棉进行充分而均匀地混和,以利棉纱质量的稳定。

(4) 成卷:制成一定重量、长度、厚薄均匀、外形良好的棉卷。

2. 主要机械的名称和作用

(1) 混棉机械:自动抓包机,由于某种原因1～2只打手和抓棉小车组成,抓取平台上多包混合的原棉,用气流输送到前方,同时起开棉作用。

(2) 棉箱机械:棉箱除杂机(高效能棉箱,A006B等)继续混合,开松棉块,清除棉籽、籽棉等较大杂质,同时控制好原棉的输送量。

(3) 43号棉箱(A092),开松小棉块,具有较好的均棉、松解作用。

(4) 打手机械:① 豪猪式开棉机(A036),进行较剧烈的开棉和除杂作用,清除破籽等中等杂质。② 直立式开棉机具有剧烈的开棉和除杂作用,但易损伤纤维,产生棉结。目前清花在流程中一般都不采用(一般可作原料予以处理或统破籽处理之用)。③ A035混开棉机,兼具棉箱机械和打手机械的性能,且有气流除杂装置,有较好的混棉、开棉和除杂作用。④ 单程清棉机(A076等)对原棉继续进行开松、梳理,清除较细小的杂质,制成厚薄均匀、符合一定规格重量的棉卷。

二、梳棉工序

1. 主要任务

(1) 分梳:将棉块分解成单纤维状态,改善纤维伸直平行状态。

(2) 除杂:清除棉卷中的细小杂质及短绒。

(3) 混合:使纤维进一步充分均匀混合。

(4) 成条:制成符合要求的棉条。

2. 主要机械名称和作用

(1) 刺辊

齿尖对棉层起打击、松解作用,进行握持分梳,清除棉卷中杂质和短绒,并初步拉直纤维。齿尖将纤维带走,并转移给锡林。

(2) 锡林、盖板

① 将经过刺辊松解的纤维进行自由分流,使之成为单纤维状态,具有均匀混合作用。② 除去纤维中残留的细小杂质和短绒。③ 制成质量较好的纤维层,转移给道夫。

(3) 道夫

① 剥取锡林上的纤维,凝聚成较好的棉网。② 通过压辊及圈条装置,制成均匀的棉条。

三、条卷工序

1. 并合和牵伸:一般采用21根予并进行并合、牵伸,提高小卷中纤维的伸直平等程度。

2. 成卷:制成规定长度和重量的小卷,要求边缘平整,退解时层次清晰。

四、精梳工序

1. 除杂:清除纤维中的棉结、杂质和纤维疵点。

2. 梳理:进一步分离纤维,排除一定长度以下的短纤维,提高纤维的长度整齐度和伸直度。

3. 牵伸:将棉条拉细到一定粗细,并提高纤维平行伸直度。

4. 成条:制成符合要求的棉条。

五、 并条工序

1. 并合:一般用6～8根棉条进行并合,改善棉条长片段不匀。

2. 牵伸:把棉条拉长抽细到规定重量,并进一步提高纤维的伸直平行程度。

3. 混合:利用并合与牵扯伸,使纤维进一步均匀混合,不同唛头、不同工艺处理的棉条,以及棉与化纤混纺等均可采用棉条混纺方式,在并条机上进行混和。

4. 成条:做成圈条成型良好的熟条,有规则地盘放在棉条桶内,供后工序使用。

六、 粗纱工序

1. 牵伸:将熟条均匀地拉长抽细,并使纤维进一步伸直平行。

2. 加捻:将牵伸后的须条加以适当的捻回,使纱条具有一定的强力,以利粗纱卷绕和细纱机上的退绕。

七、 细纱工序

1. 牵伸:将粗纱拉细到所需细度,使纤维伸直平行。

2. 加捻:将须条加以捻回,成为具有一定捻度、一定强力的细纱。

3. 卷绕:将加捻后的细纱卷绕在筒管上。

4. 成型:制成一定大小和形状的管纱,便于搬运及后工序加工。

八、 络筒工序

1. 卷绕和成形:将管纱(线)卷绕成容量大、成型好并具有一定密度的筒子。

2. 除杂:清除纱线上部分疵点和杂质,以提高纱线的品质。

九、 捻线工序

1. 加捻:用两根或多根单纱,经过并合,加拈制成强力高、结构良好的股线。

2. 卷绕:将加捻后的股线卷绕在筒管上。

3. 成型:做成一定大小和形状管线,便于搬运和后工序加工。

十、 摇纱工序

将络好筒子的纱(线)按规定长度摇成绞纱(线),便于包装,运输及工序加工等。

十一、 成包工序

将绞纱(线)、筒子纱(线)按规定重量、团数包数、只数等打成一定体积的小包、中包、大包、筒子包,便于储藏搬运。

十二、 整经工序

1. 整经的任务

根据工艺设计的规定,将一定根数和长度的经纱,从络纱筒子上引出,组成一幅纱片,使经纱具有均匀的张力,相互平行地紧密绕在整经轴上,为形成织轴做好初步准备。

2. 整经的要求

(1) 整经时经纱须具有适当的张力,同时尽可能保持经纱的弹性和张力。

(2) 在整经过程中,全幅经纱,张力应尽量均匀一致。

(3) 经纱轴上的经纱排列和卷绕密度要均匀(指经轴横向和内外层纱线),经轴表面要贺正,无凹凸不平现象。

(4) 整经根数、长度或色经排列循环必须符合织造工艺设计的规定。

(5) 整经机生产效率要高,回丝要少。

十三、 浆纱工序

1. 主要任务

经纱在织机上织造时,要受到综、筘、停经片等的反复摩擦作用和开口时大小不断变化着的张力作用。末浆的经纱,由于有许多毛羽露在纱的表面,因此在织机上受到摩擦和张力的反复作用时,纱上的毛羽就会松开、起毛,部分纤维与纱分离,最后会引起经纱断头,这样不仅增加了织机的断头率,降低了工人的看台数,还会影响棉布的质量。

为了减少织机上的断头率,经纱要经过上浆工程,使经纱具有较大的光滑度、坚牢度,上浆的过程就是几个经轴上的经纱并成一片,使其通过浆液,然后经过压榨、烘干、卷绕成织轴。

经过上浆后的经纱,由于浆液使四周突出的纤维粘附在纱的条干上,提高了纱的光滑度,同时浆液烘干后也在经纱上形成一层浆膜,增大了经纱的抗摩能力,另一方面浆液渗透到经纱内部把部分纤维互相粘着起来,当纱线受到拉伸时,台以阻碍纤维在纱线内的相互移动,从而提高了经纱的强力。

根据许多浆纱的横截面表明浆液渗入到经纱内部的深度是不大的,大部分浆液都被覆在纱的表面上。如果浆液完全不能渗透到纱线中去,那就只能在纱的表面形成一层浆膜,它粘在纱线上很脆弱,在织造过程中很容易脱落。如果浆液全部渗透到纱线中去,纱线中的大量纤维都粘着起来,这时纱的强度虽然增加许多,但纱的伸长度却会显著下降。因为伸长度决定于棉纱中的纤维的弯曲度及其相互之间的移动。上浆后,由于浆液渗入纱内,浆膜覆盖在纱的表面,以及毛茸的粘附,障碍了拉伸经纱时纤维在经纱内的自由移动。因此上浆后的经纱,其伸长度均有所下降。这样的浆纱在织造过程中,不能抵抗时刻变化着的负荷。经验证明,单纯追求浆涨强度的增加,其结果在一定限度后,织机的断头率不仅没有降低反而有所增加。因此,适当的增加纱的强力,最大限度地保持经纱的弹性,减少经纱的毛茸现象和摩擦系数,这是上浆的基本要求。

一般情况下,经纱都要经过上浆,但有足够光滑度和强度的股线只须经过并轴工序即可,有的可作拖水处理。

浆纱工程包括两个工序:调浆工序(配制浆液)和上浆工序要把前沿液粘附在经纱上并加以烘干,然后卷绕在织轴上。

为了达到上浆纱机械的目的,对浆料浆纱机械的基本要求如下。

2. 对浆液和浆料的要求

(1) 浆液不仅应能桥头经纱的表面,同时还应能部分地渗透到纱的内部去,烘干后能在纱上形成一层浆膜。

(2) 浆料应具有一定的吸湿性,不致使浆液凝固成为坚硬的薄膜,而降低经纱的弹性和伸长。

(3) 浆料应具有防腐性。

(4) 浆料应不致操作经纱,综筘和机件。

(5) 浆料应易于从织物上除去,不致影响漂洗和印染工程。

(6) 浆液的性能应相应稳定。

(7) 浆液应用价值低廉、货源充足的原料来配制,并尽可能的不采用主要粮食。

3. 对浆纱机械的要求

(1) 应能保持一定的上浆率。

(2) 应能保持一定的烘干回潮率,并使蒸汽消耗得最少。

(3) 应能最大限度的保持经纱的弹性。

(4) 速度高,产量高。

(5) 机物料损耗少,回丝少,耗电少。

十四、 穿经工序

穿经俗称穿筘或穿头,是经纱准备工程中的最后一道工序。穿经的任务就是根据织物的要求将织轴上的经纱按一定的规律穿过停经片、综丝和筘,以便织造时形成梭口,引入纬纱织成所需的织物,这样在经纱断头时能及时停车不致造成织疵。

十五、 织造工序

织造是纺织厂的重要工序。织造的任务是将经过准备工序加工处理的经纱与纬纱通过织布机根据织物规格要求,按照一定的工艺设计交织成织物。织造工序的产量、质量和消耗直接影响企业的经济效益,必须高度重视。

1. 提高产品质量

织物质量主要包括棉布的物理性能和外观疵点两大方面。织物的物理性能,如:织物的经纬向强力、耐磨牢度、透气度等,直接影响到服用性和穿着牢度,应根据织物的不同用途而确定。并要在生产的全过程进行控制,达到指标要求。织物的外观疵点如:折痕、稀弄、百脚、跳花、破洞等,不仅影响织物外观,对服用性能和穿着牢度也有着直接影响。应在操作过程中严格执行工作法,在日常管理中经常分析疵点产生的因素,有针对性的提出改进措施,不断改善成品质量,提高下机一等品率。

2. 提高生产效率

织机的生产效率是用来衡量生产水平的考核指标之一。织机在运转中由于断经、断纬、机械故障、处理坏布、上轴等原因而造成停台,影响布机的产量和棉布质量。因此,必须采取有效措施降低断头,减少机械故障,及时处理停台,缩短停台时间,努力提高织机的生产效率。

3. 主要要求

织机在织造过程中主要物质消耗是机物料、纱线和动力。消耗量的大小与原材料质量设备状态、技术操作水平、生产环境和生产条件有关。降低物质消耗是提高经济效益的重要内容,必须高度重视。

(1) 降低机物料消耗

① 购置机物料要严把质量关,防止劣质品进厂。

② 加强设备维修,保证设备常处于完好状态,减少因设备状态不良造成的磨损。

③ 加强技术操作减少人为损失。

(2) 降低纱线用量

① 正确掌握机上布幅和纬密,避免多用线。

② 加强技术操作,预防织疵产生,尽量做到少拆布和不拆布,减少回丝。

③ 保持设备完好,避免大纬纱。

④ 加强生产管理,减少油污、坏布和装纬回丝。

(3) 降低动力消耗

① 停车及时关电机。

② 提高布机效率和运转率。

③ 控制照明和正确使用空调,防止辅助用电浪费。

④ 采用节电皮带盘。

接下来就是印染、裁剪、缝制、整烫、完工。

——摘自张曙光主编:《现代棉纺技术》,东华大学出版社 2017 年版,第 20—117 页。

附录 3:刘国钧日记影印图片(1945～1949 年)

1945 年第 1 部

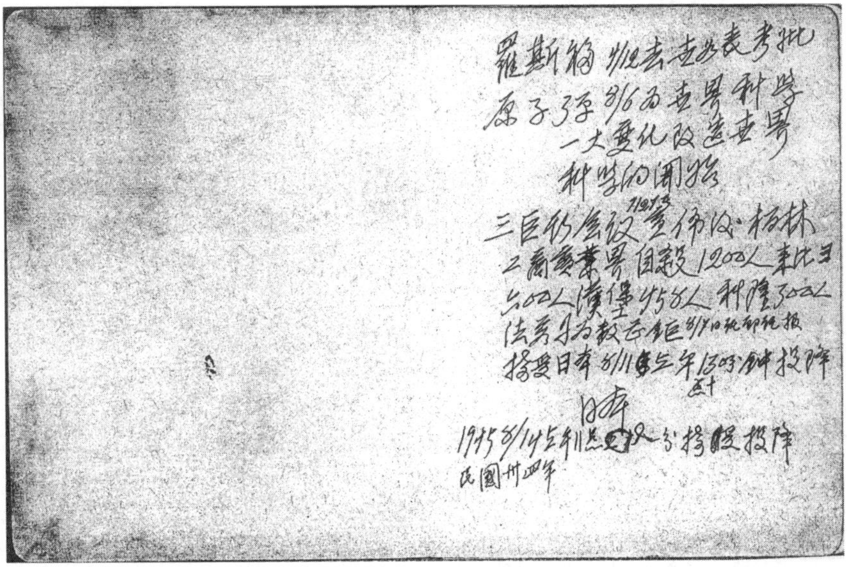

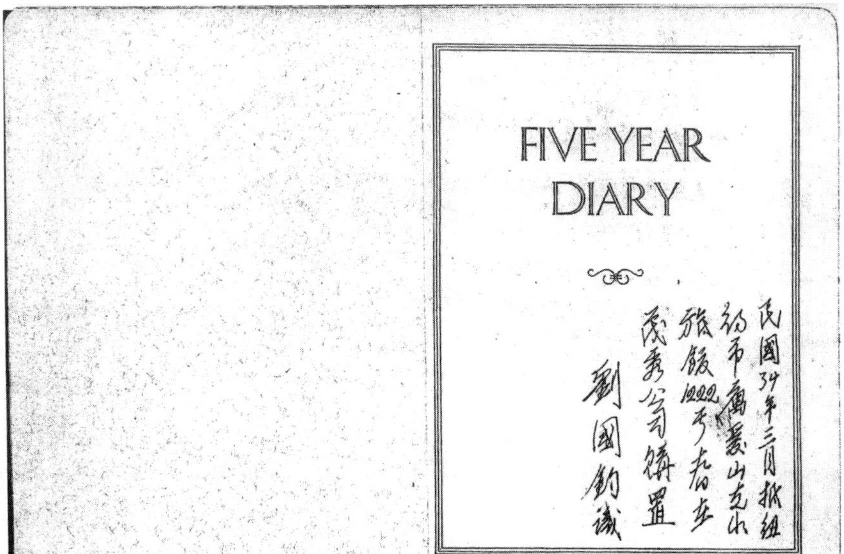

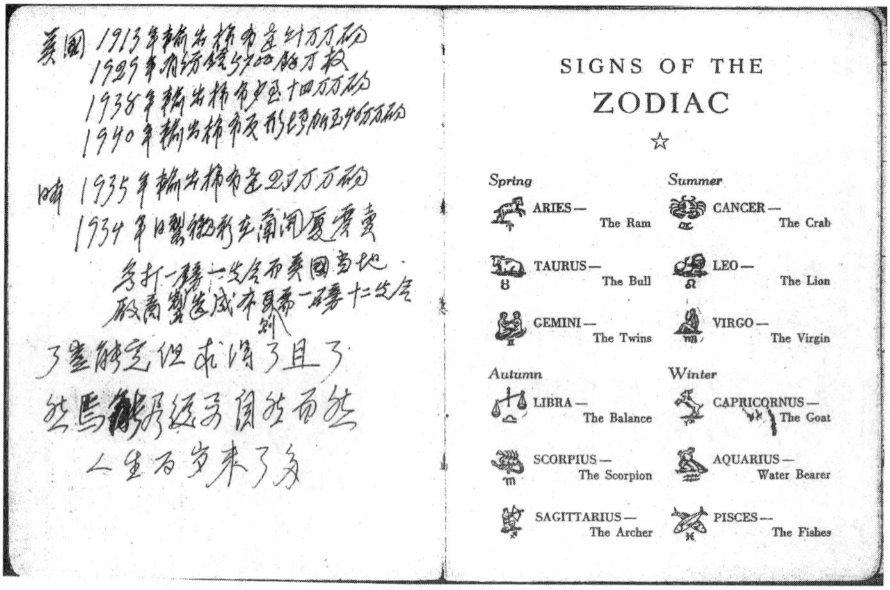
SIGNS OF THE ZODIAC
Spring
ARIES — The Ram
TAURUS — The Bull
GEMINI — The Twins
Summer
CANCER — The Crab
LEO — The Lion
VIRGO — The Virgin
Autumn
LIBRA — The Balance
SCORPIUS — The Scorpion
SAGITTARIUS — The Archer
Winter
CAPRICORNUS — The Goat
AQUARIUS — Water Bearer
PISCES — The Fishes

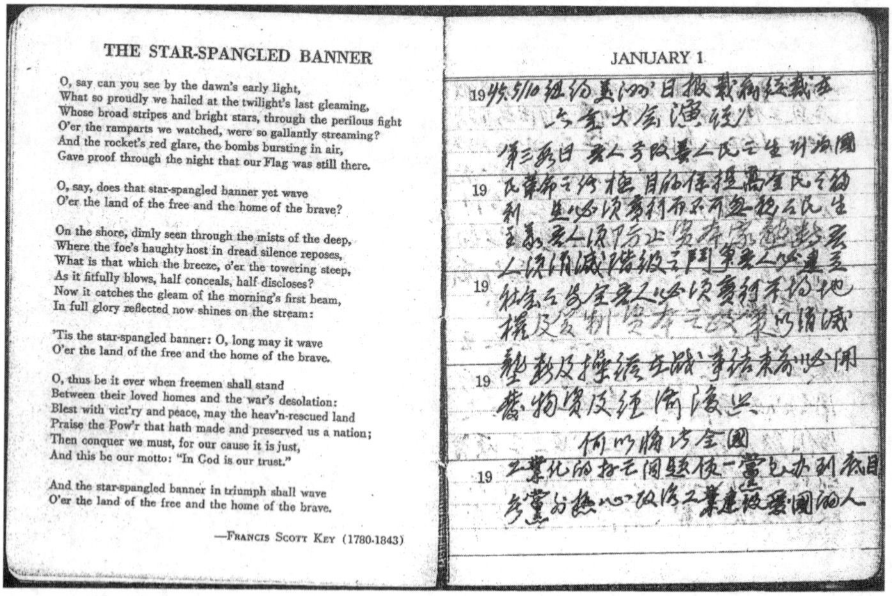
THE STAR-SPANGLED BANNER
O, say can you see by the dawn's early light,
What so proudly we hailed at the twilight's last gleaming,
Whose broad stripes and bright stars, through the perilous fight
O'er the ramparts we watched, were so gallantly streaming?
And the rocket's red glare, the bombs bursting in air,
Gave proof through the night that our Flag was still there.
O, say, does that star-spangled banner yet wave
O'er the land of the free and the home of the brave?
On the shore, dimly seen through the mists of the deep,
Where the foe's haughty host in dread silence reposes,
What is that which the breeze, o'er the towering steep,
As it fitfully blows, half conceals, half discloses?
Now it catches the gleam of the morning's first beam,
In full glory reflected now shines on the stream:
'Tis the star-spangled banner: O, long may it wave
O'er the land of the free and the home of the brave.
O, thus be it ever when freemen shall stand
Between their loved homes and the war's desolation:
Blest with vict'ry and peace, may the heav'n-rescued land
Praise the Pow'r that hath made and preserved us a nation;
Then conquer we must, for our cause it is just,
And this be our motto: "In God is our trust."
And the star-spangled banner in triumph shall wave
O'er the land of the free and the home of the brave.
—Francis Scott Key (1780-1843)
JANUARY 1

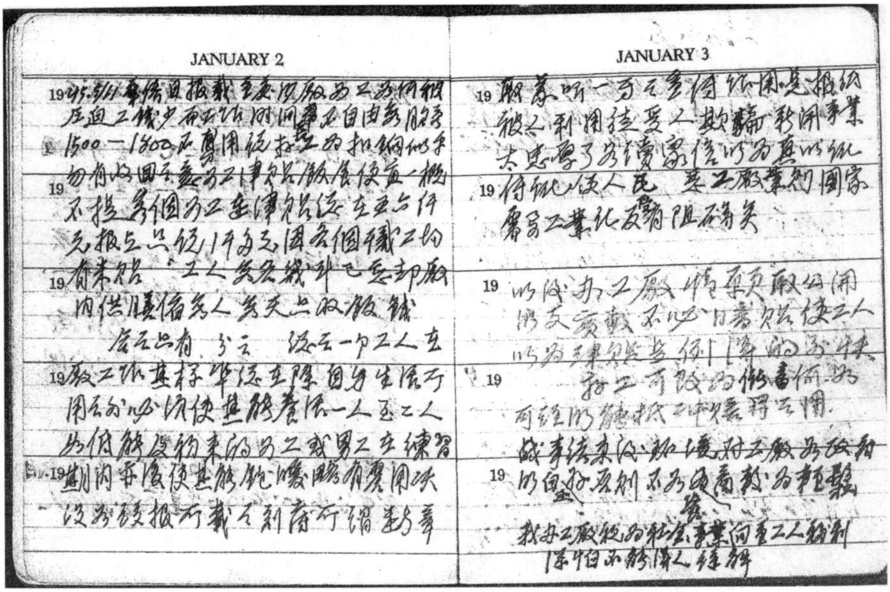
JANUARY 2

JANUARY 3

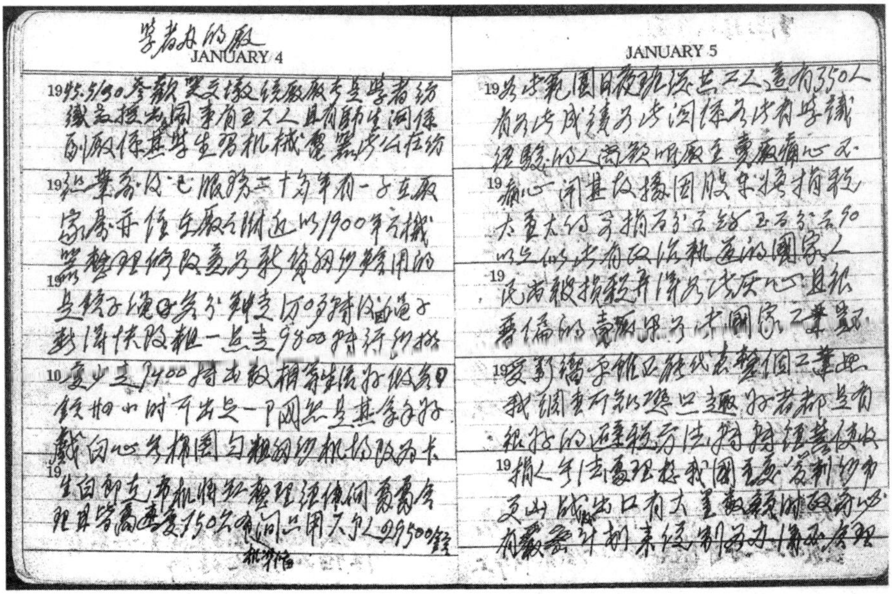
JANUARY 4

JANUARY 5

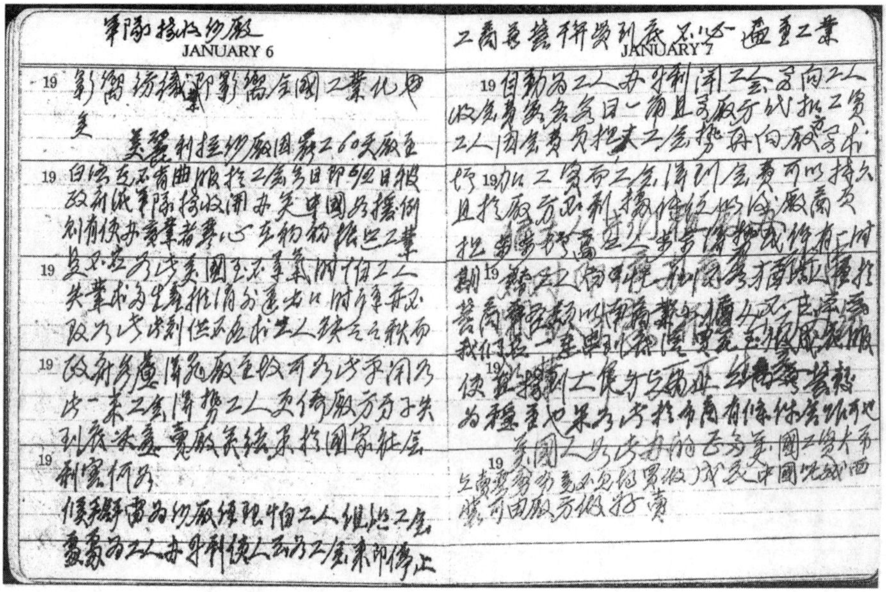
JANUARY 6
JANUARY 7

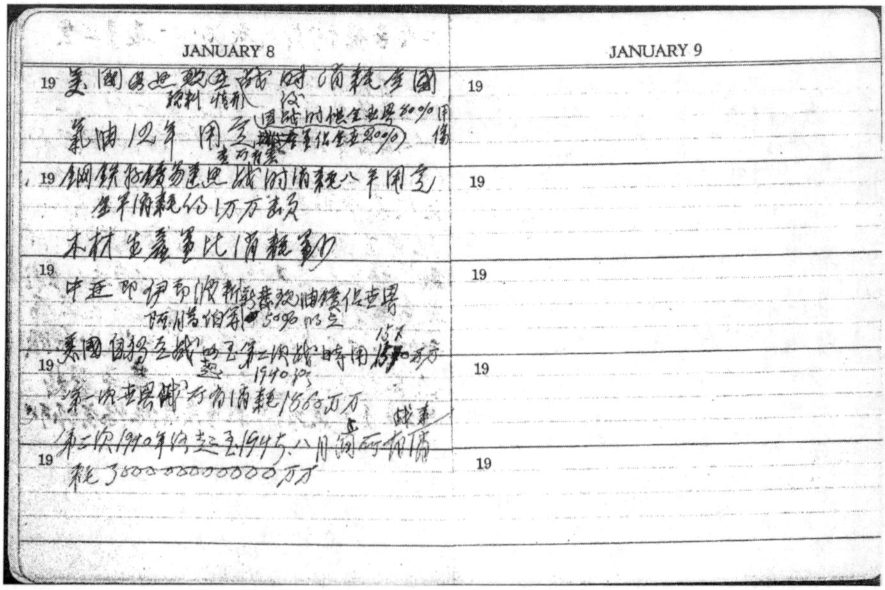
JANUARY 8
JANUARY 9

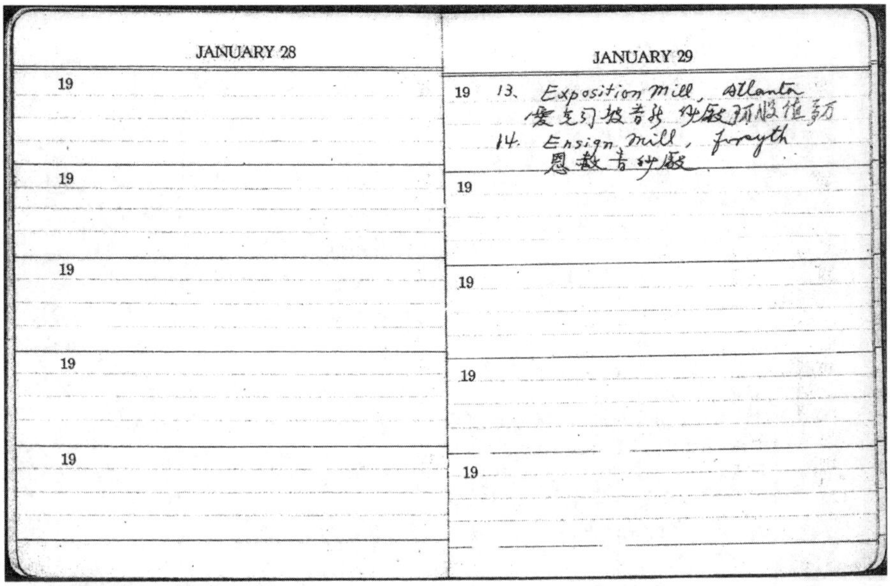

JANUARY 28

19

19

19

19

19

JANUARY 29

19 13. Exposition mill, Atlanta
爱克司坡音新 纱厂 耶股值纺
14. Ensign mill, Forsyth
恩散吉纱厂

19

19

19

19

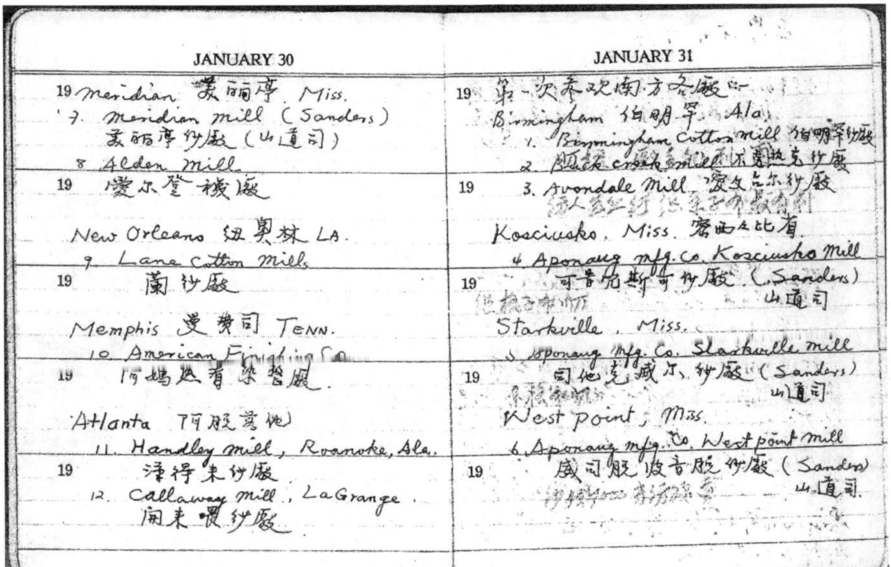

JANUARY 30

19 Meridian 麦丽亭 Miss.
7. Meridian mill (Sanders)
麦丽亭纱厂 (山道司)
8 Alden mill
19 爱尔登袜厂

New Orleans 纽奥林 LA.
9. Lane cotton mills
19 蘭纱厂

Memphis 曼费司 TENN.
10. American Finishing Co.
19 阿妈恳肯染整厂.

Atlanta 阿脱兰他
11. Handley mill, Roanoke, Ala.
19 汉得来纱厂
12. Callaway mill, LaGrange.
开来喂纱厂.

JANUARY 31

19 第一次参观南方各厂
Birmingham 伯明罕 Ala.
1. Birmingham cotton mill 伯明罕纱厂
2. Black creek mill 不来克克立克纱厂
19 3. Avondale Mill 爱文台尔纱厂

Kosciusko, Miss. 客西么比有
4 Aponaug mfg. Co. Kosciusko mill
19 可普克斯可纱厂 (Sanders)
山道司
Starkville, Miss.
5 Aponaug Mfg. Co. Starkville mill
19 司他克威尔纱厂 (Sanders)
山道司
West Point, Miss.
6. Aponaug mfg. Co. West point mill
19 威司脱波音脱纱厂 (Sanders)
山道司.

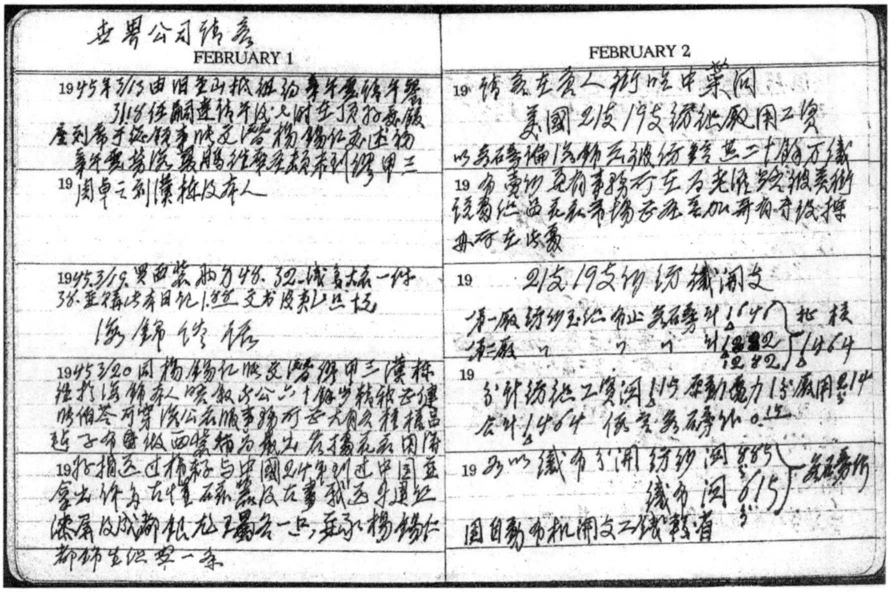

FEBRUARY 1

FEBRUARY 2

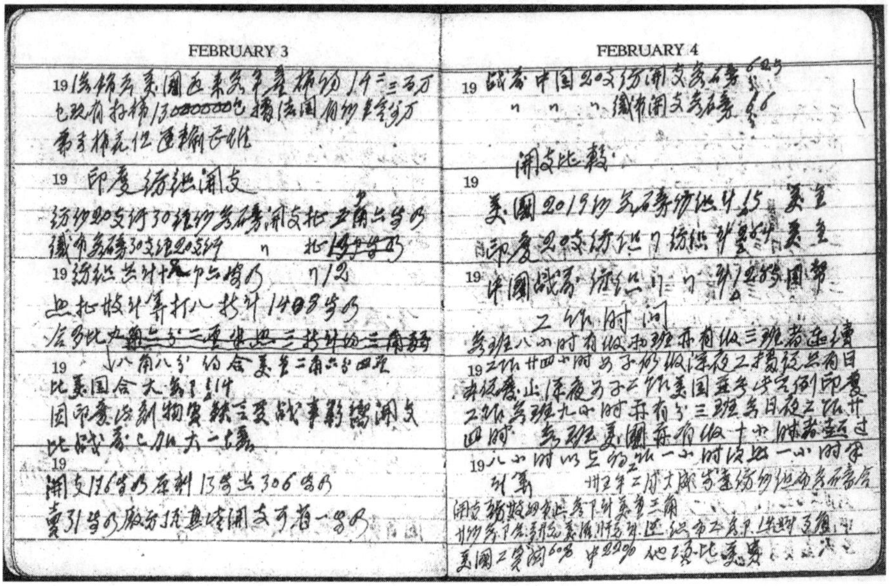

FEBRUARY 3

FEBRUARY 4

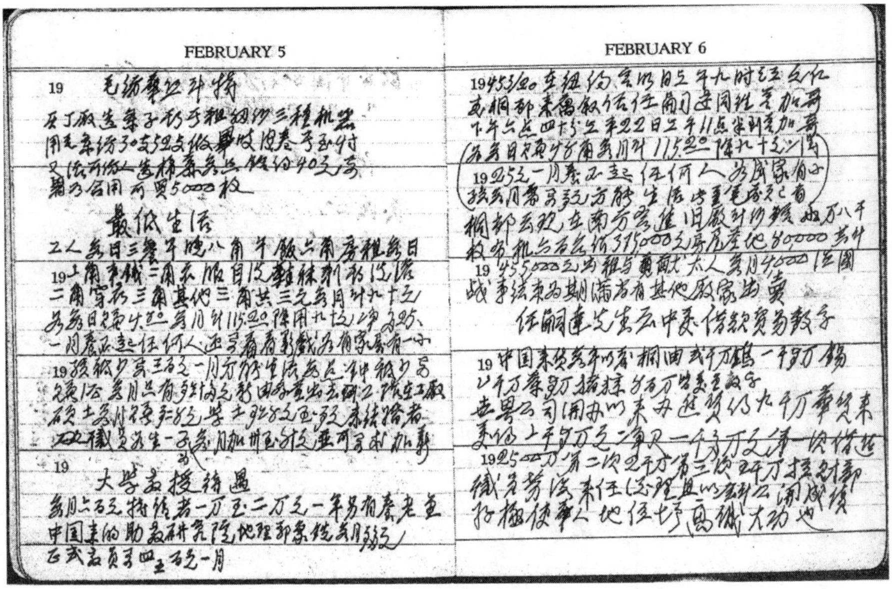
FEBRUARY 5
最低生活
大学教授待遇
FEBRUARY 6

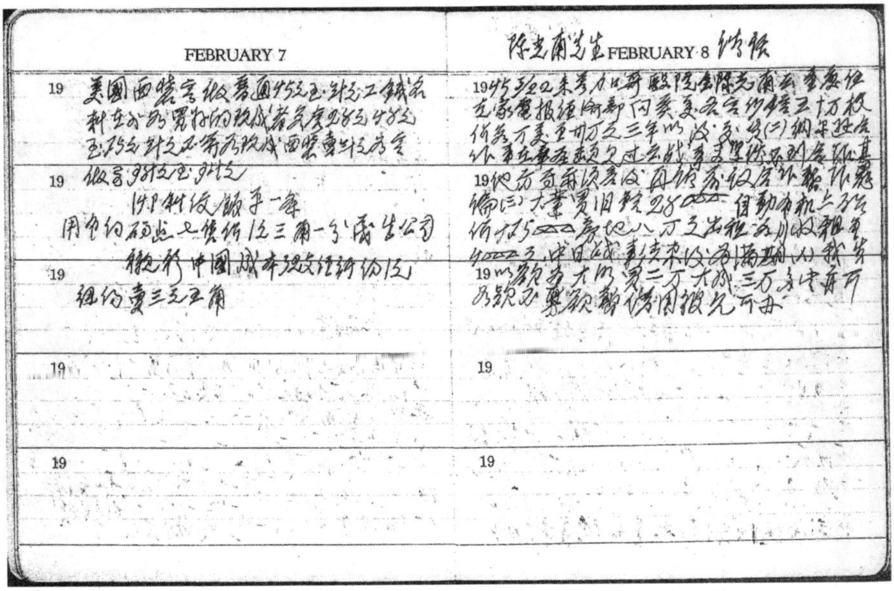
FEBRUARY 7
FEBRUARY 8

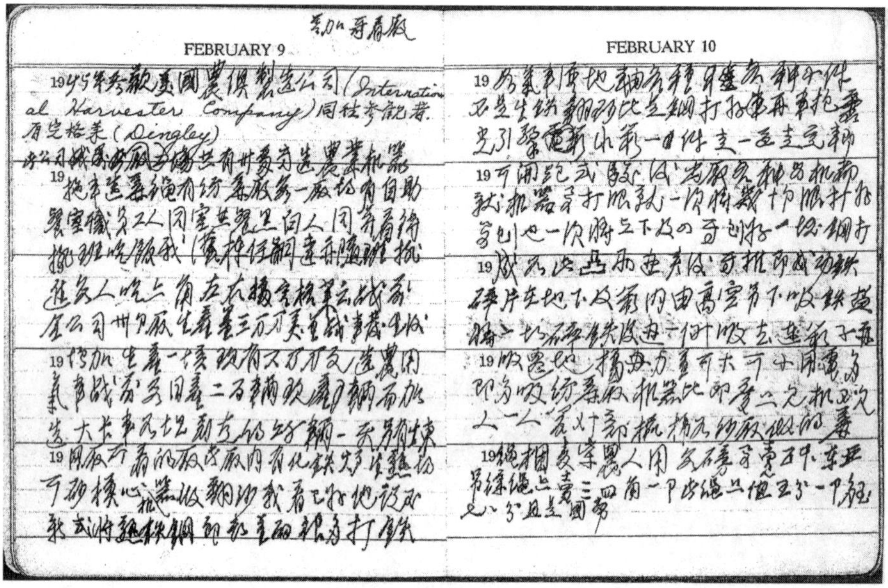
参加哥看厂
FEBRUARY 9
International Harvester Company
Dingley
FEBRUARY 10

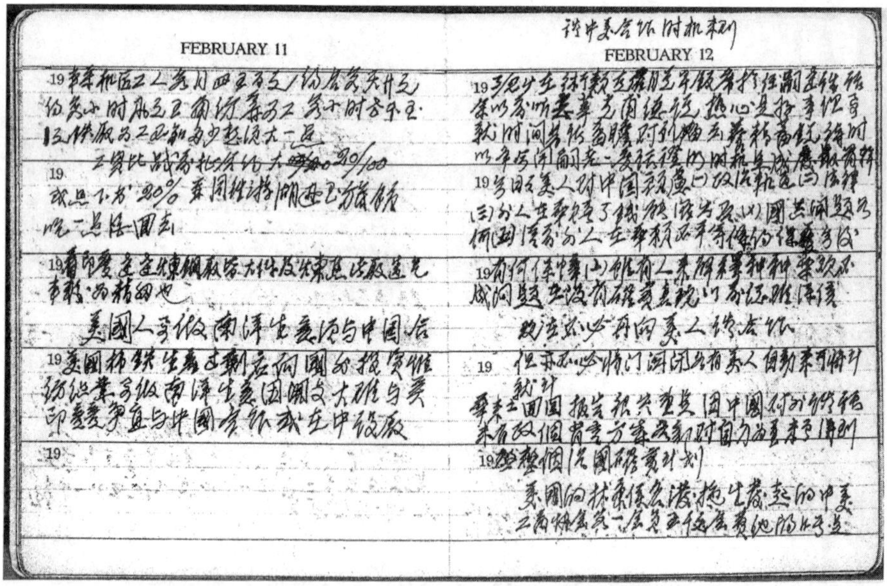
FEBRUARY 11
美國人可做南洋生意須与中國合
FEBRUARY 12

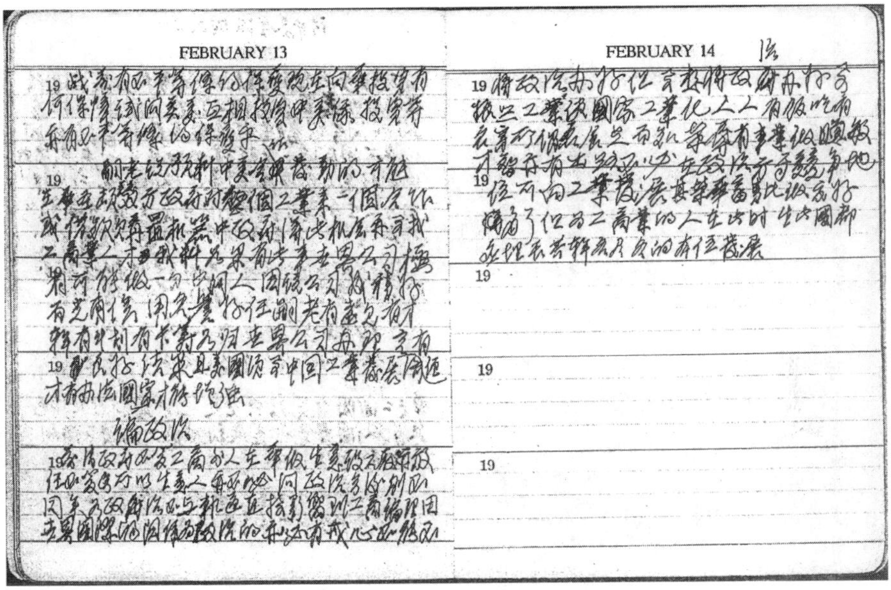
FEBRUARY 13
FEBRUARY 14

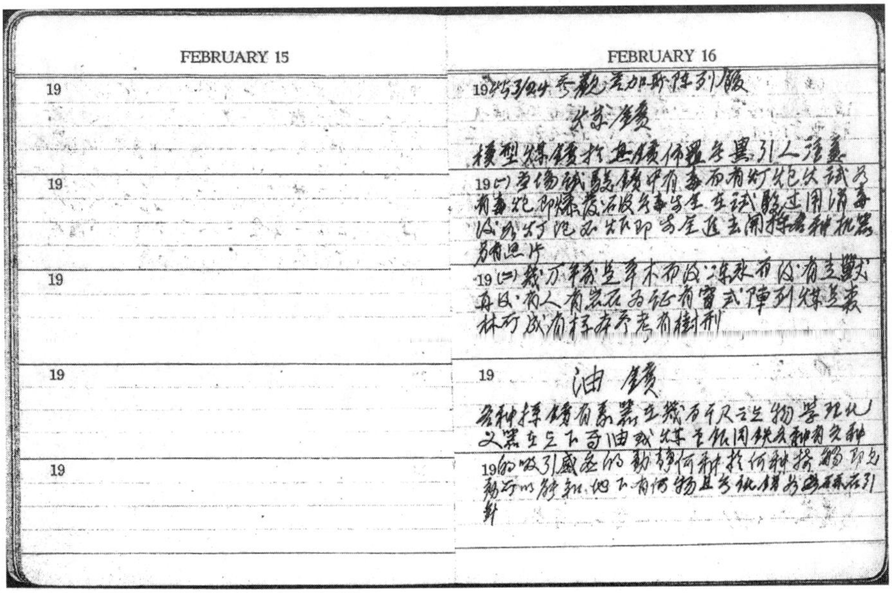
FEBRUARY 15
FEBRUARY 16

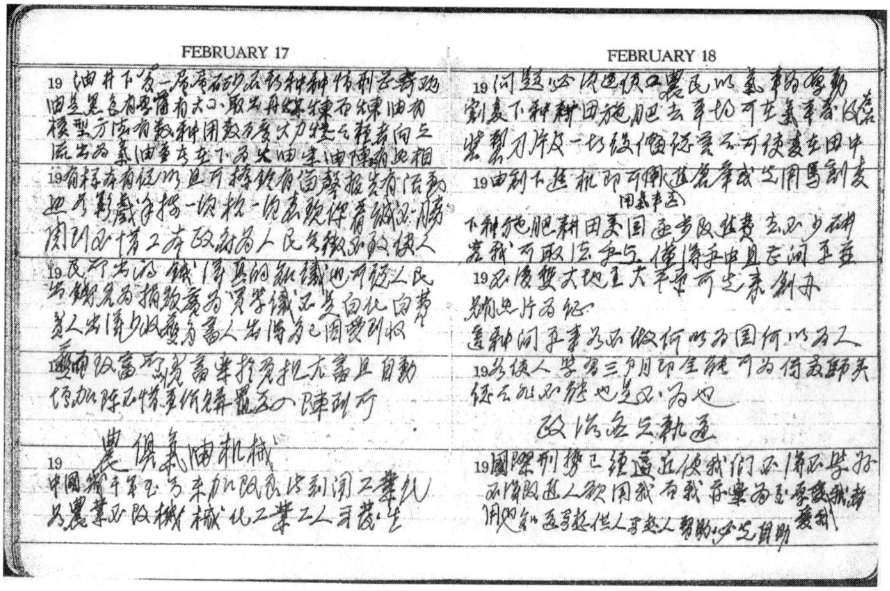
FEBRUARY 17

农机柴油机械

FEBRUARY 18

政治与之轨道

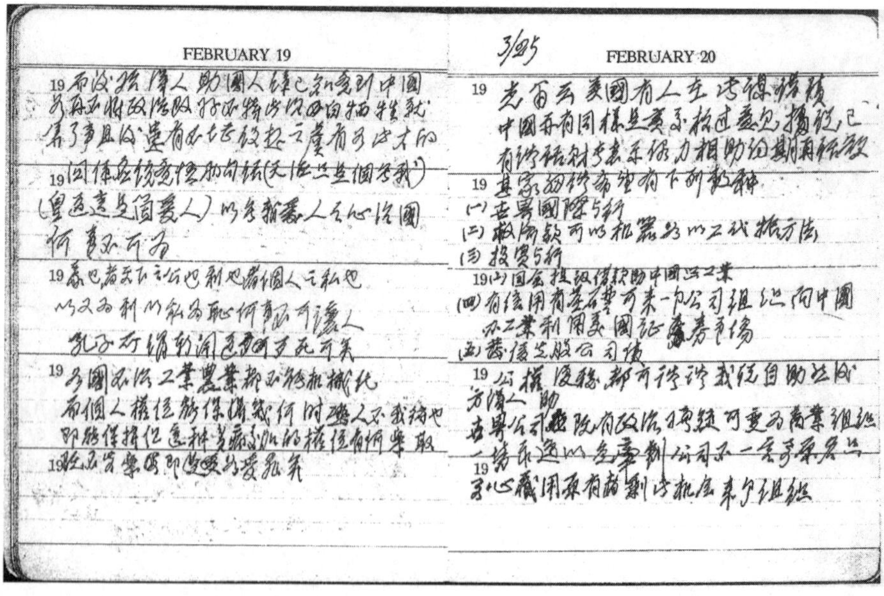
FEBRUARY 19

3/25

FEBRUARY 20

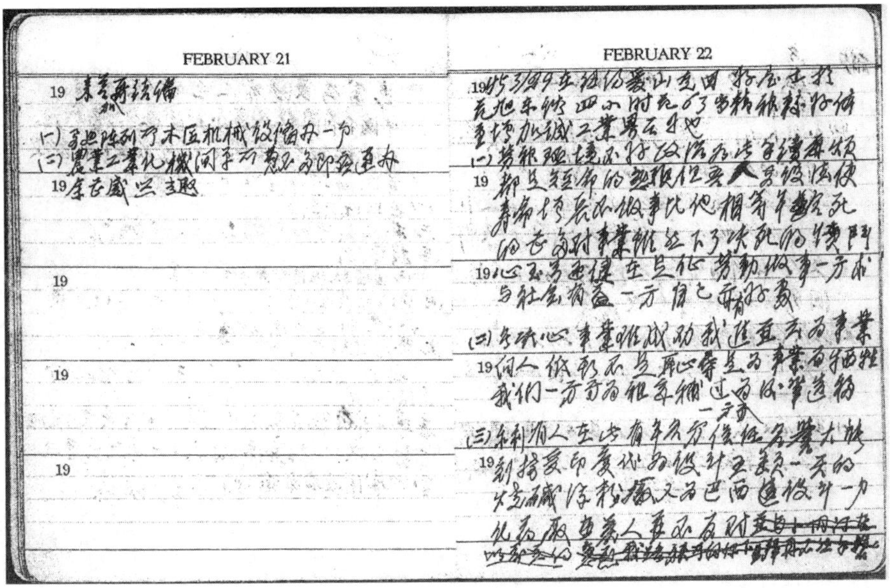
FEBRUARY 21　　FEBRUARY 22

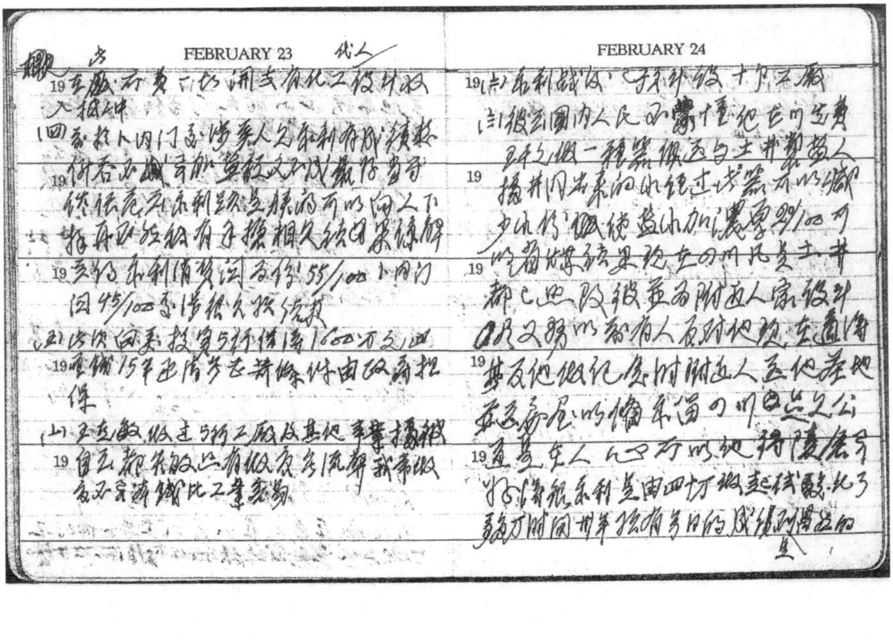
FEBRUARY 23　　FEBRUARY 24

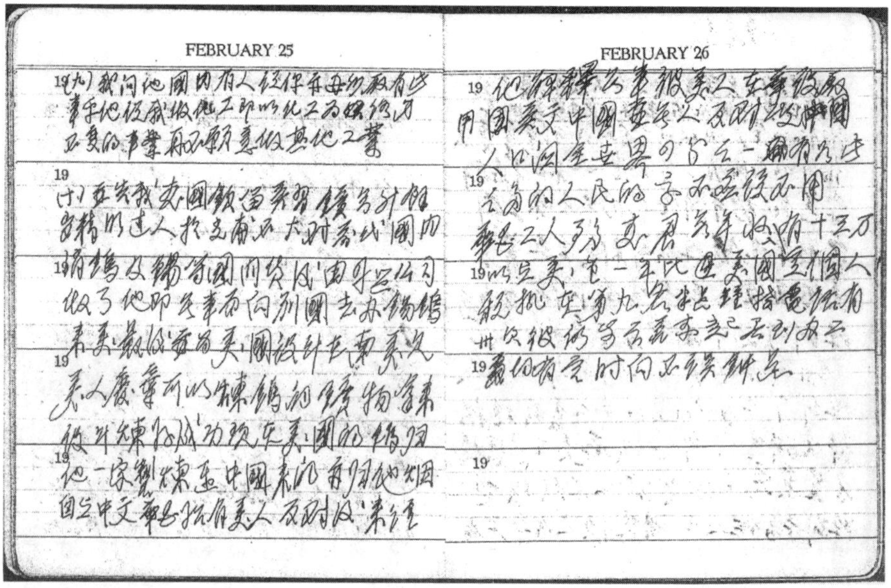
FEBRUARY 25
FEBRUARY 26

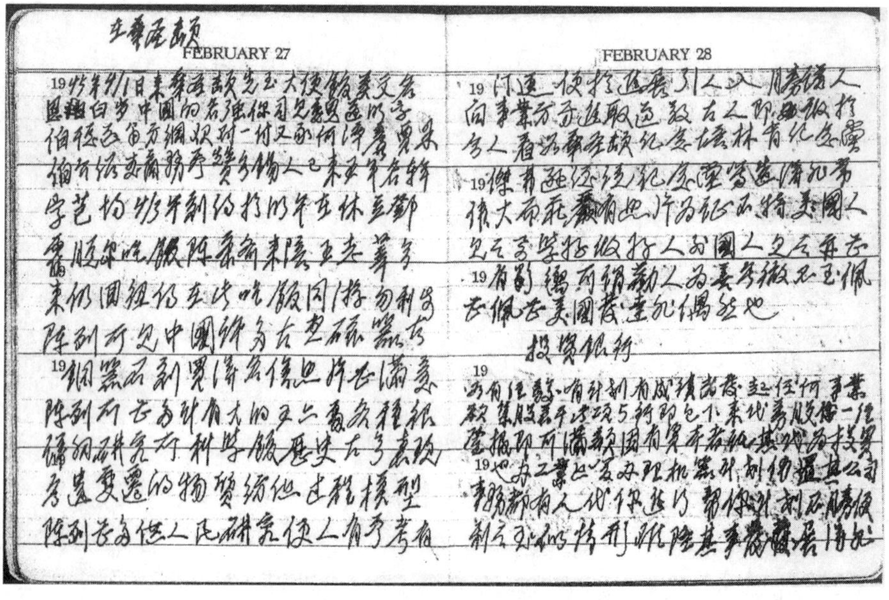
FEBRUARY 27
FEBRUARY 28

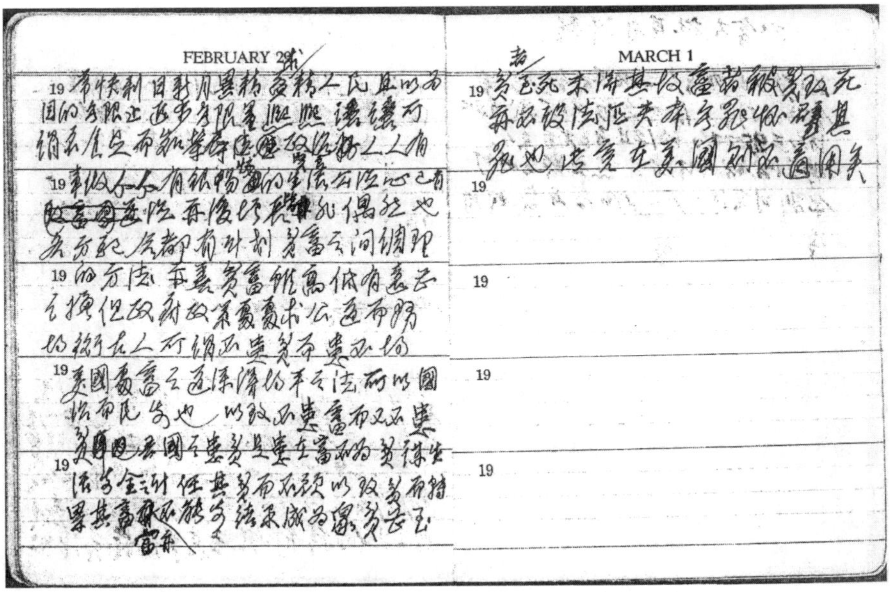
FEBRUARY 28
MARCH 1

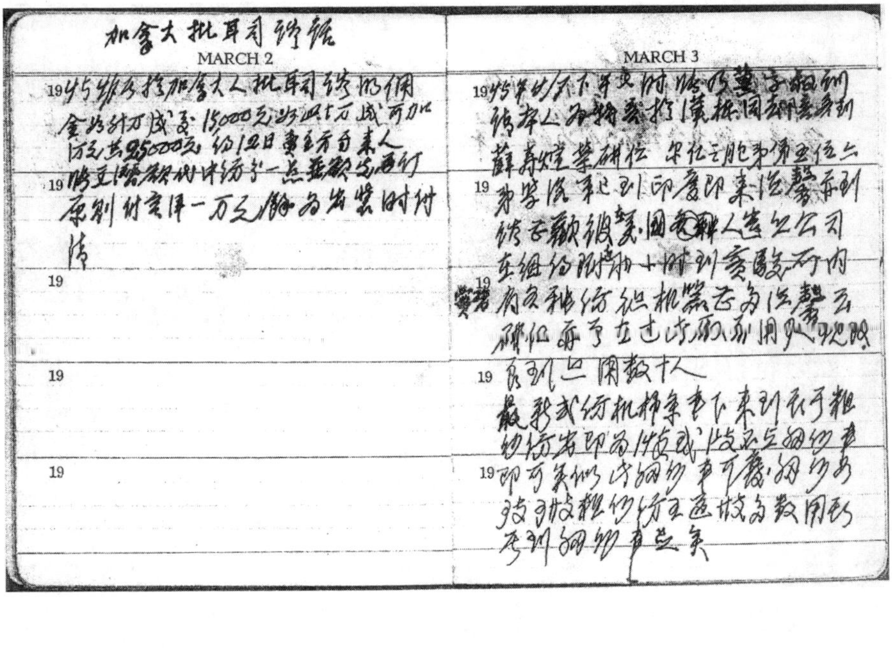
MARCH 2
MARCH 3

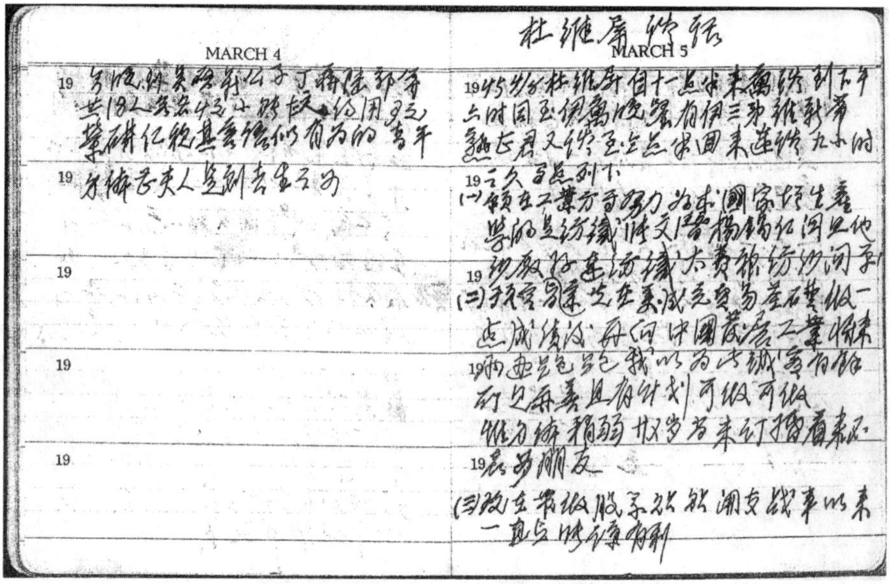
MARCH 4
杜维屏谈话
MARCH 5

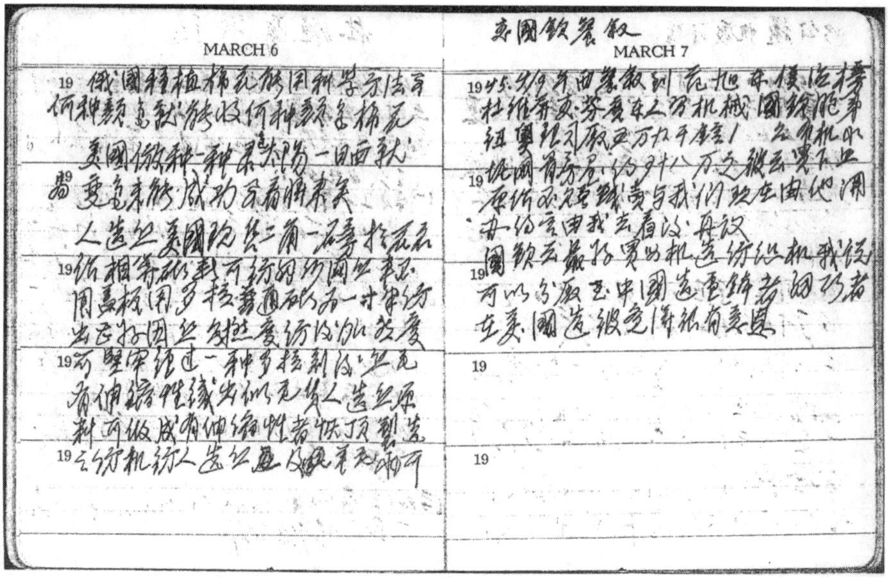
MARCH 6
MARCH 7

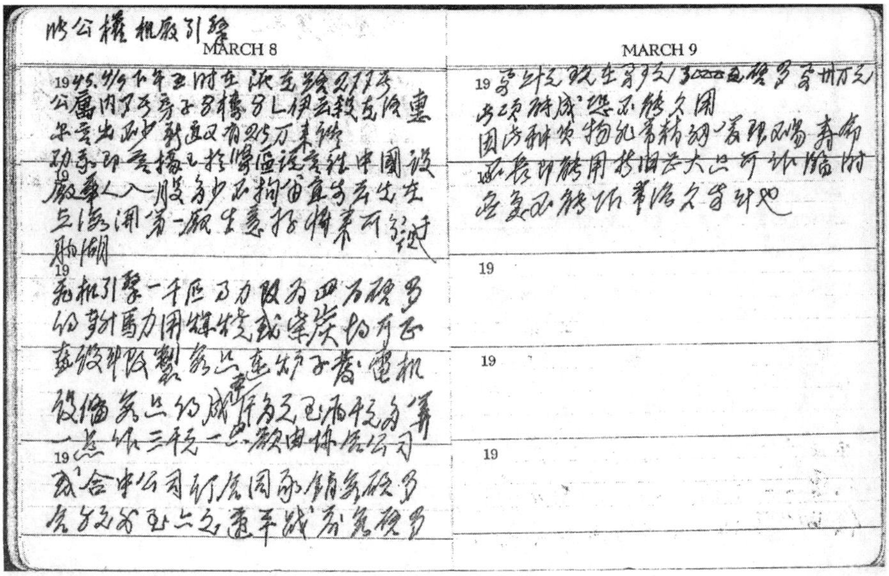
MARCH 8

MARCH 9

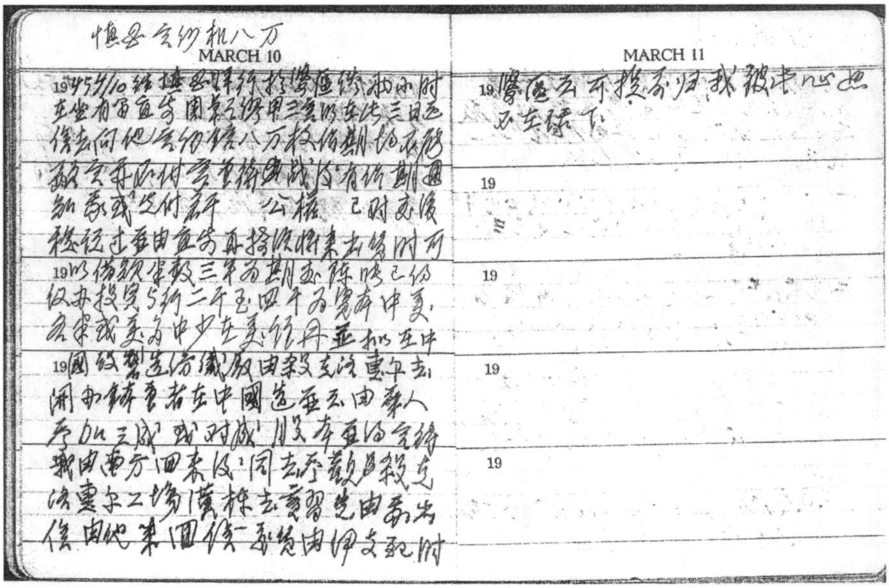
MARCH 10

MARCH 11

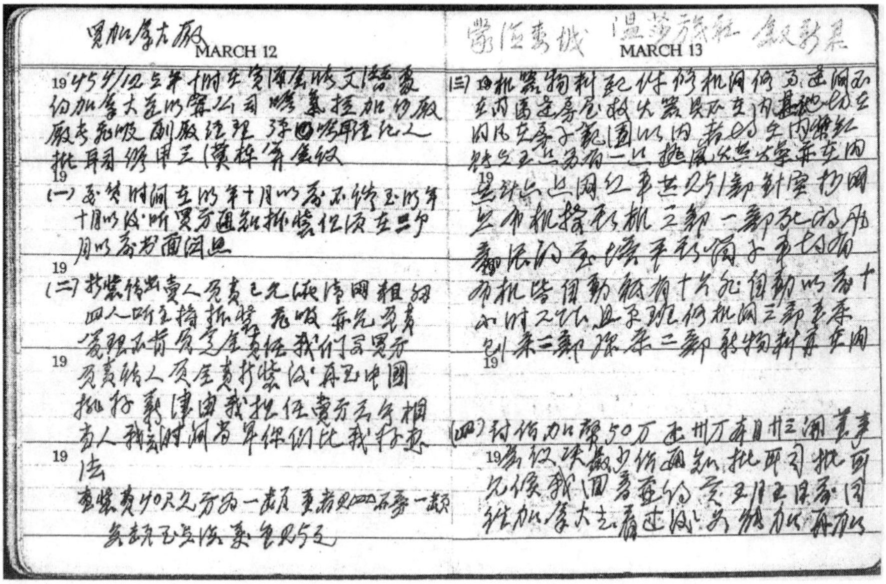
MARCH 12
MARCH 13

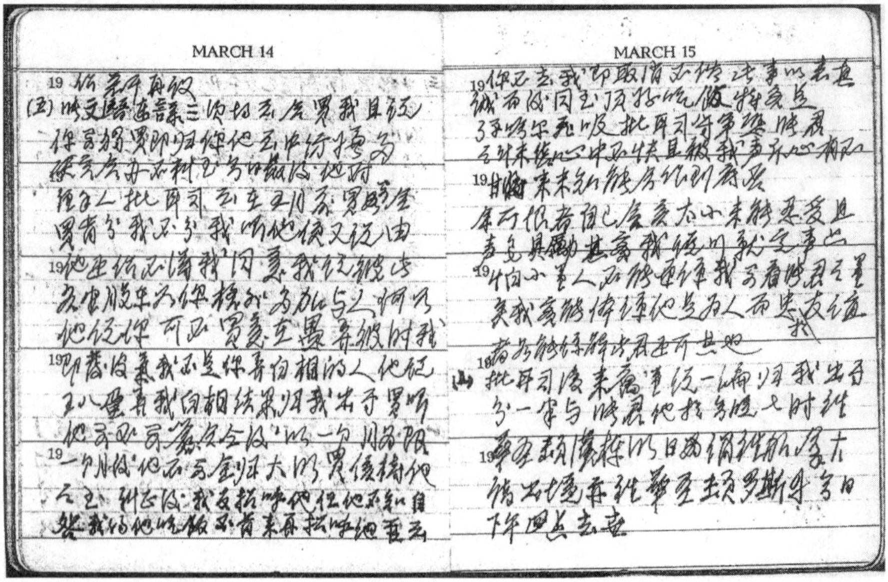
MARCH 14
MARCH 15

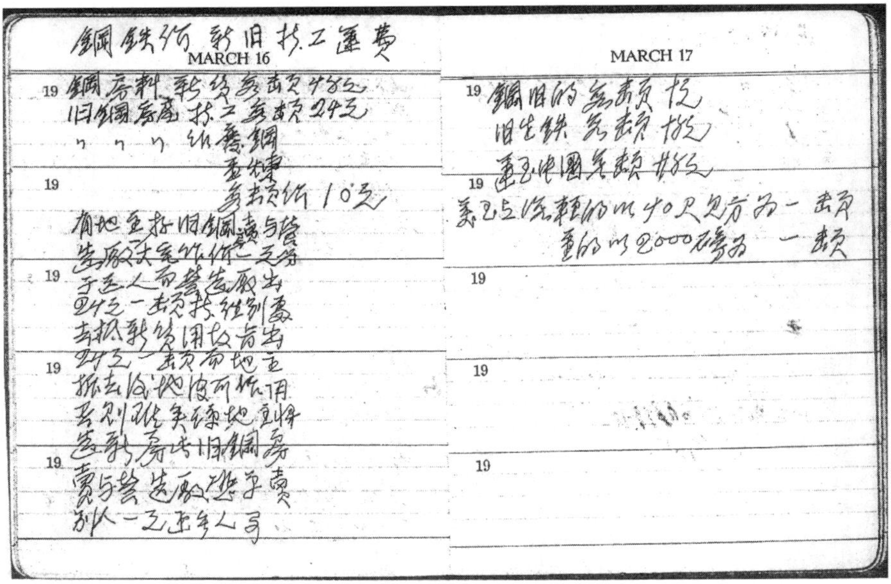
MARCH 16
MARCH 17

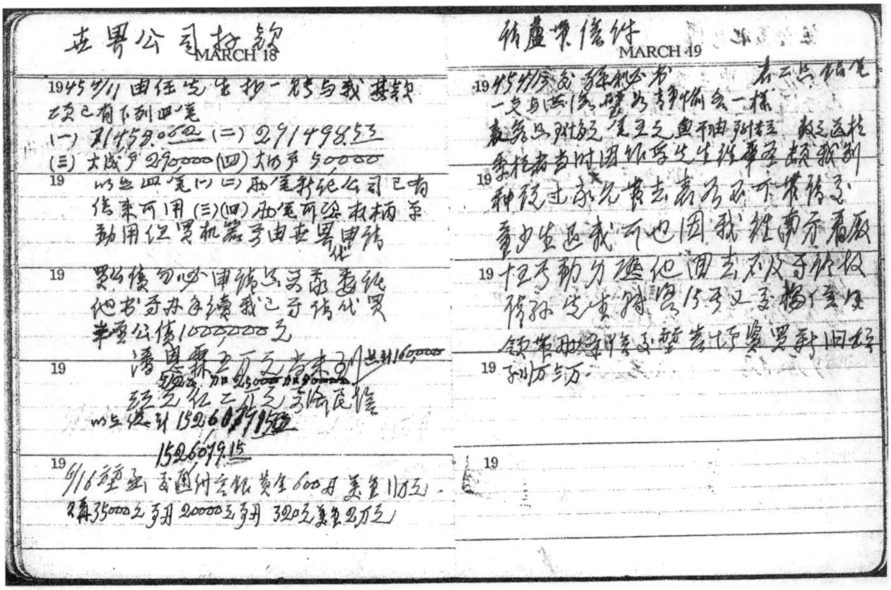
MARCH 18
MARCH 19

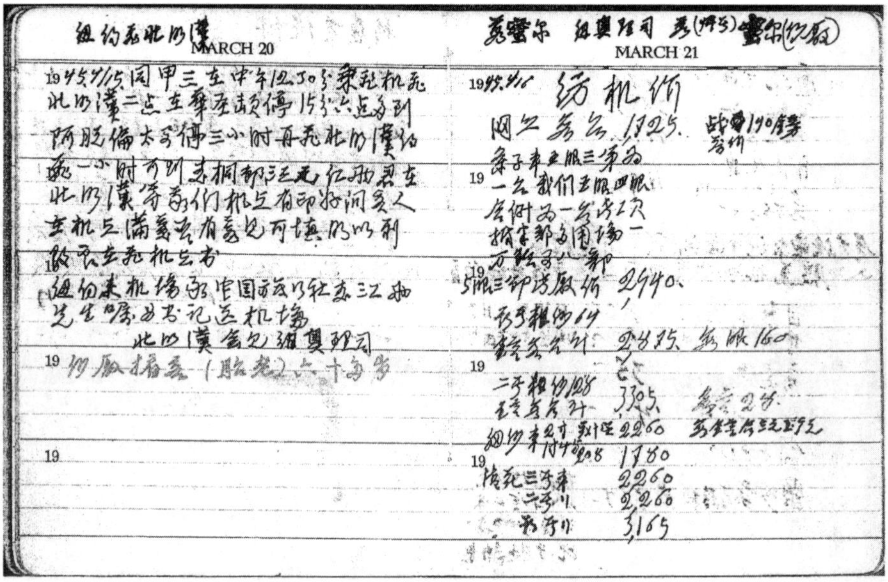

MARCH 20

MARCH 21

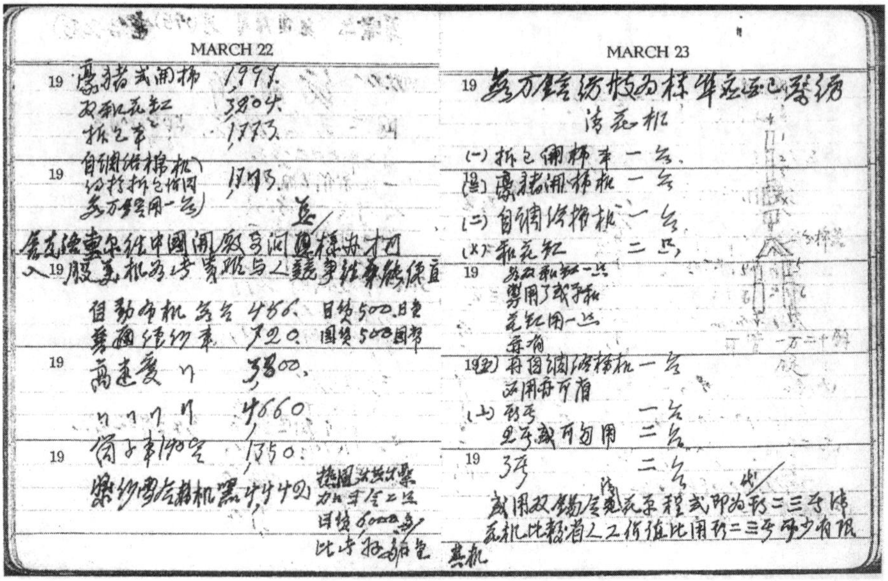

MARCH 22

MARCH 23

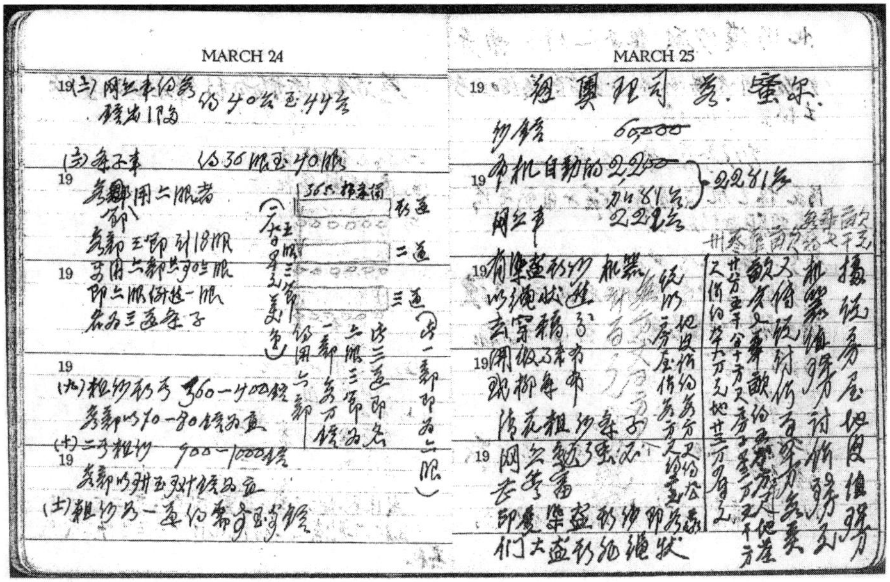
MARCH 24
MARCH 25

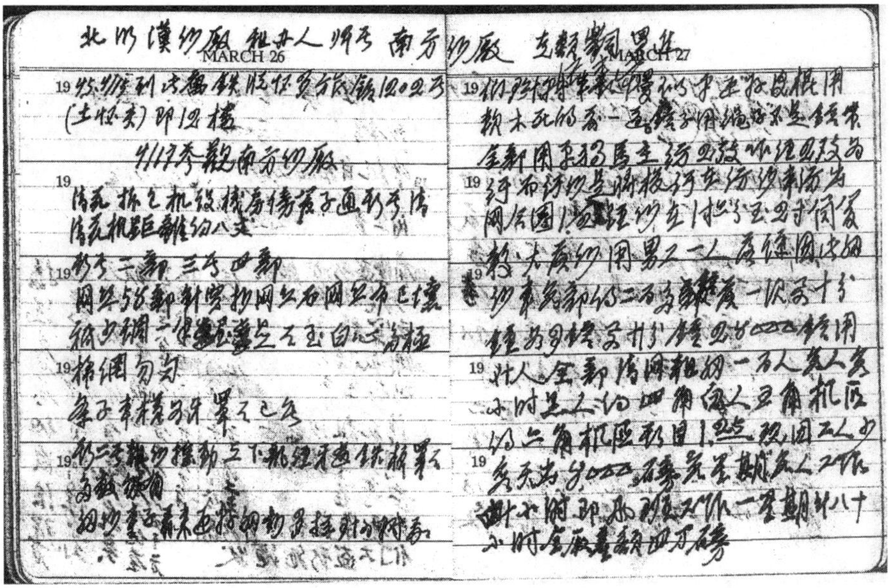
MARCH 26
MARCH 27

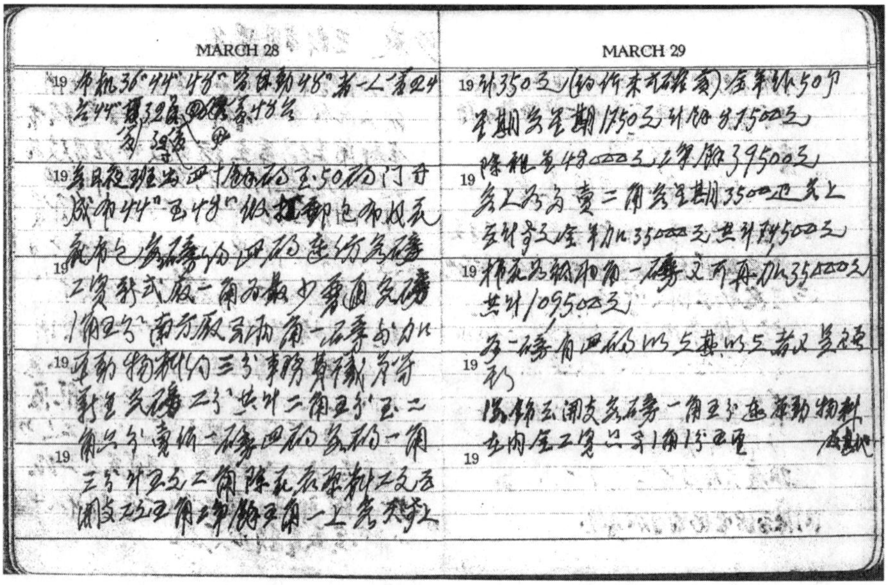
MARCH 28

MARCH 29

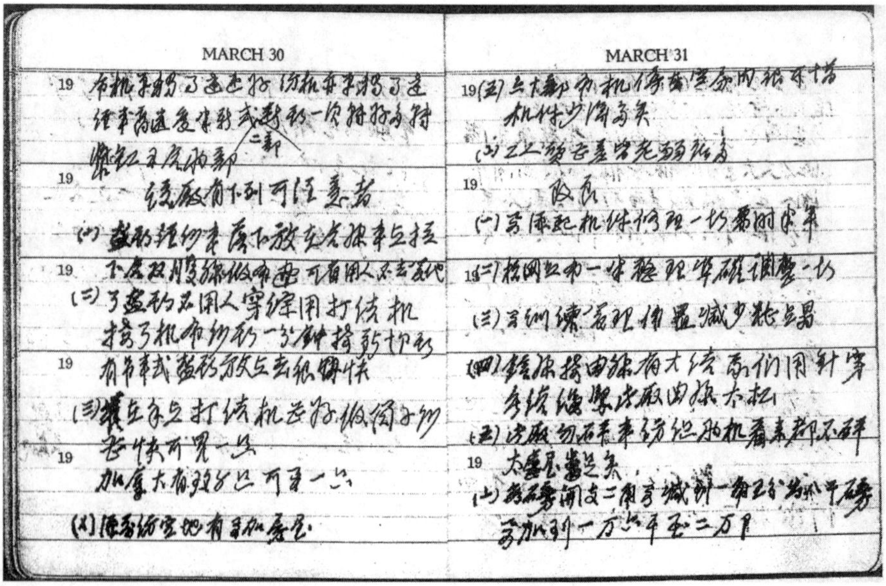
MARCH 30

MARCH 31

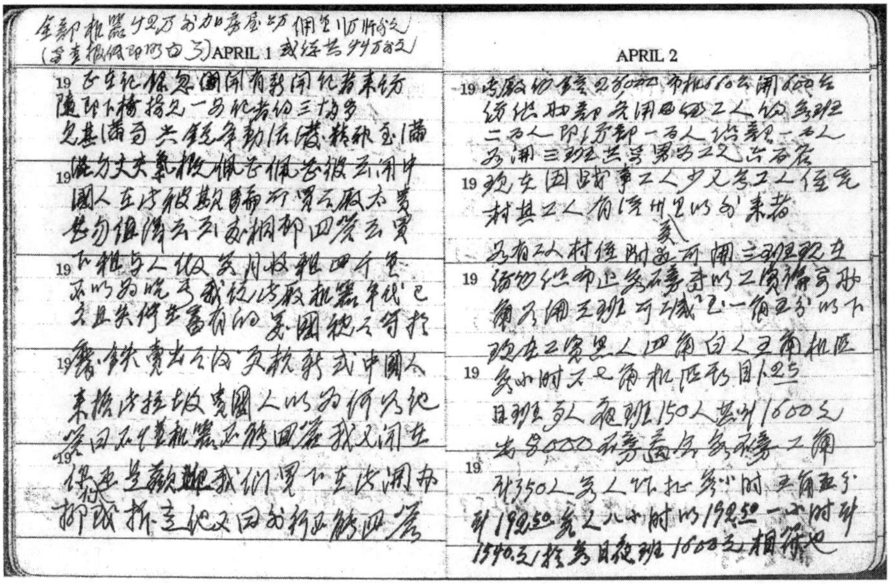
APRIL 1
APRIL 2

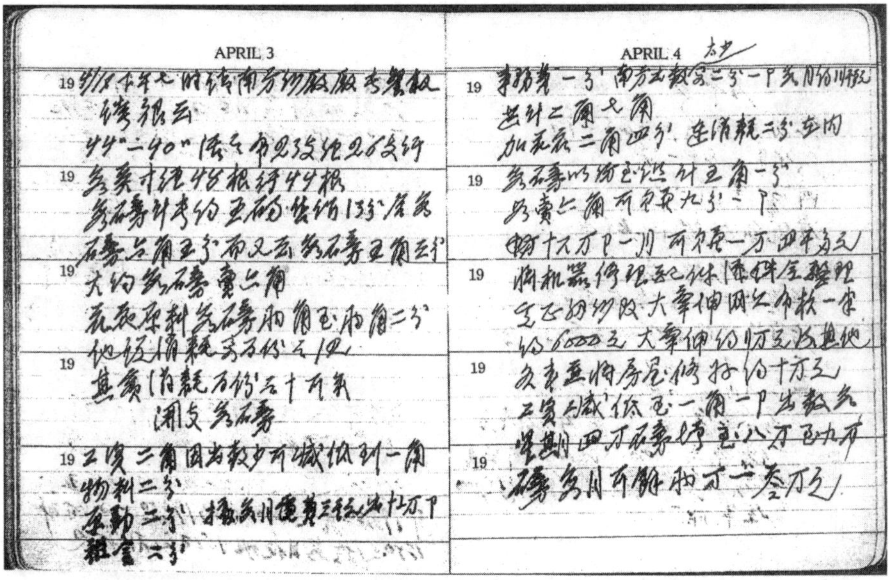
APRIL 3
APRIL 4

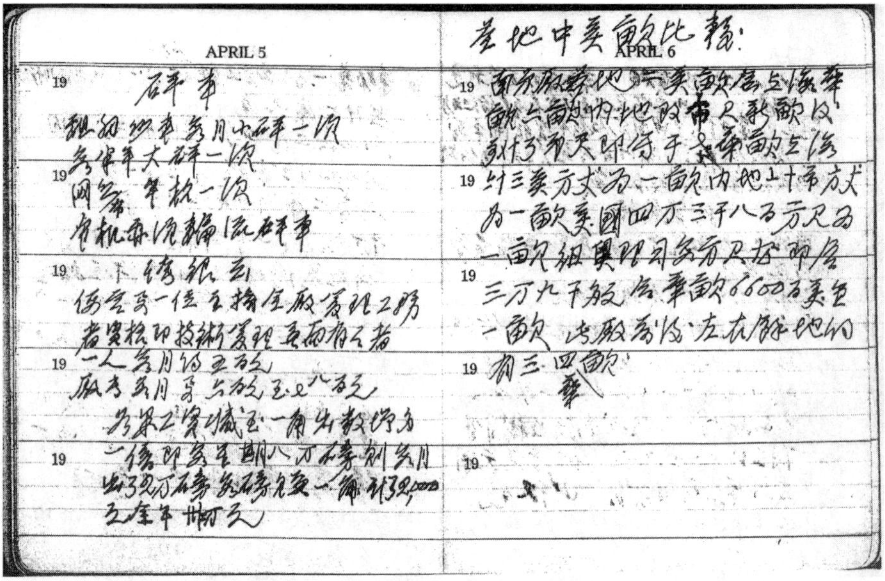
APRIL 5
APRIL 6

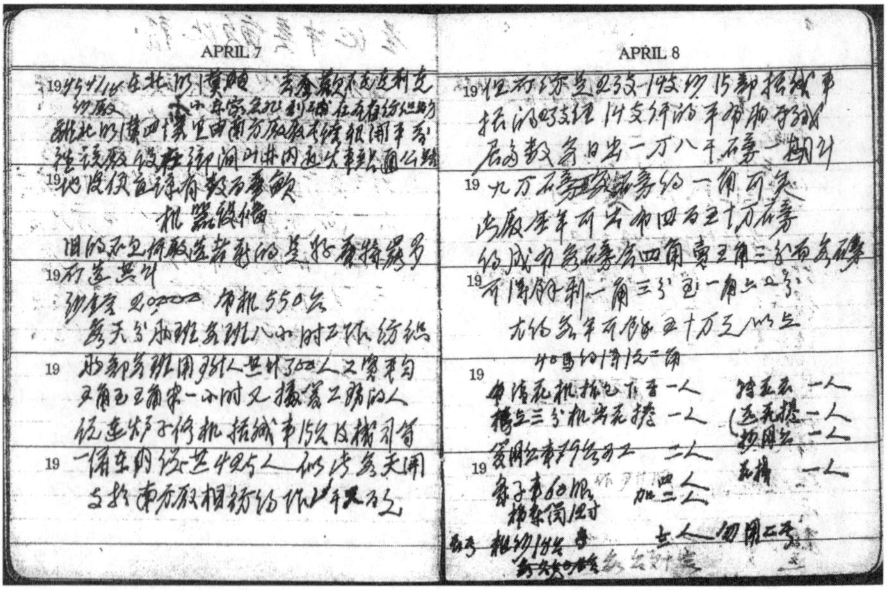
APRIL 7
APRIL 8

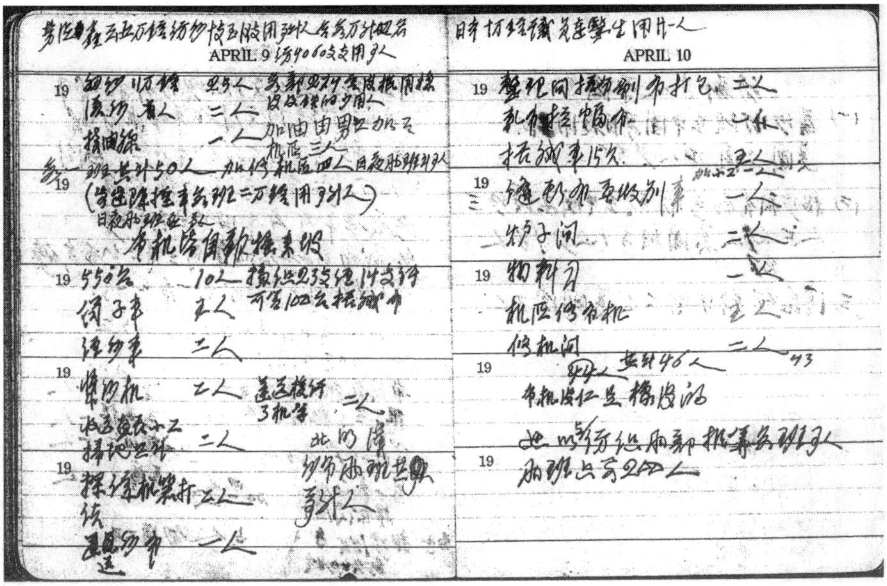
APRIL 9
APRIL 10

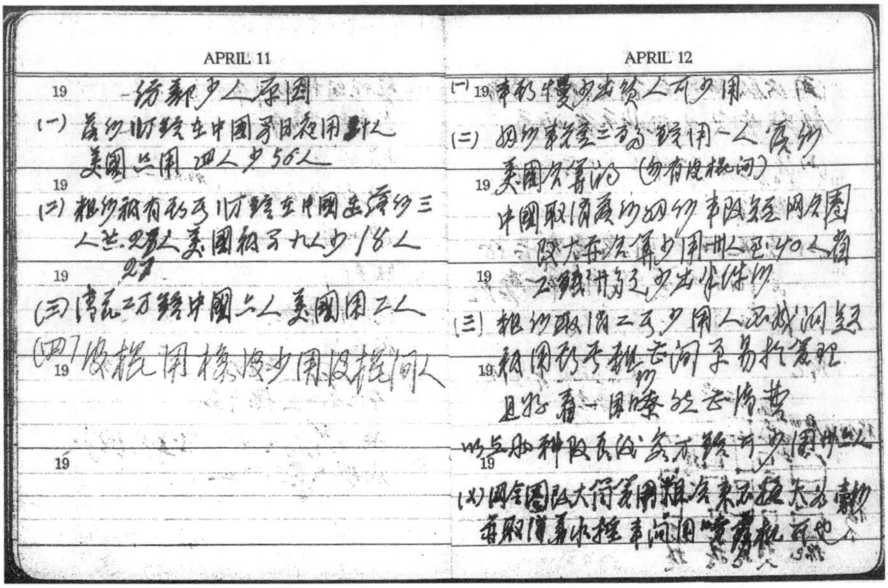
APRIL 11
纺部少人原因
(三)清花二万锭中國六人美國用二人
APRIL 12

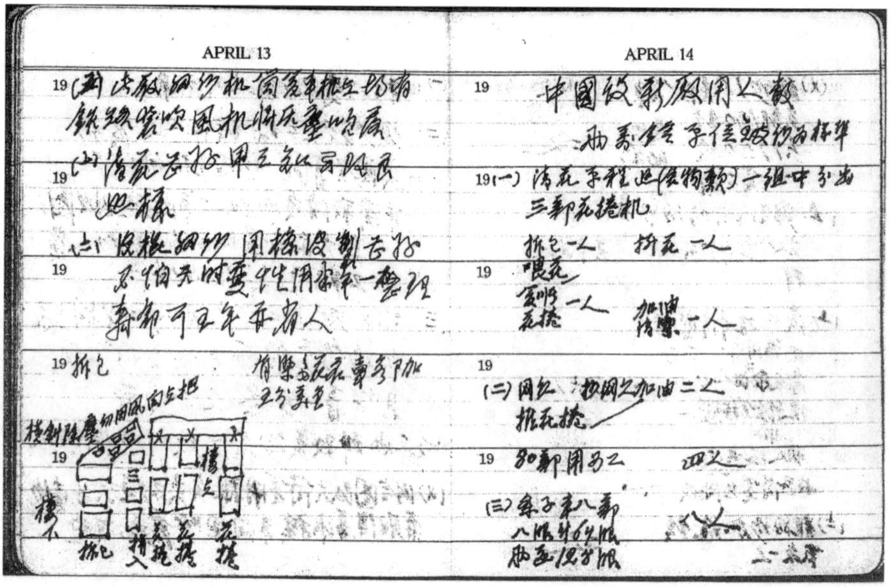
APRIL 13
APRIL 14

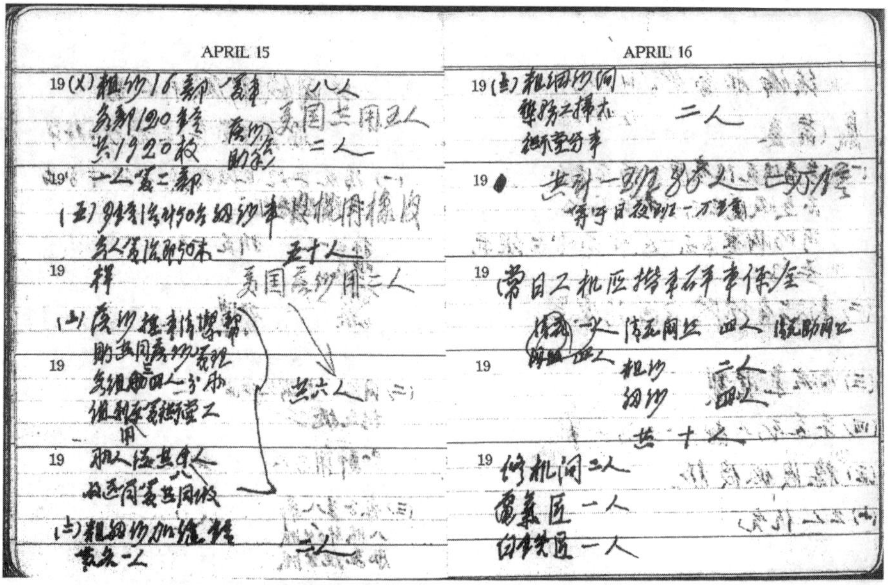
APRIL 15
APRIL 16

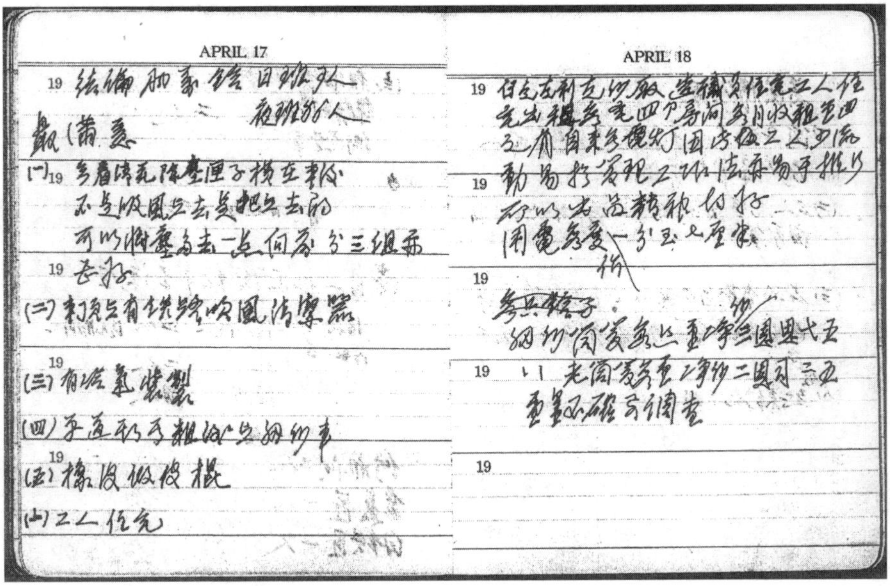
APRIL 17
APRIL 18

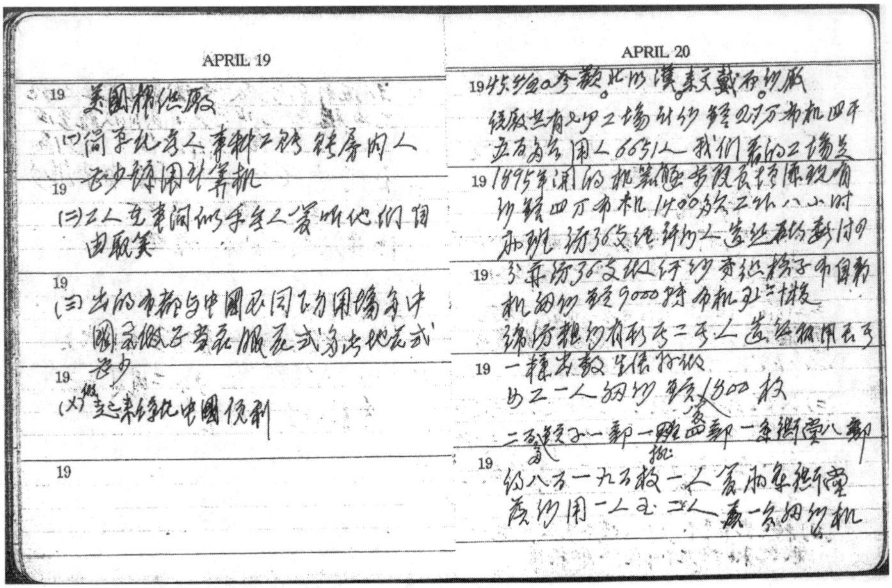
APRIL 19
APRIL 20

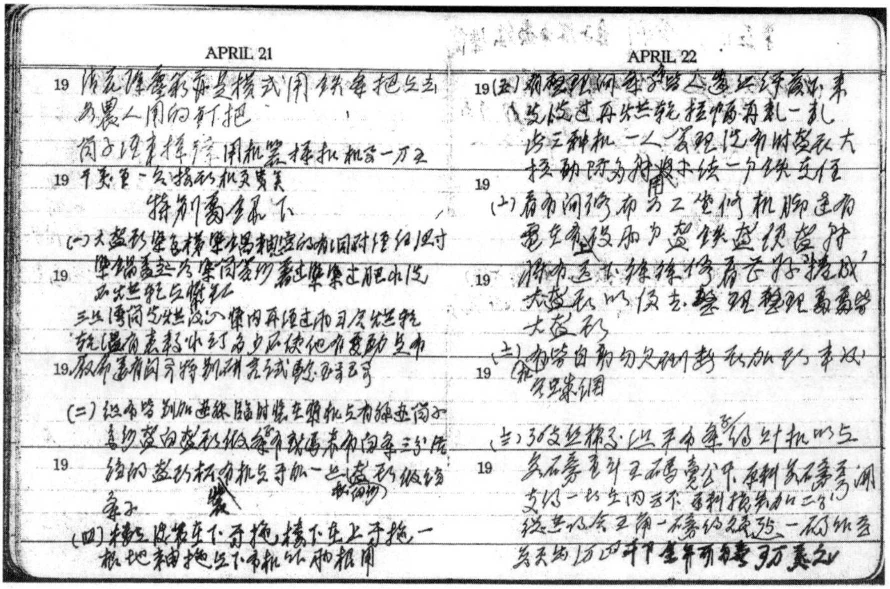
APRIL 21
APRIL 22

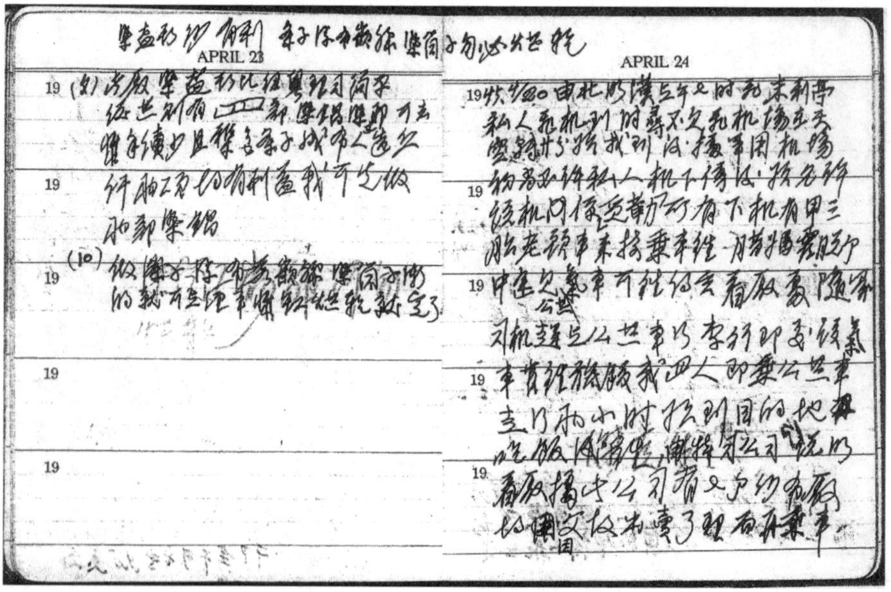
APRIL 23
APRIL 24

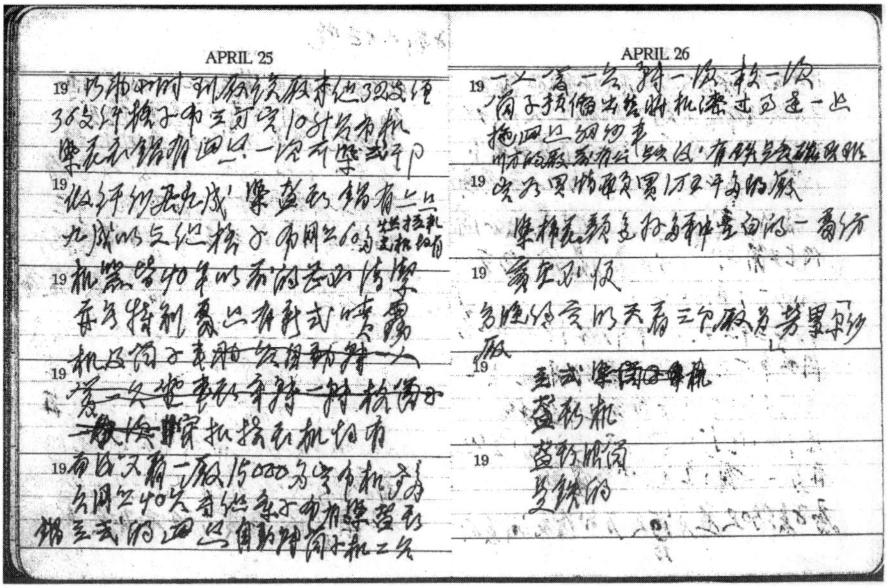
APRIL 25
APRIL 26

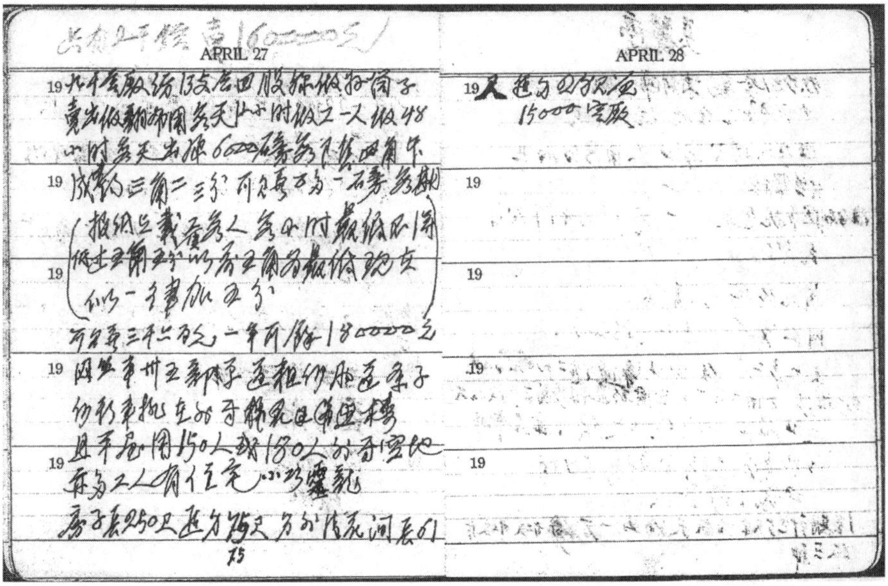
APRIL 27
APRIL 28

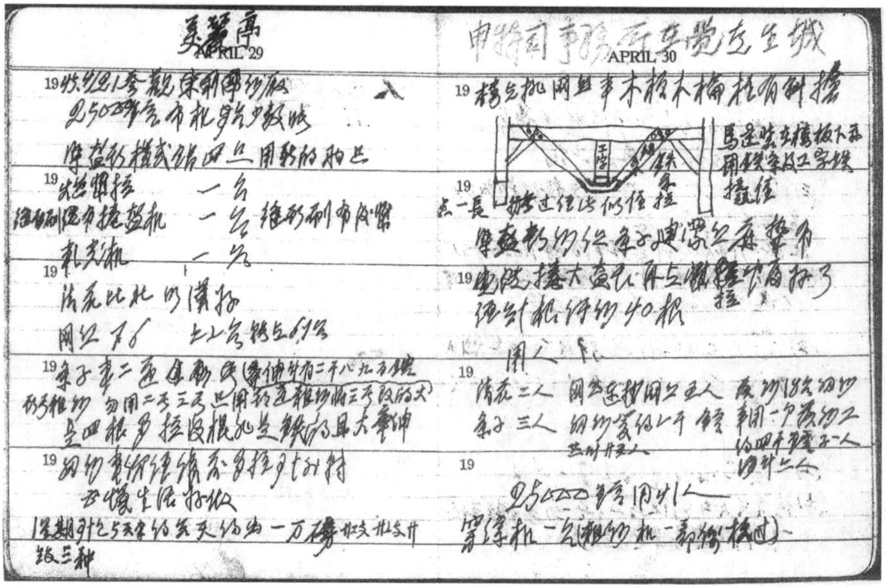
APRIL 29
APRIL 30

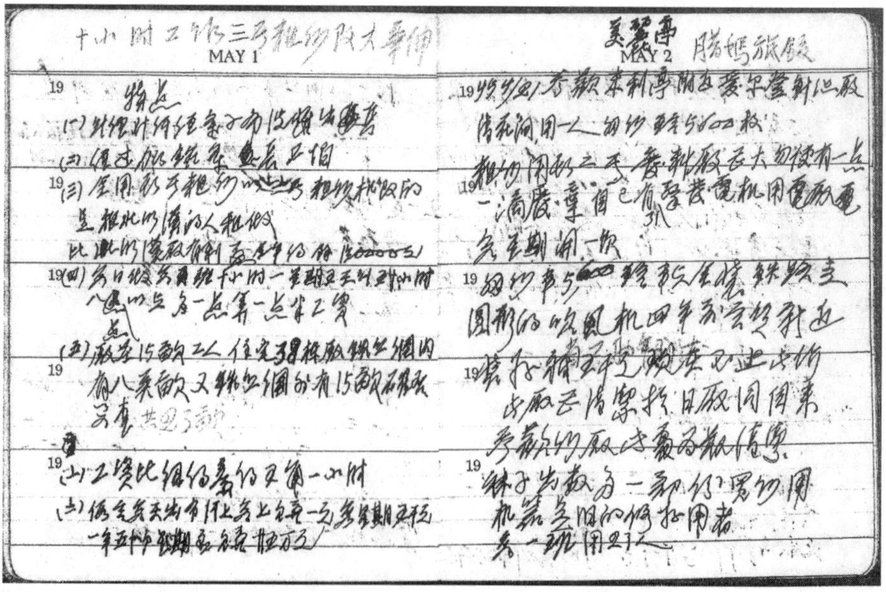
MAY 1
MAY 2

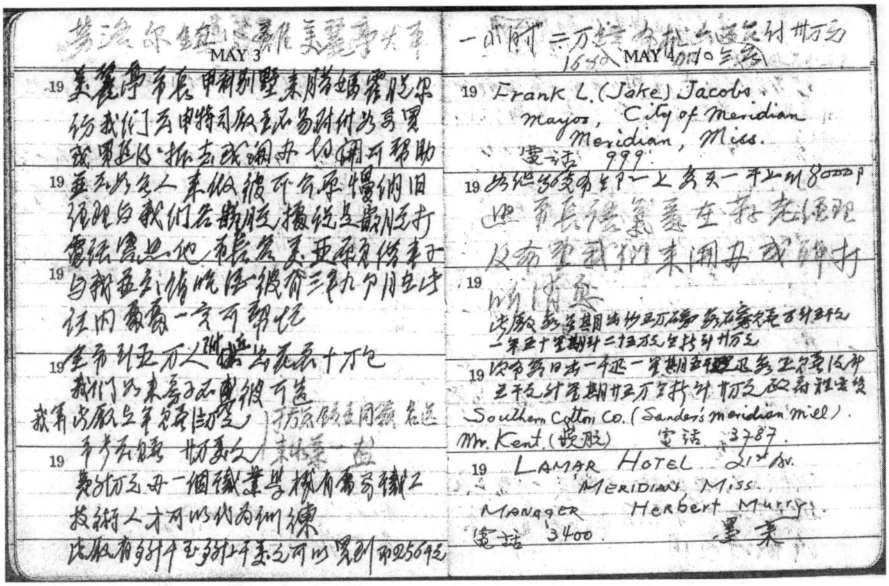
MAY 3

MAY 4

Frank L. (Jake) Jacobs
Mayor, City of Meridian
Meridian, Miss.
999

Southern Cotton Co. (Sanders meridian mill)
Mr. Kent
3787

LAMAR HOTEL 21st Av.
MERIDIAN MISS
MANAGER Herbert Murry
3400

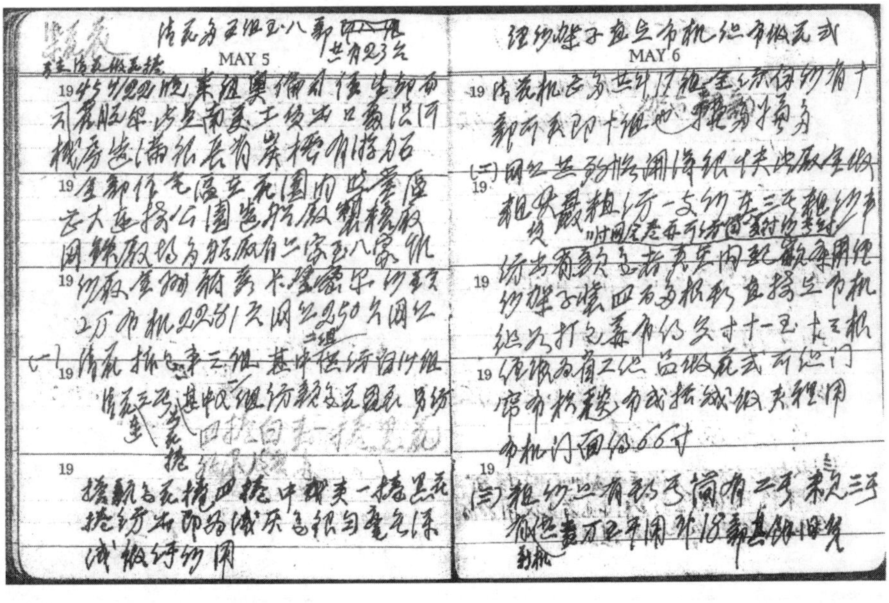
MAY 5

MAY 6

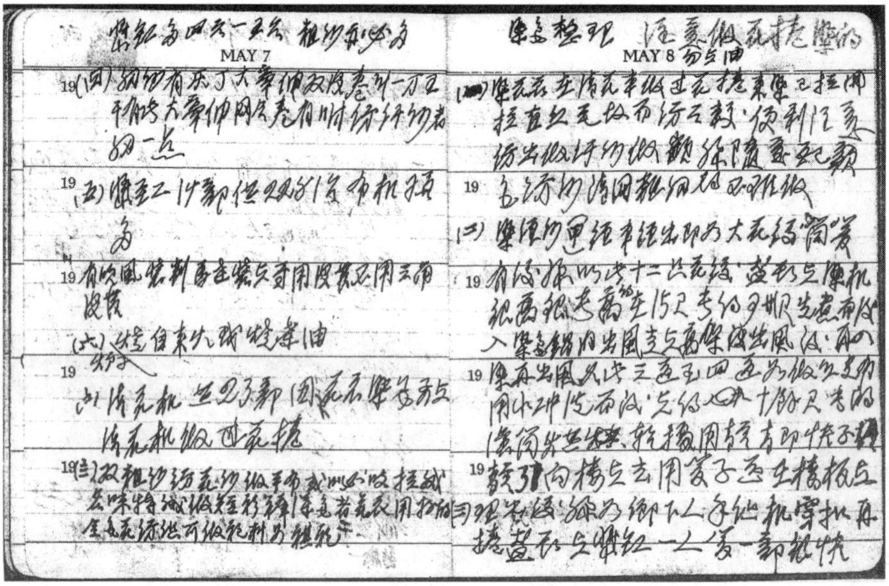
MAY 7
MAY 8

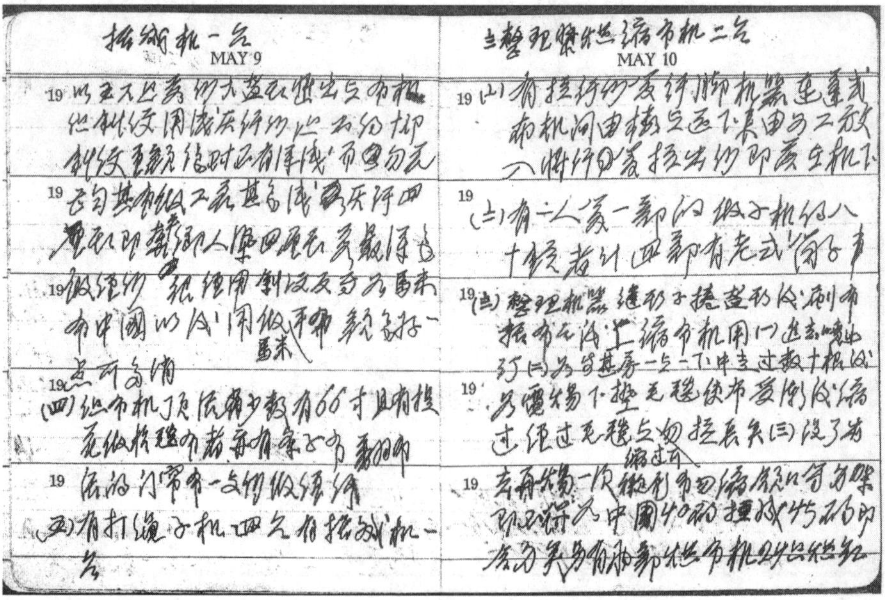
MAY 9
MAY 10

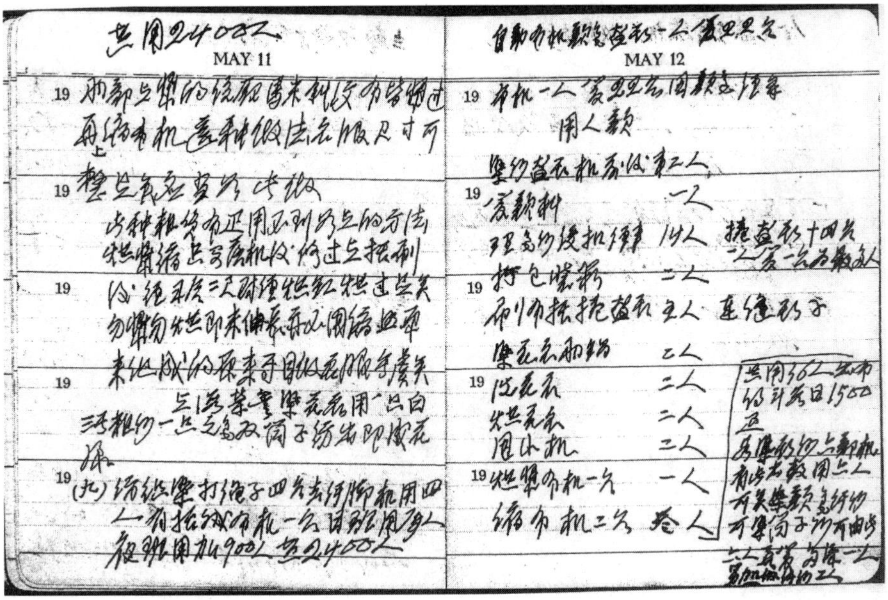
MAY 11
MAY 12

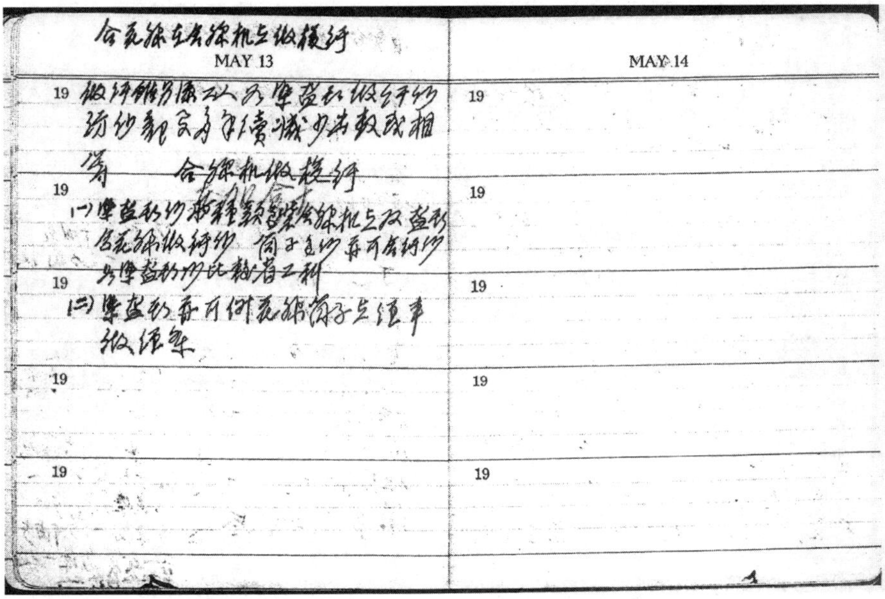
MAY 13
MAY 14

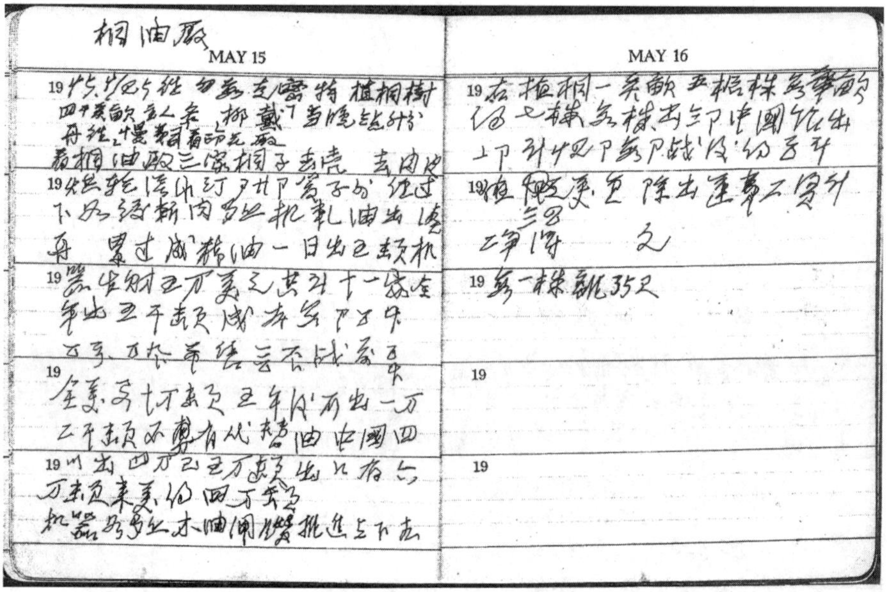
桐油厰
MAY 15
MAY 16

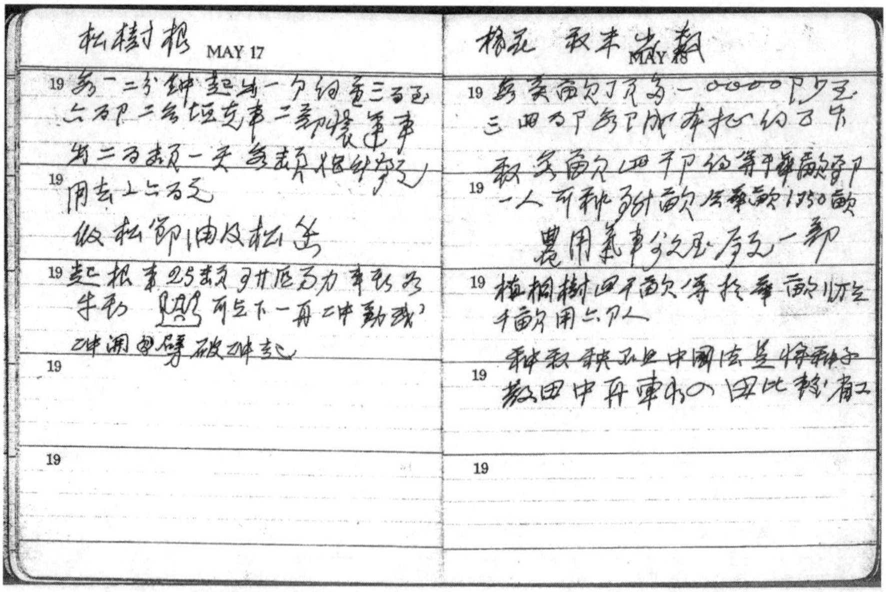
松樹根
MAY 17
MAY 18

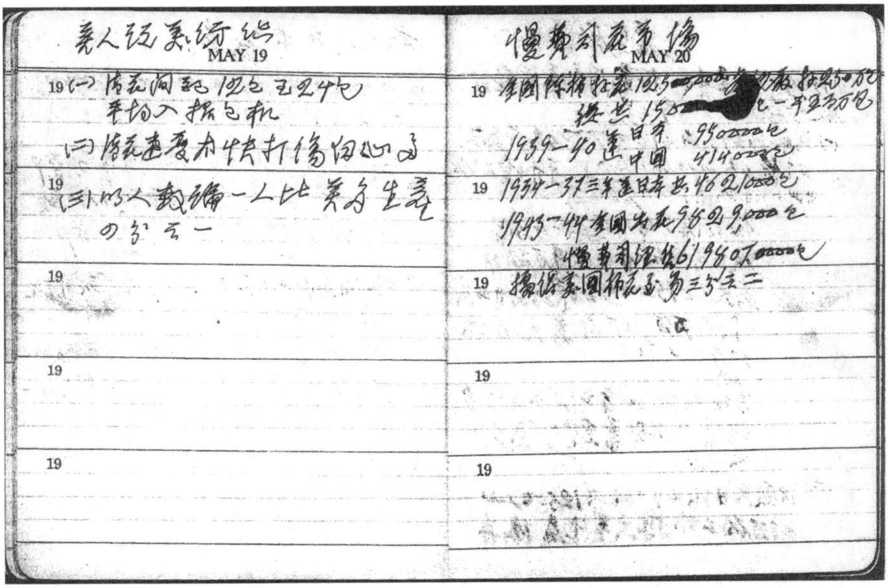
MAY 19
MAY 20

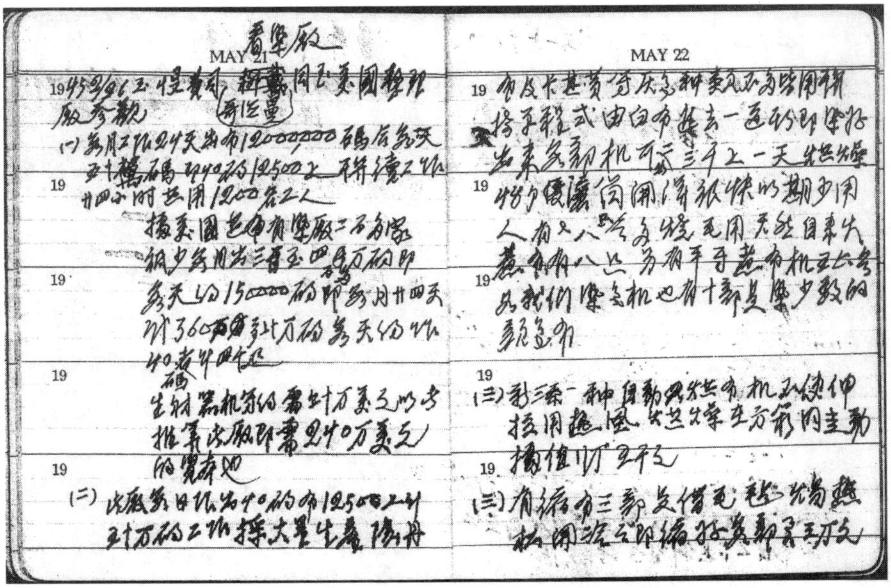
MAY 21
MAY 22

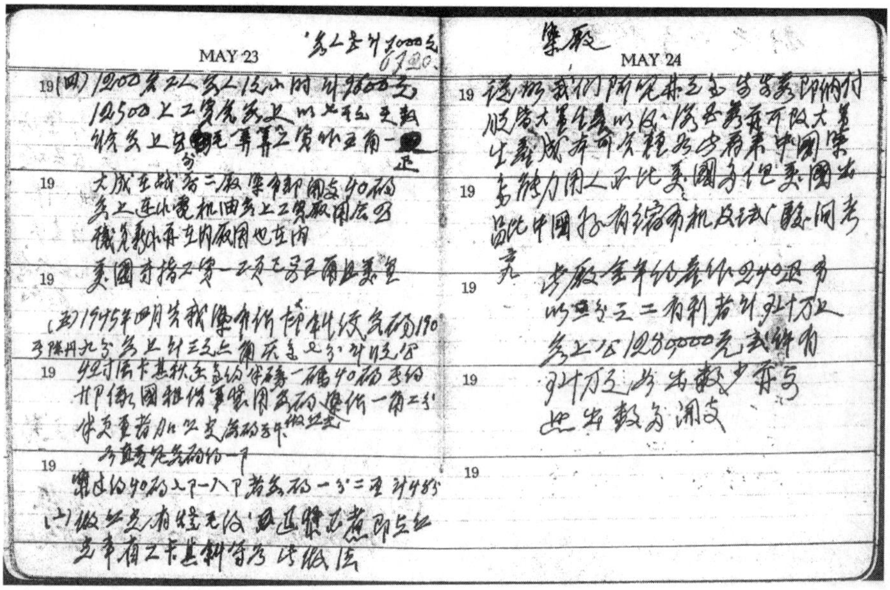
MAY 23

MAY 24

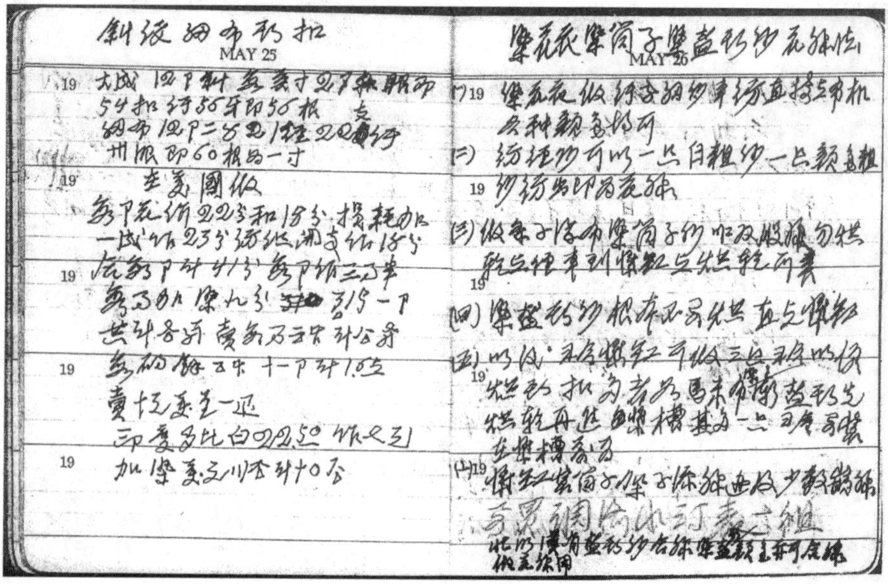
MAY 25

MAY 26

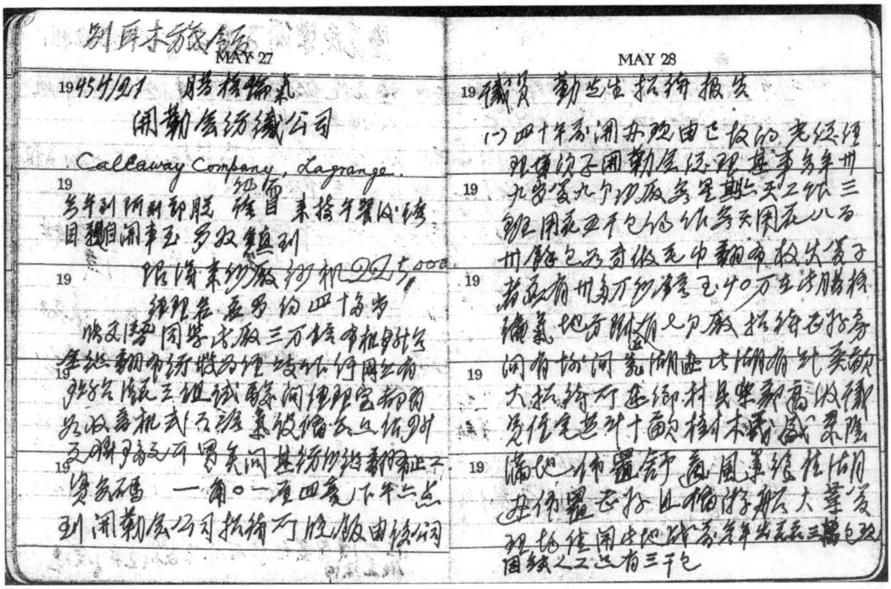
MAY 27

闸勤会纺织公司

Callaway Company, Lagrange.

MAY 28

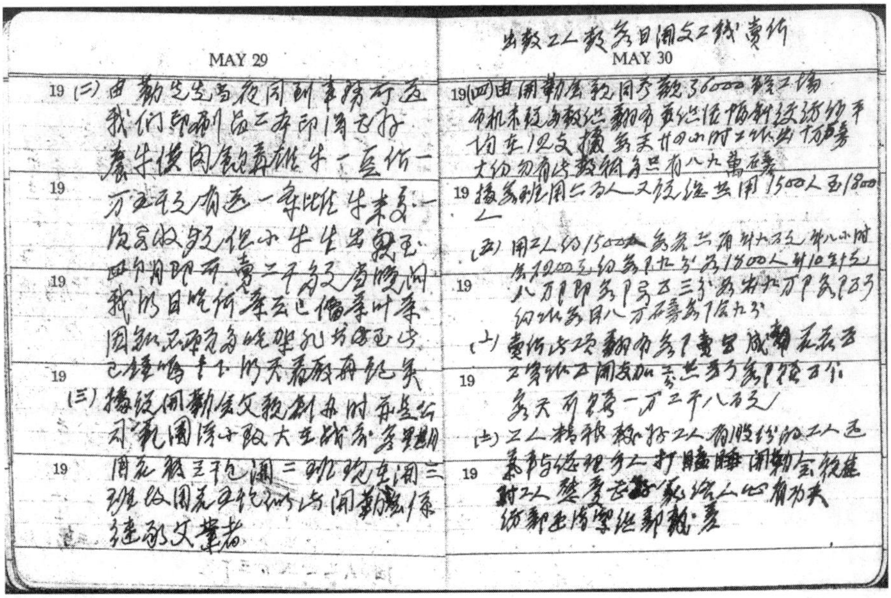
MAY 29

MAY 30

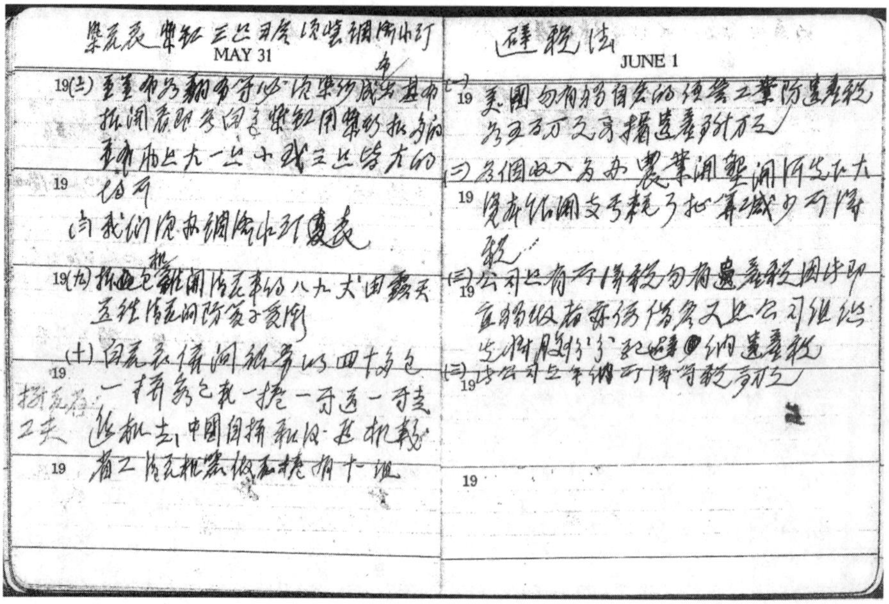

MAY 31

遗产税法
JUNE 1

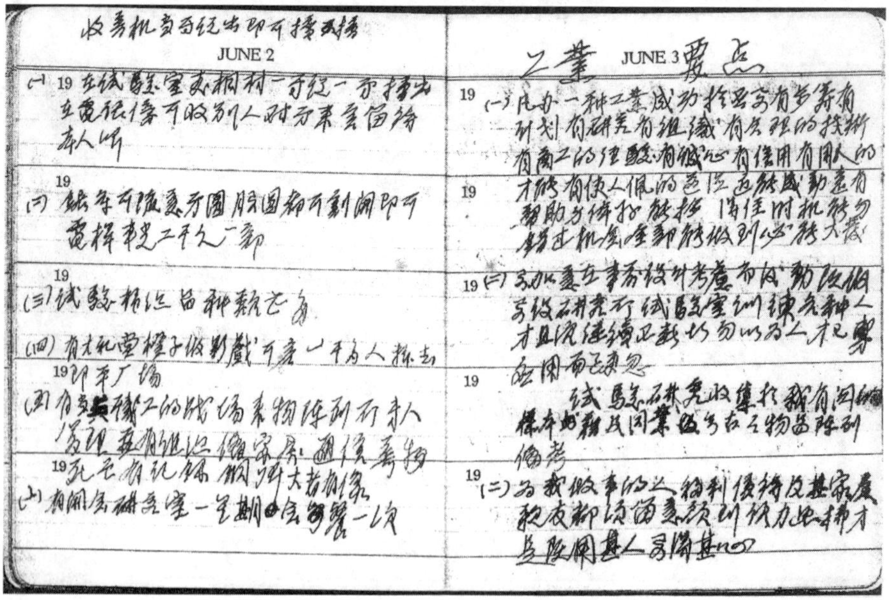

JUNE 2

工業要点
JUNE 3

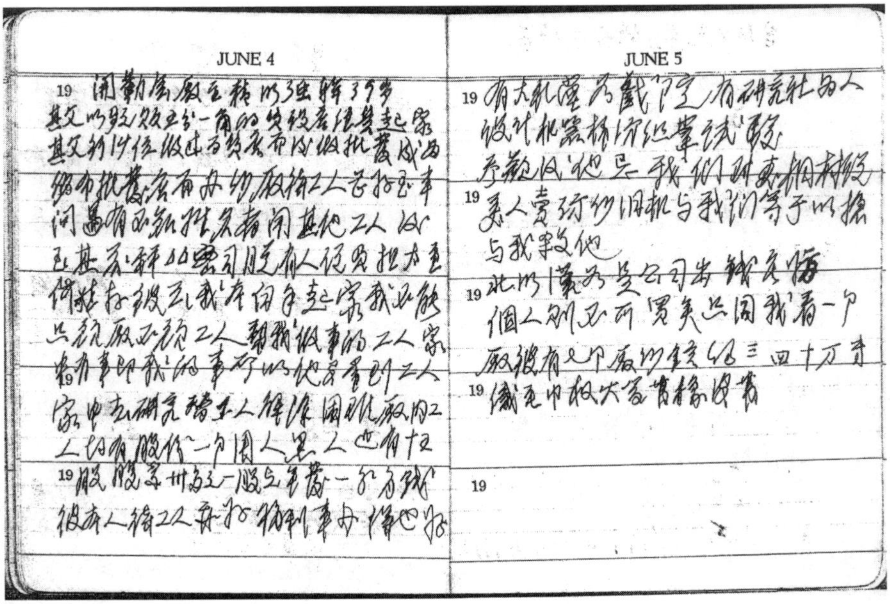
JUNE 4

JUNE 5

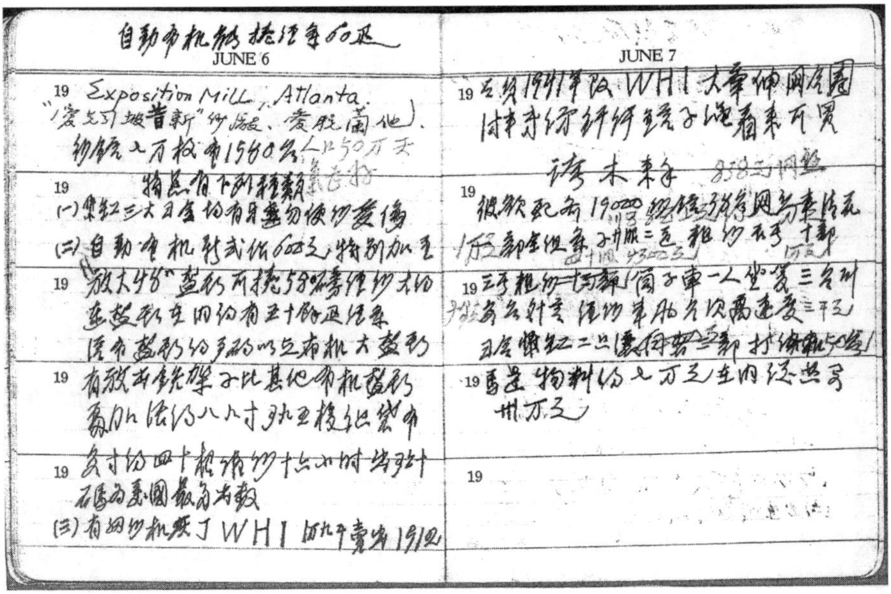
JUNE 6

Exposition Mill, Atlanta.

JUNE 7

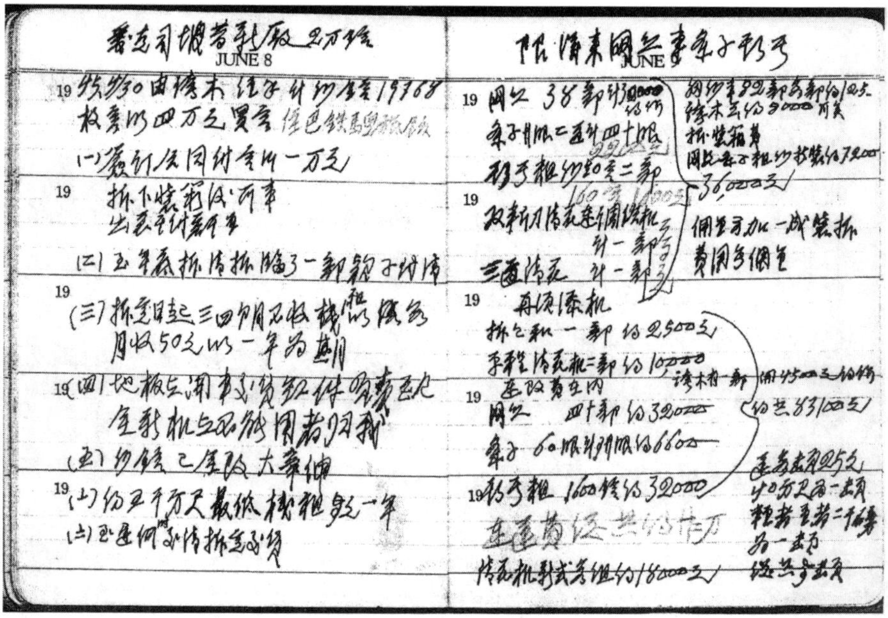
JUNE 8
JUNE

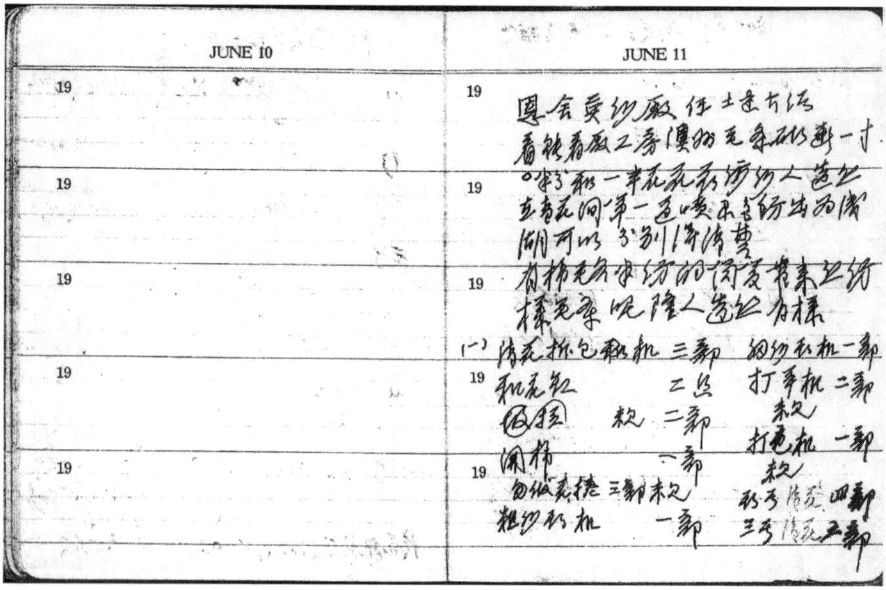
JUNE 10
JUNE 11

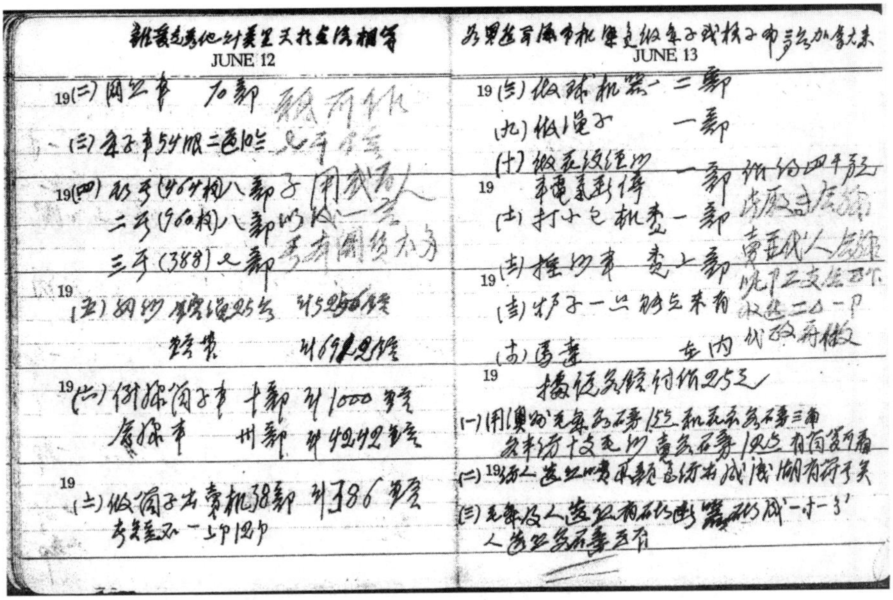
JUNE 12
JUNE 13

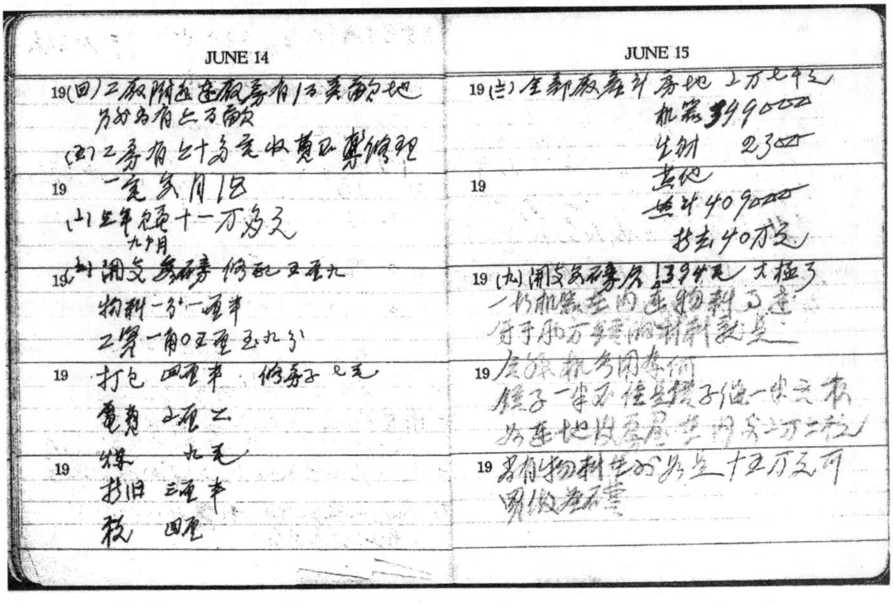
JUNE 14
JUNE 15

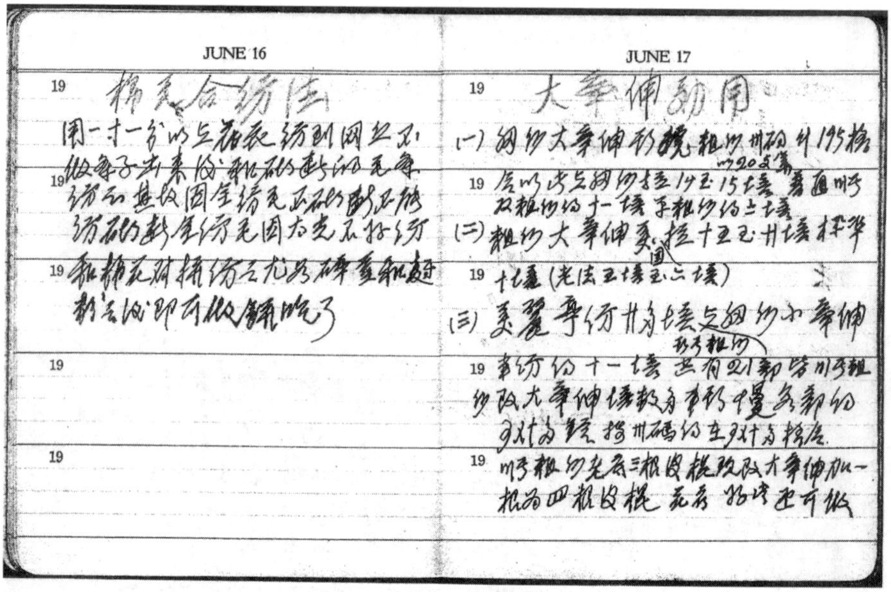
JUNE 16
JUNE 17
(一)
(二)
(三)

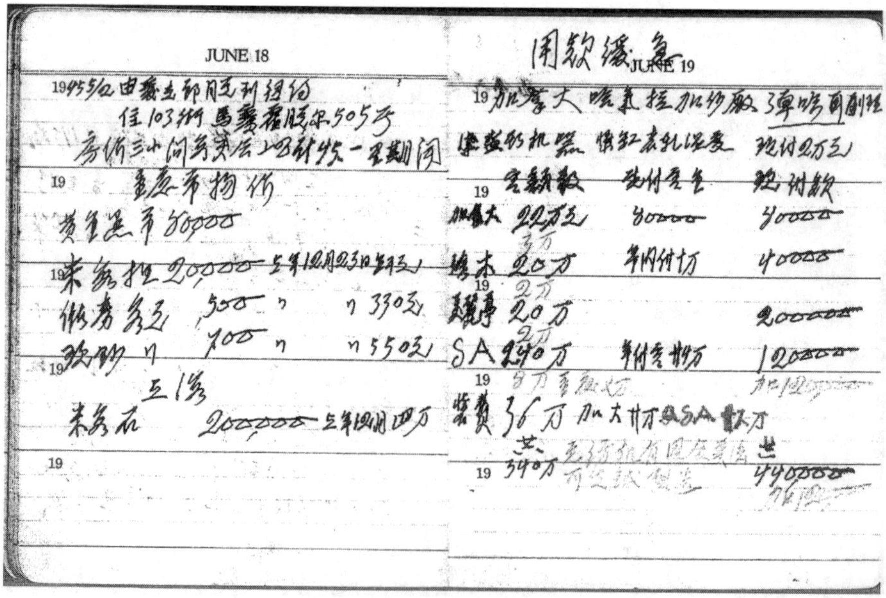
JUNE 18
JUNE 19
SA

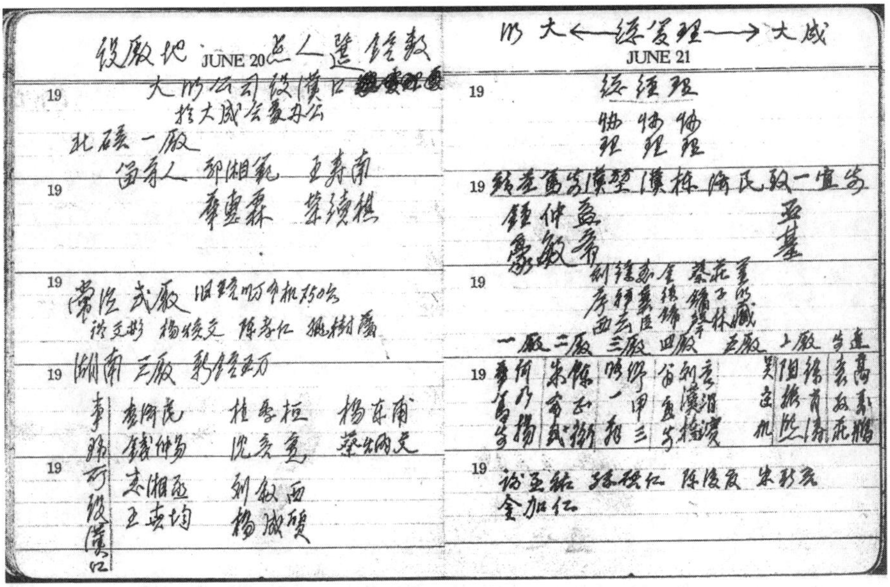
JUNE 20
JUNE 21

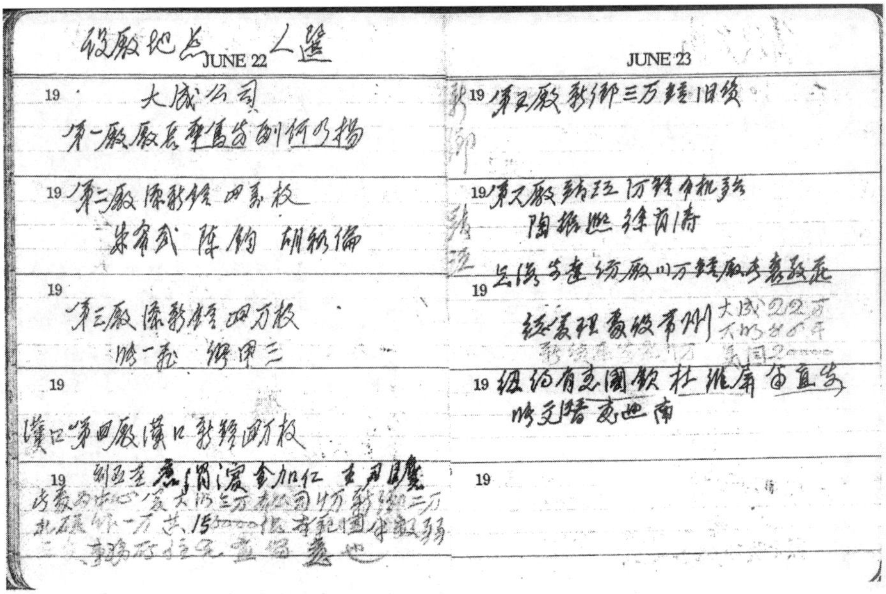
JUNE 22
JUNE 23

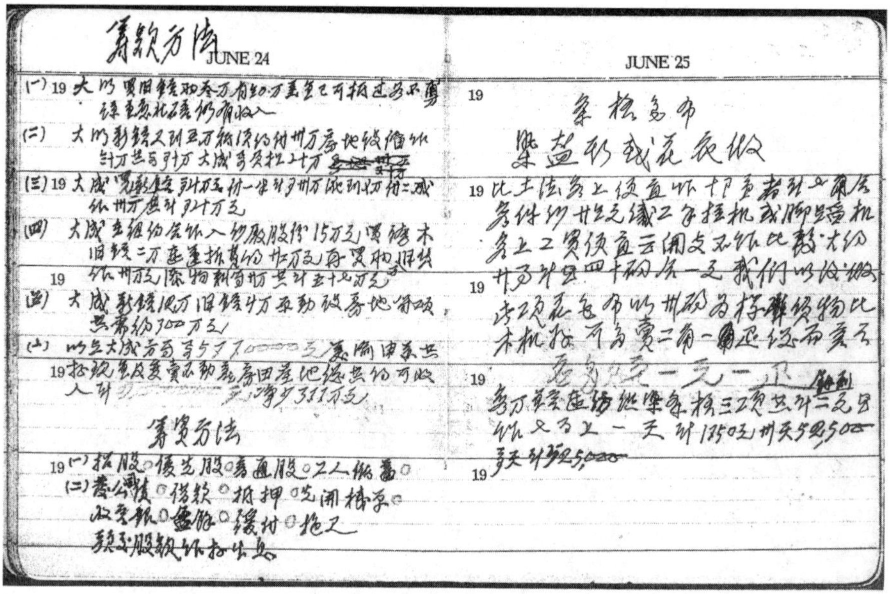
JUNE 24
JUNE 25

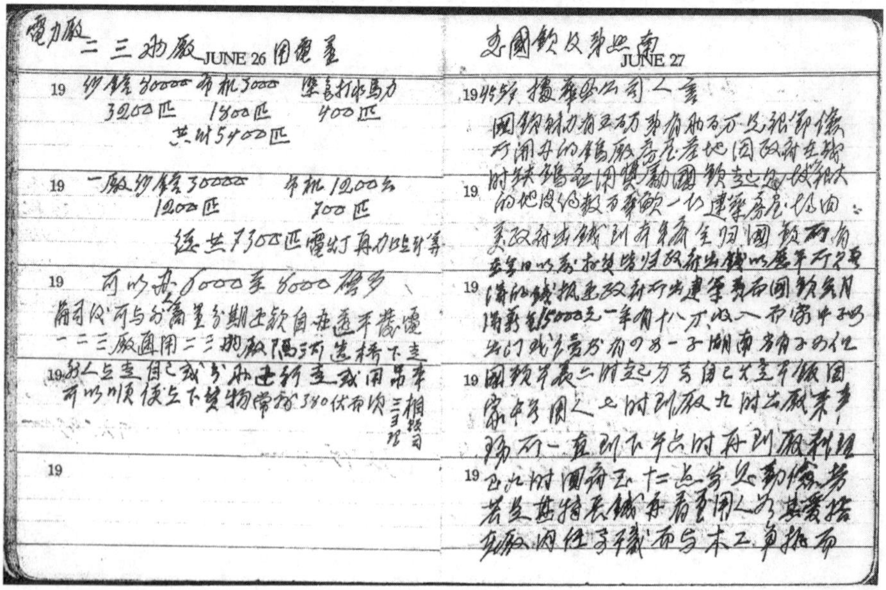
JUNE 26
JUNE 27

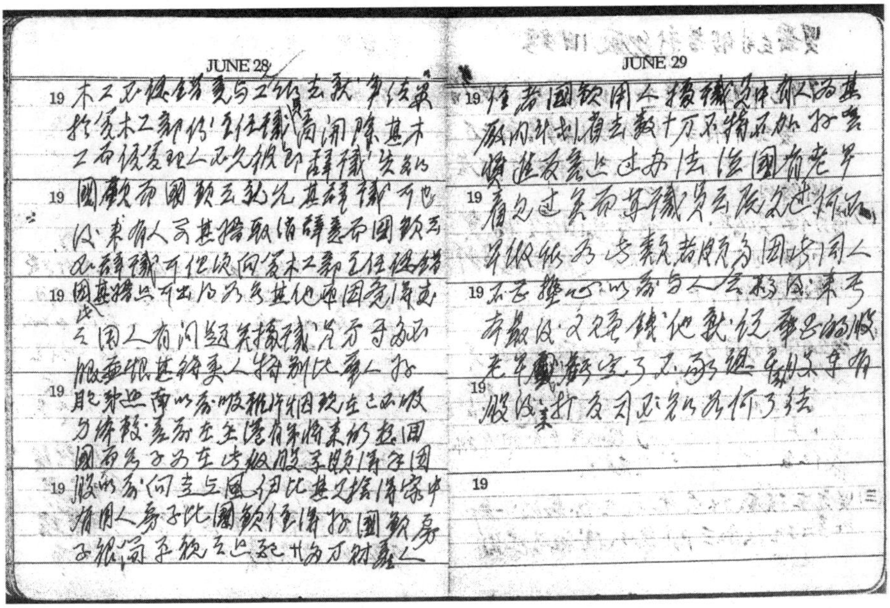
JUNE 28
JUNE 29

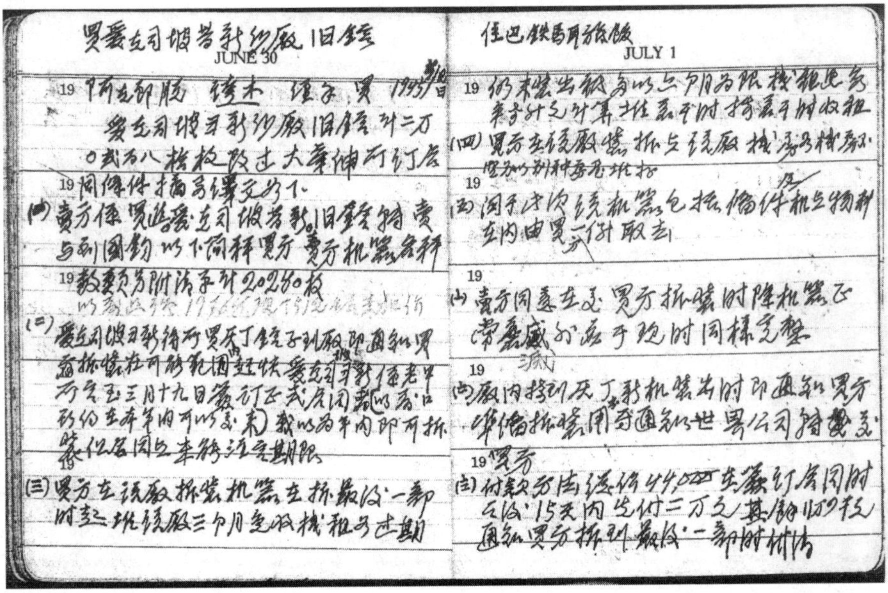
JUNE 30
JULY 1

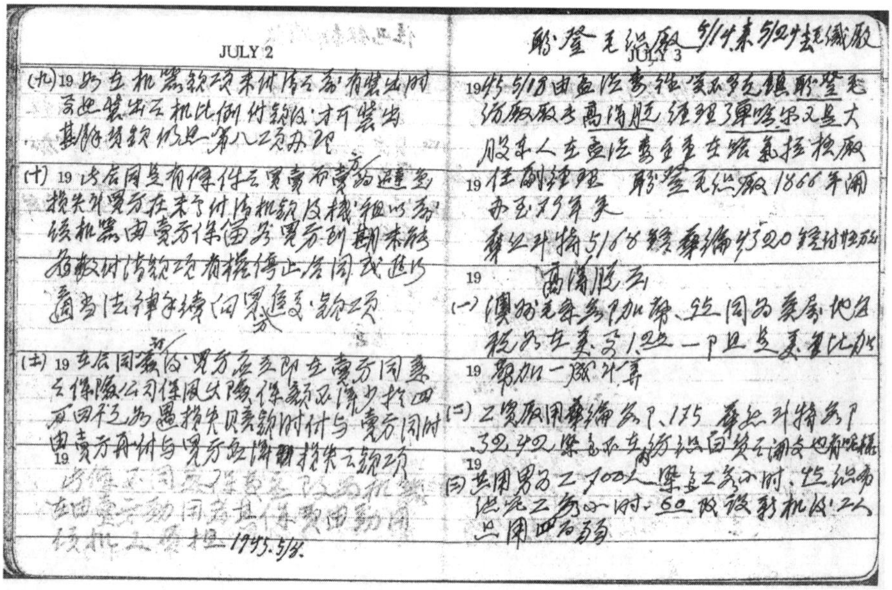
JULY 2

JULY 3

1945.5/13.

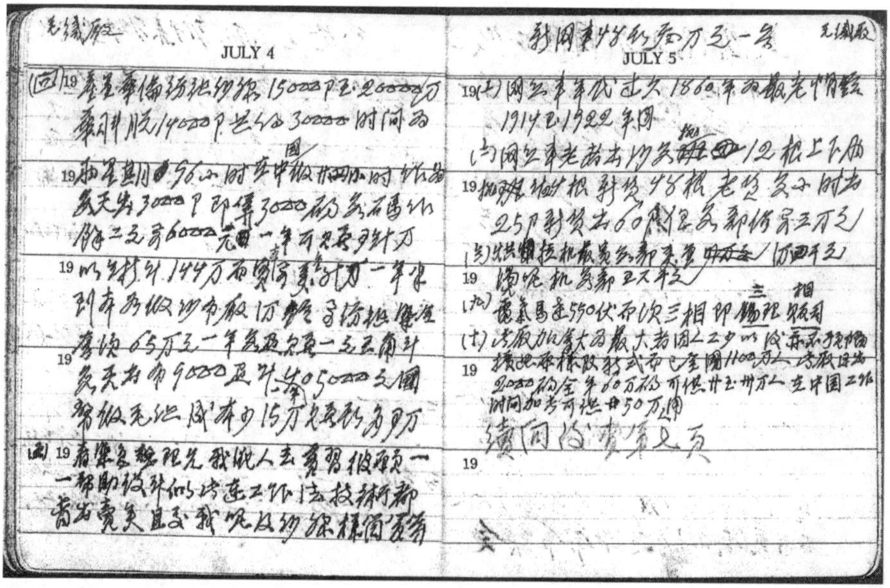
JULY 4

JULY 5

1914至1922年间

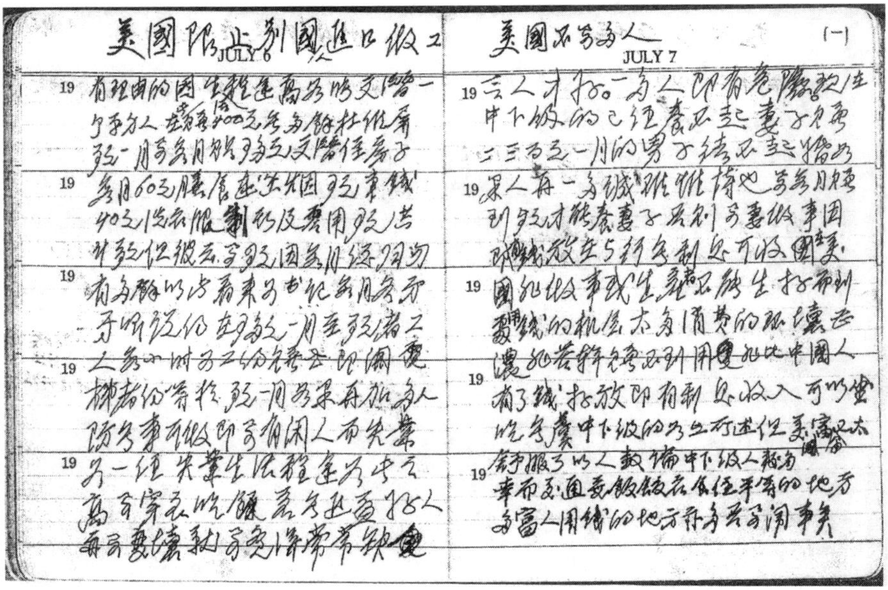
JULY 6
JULY 7

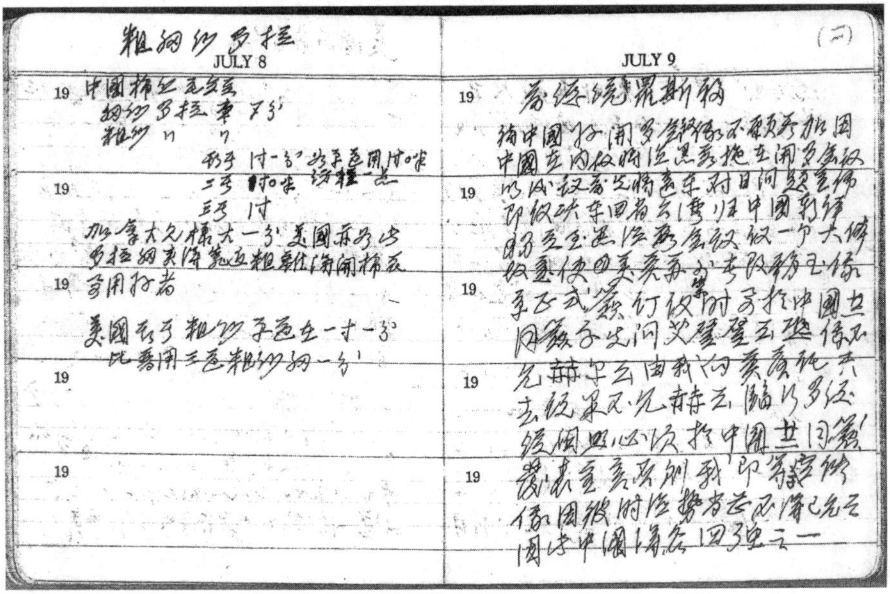
JULY 8
JULY 9

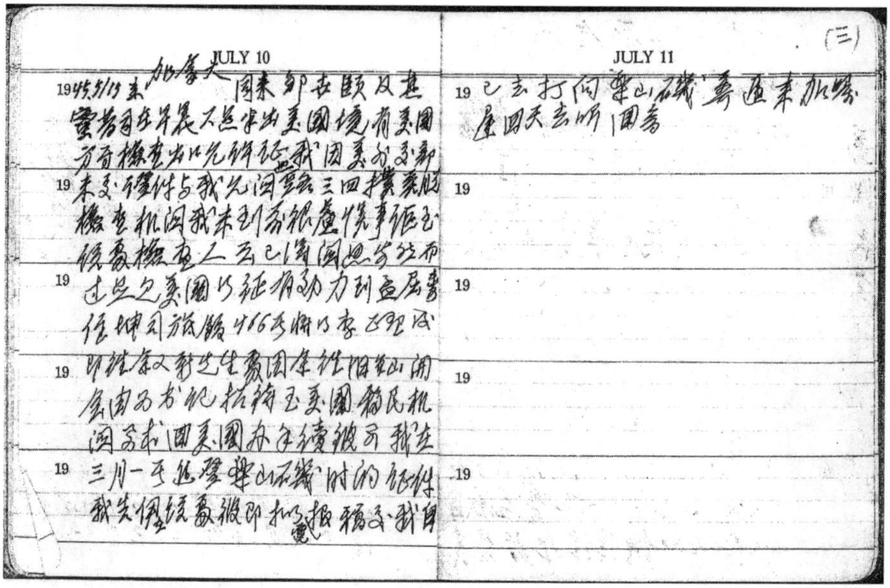
JULY 10
JULY 11

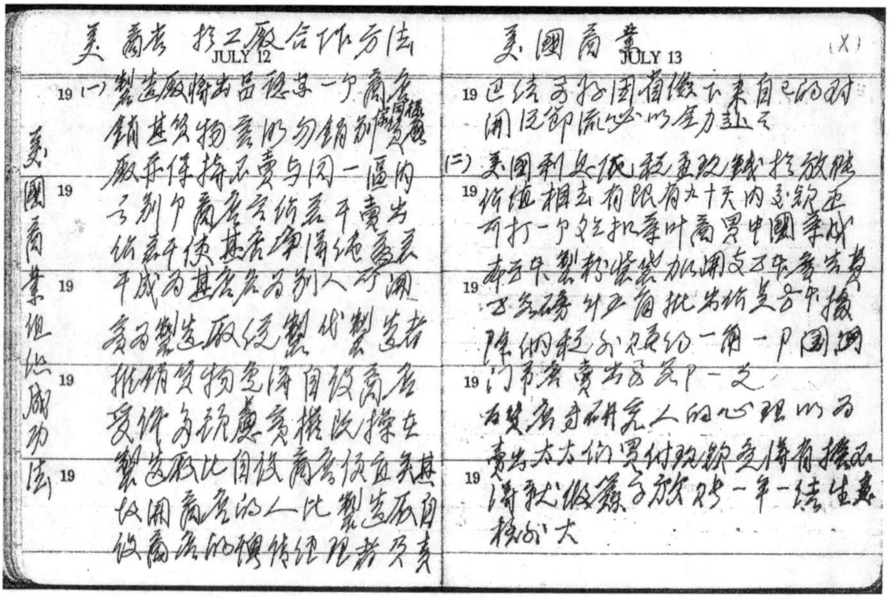
JULY 12
JULY 13

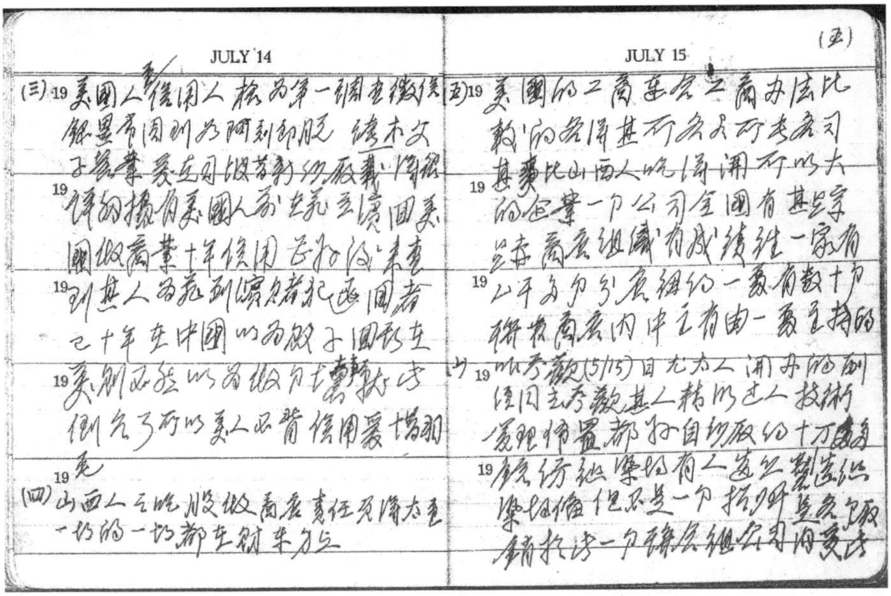
JULY 14
JULY 15

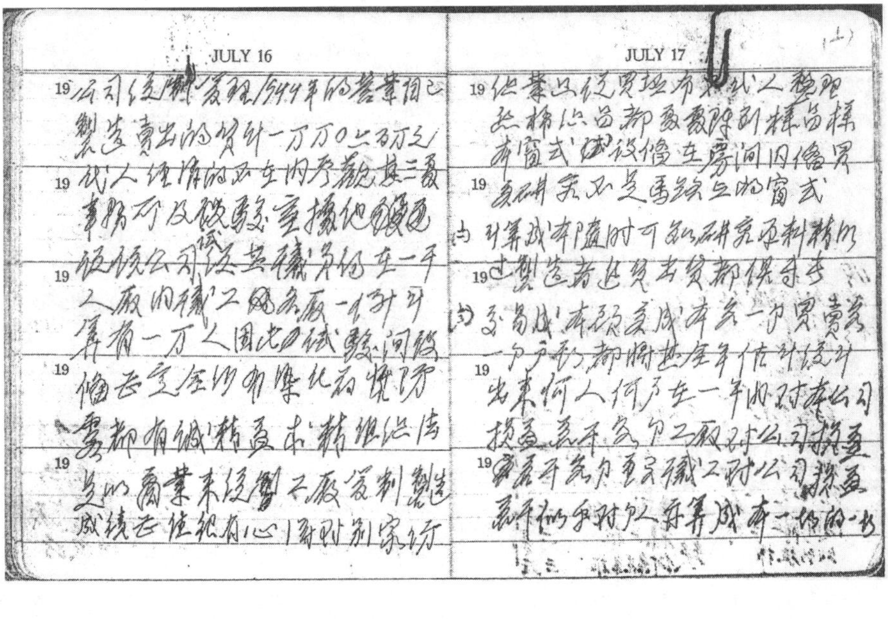
JULY 16
JULY 17

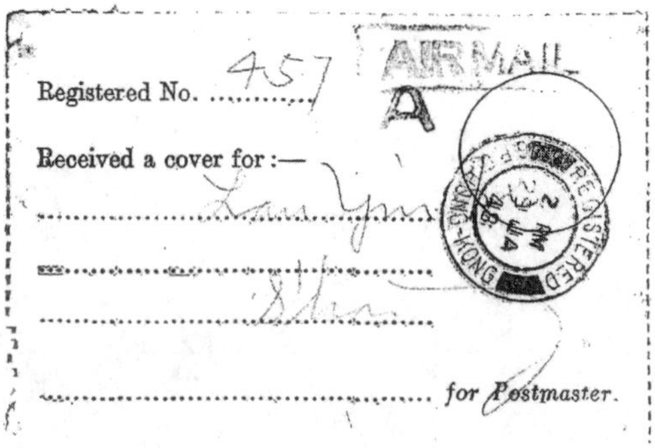
AIR MAIL
A
Registered No. 457
Received a cover for:—
for Postmaster.
REGISTERED
HONG KONG

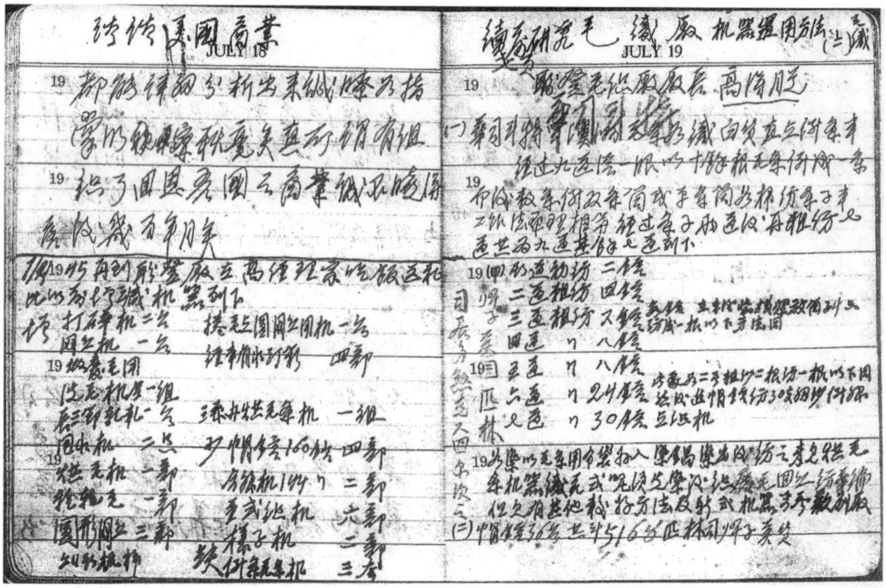
JULY 18
JULY 19

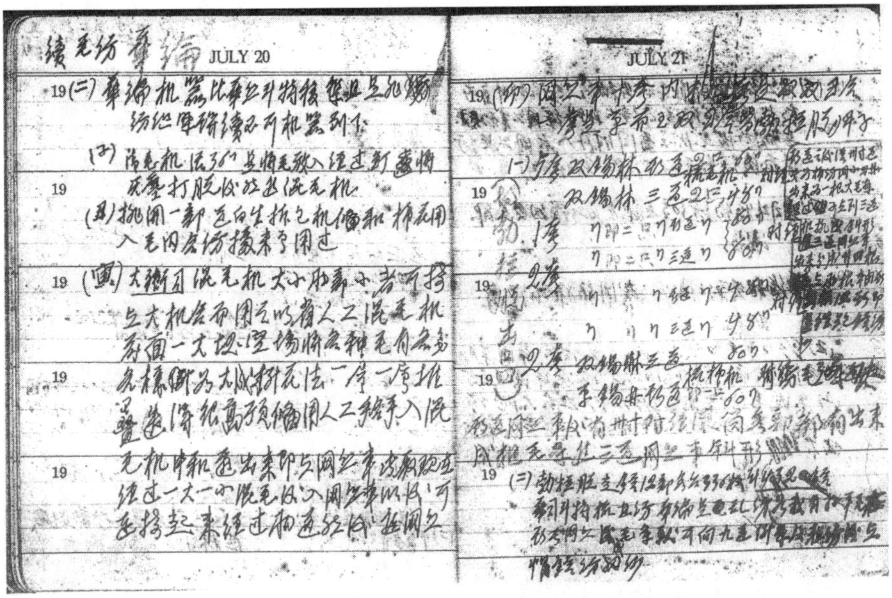
JULY 20
JULY 21

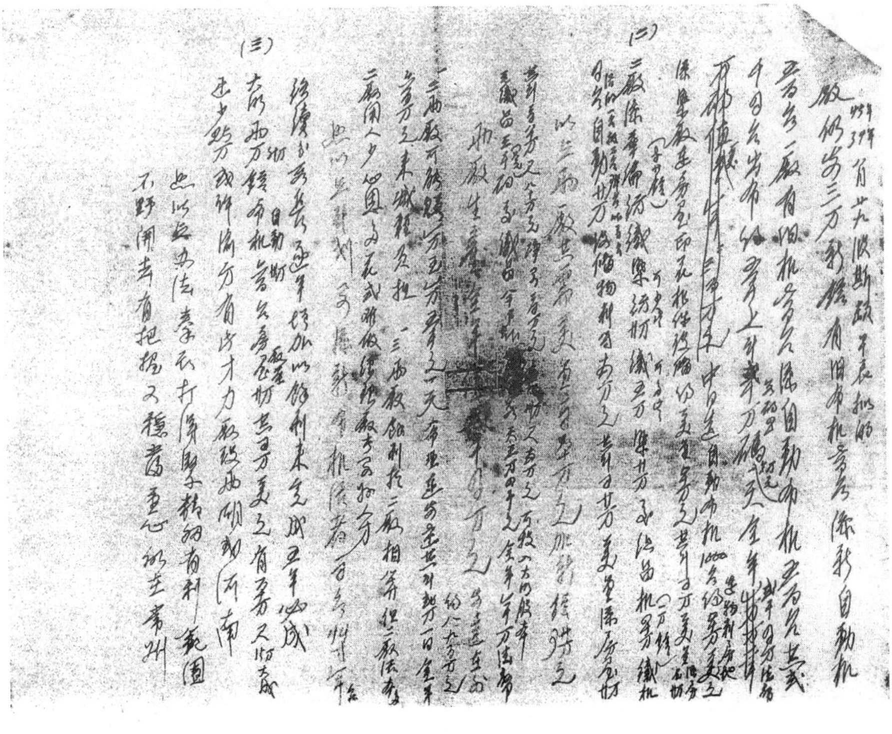

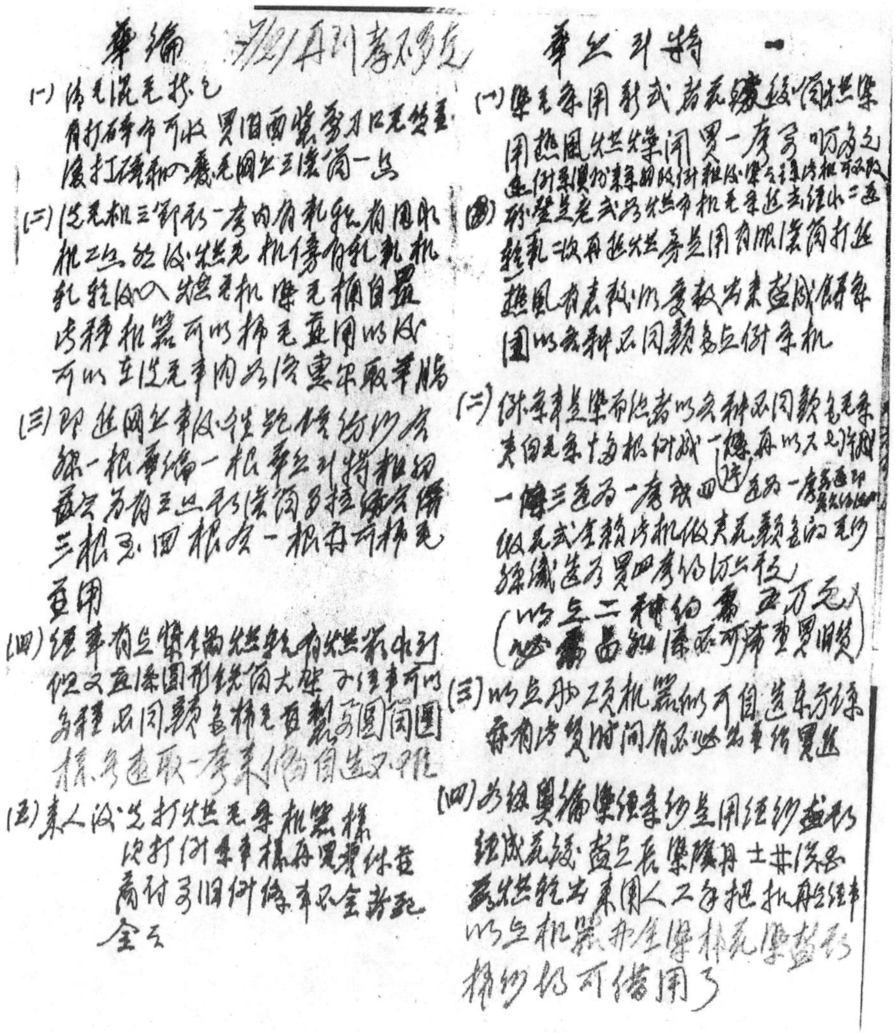

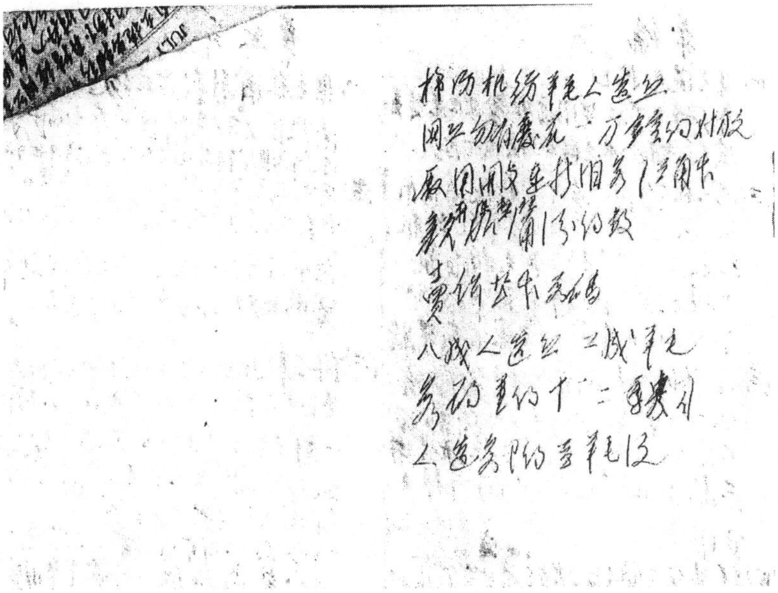

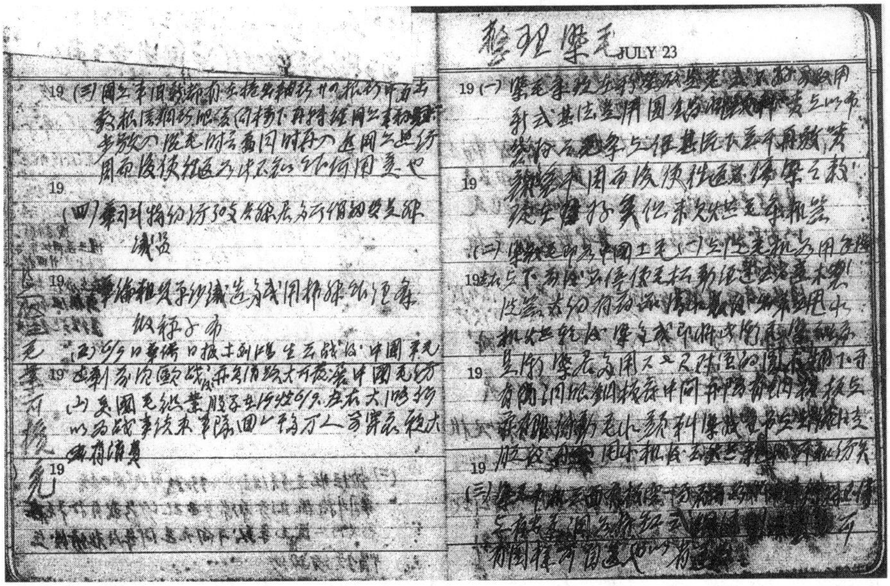
JULY 23

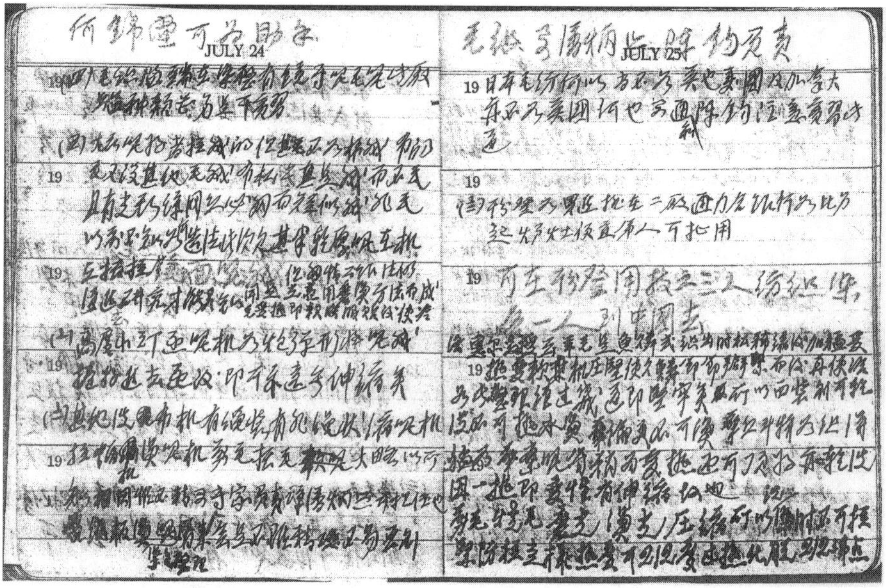
JULY 24
JULY 25

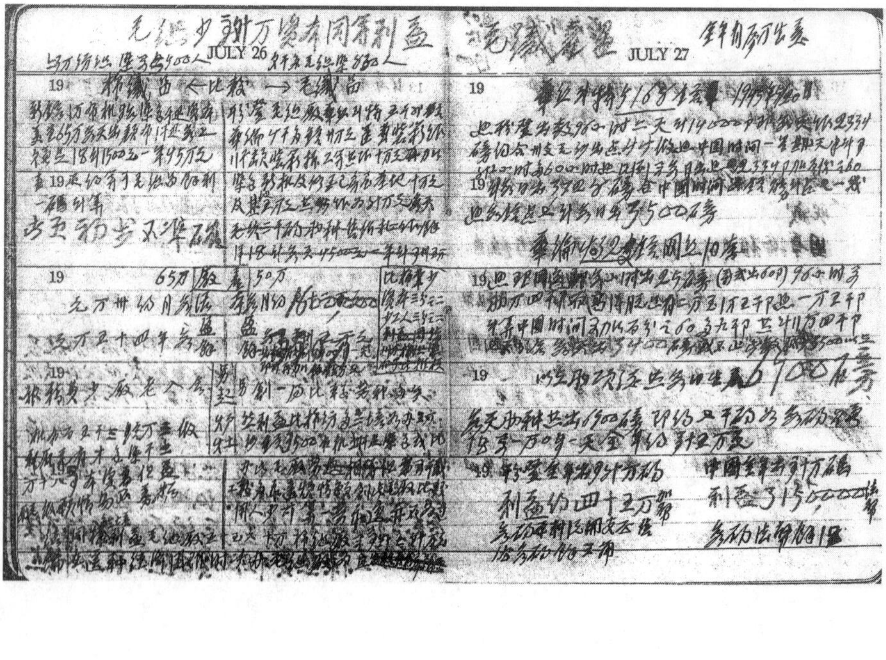
JULY 26
JULY 27

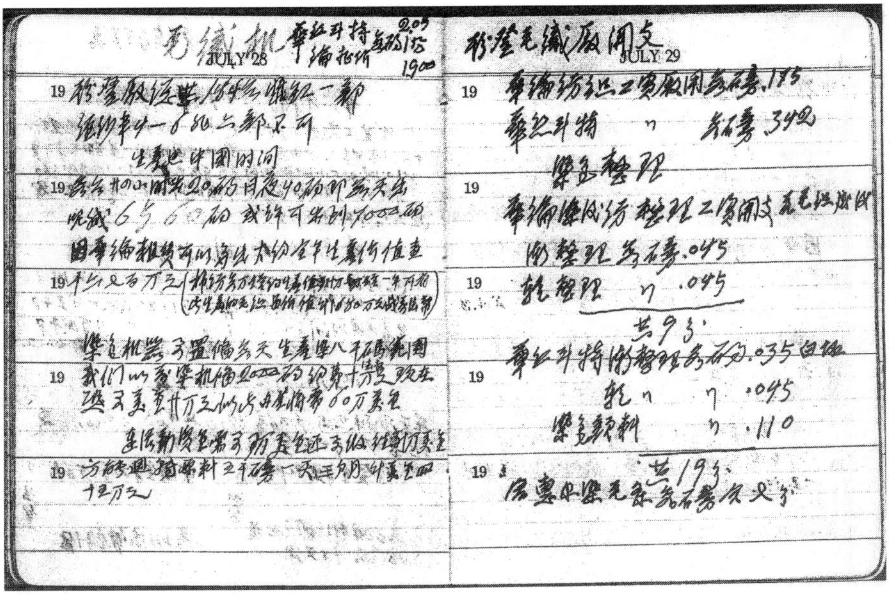
JULY 28
JULY 29
19

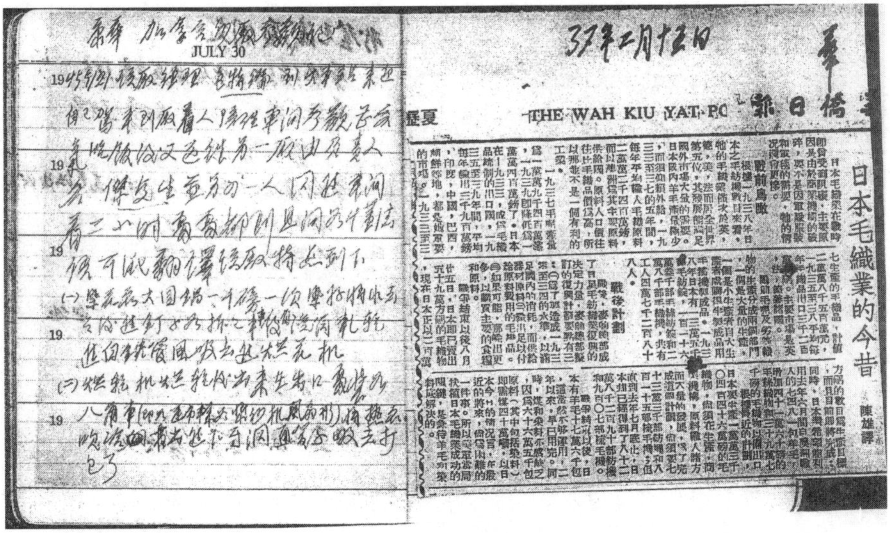
JULY 30
37年2月18日
THE WAH KIU YAT PO
華僑日報
日本毛織業的今昔
陳雄譯
戰前鳥瞰
戰後計劃

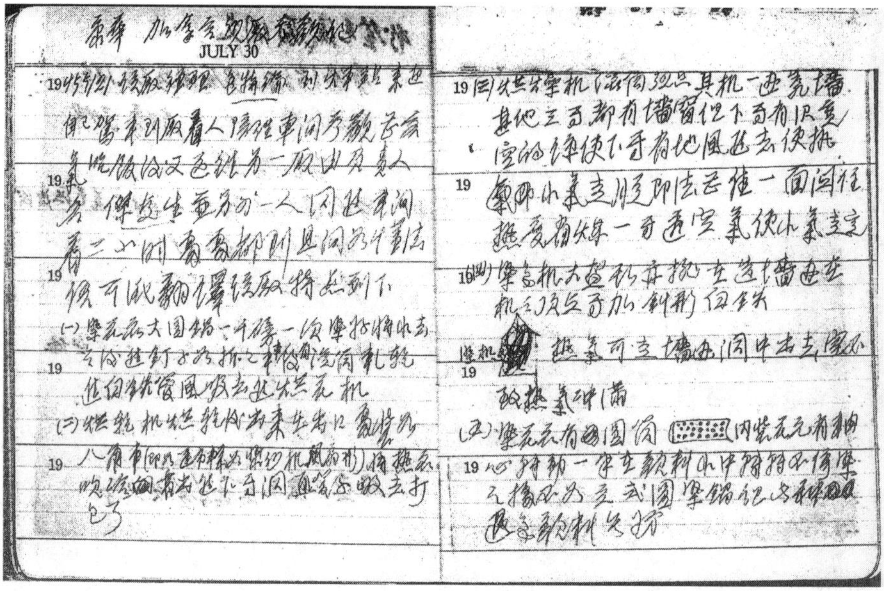
JULY 30

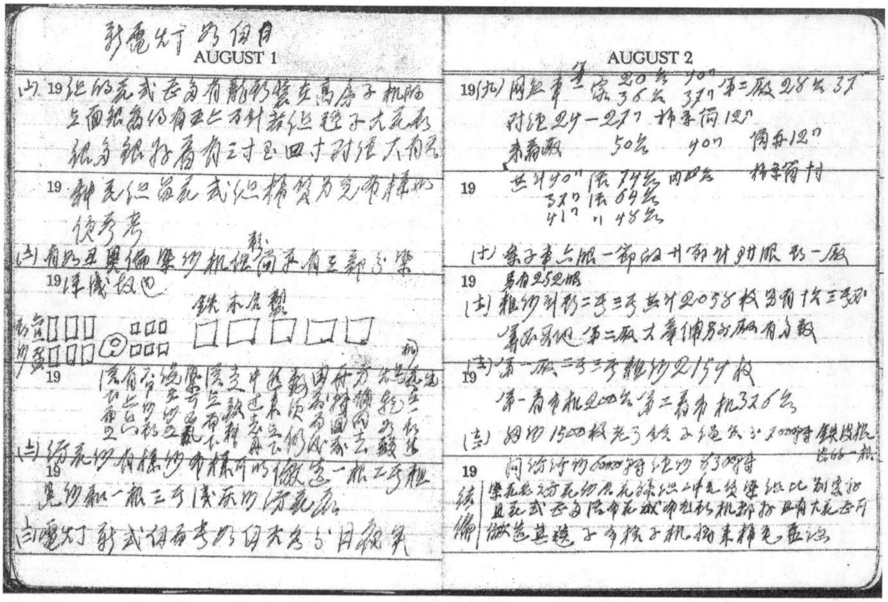
AUGUST 1
AUGUST 2

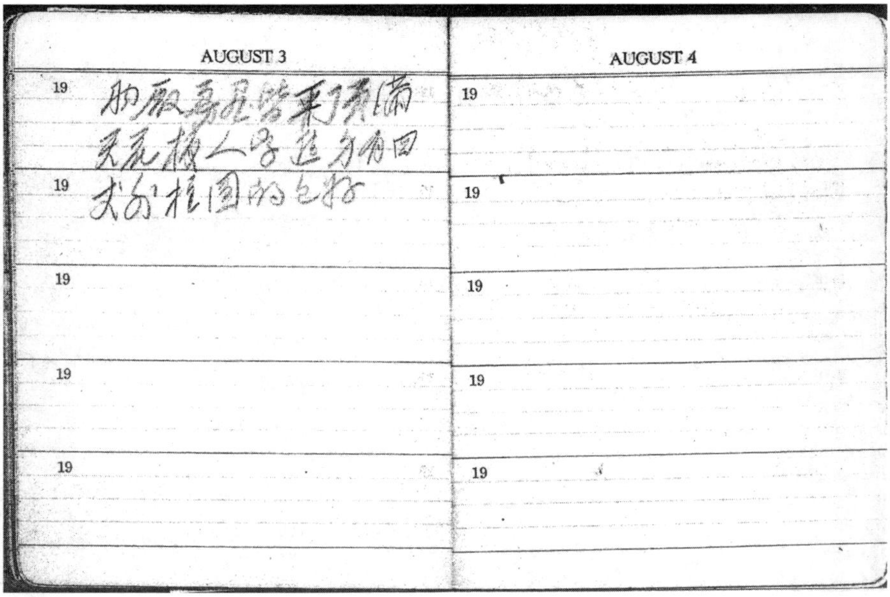
AUGUST 3
AUGUST 4

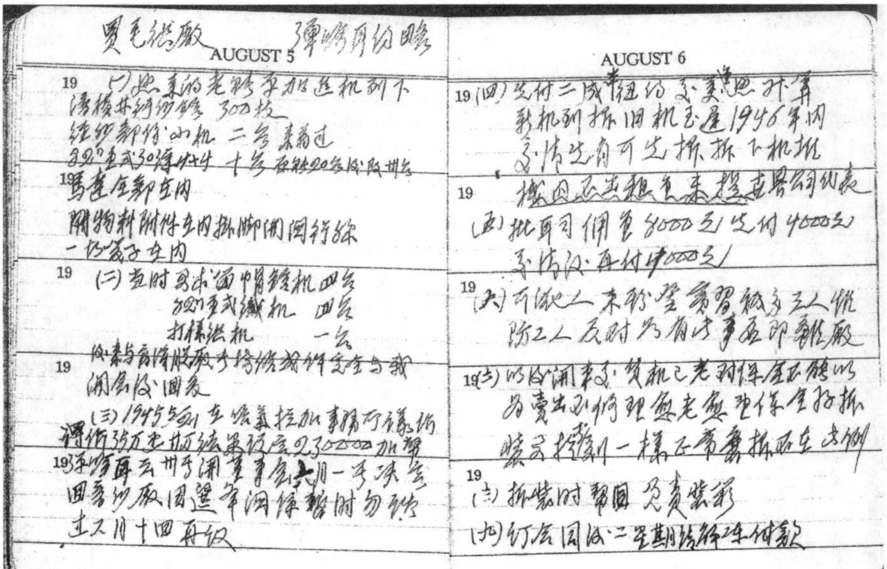
AUGUST 5
AUGUST 6

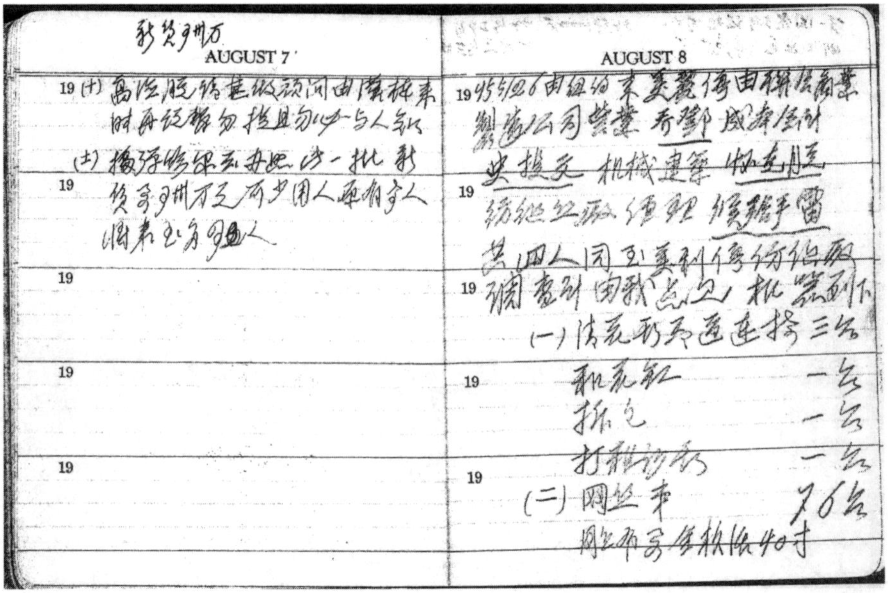
AUGUST 7
AUGUST 8

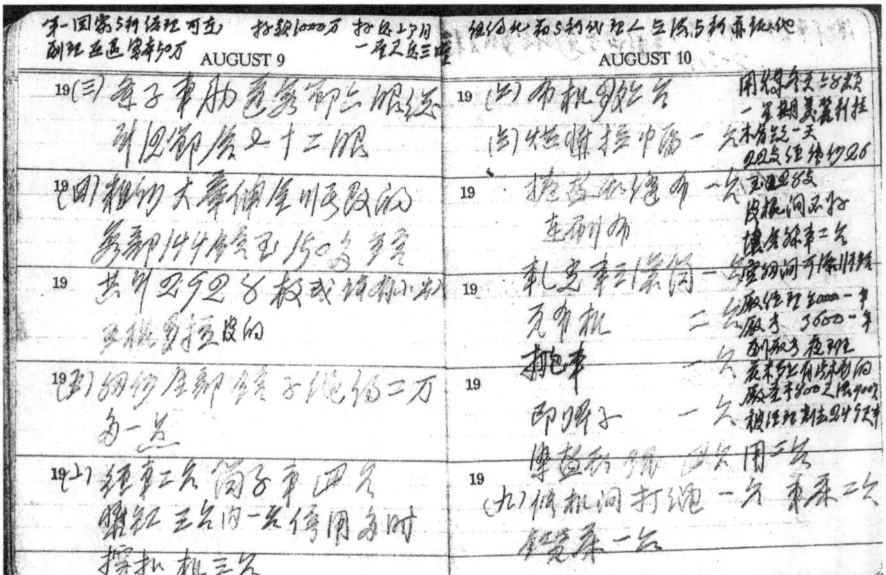
AUGUST 9
AUGUST 10

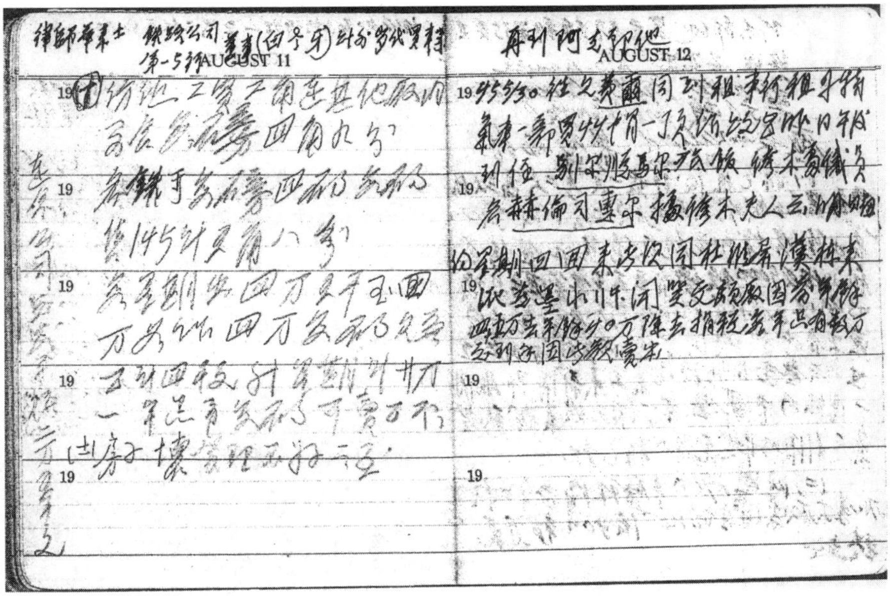
AUGUST 11
AUGUST 12

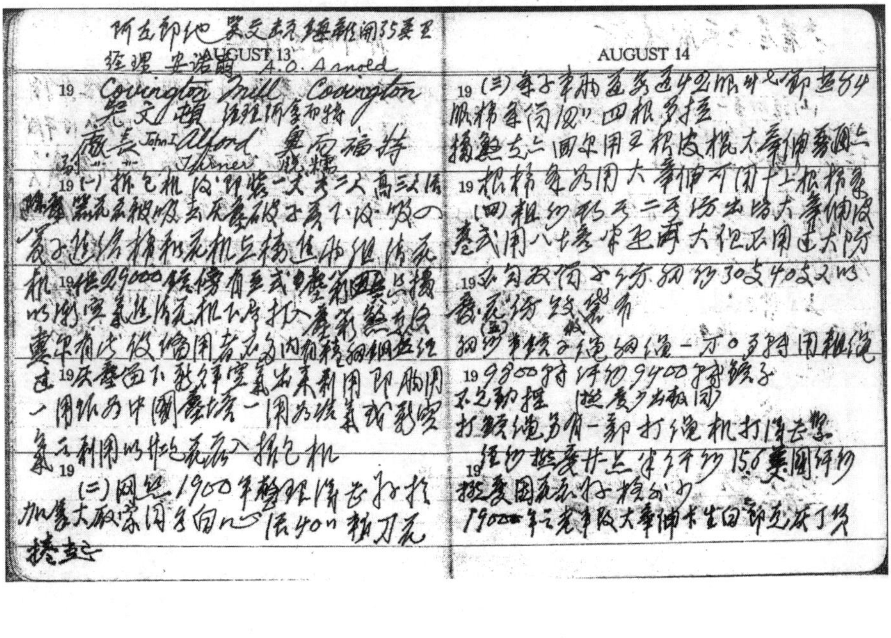
AUGUST 13
A.O. Arnold
Covington Mill Covington
John I. Alford
AUGUST 14

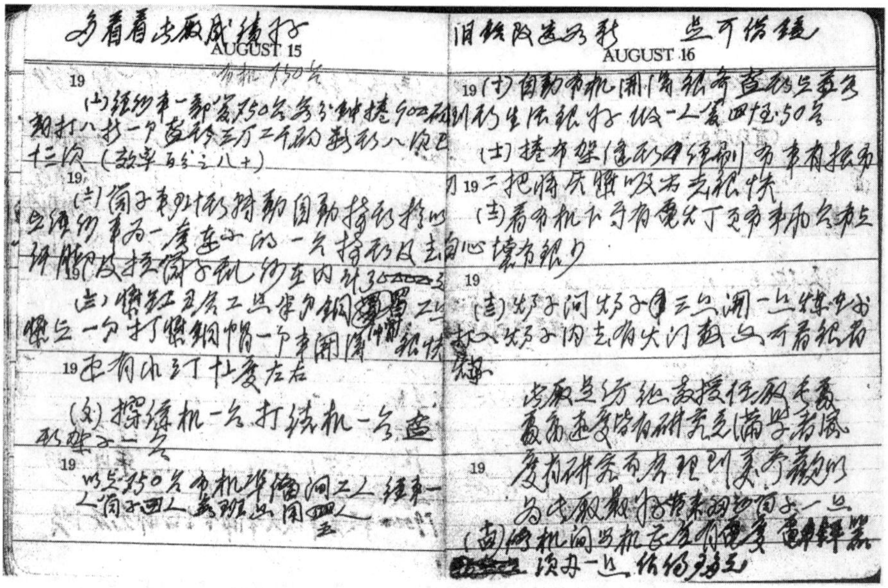
AUGUST 15
AUGUST 16

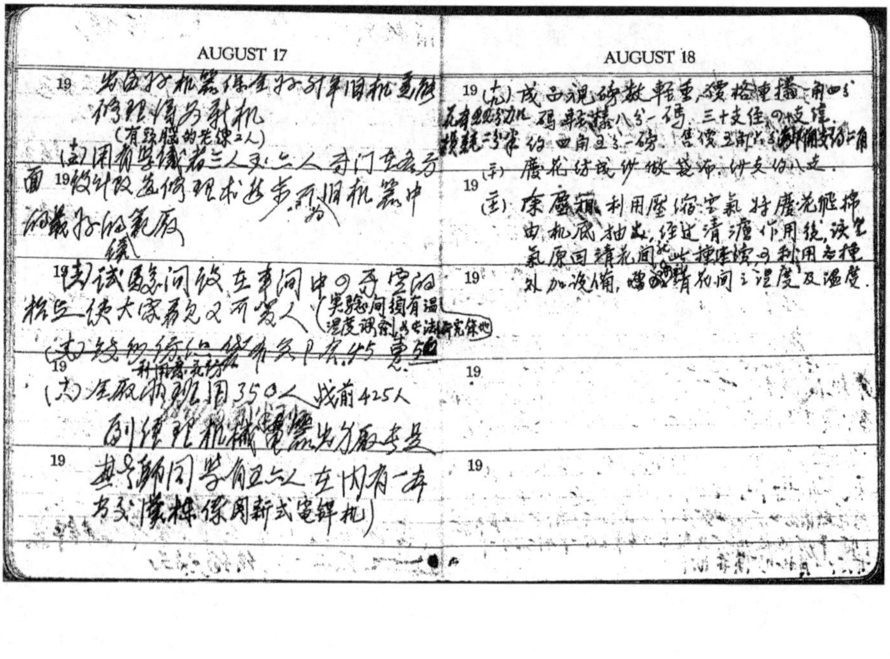
AUGUST 17
AUGUST 18

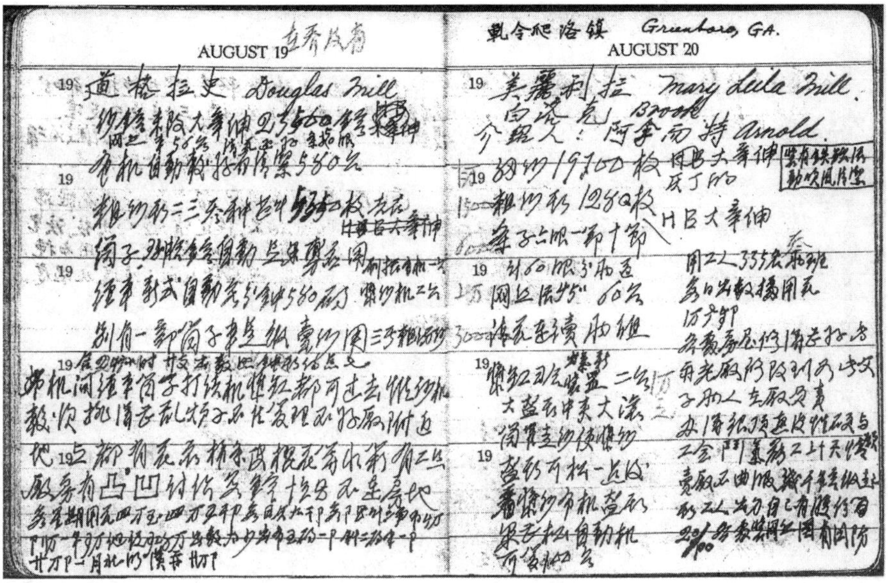
AUGUST 19
AUGUST 20
Douglas Mill
Mary Leila Mill.
Arnold

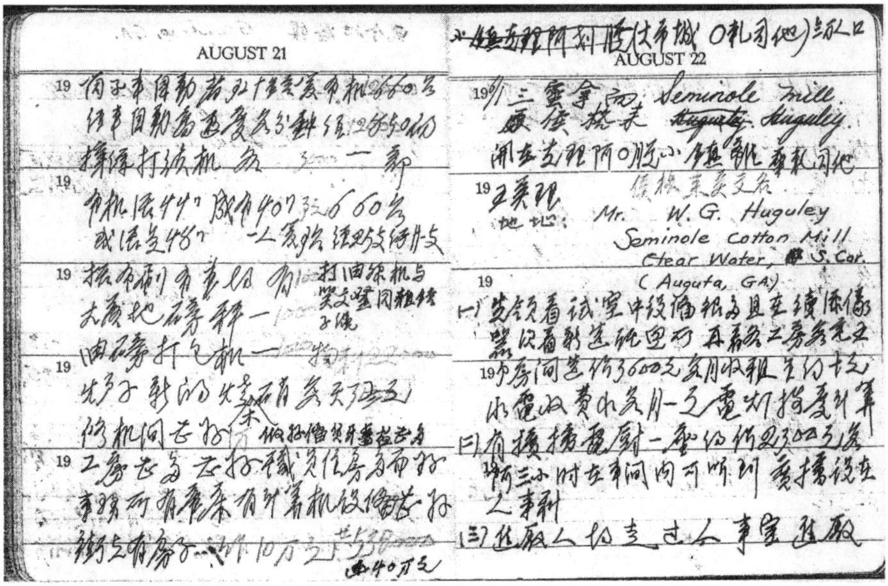
AUGUST 21
AUGUST 22
Seminole Mill
Mr. W. G. Huguley
Seminole Cotton Mill
(Auguta, GA)

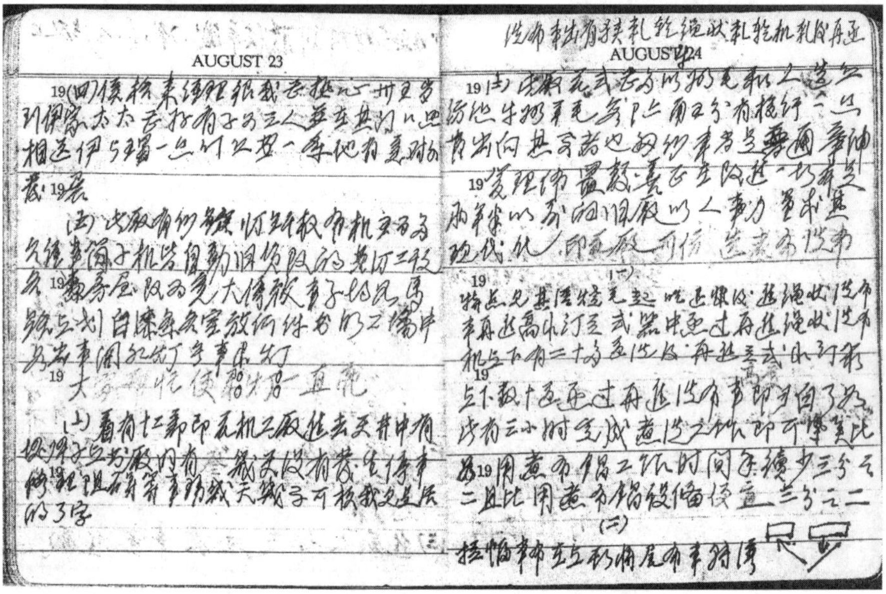
AUGUST 23

AUGUST 24

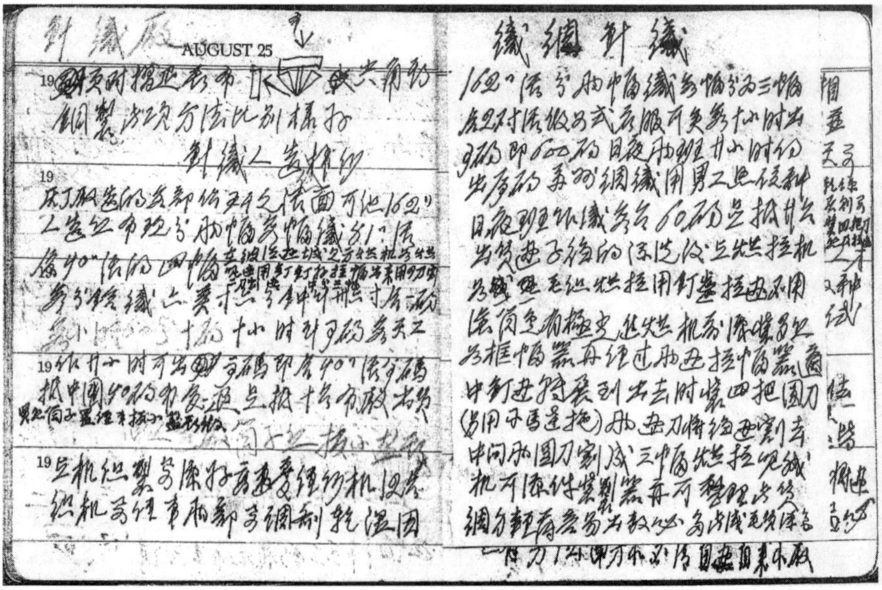
針織廠

AUGUST 25

織綢　針織

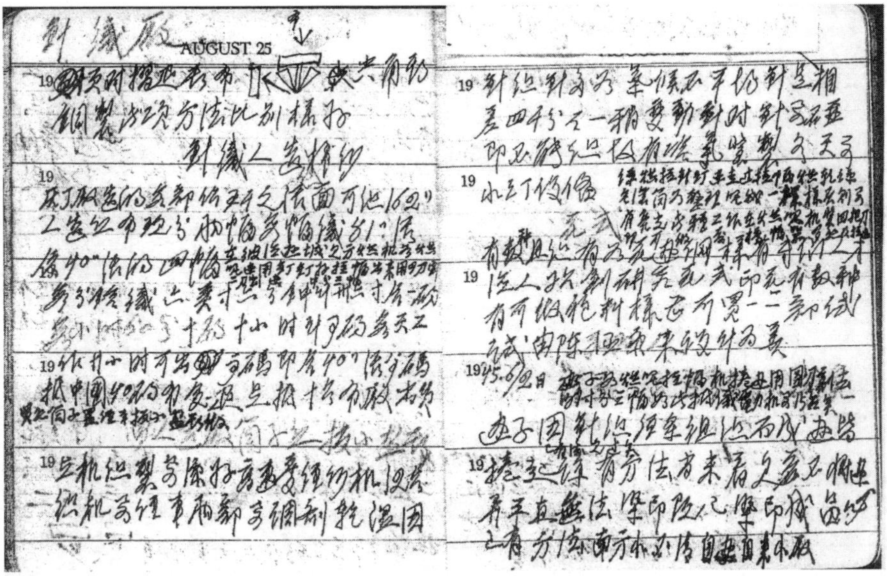
AUGUST 25

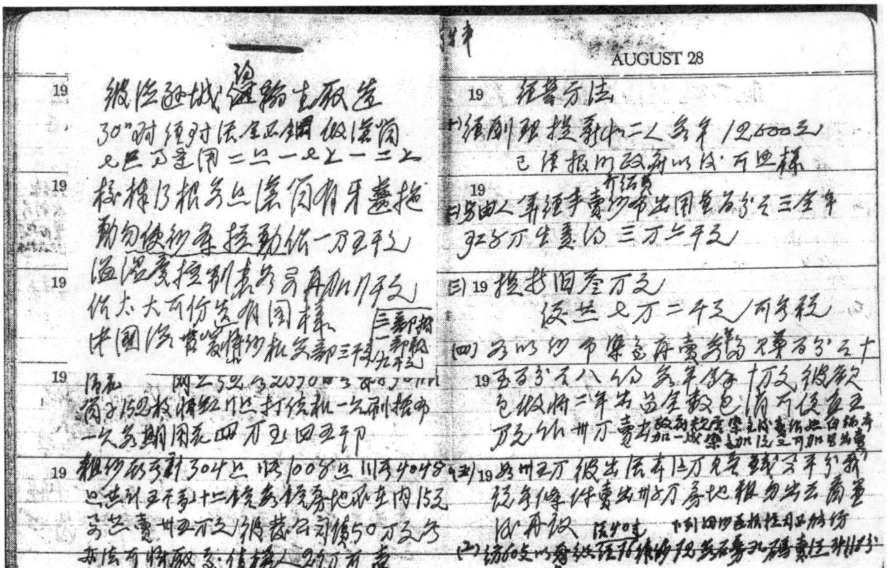
AUGUST 28

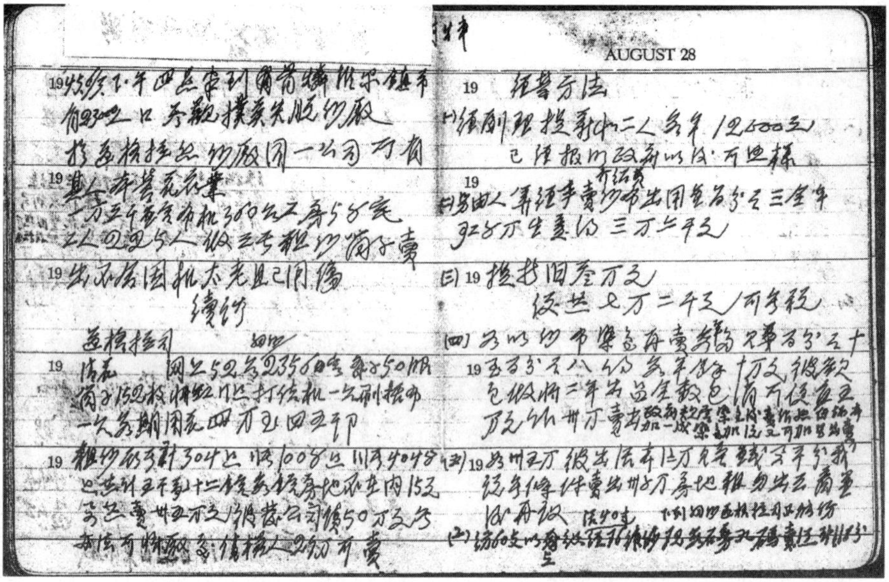
AUGUST 28
经营方法

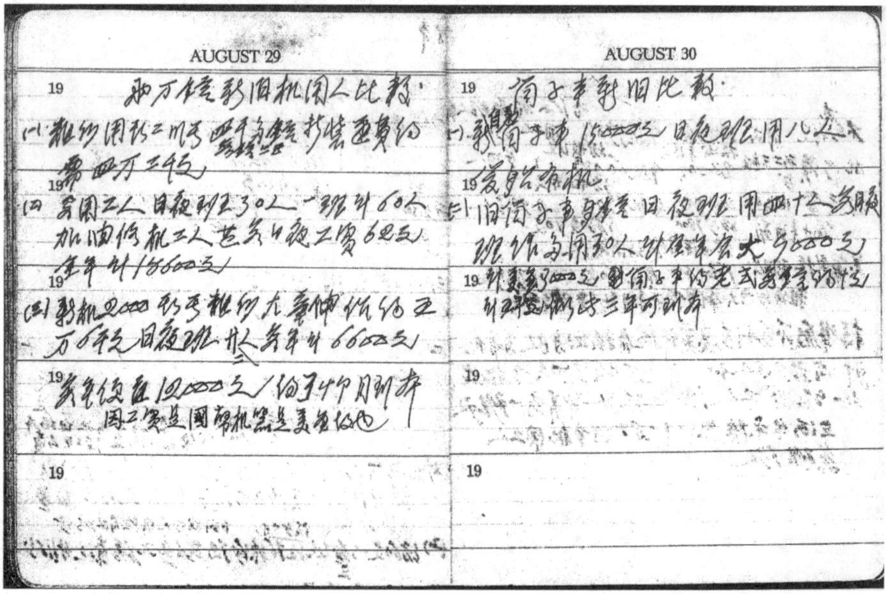
AUGUST 29
细纱车新旧机用人比较
AUGUST 30
筒子车新旧比较

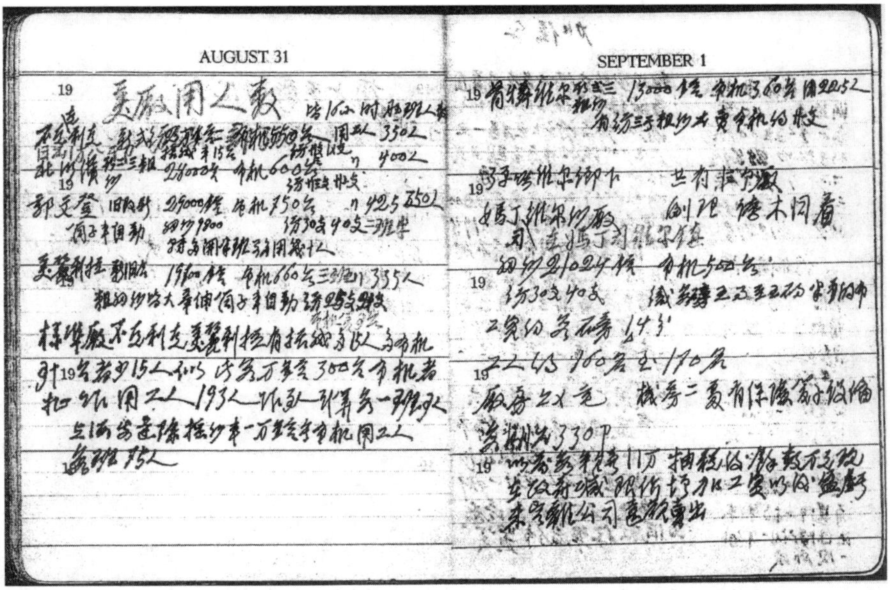
AUGUST 31
SEPTEMBER 1

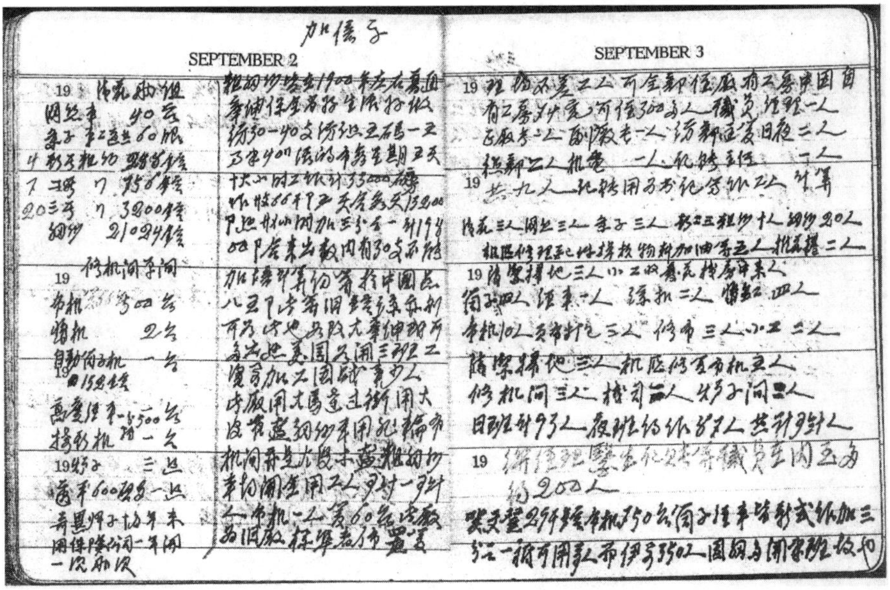
SEPTEMBER 2
SEPTEMBER 3

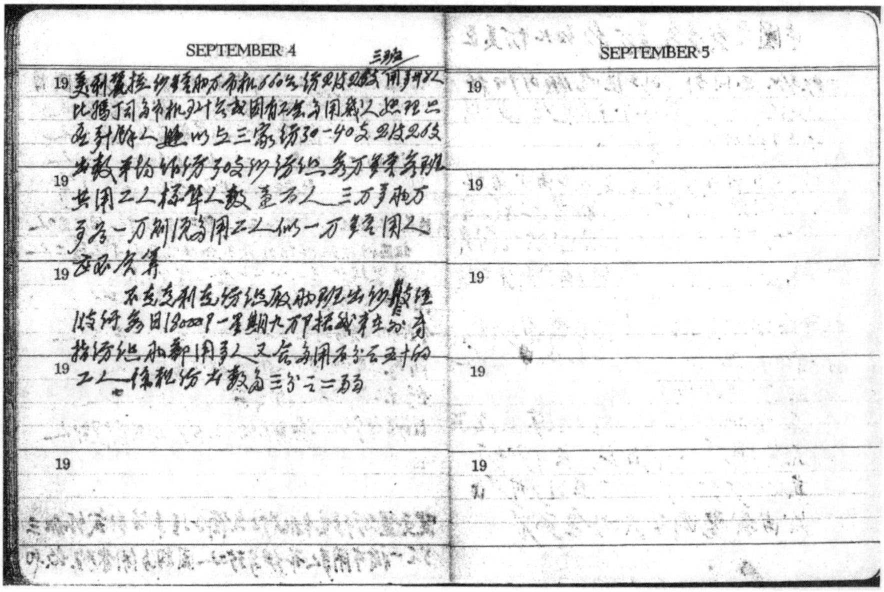
SEPTEMBER 4
SEPTEMBER 5

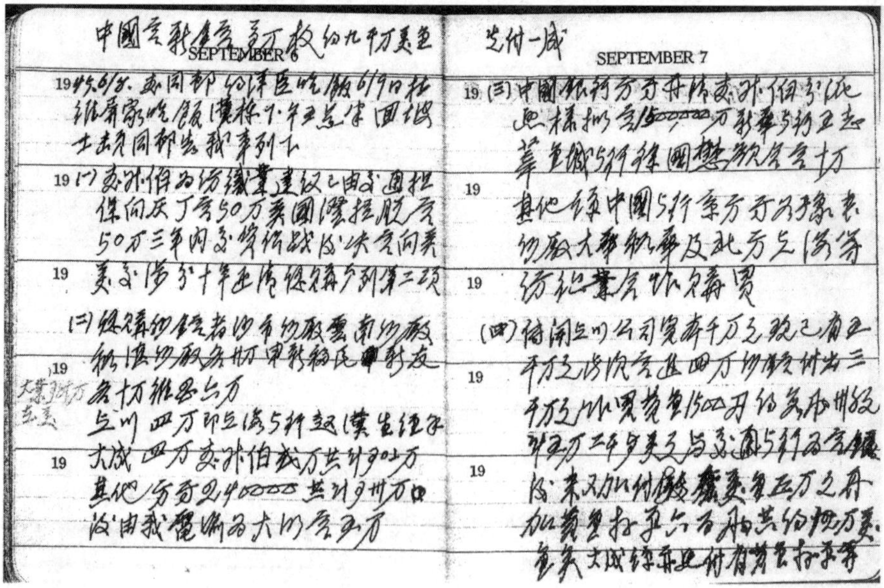
SEPTEMBER 6
SEPTEMBER 7

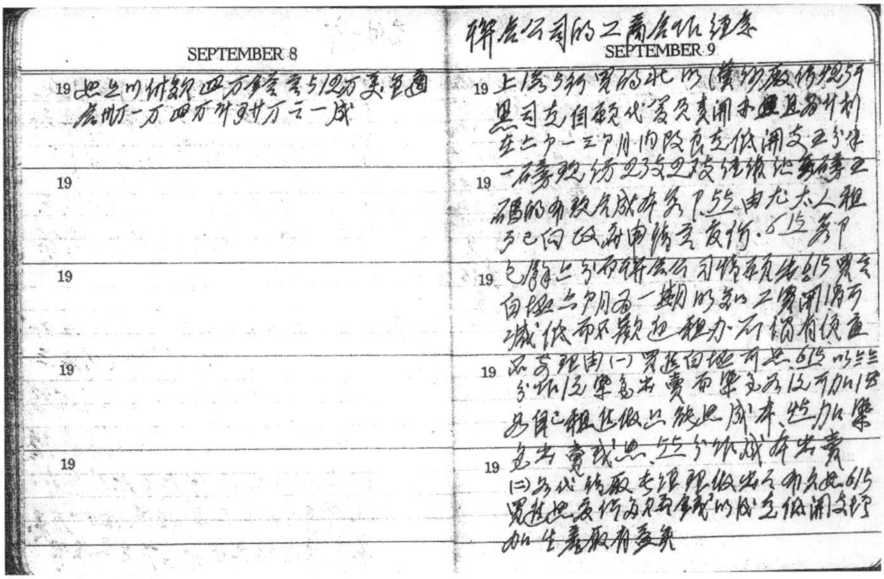
SEPTEMBER 8
SEPTEMBER 9

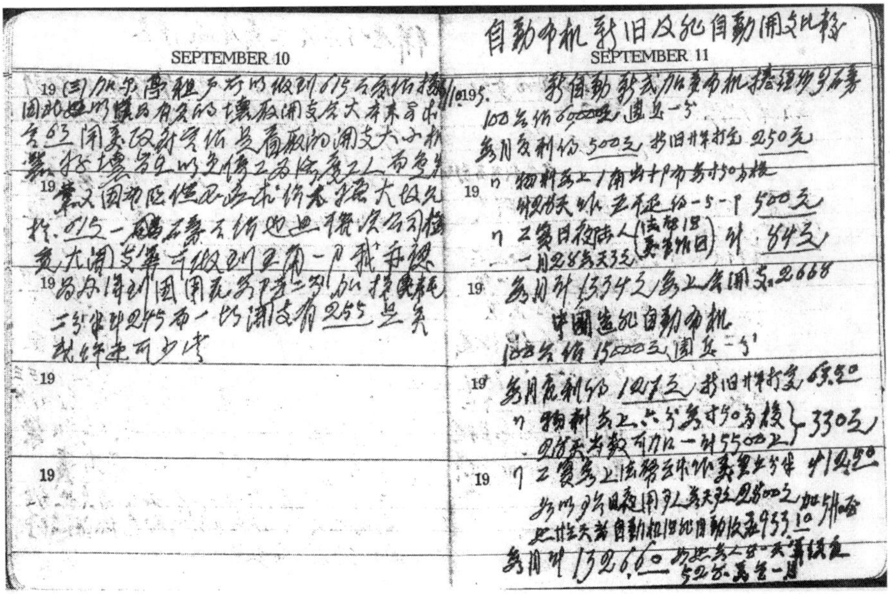
SEPTEMBER 10
SEPTEMBER 11

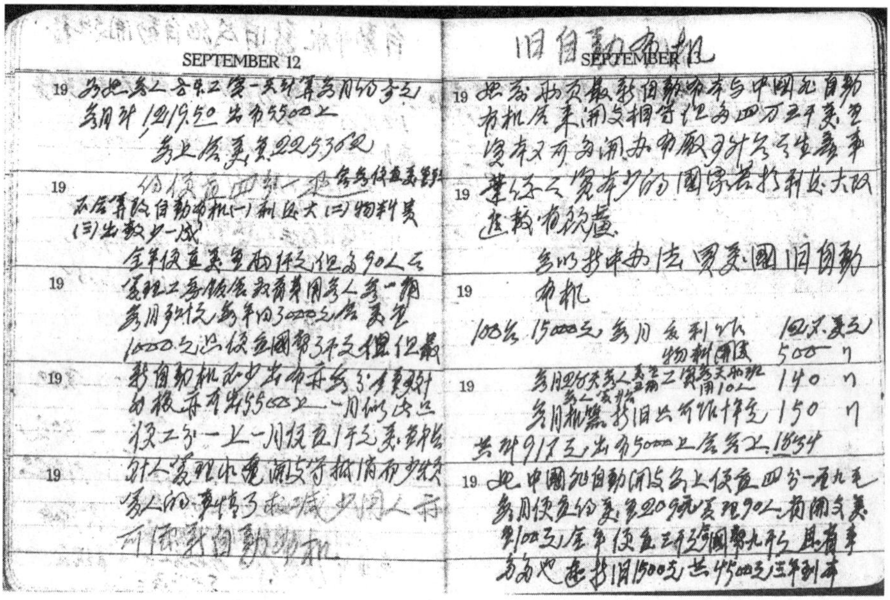
SEPTEMBER 12
SEPTEMBER 13

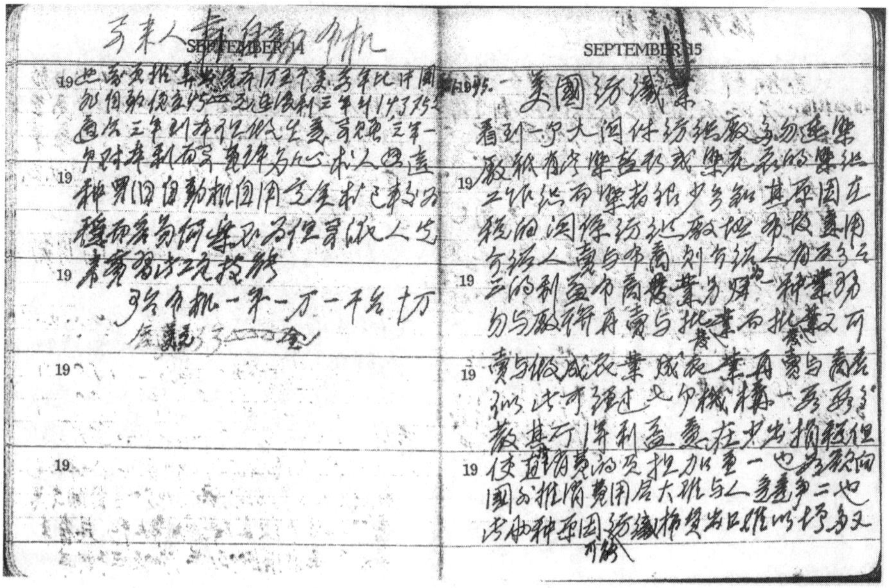
SEPTEMBER 14
SEPTEMBER 15

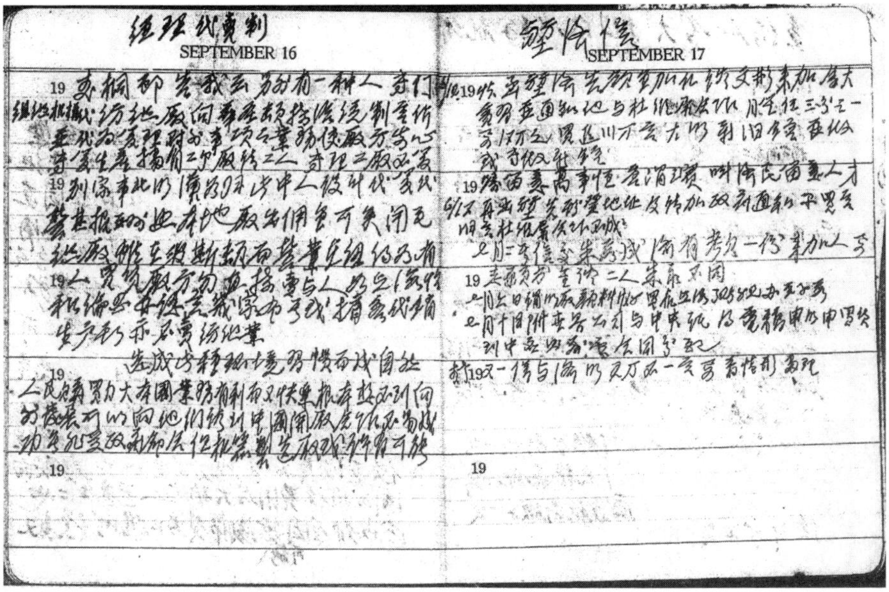
SEPTEMBER 16
SEPTEMBER 17

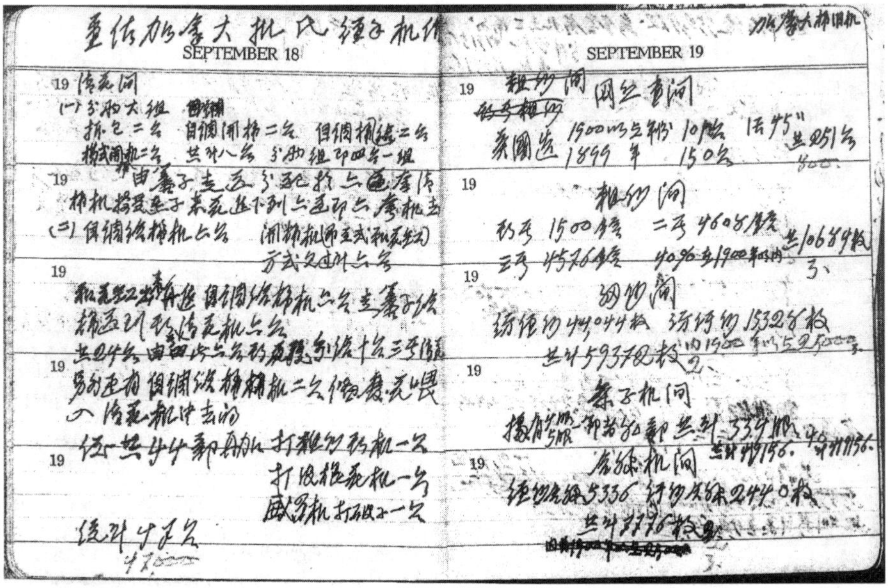
SEPTEMBER 18
SEPTEMBER 19

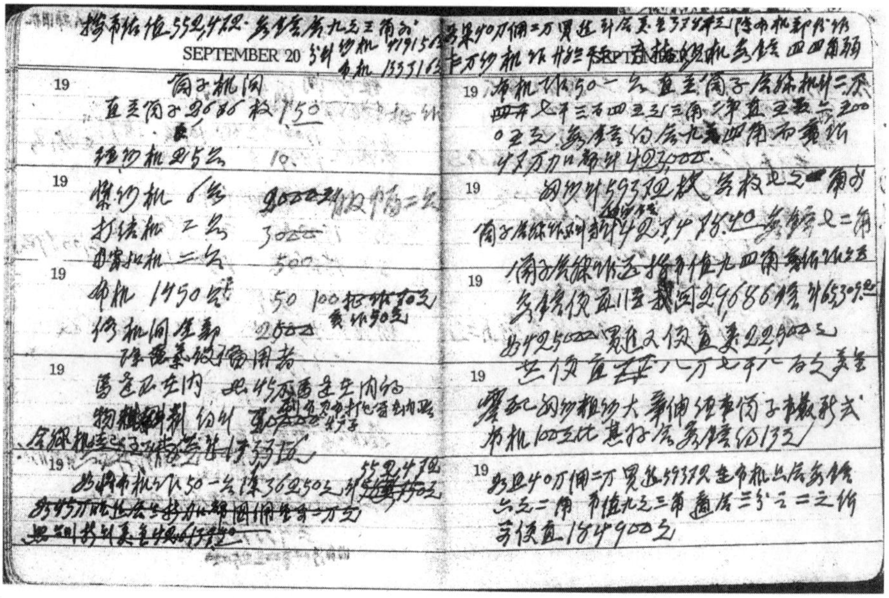
SEPTEMBER 20

筒子机间

直立筒子2686枚 750

细纱机25台

布机 1450台

SEPTEMBER 21

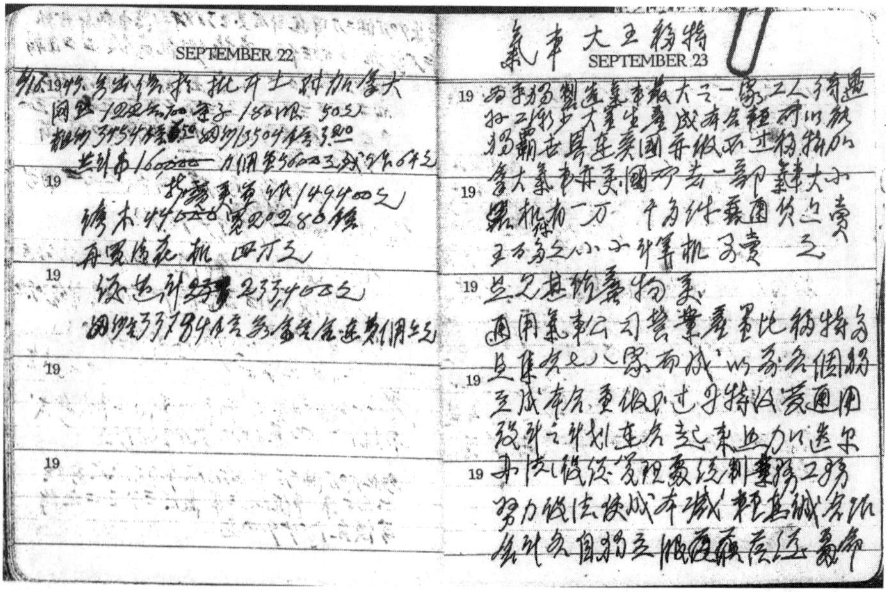
SEPTEMBER 22

SEPTEMBER 23

汽车大王福特

高低物价政策商榷

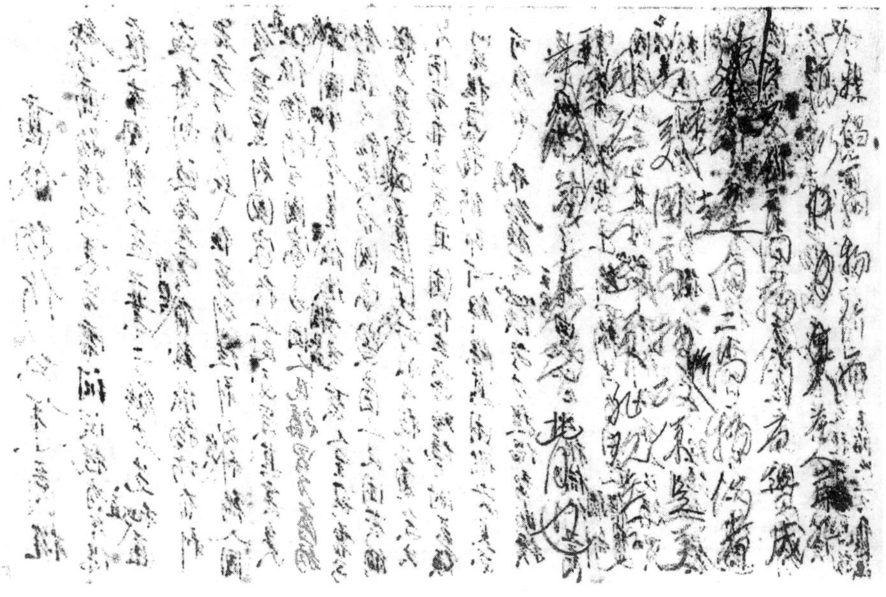

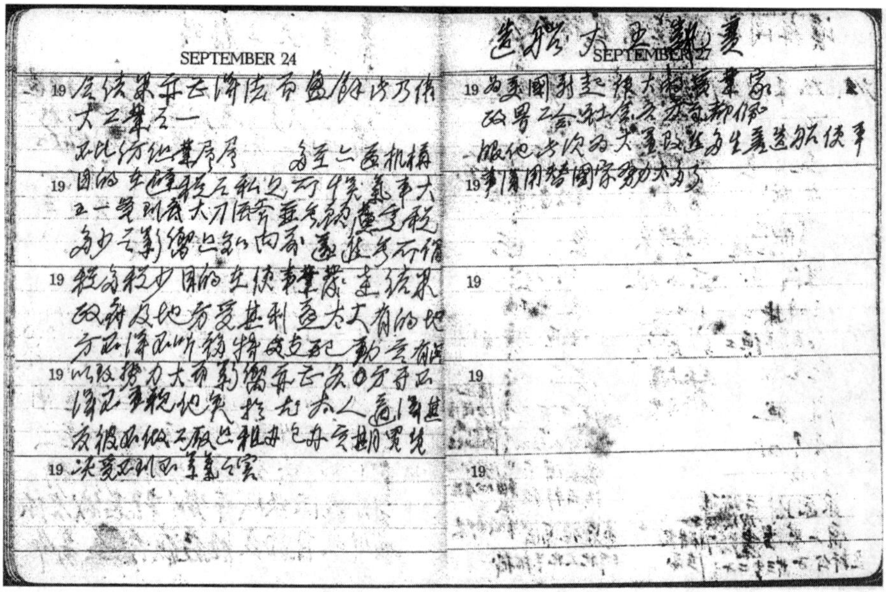
SEPTEMBER 24

SEPTEMBER 27

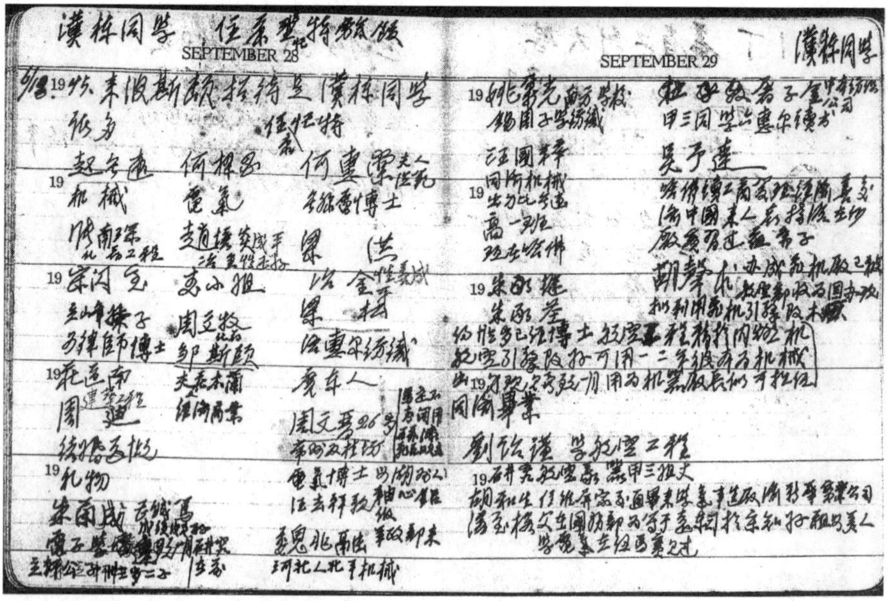
漢梓同學

SEPTEMBER 28

SEPTEMBER 29

漢梓同學

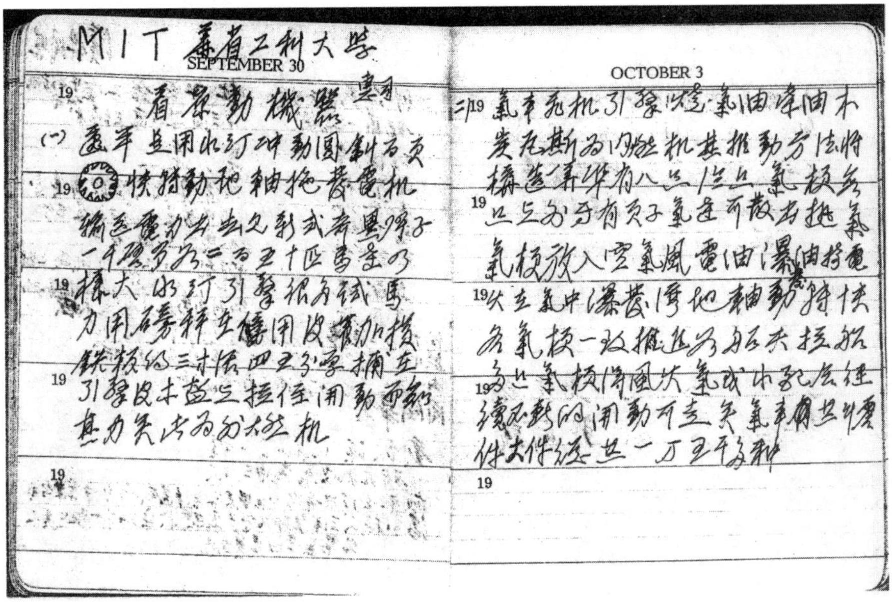
MIT 麻省工科大学
SEPTEMBER 30
OCTOBER 3

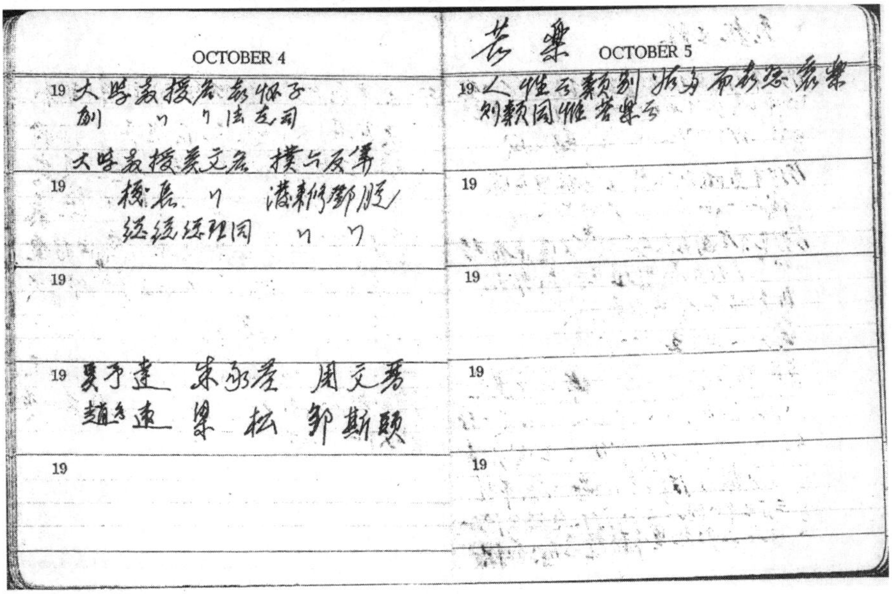
OCTOBER 4
OCTOBER 5

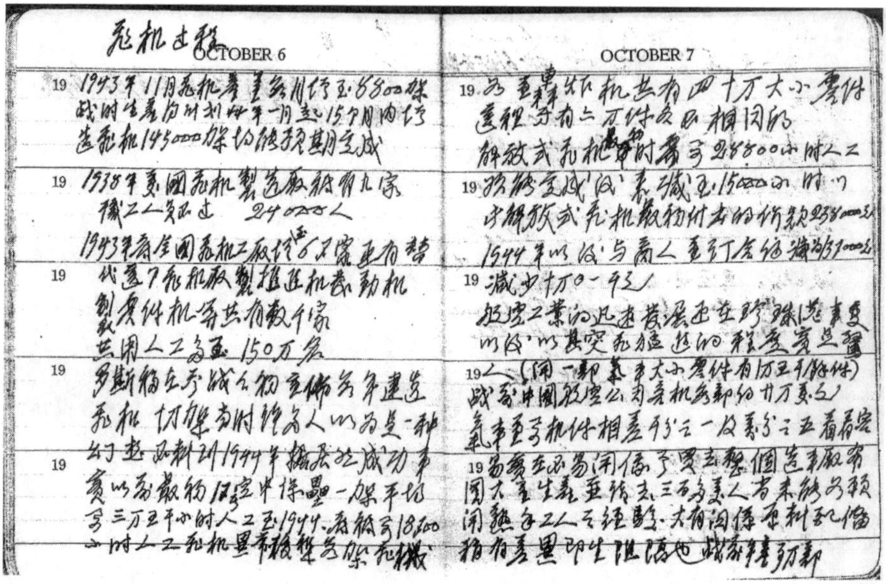
OCTOBER 6

飞机生产

19 1943年11月飞机产量每月约8800架 [illegible] 145000架 [illegible]

19 1938年美国飞机制造厂只有九家 职工人数达 24000人

1943年 [illegible] 飞机工厂 [illegible]

19 [illegible] 共用人工为五 150万名

19 [illegible]

19 [illegible] 1944 [illegible] 18500 [illegible]

OCTOBER 7

19 [illegible] 四十万大小零件 [illegible]

19 [illegible] 15000 [illegible]

1944年 [illegible]

19 减少十万〇一千元

19 [illegible]

19 [illegible]

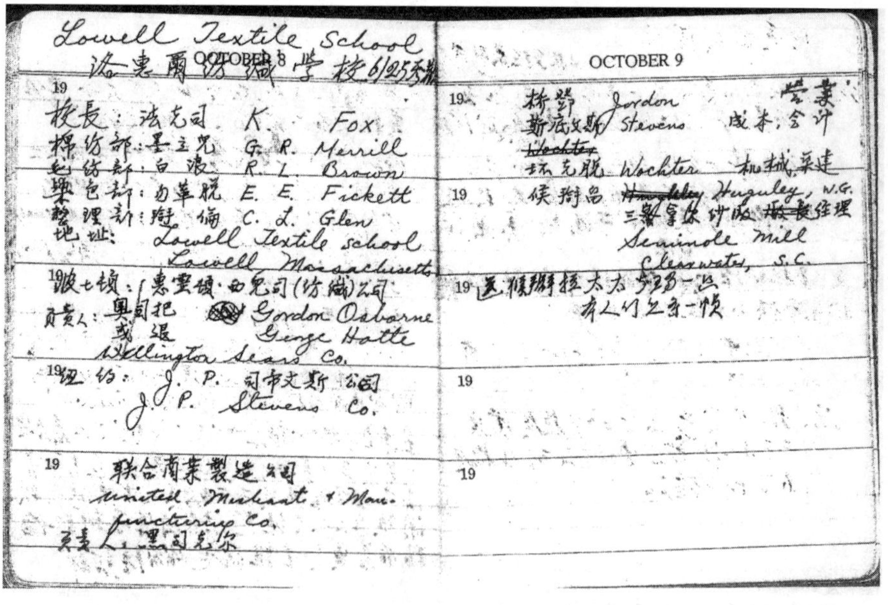
Lowell Textile School

OCTOBER 8

洛惠尔纺织学校 6/25参观

19 校長：法克司 K. Fox

棉纺部：墨立儿 G. R. Merrill

毛纺部：白浪 R. L. Brown

染色部：幼革脱 E. E. Fickett

整理部：[illegible] C. L. Glen

地址：Lowell Textile school Lowell Massachusetts

19 波士頓：惠靈頓·西克司（纺織）公司

負責人：奥司把 Gordon Osborne

戈退 George Hatte

Wellington Sears Co.

19 纽约：J. P. 司帝文斯 公司 J. P. Stevens Co.

19 联合商業製造公司 United Merchant + Manufacturing Co.

負责人：黑司克尔

OCTOBER 9

19 桥登 Jordon 营業

斯疕文斯 Stevens 成本，会计

~~Wachter~~

坊克脱 Wachter 机械，采建

19 侯對吕 ~~Hugley~~ Huguley, W.G. 三星拿尔纱厂 ~~厂长~~ 经理 Seminole Mill Clearwater, S.C.

19 [illegible] 太太 [illegible]

19

19

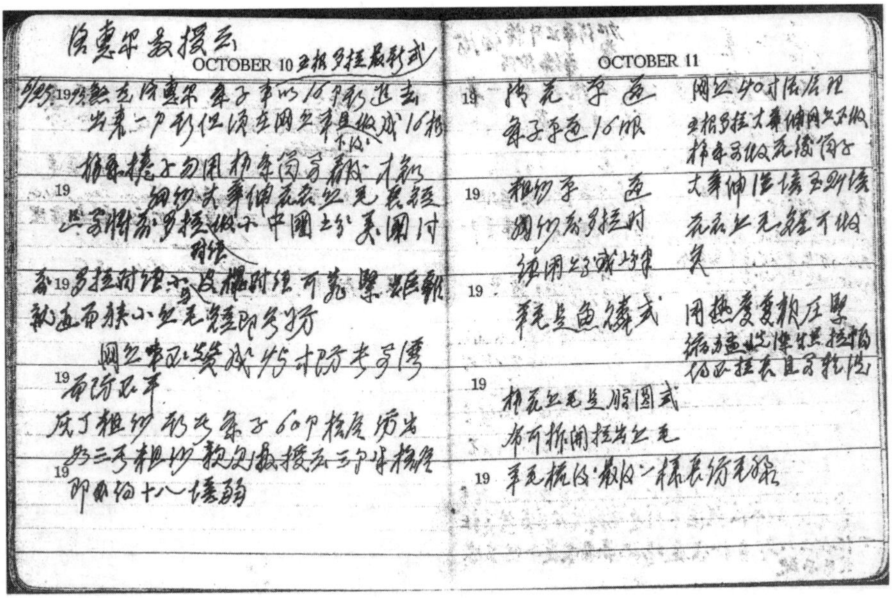
OCTOBER 10
OCTOBER 11

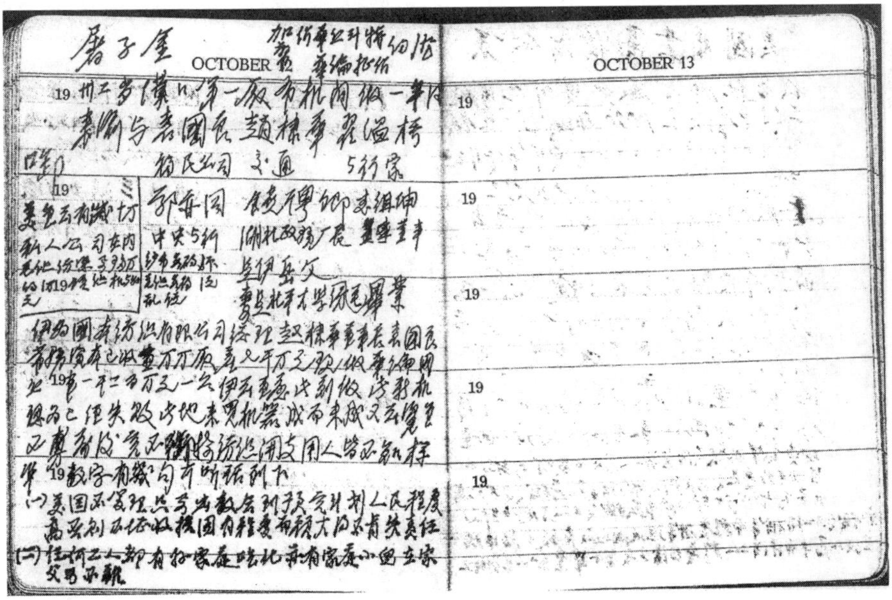
OCTOBER 12
OCTOBER 13

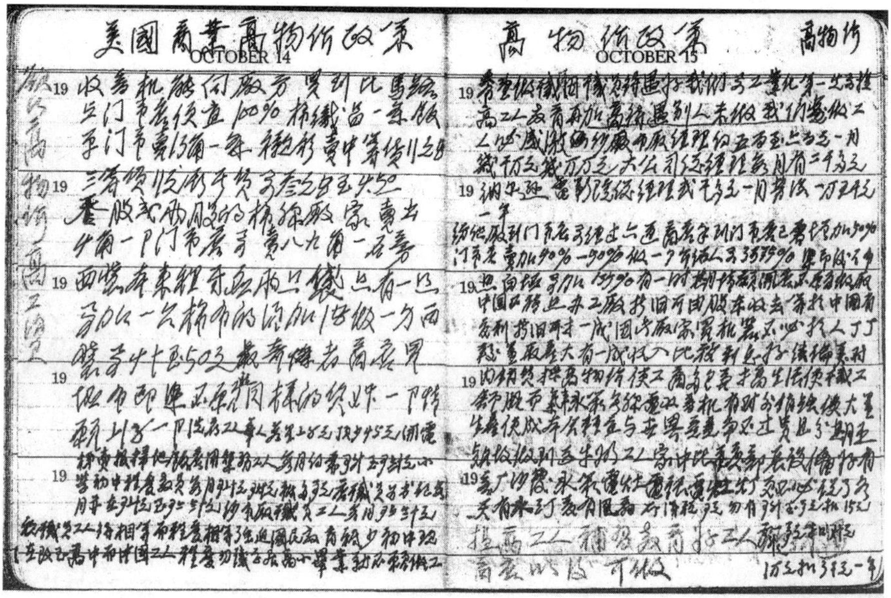

美國商業高物价政策

OCTOBER 14

高物价政策

OCTOBER 15

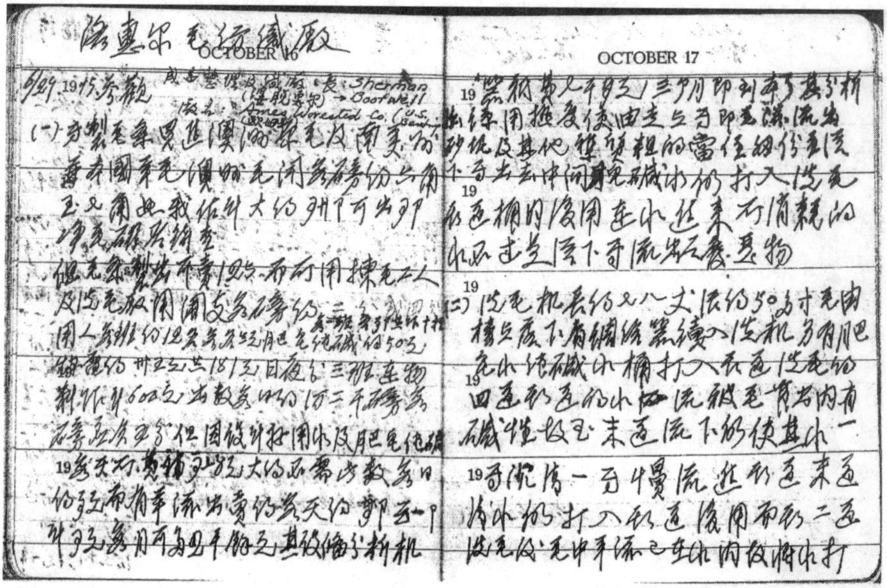

OCTOBER 16

OCTOBER 17

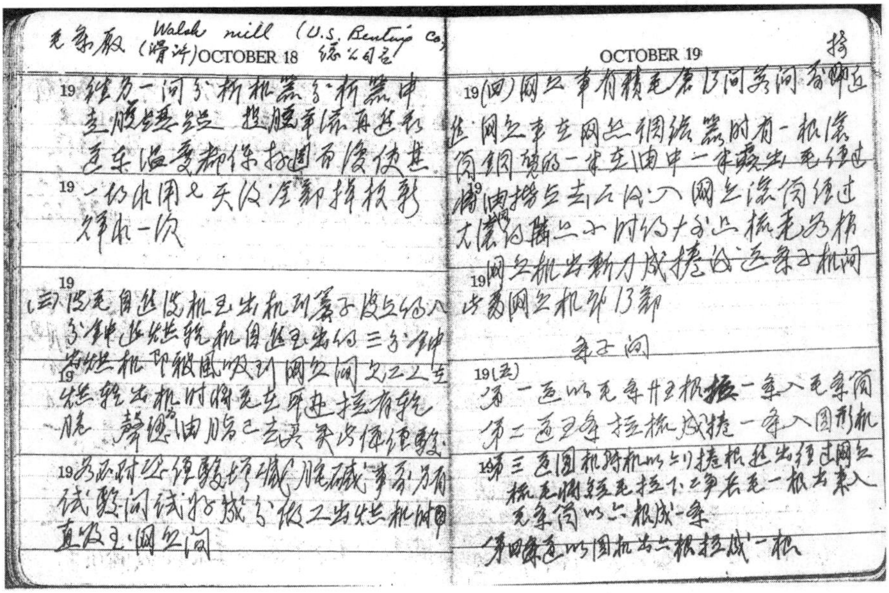
Walsh mill (U.S. Bentley Co.)
OCTOBER 18
OCTOBER 19

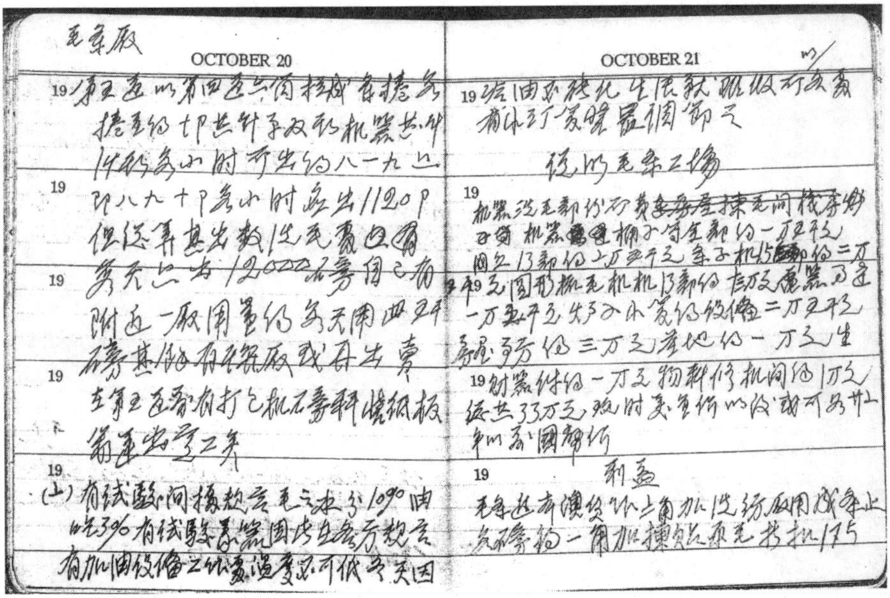
OCTOBER 20
OCTOBER 21

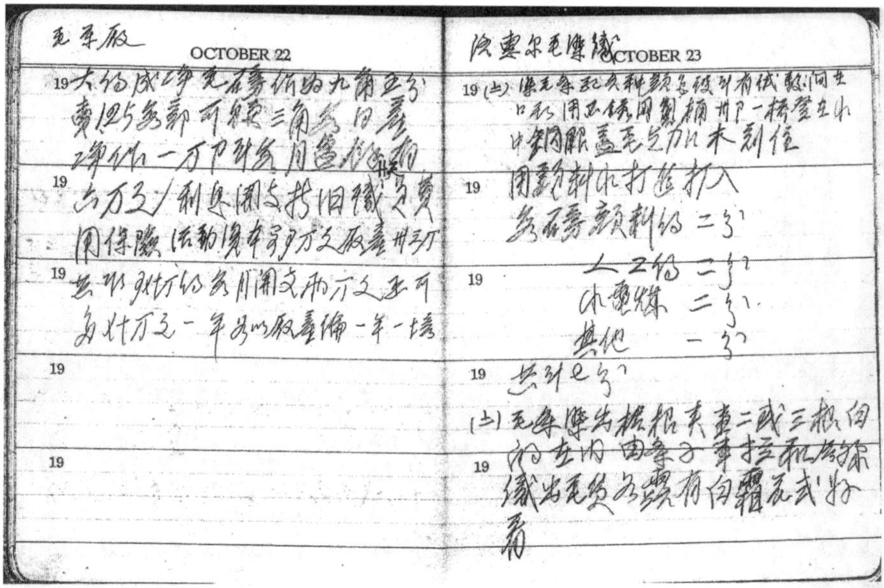
OCTOBER 22
OCTOBER 23

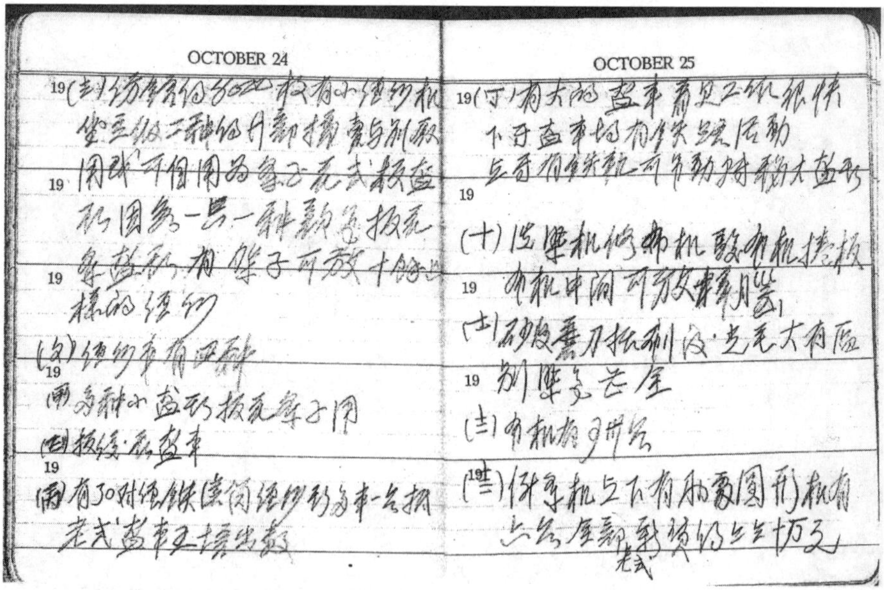
OCTOBER 24
OCTOBER 25

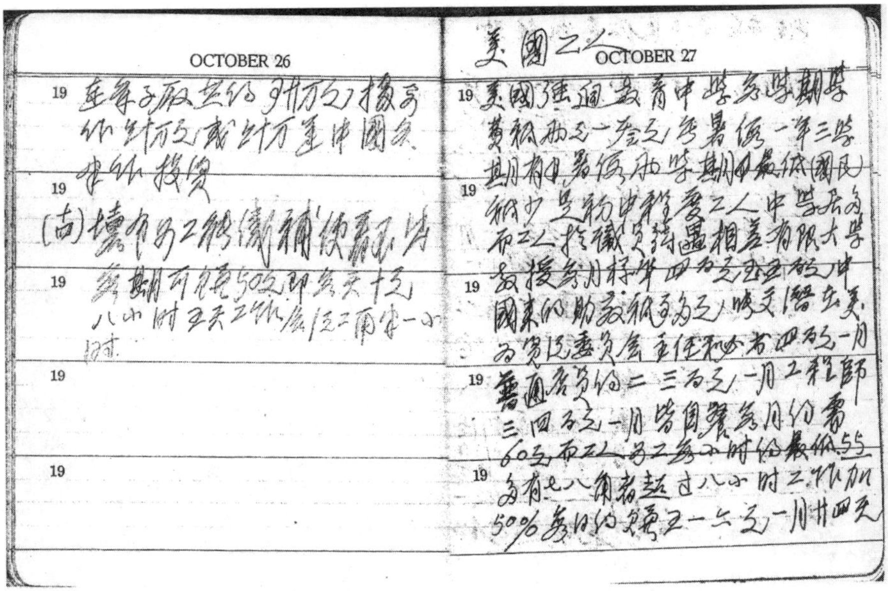
OCTOBER 26
美国工人
OCTOBER 27

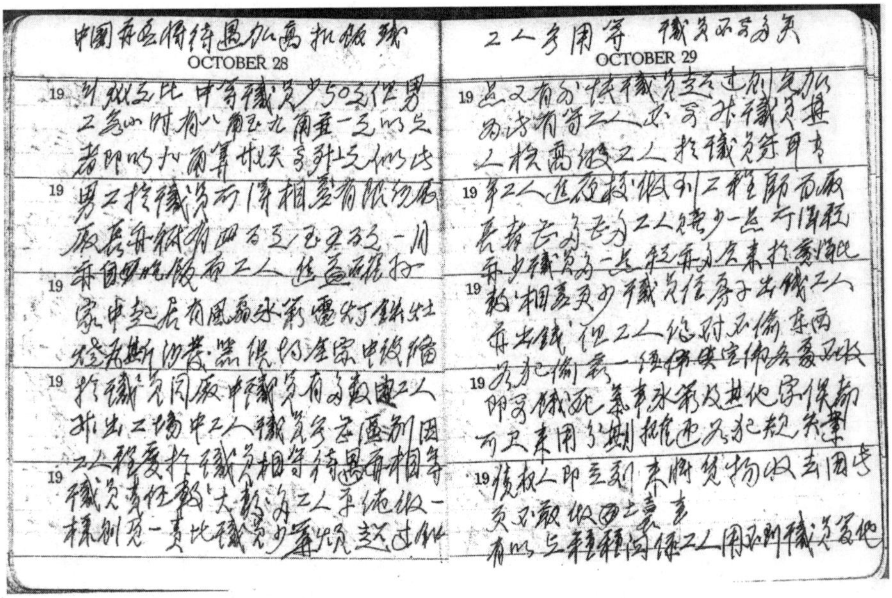
OCTOBER 28
OCTOBER 29

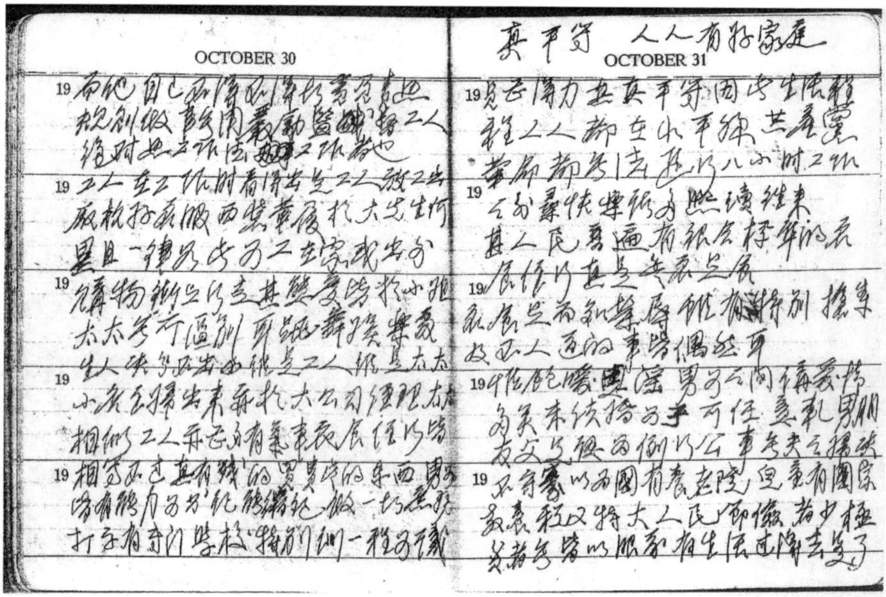
OCTOBER 30
OCTOBER 31

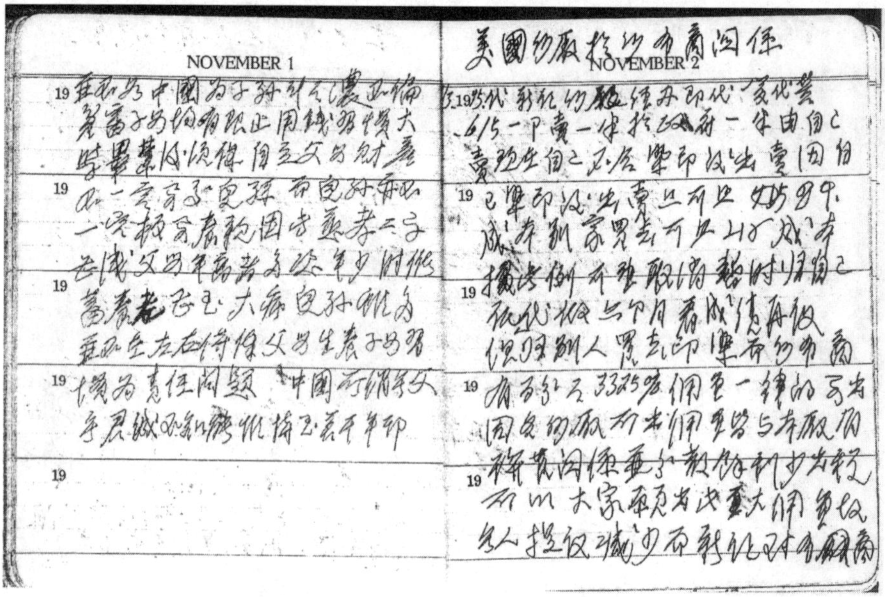
NOVEMBER 1
NOVEMBER 2

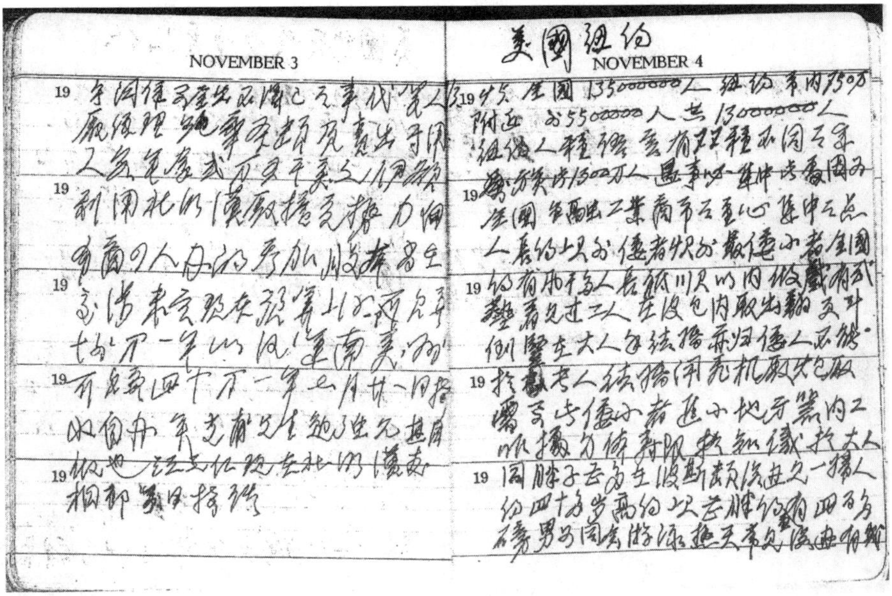
NOVEMBER 3

美國紐約
NOVEMBER 4
全國 135000000 人 紐約市内 750 万
附近 約 5500000 人 共 13000000 人

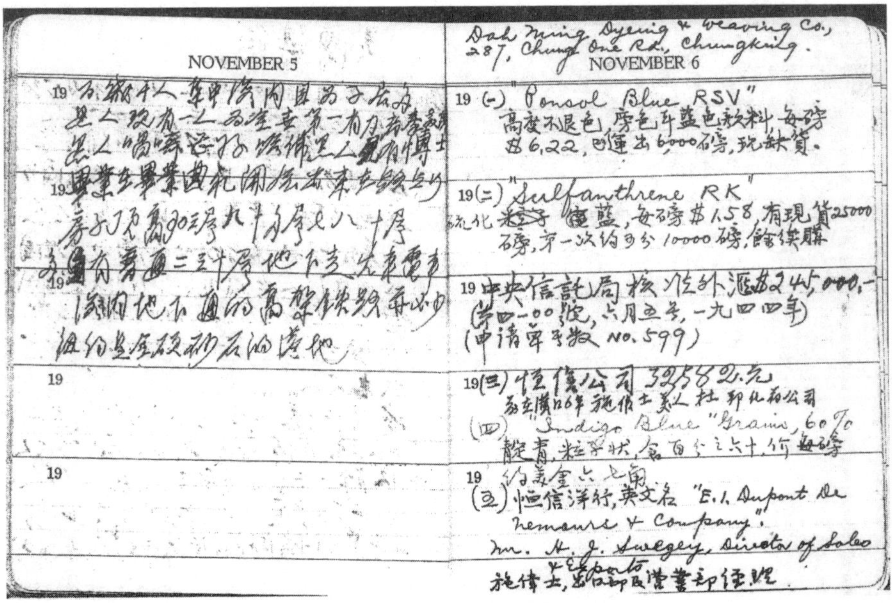
NOVEMBER 5

Dah Ming Dyeing & Weaving Co.,
287, Chung One Rd., Chungking.
NOVEMBER 6
(一) "Ponsol Blue RSV"
高度不退色,原色耳藍色顏料,每磅 $6.22,已運出 6,000 磅,現缺貨。
(二) "Sulfanthrene RK"
硫化 [illegible] 藍,每磅 $1.58,有現貨 25000 磅,第一次約可分 10000 磅,餘續購
中央信託局核准外匯 $245,000.—
(第四一〇〇號,六月五号,一九四四年)
(申請單號數 NO. 599)
(三) 恒信公司 32582.元
[illegible]
(四) "Indigo Blue" Grains, 60%
靛青,粒子狀,含百分之六十,价每磅約美金六七角
(五) 恒信洋行,英文名 "E. I. Dupont De Nemours & Company".
Mr. A. J. Swegey, Director of Sales & Exports
施偉士,出口部及營業部經理

NOVEMBER 7

19

19

19

19

19

NOVEMBER 8

19

19

19

19

19

NOVEMBER 9

19

19

19

19

19

NOVEMBER 10

19

19

19

19

19

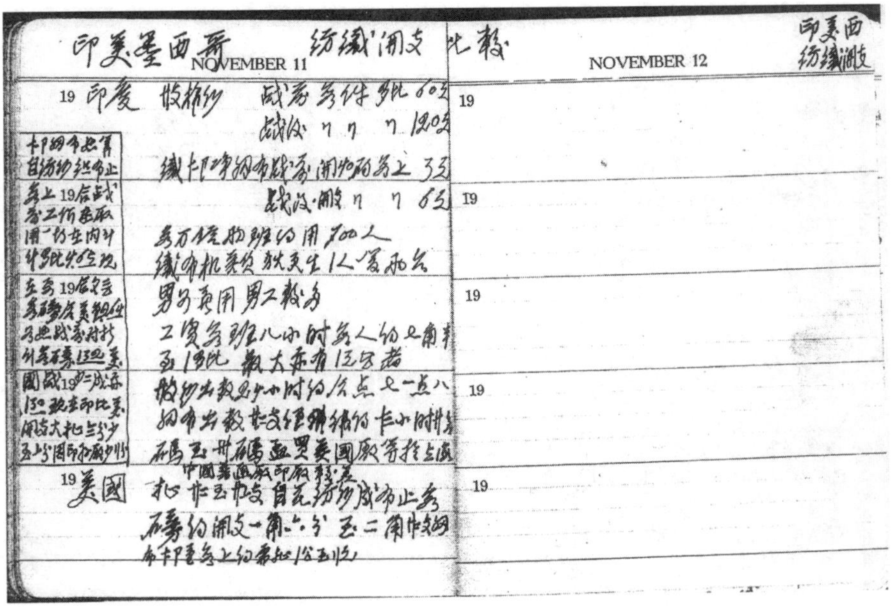
印美墨西哥　纺织厂开支比较

NOVEMBER 11

19 印度　纺棉纱

19

19

19

19 美国

印美西 纺织厂开支

NOVEMBER 12

19

19

19

19

19

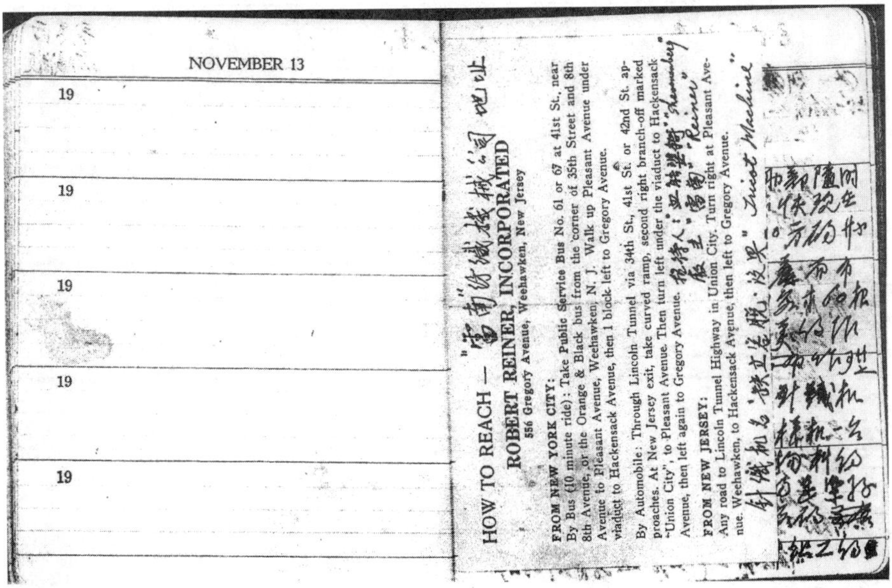
NOVEMBER 13

19

19

19

19

19

HOW TO REACH — "雷南"纺织机械公司地址

ROBERT REINER, INCORPORATED

556 Gregory Avenue, Weehawken, New Jersey

FROM NEW YORK CITY:

By Bus (10 minute ride): Take Public Service Bus No. 61 or 67 at 41st St., near 8th Avenue, or the Orange & Black bus from the corner of 35th Street and 8th Avenue to Pleasant Avenue, Weehawken, N. J. Walk up Pleasant Avenue under viaduct to Hackensack Avenue, then 1 block left to Gregory Avenue.

By Automobile: Through Lincoln Tunnel via 34th St., 41st St. or 42nd St. approaches. At New Jersey exit, take curved ramp, second right branch-off marked "Union City", to Pleasant Avenue. Then turn left under the viaduct to Hackensack Avenue, then left again to Gregory Avenue.

FROM NEW JERSEY:

Any road to Lincoln Tunnel Highway in Union City. Turn right at Pleasant Avenue. Weehawken, to Hackensack Avenue, then left to Gregory Avenue.

"Reiner"

"Twist Machine"

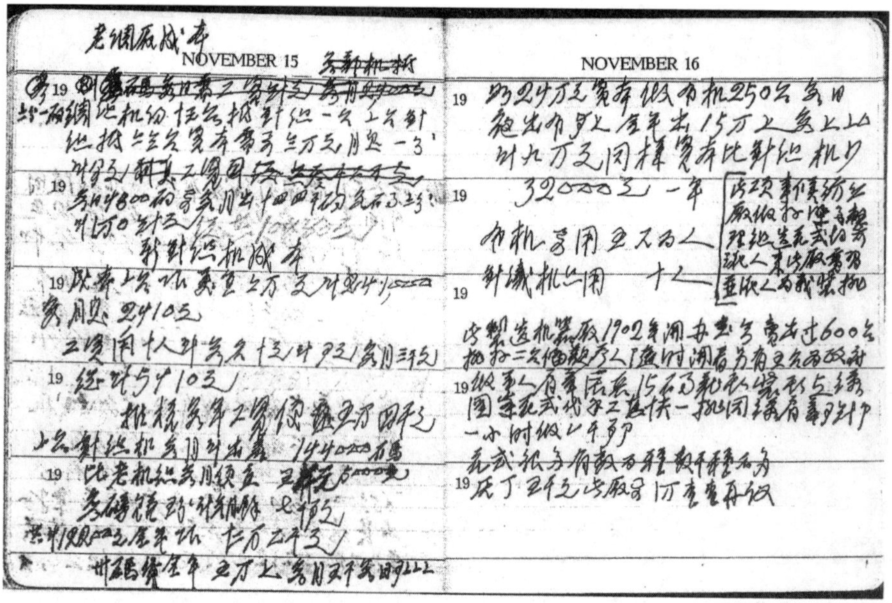
NOVEMBER 15

19

19

19

19

19

NOVEMBER 16

19

19

19

19

19

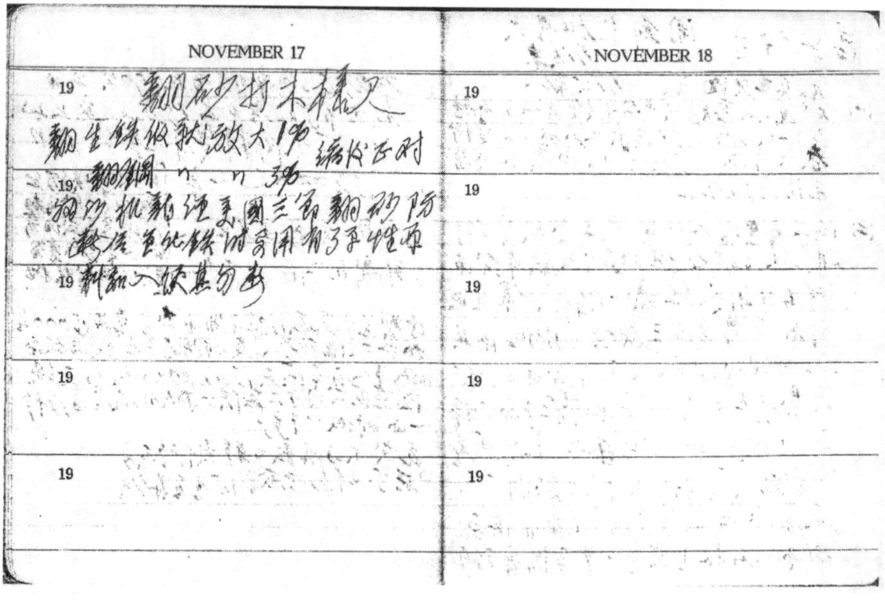
NOVEMBER 17

19

19

19

19

19

NOVEMBER 18

19

19

19

19

19

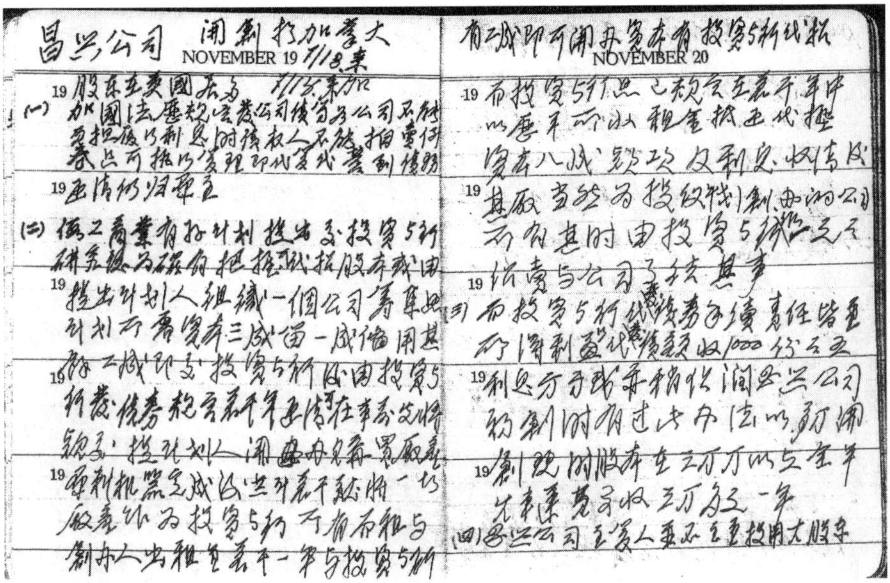
NOVEMBER 19
NOVEMBER 20

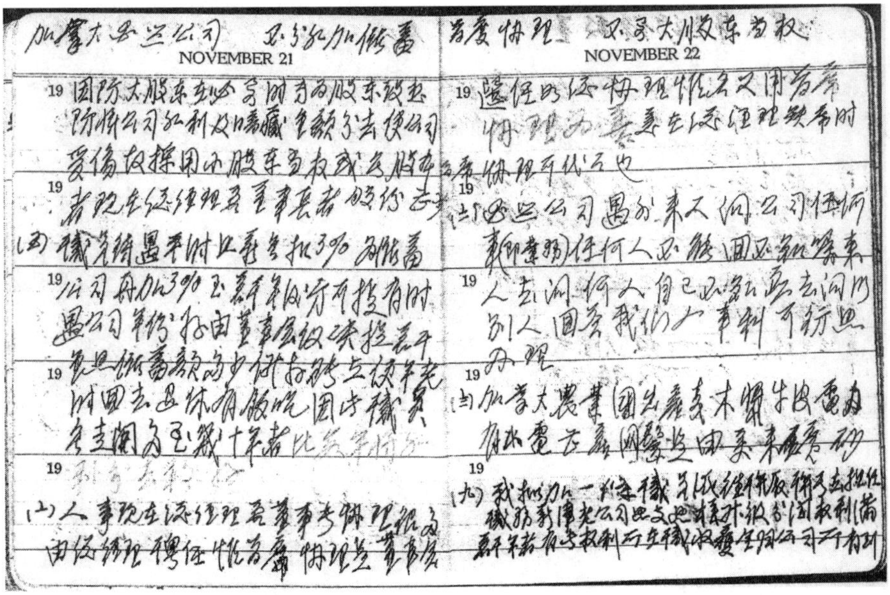
NOVEMBER 21
NOVEMBER 22

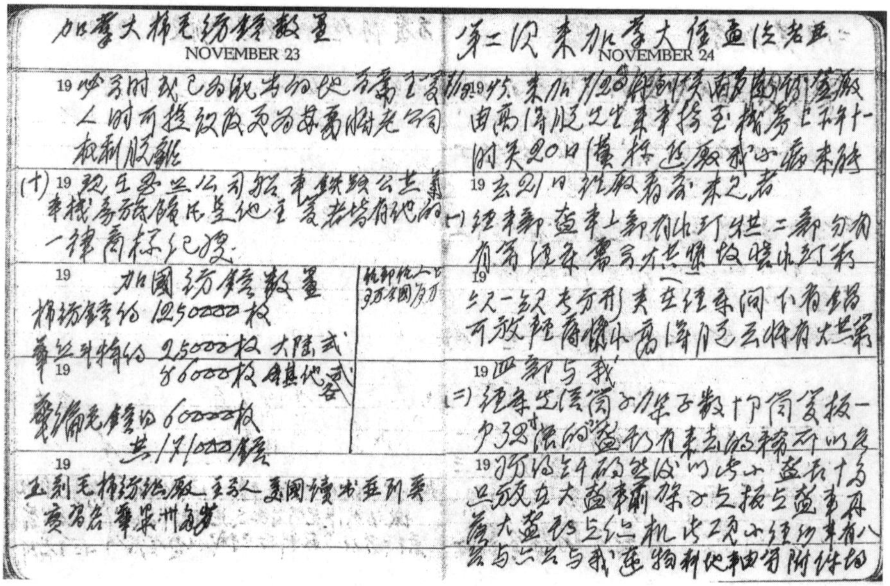
加拿大棉毛纺锭数量
NOVEMBER 23
19
(十) 19
19
加国纺锭数量
棉纺锭约 1250000 枚
19
共 1710000 锭
19
第二次来加拿大经过情形
NOVEMBER 24
19
19
19
19
19

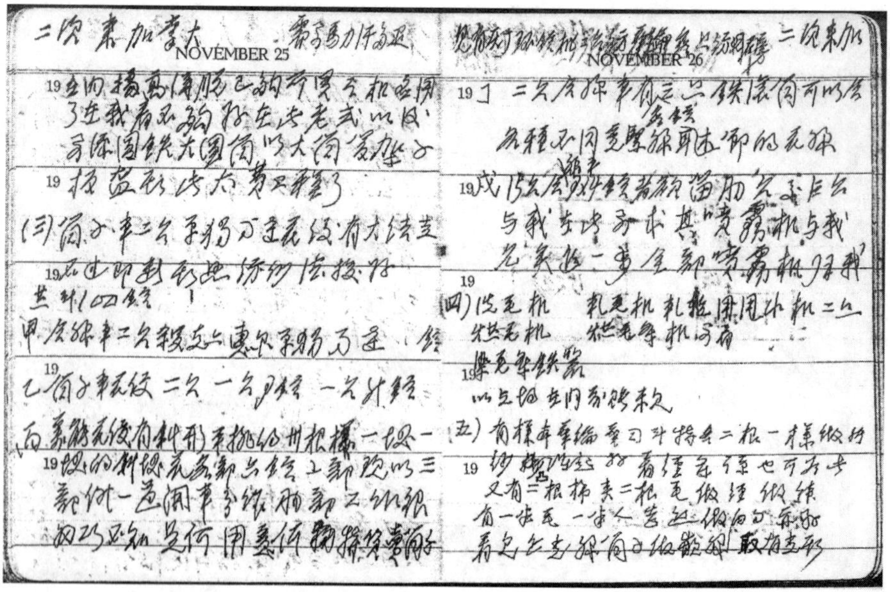
二次来加拿大
NOVEMBER 25
19
19
(三)
19
共计 100 锭
19
19
NOVEMBER 26
19
19
19
(四)
19
(五)
19

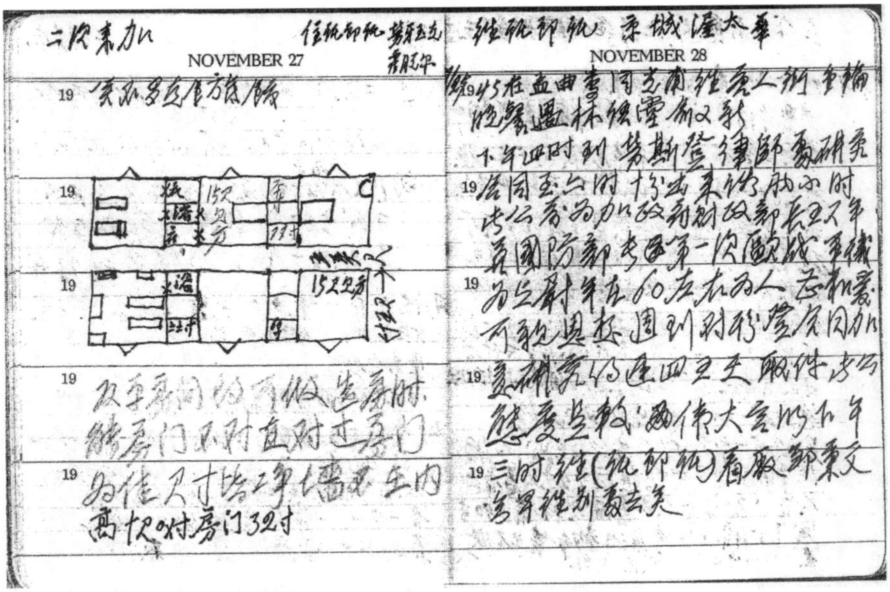
NOVEMBER 27　NOVEMBER 28

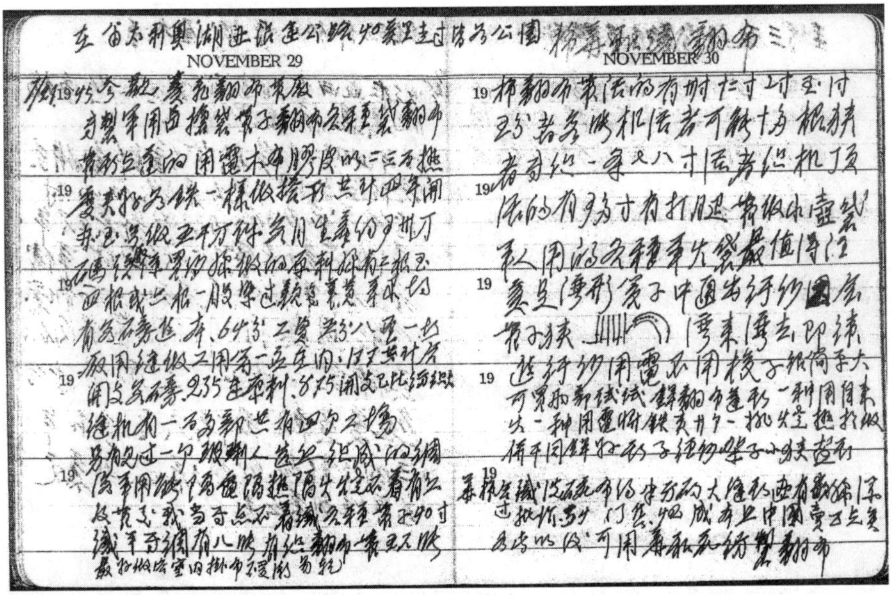
NOVEMBER 29　NOVEMBER 30

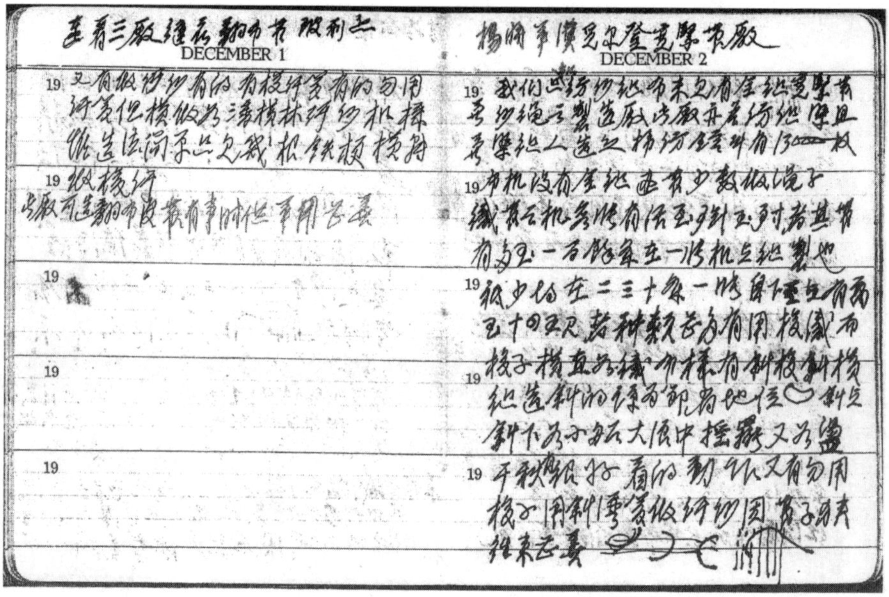
DECEMBER 1
DECEMBER 2

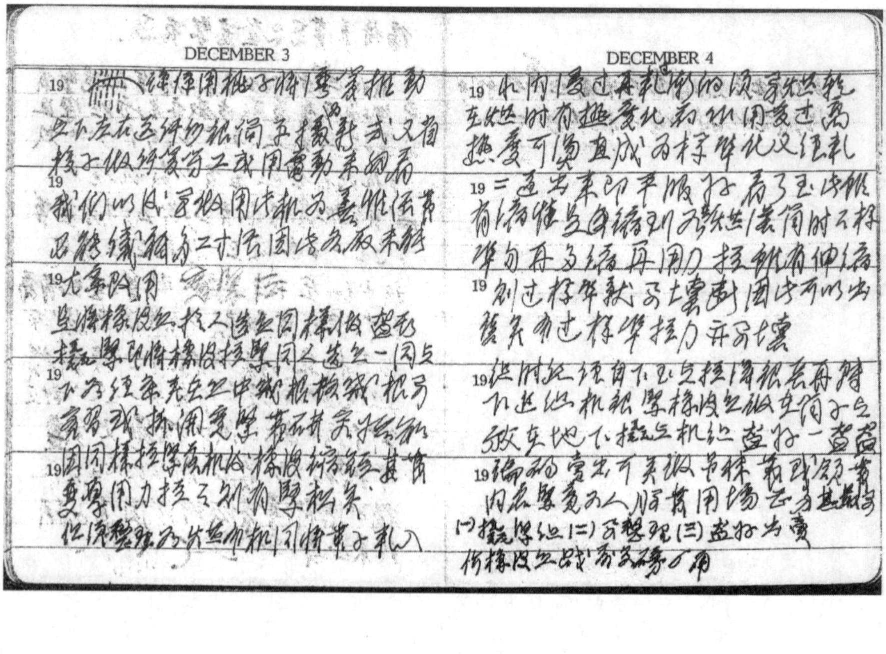
DECEMBER 3
DECEMBER 4

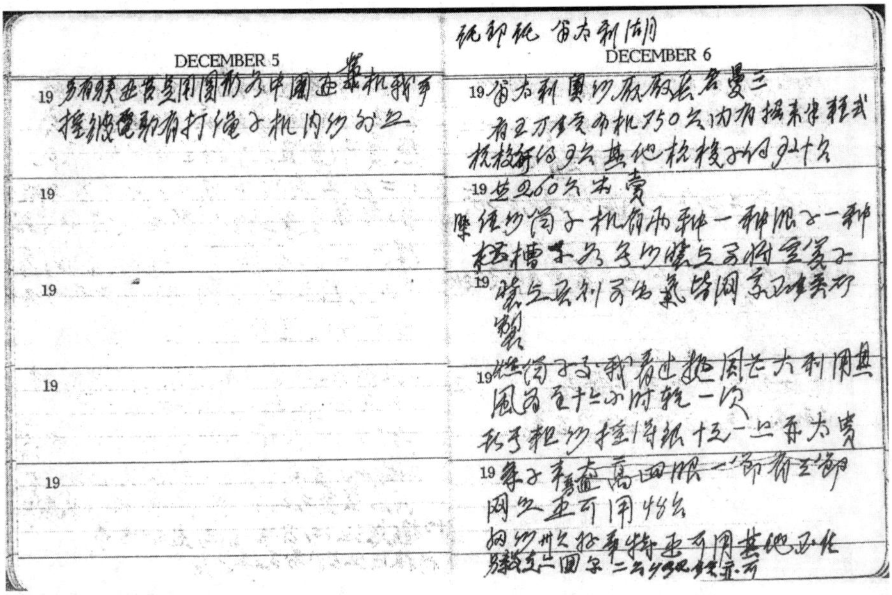
DECEMBER 5
DECEMBER 6

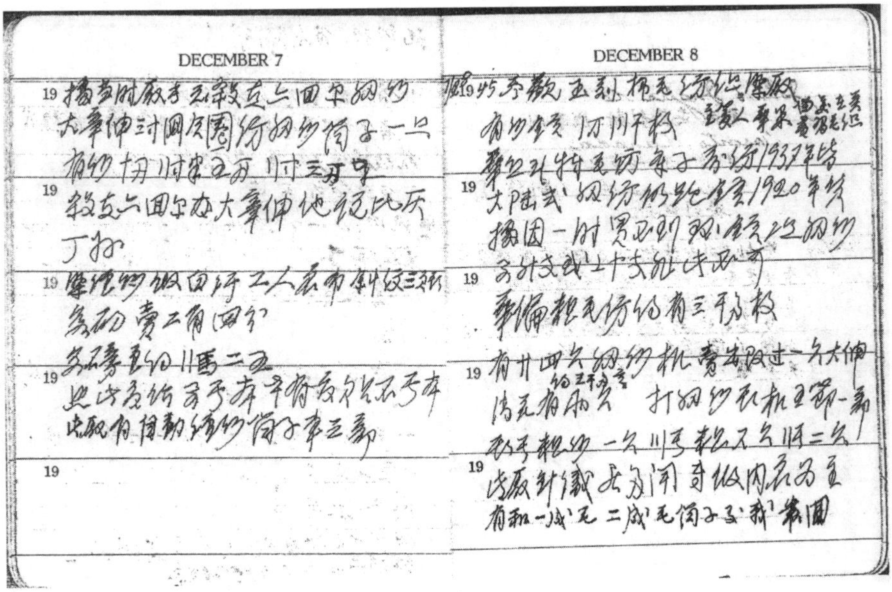
DECEMBER 7
DECEMBER 8

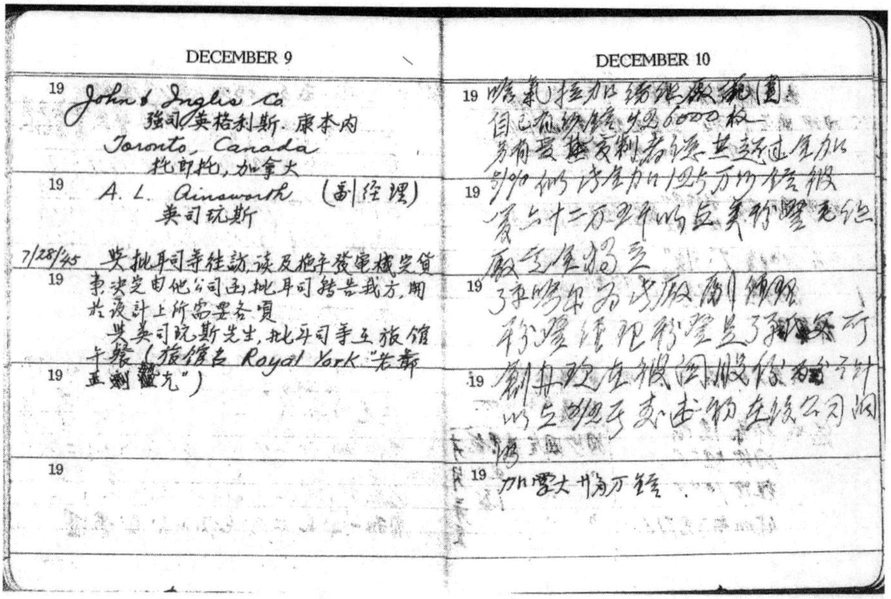

DECEMBER 9

John Inglis Co.
強司英格利斯·康本内
Toronto, Canada
托郎托，加拿大
A. L. Ainsworth (副经理)
奥司沅斯
7/28/45 与批耳司等往訪，談及柁平發電機定貨事，决定由他公司函批耳司轉告我方，關於設計上所需要各項
與奥司沅斯先生，批耳司等至旅館午餐（旅館名 Royal York "若[illegible]"）

DECEMBER 10

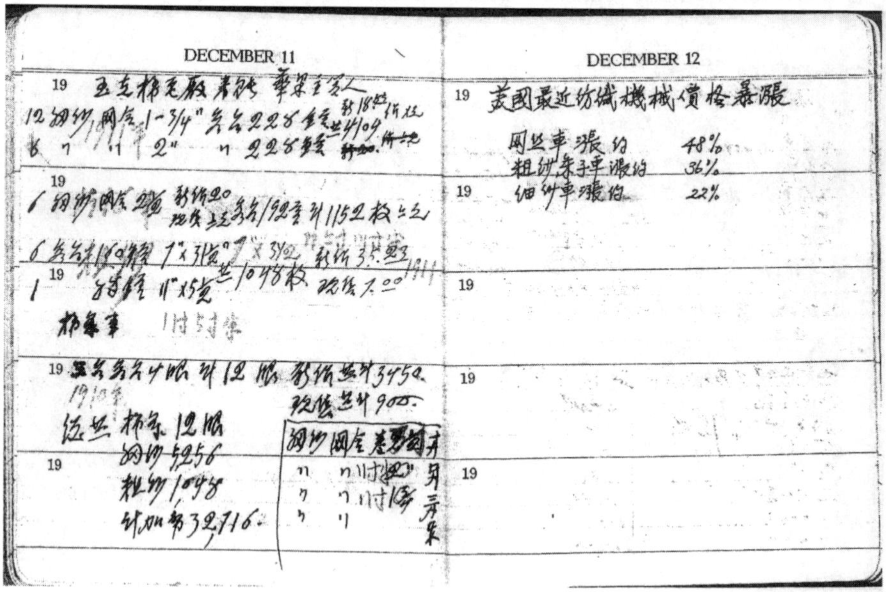

DECEMBER 11

DECEMBER 12

美國最近紡織機械價格暴漲
网丝車漲约 48%
粗纱条子車漲约 36%
细纱車漲约 22%

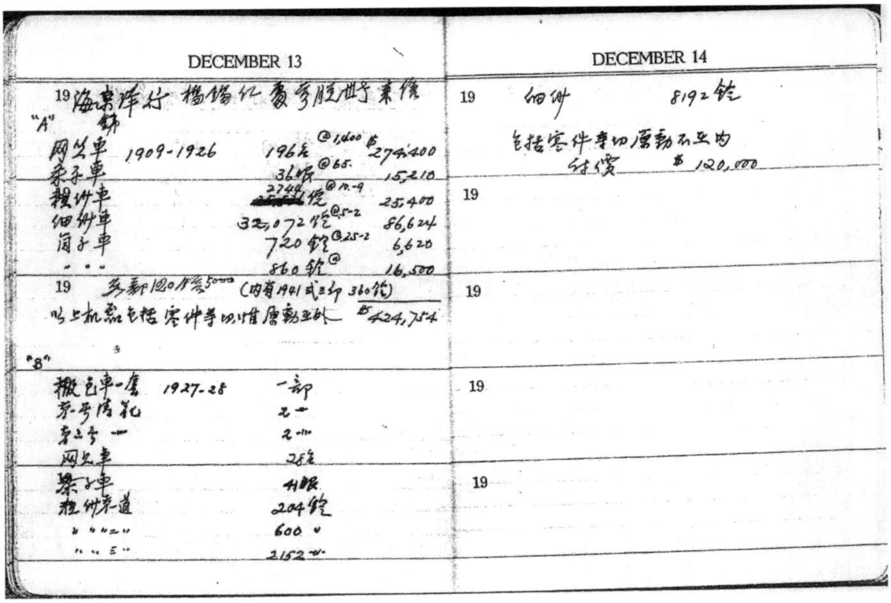
DECEMBER 13
19 海京洋行 杨锡仁 [illegible]
"A"
网子车 1909-1926 196台 @1,400 $274,400
条子车 36根 @65. 15,210
粗纱车 2744锭 @10-9 25,400
细纱车 32,072锭 @5-2 86,624
筒子车 720锭 @25-2 6,620
" " " 860锭 @ 16,500
19 [illegible] (内有1941式三部 360锭)
以上机器包括零件等 [illegible] 原动在外 $424,754
"B"
搬包车一套 1927-28 一部
[illegible]
网子车 28台
条子车 41根
粗纱车道 204锭
" " "二" 600 "
" " 三 " 2152 "
19
DECEMBER 14
19 细纱 8192锭
包括零件等 [illegible] 原动在内
付价 $120,000
19
19
19
19

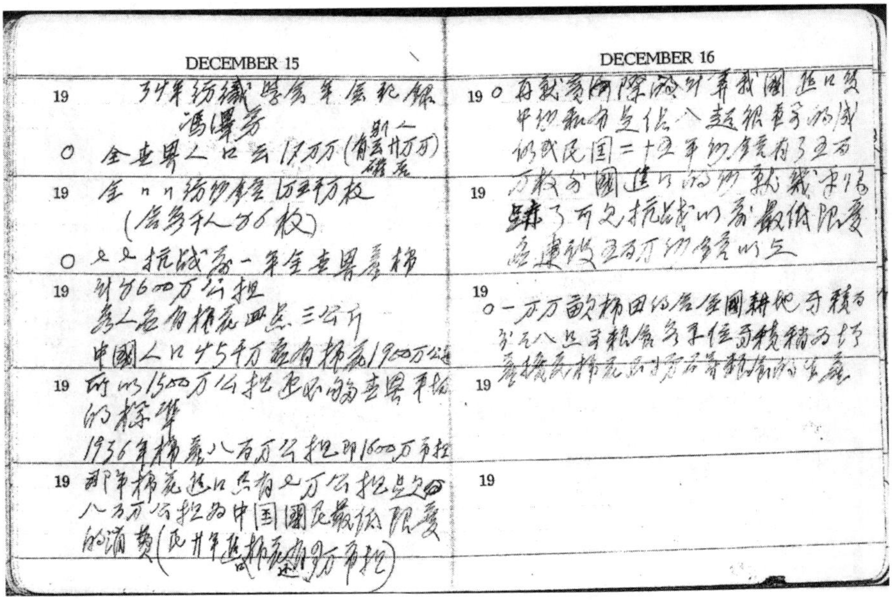
DECEMBER 15
19 34年纺织学会年会纪录
冯泽芳
○ 全世界人口 [illegible]
19 全 " " 纺纱 [illegible] 万枚
([illegible] 56枚)
○ [illegible] 抗战前一年全世界产棉
19 计5600万公担
每人每年棉花四点三公斤
中国人口45千万 [illegible] 棉花1900万公担
19 所以1500万公担还不够世界平均的标准
1936年棉产八百万公担即1600万市担
19 那年棉花进口 [illegible] 万公担 [illegible]
八百万公担为中国国民最低限度的消费 [illegible]
DECEMBER 16
19 ○ [illegible]
19
19 ○ 一万万亩棉田 [illegible]
19
19

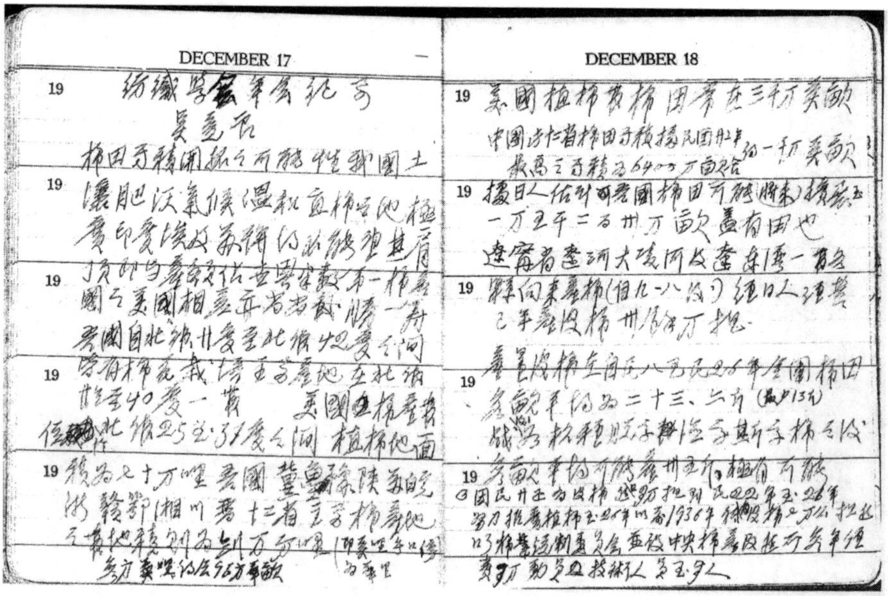
DECEMBER 17
DECEMBER 18

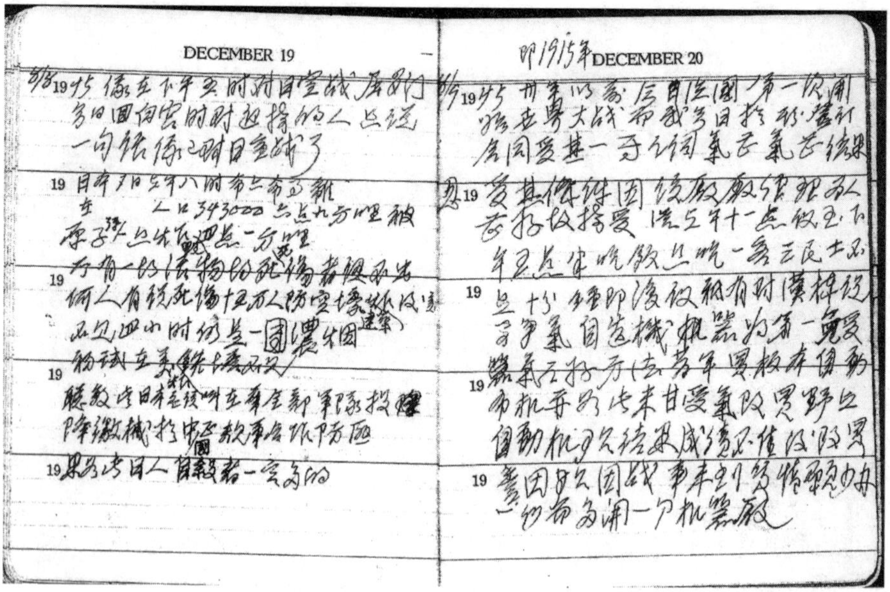
DECEMBER 19
DECEMBER 20

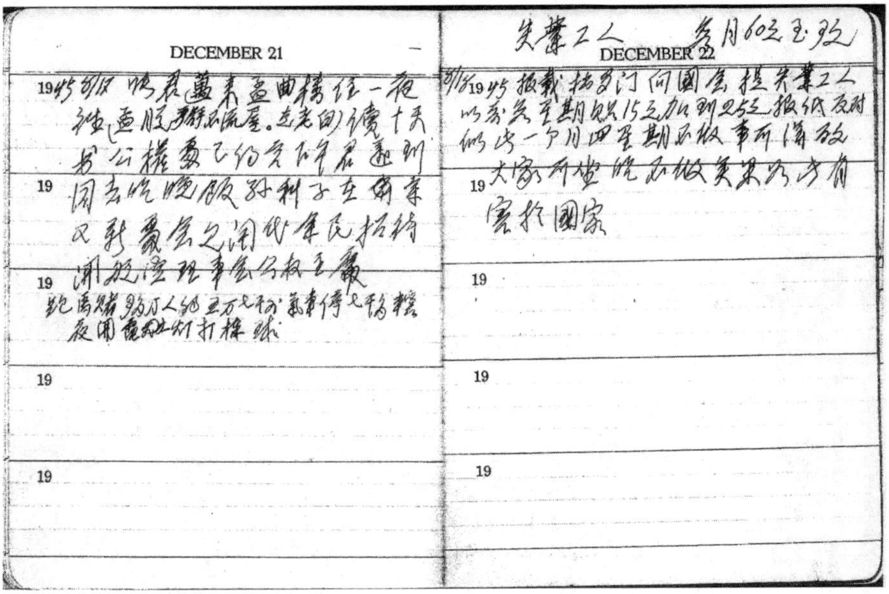
DECEMBER 21
DECEMBER 22

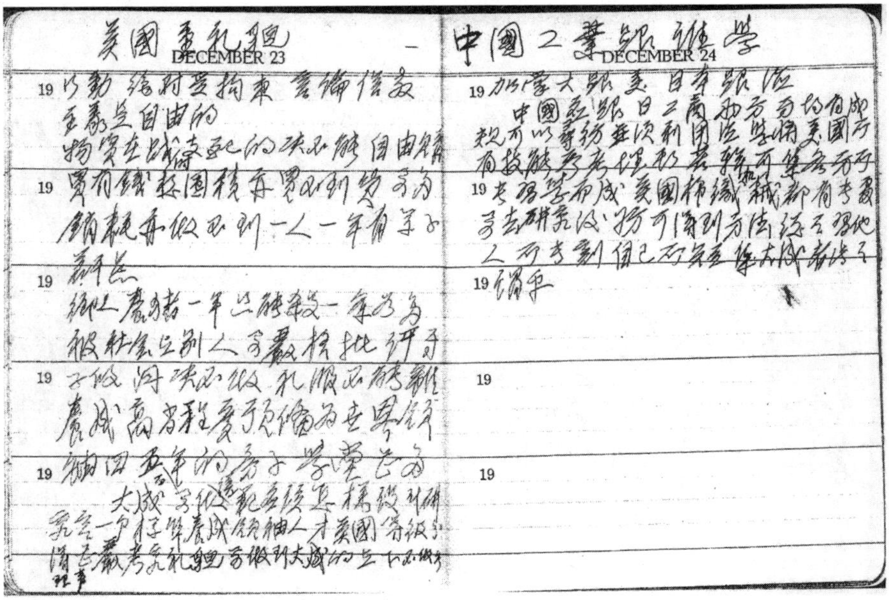
DECEMBER 23
DECEMBER 24

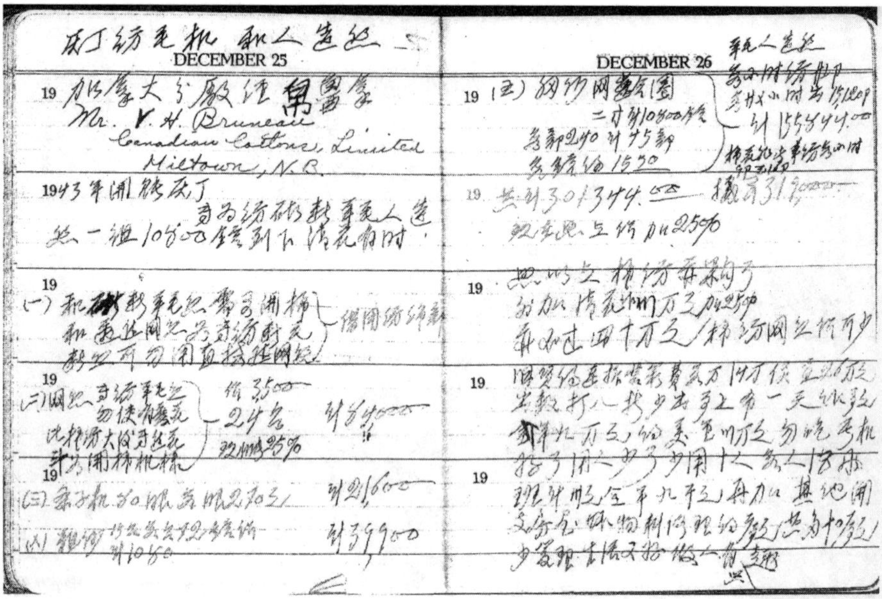
DECEMBER 25

Mr. V. H. Bruneau
Canadian Cottons, Limited
Miltown, N.B.

DECEMBER 26

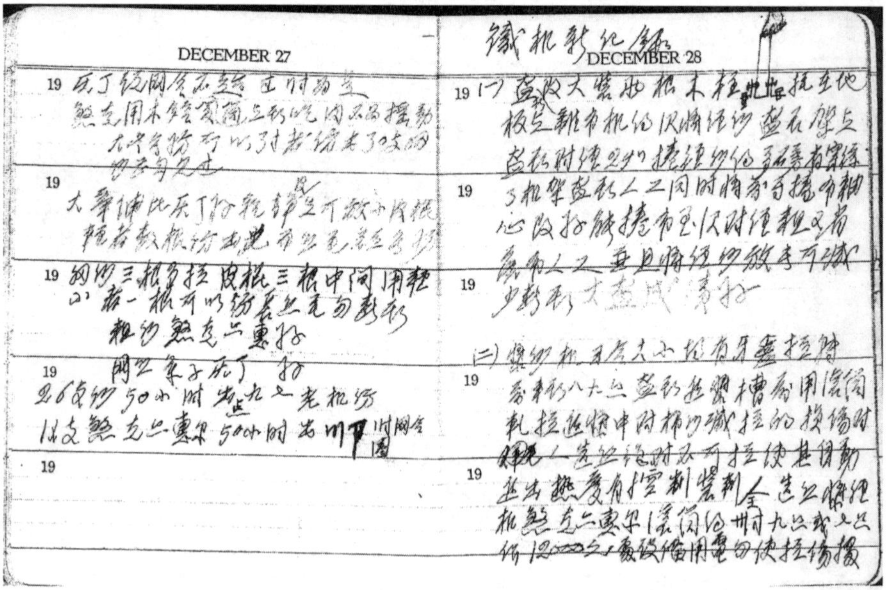
DECEMBER 27

DECEMBER 28

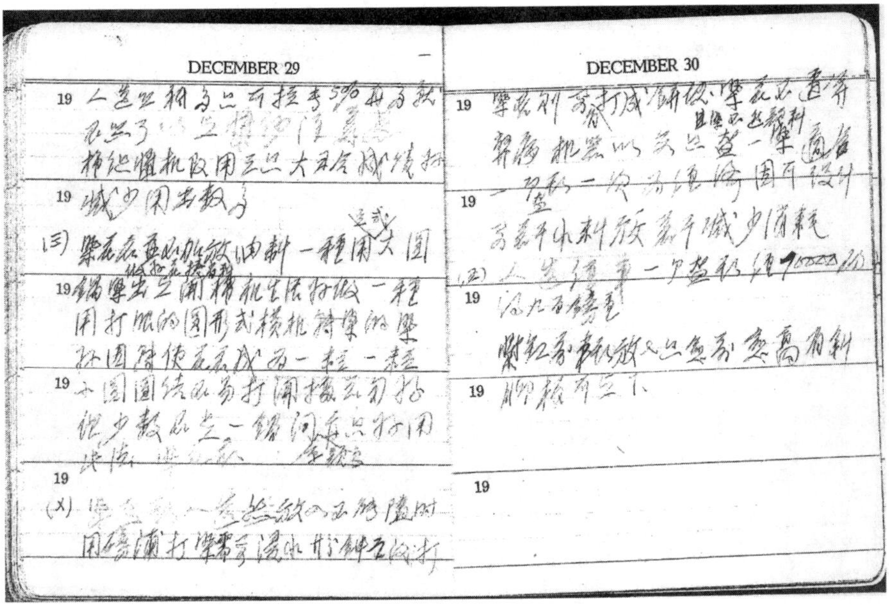
DECEMBER 29

DECEMBER 30

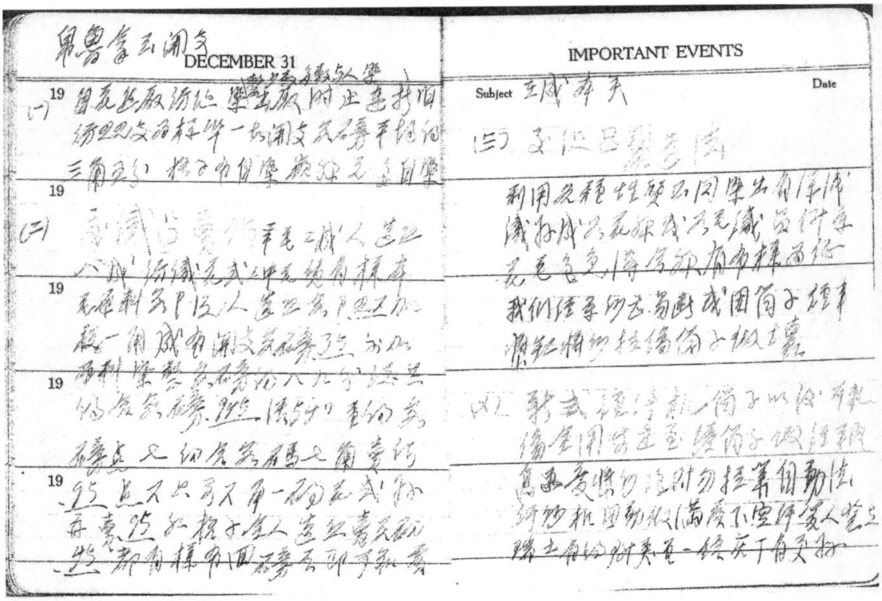
DECEMBER 31

IMPORTANT EVENTS

Subject　Date

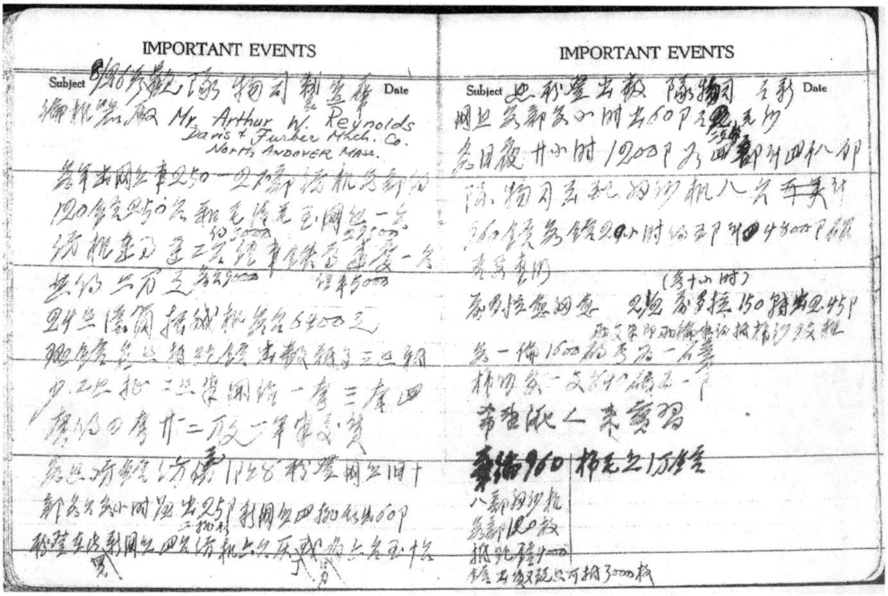
IMPORTANT EVENTS

Subject Date

Mr. Arthur W. Reynolds
Davis & Furber Mach. Co.
North Andover Mass.

IMPORTANT EVENTS

Subject Date

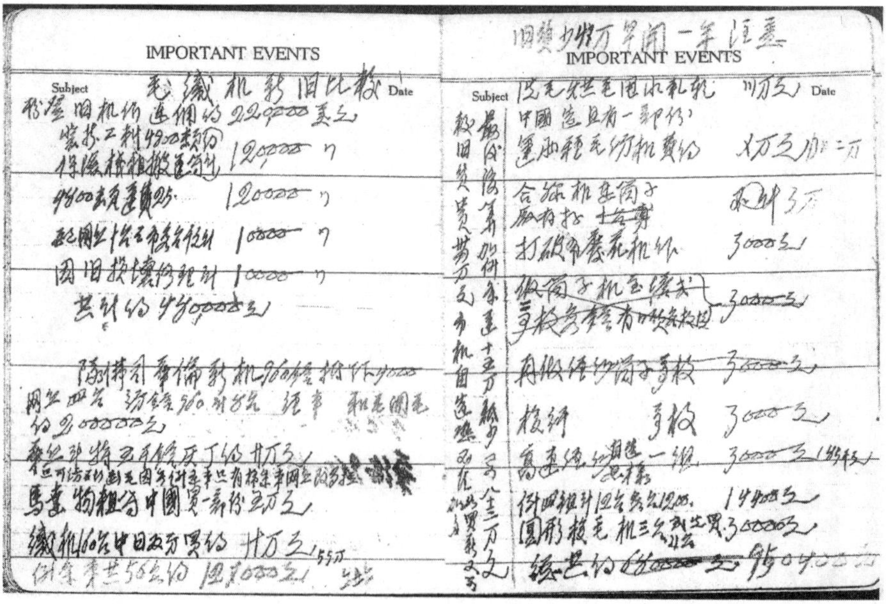
IMPORTANT EVENTS

Subject 毛織机新旧比較 Date

IMPORTANT EVENTS

Subject Date

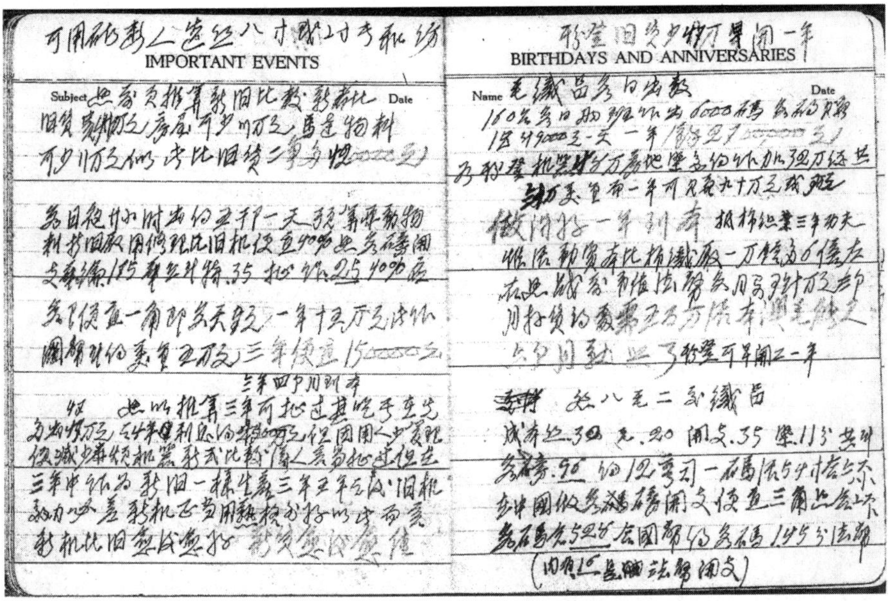
IMPORTANT EVENTS

Subject Date

BIRTHDAYS AND ANNIVERSARIES

Name Date

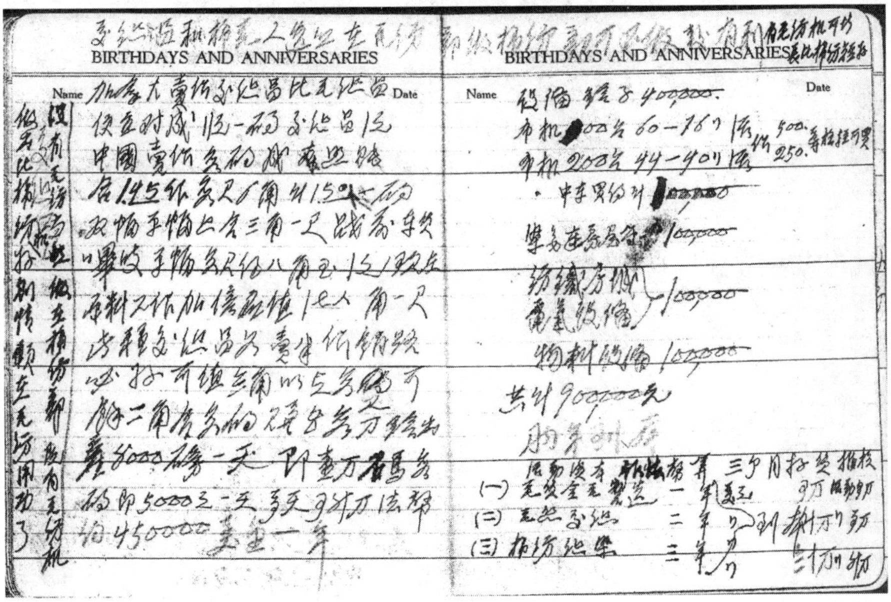
BIRTHDAYS AND ANNIVERSARIES

Name Date

BIRTHDAYS AND ANNIVERSARIES

Name Date

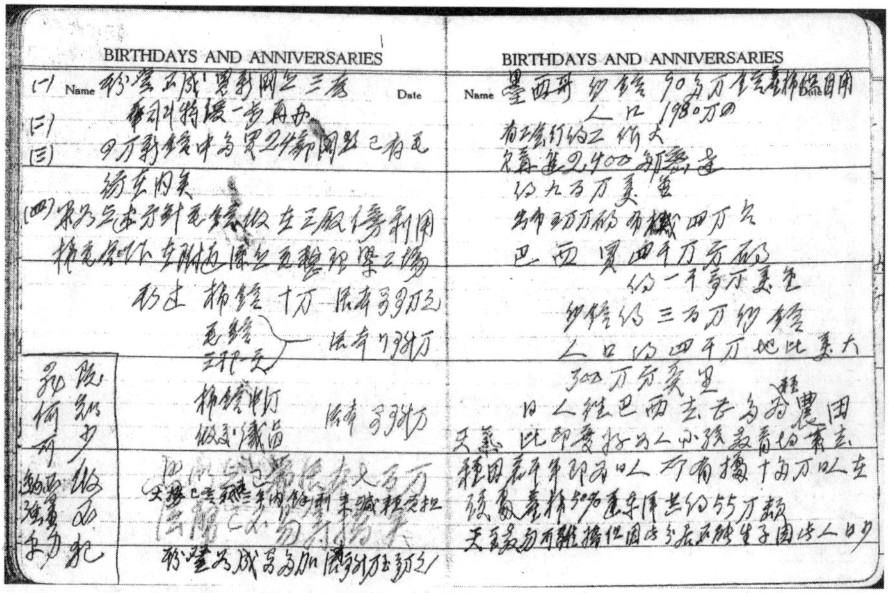
BIRTHDAYS AND ANNIVERSARIES

Name Date

BIRTHDAYS AND ANNIVERSARIES

Name

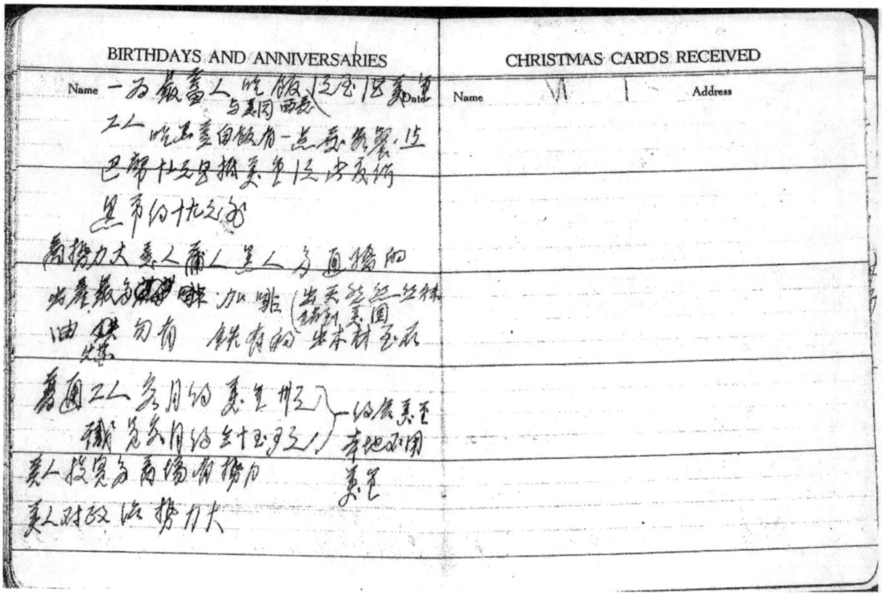
BIRTHDAYS AND ANNIVERSARIES

Name Date

CHRISTMAS CARDS RECEIVED

Name Address

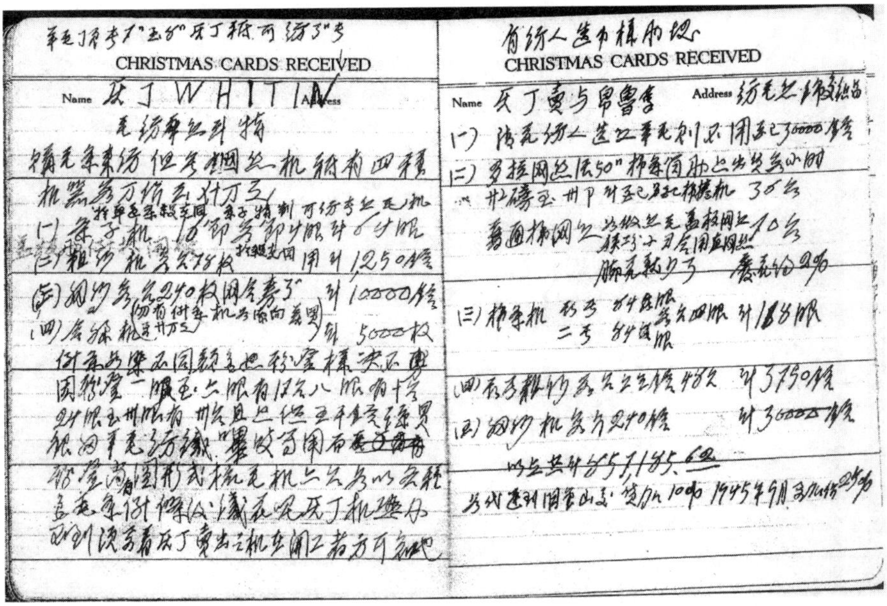

CHRISTMAS CARDS RECEIVED

Name　WHITIN　Address

CHRISTMAS CARDS RECEIVED

Name　Address

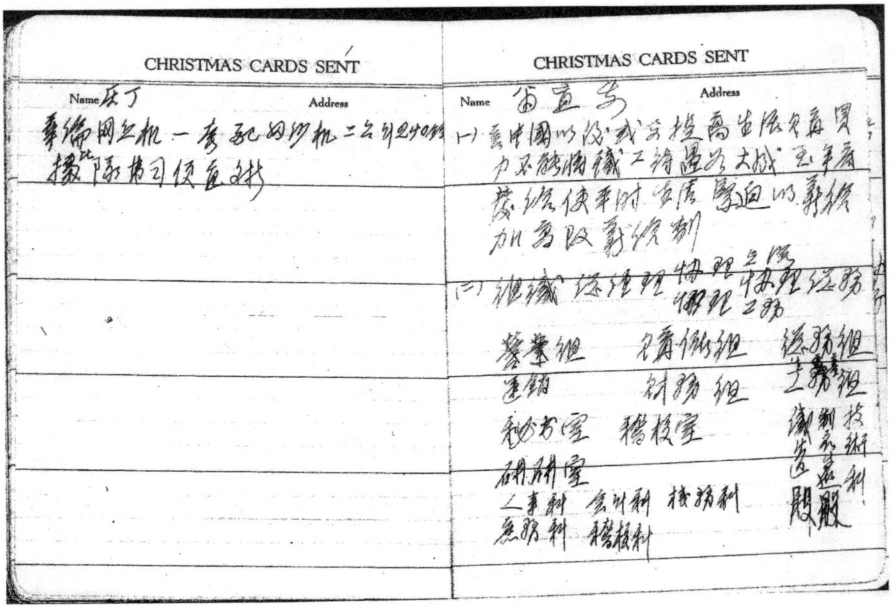

CHRISTMAS CARDS SENT

Name　Address

CHRISTMAS CARDS SENT

Name　Address

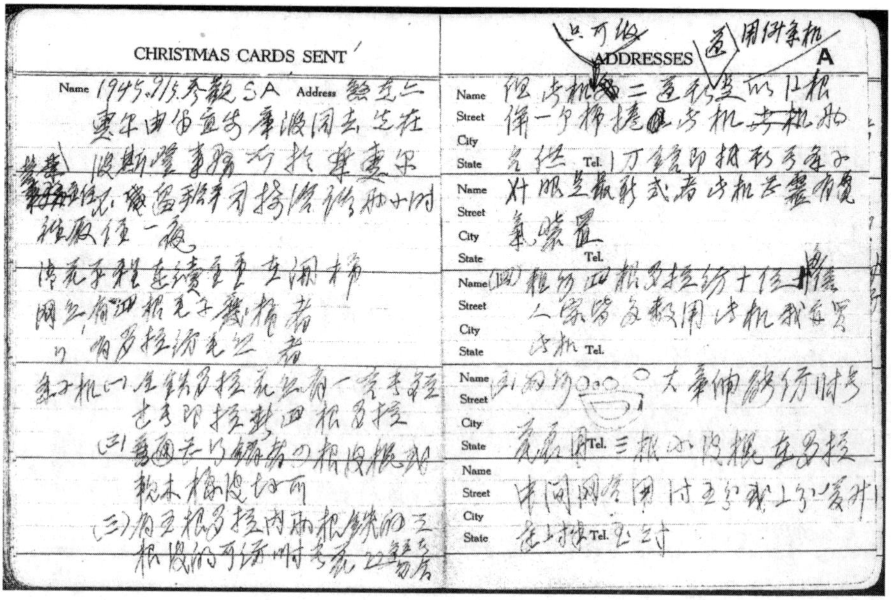
CHRISTMAS CARDS SENT
ADDRESSES
A

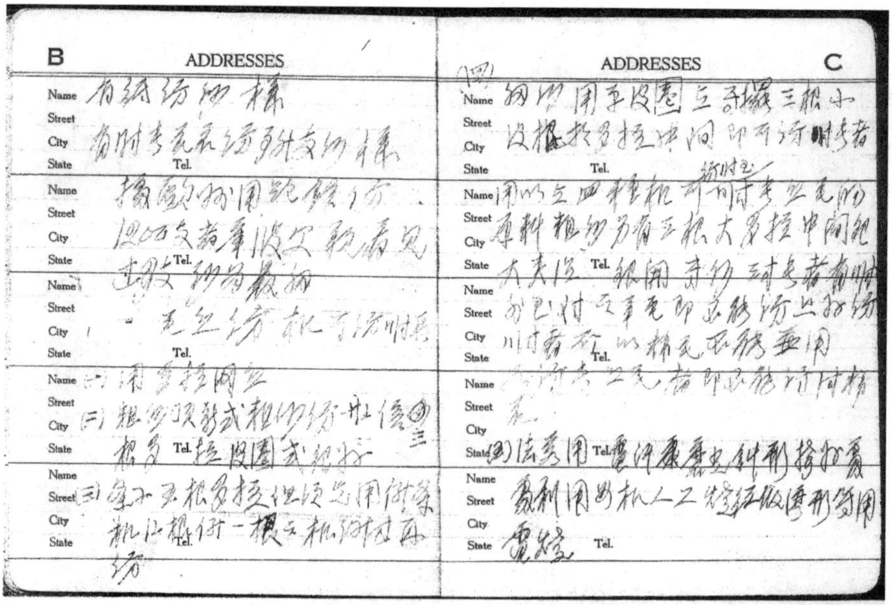
B
ADDRESSES
ADDRESSES
C

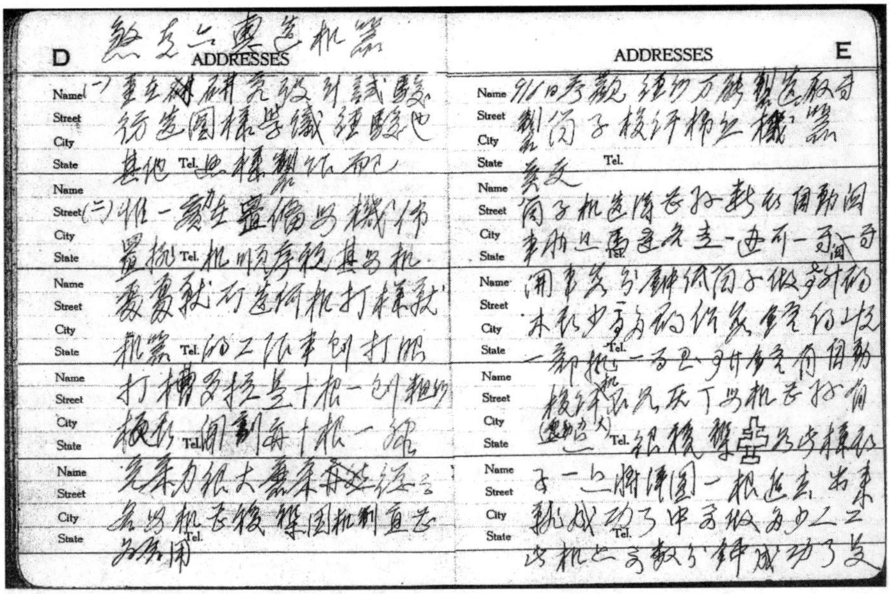

D ADDRESSES

ADDRESSES E

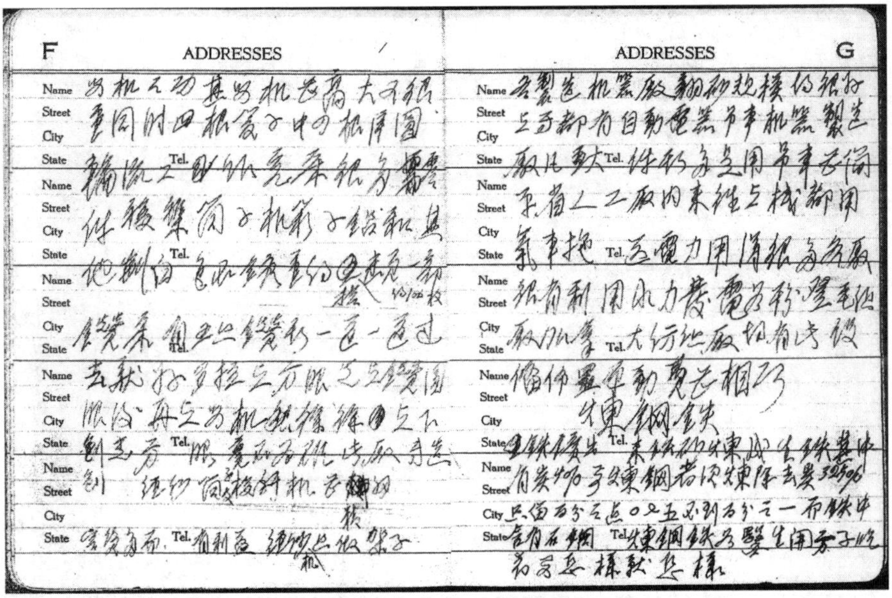

F ADDRESSES

ADDRESSES G

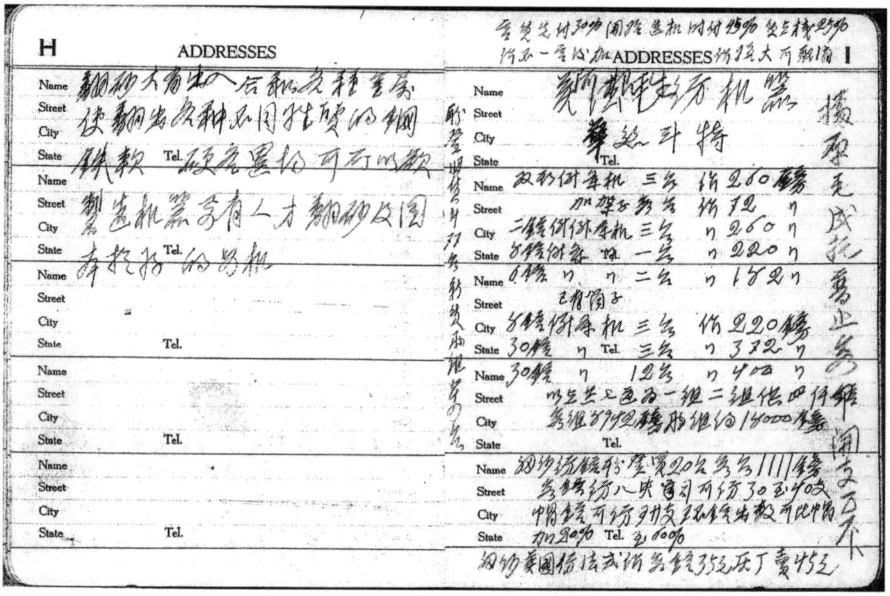

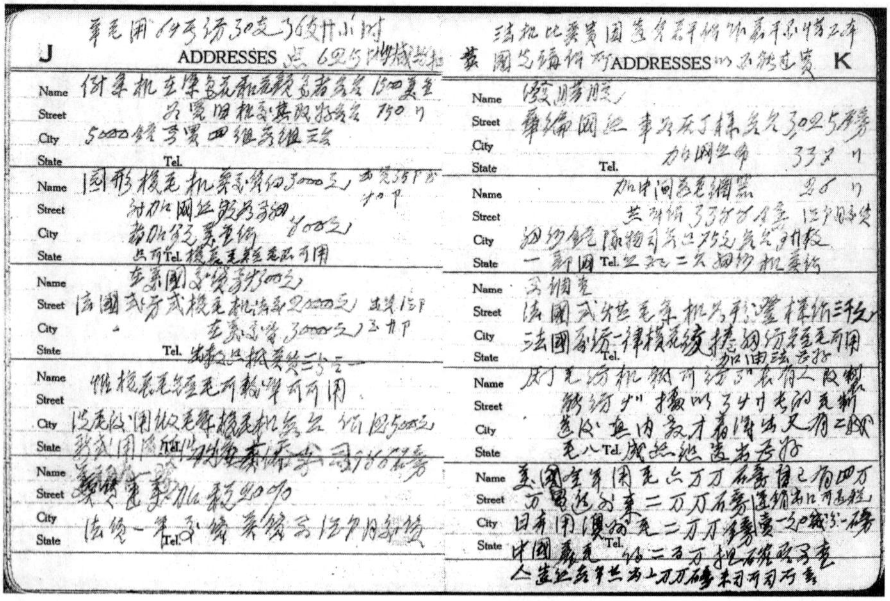

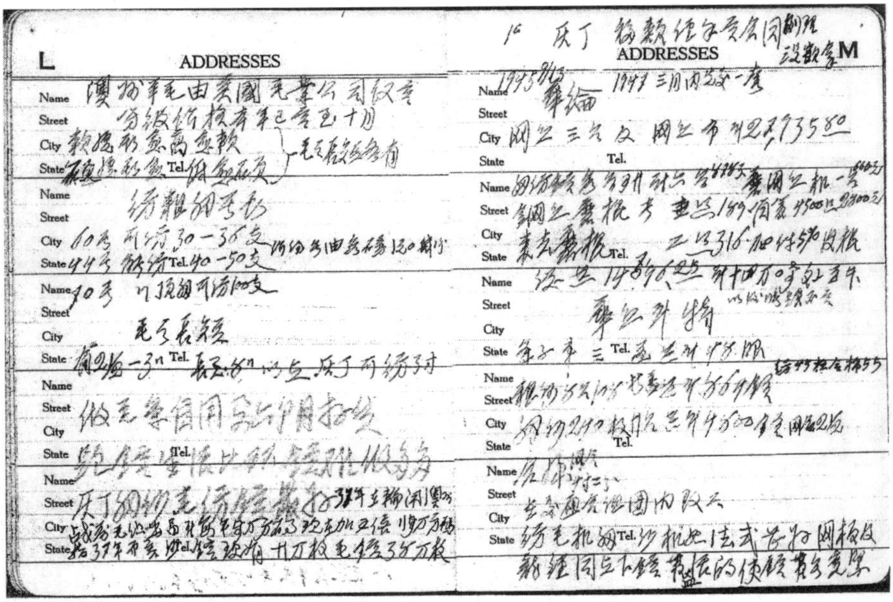
L
ADDRESSES
ADDRESSES
M

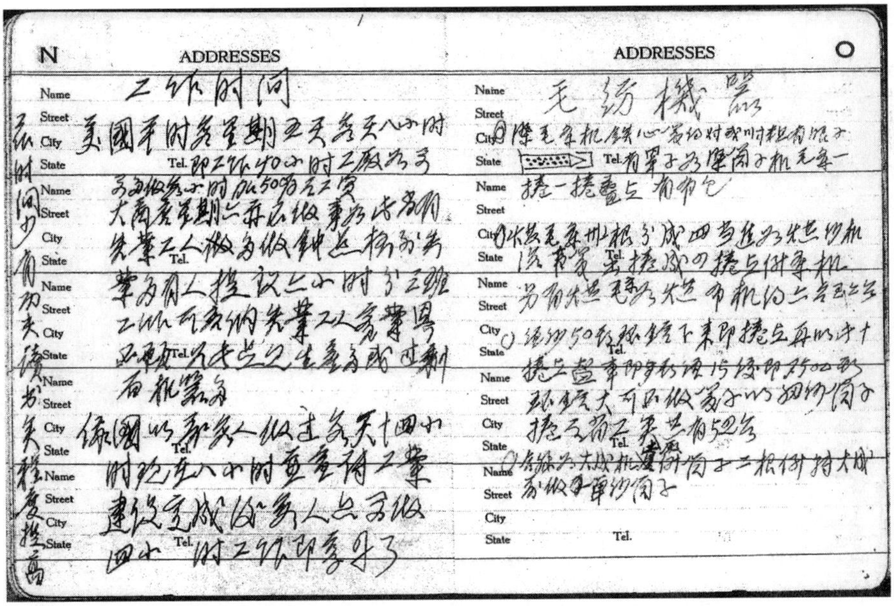
N
ADDRESSES
工作时间
ADDRESSES
O
毛纺機器

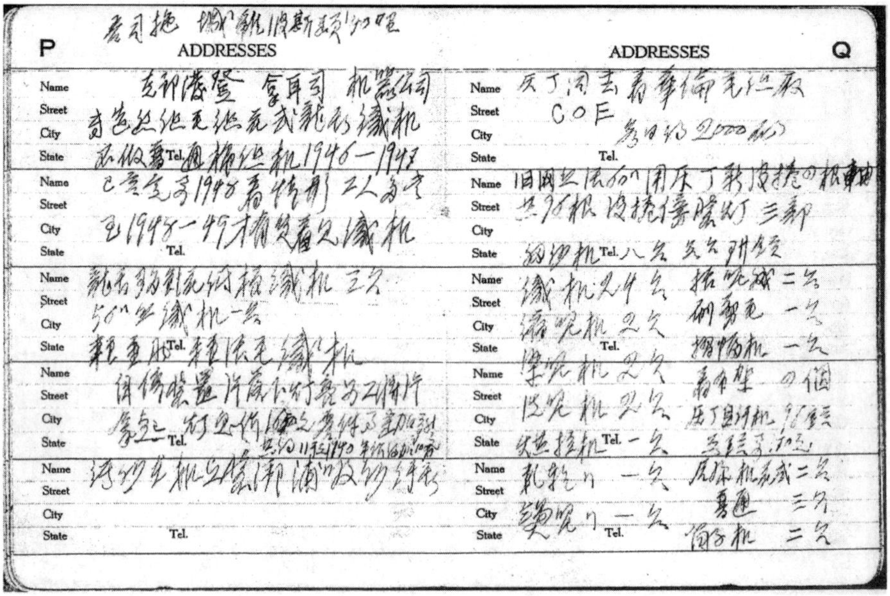
P
ADDRESSES
ADDRESSES
Q
COE

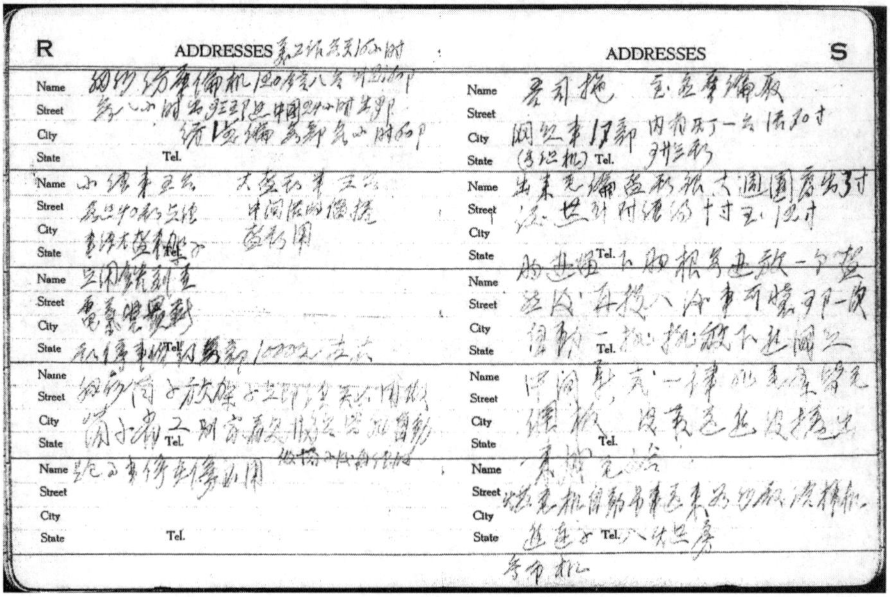
R
ADDRESSES
ADDRESSES
S

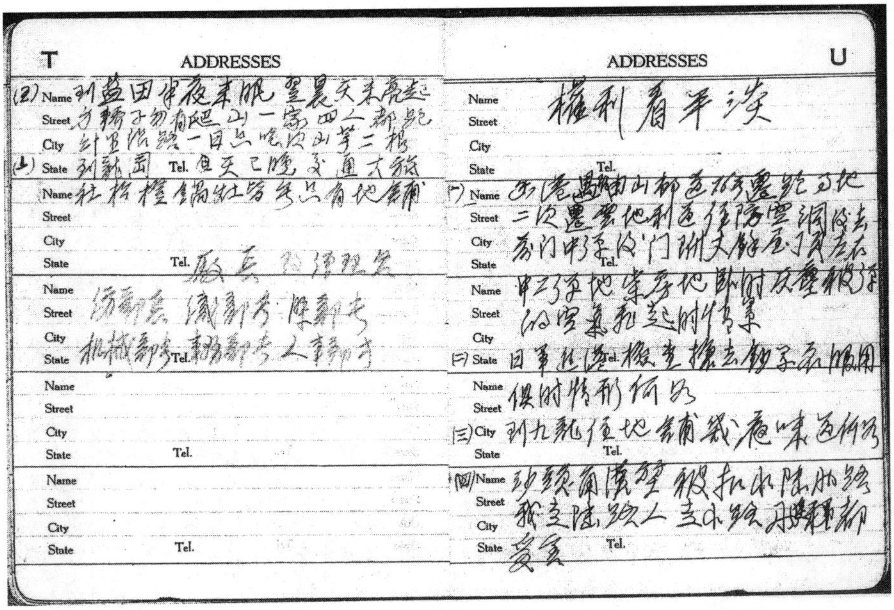
T ADDRESSES

ADDRESSES U

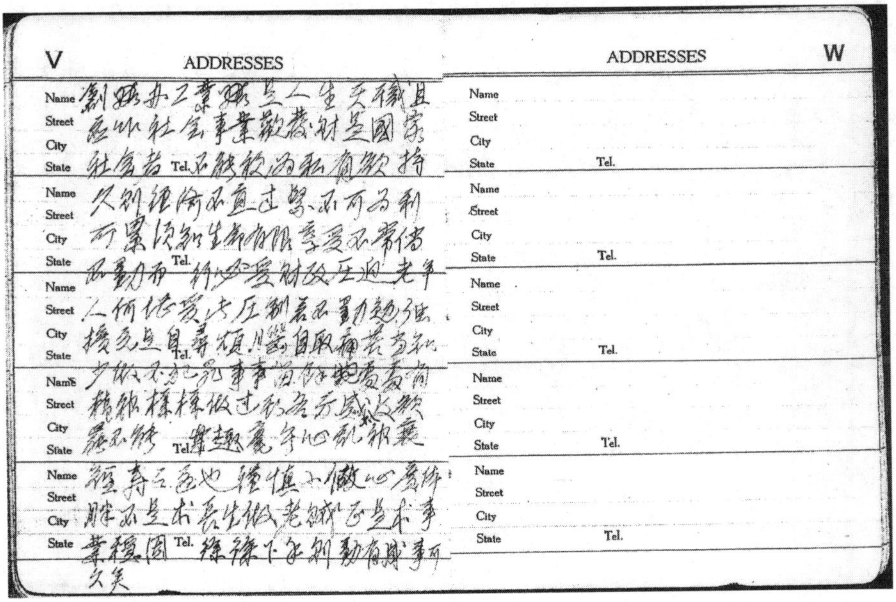
V ADDRESSES

ADDRESSES W

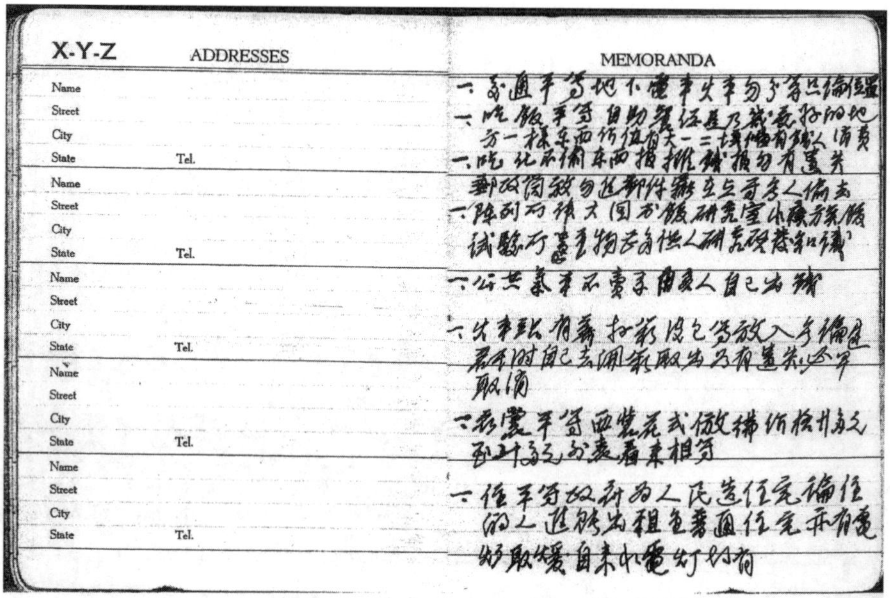
X-Y-Z ADDRESSES

Name
Street
City
State Tel.
Name
Street
City
State Tel.
Name
Street
City
State Tel.
Name
Street
City
State Tel.
Name
Street
City
State Tel.

MEMORANDA

[illegible]

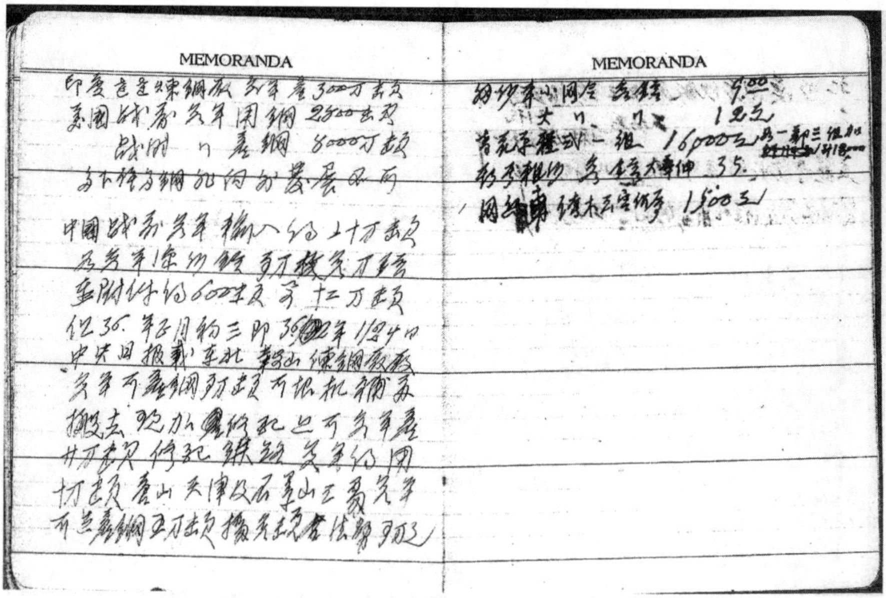
MEMORANDA

[illegible]

MEMORANDA

[illegible]

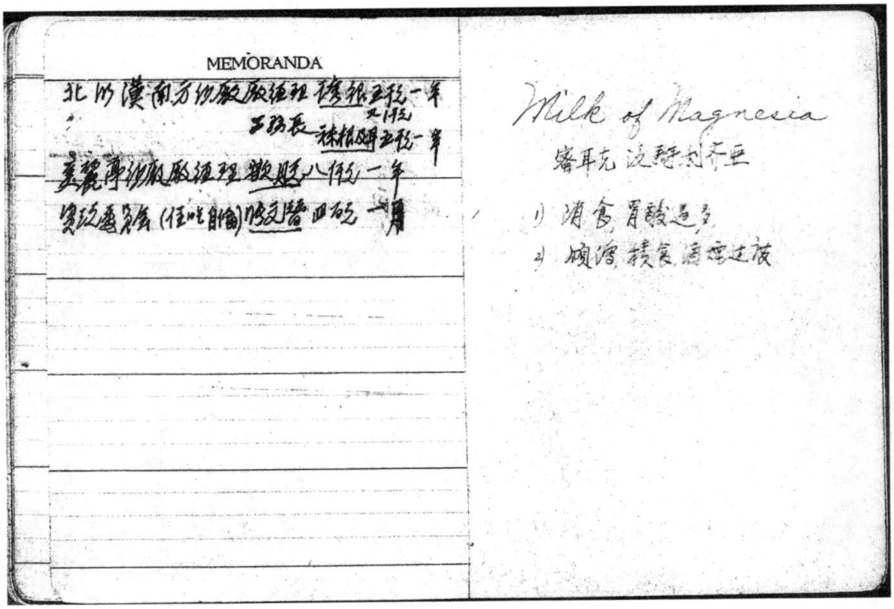

MEMORANDA

北洋漢南分紗廠廠經理 [illegible] 五[illegible]一年
又[illegible]
工務長 [illegible] 五[illegible]一年
[illegible]紗廠廠經理 [illegible] 八仟元 一年
[illegible] (住吃自備) [illegible] 四百元 一月

Milk of Magnesia
[illegible]耳克 [illegible]
1) 消食 胃酸過多
2) [illegible] [illegible]

1945年第2部

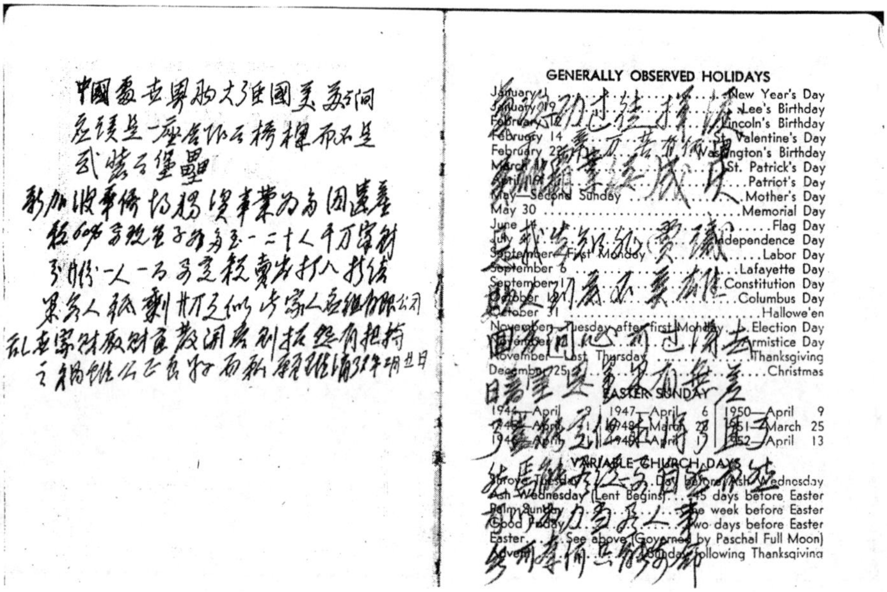

中國處在世界兩大強國美蘇之間 應該是一座溝通之橋樑而不是武裝之堡壘

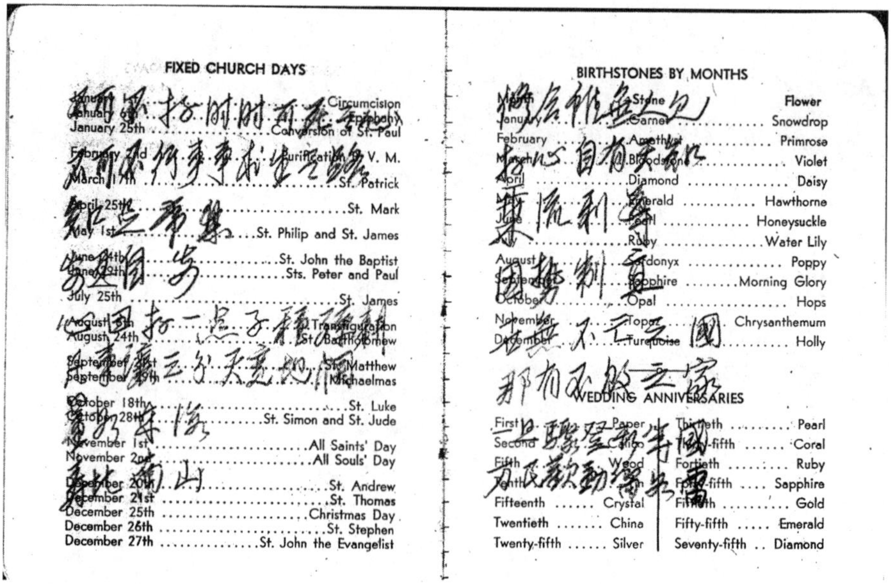

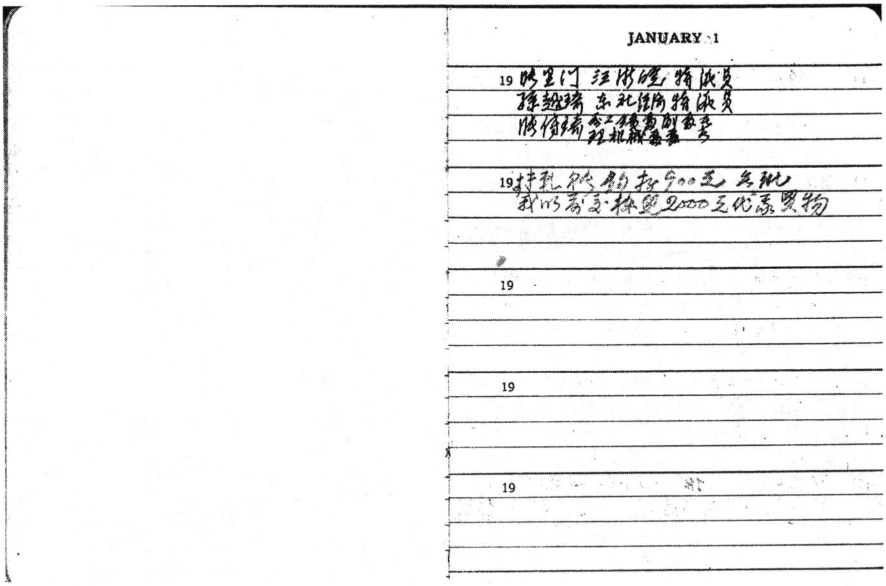
JANUARY 1
19
19
19
19
19

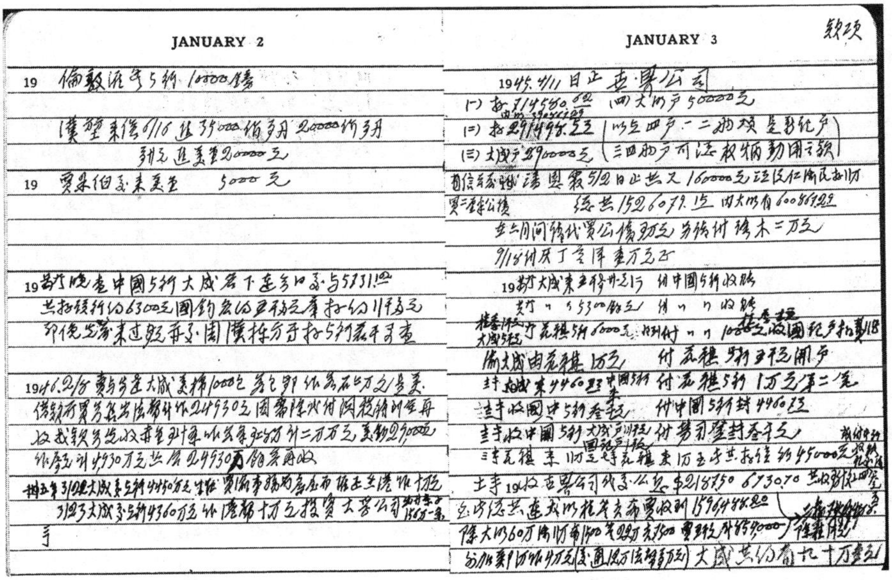
JANUARY 2
19
19
19
JANUARY 3
款项
1945.4/11 日止
19

JANUARY 4

19 照来经美金列下

成记 760261.81 備数 10000镑

广益 46000元 美金33/11月29止计1566元

荣记 220000 34.6/16止 计 400元

19 去记 3500 申成美记 计 1500元

大亨记 1500 申新记 计 200元

共计 1035261.81 共计3666元值美金150000元 [illegible]

大約约 6000000元

19 总共计 1805261.81 [illegible]

照 [illegible] 有 [illegible] 106193.35

34年7.20 [illegible] 20000元 [illegible] 5000元

[illegible] 共计 864948. [illegible] 4万

19 [illegible]

([illegible]) [illegible] 206、[illegible]

[illegible]

19

JANUARY 5 欽玖

19 房地產

[illegible] 25年卅万 现值 [illegible]

[illegible] 60万 值 [illegible]

19 [illegible] 64万 〃 [illegible]

[illegible] 〃 十万

[illegible] 〃 [illegible]

[illegible] 〃 十万

19 [illegible] 2000万九畝 〃 卅万

[illegible] 〃 卅万

[illegible] 5000畝 〃 [illegible]

[illegible] 〃 [illegible]

19 [illegible] 〃 [illegible]

公園路 卅万

[illegible] 〃 1万

〃 [illegible] 〃 [illegible]

19 [illegible] 〃 十万

总共 1390000元

JANUARY 6

19 [illegible] 220000 [illegible] 22万

[illegible] $100000 付 〃 1万

[illegible] $60000 付 〃 [illegible]

[illegible] 付 〃 [illegible]

19 [illegible] 13000 付 〃 13000

19

19

19

JANUARY 7 [illegible]

1945.9/24 在纽约公園 [illegible]

[illegible]

一批 [illegible]

[illegible]

公 [illegible] 19 [illegible] 中国 [illegible]

中国 [illegible]

[illegible]

[illegible]

[illegible] 19 订契约可也

[illegible] 1946年以内 [illegible]

[illegible] 二万 [illegible] 1947年 [illegible]

[illegible]

[illegible] 19 [illegible]

[illegible]

[illegible]

[illegible]

[illegible]

[illegible]

[illegible] 164,02605 [illegible]

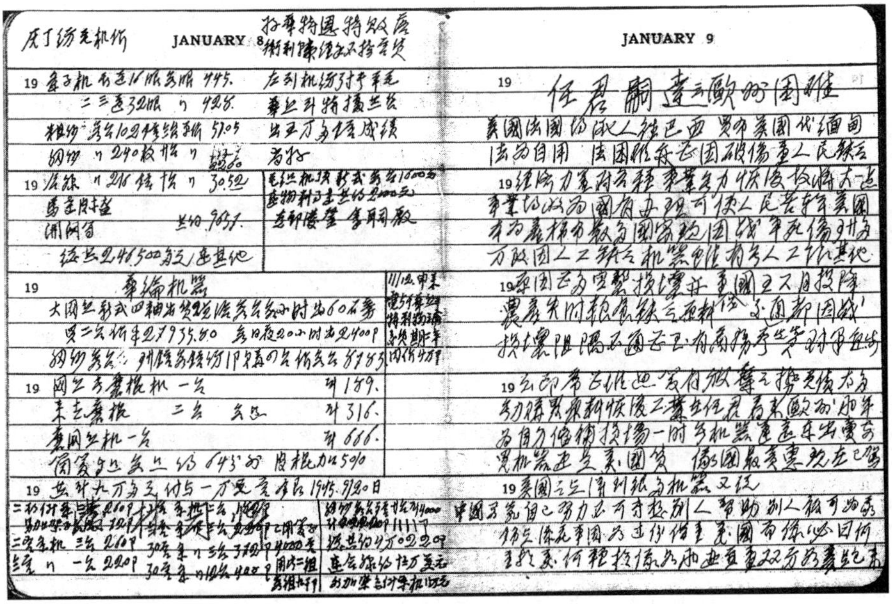
JANUARY 8
JANUARY 9

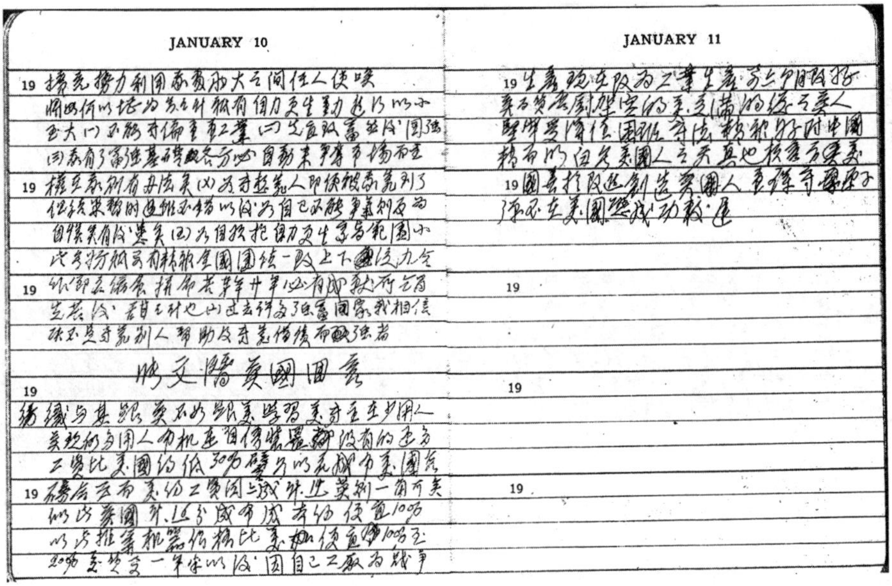
JANUARY 10
JANUARY 11

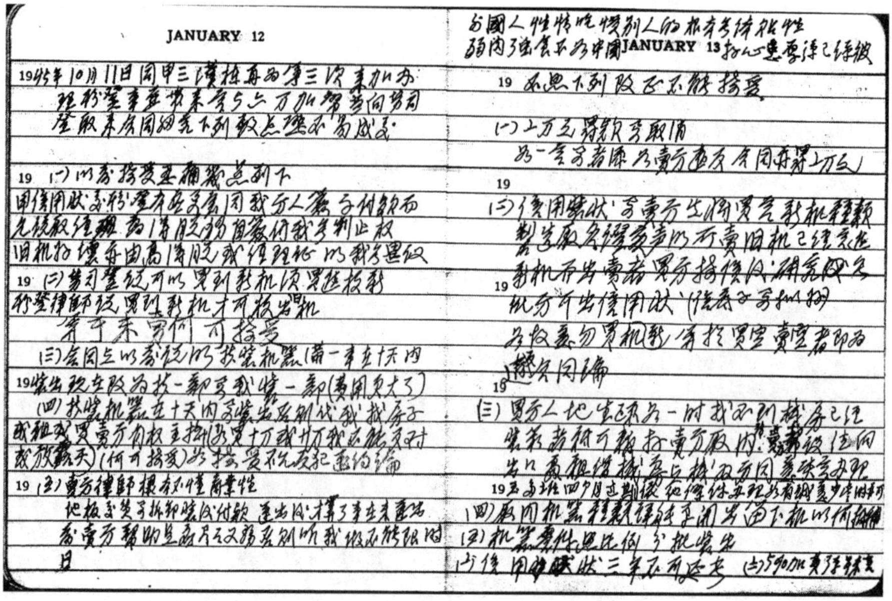
JANUARY 12

JANUARY 13

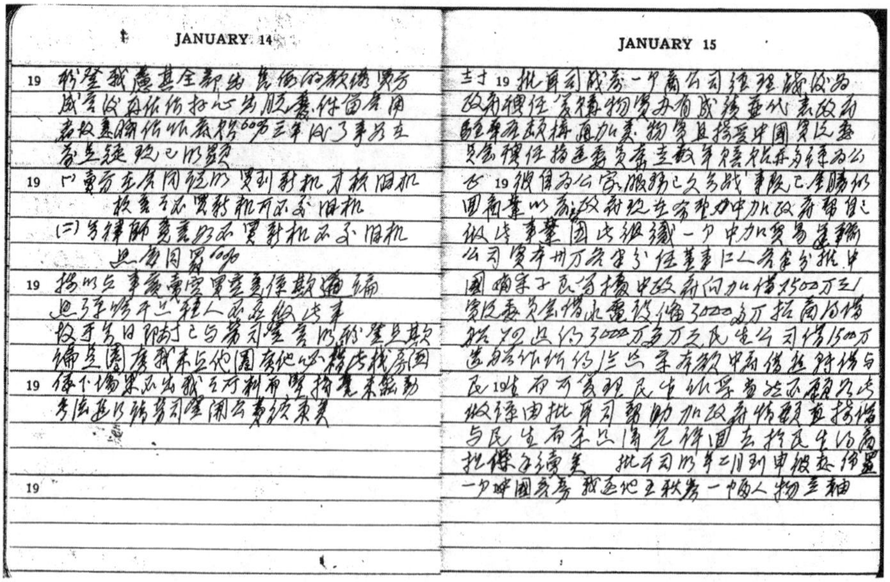
JANUARY 14

JANUARY 15

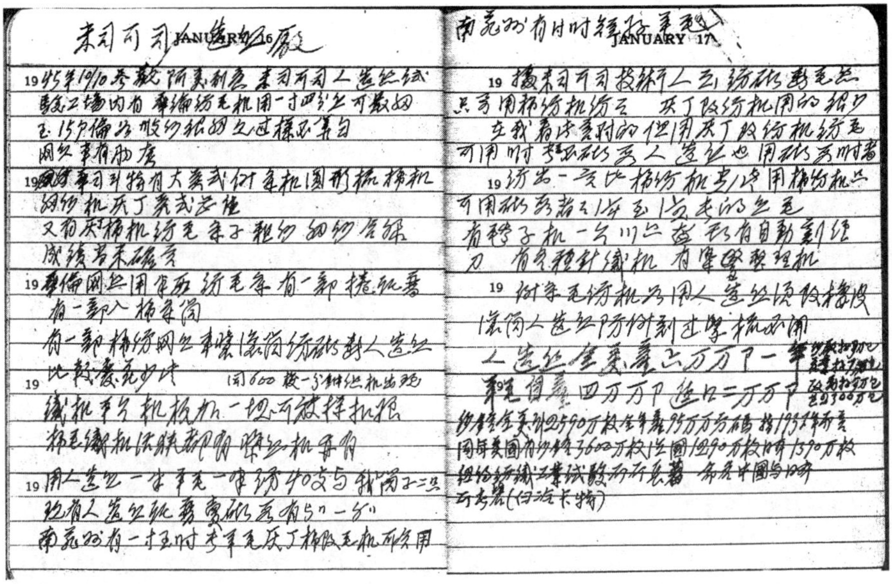
JANUARY 16
JANUARY 17

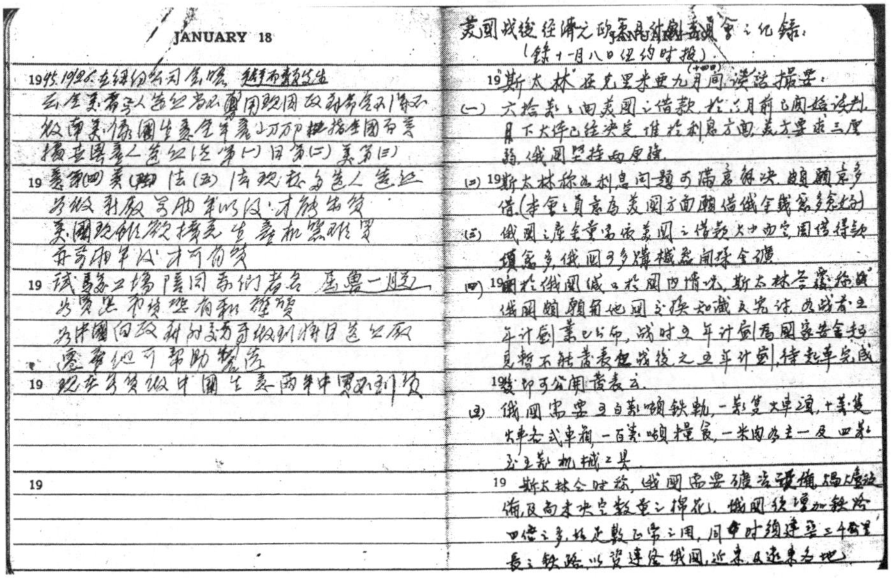
JANUARY 18

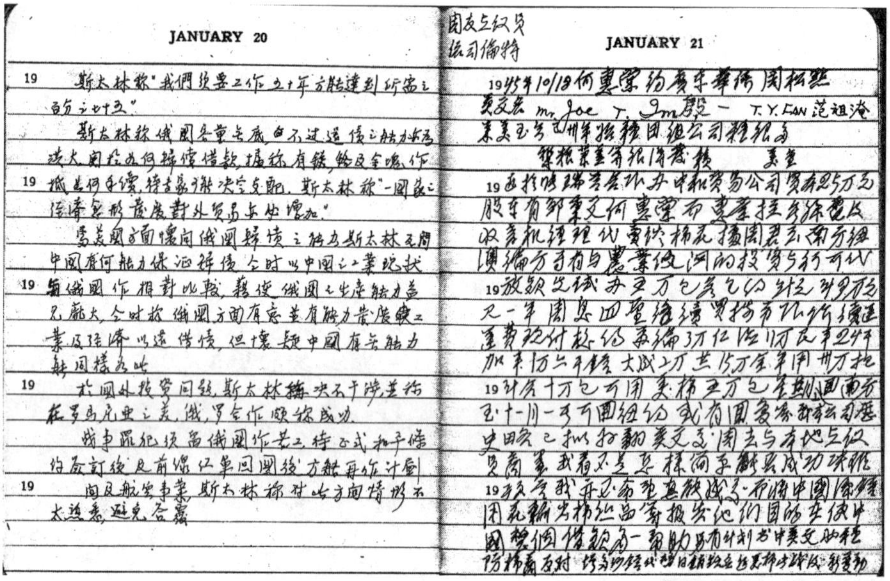
JANUARY 20

斯太林称"我們须要工作五十年方能達到所需之百分之七十五。"

斯太林称俄国尽量生產，但不过還債之能力如何還大問題。如何歸償借款，據称有錢，餘及金塊，作抵。如何歸償，待专家可能决定支配。斯太林称"一國家之經濟無形發展對外贸易亦必增加。"

當美國方面懷向俄國歸債之能力，斯太林反問中國有何能力保证歸债，今时以中國之工業現狀與俄國作相對比較，藉使俄國之生產能力益見龐大。今时於俄國方面有意並有能力發展其工業及經濟，以還借債，但懷疑中國有無能力能同樣為此。

於國外投資問题，斯太林称决不干涉，並称在罗马尼亚之美、俄、罗合作頗称成功。

战事罪犯须留俄國作苦工，待正式和平條约簽訂後及前線紅軍回國後，方能再作计劃。

問及航空事業，斯太林称對此方面情形不太熟悉，避免答覆。

JANUARY 21

周友之仅负
依司偏特

1945年10/18何[illegible]约[illegible]
[illegible] Mr. Joe T. Im[illegible] T. Y. Fan 范祖淹
[illegible]
[illegible]

[illegible]

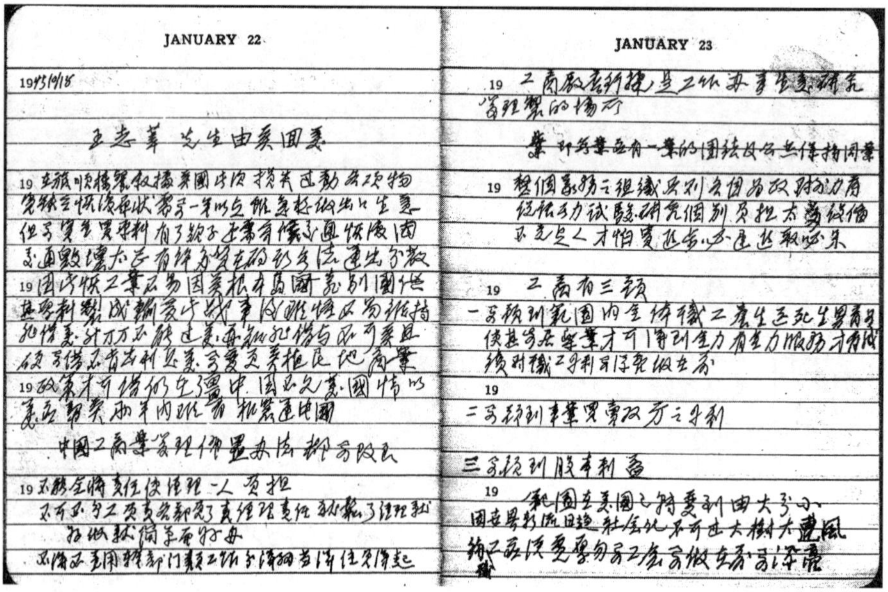
JANUARY 22

1945/10/18

王志莘先生由美國来

[illegible]

中國工商業管理側重于[illegible]

不能全將责任使經理一人負担
[illegible]
[illegible]
[illegible]

JANUARY 23

工商[illegible]是工作[illegible]研究管理製的場所

[illegible]

整個業務之組織[illegible]
[illegible]
[illegible]

工商有三類

一[illegible]
[illegible]
[illegible]

二[illegible]

三[illegible]股本利益

[illegible]
[illegible]
[illegible]

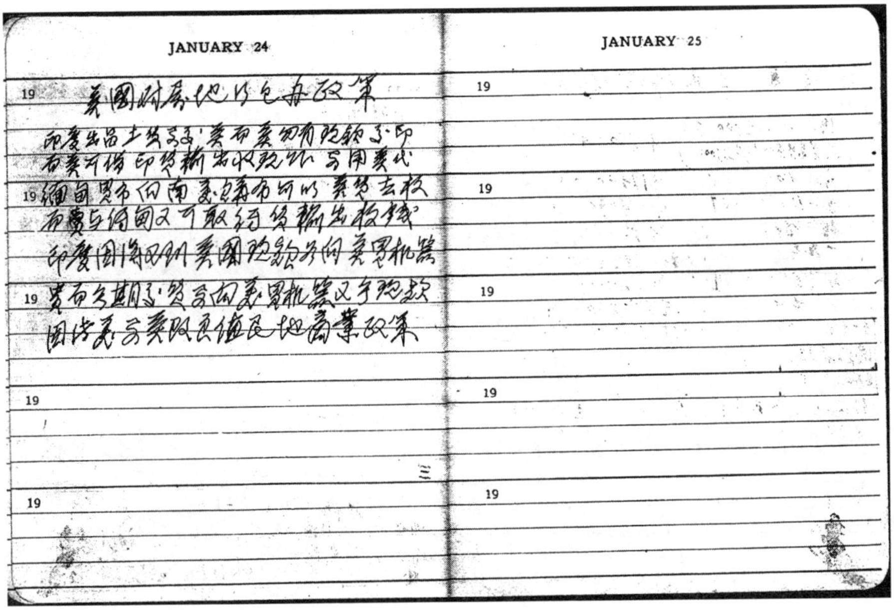
JANUARY 24
JANUARY 25

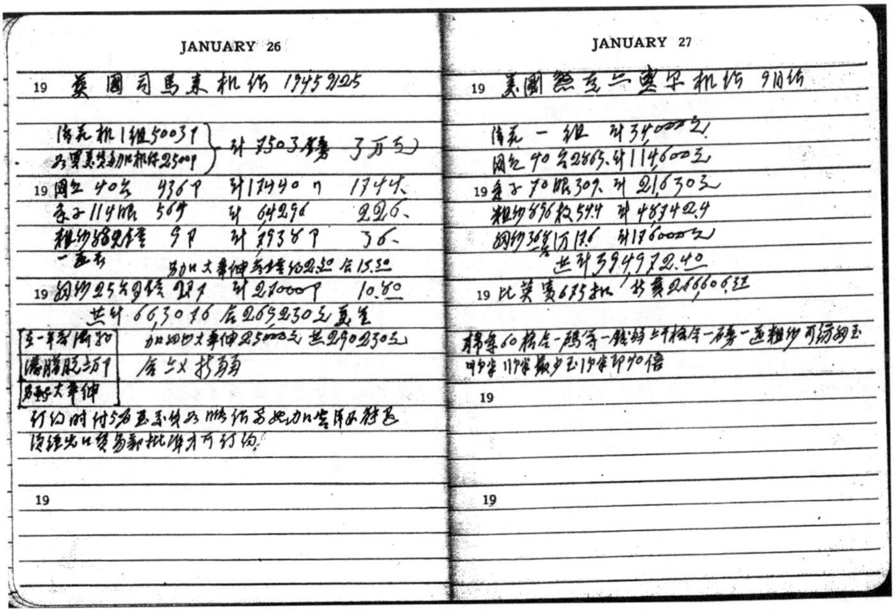
JANUARY 26
JANUARY 27

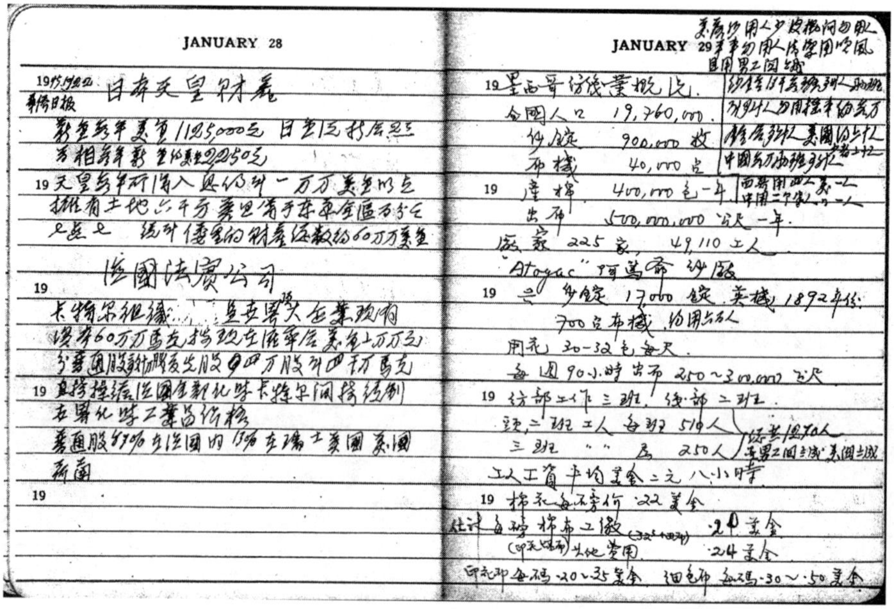

JANUARY 28

1945.1[illegible] 华侨日报 日本天皇财产

[illegible]每年支出1125,000元 日金[illegible]

[illegible]每年[illegible]2250元

19 天皇每年所得入息约计一万万美金以上

拥有土地六千方英里[illegible]

[illegible] 统计倭皇的财产总数约60万万美金

德国法宾公司

19

卡特尔组织 是世界最大企业机构

资本60万万马克，据说在德国者美金六万万元

分普通股和特殊股 四万股 计四千万马克

19 直接控制德国全部化学卡特尔间接统制

世界化学工业与价格

普通股87% 在德国内 13%在瑞士美国英国荷兰

19

JANUARY 29

19 墨西哥纺织业概况.

全国人口 19,760,000.

纱锭 900,000 枚

布机 40,000 台

19 产棉 400,000 包一年

出布 500,000,000 公尺一年.

厂家 225 家，49,110 工人.

"Atoyac" 阿笃雅 纱厂

19 二 纱锭 17,000 锭 英机 1892年份

700台布机，约用六百人

用花 30-32 包每天.

每周 90小时 出布 250~300,000 公尺

19 纺部工作三班，织部二班.

头二班工人每班 510人

三班 " " 各 250人

工人工资平均美金二元 八小时.

19 棉花每磅价 .22 美金

估计每磅棉布工缴 .24 美金

(印花[illegible])其他费用 .24 美金

印花布每码 .20~.35 美金 细色布每码 .30~.50 美金

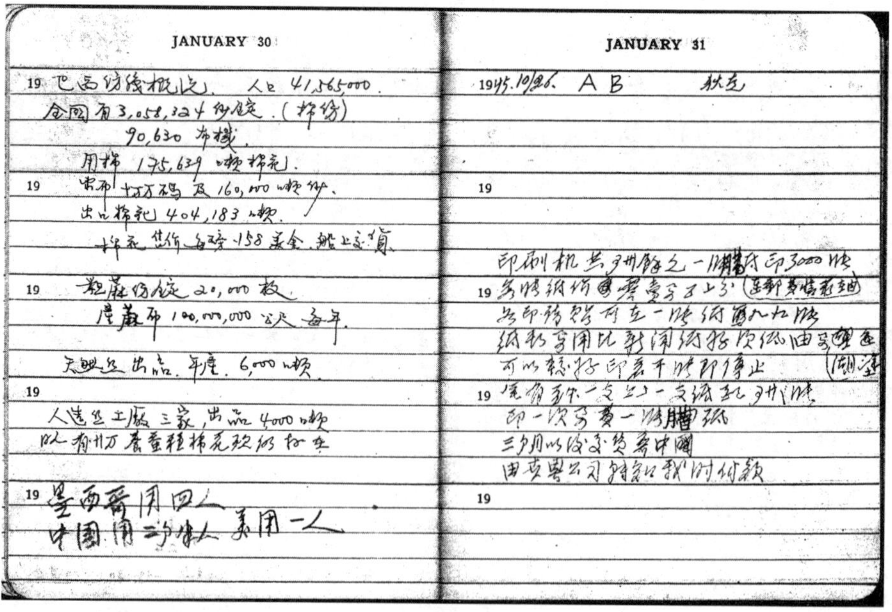

JANUARY 30

19 巴西纺织概况. 人口 41,565,000.

全国有3,058,324纱锭.(棉纺)

90,630 布机.

用棉 175,639 吨棉花.

19 出布 十万万码 及 160,000 吨纱.

出口棉花 404,183 吨.

棉花售价每磅 .158 美金. 船上交货.

19 黄麻纺锭 20,000 枚.

产麻布 100,000,000 公尺 每年.

天然丝出品 年产 6,000 吨

19

人造丝工厂三家，出品 4000 吨

以前有卅万[illegible]种棉花[illegible]

19 墨西哥用四人

中国用二十多人 美用一人

JANUARY 31

1945.10/26. A B [illegible]

19

印刷机共卅余万一小时可印3000张

19 每张纸价需要[illegible](运费[illegible])

每印稿好可在一小时付印九十张

纸张需用比新闻纸稍厚纸 由[illegible]

可以随时印若干张即停止

19 [illegible]

印一次需费一小时[illegible]纸

三个月以后交货寄中国

由美国公司转知我们付款

19

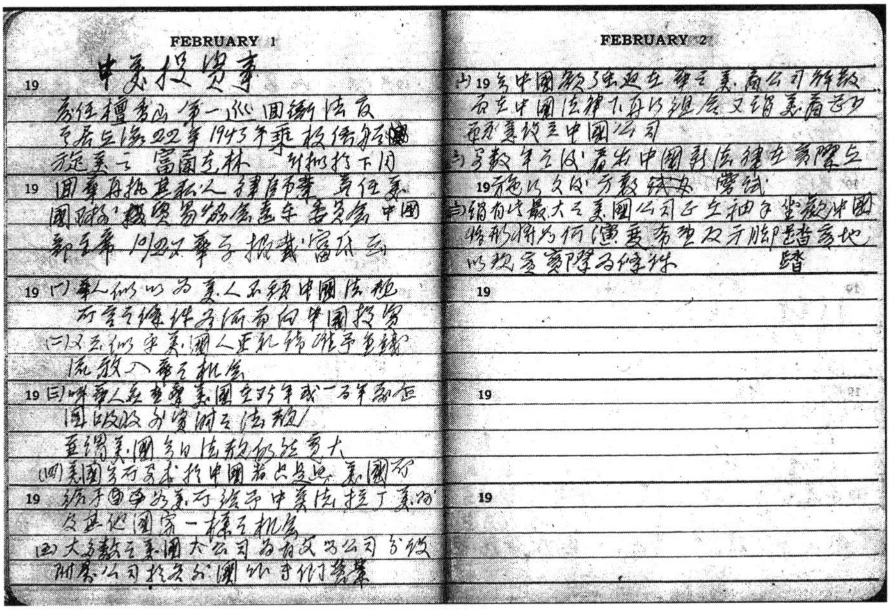
FEBRUARY 1
FEBRUARY 2

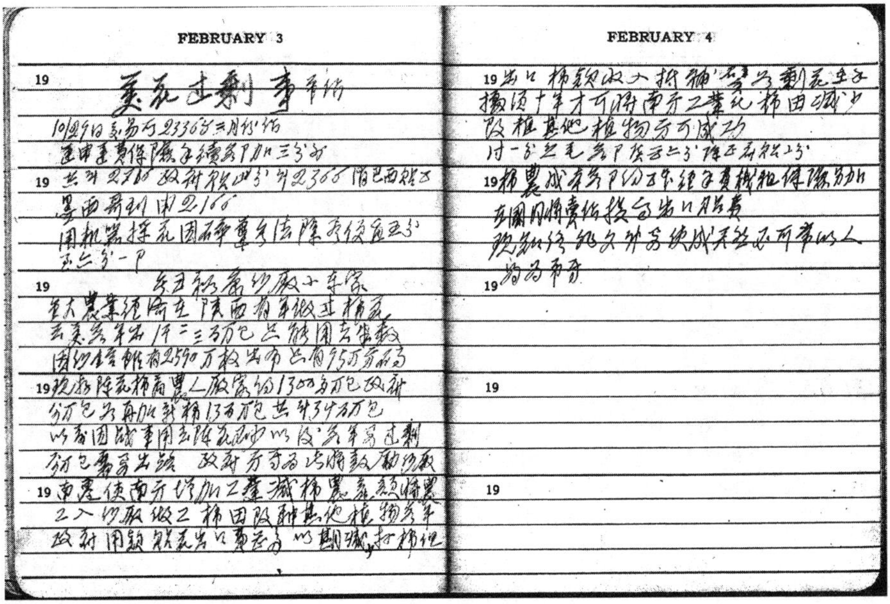
FEBRUARY 3
FEBRUARY 4

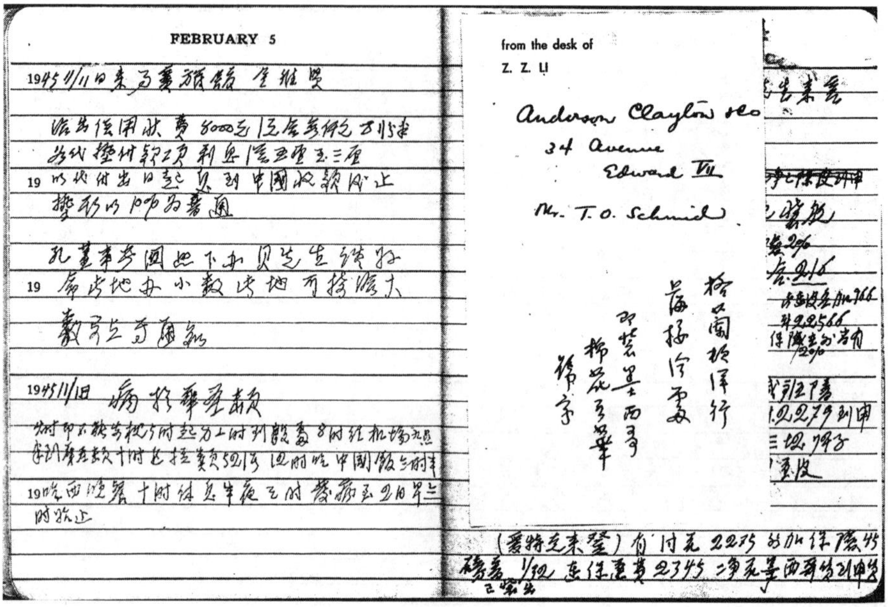
FEBRUARY 5

from the desk of
Z. Z. LI

Anderson Clayton Co
34 Avenue
Edward VII

Mr. T. O. Schmid

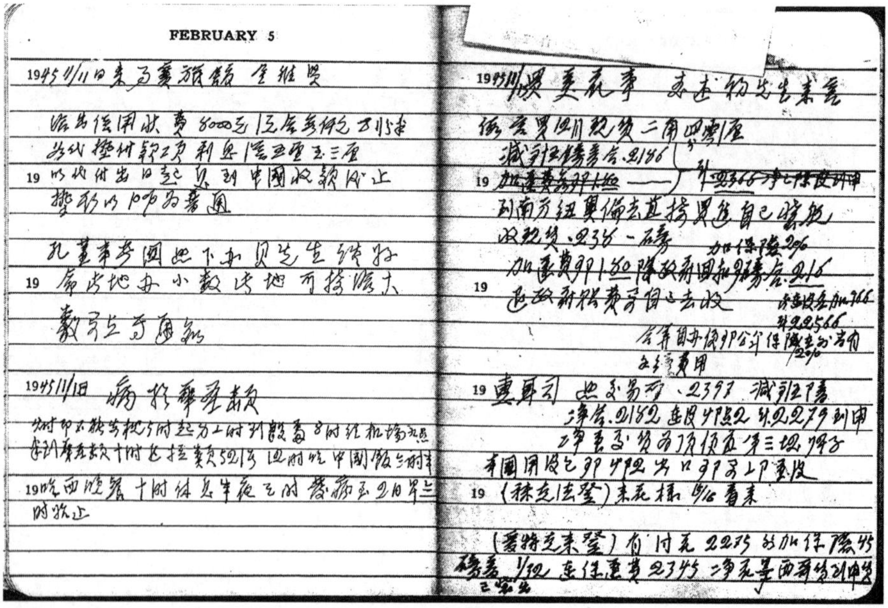
FEBRUARY 5

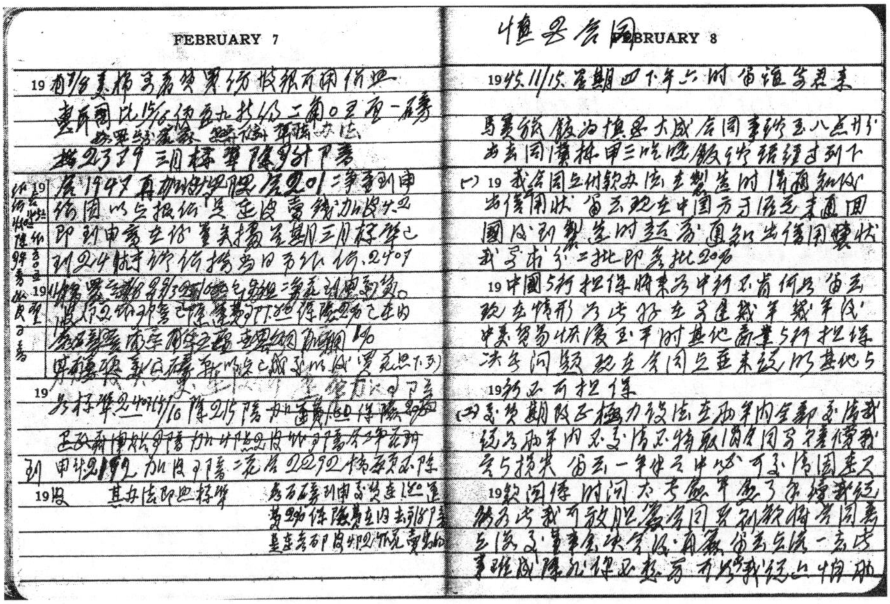
FEBRUARY 7
FEBRUARY 8

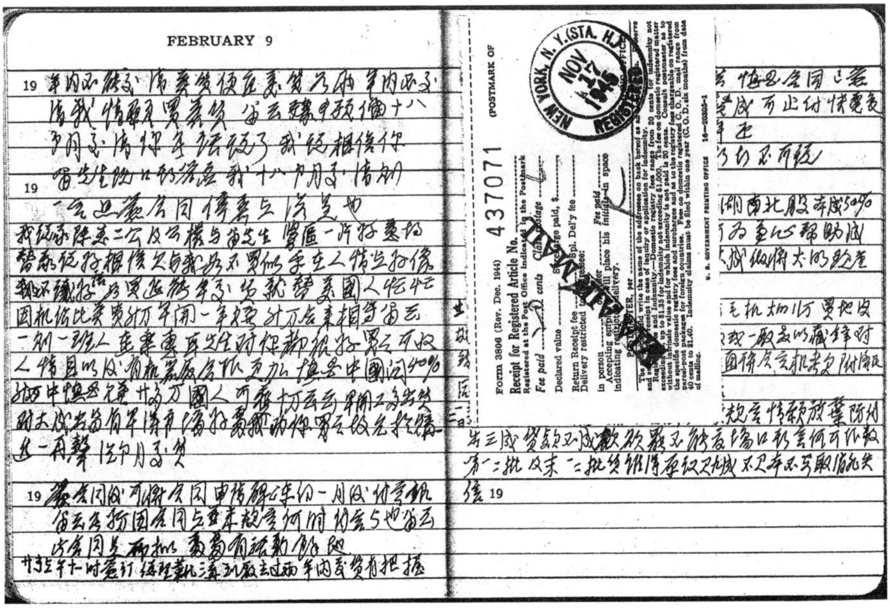
FEBRUARY 9

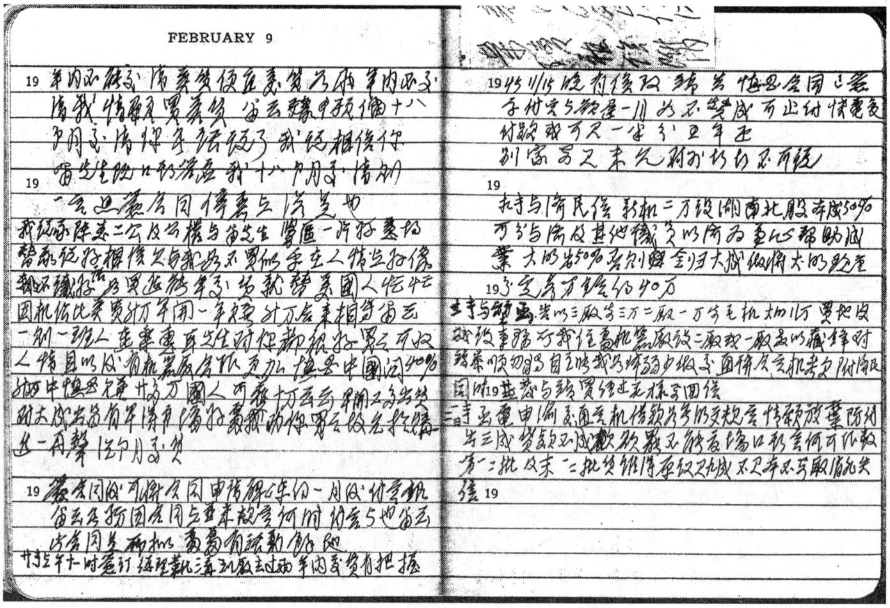
FEBRUARY 9
19
19
19
1945
19
19
19

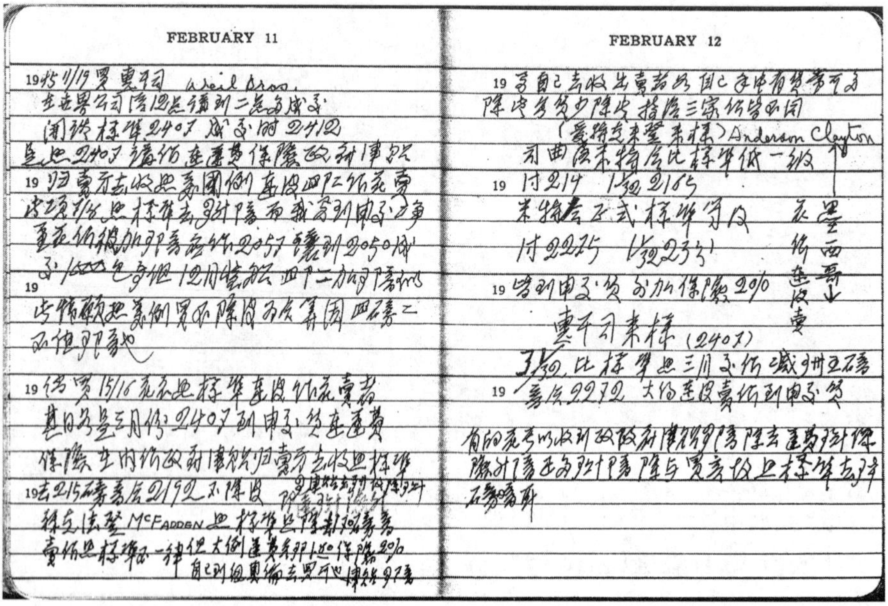
FEBRUARY 11
FEBRUARY 12
Weil Bros
Anderson Clayton
McFADDEN

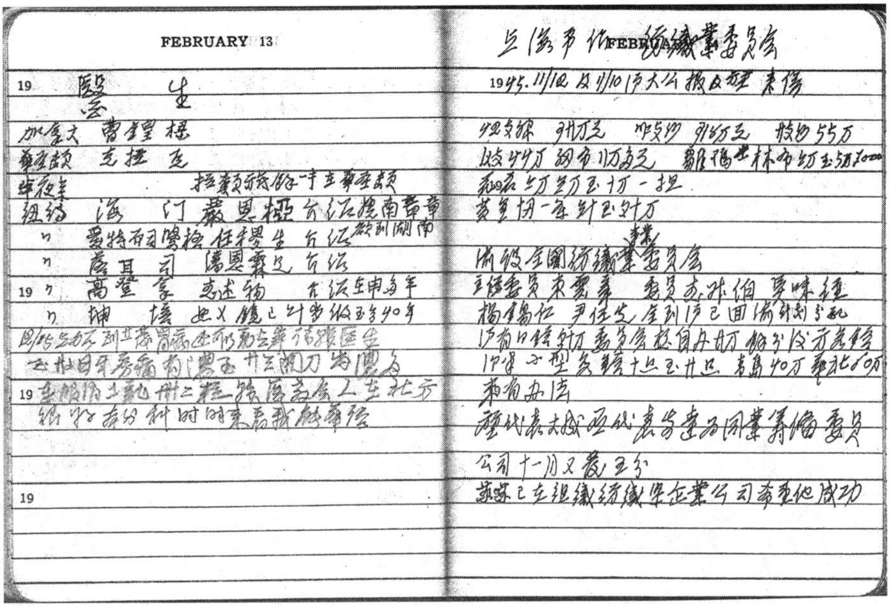

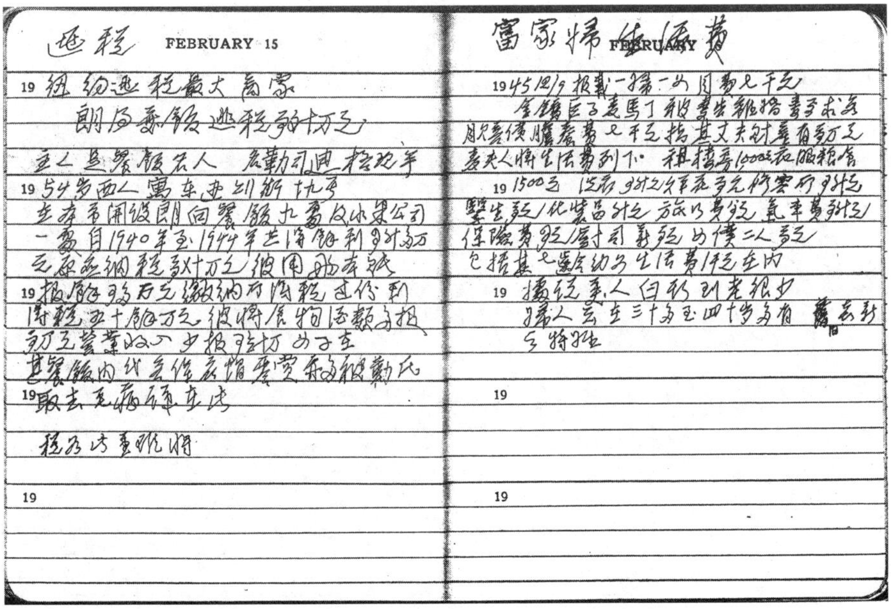

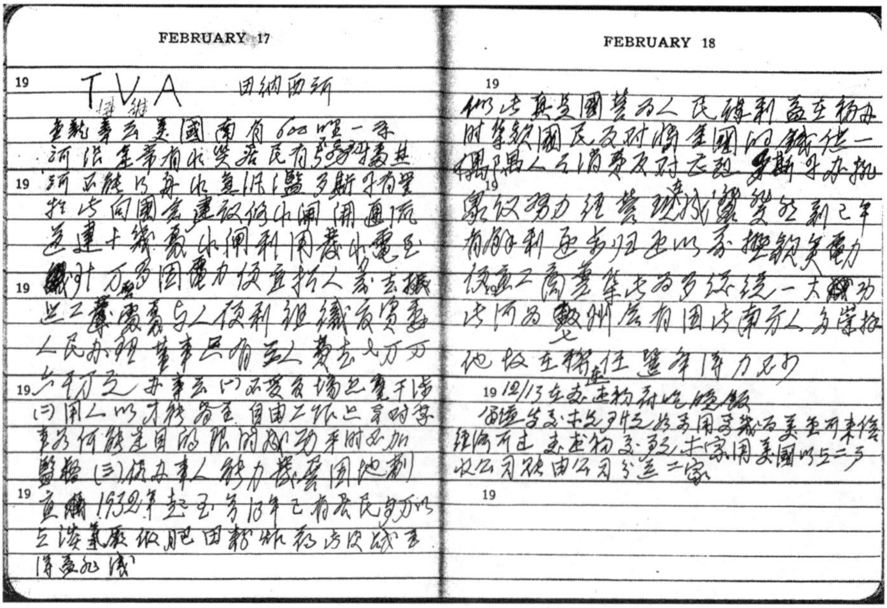
FEBRUARY 17

TVA 田纳西河

FEBRUARY 18

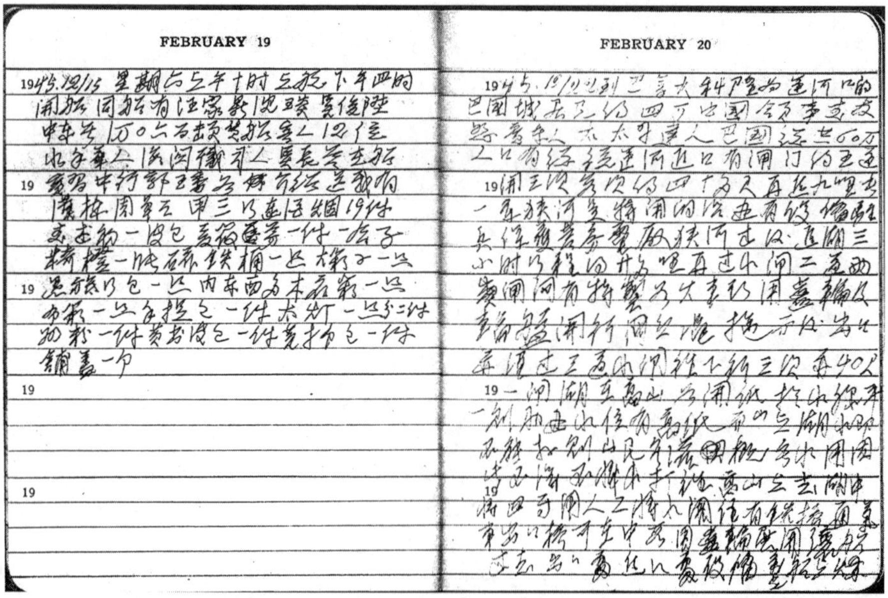
FEBRUARY 19

FEBRUARY 20

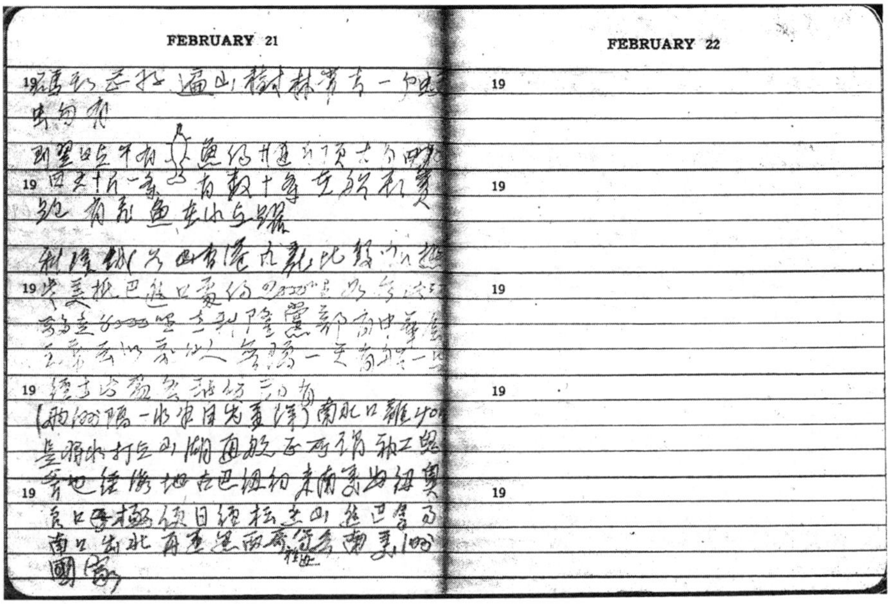

FEBRUARY 21
FEBRUARY 22

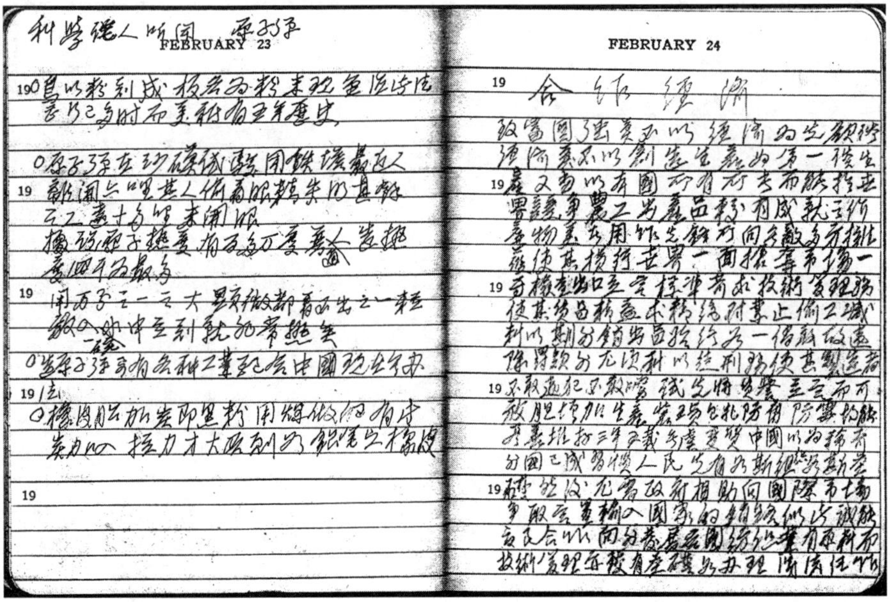

FEBRUARY 23
FEBRUARY 24
合作经济

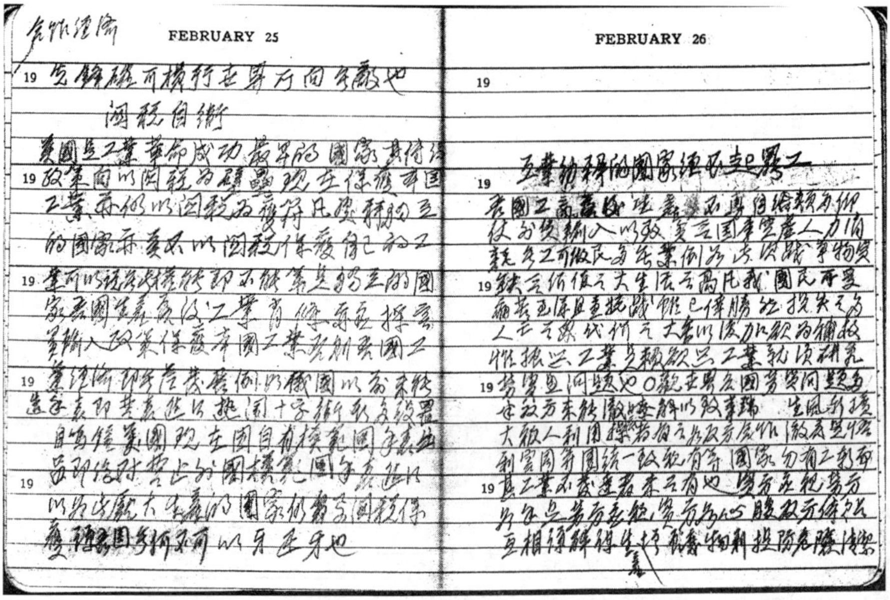
FEBRUARY 25
FEBRUARY 26

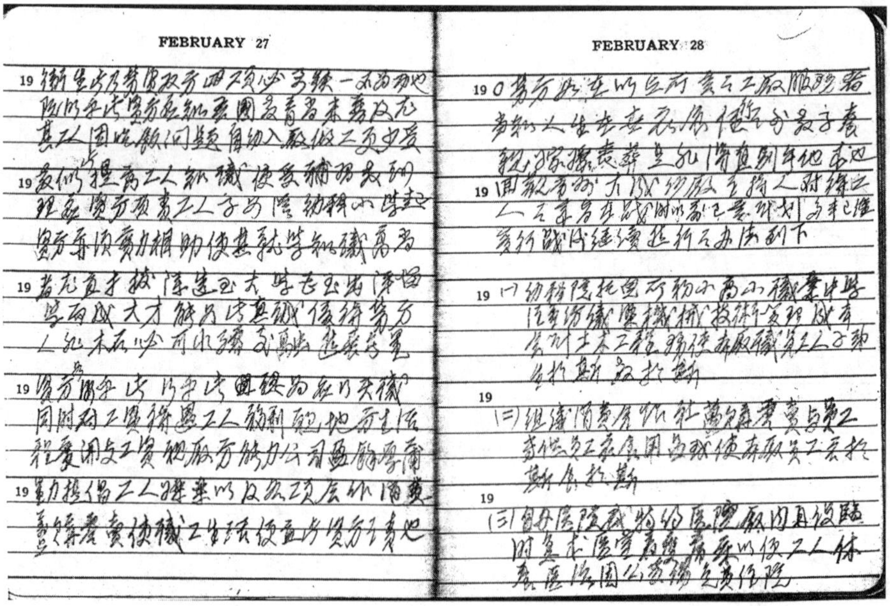
FEBRUARY 27
FEBRUARY 28

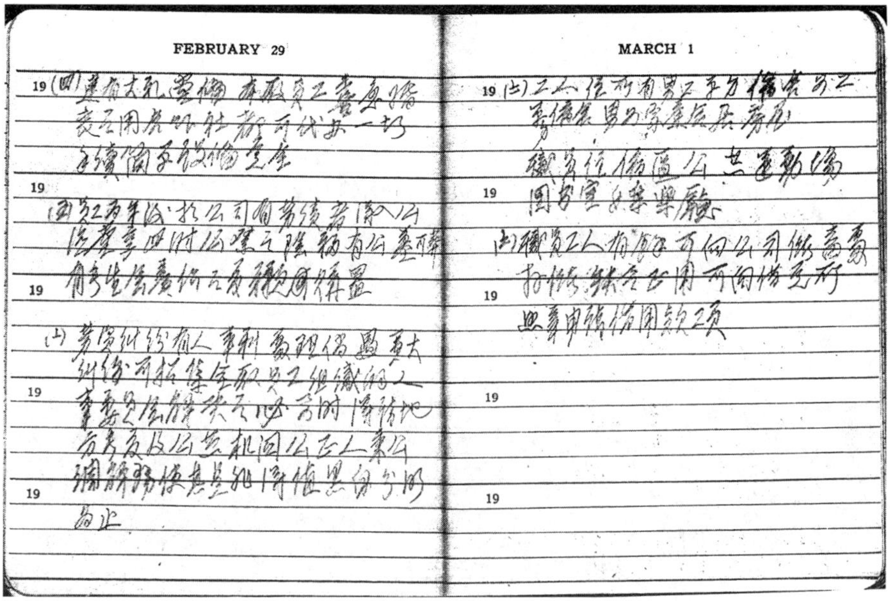
FEBRUARY 29
MARCH 1

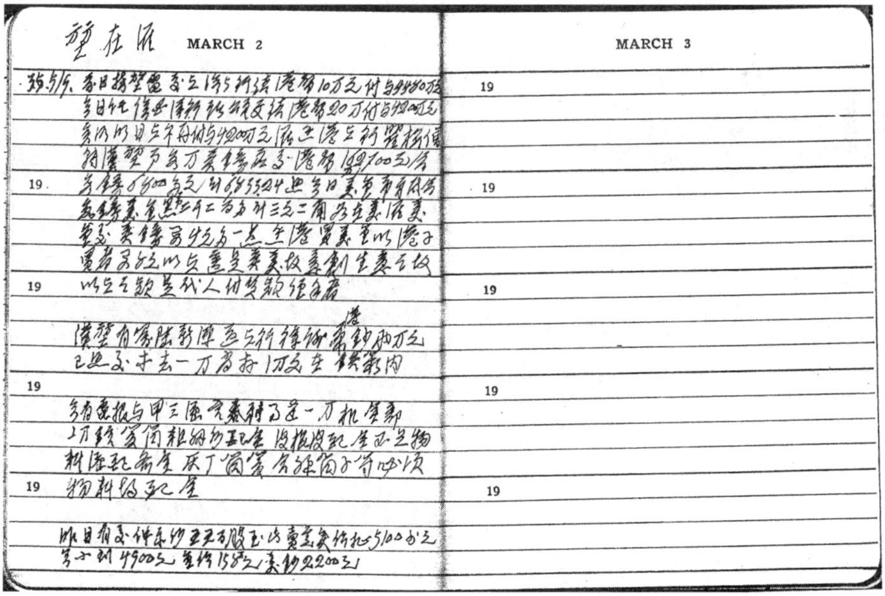
MARCH 2
MARCH 3

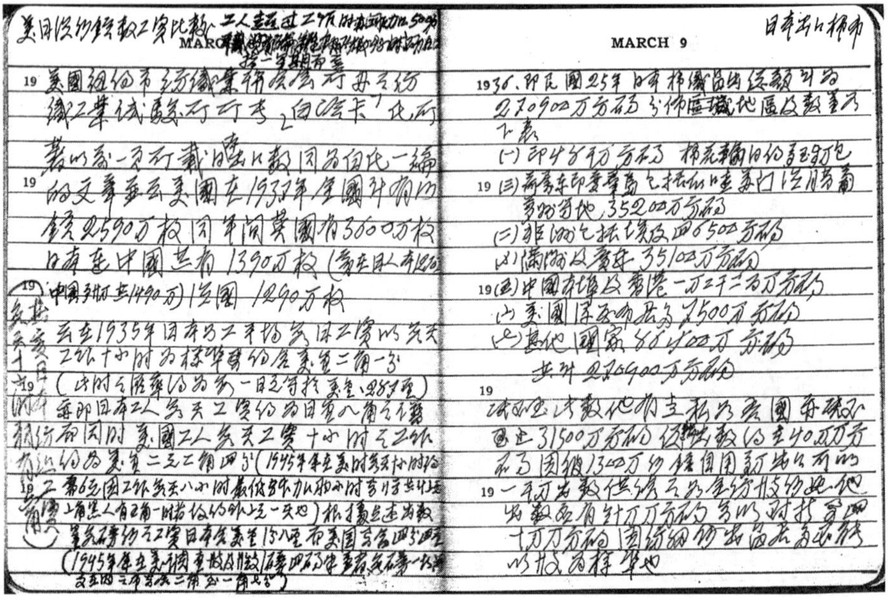

美日纱织工资比较 [illegible]

MARCH 8

19 美国纽约市纺织业[illegible]纺织工业试验所所刊[illegible]“白塔卡”氏所著[illegible]日[illegible]数同[illegible]白氏一编的文章并云美国在1933年全国计有纱锭2590万枚，同年间英国有3600万枚，日本至中国共有1390万枚（[illegible]中国[illegible]共1490万）[illegible]1290万枚

[illegible]在1935年日本[illegible]工资[illegible]工作十小时[illegible]美金二角一分（[illegible]）[illegible]日本工人[illegible]工资[illegible]日金八角[illegible]同时美国工人[illegible]工资十小时[illegible]美金二元二角四分（1945年[illegible]）[illegible]

MARCH 9

日本出口棉布

1936、即民国25年日本棉织品出口总额计为270900万方码，分布区域地区及数量[illegible]下表

（一）印度[illegible]万方码 [illegible]

19（三）荷属东印度[illegible]35200万方码

（二）非洲包括埃及[illegible]6500万方码

（四）满洲及关东35100万方码

19（五）中国本部及香港一万二千[illegible]万方码

（六）美国[illegible]7500万方码

（七）其他国家[illegible]万方码

共计270900万方码

19 [illegible]31500万方码[illegible]40万万方码[illegible]1300万[illegible]

19 [illegible]

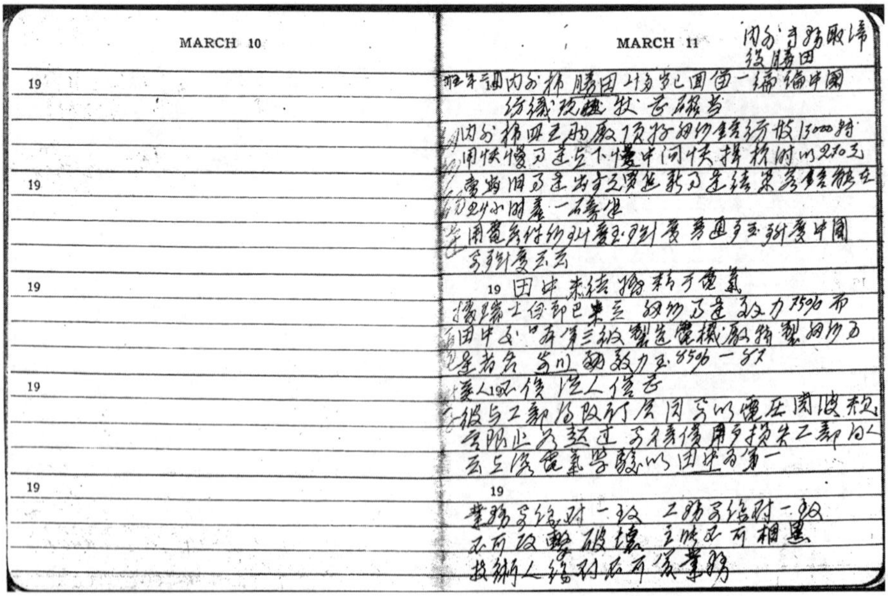

MARCH 10

19

19

19

19

19

MARCH 11

内外棉[illegible]

[illegible]内外棉[illegible]中国纺织[illegible]

内外棉[illegible]15000[illegible]

[illegible]

19 [illegible]

[illegible]75%[illegible]

[illegible]85%[illegible]

[illegible]

19 业务[illegible]一致 工务[illegible]一致

[illegible]破坏[illegible]相[illegible]

[illegible]业务

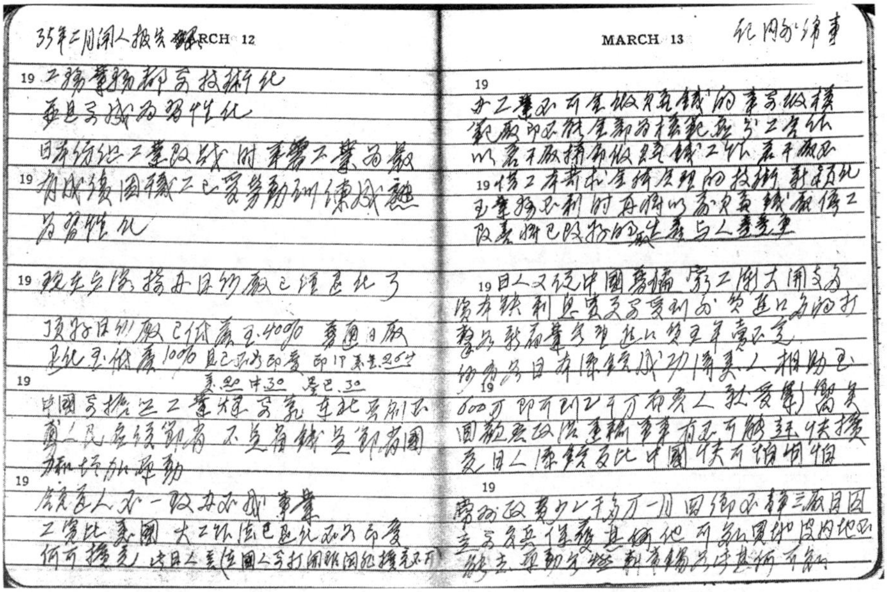
MARCH 12
MARCH 13

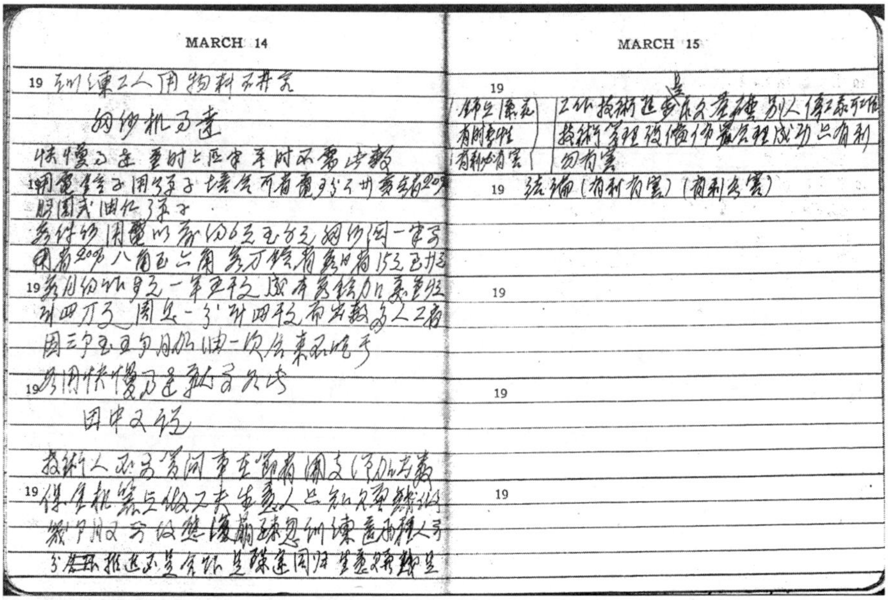
MARCH 14
MARCH 15

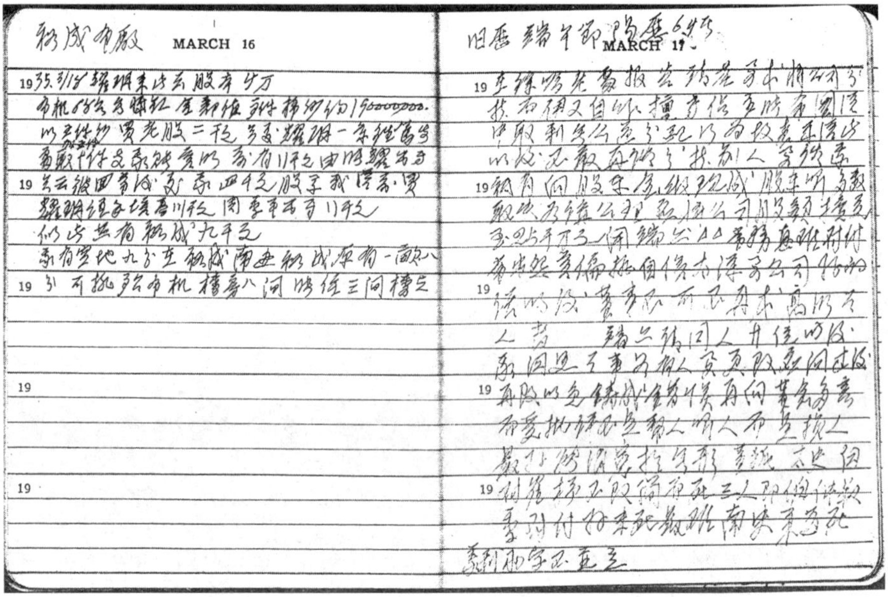
MARCH 16
MARCH 17

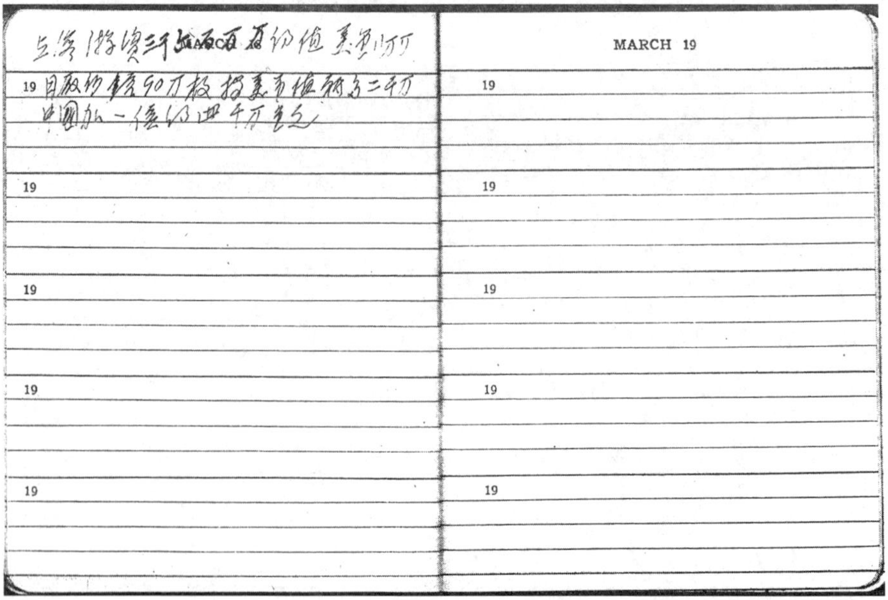
MARCH 19

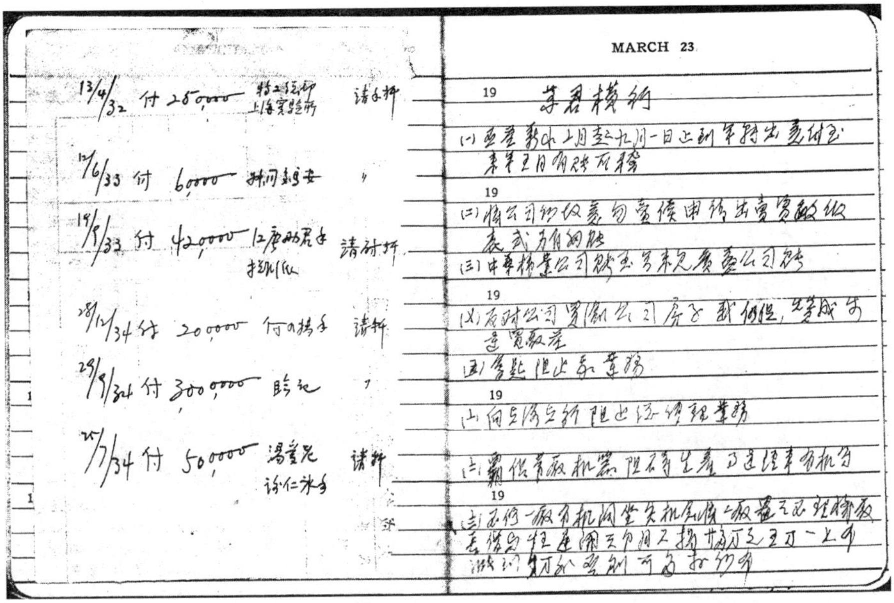
13/4/32 付 250,000
12/6/33 付 60,000
14/9/33 付 420,000
28/12/34 付 20,000
29/9/34 付 300,000
25/7/34 付 500,000
MARCH 23
19
19
19
19
19

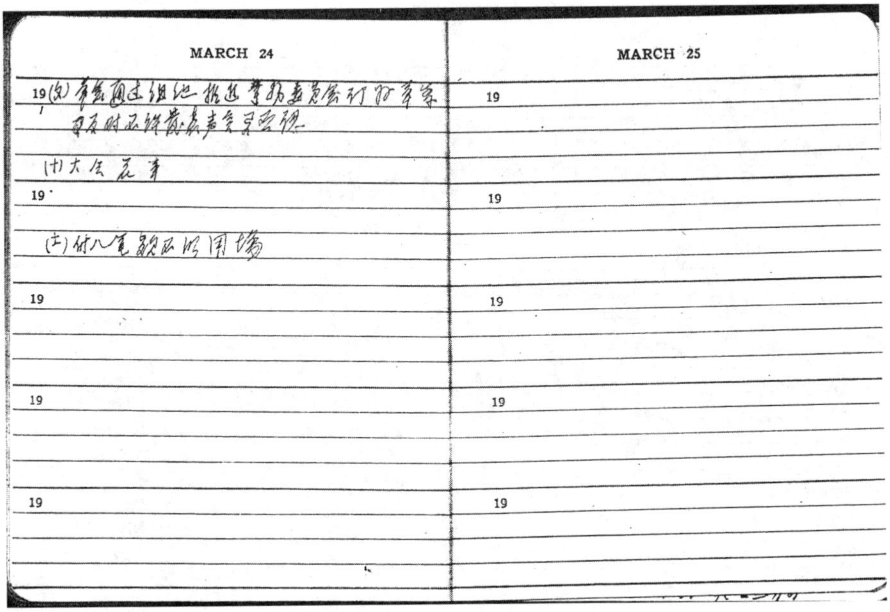
MARCH 24
19
19
19
19
19
MARCH 25
19
19
19
19
19

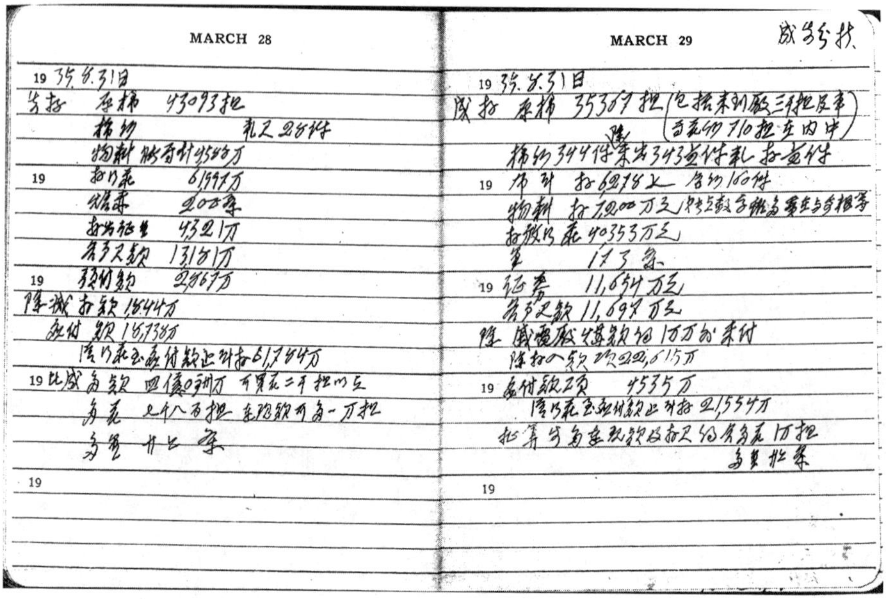
MARCH 28
MARCH 29

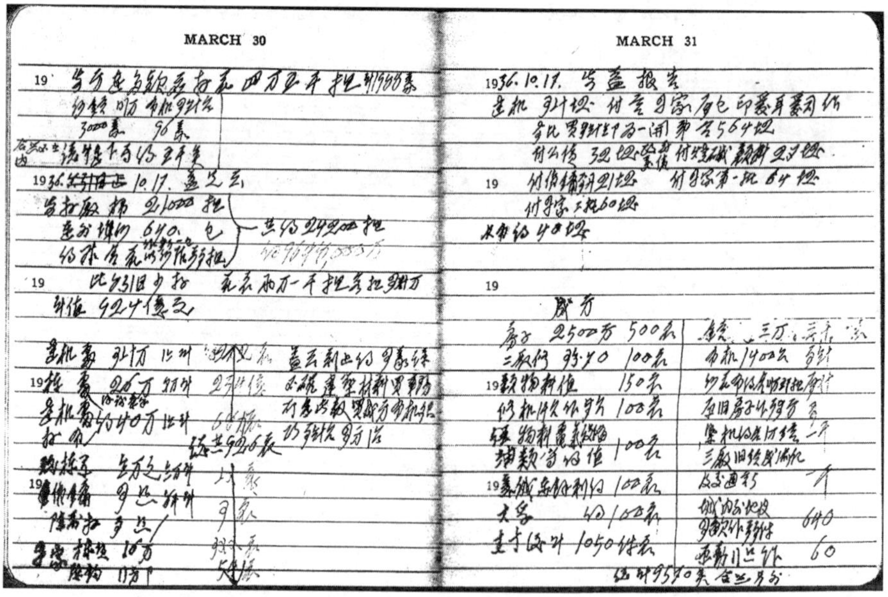
MARCH 30
MARCH 31

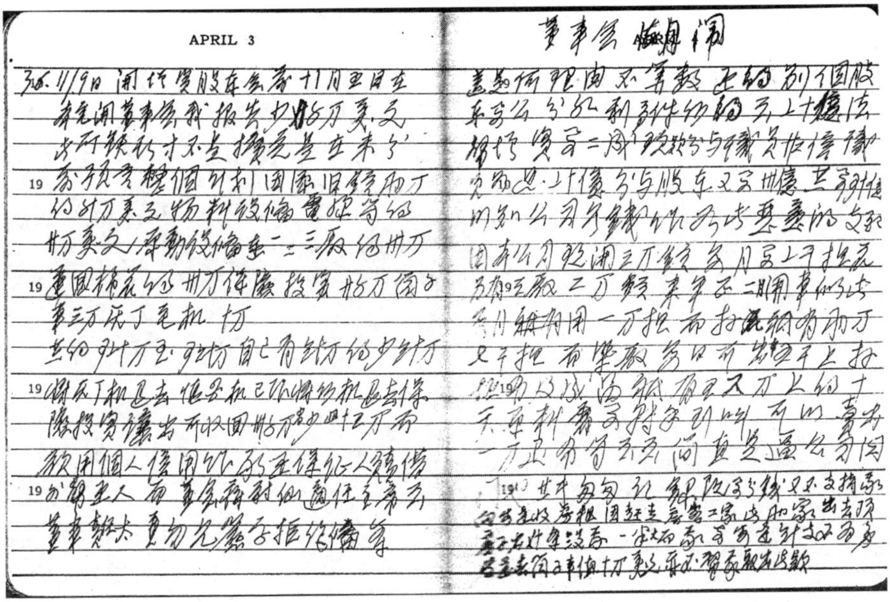
APRIL 3

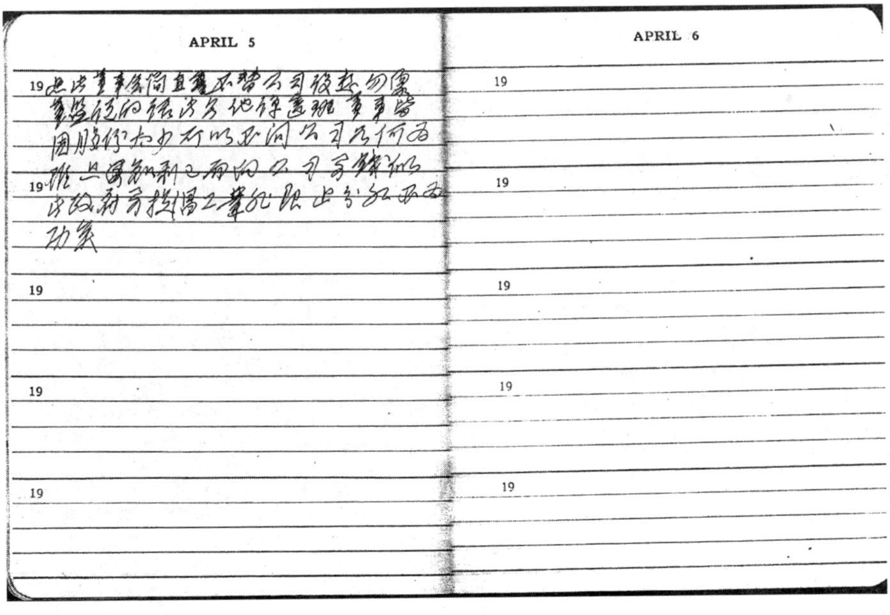
APRIL 5
APRIL 6

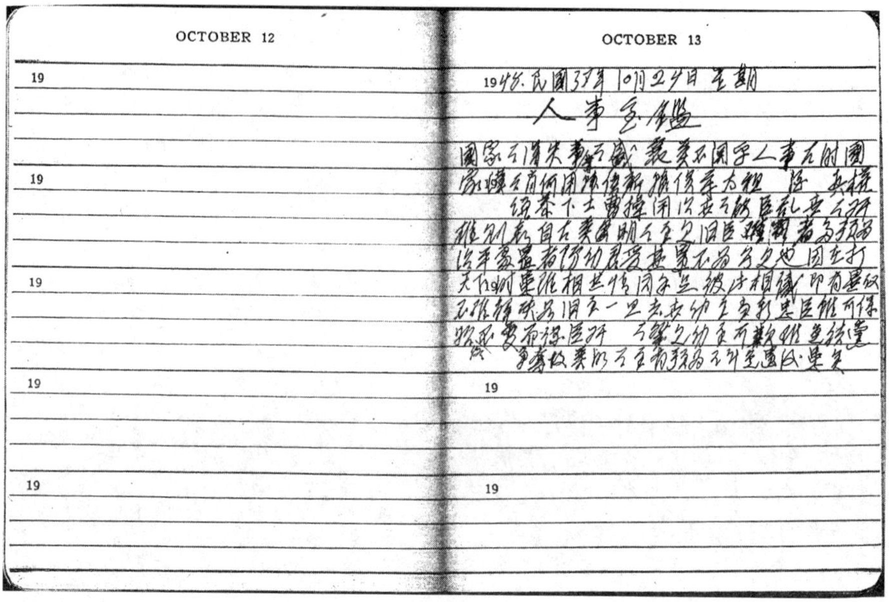
OCTOBER 12
OCTOBER 13
19

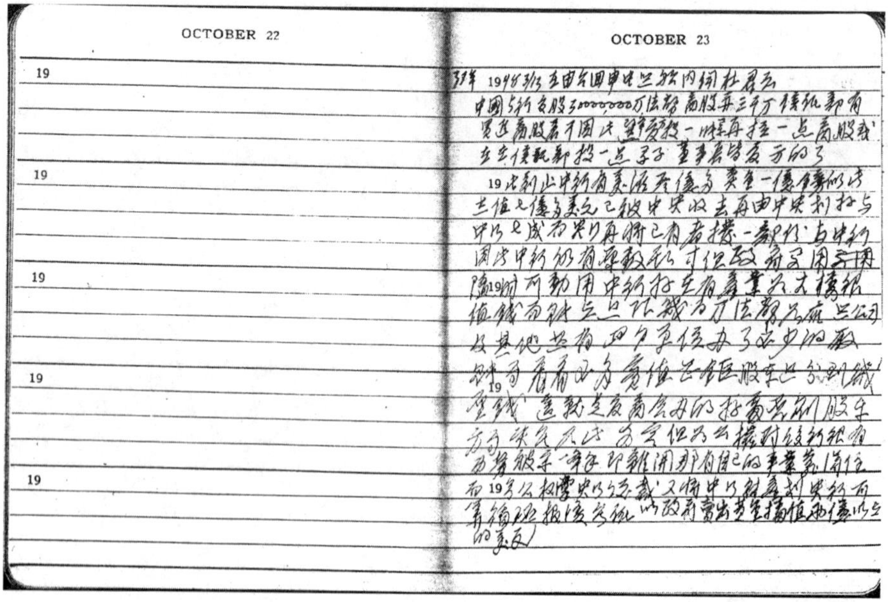
OCTOBER 22
OCTOBER 23
19

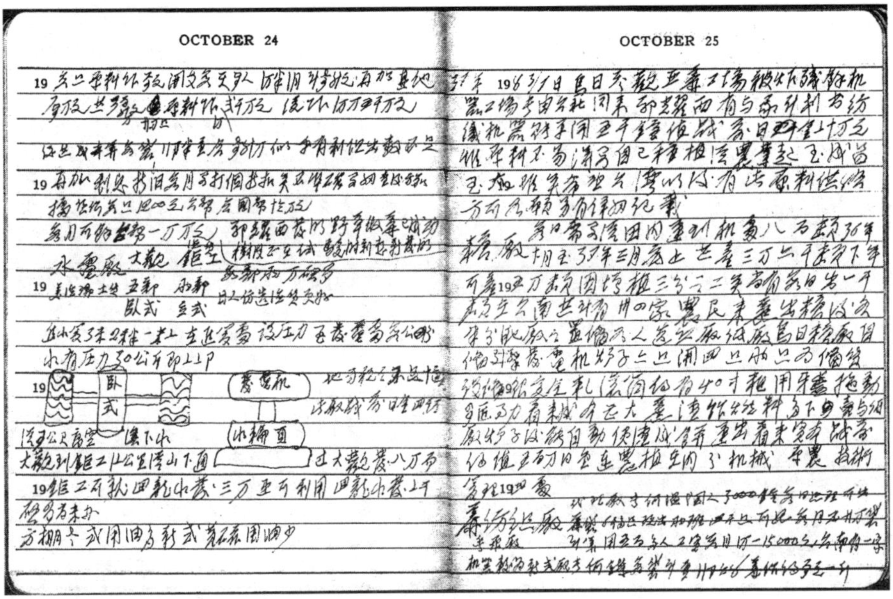
OCTOBER 24
OCTOBER 25

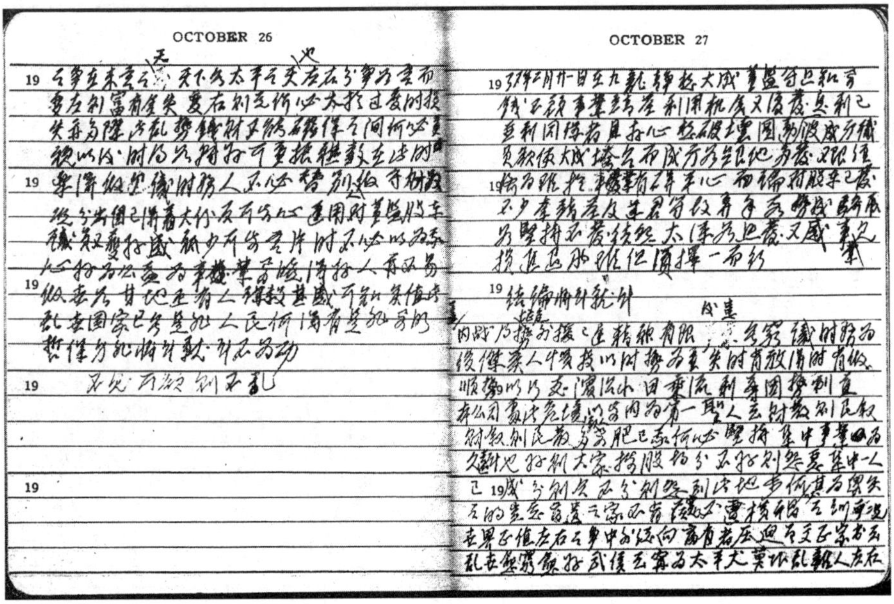
OCTOBER 26
OCTOBER 27

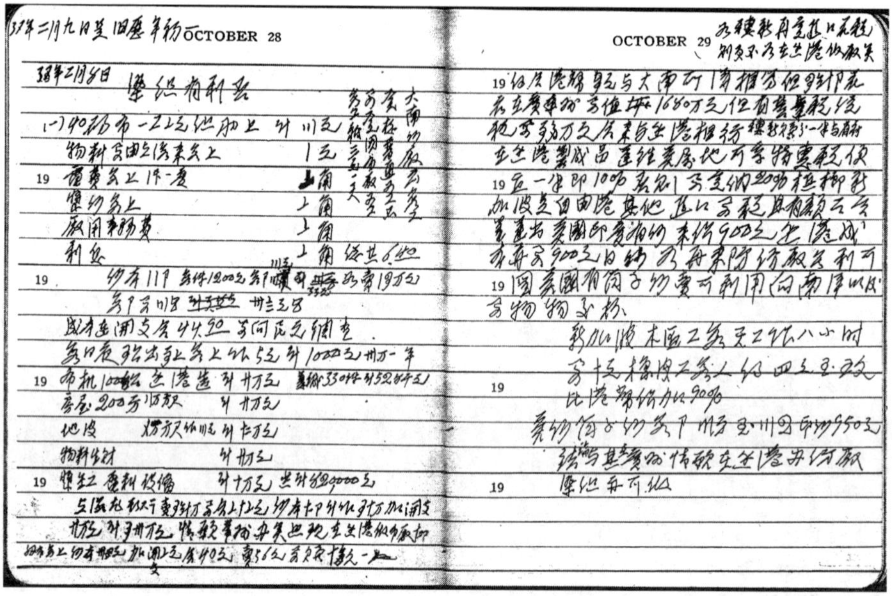
OCTOBER 28
OCTOBER 29

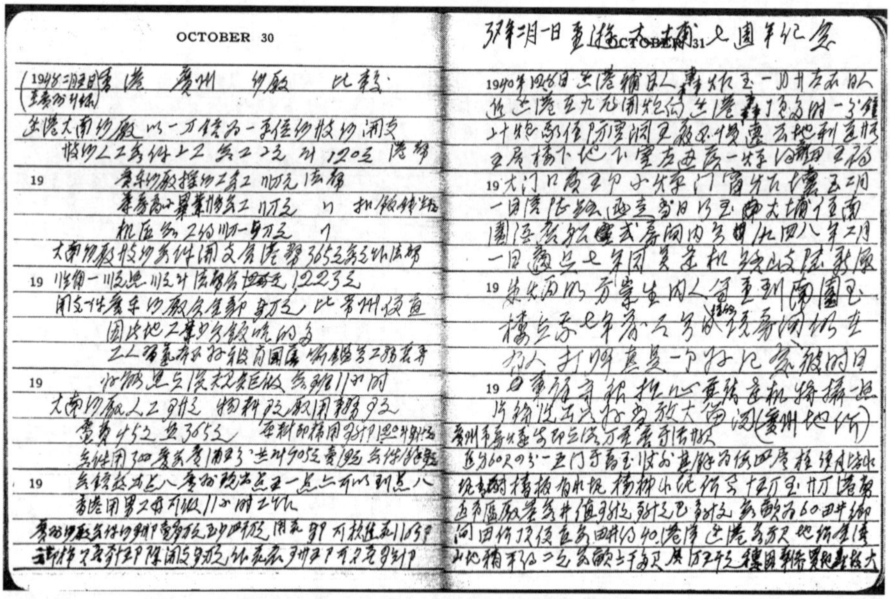
OCTOBER 30
OCTOBER 31

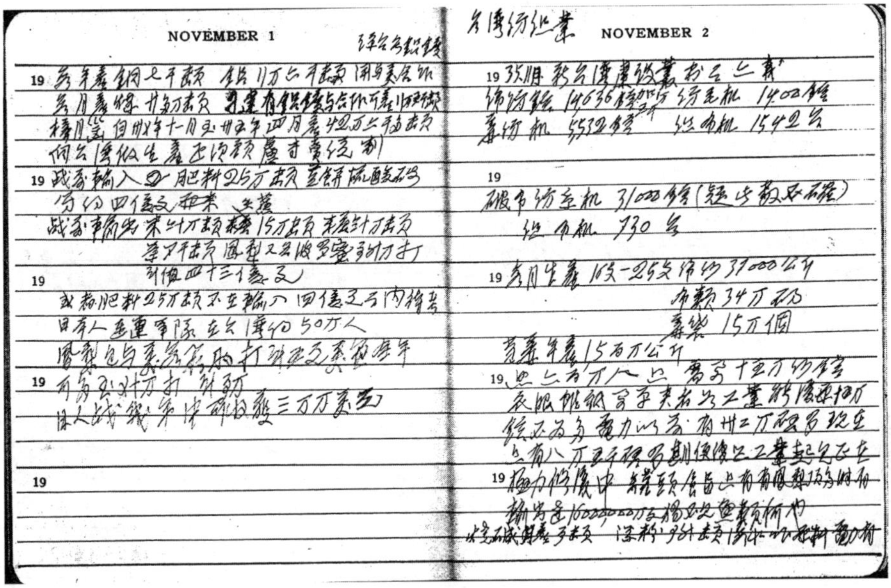
NOVEMBER 1
NOVEMBER 2

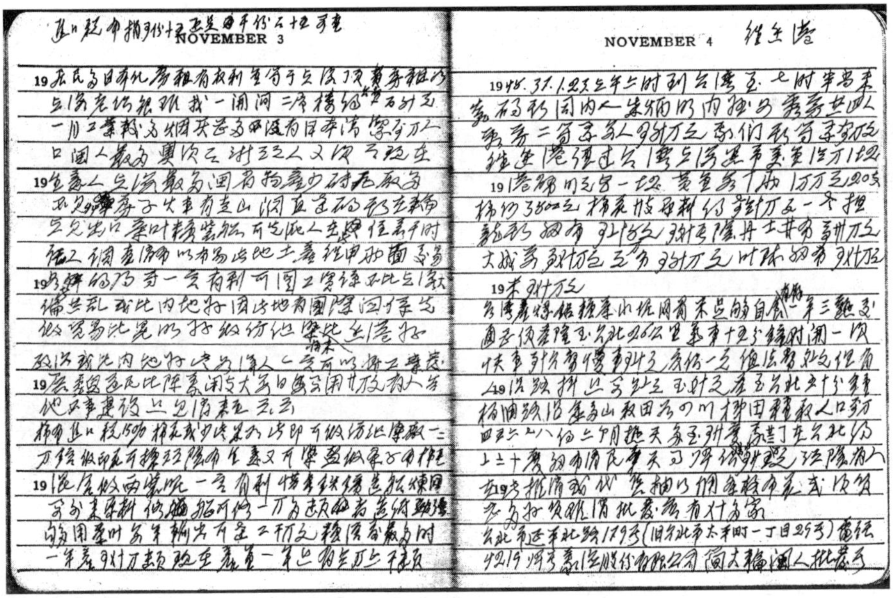
NOVEMBER 3
NOVEMBER 4

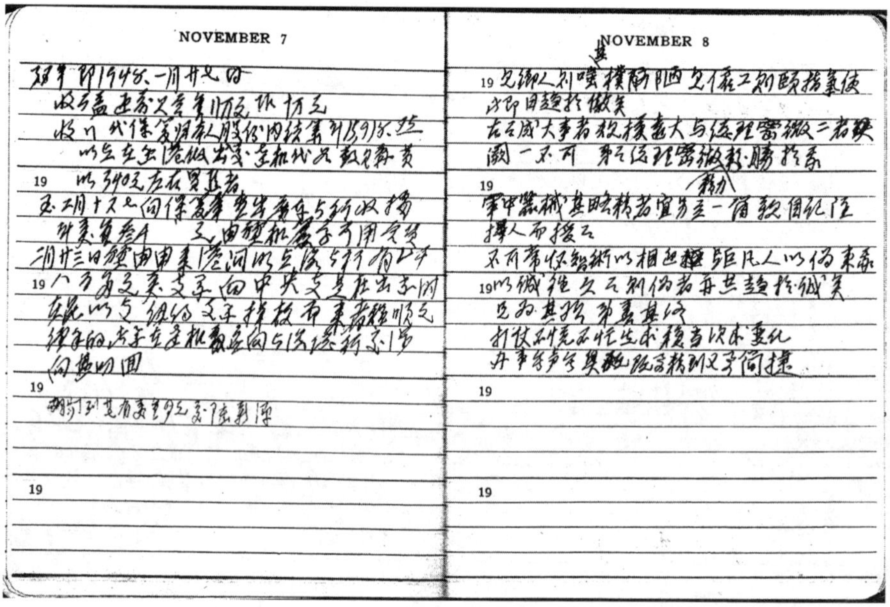
NOVEMBER 7
NOVEMBER 8

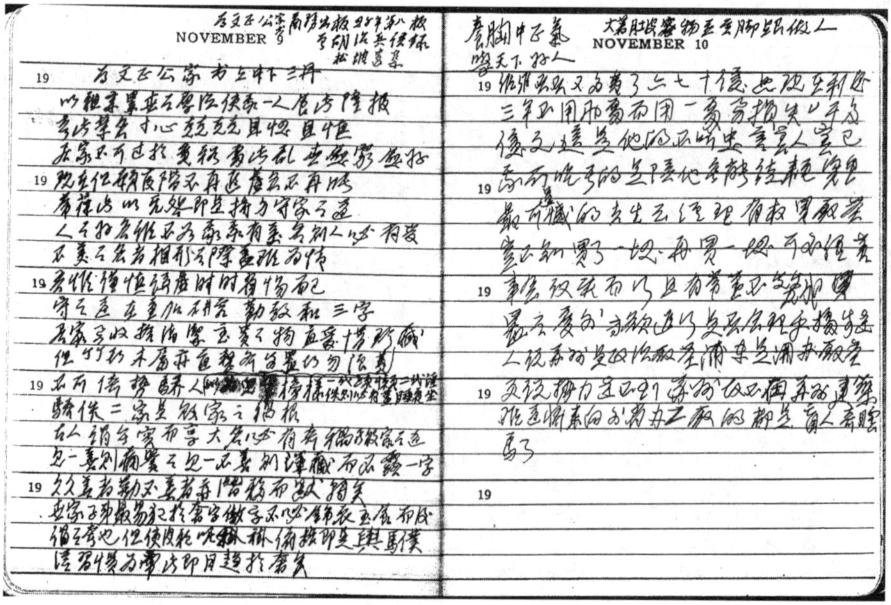
NOVEMBER 9
NOVEMBER 10

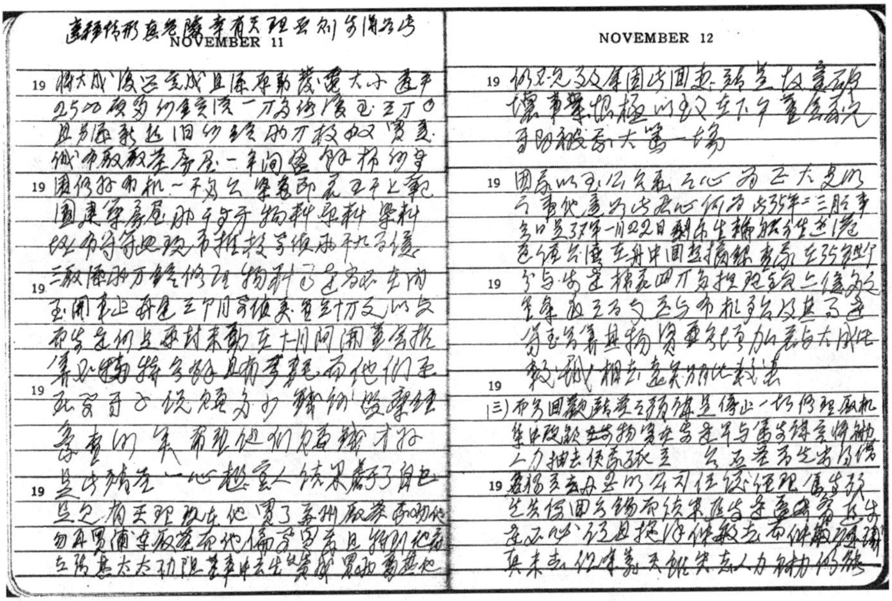
NOVEMBER 11

NOVEMBER 12

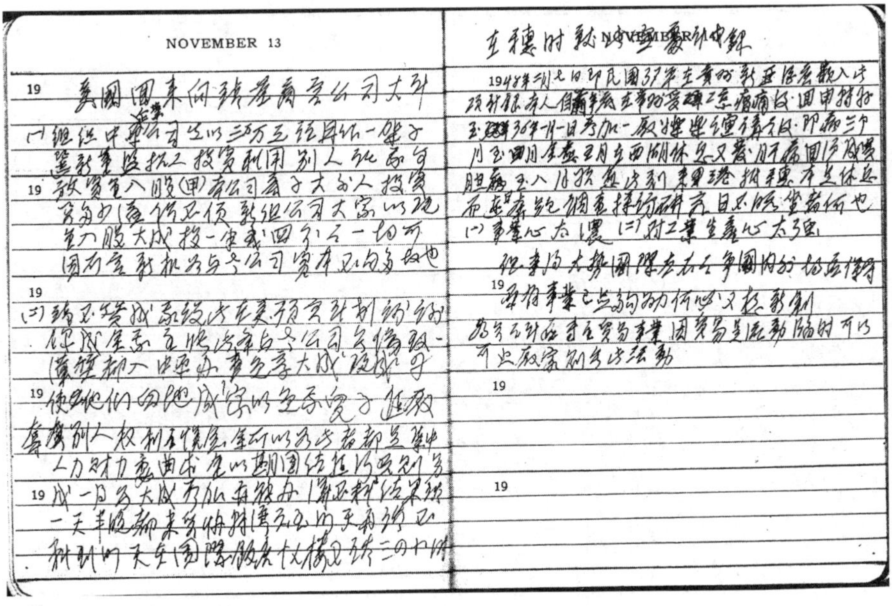
NOVEMBER 13

NOVEMBER 14

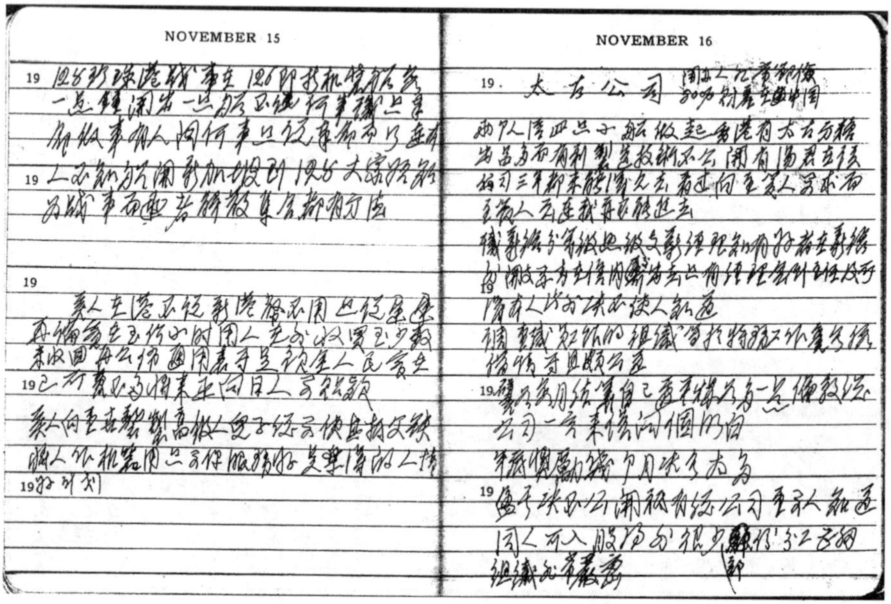
NOVEMBER 15
NOVEMBER 16
太古公司

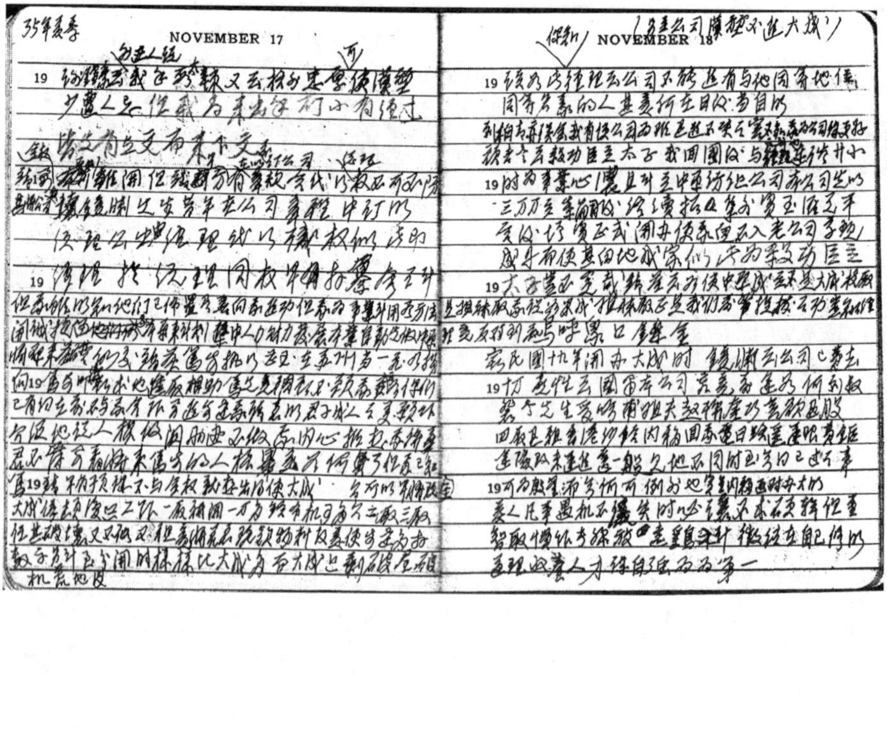
35年麦季
NOVEMBER 17
NOVEMBER 18

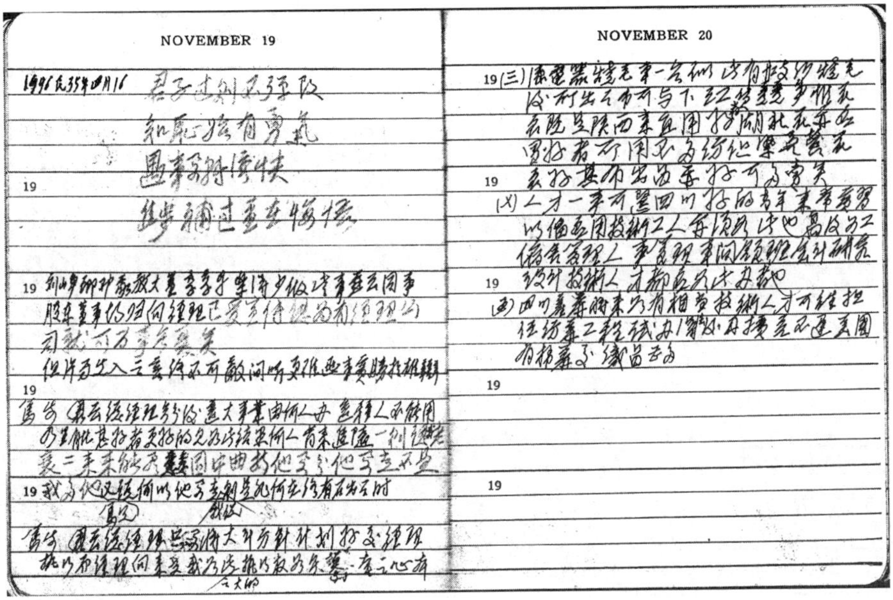
NOVEMBER 19
NOVEMBER 20

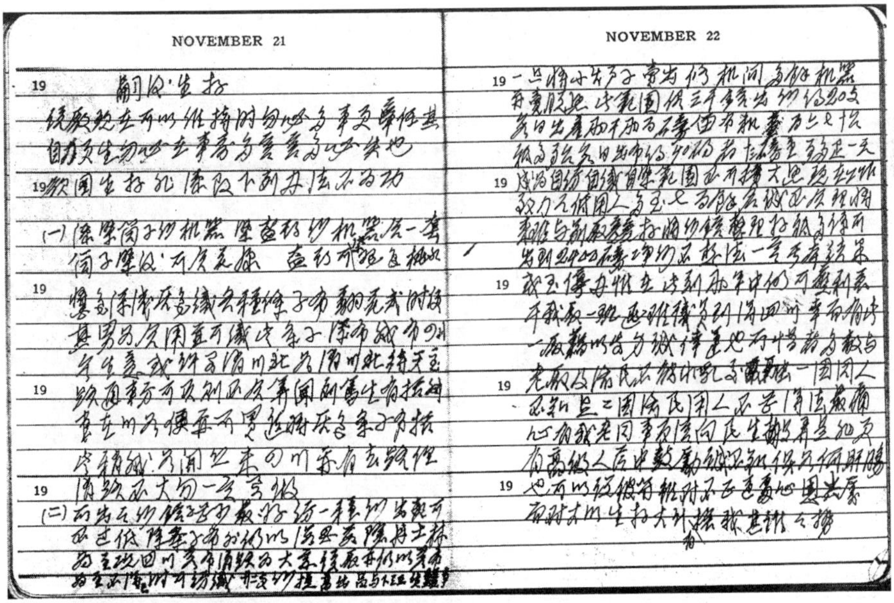
NOVEMBER 21
NOVEMBER 22

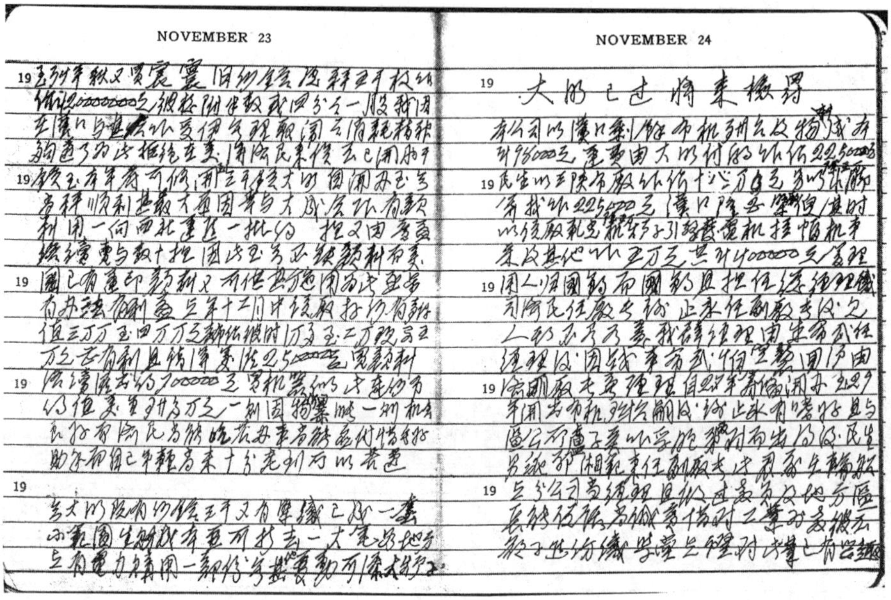
NOVEMBER 23
NOVEMBER 24

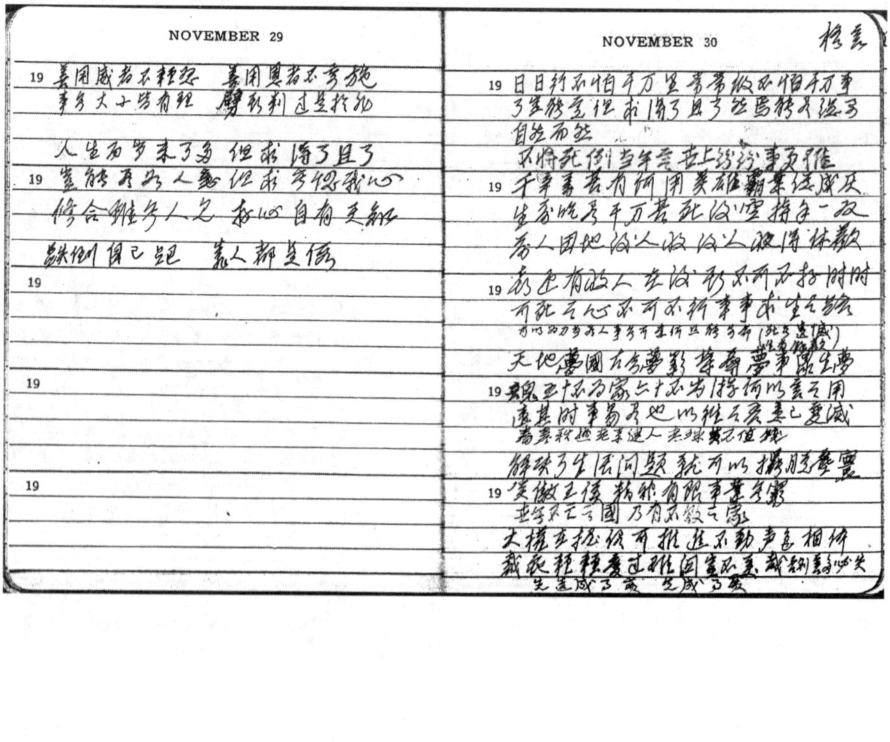
NOVEMBER 29
NOVEMBER 30

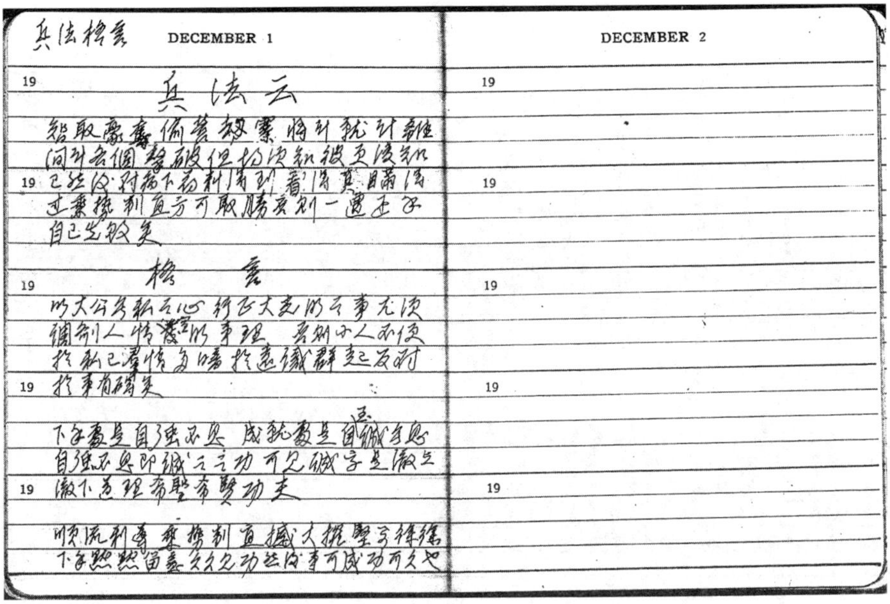

兵法检查　DECEMBER 1

兵法云

检查

DECEMBER 2

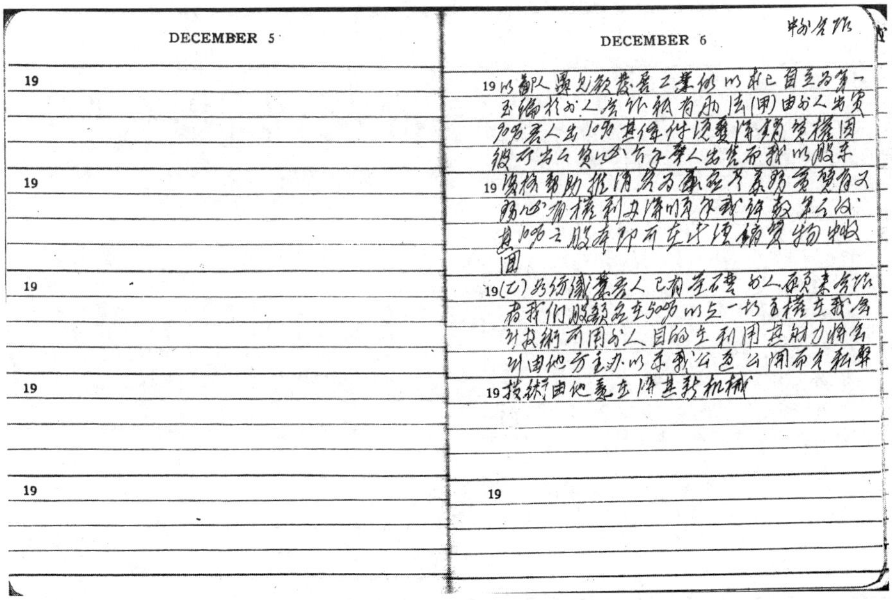

DECEMBER 5

DECEMBER 6

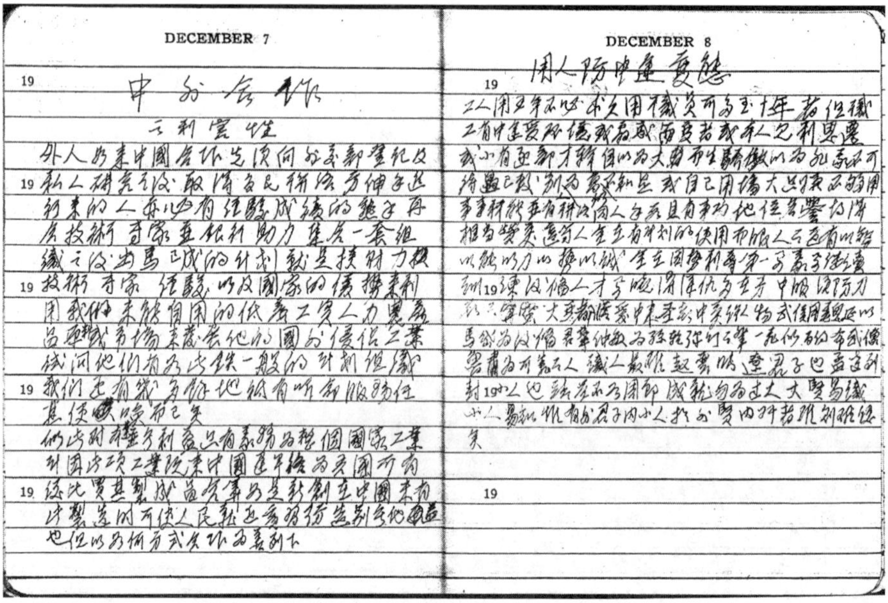
DECEMBER 7
DECEMBER 8

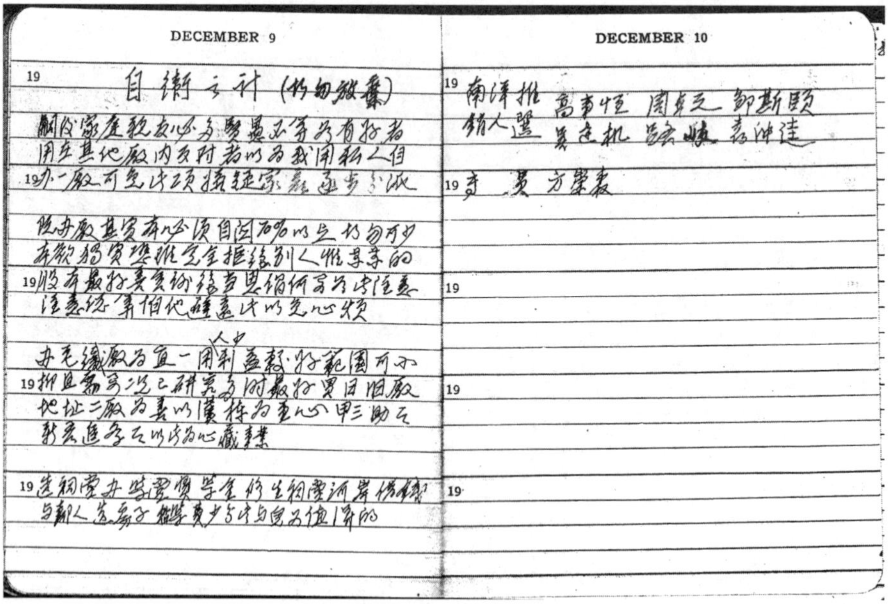
DECEMBER 9
DECEMBER 10

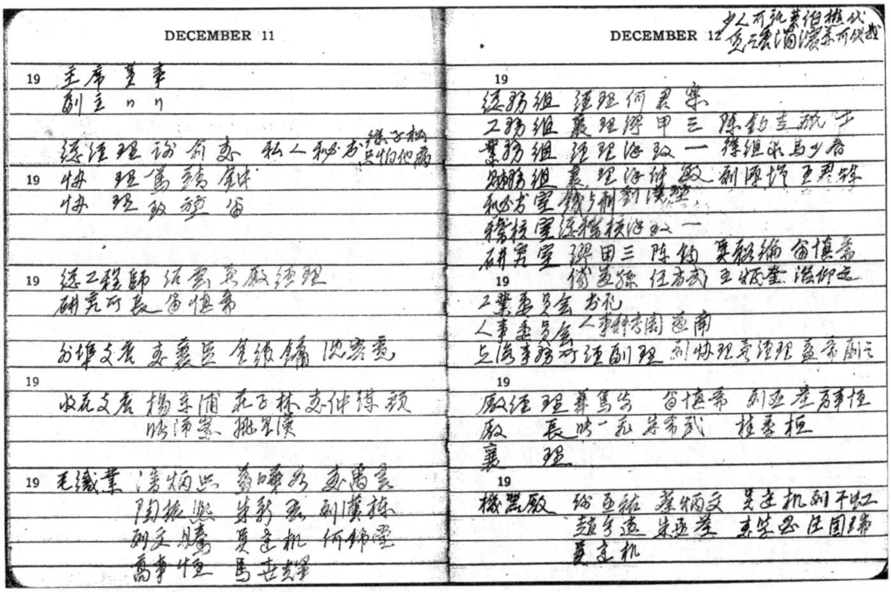
DECEMBER 11

19 主席 董事

副主 〃 〃

总经理 [illegible] 私人秘书 [illegible]

19 协理 [illegible]

协理 [illegible]

19 总工程师 [illegible] 厂经理

研究所长 [illegible]

分厂主任 [illegible]

19

收花主任 [illegible]

19 毛织业 [illegible]

DECEMBER 12 [illegible]

19

总务组 经理 何[illegible]

工务组 襄理 [illegible] 陈钧 [illegible]

业务组 经理 [illegible] 一 [illegible]

[illegible]组 襄理 [illegible] 副[illegible]

秘书室 [illegible]

稽核室 总稽核 [illegible] 一

研究室 [illegible] 陈钧 [illegible]

19 [illegible]

工业委员会 书记

人事委员会 人事科[illegible]

上海事务所 经副理 副协理 [illegible]

19

厂经理 [illegible] 副[illegible]

厂长 [illegible]

襄理

19

机器厂 [illegible]

[illegible]

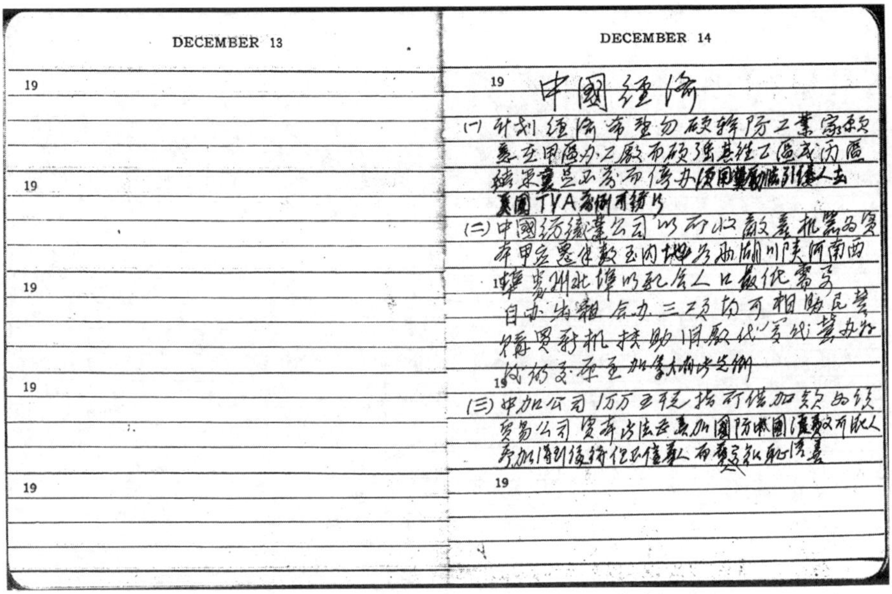
DECEMBER 13

19

19

19

19

19

DECEMBER 14

19 中國經濟

(一) 計劃經濟 [illegible] 國防工業 [illegible]

[illegible] 工廠 [illegible]

[illegible] 引[illegible]人去

美國 TVA [illegible]

(二) 中國紡織業公司 [illegible] 機器 [illegible]

[illegible] 湖 川 陕 河南 西

[illegible] 人口 [illegible]

自办 [illegible] 合办 三項 [illegible]

[illegible] 机 [illegible]

[illegible]

19

(三) 中加公司 1万万 [illegible] 加 [illegible]

[illegible] 公司 [illegible] 加 國防 [illegible]

[illegible]

19

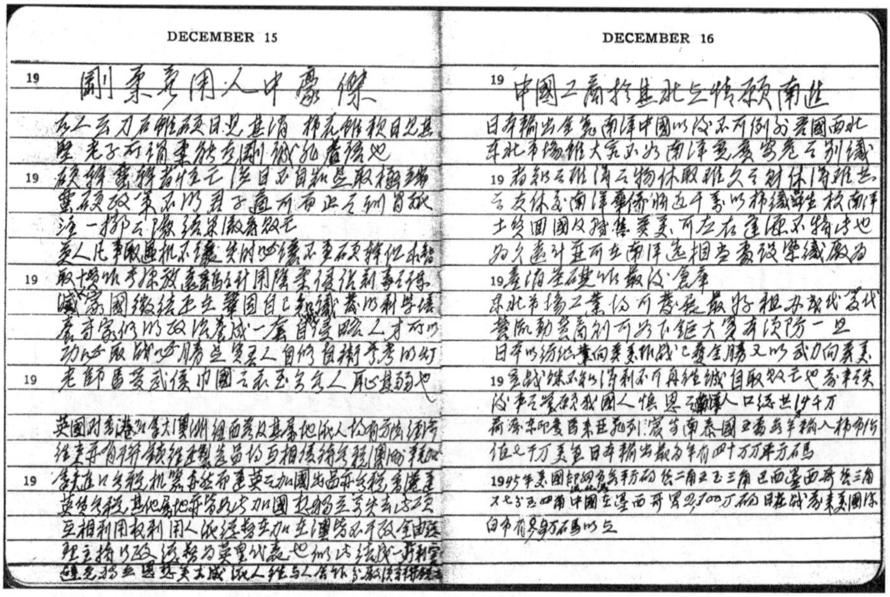
DECEMBER 15

刚柔并用人中豪杰

DECEMBER 16

中国工商于其北上时须南进

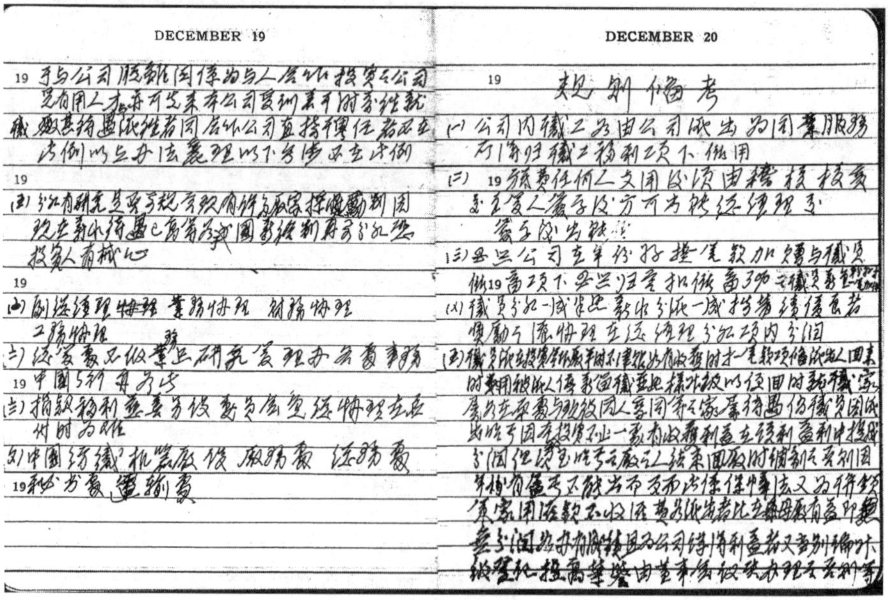
DECEMBER 19

DECEMBER 20

规则备考

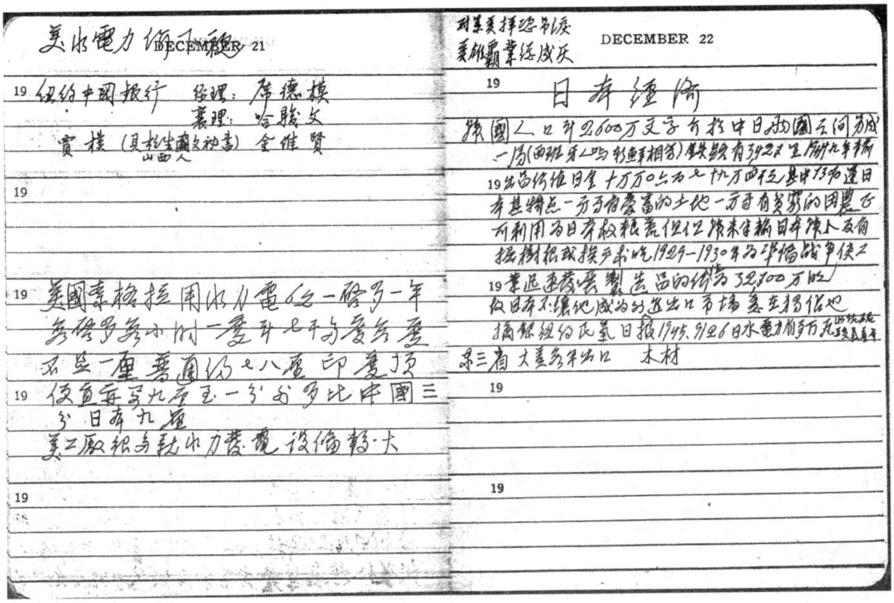
DECEMBER 21
纽约中国银行 经理：席德懋
DECEMBER 22
日本经济
木材

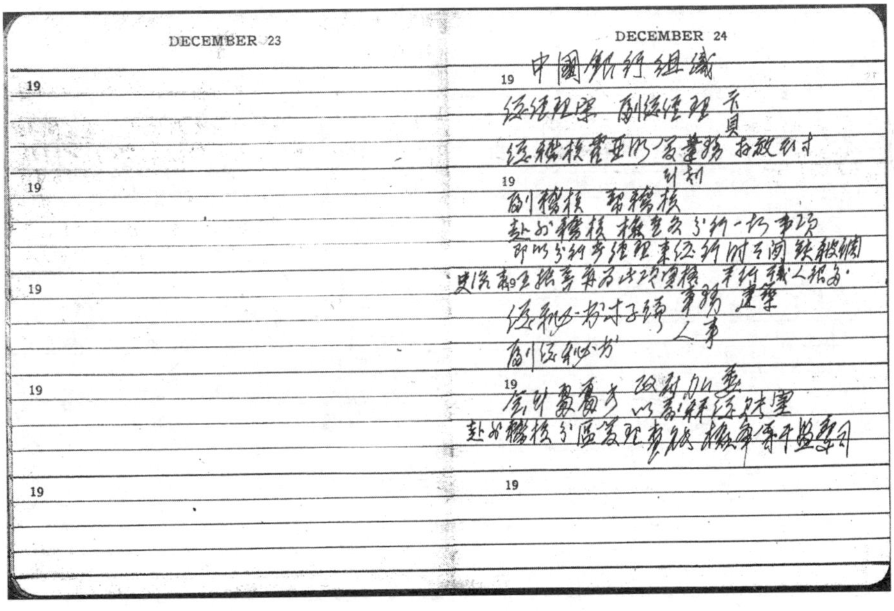
DECEMBER 23
DECEMBER 24
中國銀行組織
副稽核 帮稽核
人事

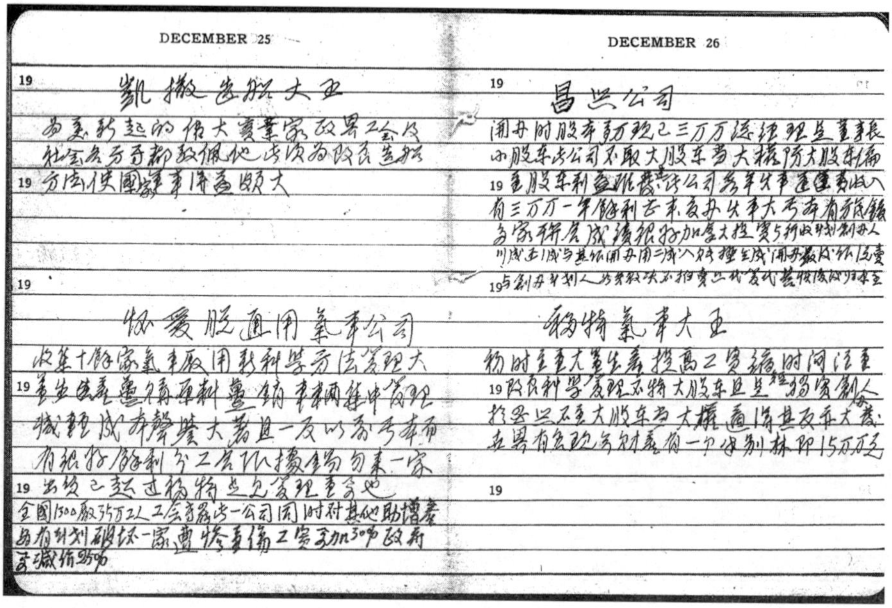
DECEMBER 25
凯撒造船大王
怀爱脱通用汽车公司
DECEMBER 26
昌兴公司
福特汽车大王

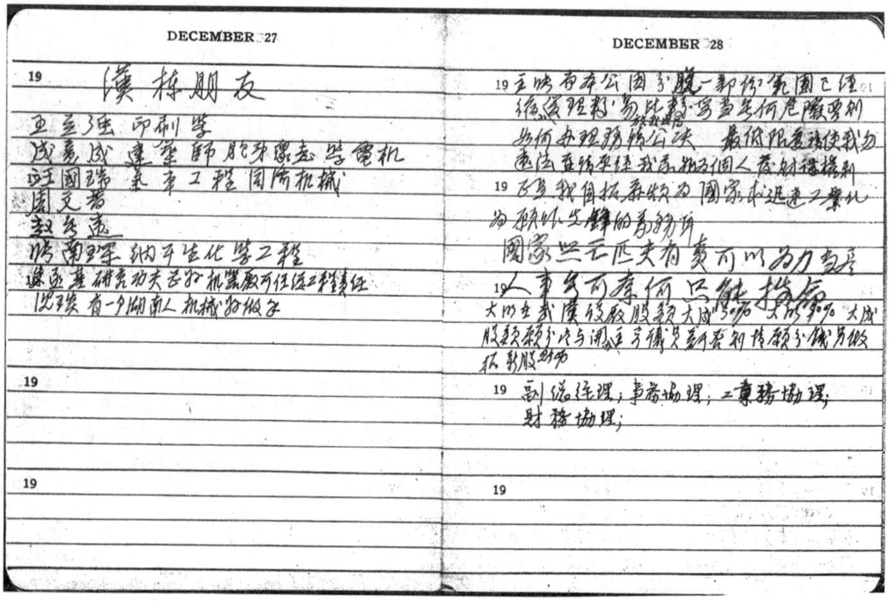
DECEMBER 27
DECEMBER 28
副总经理；事务协理；工业务协理；
财务协理；

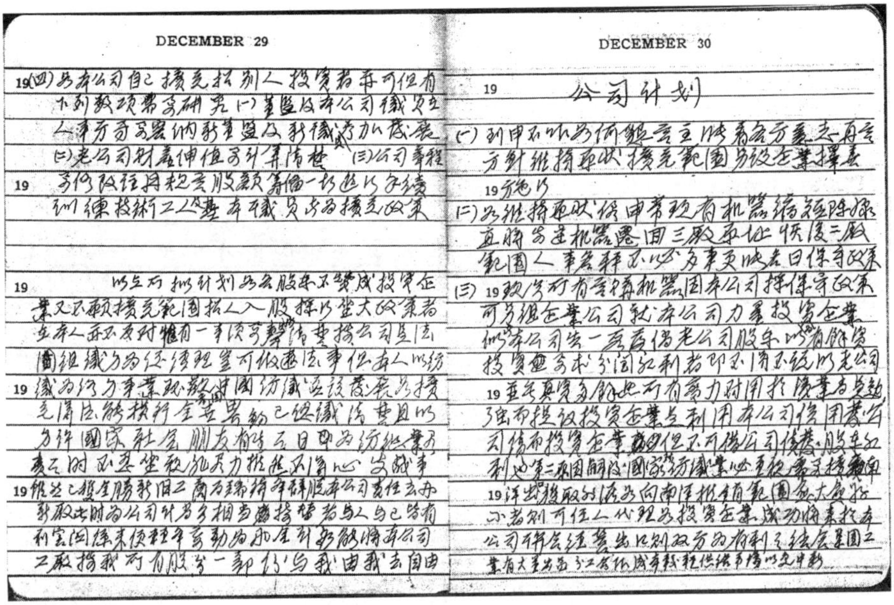
DECEMBER 29
DECEMBER 30
公司计划

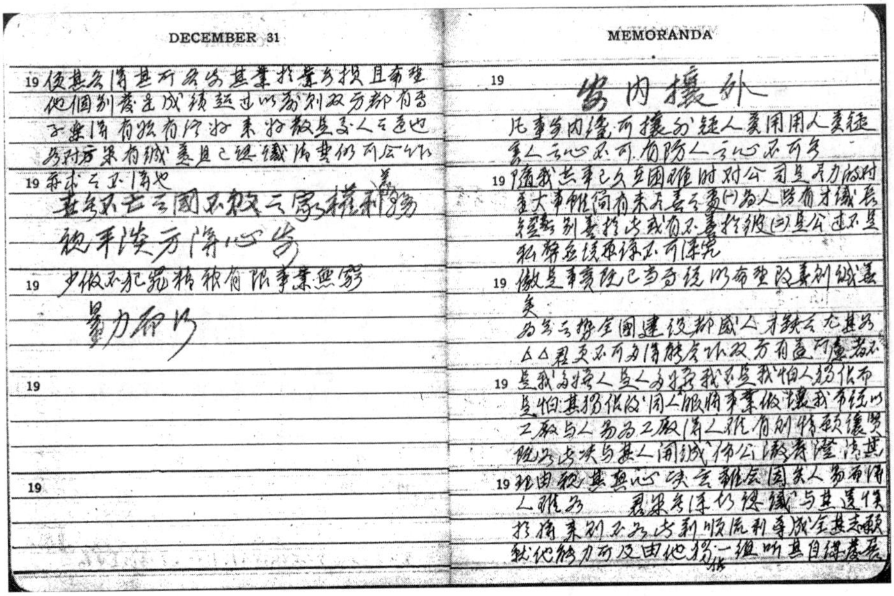
DECEMBER 31
MEMORANDA

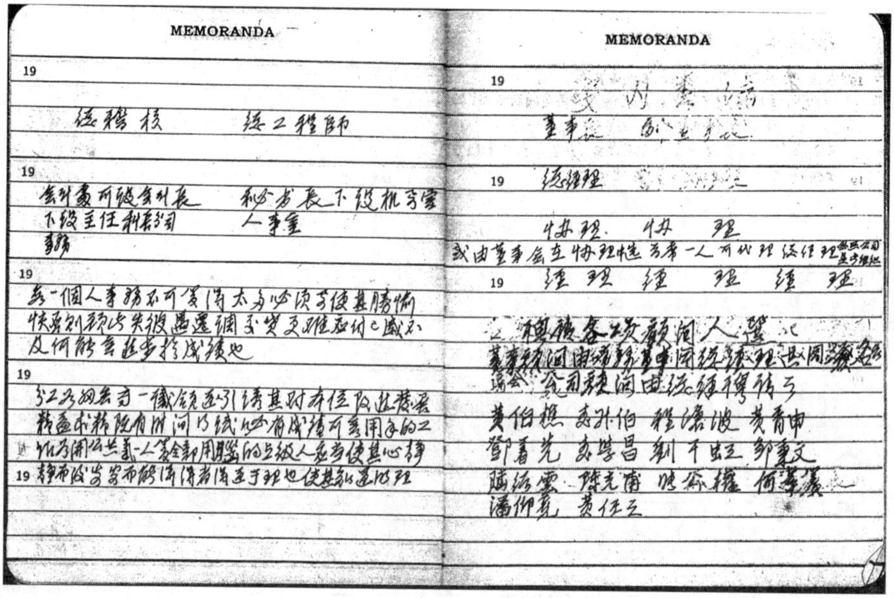
MEMORANDA
总稽核 总工程师
MEMORANDA
总经理
协理 协理
经理 经理 经理

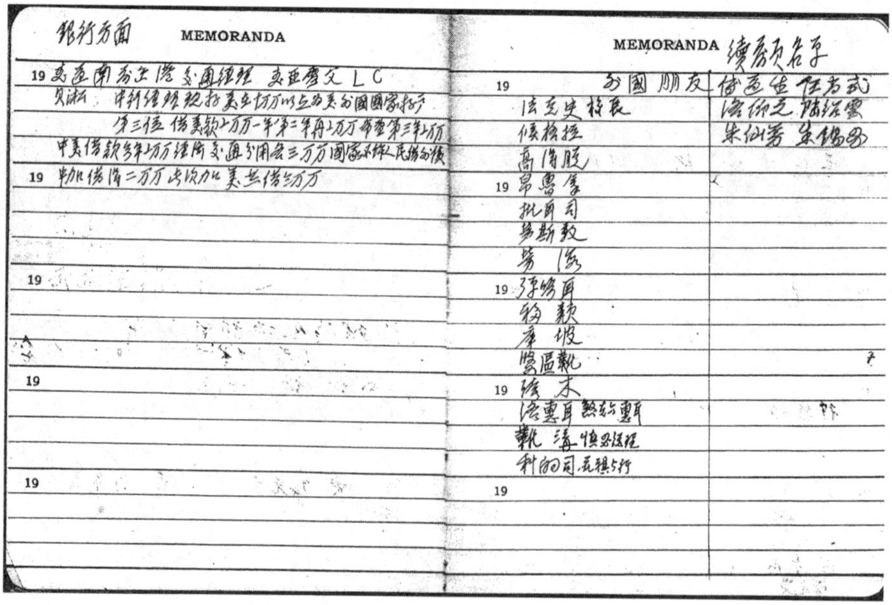
银行方面
MEMORANDA
MEMORANDA
外国朋友

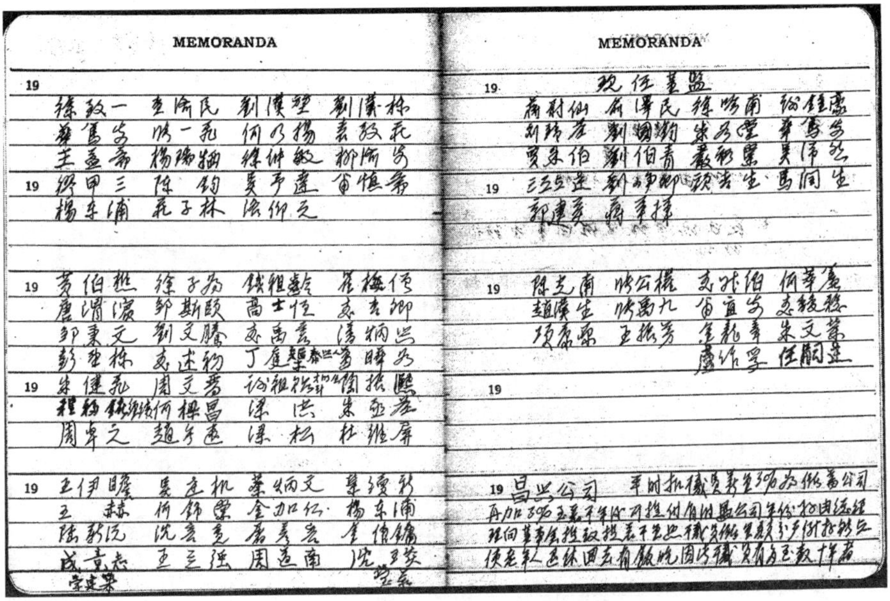
MEMORANDA
MEMORANDA
19
19
19
19
19
19
19
19

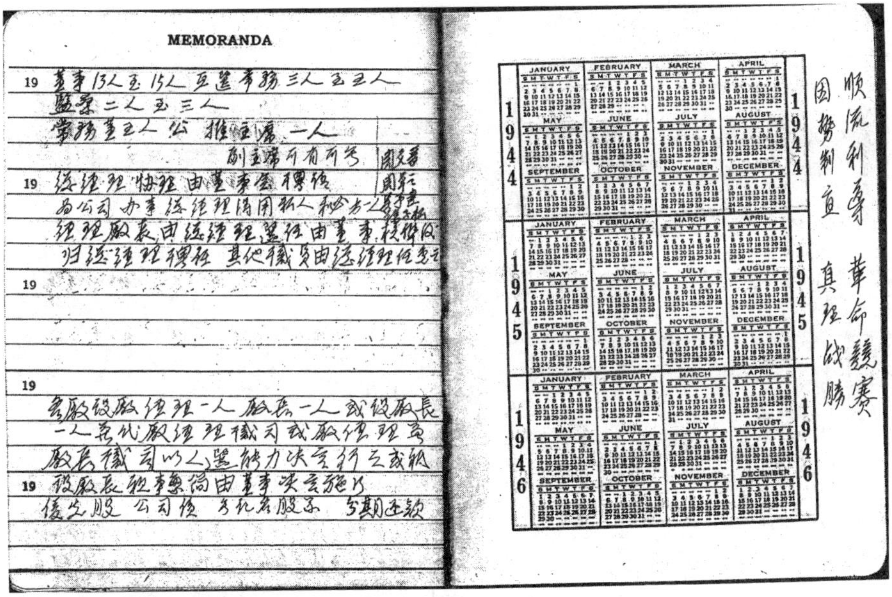
MEMORANDA
19 董事13人至15人 互选常务三人至五人
监察二人至三人
19
19
19
19
1944
1945
1946
顺流利导 革命竞赛
因势制宜 真理战胜

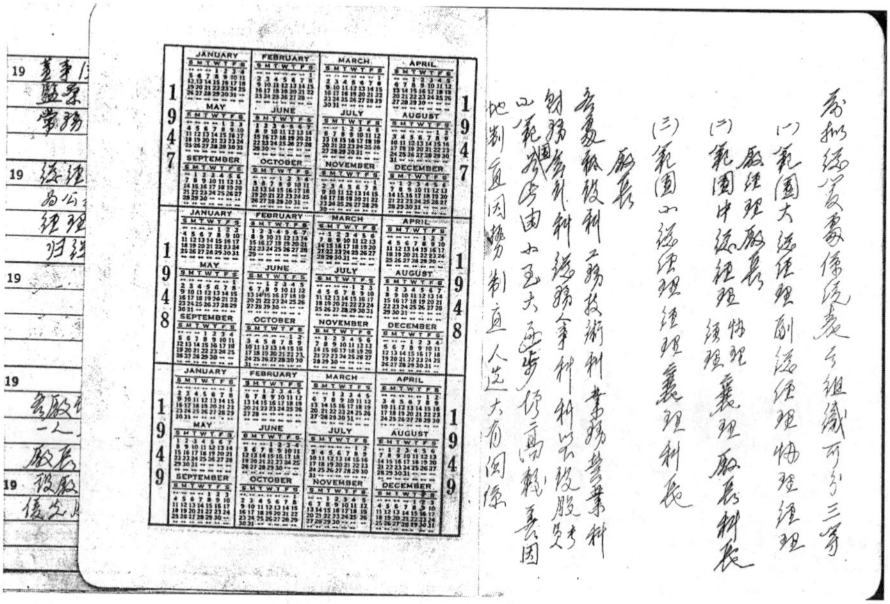
1947
1948
1949
(一)範圍大 總經理 副總經理 協理 經理
廠經理 廠長
(二)範圍中 總經理 協理 經理 襄理 廠長 科長
(三)範圍小 總經理 經理 襄理 科長
廠長

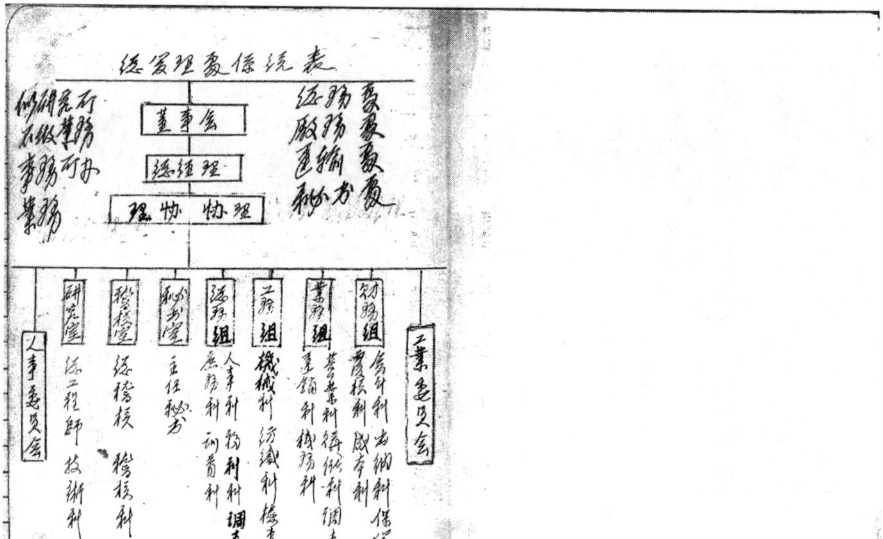
總管理處系統表
董事會
總經理
協理 協理
人事委員會
研究室
稽核室
秘書室
總務組
工務組
業務組
財務組
工業委員會

1946～1949 年

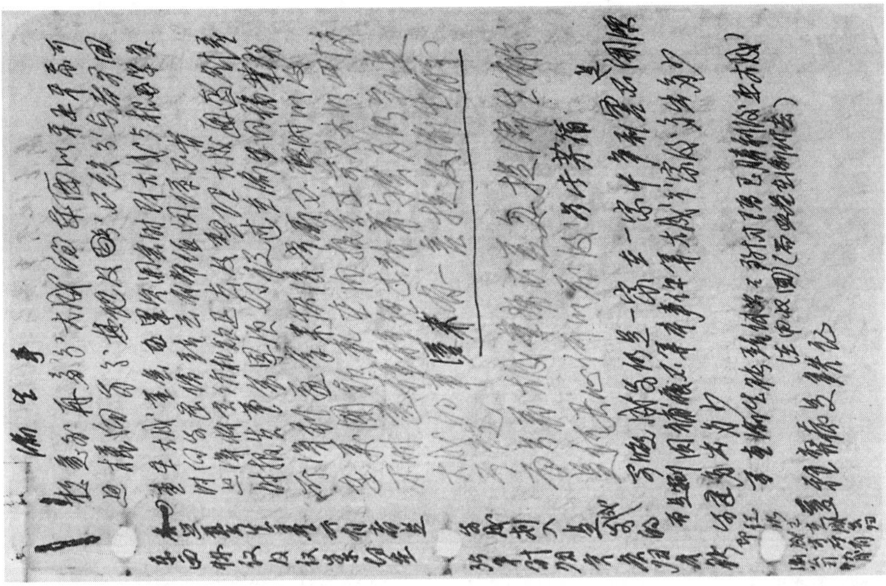

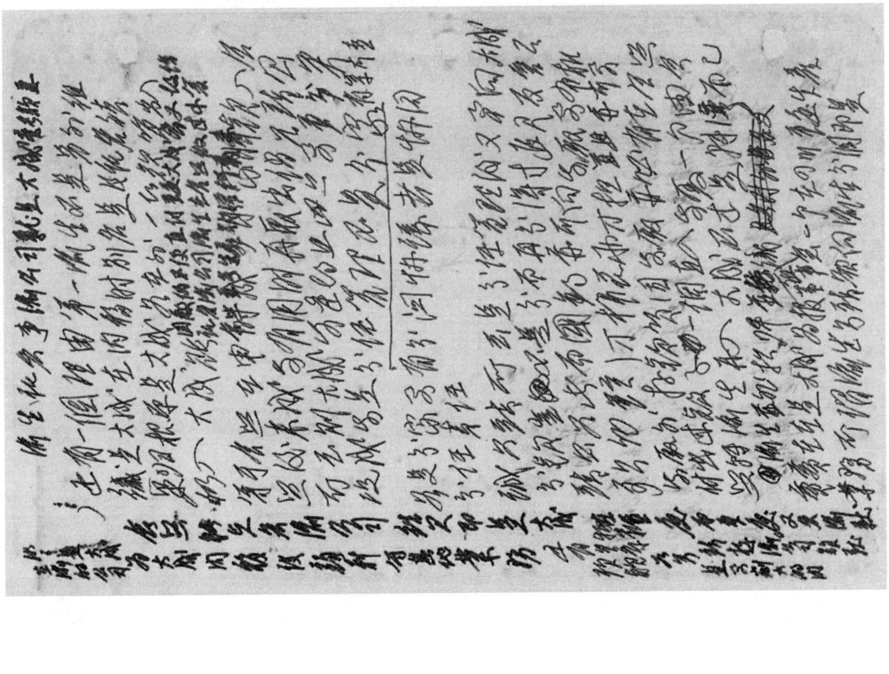

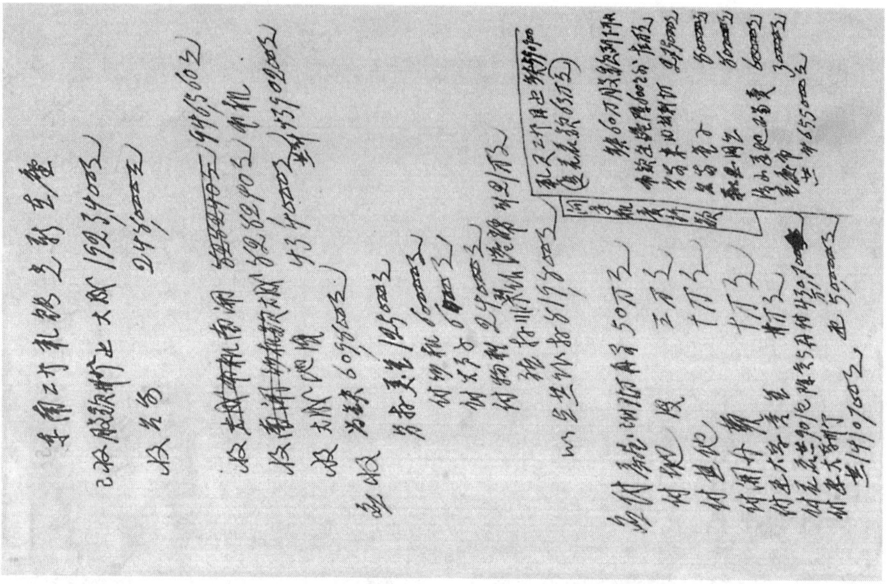

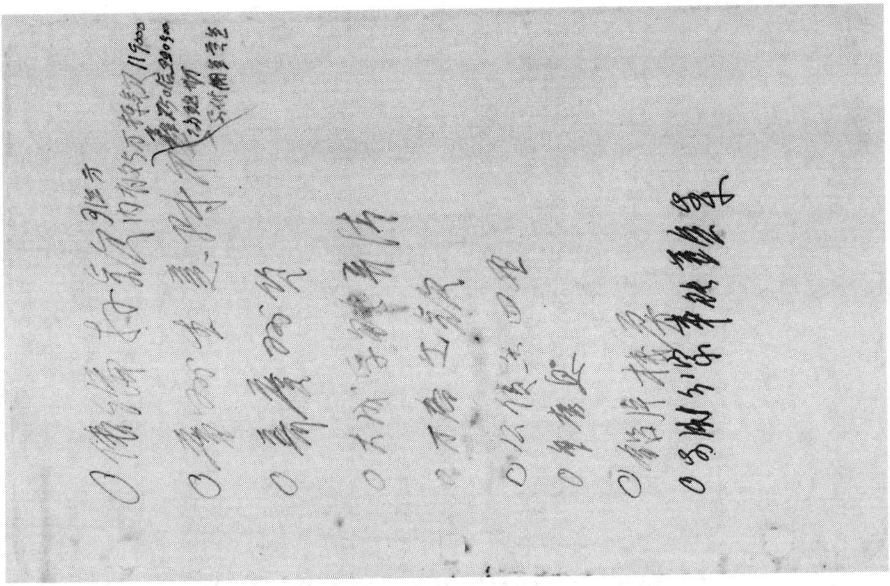

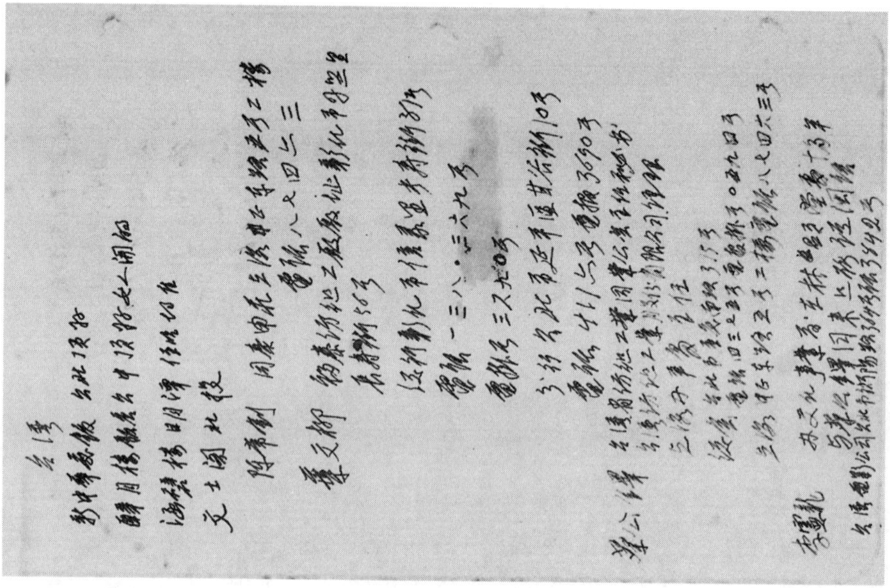

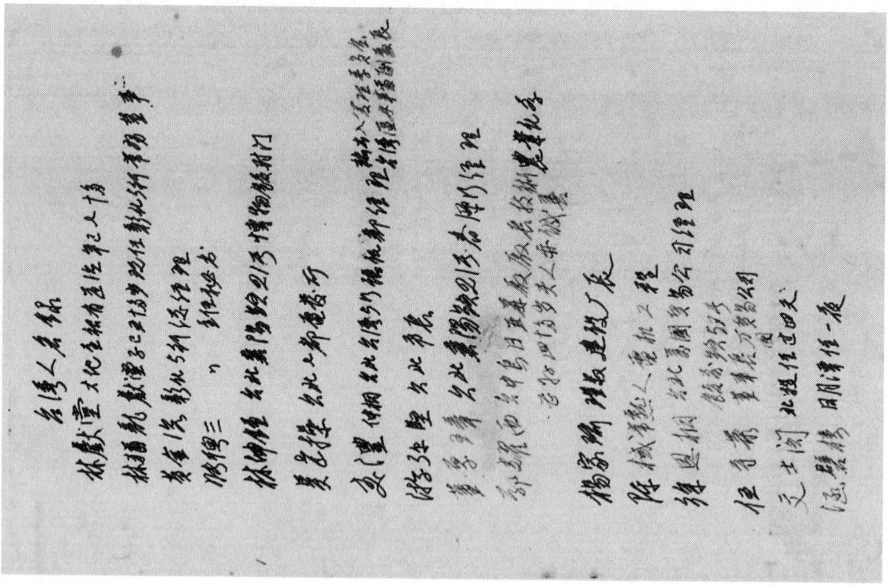

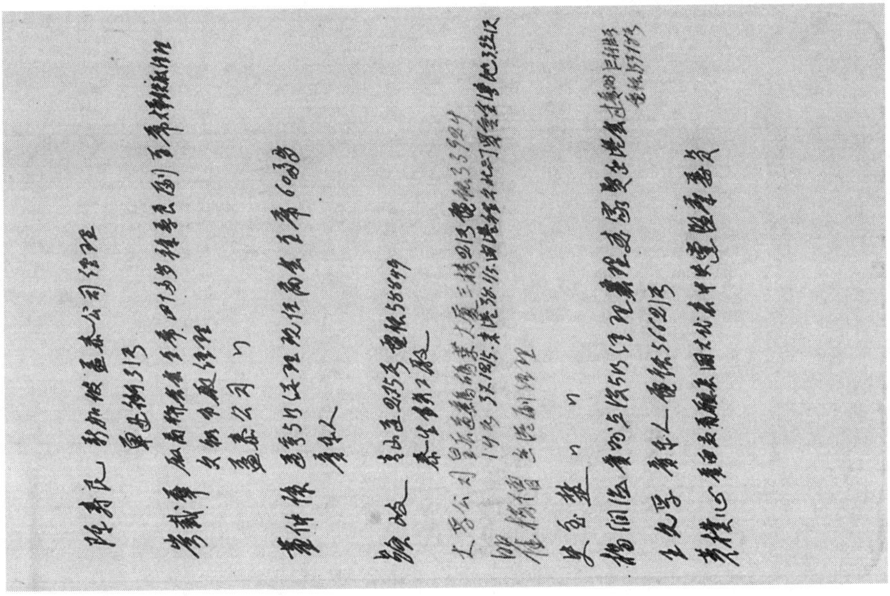

广西
二小时

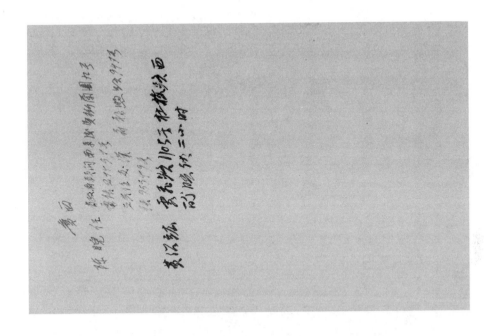

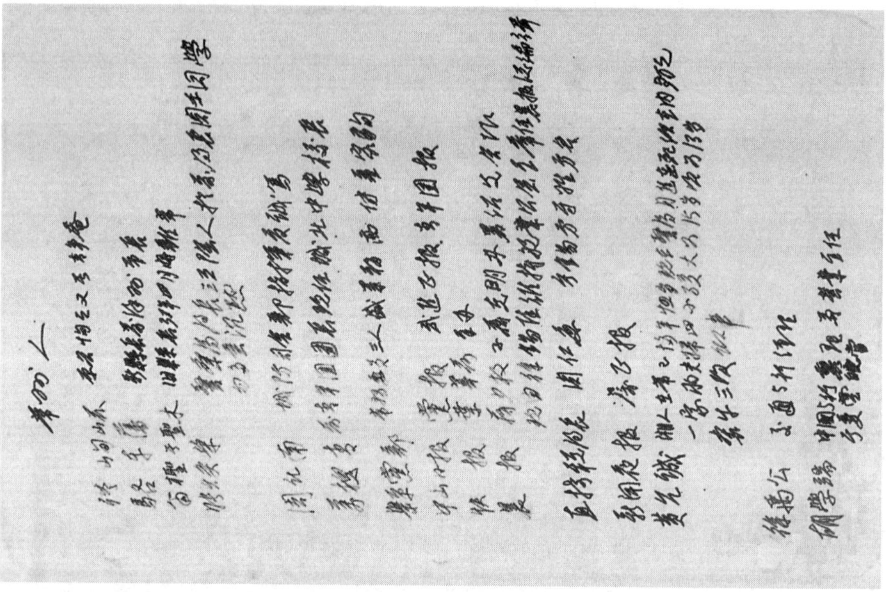

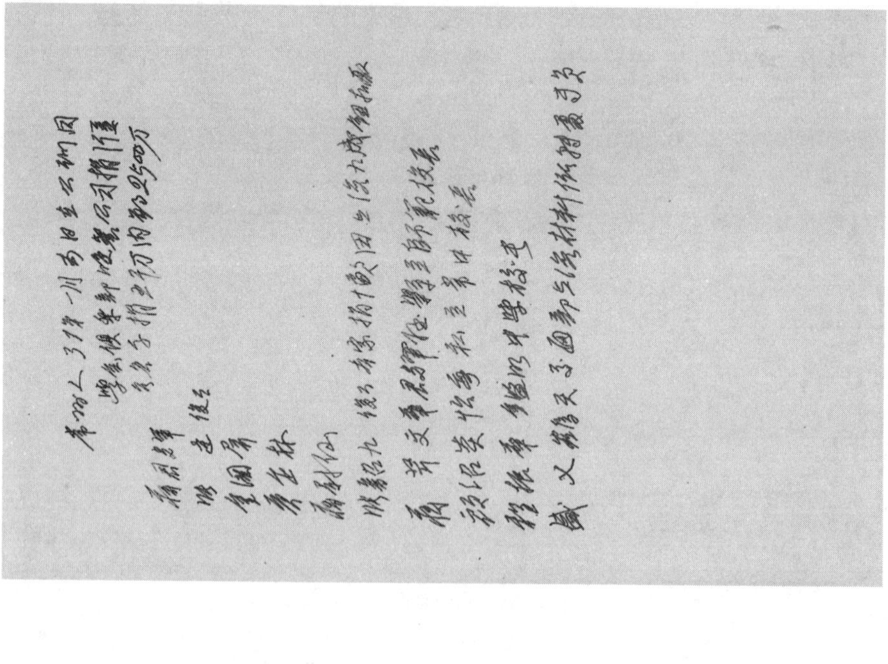

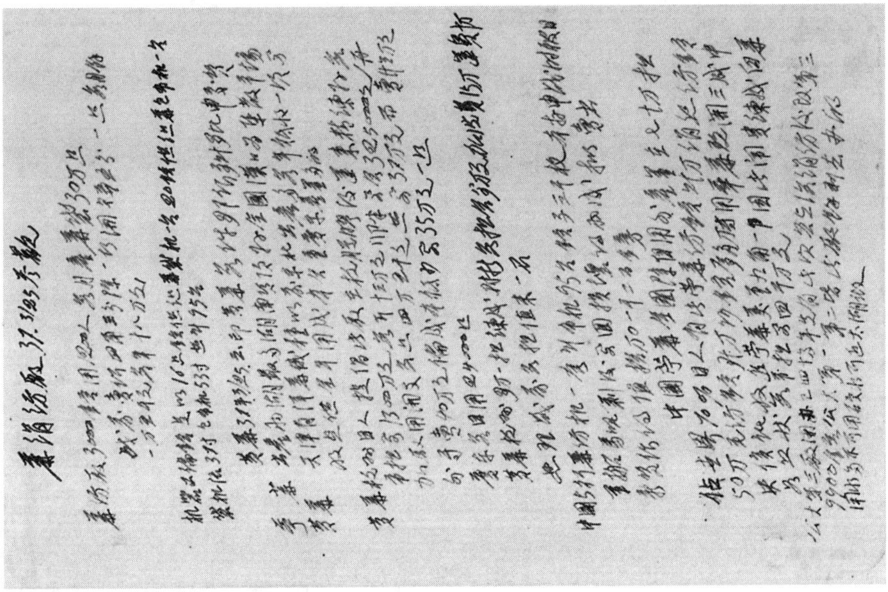

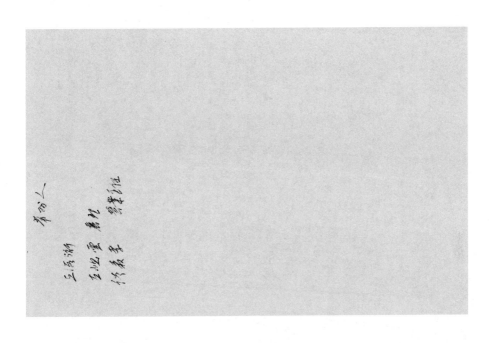

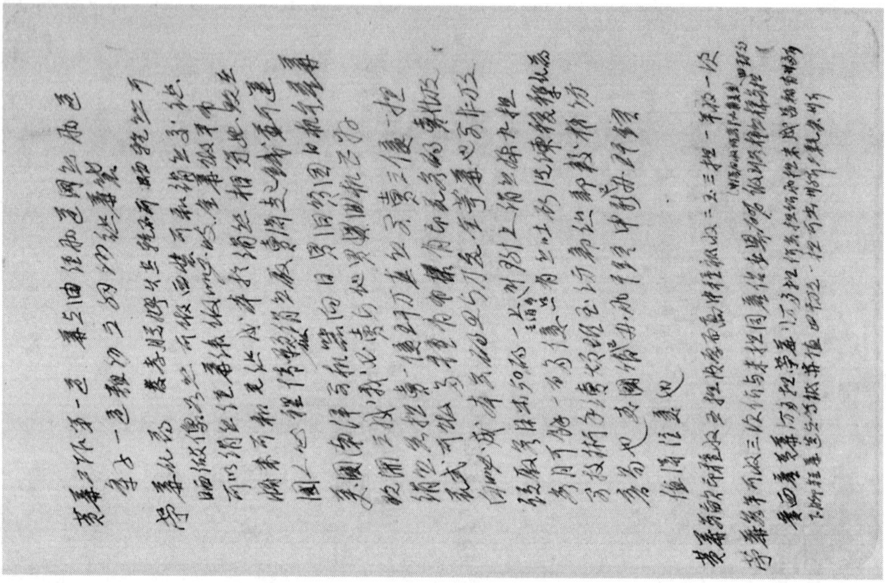

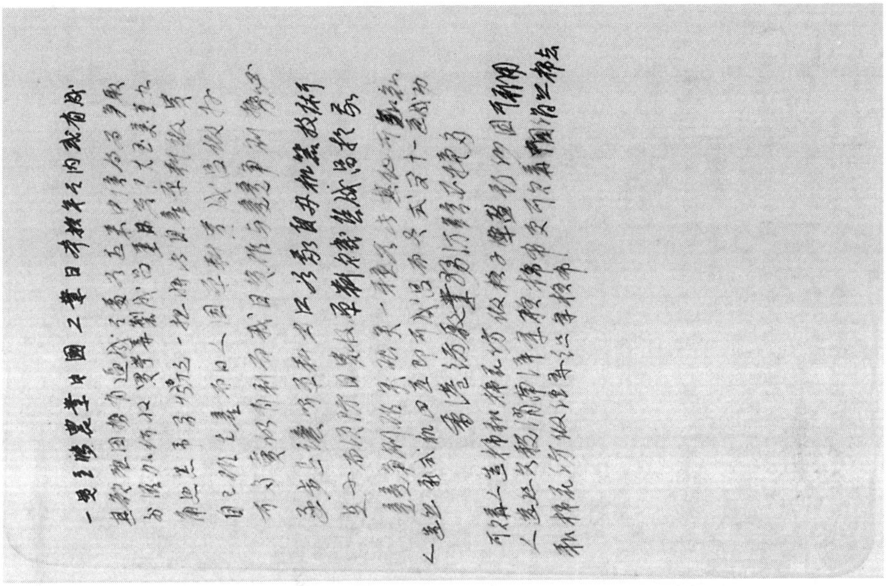

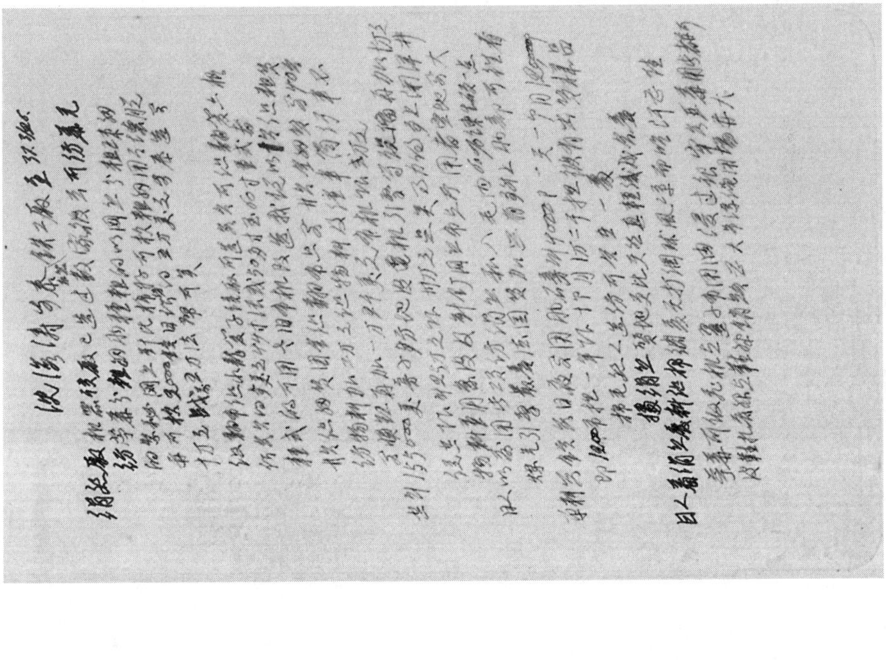

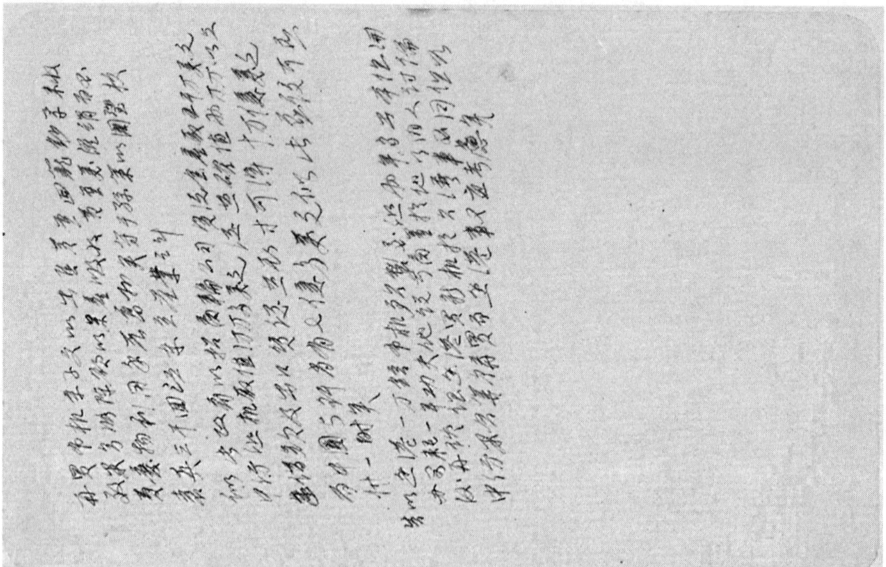

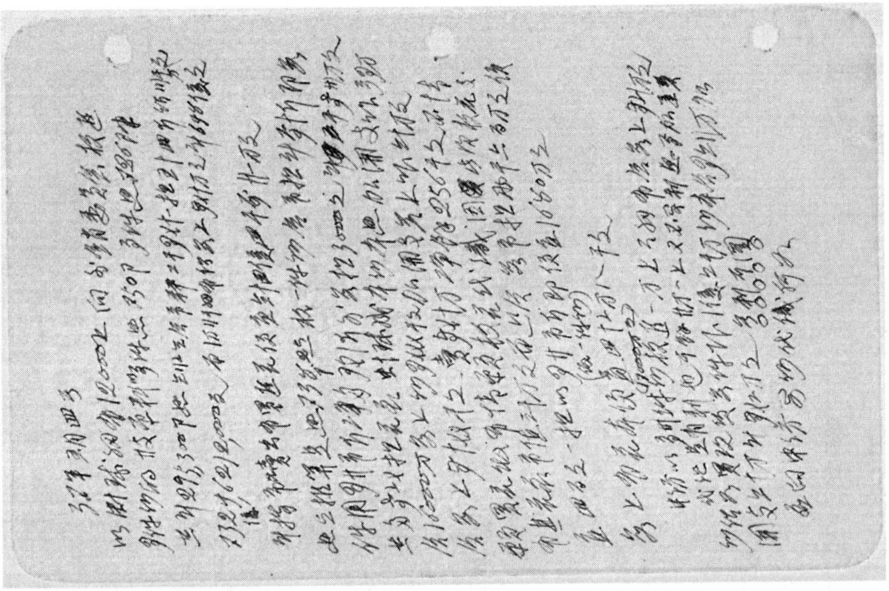

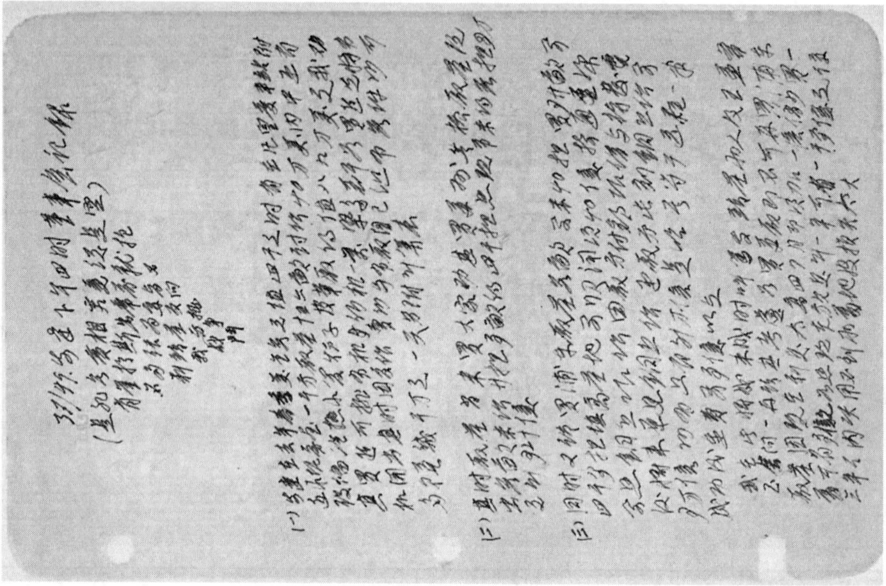

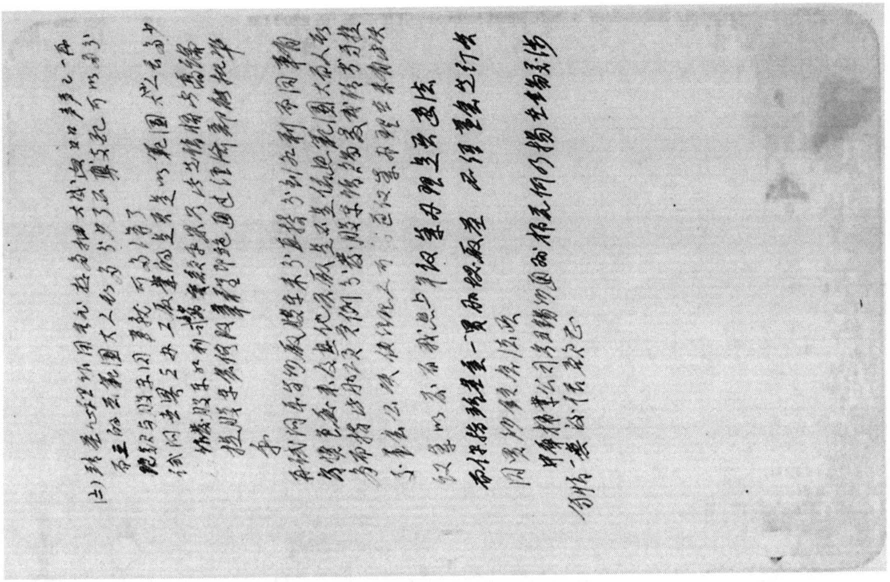

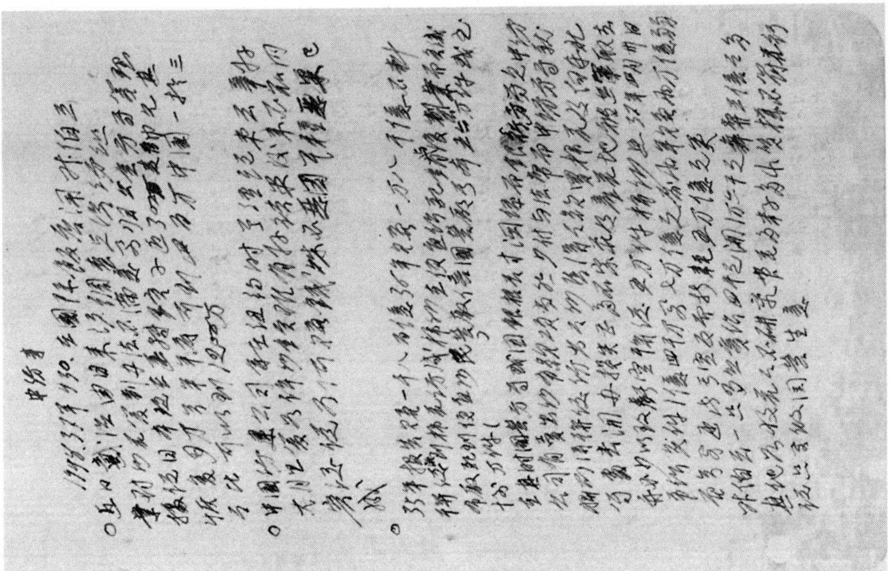

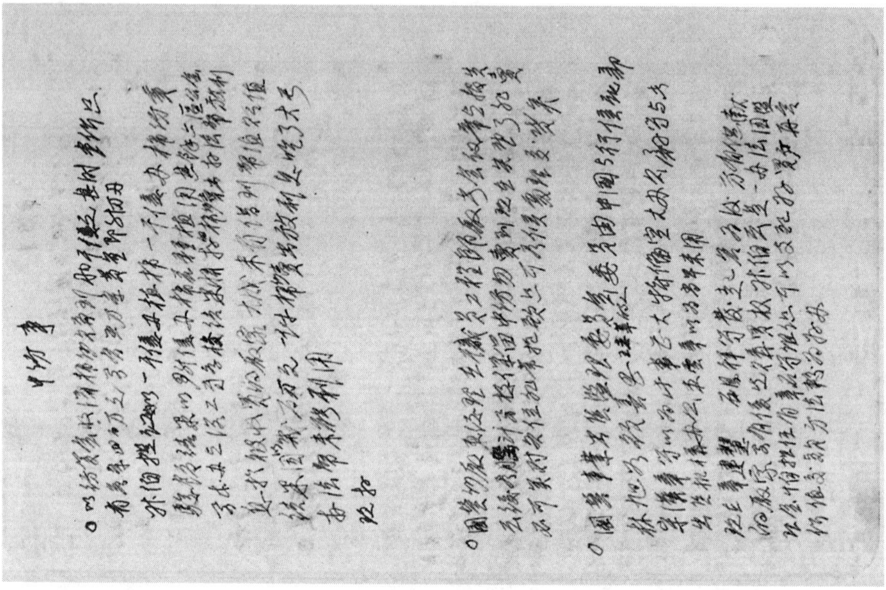

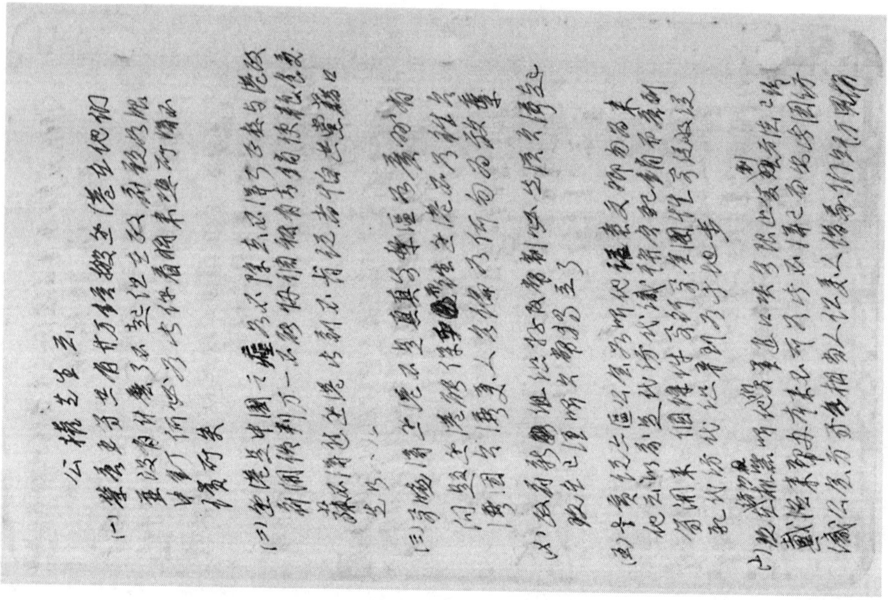

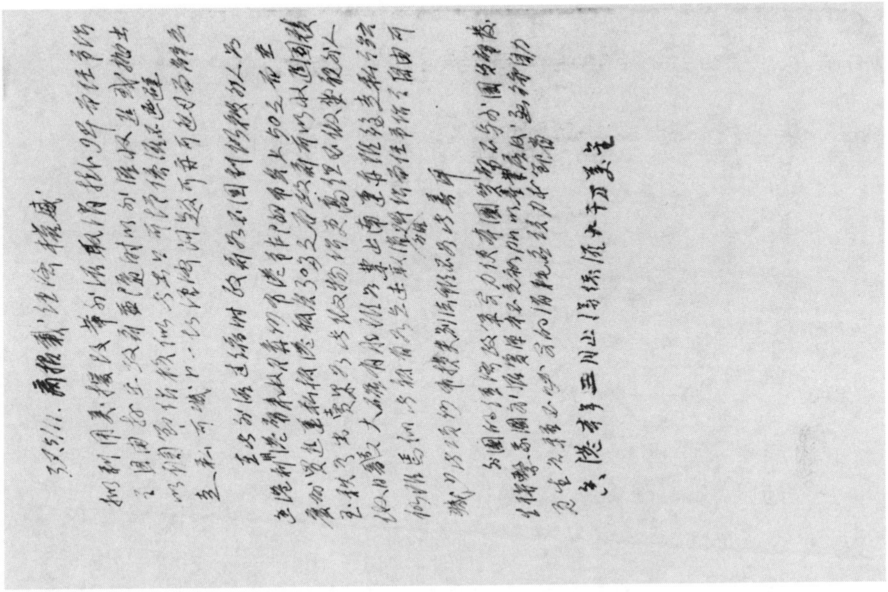

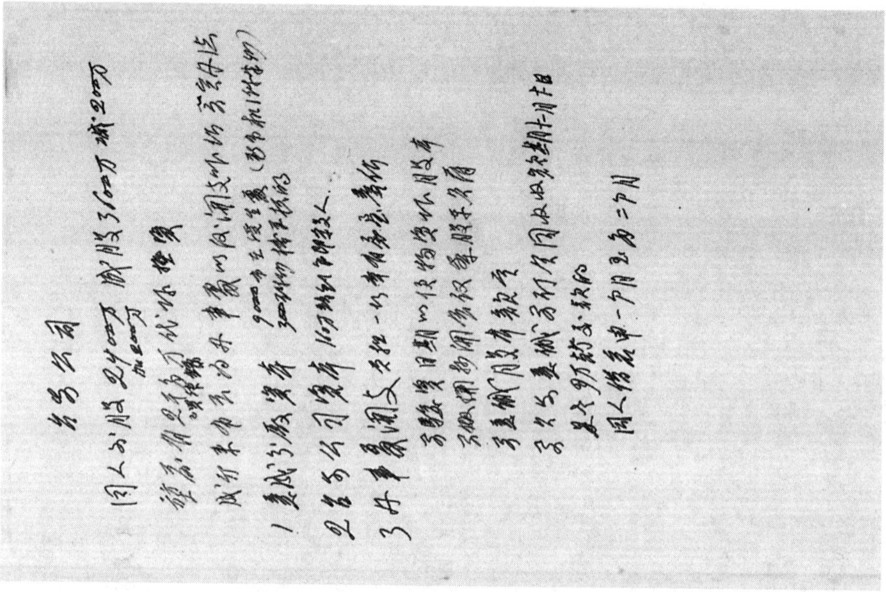

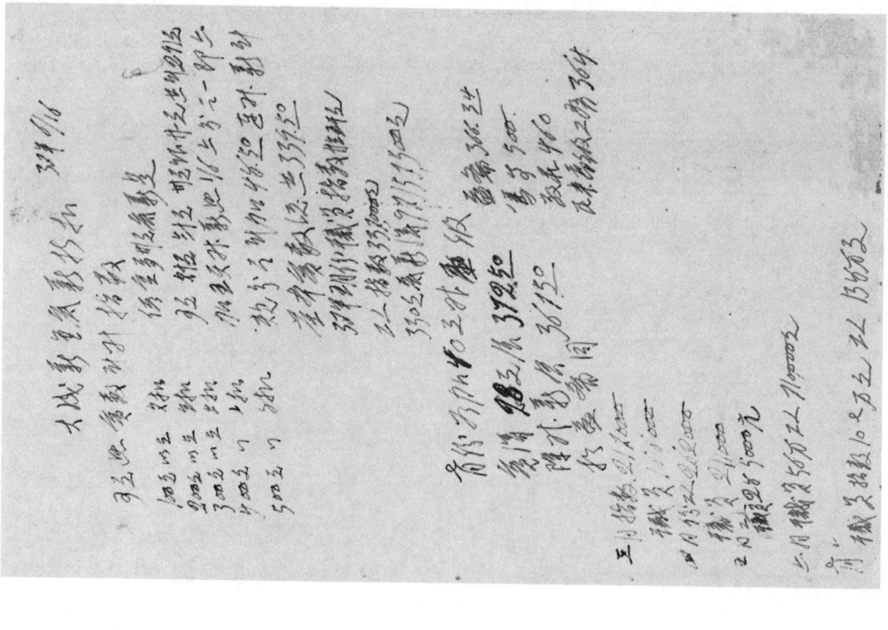

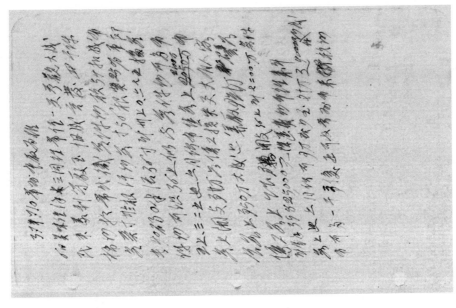

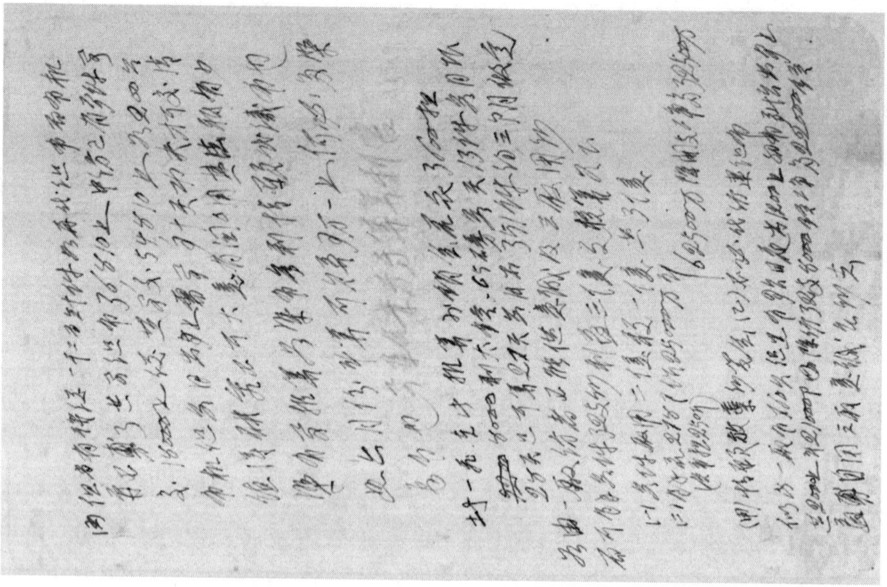

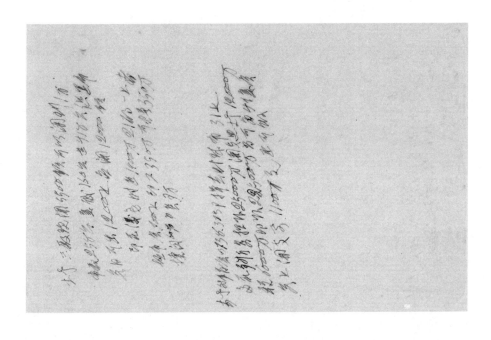

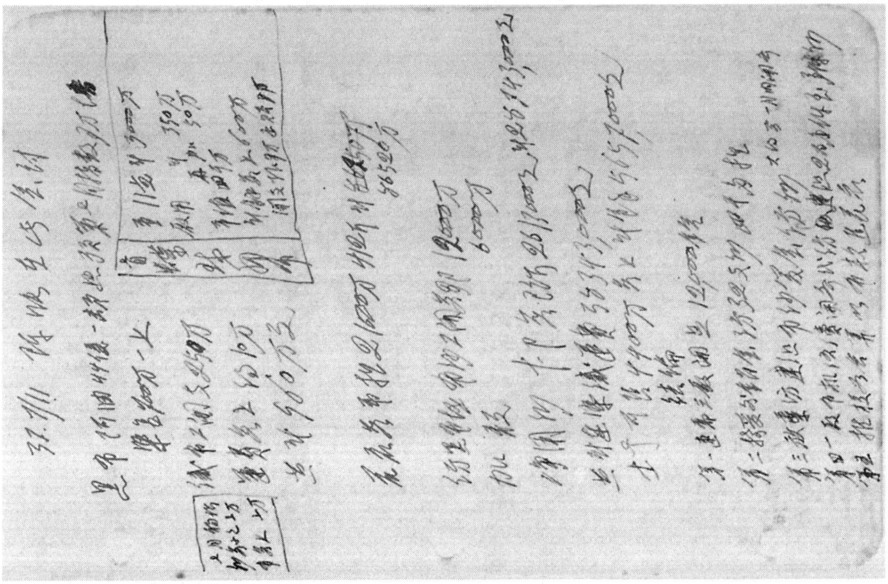

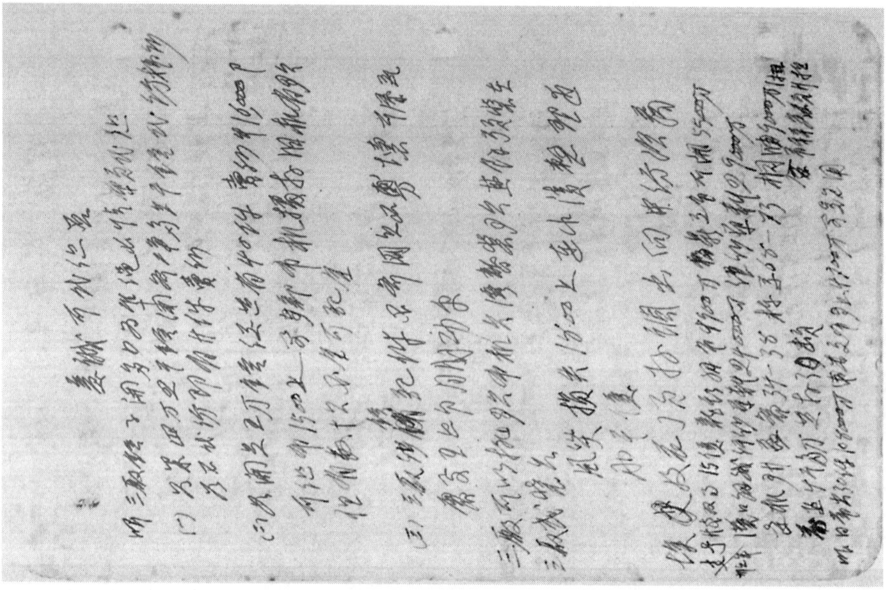

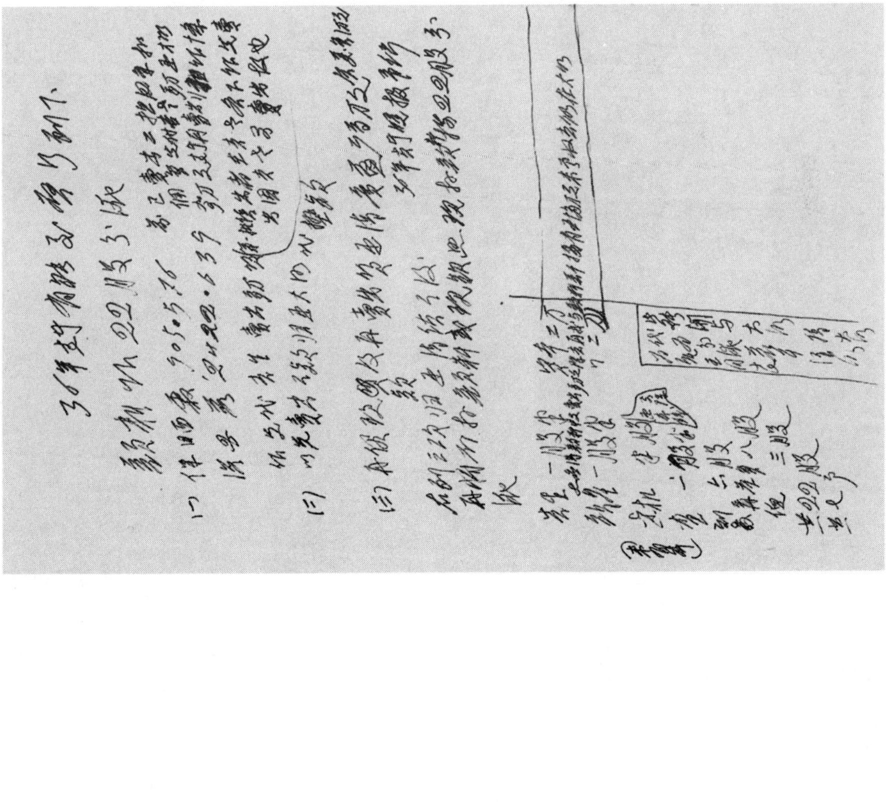

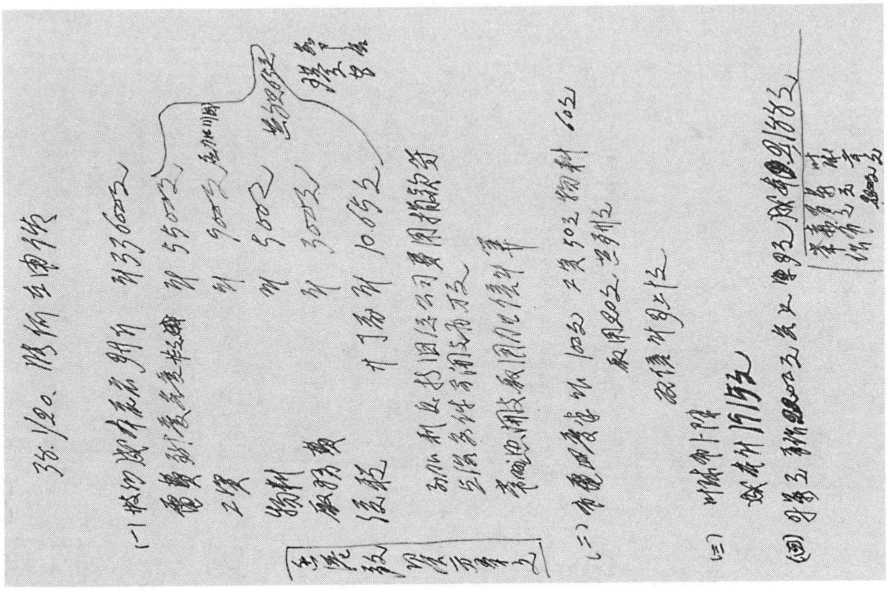

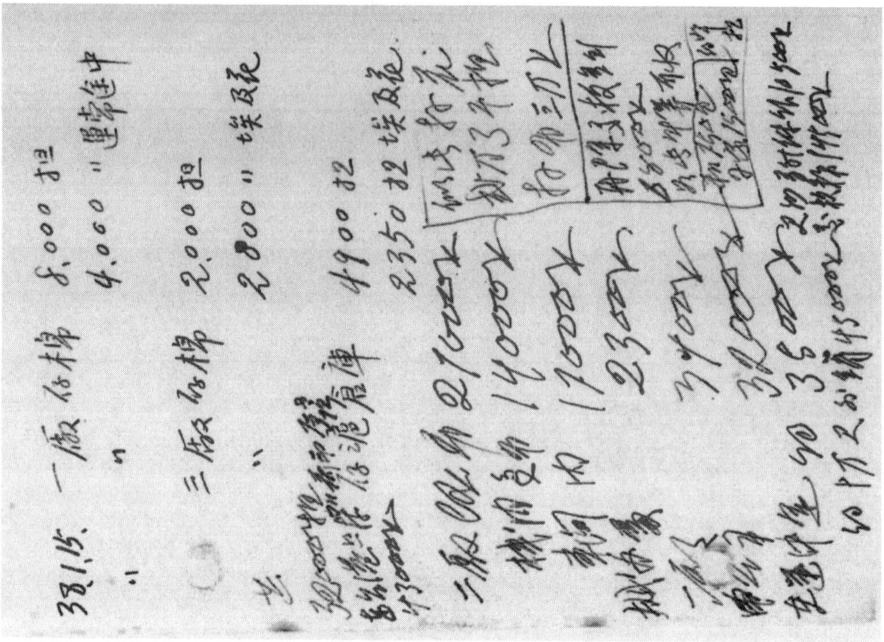

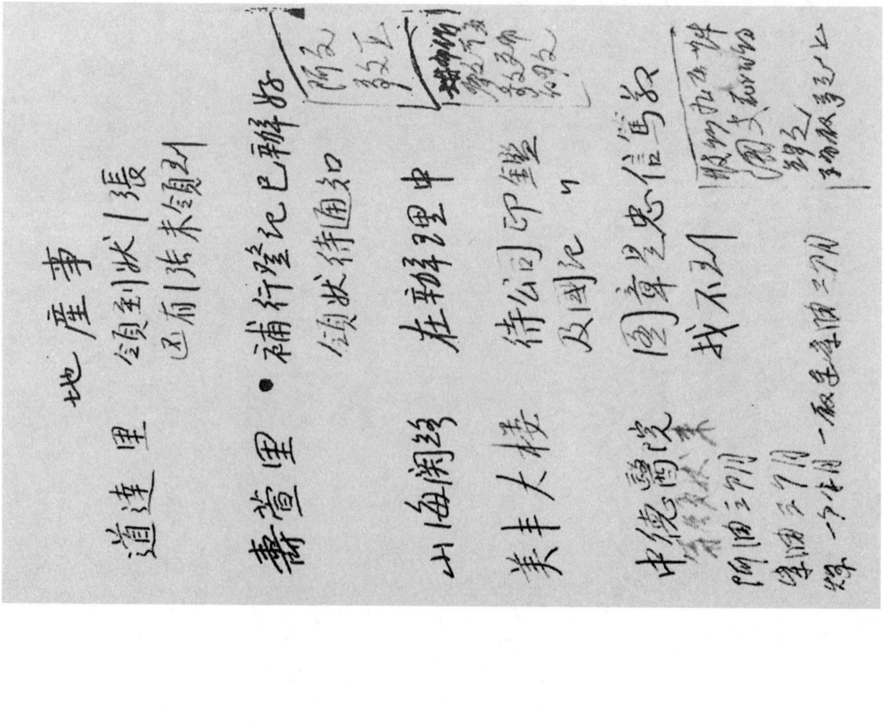

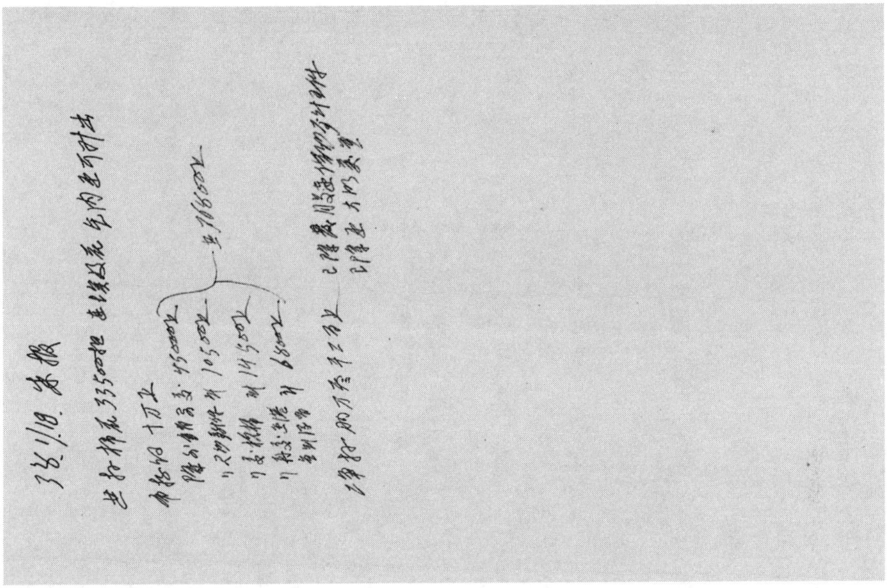

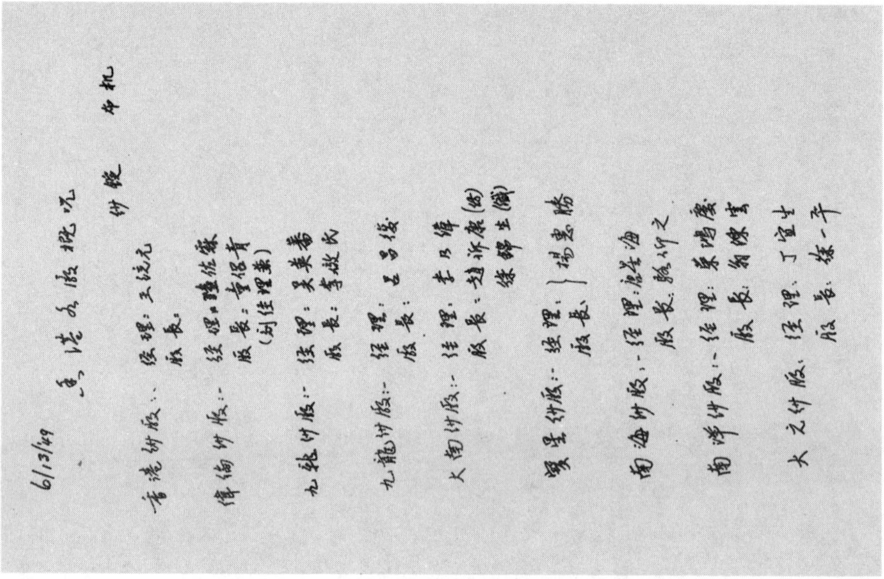
6/13/49

香港各厰概况

纱锭 布机

香港纱厰:- 经理:王统元
厰長:

偉綸纱厰:- 经理:鍾佐霖
厰長:童侶青
(副经理兼)

九龍纱厰:- 经理:吴英蕃
厰長:李啟民

九龍纱厰:- 经理:
厰長: 吕昌俊

大南纱厰:- 经理:李乃偉
厰長:趙祈康(纺)
徐錦生(織)

寶星纱厰:- 经理:
厰長: } 楊惠勝

南海纱厰:- 经理:唐星海
厰長:麟仰之

南洋纱厰:- 经理:榮鴻慶
厰長:翁漱雲

大元纱厰:经理:丁宜生
厰長:徐一平

联泰纱厰:- 经理:沈海崎
厰長 楊 偉

新华纱厰:- 经理:
厰長:

上海纱厰:- 经理:
厰長:

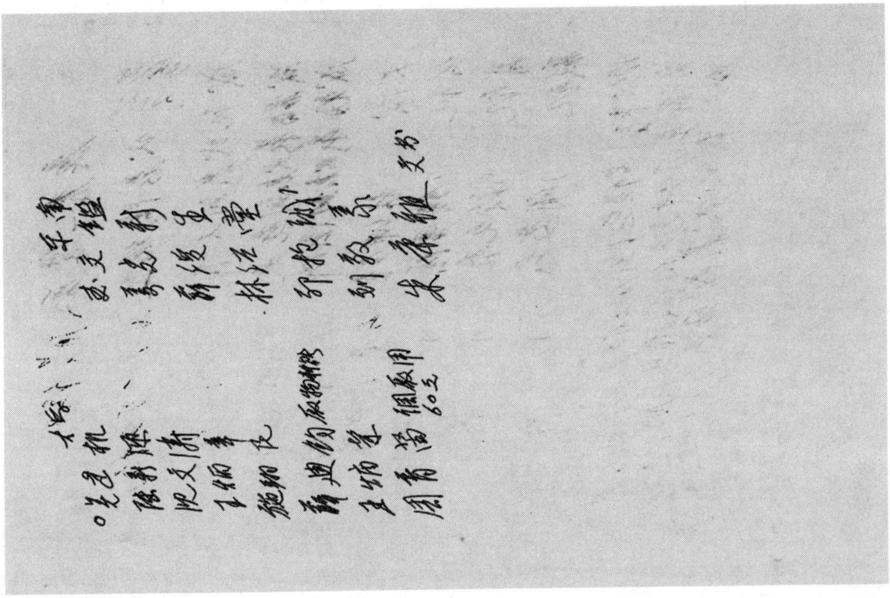

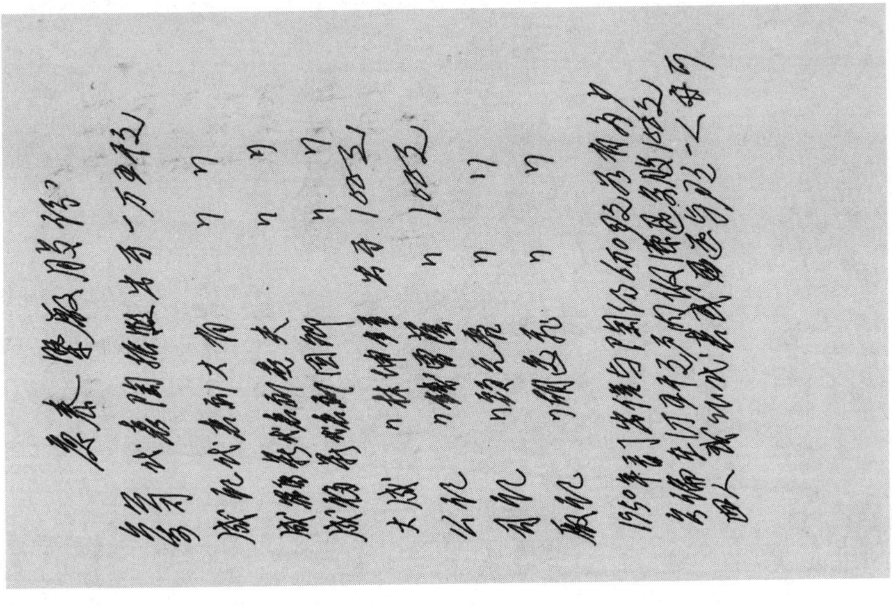

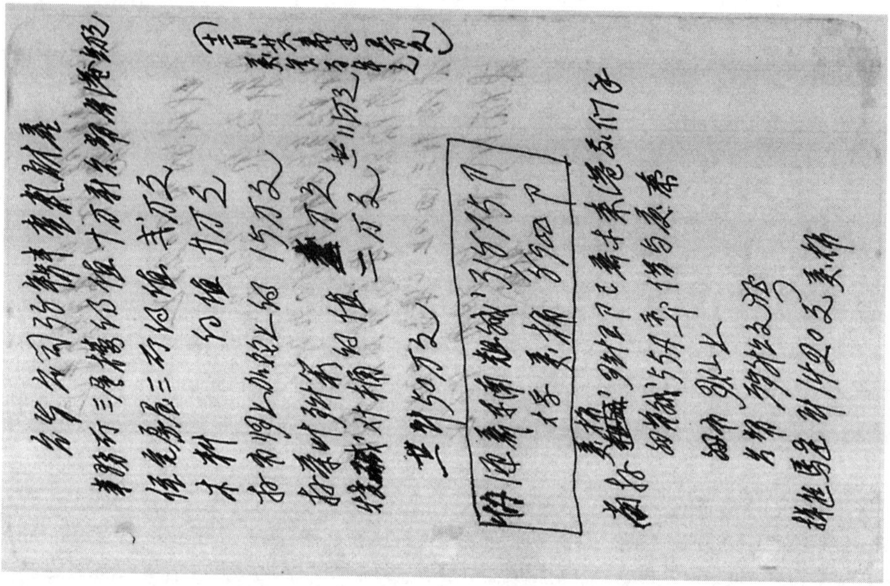

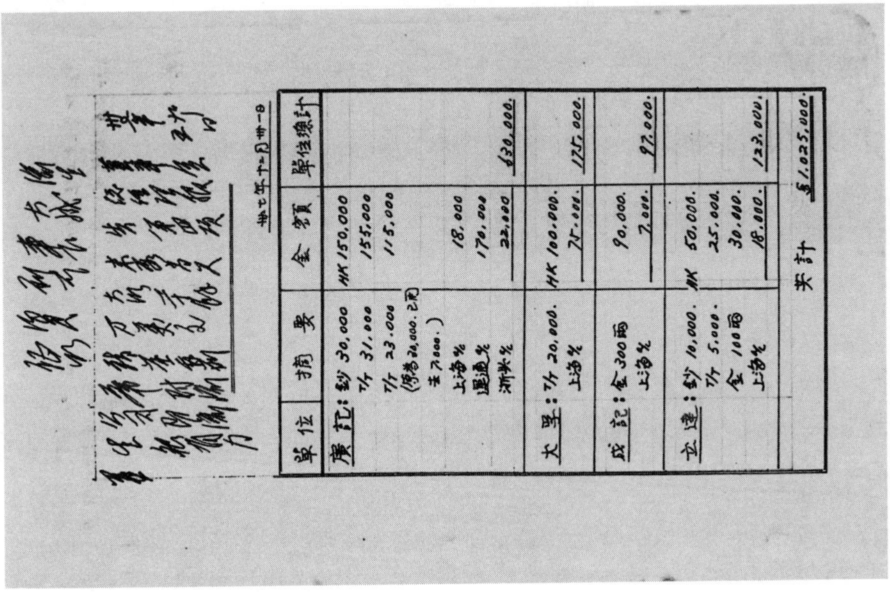

卅七年十二月卅一日

單位	摘要	金額	單位總計
廣記:	鈔 30,000	HK 150,000	
	T/T 31,000	155,000	
	T/T 23,000 (原為20,000.已[illegible] 主7000.)	115,000	
	上海%	18,000	
	運通%	170,000	
	浙米%	22,000	630,000.
大昇:	T/T 20,000.	HK 100,000.	
	上海%	75,000.	175,000.
成記:	金300兩	90,000.	
	上海%	7,000.	97,000.
立達:	鈔 10,000.	HK 50,000.	
	T/T 5,000.	25,000.	
	金 100兩	30,000.	
	上海%	18,000.	123,000.
		共計	$1,025,000.

布疋存貨報告

民國卅七年十月十八日至十二月卅一日

類別	地點	布疋名稱	數量	已到數量	未到數量	售出數量	售价總值	結存數量
印棉2000包直接交換貨款	曼谷	蝶球机布	5120疋	5120疋				5120疋
福家首批印棉壹仟	星加坡	蝶球机布	5000疋	5000疋		700疋	港幣32,375.-	4300疋
伍佰包交換	星加坡	蝠鼎墨布	5000疋	5000疋				5000疋
	香港	蝠鼎墨布	5000疋	5000疋		5000疋	243,750.-	
	香港			3000疋		3000疋	157,422.-	
	香港	蝠鼎墨布	7980疋	3900疋		420疋	21,888.-	3480疋
	香港			1080疋				1080疋
和新美棉250包交換	香港	蝶球机布	14540疋	14540疋		13660疋	642,020.-	880疋
福家貳批印棉壹	香港	蝠鼎墨布	9539疋	7000疋	2539疋	1500疋	79,400.-	5500疋
仟伍佰包交換	香港	蝠鼎墨布	4400疋	4400疋				4400疋
	香港	金八星墨布	6793疋		6793疋			
向外銷会購進	香港	水甲星斜紋	2000疋	2000疋				2000疋
向外銷会購進	香港	大鵬机布	2000疋	2000疋		1000疋	47,200.-	1000疋
向外銷会購進	香港	龍頭机布	4000疋		4000疋			
共計：			71372疋	58040疋	13332疋	25280疋	$1,224,055.-	32760疋

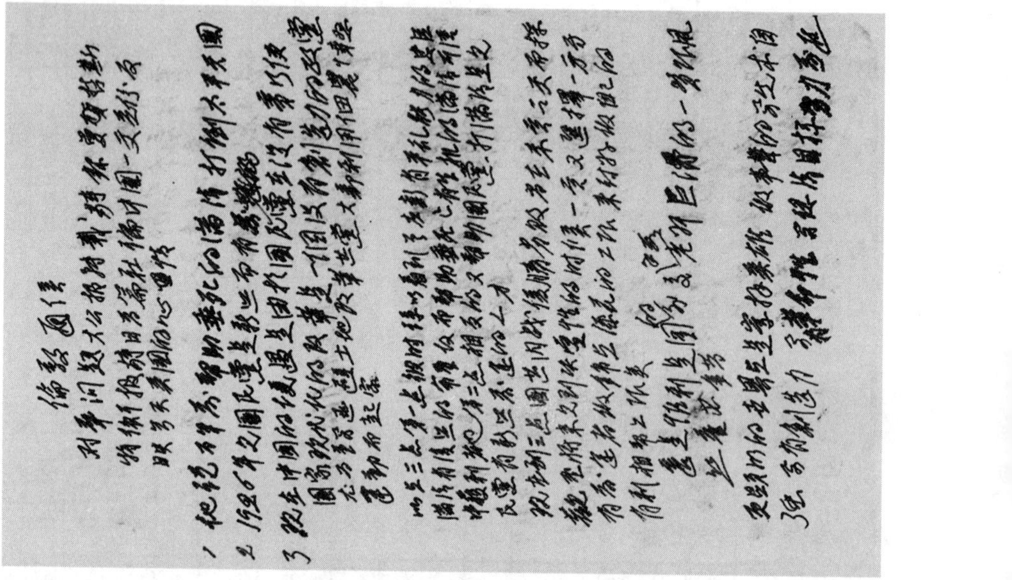

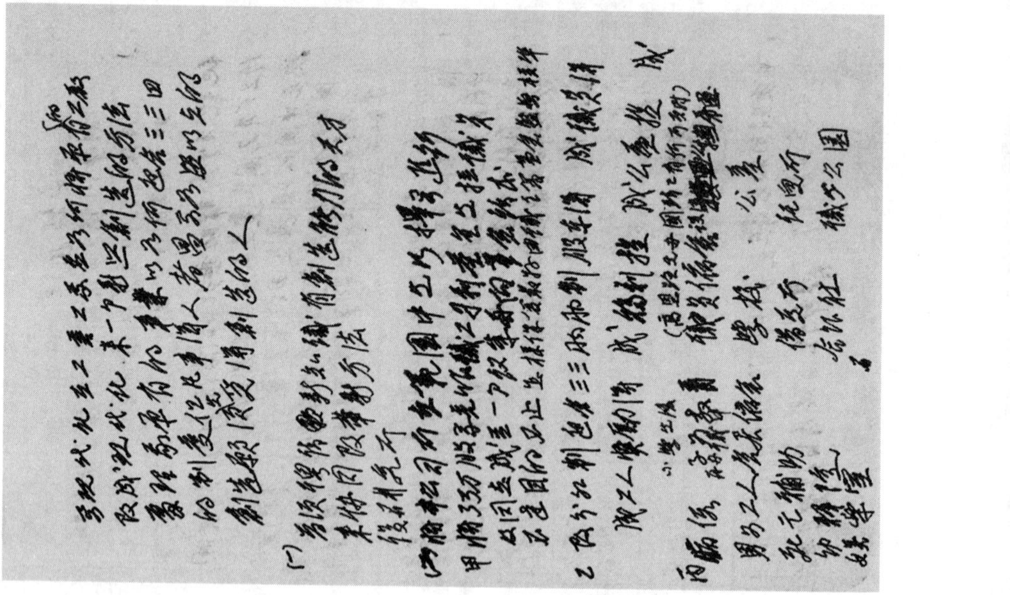

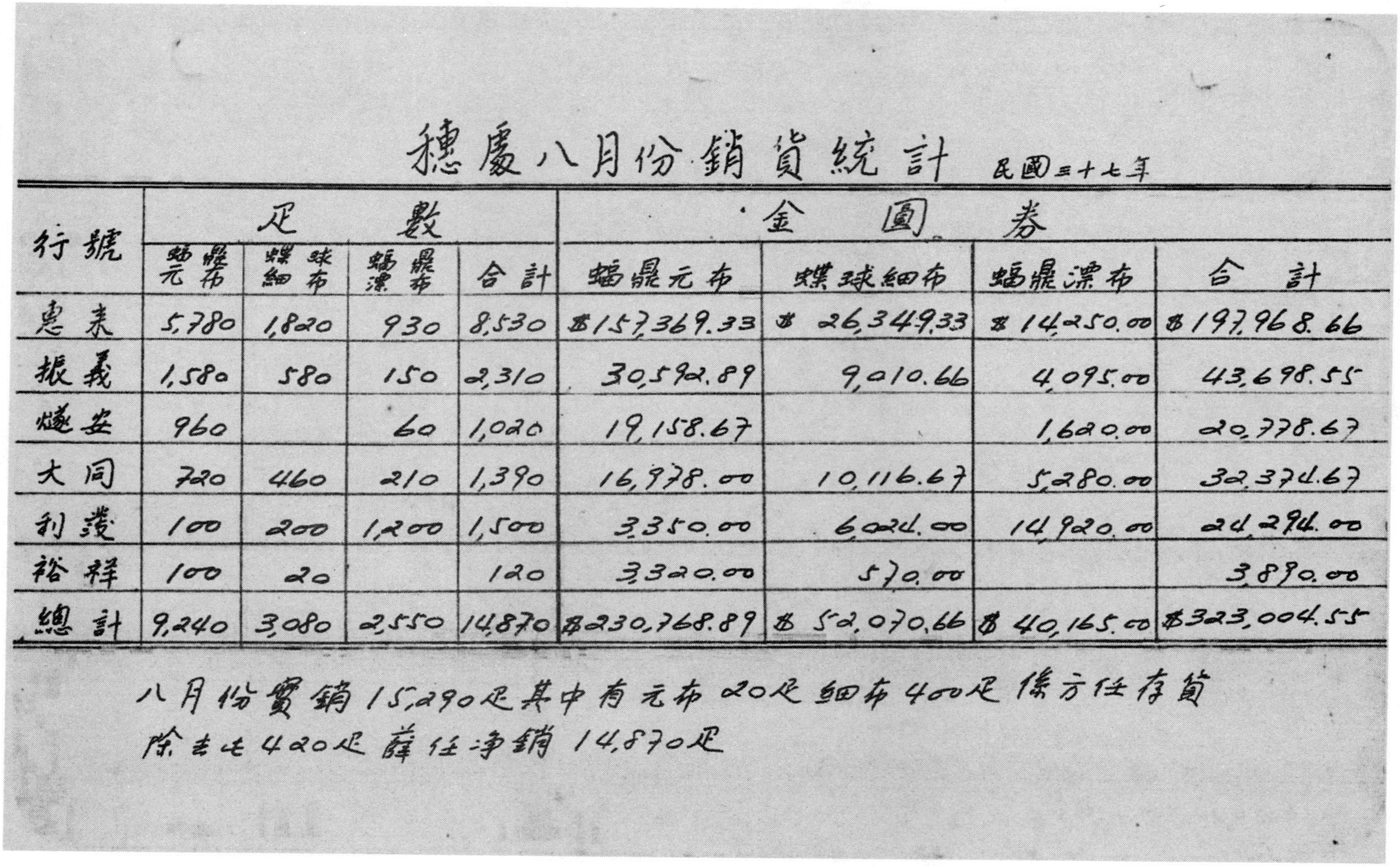

總處八月份銷貨統計 民國三十七年

行號	疋數				金圓券			
	蝠鼎元布	蝶球細布	蝠鼎漂布	合計	蝠鼎元布	蝶球細布	蝠鼎漂布	合計
惠来	5,780	1,820	930	8,530	$157,369.33	$26,349.33	$14,250.00	$197,968.66
振義	1,580	580	150	2,310	30,592.89	9,010.66	4,095.00	43,698.55
燧安	960		60	1,020	19,158.67		1,620.00	20,778.67
大同	720	460	210	1,390	16,978.00	10,116.67	5,280.00	32,374.67
利濟	100	200	1,200	1,500	3,350.00	6,024.00	14,920.00	24,294.00
裕祥	100	20		120	3,320.00	570.00		3,890.00
總計	9,240	3,080	2,550	14,870	$230,768.89	$52,070.66	$40,165.00	$323,004.55

八月份實銷15,290疋其中有元布20疋細布400疋係方任存貨

除去之420疋薛任净銷14,870疋

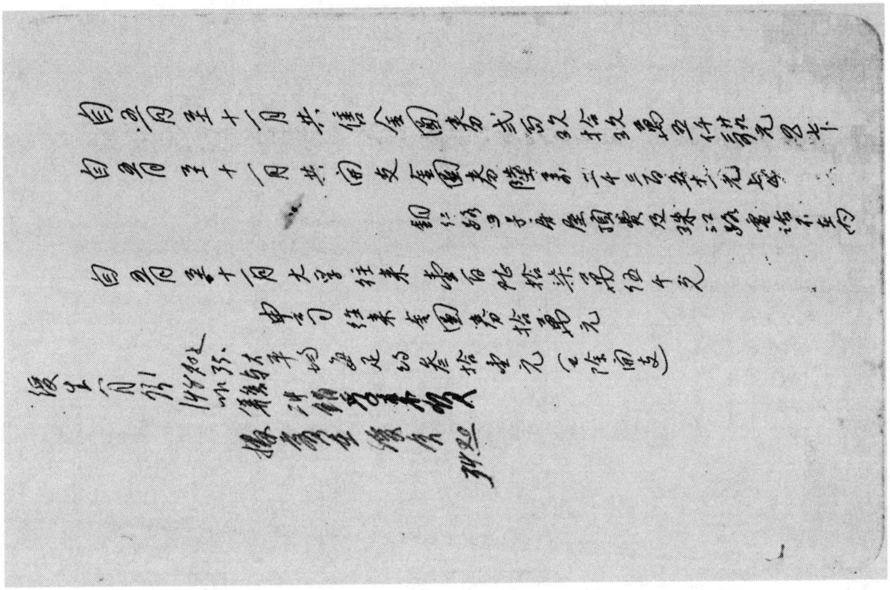

穗處銷貨分類統計

卅七年度

月份	蝠鼎元斜	蝠鼎元布	蝶球细布	蝠鼎漂布	鶴鼎细布	月計	累計
5月6月	440疋	340疋	9,860疋			10,640疋	10,640疋
7月		20	1,720			1,740	12,380
8月		9,260	3,480	2,550		15,290	27,670
9月		12,780	3,160	1,650		17,590	45,260
10月		5,120	1,480	742		7,342	52,602
11月		4,060	1,000		960疋	6,020	58,622
總計	440疋	31,580疋	20,700疋	4,942疋	960疋	58,622疋	

自卅七年五月至十一月薛任共收方移交12,800疋申公司53,900疋共66,700疋
再加鶴鼎漂染960疋
共銷58,622疋十一月卅日實存蝠鼎元布7,800疋蝶球细布480疋蝠鼎漂布758疋共計9,038疋

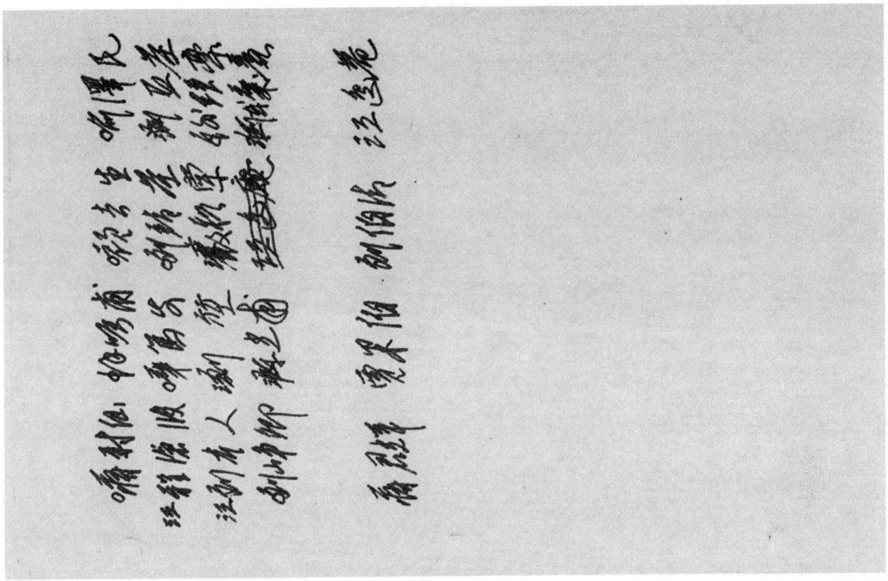

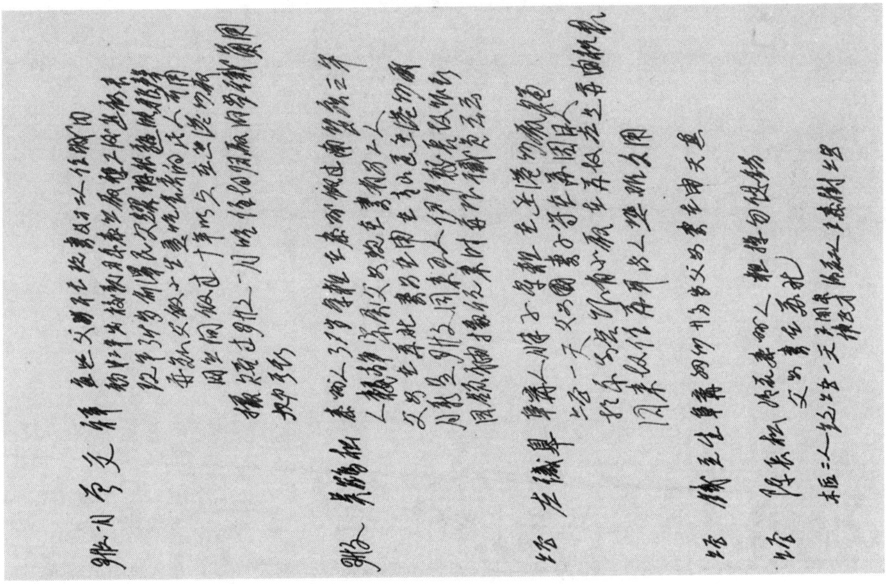

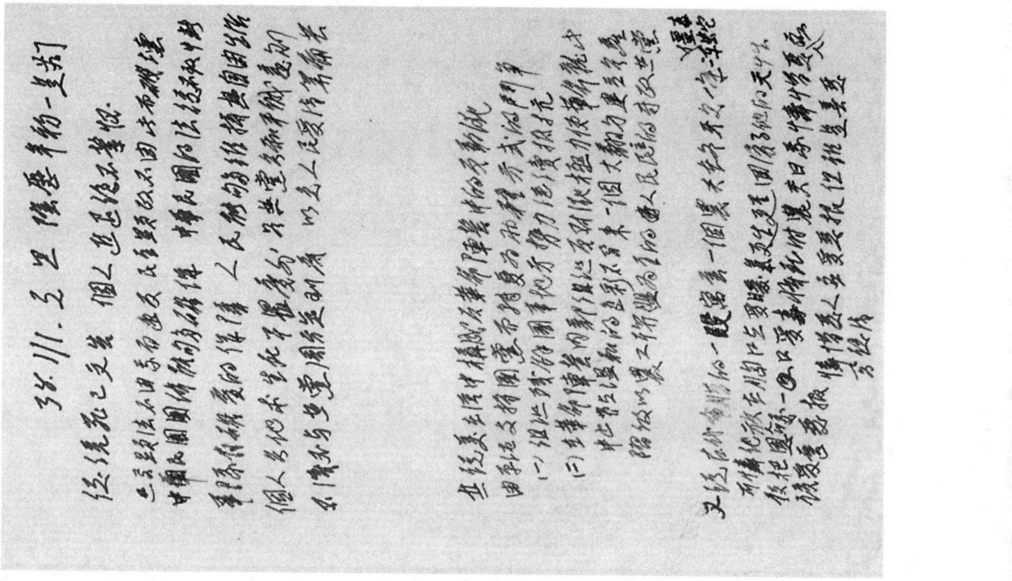

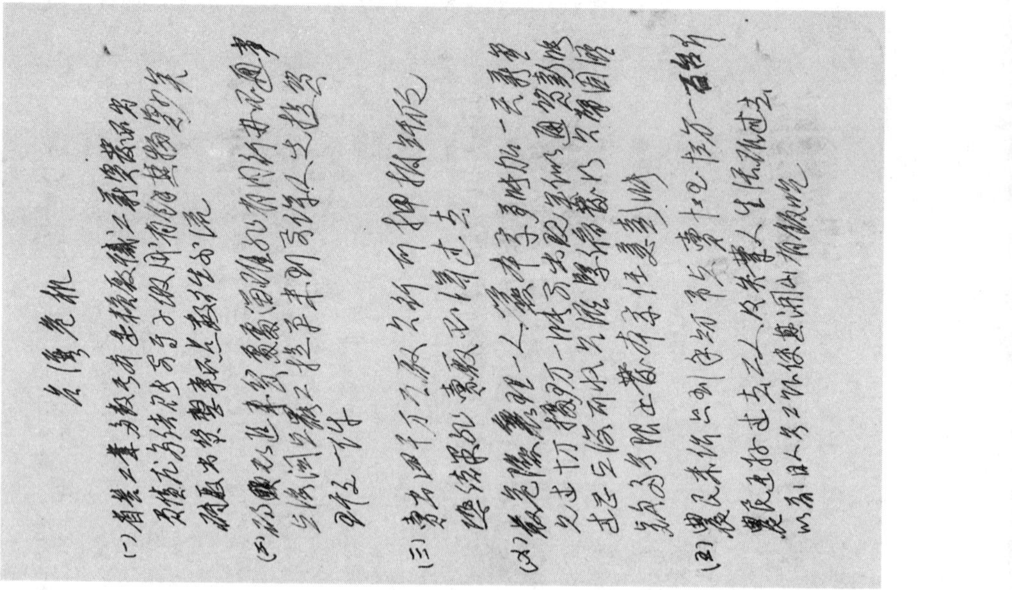

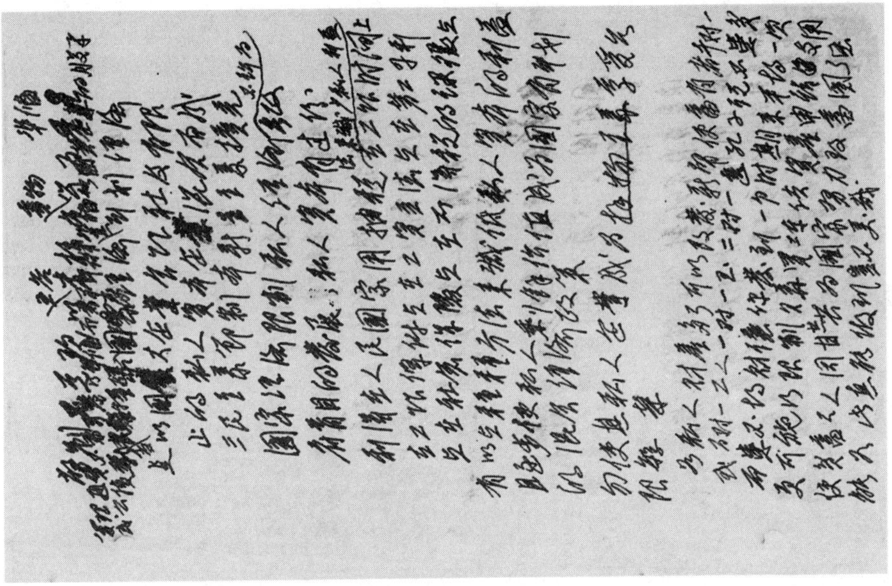

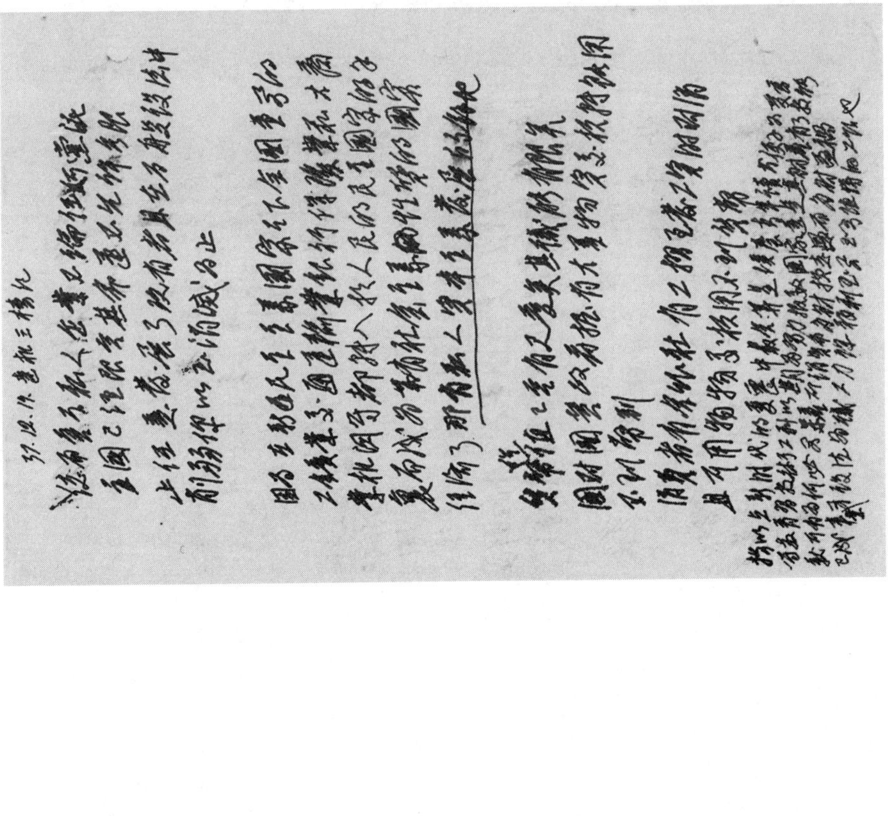

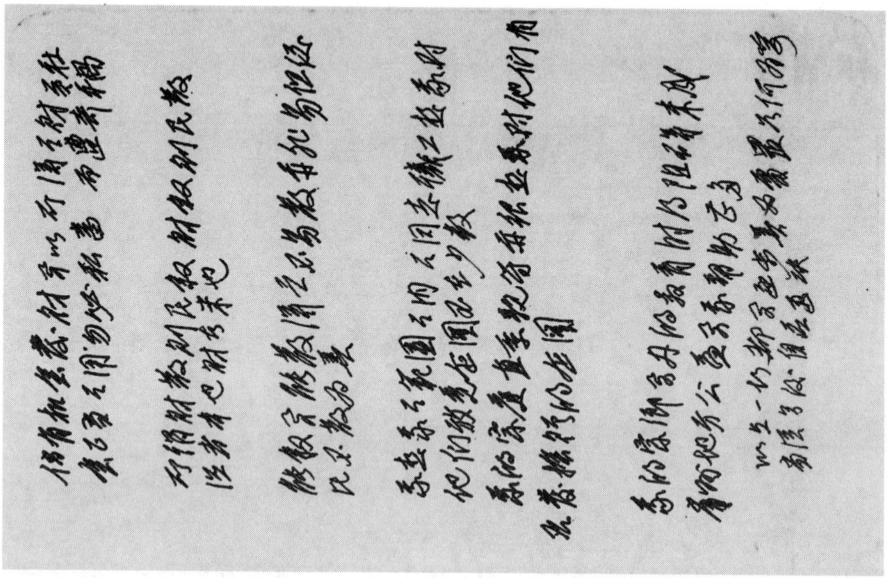

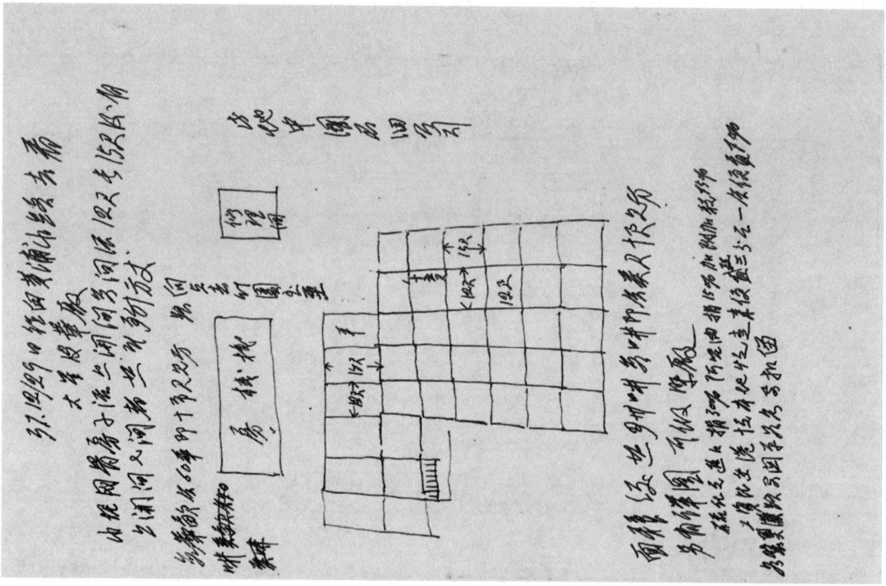

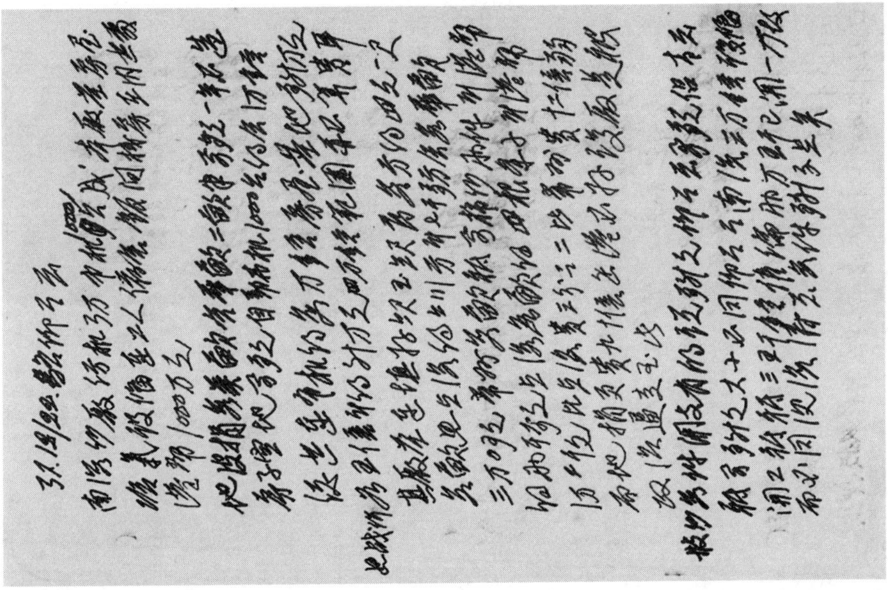

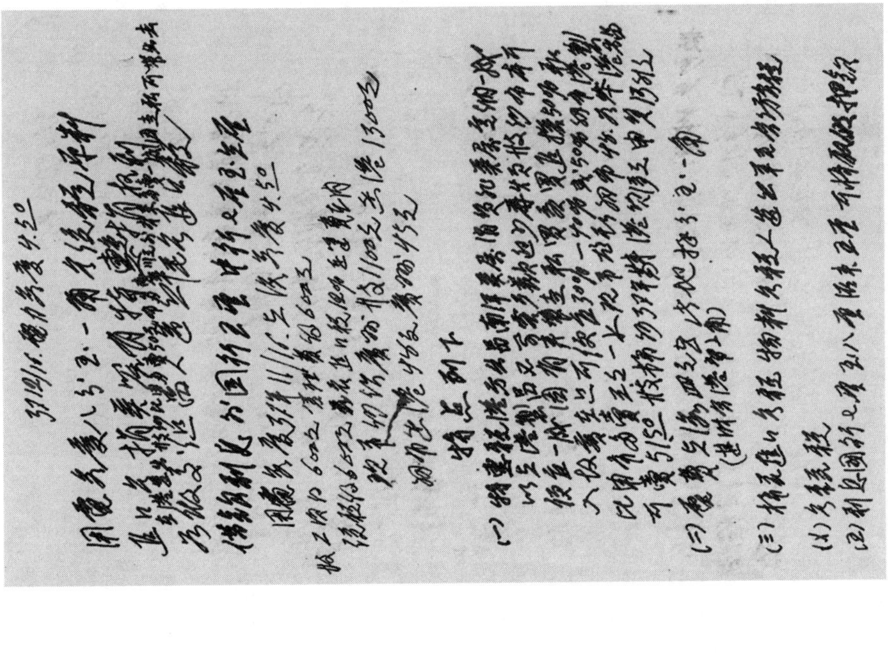

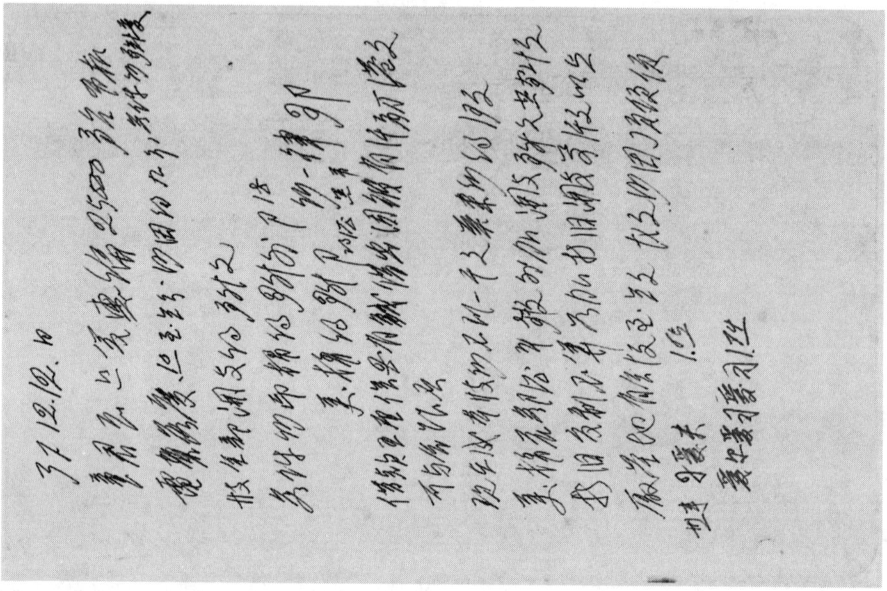

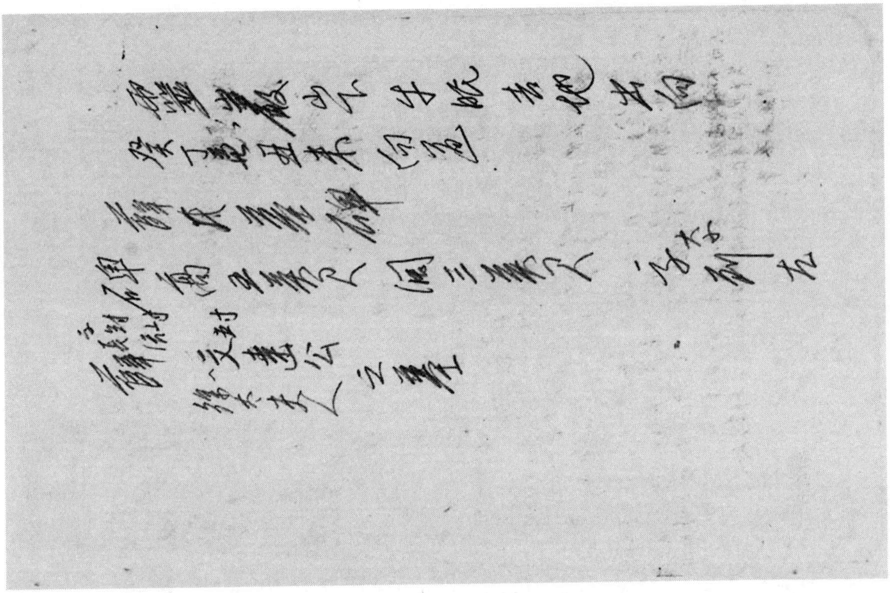

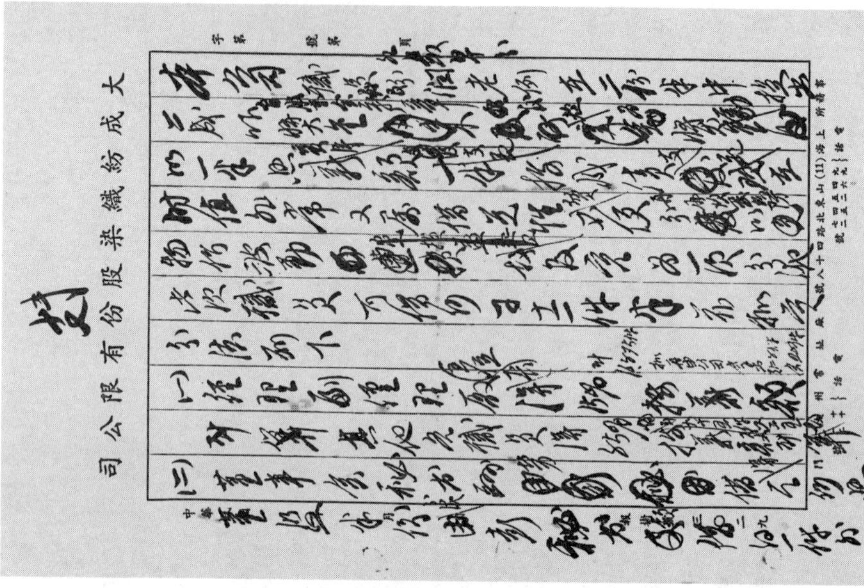
大成纺织染股份有限公司

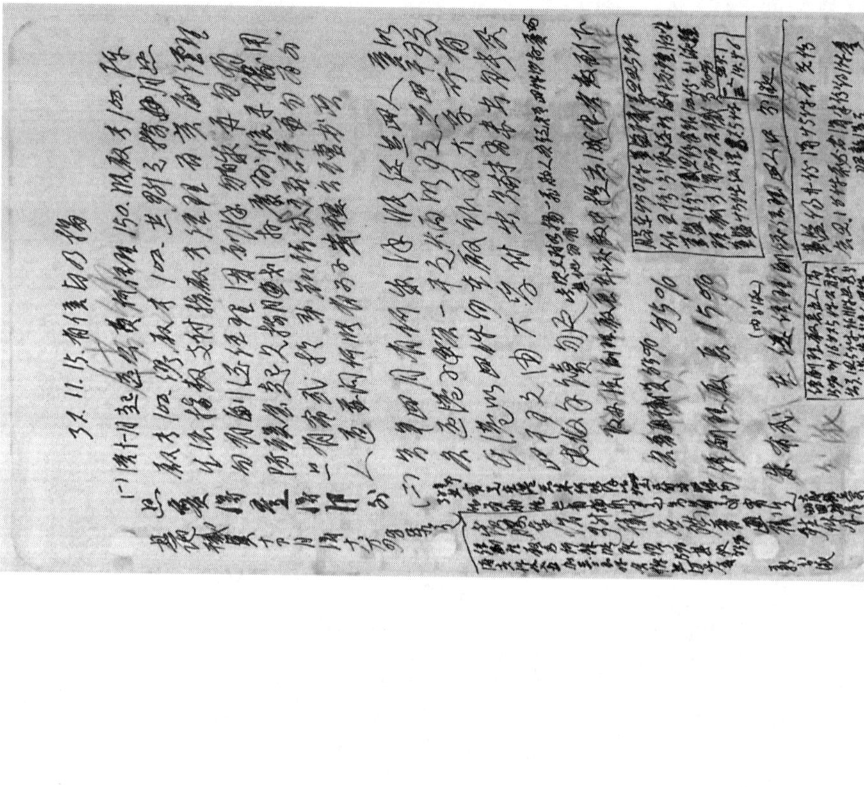

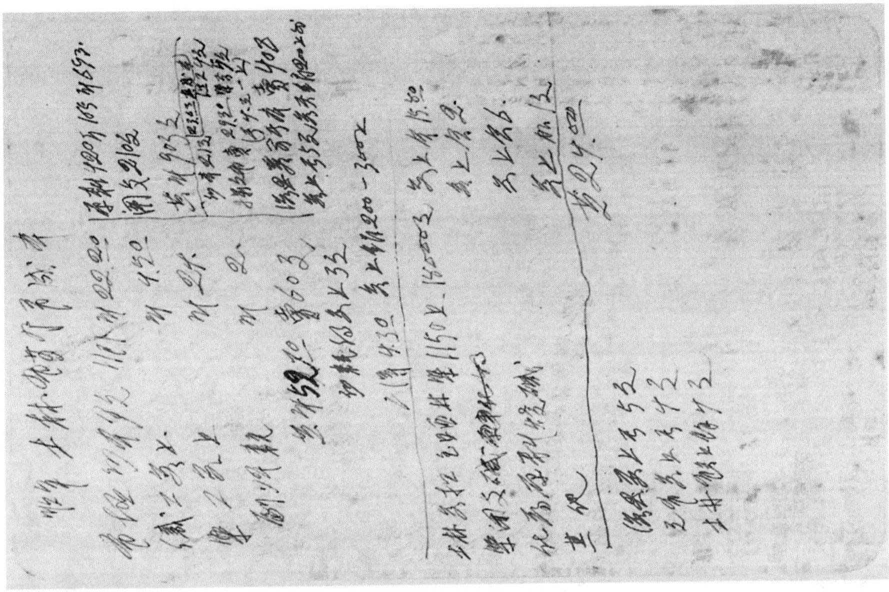

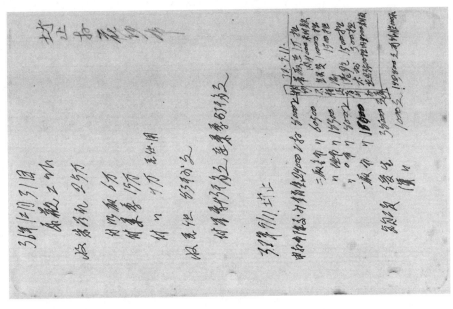

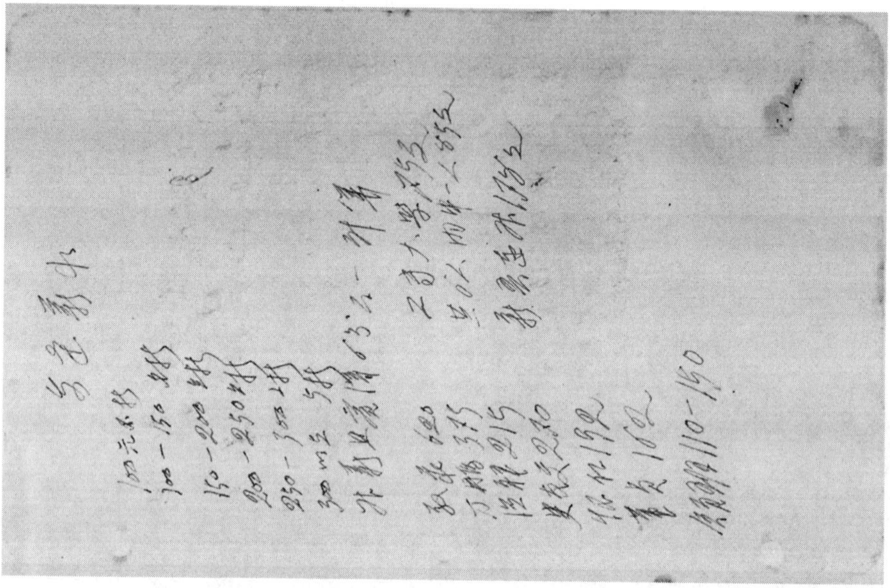

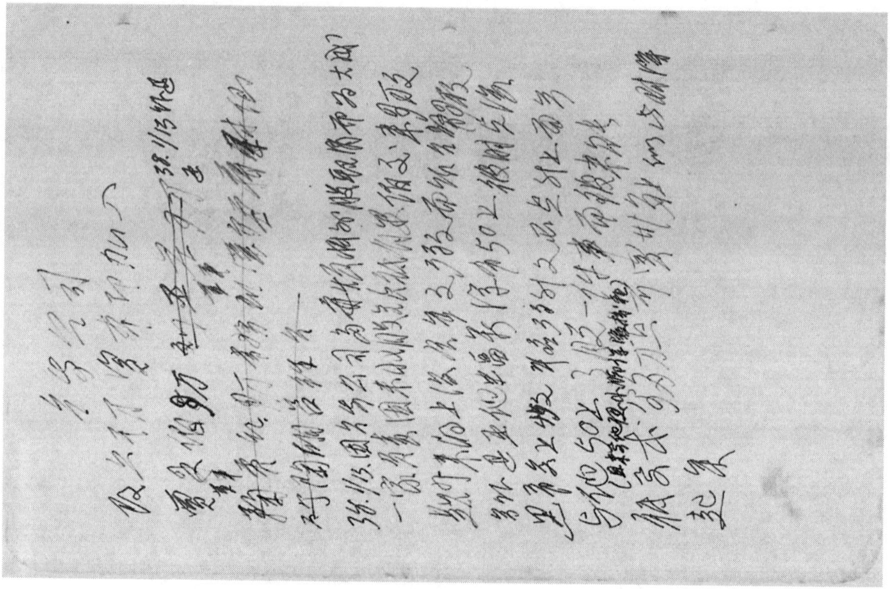

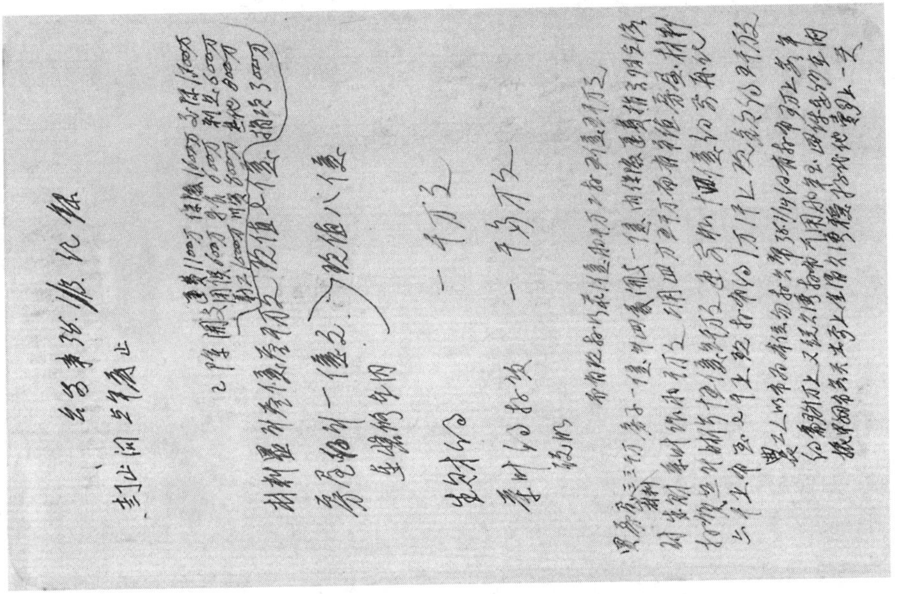

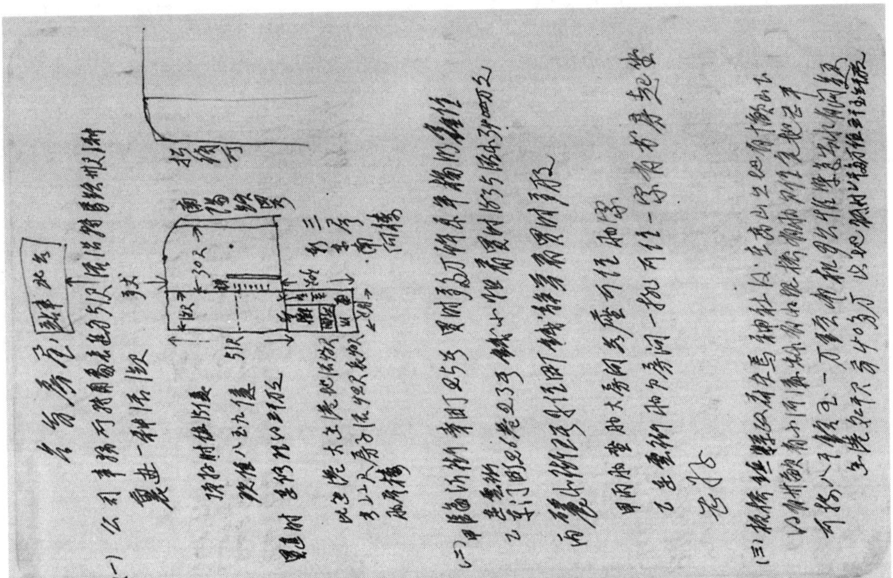

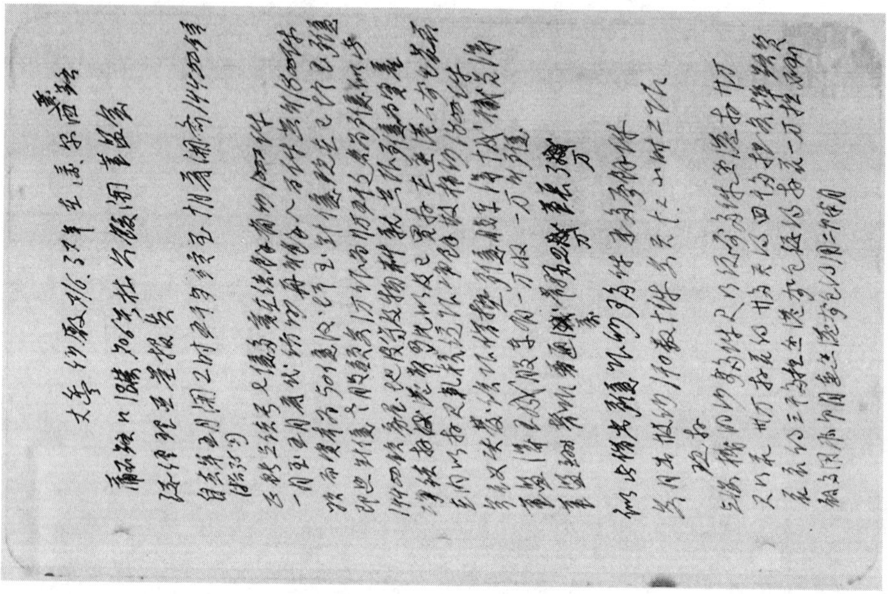

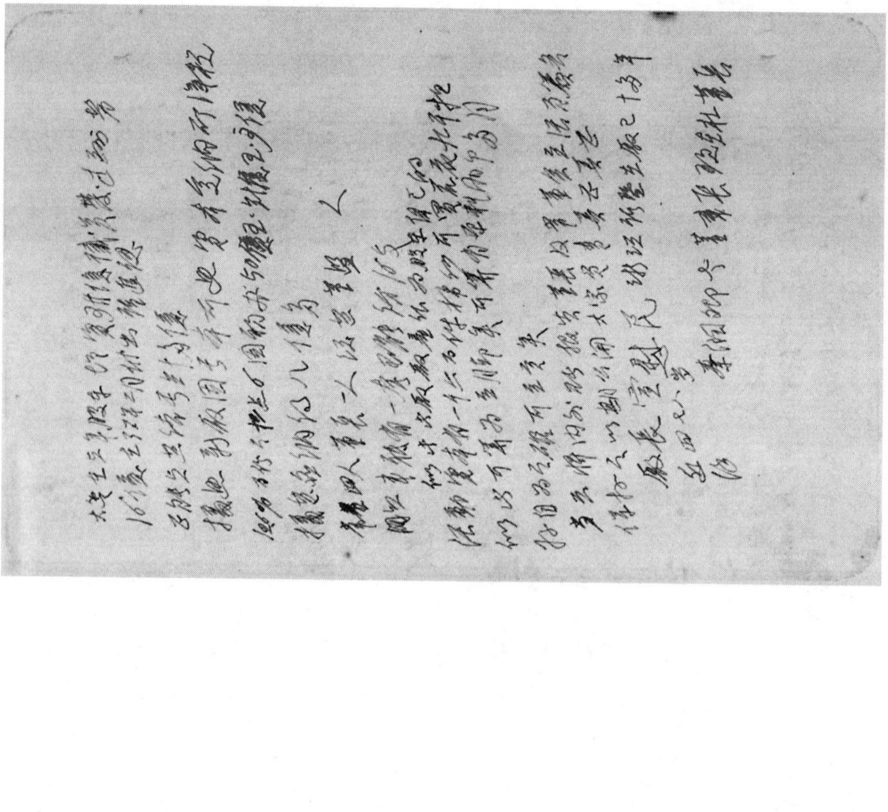

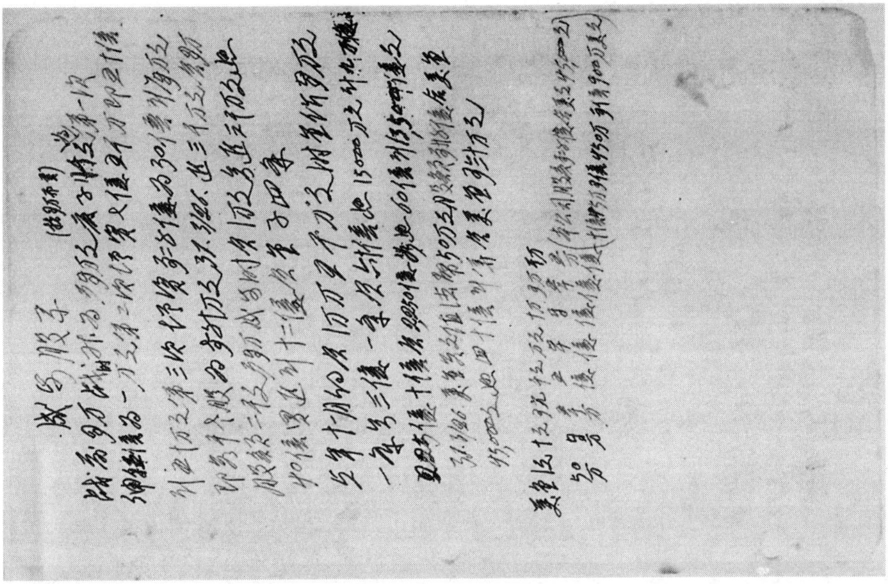

后　记

近年来，常州大学大力推进人文社科建设，倡导科研服务地方和社会，连续多年各级社科成果喜人。在学校的发展过程中，教师个体充分抓住机遇，发挥各自所长，将个人的学术旨向与学校、社会和国家的需要紧密结合，从而实现了自我的不断成长。

一般而言，整理名人日记和手札多为学术历练较深的学者所为。于我而言，虽然年龄不小，但学术资历较为浅薄，整理这样一部名人日记，所涉内容不仅跨越纺织技术、机械、企业管理、金融、国际贸易、书画艺术、历史学等多领域，而且要洞察个人对英文的音译、苏州码子、方言等问题，可谓一项艰巨的工程。刘国钧作为近代民族工商业"罕见的奇迹"的缔造者，学界和社会对其研究和文化弘扬给予的重视程度尚显不够，这与大量的原始文献没有被整理有一定关系。日记的整理和研究则可以擦清历史之镜，有利于更好深化研究和弘扬刘国钧的创新精神和家国情怀。刘国钧早年生活贫苦，以实业救国为己任，从对企业的创新，到对民族纺织产业的创新，再到对本土工业化道路的实践创新，形成了刘国钧的"创新三部曲"，属实体现了以"创新"为核心的一代苏商的实业精神与家国情怀。刘国钧的创新精神也时刻激励着我，让我相信自己一定能够解决整理过程中碰到的一个又一个难题，实现自我学术素养的提升。

从 2016 年申报常州刘国钧文化中心的项目"刘国钧日记 1945"，至今已有 7 年。一路走来感慨良多，从最初的一腔热情，到满目的整理难点，再到满怀憧憬，并成功获批国家社科基金，最终得以整理出版，其间离不开各位领导、专家和学术同仁的支持和帮助！

特别要感谢常州刘国钧文化中心理事长刘学进先生的信任。刘学进先生一方面将自己珍藏多年的祖父日记拿出来交给我整理,并多次和我交谈家族创业历程,为我把握有关日记内容提供了重要支撑;另一方面多次在百忙之中认真审读日记,把关日记整理稿内容,并给予资助,长久以来给予鼎力而周全的指导和帮助!

感谢常州市委统战部常务副部长章卫忠、港澳台工作处处长钱宁、市社会主义学院副院长王本才,常州市社科联副主席叶英姿,常州市档案馆宣传开发处处长刘小如、副处长邱北海、工作人员谢烨,常州家谱馆朱炳国,他们给予了颇多指导、关心和帮助!感谢常州刘国钧文化中心叶慧英、王亮伟、魏平、章虹和原常州国棉一厂职工骨干刘巧娣、周丽华等在整理过程及出版方面给予的指导和帮助!感谢常州大学张宏如、杨琳、葛彦东、潘道广、江涛涛、佟金萍、葛金华、刘晓华、朱成山、彭伟、侯新兵、朱世龙、丁恒龙、林方毅、刘建刚、王永利、林栋、徐光伟、王启万、张菊香、曹琳琳、王晨、陈鸿、刘超、秦军、薛明、申锋、陈启迪、汤斌、余韵、吴溪等领导和同事在学术研究过程中给予的指导和帮助!

在整理过程中,南京大学李玉、张海林和马俊亚对于日记整理的凡例、学术规范和接续研究进行了细致的指导和帮助。上海大学廖大伟、四川大学何一民、中国社会科学院经济研究所隋福民、中国药科大学周雷鸣、江苏师范大学张文德、江苏大学戴迎华、南京艺术学院叶康宁、扬州大学王泽京、安徽工程大学方前移、江西社会科学院姜庆刚、苏州科技大学赵伟、常州工学院叶公平、常州市文保中心陈磊等都对进一步完善研究进行了帮助。

特别是上海社会科学院文献部主任叶舟从整理初稿到定稿,从字词辨认、苏州码子、标点符号,到凡例、标题,事无巨细,前后历时达6年,无不在繁忙工作之余给予我建议,完善书稿。

日记是由我负责整理、释证和统稿,对所有内容进行无数次的修改和完善,以时间为轴进行所有日记的编排,整理了刘国钧日记1945～1949年、书画收藏笔记和读报笔记的全部内容和释证,查阅了档案、近代报刊和家谱等文献进行相关考证,特别是查阅浩繁的大成公司档案文献,弥补日记内容中一些地方语焉不详的缺憾。江苏科技大学钟树杰整理了部分1945年日记的初稿和释文,并修改其稿,约4万字;常州工程职业技术学院王志坚负责本书的图表制作和手稿扫描，约 2 万字。

在编校出版过程中，本书的编辑康海源、李旭和幕后工作人员都付出了艰辛，特别是责任编辑李旭从凡例、编书体例到标点符号都给予悉心指导，帮我完善整理稿，其对工作的细心、耐心和敬业态度让我十分感动。

日记整理稿付梓之际，谨向各位领导、专家、同仁以及一直以来关心我学术成长的师长和朋友表示衷心感谢！

由于个人能力和精力所限，书中不免会有错误、疏漏和不足之处，诚祈各位专家学者不吝赐教。

癸卯秋日于晋陵陋室